文学批评与中国文学史的生成

Literary Criticism and the Construction of Chinese Literary History

蒋述卓　龙扬志◎主编

暨南大学出版社
JINAN UNIVERSITY PRESS

中国·广州

图书在版编目（CIP）数据

文学批评与中国文学史的生成/蒋述卓，龙扬志主编．—广州：暨南大学出版社，2018．3
ISBN 978－7－5668－2237－6

Ⅰ．①文…　Ⅱ．①蒋…②龙…　Ⅲ．①中国文学—当代文学—文学评论—文集②中国文学—当代文学—文学史研究—文集　Ⅳ．①I206．7－53②I209．7－53

中国版本图书馆CIP数据核字（2017）第266477号

文学批评与中国文学史的生成
WENXUE PIPING YU ZHONGGUO WENXUESHI DE SHENGCHENG
主　编：蒋述卓　龙扬志

出 版 人：徐义雄
策划编辑：陈绪泉　杜小陆
责任编辑：陈绪泉
责任校对：刘雨婷　叶佩欣
责任印制：汤慧君　周一丹

出版发行：暨南大学出版社（510630）
电　　话：总编室（8620）85221601
　　　　　营销部（8620）85225284　85228291　85228292（邮购）
传　　真：（8620）85221583（办公室）　85223774（营销部）
网　　址：http：//www.jnupress.com
排　　版：广州市天河星辰文化发展部照排中心
印　　刷：佛山市浩文彩色印刷有限公司
开　　本：787mm×1092mm　1/16
印　　张：24
字　　数：412千
版　　次：2018年3月第1版
印　　次：2018年3月第1次
定　　价：75.00元

文学批评推动文学史的生成（代序）*

蒋述卓

暨南大学中国文艺评论基地筹备已久的“文学评论与20世纪中国文学史的生成”研讨会今天开幕，衷心感谢各位在异常繁忙的5月抽出宝贵时间，来到暨南大学出席本次研讨会。我谨代表暨南大学中国文艺评论基地和合作单位向出席研讨会的领导和嘉宾表示热烈的欢迎和衷心的感谢。

2016年是中国新文学发生一百周年，在这样一个伟大的历史时刻回顾中国文学走过的沧桑历史和复杂历程，具有极为重要的现实意义与学术意义。

从学术研究史的角度说，有关20世纪中国文学史的概念，可以追溯到80年代中期钱理群、黄子平、陈平原三位先生的对话。经过几代学者的努力，20世纪中国文学的研究在问题与方法的展开方面取得了巨大的成绩，因此，如何在“新文学百年”这样一个重要节点上清理相关学术问题，意义尤其深远。

我个人认为，过去三十多年来关于中国文学史研究的一个巨大变化，就是努力使文学史的观照回到文学的本位，具体地说，是以作品中心论完成对作家中心论的替代，这样一种转换带来的观念变革是巨大的。它为经典作品的遴选提供了可能，更加重要的是，突破了如作家出身、阶级等这样一些容易标签化的局限，使评价体系变得多元化，使个体能够发出真诚和真实的声音，这是新时期以来思想解放最为重要的内容之一。

我们的现当代文学学科今天能有这么繁荣的学术研究局面，其实就是受益于洪子诚、温儒敏、黄子平等学者，也包括我们在座的各位。当然，作为知识对象的文学史，与作为情感对象的文学史是不一样的，前者让我们热爱理性，后者让我们的研究工作充满人性的温情。实际上，学术史的生成与同时代的批评总是分不开的，文学评论如何影响文学史的格局，二者之间无疑充满互动与塑造、对话与妥协、冲撞与规训，这些专业问题留给各位探讨。

---

* 本文系广东省作家协会主席、暨南大学中国文艺评论基地主任蒋述卓教授在“文学评论与20世纪中国文学史的生成”研讨会上的开幕致辞，题目为编者所加。

在广东生活了三十年，我也留意到广东这样一个地方对于中国文学的关注，不论是从广东走出去的学者，还是在广东生活和工作的学者，他们发出的声音总是能切中时代的脉搏，体现出优雅的风度和得体的尺度，这可能与广东这样一个沿海省份的开放姿态密切相关。不然，我们又怎么解释从岭南走向世界的容闳、丘逢甲、黄遵宪、孙中山、梁启超等这样一些开风气之先的知识精英呢？丹纳曾经一针见血地指出环境对观念的影响，而环境既指地理、气候等自然环境，也指社会文化观念、思潮制度等社会环境。自然环境和社会环境相互塑造，也会影响到学术环境的生成。

比如暨南大学重要的华文文学研究，其实就是与广东海外华侨华人的广泛分布密切相关，有海水的地方就有华人，有华人的地方就有华文文化，文学与文化相伴相生，因此也就产生了关注华文文学的学者。加上暨南大学是一所以面向海外华侨华人为主的高校，研究华文文学也就拥有地缘、血缘和文缘优势。海外华文形成了20世纪中国文学重要的参照，对中国语言文学研究思路和视野的扩充提供了很好的启示作用。饶芃子先生在这方面做出了很大贡献，正是在她的带领下，暨南大学建起了完整的学术团队，目前还在承担国家社科基金重大项目。

这次会议由中国文艺评论基地联合广东省文艺批评家协会、《羊城晚报》等单位举办，我们这个基地是2015年申请获批的，成立以来我们既开展了很多具有学术建构的高端学术会议，也进行了一些文学和文艺现象的探讨，主要是想借助这样一个平台尝试做些打通学科边界的工作。同时趁此机会，表达我们基地和我个人对关心、支持我们工作的朋友发自内心的感谢。

最后，我祝愿大家在暨南大学交流愉快，也祝愿本次研讨会取得圆满成功。

目　录

粤派批评

文学史书写

文学史的文化视野

蠡测与评议

诗学批评

粤派批评

当代文学中的世界文学

洪子诚
（北京大学中文系）

我是研究文学史的，自然要阅读、处理各方面的庞杂材料。我也编过供教学用的当代文学史料选，编过“20 世纪中国小说理论史料”的当代卷，但没有专门做过史料整理、研究工作，对这个专业性很强的工作说不出什么来。这里只是提一点建议，就是在当代文学与世界文学关系上，史料整理和研究还做得不够，有很大的提升空间。

2016 年年初，在一篇谈当代文学与俄苏文学关系的文章中，我引了张旭东的一个说法：俄国文学第一次提出“如何走向世界文学”的问题。如何在自己的文化中做世界的同时代人，也就是我们常说的世界历史时间差及其克服的问题。俄国文学这个问题的提出是十九世纪三四十年代，对中国文学来说，这个问题贯穿 19 世纪末和整个 20 世纪，并延续到今天。渴望创造“当代”的时间，在我们这里，既是一种文化心理，也是实在发生的文学现象。

在与世界文学关系的史料整理和研究上，现代文学在这方面有深入开展，包括文学思潮、文学运动、流派、文类、具体作家作品等。十多年前，严家炎先生曾主编“20 世纪中国文学研究丛书”，共 11 卷，分别讨论宗教（佛学、基督教文化、穆斯林文化）、世纪末思潮、科学、现代都市文化、浪漫主义、抒情写实主义、象征主义、表现主义、社会主义现实主义与中国文学的关系，可以看出都是从思潮的方面来检视中国现代文学与世界文学/文化的关联。不过它们大多处理的是 20 世纪前半期的文学，当代文学部分涉及尚不充分。

如果站在当代文学研究的立场上，当代文学与世界文学关系的资料整理和研究，或许可以做外部和内部的区分。所谓外部（或者外围），指的是将外国文学研究作为独立学科，不直接处理外国文学研究、译介与中国当代文学建构的关系；研究者也主要是外文系、所的学者。这方面的成果，包括资料整理，新世纪以来颇为丰硕。整体性论述和大部头丛书，我知道的有龚翰熊主编的《西方文学研究》(2005)、王向远的《东方各国文学在中国——译介与研究史述论》(2001)、陈众议主编的《当代中国外国文学研究（1949—2000)》(2011)，还有申丹、王邦维总主编的、共 8 卷的《新中国 60 年外国文学研究》(2015)。

比较起来，杨义担任总主编的《二十世纪中国翻译文学史》，从近代卷到十七年及“文革”卷、新时期卷，就更多关注翻译对中国现当代文学的影响，也就是将文学翻译看作是参与中国文学建构的重要组成部分。撰述者都是现当代文学学者，他们对外国文学的了解自然不及外国文学研究专家，却能更多观照中外文学之间的复杂关系这个层面。翻译与中国现代文学的建构，与中国文学的“现代性”追求关系密切。文学创新、文学改制、文学秩序确立，与翻译都有直接关系，或者说离不开翻译的推动，离不开外来影响产生的冲击。另外，一些个案研究成果也让人印象深刻，如滕威关于拉丁美洲文学在当代中国的翻译接受研究。在诗歌方面，一些诗人和批评家对新时期以来外国诗歌翻译与新诗潮关系的研究，也有出色的成果。

总体来说，这方面的资料整理和研究开展还很不够。目前编纂的当代文学大事记、专题史料集以及带有某种史料编纂性质的编年史，这方面的表现都相对薄弱。

当代文学中的中外文学关系，在资料整理和研究的范畴、方法上，整体应该和现代文学并无不同，但也有重要的差异，或者特殊性。一方面，文学和世界政治的关系更加直接、密切，包括“二战”后两个阵营的冷战、国际共产主义阵营分裂、殖民地解放、民族独立运动等。另一方面，由于当代文学具有国家文学的性质，外来影响不仅表现在思潮、观念、艺术方法上，而且也体现在制度、文学管理和运动开展方式的层面。这些制度性因素，现代文学时期没有这么突出。还有一点，在当代，中外文学交流的方式、渠道，也呈现更复杂的状态。有正式的、公开的渠道，也有非正常的方式，譬如我们熟知的“内部书”“内部刊物”“过境影片”等。有的时候，作为被批判的对象，在批判性传播过程中产生的效应，也常常出乎设计者的预想。当代文学的前三十年，基于扩大政治影响的考量，我们会邀请一些西方进步的左翼作家艺术家访问中国，以争取他们的支持；如同 20 世纪 30 年代苏联邀请罗曼·罗兰、纪德访问苏联那样。不过效果有时候也出乎意料。例子之一是“文革”期间对安东尼奥尼的邀请和随后对他的纪录片《中国》的大规模批判。

我们都熟知俄苏文学与20世纪中国文化，特别是当代政治/文化关系密切，但这方面的资料整理和研究却差强人意。20世纪80年代我读过夏中义先生的论文《别、车、杜在当代中国的命运》，印象很深刻，可惜这样的研究不是很多。现在看到的研究专著，还是荷兰学者佛克马的《中国文学与苏联影响（1956—1960）》，其研究基于大量资料整理之上，虽然评述的时间范围是1956—1960，对象主要限定在文学理论、文艺政策层面。这本书的英文版面世是1965年，40多年后的2011年才有中译本，放在程光炜先生主编的“当代文学史研究丛书”里。我们作为“当事人”却没能写出有分量的著作。

另一个问题，是西方及俄国18、19世纪文学在当代中国的情形。有一种看法是，在当代与社会主义文学发生紧张关系的是西方“现代派文学”，其实，以19世纪现实主义为中心的西方文学，在当代与社会主义文学关系也相当紧张。它虽然是可以用来批判帝国主义、殖民主义和旧时代社会制度的资源，但对社会主义、集体主义个性，对颂歌性质的文学的建立也是威胁。当代开展的对现实主义作家的重新阐释，还有对《红与黑》《约翰·克利斯朵夫》的批判性讨论，对人道主义的批判，都证明了这一点。

当代文学的发展深深嵌入世界政治斗争之中，这方面的史料整理也大有可做。如20世纪50年代苏共二十大和1956年的匈牙利事件对一些中国作家产生的冲击。20世纪50年代后期与苏联分裂公开之前，对南斯拉夫“修正主义文学纲领”的批判，是当年中国发生的重要文学事件。20世纪50年代成立的一些国际性政治、文化机构，对当代文学的走向也有重要影响。比如1950年的世界和平理事会。这是冷战时期主要由苏联控制的“统战组织”。它当然不仅限于文学范围，还涉及工会、妇女、青年、科学、体育、文化、教育、宗教等广泛领域，而且在文学领域也有相当影响。中国文学机构和作家通过它组织的大量活动，参与当时冷战角力的政治斗争中，确立观察世界的方式，不仅与苏联，而且与西方左翼作家、知识分子建立了广泛联系。这方面产生的效应还需要在资料整理基础上做进一步考察。比如通过“世界文化名人”的年度评定，让一批西方古典作家名正言顺地在当代中国“落户”，并扩大中国与西方左翼作家（阿拉贡、艾吕雅、毕加索、萨特、波伏娃、聂鲁达等）的联系——而他们的文化/文学观念显然不能完全归入正统的“社会主义现实主义”。

另一个值得关注的国际机构是亚非作家会议。亚非作家会议成立于1958

年 10 月，第一次会议在当时苏联的乌兹别克共和国的塔什干举行，在科伦坡设立常设事务局，秘书长是森纳雅克。我写《材料与注释》（北京大学出版社 2016 年版）的“1962 大连会议”部分，说当年茅盾曾犯过政治错误，就是他在“世界和平裁军会议”上，支持苏联而排挤亚非作家会议秘书长森纳雅克。亚非作家会议 20 世纪 60 年代又举行过多次会议。我印象比较深刻的有 1961 年 5 月在日本东京召开的亚非作家紧急会议和 1962 年在埃及开罗召开的会议。后来由于中苏分裂，该机构也发生分裂。在成立之初，它的宗旨是团结亚洲和非洲作家反对殖民主义、帝国主义，争取民族独立，并在斗争中产生自己新的文化/文学。记得 20 世纪 60 年代，中国一些作家的活动、写作，如杨朔、刘白羽、林林的散文，冰心的《樱花雨》，巴金的《来自镰仓的照片》和他写井上靖、中岛健藏的散文，都和他们参加亚非会议活动有关。目前，对这个组织和当年开始的建立亚非“新文化”的设想，以及对中国当代文学产生的影响，关注的学者不是很多，较少被人提起，好像只有关注东亚政治/文学问题的学者，如清华大学的王中忱教授等少数学者有资料整理和论文发表。

批评总是同时代人的批评*

——在“文学批评与20世纪文学史的生成”研讨会的发言

黄子平

（香港浸会大学中文系）

我今天发言的题目叫作“批评总是同时代人的批评”。这个题目对我来讲是一次自我反省、自我批判，所以必须诚恳，要尽量作诚恳状。

还是从我们经常碰到的事情说起，可能在座各位都会经常遇到。如果人家知道你是中文系的，而且是做当代文学的，就会问你一个问题：最近有什么好小说呀？如果是三十年前问我这个问题，我可以滔滔不绝地说出个甲乙丙丁、子丑寅卯，因为我一年365天都在读当代文学、当代小说，我有这个资格。现在不行了，现在是倒过来，经常问人家：最近有什么好小说呀？结果反应是什么呢，这些老朋友都颇有一点自豪地说：“我早就不读什么小说了！”所以现在通常都是靠学生给我推荐。这是一个很值得反省的问题。这些做当代文学的“坏人”变老了以后，居然都不读当代小说了。

还有另外一件跟这相关的事情，若干年前，我跟上海的一个“70后”作家聊天——我很讨厌“70后”这样一种分类的标签，但是我们策略性地先用着——这个作家很困惑也很直率地说：“你们这些批评家为什么不再评论当代小说了？”他所说的“当代小说”，就是他们“70后”作家们正在不断生产出来的那些小说。我反省了一下，我好像也就只读到莫言、余华、苏童为止，后来的就不太读了。也不是完全不读。这里面一定有问题。后来我就想了一个理由来回答这位作家——就是这个题目。

你们“70后”的作品，应该由“70后”的批评家来批评。当年茅盾写《鲁迅论》《冰心论》《丁玲论》，对象就是他的同时代人。严家炎老师批评柳青的《创业史》——作者也是他的同时代人。回顾我自己写评论、写批评的

---

* 本文据黄子平先生发言整理而成，未经发言人审阅。

缘起，也是因为我们成立了一个文学社，叫作“早晨社”。早晨社里面有几位小说家，写出来的小说——我当时还忝为早晨社油印杂志的主编——看了后很兴奋——欸，这个小说真好，“有划时代的意义”，激动起来开始写评论。这个就是批评的产生、批评的生成。这里很重要的因素是文学社团，文学批评产生于社团“内部”和社团“之间”。“社团”就是说，这些人有共同的文学主张，有话要说，对于他们这个社团里的同伴们的作品，有一种推崇的欲望和冲动。——文学批评就是这样产生出来的。

如果我们看一看当下文学现状的话，就会发现，诗人们、诗歌界的批评比较好。因为诗人们成立诗社，发表诗歌宣言，他们真的有主张——什么样的诗才是诗，什么样的诗是好诗，什么样的诗是纯诗，他们有很强烈去主张的观点。“别的诗都是烂诗，根本就不是诗”，他们这样说的时候，理论一套套的，很多概念日新月异地发明出来。所以，在别的文体的批评比较衰落的时候，诗歌批评是比较发达的。如果别人不批评，诗人自己来。批评的产生跟它有这样一种主张是有关系的。小说家就比较可怜，也没有人成立什么“小说社”，提出什么样的当代小说才是“真小说”。小说家茫然四顾——这些同伴们都干吗去了？考研究生去了，对吧？研究生面临的最重要的困境——老师不让你做同时代人的批评，以前更惨，要做逝世多年的像鲁、郭、茅、巴、老、曹这样的作家的研究。如果你不小心做了一个还健在的作家的题目的话，只能天天做梦，梦见这个作家的作品畅销，我这个题目也“合法”了。所以这些人到了学院里头，跟着导师，当然不能做同时代人的“批评”，只能做“研究”。读完硕士读博士，读完博士读博士后，读完博士后读博士后后，基本上这个人就傻掉了。所谓“傻掉了”就是失去了对同时代人作品的敏感，失去了对同时代人的文学主张的坚持和冲动。小说家孤独地茫然四顾，写出了很好的作品也没有人拍手叫好，更没有人指出来哪些地方还可以写得更好。那么，他靠什么呢，靠两个标准来评价自己的作品好不好。一是文学评奖。文学评奖多如牛毛，学者是以长江大河高山巨岭为标签，评奖是以各地大大小小的已故作家来命名（施耐庵、蒲松龄、吴敬梓、冰心、萧红、叶紫……），评奖结果出来后大家都有意见。这是一个标准。二是畅销书排行榜，看谁卖得多。小说家写出小说之后，就靠这两个非常不靠谱的标准来判断自己的作品是不是好，是不是跟这个时代、跟这个同时代人之间有一种心灵相通的可能性。

我自己觉得我这个回答非常圆满，能自圆其说，所以有媒体来采访的时候就发挥一通："批评总是同时代人的批评。"去年中国人民大学的研究生们开了一个微信公众号，就叫"同代人"，我不知道是不是受了我的"蛊惑"，诸位可以去找这个公众号来看一看。

最近我就反省，这个回答的前提有问题。就是说，我把"同代人"这个概念，缩小到"同龄人"，不自觉地沿用了现在不证自明的标签——"70后""80后""90后""00后"。我记得洪子诚老师有一次很委屈地说：我的书为什么不能摆在一个"'30后'学者丛书"里去呢？那么，我和温儒敏老师也可以说：欸，咱们弄一个"'40后'学者丛书"，是不是也可以把我们的书收进去呢？好像没有人敢做这样的策划。以出生年龄作为划分作家的标签极不靠谱。当年我们如果要划分作家的"代"的话，是以"出道的时间"来划分的。比如说谌容，80年代以《人到中年》这个作品出道，她的儿子梁左和我们是同班同学，一个宿舍的。我们同班同学陈建功，跟着梁左，应该叫谌容阿姨，但他是和谌容同时出道的"八十年代北京作家"，所以他遇见谌容的时候，不知道叫她什么好。以"出道时间"来划分作家是有道理的。

现在是看你的出生证。这些出生证虽然可以证明大家是一个年代的作家，其实千差万别，他们对世界的认识，对社会的认识，对文学的认识，完全没有一个基准，除了出生证那个标签之外。我知道有些作家很抗拒把他归到什么"70后""80后"里头。所以说，把"同时代人"缩减到"同龄人"这个概念是很狭窄的，背后根深蒂固的是进化论与时俱进的"时间意识形态"在作怪。

我最近读了意大利学者阿甘本的一些文章，他有一篇很重要的文章《什么叫同时代人》，还有一个译法是"什么叫当代人"，探讨人和时代的关系，探讨我们作者或者文学批评家怎样进入我们这个时代，在这时代里怎样去发出我们的声音。这个文本对我的启发很大，造就了我自我反省的可能。

阿甘本对同时代人的界定至少有三点可以参考：第一点，所谓同时代人，或者当代人，是用尼采的那个概念——不合时宜的人。同时代人，一方面他是如此密切地镶嵌在时代之中，但他又是不合时宜的人，所以他跟时代有一种非常复杂的关系，他既属于这个时代，但是又不断地要背叛这个时代，批判这个时代，这种人才能叫作同时代人。如果你紧贴时代，顺应时代，不假思索地以出生证证明自己的当代性，那你就错了。不合时宜是非常重要的一点。阿甘本说，不合时宜是什么意思呢，他跟自己的时代有一种歧异关系，这种关系依附于时代同时又跟它保持距离，这种时代的关系是通过脱节或者时代的错误而依附于时代的关系。所以，那些过于契合时代的人，在所有方面都跟时代联系在一起的人并非当代人，因为他们最重要的一点——他们没法审视时代——用我比较爱用的粗俗的话来讲——他们紧贴着时代的大屁股，根本看不清时代。

第二点，阿甘本指出，当代人是紧紧地凝视自己时代的人，是感知时代的黑暗、晦暗而不是光芒的人。所有那些经历过当代性的人，所有的时代都是晦暗的，所以当代人是那些知道如何观察这种晦暗的人。他用很文学的话说：这些人用笔像沾墨水一样沾着这些时代的黑暗来书写，同时他又把这些黑暗看成跟光有关系的，他把它叫作黑暗的光束。他用了天文学的比喻，我们仰望星空的时候，看到了很多星光，但是整个大背景是黑暗的，而这些黑暗之光是由那些不断地远离我们的那些星系发出来的。所以，感知这个时代的黑暗之光，也只能感知，而这些暗淡的光永远不能抵达我们，但是我们可以想办法去凝视它。

第三点，他指出时代的断裂，就是说，当代人是有意地去关注这个时代的断裂，甚至有意地去制造这种时代的断裂，由于这种时代的断裂，你可以把你的古代带到这个时代的断裂里去。他有一个有意思的观点，认为不同的人都是选择从不同的“自己的古代”进入当代的。你可能是由李白所处的盛唐来进入当代，也可能由苏轼所处的北宋来进入当代。像洪子诚老师可能是从契诃夫所处的19世纪的俄国进入他的当代，温儒敏、钱理群老师他们可能是从鲁迅所处的五四时期进入当代。这跟文学史的写作和教学有关系。我们写文学史不是为了关注那些遥远的或者晚近的文学现象，而是要把这些文学现象带进当代，跟当代对话。

所以，什么叫当代人，批评家跟时代的关系应该是什么样子的，首先给我一个非常严重的警示——这些人不再读小说、不再关注当代作品了，他就已经不是一个当代人。

提倡“文学生活”研究

温儒敏
（北京大学中文系）

“文学生活”为文学研究打开新空间

“文学生活”主要是指社会生活中的文学阅读、文学接受、文学消费等活动，也牵涉文学生产、传播、读者群、阅读风尚等，甚至还包括文学对社会生活各个方面的影响、渗透情况，范围是很广的。专门提出“文学生活”这个概念，提倡“文学生活”研究，也是提倡文学研究关注“民生”——普通民众生活中的文学消费情况。

现下的文学研究有点陈陈相因，缺少活力。很多文学评论或者文学史研究，当然也还有理论研究，大都是“兜圈子”，在作家作品、批评家、文学史家这个圈子里打转，很少关注圈子之外普通读者的反应，可称之为“内循环”式研究。不是说那种重在作家作品评价的研究不重要，这也许始终是研究的“主体”；而是说几乎所有研究全都落脚于此，未免单调。而忽略了普通读者的接受情况，对一个作家的评价来说，肯定是不全面的。其实，所谓“理想读者”，并非专业评论家，而是普通的读者。在许多情况下，最能反映某个作家作品的实际效应的，还是普通读者。正是众多普通读者的反应，构成了真实的社会“文学生活”，这理所当然要进入文学研究的视野。我们设想从“文学生活”的调查研究入手，把作品的生产、传播，特别是把普通读者的反应纳入研究范围，让文学研究更完整、全面，也更有活力。

这种新的文学史研究，将不再局限于作家与评论家、文学史家的“对话”，还会关注大量“匿名读者”的阅读行为，以及这些行为所流露出来的普遍的趣味、审美与判断，不但要写评论家的阐释史，也要写出隐藏的群体性的文学活动史。

关注“文学生活”也是关注“民生”

关注“文学生活”，其实也是关注“民生”——普通民众生活中的文学消费情况。事实上，每一个当代普通人每天接触报纸、电视、互联网或者其他媒体，都在自觉或不自觉地以某种方式参与文学生活。引入“文学生活”的视野，文学研究的天地就会陡然开阔。比如对当下文学的跟进考察，也可以从“文学生活”切入，关注社会反应，而不是只盯着作家作品转圈。现在我国每年出版三四千部长篇小说，世界上很少国家有这种小说“生产力”，可是我们弄不清楚这些小说的生产、销售、传播、阅读情况。那些畅销小说是怎样出炉并引发效应的？如何看待“策划”在文学生产中所起的作用？这些小说（包括那些发行量极大的小说）主要在哪些方面引起当代读者的兴趣或关注？普通读者的“反应”和批评家的评说之间可能存在哪些差异？小说在普通读者的精神生活中有什么影响？畅销书、通俗文学产出与“出版工作室”及“图书销售二渠道”有怎样的关系？等等。这些都值得去研究。

再举些例子。诸如社会各阶层文学阅读状况，“韩寒现象”“杨红樱现象”，网络文学的生产传播，《故事会》《知音》《收获》的读者群，中小学语文中的文学教育，电视、广告中的文学渗透，甚至四大名著、古代诗词对当代精神的影响等，都可以做专题调查研究，也很有学术价值。还有当前社会各阶层群体的文学阅读情况，包括农民、城市“白领”、普通市民、大中小学生等群体的文学阅读调查；一些重要文学类型的接受，如诗歌、武侠小说、打工文学等的接受情况；文学经典在当前社会的传播、阐释、变异的状况等，都可以作为“文学生活”研究的课题。

不只是现当代文学，古代文学也可以引入“文学生活”的视野。比如现下为何家长会让三五岁的孩子读李白、王维、白居易，而一般不会让孩子读郭沫若、艾青或穆旦？到底其中有什么心理积淀？四大名著精华糟粕并存，可是在现实中传播、阅读极广，到底对当代道德观念有何影响？这些都是“文学生活”研究的题中应有之义。

处于当今这个信息量极大的时期，文学作为人们社会生活的一部分发生了很多变化，也给研究者提出了许多新的课题。网上创作与网上阅读逐渐融入日常生活，网络文学已经成为当代“文学生活”的重要部分。以网络为载体的新的“文学生活”方式，明显区别于传统的以印刷为载体的“文学生活”方式，现在的读者不再是被动的受众，他们有更多机会也更主动地参与到创作活动当中，直接影响文学的生产传播。在网络文学的“生活”中，以往传统文学那种强调创作主体个性化的特征在消退，创作主体与受众客体越来越融合。网络文学的生产很大程度上受制于市场，良莠不齐，“垃圾”多，但确实也有好作品。这都是新的课题，可以纳入“文学生活”研究的范围。

“文学生活”研究的本义还在文学

现在的文学研究仿佛“人多地少”，很“拥挤”，每年那么多文学的硕士研究生、博士研究生毕业要找论文题目，按照旧有思路会感到题目几乎做尽了，很难找。如果目光挪移一下，看看普通国民的“文学生活”，那就会有许多新的题目。这的确是个拓展，研究的角度方法也肯定会随之改变。自然不能要求所有学者和评论家都改弦更张来研究“文学生活”，但鼓励一部分人进入这块领域，用不同于传统的研究方法，起码会活化被“学院派”禁锢了的研究思路，让我们的学术研究和文学评论更“接地气”。

这种研究既是文学的，又是社会学的，合二为一，就是“文学社会学”。这种研究所关心的并非个别人的阅读个性，而是众多读者的“自然反应”。既然是社会对文学的“自然反应”，当然也就要关注文学的生产、传播与消费，关注那些“匿名集体”（既包括普通读者，也包括某些文学的生产者、传播者）从事文学活动的“社会化过程”，分析某些作品或文学现象在社会精神生活中起到的结构性作用。“文学生活”研究有赖于运用访谈、问卷、个案调查等方式，通过大量数据收集统计分析，来论证文学的社会“事实”。这和传统的文本分析或者“现象”归纳有所不同，要求的是更实事求是的扎实学风。

“文学生活”研究必然涉及文化研究，这个新的研究方向应当也可能从文化研究的理论中获取某些启示，或采用文化研究的某些方法，但也应当防止陷于“泛文化”研究的困境。“文学生活”研究的本义还在文学，也不会脱离文学。文学研究其实包括很多方面，除了艺术分析、文本解读等“内部研究”，还有很多属于“外部研究”，比如思潮研究、传播研究、读者接受研究等，适当引入社会学、传播学、文化研究的眼光与方法，有可能取得突破。比如，在一些通俗文学的生产传播方式，特别是关于“文学与读书市场关系”的研究中，引入文化研究的模式，也能别开生面。当然，“文学生活”研究本身也有局限，它在有些重要的方面可能派不上用场。比如作家作品的审美个性、形式创新、情感、想象等，都不是“文学生活”研究所能解决的。提倡“文学生活”研究，要有一分清醒的意识。

传统的文学创作和读者接受正在发生很大的变化。现在的读者分类比以前更多样复杂，“文学生活”也呈现前所未有的多元分野现象。文学生产越来越受制于市场，出版社的“策划”很大程度上控制了作者，甚至可以“制造”和左右社会审美趋向。这些都是新的“文学生活”现象。现今每年长篇小说的出版就有三四千部，各式各样的散文作品散布在各种媒体上，创作的门槛低了，队伍也大大扩张了；电视、电影很多都在依靠文学，“法制”节目、婚恋节目等，都可以搞得很“文学”，文学对各种媒体的渗透比任何时期都要广大与深入。如果看到这一切，恐怕就不会认为文学在“没落”或者“消亡”。这些现象，也都可以纳入“文学生活”的研究范围。

“文学生活”概念的提出，的确带来许多新的思考，可以肯定，这将成为文学研究的“生长点”。

重新发现中国古代文化的作用[①]

——用《文心雕龙》“六观”法析评白先勇的《骨灰》

黄维樑
（香港中文大学文学院）

一、《文心雕龙》的六观法

刘勰的《文心雕龙》成书于公元5～6世纪之交，其中有一篇名为《知音》，讨论的是批评的理论和方法。刘勰理想中的批评态度是“平理若衡，照辞如镜”，为此，他提出批评时要注意六个方面，如下：“一观位体，二观置辞，三观通变，四观奇正，五观事义，六观宫商。”刘勰认为用这六观法去析评作品，就能分别其高下——“斯术既形，则优劣见矣。”

《文心雕龙》涉及的文类很多，但主要的是诗歌和散文两大类。《文心雕龙》是1 500年前的文学批评专著，刘勰写作此书时，心中并没有我们今天所谓的小说。用《文心雕龙》的“六观”法来析评20世纪80年代的小说，譬如白先勇的《骨灰》，行得通吗？能显出作品的优劣吗？这个中国古代的理论，能运用于现代的作品吗？

历来学者对“六观”的解释，不若对“原道”“风骨”那样众说纷纭，不过，也不是没有歧见的。例如，大家对“位体”的理解，就颇有分别。笔者综合各家的解说，加上自己的意见，尝试用现代的词汇，来说明“六观”。

---

① 蒙邀参加“文学评论与20世纪中国文学史的生成”研讨会，主办者请我“就相关议题准备主题发言”，我在“回执”中写下题目“‘科学’地从事文学评论和文学史编撰”，准备开会时以此为题发言。5月18日收到龙扬志教授电邮，说“若有论文请发过来”。我发言题目中的“科学”两个字用了引号。文学评论和文学史编撰，是不能真正达到“科学”的，只能相对“科学”而已。我认为要“科学”地从事文学评论和文学史编撰，有可供借鉴的“方法学”，而我国古代的文论经典《文心雕龙》就提供了方法。

为了方便讨论，且看起来更为合理，笔者大胆地把“六观”的先后次序，加以调整，于是形成了这样一个“现代化”了的“六观”说：

第一观“位体”，就是观作品的主题、体裁、形式、结构、整体风格；①

第二观“事义”，就是观作品的题材，所写的人、事、物等种种内容，包括用事、用典等；

第三观“置辞”，就是观作品的用字修辞；

第四观“宫商”，就是观作品的音乐性，如声调、押韵、节奏等；

第五观“奇正”，就是通过与其他作品的比较，以观该作品的整体手法和风格，是正统的还是新奇的；

第六观“通变”，就是通过与其他作品的比较，以观该作品的整体表现，如何继承与创新。

《知音》篇对于“六观”，只是举出名称，并不加解释。不过，在《文心雕龙》其他篇章里，我们可以找到很多与“六观”有关的文字：

一、《情采》篇论及情，即主题；《镕裁》《附会》《章句》诸篇论及结构；《定势》论及整体风格；此外《文心雕龙》全书有20篇左右论及各种诗文体裁。

二、《事类》篇论及用典、用事。

三、《章句》《丽辞》《比兴》《夸饰》《练字》《隐秀》《指瑕》论及用字修辞。

四、《声律》篇论及音乐性。

五、《定势》《辨骚》篇论及正统与新奇。

六、《通变》《物色》《辨骚》篇论及继承与创新。

以上所举篇名，只就其重要者而言，实际上不止这些。此外要说明的是，第二、三、四观，可合成一大项目，以与第一观比照。这个大项目就是局部、组成部分、局部肌理（local texture），以与第一观的全体、整体大观、逻辑结构（logical structure）比照。② 刘勰论文，非常重视局部细节与整体有机性配合；事实上，“置辞”与“事义”息息相关，而此二者，加上“宫商”，乃构

---

① 论者以中心思想、体裁、风格、布局等说明“位体”的含义。参阅黄维樑：《精雕龙与精工瓮——刘勰和“新批评家”对结构的看法》，《中外文学》1989年第7期，第4－20页。

② 黄维樑：《精雕龙与精工瓮——刘勰和“新批评家”对结构的看法》，《中外文学》1989年第7期。

成整篇作品的“位体”，或者说这三者都为“位体”服务。我们也可以反过来说，“位体”决定了“事义”“置辞”和“宫商”。第一至第四观，乃就作品本身立论；第五观“奇正”，第六观“通变”，则通过比较来评论该作品，用的是文学史的角度了。向来解释“奇正”，多不能使人惬意。“奇正”与“通变”二者，分辨起来，又颇不容易。也许我们大可不必强为划分，就把它们当作用比较、用透视的方法来衡量作品的整体风格和成就好了。

二、《骨灰》的位体、事义、置辞、宫商

白先勇是位量少而质高的小说家，他的作品在海内外众口交誉。他的短篇小说，30 年来共发表了 30 多篇。80 年代的短篇，只有一篇，就是 1986 年 12 月发表于《联合文学》的《骨灰》①。

《骨灰》写两代中国人的故事，空间横跨中国大陆、中国台湾和美国。故事的叙述者罗齐生，是个工程师，在纽约的一间美国公司工作，年纪四十多岁。他的哥哥在上海，他的堂哥及堂嫂，也住在美国。上一代的人物主要有三个：罗齐生之父罗任平，原为上海交通大学的数学教授，“文革”期间劳改，1976 年初去世；罗齐生的大伯（即罗任平的哥哥）罗任重，原为国民党军官，1949 年到了台湾，70 年代初与妻子到了美国，先住在儿子家里，后来搬出来自己住；此外，还有罗齐生的表伯龙鼎立，年轻时是“中国民主同盟”健将，后来是优生学名教授，1957 年被打为右派，之后受尽折磨，最近来了美国。

故事发生在旧金山罗任重的家里。罗齐生从纽约坐飞机到旧金山，准备再飞上海，参加交通大学为其父亲开的追悼会。他在旧金山停留一夜，乃为了探望大伯。在大伯的家里，罗齐生见到了刚从上海来此，拟转赴纽约的表伯龙鼎立。罗齐生的父亲，死后多年才被找到了骨灰，不久将举行安放仪式。大伯年纪老迈，说将来自己死后，要齐生把他的骨灰统统洒到海里去。表伯龙鼎立这次来美国，身边带着刚去世的妻子的骨灰，要在美国找个安息的地方。而他本人也要在纽约好好找一块地，以备百年归老时之用。骨灰，成为这篇小说的话题，也构成了它的主题。内战、革命、斗争，罗任重经历过这些，目睹了这些，抚今伤昔感慨最深，他说：“我们大家辛苦了一场，都白费

① 本文引述时，根据的是白先勇：《骨灰——白先勇自选集续篇》，香港：华汉文化事业公司 1987 年版。

了——”上一代的这几个人，死的死，老的栖身异国，行将死于斯，有国而不得归，年轻时都是热血沸腾的爱国者啊！由此我们看到了《骨灰》这篇小说的思想。胡菊人在评析《骨灰》时说，它有两个主题：“一个是表现中华民族近半世纪的革命与战争；另一个就是对中国传统文化‘落叶归根，入土为安’的乖离现象的控诉。”① 所言甚是。而两个主题，其实关系密切，前者为后者之因，说二者实为一个，并无不可。

上面说过，第一观“位体”，就是“设情以位体”，就是主题，就是情。《情采》篇说“情者文之经”，《附会》篇说“以情志为神明”，可补充解释，情就是主题的意思。《骨灰》这个主题所流露的情，是沉郁、沉痛的。《文心雕龙》中《时序》篇论及某个时代的文风，说“世积乱离，风衰俗怨”，这可借为《骨灰》的形容。《文心雕龙》中《物色》篇的“阴沉”“矜肃”秋冬之气，也可用来帮助说明《骨灰》的调子。

“位体”也包含体裁、形式、结构等意义。《骨灰》在体裁上属短篇小说。刘勰的《文心雕龙》，讨论的是诗文；小说在那时的中国，尚在萌芽阶段，刘勰根本不可能去注意，更不可能有什么叙述观点（point of view）这样的理论——西方也要到20世纪才产生。② 至于结构，其重要性则是刘勰所大书特书的。《文心雕龙》多处论及结构，《附会》篇说：

> 总文理，统首尾，定与夺，合涯际，弥纶一篇，使杂而不越者也。若筑室之须基构，裁衣之待缝缉矣。

《章句》篇则有“外文绮交，内义脉注”之语，与西方的“有机统一体”（organic unity）说法，若合符节。③ 上文曾经指出：第一观与第二、三、四观关系密切，我们应该分析《骨灰》的“事义”“置辞”等，看看它们怎样和这篇小说的主题配合，看看整篇小说的结构严谨与否。

《骨灰》的素材、事件、情节非常丰富，包含抗日、内战、学潮、反右、

---

① 引自《骨灰》中胡菊人所写的代序。

② 笔者认为《文心雕龙》中《知音》篇的“酝藉”和“浮慧”二者，可借来形容叙述观点中的“客观呈现法”和“夹叙夹议的全知”。请参阅黄维樑：《酝藉者和浮慧者——中国现代小说的两大技巧模式》，载黄维樑：《中国文学纵横论》，台北：东大图书股份有限公司1988年版。

③ 黄维樑：《精雕龙与精工瓮——刘勰和“新批评家”对结构的看法》，《中外文学》1989年第7期。

“文革”、平反，以至罗任重在台湾坐牢、在美国潦倒，龙鼎立晚年去国，以及罗齐生那一辈的“保钓”运动等。夏志清多年前指出，白先勇的小说不啻是一部民国史。① 我们可以说，加上较后期的白氏小说《夜曲》和《骨灰》，则白先勇的小说足以构成中国的现代史，或者说，中国现代史的缩影。《文心雕龙》中《知音》篇的“事义”，还包括用典。《骨灰》中的罗任重和龙鼎立，都有文化修养，后者是名教授。罗任重用练字来修身养性，曾书写陆游的诗句“夜阑卧听风吹雨，铁马冰河入梦来”。龙鼎立来到美国与罗任重重叙，对着后者引陈与义“此身虽在，堪惊”的词句，来表示感慨。陆游和陈与义的诗词，写的都与国难时艰、民族苦痛有关，白先勇所用的典故，显然切合人物身份和经历，切合作品反映的历史时代，也切合作品要表达的主题。

《骨灰》的“事义”，异常丰富，这里不可能一一引述和分析。不过，有一个情节，是非讨论不可的，那就是小说结束前罗齐生做的梦：

> 老人细颤、飘忽的声音戛然而止。黑暗中，一切沉静下来，我仰卧在沙发上，房中的寒意凛凛的侵了过来。我把毯子拉起，将头也蒙上。渐渐的酒意上了头，我感到愈来愈昏沉，朦胧中，我仿佛来到一片灰暗的荒野里，野地上有许多人在挖掘地坑，人影憧憧，一起在挥动着圆锹、十字镐。我走近一个大坑，看见一个身材高大的老人站在坑中，地坑已经深到了他的胸口。他抡着柄圆锹，在奋力的挖掘。偌大的坑中，横着、竖着竟卧满了累累的死人骨头，一根根枯白的。老人举起圆锹将那些枯骨铲起便往坑外一扔，他那柄圆锹上下飞舞着；一根根人骨纷纷坠落地上，愈堆愈高，不一会儿便在坑边堆成了一座白森森的小山。我定神一看，赫然发觉那个高大的老人，竟是大伯，他愤怒地舞动着手里的圆锹，发狂似的在挖掘死人骨头。倏地，那座白森森的小山哗啦啦倾泻了，根根人骨滚落坑中，将大伯埋陷在里头，大伯双手乱招，狂喊道：
>
> “齐生——”

这个梦十分耐人寻味，把它放在全篇作品中来看，笔者觉得它有下面的含义：

① 夏志清：《白先勇早期的短篇小说》，载《文学的前途》，台北：纯文学出版社有限公司1974年版。

(1) 坑很大，死人骨头累累，可堆成一座小山；换言之，死的人很多。死的人或死于自然，或死于迫害、战争等，若属于后者，自然不无“一将功成万骨枯”之意，不无控诉时代之意。

(2) 人死了，却入土而不能安，其骸骨被人乱挖乱掘，这实在乖离死者安息的传统思想。①

(3) 掘坑者愤怒地、发狂地挖，他大概为自己被迫做此事而愤愤不平，也可能为死人感到不值，代他们生气。(正如龙应台说的：“中国人，你为什么不生气!”②)

(4) 种种战争、斗争的结果，是累累的死人骨头，这已是徒劳无功；挖坑堆起来的骨头，那座小山哗啦啦倾泻了，这项工作也是一场徒劳!

(5) 骨山倾泻，滚落坑中，埋陷了掘坑者。这大概意味着个人及其努力被历史所淹没。

(6) 现实中，挖坟的人原为龙鼎立，那是“文革”时期；梦境里，挖骨的却是罗任重。在20世纪40年代龙、罗二人因为政治立场不同而敌对，龙甚至骂过罗是“刽子手”。然而，龙在梦中却成了罗，其身份的混淆或逆转，使人有啼笑皆非之感。

总括而言，这个梦隐含之意，是徒劳、荒谬、可哀、可笑的。用西方现代评论术语来说，这个梦是意义丰富深刻的象征。用《文心雕龙》的话来说，它是“兴”，是“隐”。《比兴》篇说“兴者，起也”，“兴之托谕，婉而成章”，“比显而兴隐”；《隐秀》篇说“隐也者，文外之重旨”“隐以复意为工”“隐之为体，义主文外”“深文隐蔚，余味曲包”。由此可见在1 500年前，刘勰已有象征这个概念，已非常重视象征这个手法。

龙鼎立和罗任重年轻时敌对，在齐生的梦中，二人的身份却混淆了，这实在乖谬可笑，对此上文已有析论。龙鼎立投身革命，后来却被打成右派，身心备受摧残；罗任重在“文革”时因为有海外关系而被打成反革命分子，如今海外关系却为他带来平反的机会，至少是加快带来此机会；龙鼎立和罗任重年轻时是健将，是壮士，如今却羸弱衰残，“顶天立地”“任重道远”的美名，空余欷歔感叹……凡此种种，我们称之为“反讽”。假如刘勰起于九泉

---

① 中国传统文化重视人死后的安葬。例如《晋书·祖逖传》谓祖逖“克己务施……又收葬枯骨，为人祭醊，百姓皆感悦”。

② 这句话是龙应台所著《野火集》(台北：圆神出版社1985年版)一书第一篇文章的标题。

之下，读《骨灰》，“披文入情”，体会到以上这些现象背后的无奈与荒谬，他会怎样形容呢？大概会用刚才引用过的“重旨”“复意”“余味曲包”等词吧。象征与反讽，靠的都是“言外之意”。

“六观”法第三观是“置辞”。“置辞”与“事义”“位体”关系密切，上文已提到。笼统来说，大凡在交代事件和人物的核心元素之外，作者在文字上所花费的工夫，可纳入“置辞”的范围，如果用《文心雕龙》的比喻，则“事义为骨髓，辞采为肌肤”。辞采即“置辞”。《骨灰》的文字，称得上肌肤细腻，试看对罗任重和龙鼎立的描写。先看罗的部分：

> 大伯南人北相，身材魁梧，长得虎背熊腰，一点也不像江浙人，尤其是他那两刷关刀眉，双眉一耸，一双眼睛炯炯有神，颇有慑人的威严。后来大伯上了年纪，发胖起来，眼泡子肿了，又长了眼袋，而且泪腺有毛病，一径泪水汪汪的，一双浓眉也起了花白，他那圆厚的阔脸上反而添了几分老人的慈祥。

下面写的是龙：

> 在灯光下，我看清楚老人原来是个驼背，而且佝偻得厉害，整个上身往前倾俯，两片肩胛高高耸起，颈子吃力的伸了出去，顶着一颗白发苍苍的头颅；老人身子十分羸弱，身上裹着一件宽松黑绒夹袄，好像挂在一袭骨架子似的，走起路来，抖抖索索。

端的是工笔细绘。“置辞”的功夫，还可见于作品中对专有名词的安排。罗任重和龙鼎立两个名字，都具反讽意味，不是随便取的，这一点上文已有论及。“置辞”还可包括对气氛的营造。《骨灰》写的是十二月下旬的一个晚上，旧金山罗任重家中，几个人物的晤谈。白先勇这样细细描摹当时当地的景象：

> 旧金山傍晚大雾……整个湾区都浸在迷茫的雾里，一片灯火朦胧。……加利福尼亚街底的山坡，罩在灰蒙蒙的雾里，那些老建筑，一幢幢都变成了黑色的魅影。爬上山坡，冷风迎面掠来，我不禁一连打了几个寒噤，赶紧将风衣的领子倒竖起来。……旧金山的冷风

夹着湿雾，当头罩下，竟是寒恻恻的，砭人肌骨。

季节是冬天，时分是夜晚，雾大风寒，魅影幢幢，蒙蒙恻恻，这样的景物气氛，正好衬托出篇中罗、龙两个老人的年迈体衰，衬托出小说的悲剧调子。如果用弗莱（Northrop Frye）的“基型论”（archetypal criticism）来理解，则《骨灰》显然属于悲剧或讽刺诗文类型，写的是英雄的死亡或解体，相当于一年中的秋冬，一日中的昏夜。《文心雕龙》没有“基型”体系，不过，《物色》篇中所说的秋之“阴沉”和冬之“矜肃”，却与弗莱的基型论相通。①

从以上所说，我们知道《骨灰》运用的种种细节，其选辞择事，都为作品的主题服务，气氛首尾一致。至于第四观“宫商”，这里略作说明。在各种文学体裁中，诗的音乐性最强，评诗的时候，自然不能忽视其音乐性。至于小说作品，缀字成句，积句成段，组段成篇，字词的声调，句子的长短，固然有其音乐性，但到底难以由首至尾，逐字逐句分析，似乎也无此必要。也许我们可转而谈小说整篇的节奏。《骨灰》主要用内心独白和对话交代情节，谈话时，人物不过三个，时间是一个晚上，故事发展的节奏，非常舒缓；然而，由于《骨灰》涉及的人物多、时间长、空间阔，事件和情节的密度是很高的。以乐曲为喻，则《骨灰》好比是一个众多乐器交响并奏而速度缓慢的乐章。

三、《骨灰》的奇正、通变

第五观“奇正”，其准确含义似乎不易说明。《定势》篇说：“旧练之才，则执正以御奇；新学之锐，则逐奇而失正；势流不反，则文体遂弊。”《辨骚》篇说：“酌奇而不失其贞，玩华而不坠其实。”如果说“正”是正统、正宗，则“奇”应该是新奇、新潮、标奇立异一类的东西。不过，奇与正大概是相对的。就以小说技巧而言，詹姆斯式的叙述观点、意识流手法、魔幻写实主义手法、法国新小说手法等，刚刚出现的时候，都是“奇”的，后来，有些已经变成“正”的，或可能变成“正”的了。又以小说中的性爱描写而言，在20世纪初期的西方，在《尤利西斯》和《查泰莱夫人的情人》被禁的年

---

① 黄维樑：《春的喜悦与秋的阴沉》，载黄维樑：《中国文学纵横论》，台北：东大图书股份有限公司1988年版。

代，性爱描写是不正统的，后来却成为不新奇的事物了。20世纪是文化艺术思想多元化发展的时代，正统与否，有时很难确定，即使能够确定，意义似乎也不很大。说回白先勇的《骨灰》。我们知道，这篇写成于80年代中期的小说，在技巧方面，是“正统”的，比起魔幻写实小说、新小说、反小说，它简直保守极了。在内容方面，也一点不离经叛道。《骨灰》与别的小说相比，情形有如上述。如果以它和白先勇从前的小说如《冬夜》等相比，它也是“正统”的——《骨灰》在思想和艺术上，保留了白氏多数作品的特色。

评论白先勇小说的，自夏志清、欧阳子以降，都觉察到白氏作品中深沉的国家、民族、时代、文化思考，他具有一种忧患意识。① 白氏的兴衰今昔之感、人生无常无奈之慨，也为论者所体会到。《骨灰》秉承的，恰恰是白氏自己这样的传统。若有与前不同的话，则是白氏这种忧患意识更深更强了。

在技巧上，白先勇一向对人物容貌服饰，对场景摆设，用工笔摹状手法，《骨灰》一仍其旧。他喜用的象征、反讽笔法，《骨灰》承袭之。在小说艺术上，从20世纪60年代到80年代，白先勇还有一共通点。《游园惊梦》的故事，由钱夫人在窦公馆门口下车走入屋里开始；《梁父吟》由朴公下车回寓所开始；《冬夜》由余嵚磊在门口等待吴国柱开始；《骨灰》则由叙述者下飞机后到罗宅开始（不过在飞机上他有一番颇长的回忆）。这4篇小说，实际的时间都只有短短数小时，而主要的故事内容都是由角色的对话交代的。这是戏剧式小说，是白氏小说的一个模式。

第六观“通变”，乃论继承与创新。《通变》篇说：“设文之体有常，变文之数无方……文辞气力，通变则久。”《物色》篇说：“古来辞人，异代接武，莫不参伍以相变，因革以为功。”《辨骚》篇说：“《楚辞》者，体宪于三代，风杂于战国，乃雅颂之博徒，而辞赋之英杰也。观其骨鲠所树，肌肤所附，虽取镕经意，亦自铸伟辞。”合起来，足以说明继承与创新的道理。综览文学史，我们知道即使才高八斗的作家，也不可能一无依傍，完全白手兴家。作家多方吸收营养，转益多师，是自然且必要的事情。白先勇从早年阅读小说开始，即已受各家影响，已上通于中外的文学传统。② 简单来说，在广阔多

---

① 请参阅夏志清：《文学的前途》（台北：纯文学出版社有限公司1974年版）一书中《白先勇早期的短篇小说》一文，以及欧阳子《王谢堂前的燕子——〈台北人〉的研析与索隐》（台北：尔雅出版社1976年版）一书的《白先勇的小说世界》一文及书内其他文章；又见《骨灰》中胡菊人的代序及书末戴天所写的代跋。

② 陆士清：《白先勇的世界白先勇的梦》，《文汇报》，1988年1月10日、17日文艺版。

样的中外古今文学中，《红楼梦》的工笔写法，亨利·詹姆斯以降的小说叙述观点理论，弗洛伊德的心理分析学说，以至象征、反讽和中国古典诗词的凝练修辞等技巧，对白先勇的小说影响最为深远。所谓创新，往往只是采摘、继承各家之长所新形成的综合体。白先勇在小说技巧上的创新，正是上述诸家之长的综合。技巧的综合加上白先勇的忧患意识，他写出来的形形色色悲欢离合的人物故事，他细意经营的一个个象征、反讽，合起来就是白氏小说的特色、成就、个人风格和创新表现。“白氏小说者，体宪于中外，风杂于当世，乃说部之新变，而现代之英杰也。观其骨鲠所树，肌肤所附，虽取镕经意，亦自铸伟辞。”我们可改动《变骚》篇的字眼，借它来形容白先勇小说的“通变”。而《骨灰》“白风”明显，是当代一篇沉郁耐读的上乘之作。

四、结语：“重新发现中国古代文化的作用”

20 世纪是理论林立、批评发达的时代。西方的文学批评，有五花八门的种种学说，1 500 年前的《文心雕龙》，就和任何 20 世纪之前的中西文学批评经典一样，虽然了不起，却不可能预开 20 世纪的百花。《文心雕龙》有原道宗经之说，但它没有马克思主义文论；它强调情理的重要，如《情采》篇说的“情者文之经，辞者理之纬”，但它没有心理分析学说；它注意到《离骚》的神话成分，觉察到四季变迁物色感人的现象，但它没有一套神话理论或弗莱式基型论。① 它认为文学作品有其体裁上的要求和作品本身的规律，但它没有结构主义理论或解构理论；它了解不同读者对作品的不同反应，但它没有森严的一套“接受美学”。然而，《文心雕龙》有很多精见卓见，有很多中庸而高明的理论，有的可以发展成为圆融宏大的理论体系，“六观”法就是其中之一。“六观”法是析评作品艺术、衡量作品成就的一个理论架构；西方新批评（The New Criticism）及其以前的种种技巧分析理论，基本上都可以纳入

① 《辨骚》篇是一篇很好的实际批评文章，笔者撰有《现代实际批评的雏型——〈文心雕龙·辨骚〉今读》一文，1989 年 12 月在香港大学的“中国学术研究的传承与创新”研讨会上宣读。拙文提到刘勰对神话、夸诞事物（这些都是“异乎经典”的）的兼容并包。当然，刘勰并无对神话做系统式的研究，不像 20 世纪初期弗雷泽（J. G. Frazer）的《金枝》（*The Golden Bough*）那样。正因为如此，《楚辞》的神话传统成分，乃成为 20 世纪学者闻一多以至陈炳良［其《神话·礼仪·文学》一书（台北：联经出版事业公司 1985 年版）中有《圣与俗——〈九歌〉新研》一文，很有启发性］的研究课题。无论如何，刘勰对神话夸诞素材的并蓄精神，在在显示他是一个博大的批评家。

“六观”法的体系里面。如何实际地析评作品？《文心雕龙》的“六观”法，提供了一个可以放诸四海而皆准的方法学典范。

笔者向来推崇《文心雕龙》的体大虑周，极高明而道中庸，多年来又深爱白先勇小说的沉郁精深、忧时感世，现在讨论其《骨灰》，尝试以古法证论新篇，这也可算是刘勰“通变”说的一项实验。白先勇在叹息现代中国失败之余，对中国传统文化是有信心的。《冬夜》的余嵚磊说：“有时候，洋法子未必奏效，还得弄帖土药秘方来治一治。”①《骨灰》中的罗任重，悲慨之余，就靠练书法，写陆游诗句“夜阑卧听风吹雨，铁马冰河入梦来”，以修身养性。而白氏本人也认为应该来一个中国文化复兴，“重新发现中国古代文化的作用”②。笔者这里以“六观”法析评《骨灰》，只用了一个例子。“六观”法是可以用来衡量古今中外各种作品，极具普遍性实用价值的。洋法有洋法的好处，中国人向来大抵都学习、借鉴，且往往不遗余力。不过，我们应该“重新发现中国古代文化的作用”，且向外国介绍，以期对世界文化有所贡献，同时治疗一下近代以来饱受摧残的民族自尊。

---

① 引自白先勇：《白先勇自选集》，香港：华汉文化事业有限公司1986年版，第232页。

② 引自白先勇：《第六只手指》，香港：华汉文化事业有限公司1988年版，第176页。

“粤派批评”已是一个客观存在

陈剑晖

（华南师范大学文学院）

在近百年来的中国文坛，“京派批评”“海派批评”以及20世纪80年代崛起的“闽派批评”已是大家公认的文学现象，但“粤派批评”却极少被人提起。其实，不论从地域精神文化气质、文脉的历史传承，还是批评的影响力来看，“粤派批评”都有着自己的文化品格、优势和辉煌。只不过，由于历史、现实、文化和地域等诸多原因，“粤派批评”一直被低估、忽视乃至遮蔽。有鉴于此，我认为，从文学地理学的角度，梳理“粤派批评”的文脉传承，挖掘被历史和某种文化偏见所遮蔽的“粤派批评”的文学价值，彰显“粤派”文化的独特内涵和深厚底蕴，不仅能有力推动广东的文学创作，而且有助于增强广东文化的自信，提升广东文化的影响力，促进区域文化发展，从而在当前打造广东“文化强省”的进程中发挥积极的文化效应。

历史溯源

仅就文论传统和代际批评来说，“粤派批评”的源头可追溯到晚清，黄遵宪的“诗界革命”、梁启超的“小说界革命”的倡导，开创了一个时代的风潮，对20世纪中国的文学批评产生了深广的影响。二十世纪二三十年代，黄药眠在《创造周刊》发表了大量有关文艺大众化、诗歌民族化的文章，产生了很大影响。钟敬文则研究民间文学，被视为中国民间文学的创始人。新中国建立后的“十七年”，“粤派批评”的代表人物是黄秋耘、萧殷和梁宗岱。黄秋耘在“百花时代”高举“写真实”与“干预生活”两面旗帜，大声呼吁“不要在人民疾苦面前闭上眼睛”。而萧殷在编辑之余，还写了大量指导文艺创作的文章，王蒙曾说过：“我的第一个恩师是萧殷，是萧殷发现了我。”而梁宗岱通过中西诗学的贯通，建立起了现代性与本土经验相融汇的诗歌理论批评体系。新时期以来，“粤派批评”也涌现出不少在全国有一定知名度的批评家。如在广东本土，“30 后”有黄修己、饶芃子、黄树森、黄伟宗，“40 后”有谢望新、李钟声，“50 后”有蒋述卓、郭小东、陈剑晖、程文超、金岱、林岗、宋剑华、徐肖楠、江冰，“70 后”有谢有顺、申霞艳、郭冰茹、张均、胡传吉、柳冬妩，等等。在北京及香港等地更有杨义、洪子诚、温儒敏、陈平原、黄子平、古远清等名家，其阵容和影响力虽不及“京派批评”和“海派批评”，但可追“闽派批评”，超越国内大多数地域的文学批评。如果批评的视野和范围再开放拓展，加上饶宗颐、王起、黄天骥等老一辈学者的纯学术研究，则“粤派批评”更是蔚为壮观。

鲜明特色

“粤派批评”具有鲜明的特色。从总体看，“粤派批评”除发生期的梁启超、黄遵宪外，粤派批评家不像京派批评家那样关注现代性、全球化、后殖民等宏观问题，也不似“闽派批评”那样积极参与到“朦胧诗”“方法论”“主体性”的论争中。粤派批评家有自己的批评立场和批评观念，亦有自己的学术立足点和生长点。他们师承的是梁启超、黄遵宪、黄药眠、钟敬文这些大家的治学批评理路。他们既立足本土经验，面向时代和生活，感受文艺风潮的脉动，又高度重视审美中的文化积累和文化传承；既追求批评的理论性、学理性和体系建构，注重文学史的梳理阐释，又强调批评的实践性，注重感性与诗性的个性呈现。比如，古远清的港台文学研究，饶芃子的海外华文文学研究，郭小东的中国知青研究，陈剑晖的散文研究，蒋述卓的城市诗学研究，宋剑华对经典的阐释重构，江冰的“80 后”文学研究，都各有专攻，各擅胜场，且处于国内领先地位。此外，谢有顺的批评贴近作家作品，又注重表述上的诗性和个性化，因而被视为“70 后”最有影响的批评家之一。

中国现当代文学史写作，是“粤派批评”最为鲜亮的一道风景线。在这方面，“粤派批评”几乎占了文学史写作的半壁江山，而且处于前沿位置，有的甚至成为中国现当代文学史写作的高地。比如 20 世纪 80 年代，钱理群、陈平原、黄子平联合发表的著名论文《论二十世纪中国文学》，其中的陈平原、黄子平均为粤人。洪子诚的《中国当代文学史》以方法先进、富于问题意识、善于整合中西传统资源和吸纳同时代前沿研究成果著称，它与陈思和的《中国当代文学史教程》被学界誉为中国现当代文学史的“南北双璧”。

杨义的三卷本《中国现代小说史》是将比较方法运用于文学史写作的有效实践，该书材料扎实，眼光独到，分析文本有血有肉，堪与夏志清的《中国现代小说史》比肩。此外，温儒敏的《中国现代文学批评史》，黄修己的《中国现代文学发展史》，古远清的港台文学史写作，也都各具特色，体现出自己的史观、史识和史德。

“粤派批评”还有一个特色，即注重文学批评的日常化、本土经验和实践性。粤派批评家追求发现，而不追求深刻；追求圆通，而不追求新潮。这就是前瞻视野与务实批评结合，经济文化与文学批评合流，全球眼光与岭南乡土文化挖掘齐头并进，灵活敏锐与学问学理相得益彰，多元开放与独立的文化人格互为表里。这既是广东本土批评家的批评践行，也是他们的共性和个性特征，是广东文化研究和文学批评的可贵品格。

身份标识

“粤派批评”不是一个学派的概念，不是一个具有文学立场、主张和追求趋向一致性和自觉结社的理论阐释行动。它只是一个松散的、没有理论宣言与主张的群体。因此，没有必要纠结“粤派批评”究竟是一个学派，还是一个地域性的概念，但有一点可以肯定：“粤派批评”已是一个客观存在的文学现象，即虽具有地方身份标识，却不是局限于一地之见的文艺理论家批评家群体。因此，确立“粤派批评”的标准可宽泛一些，即只要具备如下的身份标识，就可视为粤派批评家：一是长期生活、工作于粤地的批评家；二是虽不是粤人，但在粤地工作超过10年的批评家；三是出生、早年受教育于粤地，后到外地求学、工作，从事学术研究和批评的批评家。而有些批评家，虽原籍隶属广东，但出生、受教育及工作均不在广东，如上海的陈思和、吴亮、程德培等，这些批评家尽管成就斐然，也不应列入“粤派批评”阵容。

“粤派批评”的提出有其合理性，至于是否有可能成为“派”，还需进一步的论证挖掘和时间的证明。

“粤派批评”实践已嵌入历史

古远清
（中南财经政法大学新闻与文化传播学院）

2015年12月在北京召开的“闽派批评”研讨会上，由山东文艺出版社2005年出版的拙著《中国当代文学理论批评史》有关“闽派批评”的论述，被一位评论家当作“闽派批评”存在的一个重要依据。据说在会议休息时，一位女记者问这位发言者：“古远清是广东人，为什么他不写‘粤派批评’?”对方以戏谑的口吻回答说：“‘粤派批评’还没有生出来呗。”

我在《中国当代文学理论批评史》中之所以没有写“粤派批评”，是因为当代文论史学科还未建立，有关学派其实是学术群体的研究还未提到议事日程，那时也无“粤派批评”的提法；另一个原因是“粤派批评”的个人成就掩盖了群体的光芒，更重要的是“粤派批评”行事低调，不喜欢打旗称派。但现在形势不同了，鉴于文坛竞争激烈——眼见“闽派批评”不断地在开研讨会，还出版“闽派批评”丛书，“粤派批评”也理应从隐性走向显性。

在我看来，让“粤派批评”浮出水面有一定的合理性，这是可以和“闽派批评”平起平坐的一个批评群体，且两者互为补充，时有交叉。以华文文学研究为例，闽粤两地均得风气之先，“闽派”拥有全国独一无二的《台港文学选刊》，“粤派”很早就有把报道和评述港澳文学动态当作重要内容的《当代文坛报》。该报主编黄树森写于改革开放不久的《答读者问——关于白先勇的〈思旧赋〉》，是名副其实的“略带惊艳的文化发现”，开了大陆研究白先勇作品的先河，为大陆地区的台港文学研究史作了一个显眼的注脚。

当下文坛有所谓“作协批评”“媒体批评”“学院批评”之分，“粤派批评”通常是指前两者。本文把“学院批评”尤其是文学史的编写包括进去。闽粤两地本是中国大陆研究华文文学的重镇。在文学史著述方面，“闽派”有刘登翰主编的《台湾文学史》，“粤派”有王晋民主编的《台湾当代文学史》；“闽派”有刘登翰主编的《香港文学史》，“粤派”有王剑丛的《香港文学史》；“闽派”有庄钟庆等主编的《东南亚华文新文学史》，“粤派”有陈贤茂主编的《海外华文文学史》。所不同的是“闽派”重台湾，“粤派”重港澳，如陈少华不久前出版的《重现与归来——20世纪80年代以来的澳门汉语文学研究》，正好补充了刘登翰主编的《澳门文学概观》来不及论述的问题。此外，“闽派”的《台湾文学史》比“粤派”影响大，而“粤派”的海外华文文学研究比“闽派”厚重。至于闽籍的黄修己，在广东落户多年，他为学科建史的力作《中国新文学史编纂史》，是在中山大学完成的，因而也可将其视为“粤派批评”家。谢有顺则既是“闽派批评”家，也是“粤派批评”家。

“闽派批评”与“粤派批评”在理论上也有“互文”关系。如“闽派批评”勇敢地为朦胧诗的崛起大声呐喊，而“粤派”的花城出版社一再推出《中国现代朦胧诗赏析》《台港朦胧诗赏析》一类的畅销书与之呼应；“闽派”孙绍振的散文研究很有深度，“粤派”陈剑晖的《论20世纪90年代中国散文的文体变革》《中国散文理论存在的问题及其跨越》两篇论文影响也很大，因而将“闽派批评”与“粤派批评”视为一个可以统合起来解读的文学评论群体，有一定的合理性。此外，“闽派批评”和“粤派批评”还有良好的合作关系，如刘登翰主编的《香港文学史》，就有暨南大学费勇、广东社会科学院钟晓毅参与。在个人著述方面，林岗和“闽派”的刘再复合作过《传统与中国人》《罪与文学》。笔者的两部“砖”著《海峡两岸文学关系史》《战后台湾文学理论史》，也是由“闽派”的出版重镇福建人民出版社推出的。

“粤派批评”诞生于历史变革的大潮之中，它是一个历史概念，是停止以阶级斗争为纲，不再提文艺为政治服务这种大背景下的产儿。从批判“四人帮”的“文艺黑线专政论”，中间经过文学功能、文学技巧的争论，再到文学研究方法的更新、文学观念的变革，“粤派批评”均发出了自己的声音。在1978年12月29日，黄树森以“特约评论员”名义在《南方日报》头版刊出的《砸烂“文艺黑线”论，为实现四个现代化而创作》，是全国较早挞伐“文艺黑线”论的文章。此文不仅揭开了广东文艺思想解放的序幕，而且进一步促进了全国批判“文艺黑线专政论”的热潮。

“粤派批评”不同于“南方批评”，其领域并不包括广西。“粤派批评”这一概念不是空穴来风，经过《南方日报》《羊城晚报》《粤海风》《华文文学》及已停刊的《当代文坛报》《东方文化》《广东鲁迅研究》等媒体的打造，已成了一种客观存在，其批评实践已嵌入了历史。正是有杨义、洪子诚、陈思和、温儒敏、黄子平、陈平原、饶芃子、黄树森、蒋述卓、林贤治、程文超、陈剑晖、郭小东、林岗、谢有顺等数十支健笔在当代文学的天空中不停地挥洒，然后才能将“粤派批评”的名字庄重地写进了新时期文学史中。

“粤派批评”当然不是一个年龄概念。像“诗性批评家”饶芃子从20世纪60年代始就在广东的文学评论界崭露头角，改革开放初期对一些曾被视为“禁区”的文艺理论问题进行辨析，并发起“论社会主义文学中的悲剧”的文学论争，八九十年代以来在比较文学和华文文学领域也作出了重要贡献。她还依靠自己渊博的学识和丰富的人生经验，对林岗、陈志红、费勇、王列耀以及钟晓毅等中青年学者的探索给予支持和帮助。即使到了暮年，仍不甘守旧，锐意进取，从而永葆自己的学术青春。

阵容不断壮大、专指当代也涵盖现代文学研究的“粤派批评”，不同于内涵要大得多的“岭南学派”，但仍带有南方的地域性，他们仍把研究岭南文化当作重要内容。在这方面，除曾提出“社会主义批判现实主义”的黄伟宗、“叩问岭南”的黄树森都有可观的成果外，另有谢望新、李钟声对岭南作家的系统性研究，陈剑晖的《岭南现当代散文史》以及谭元亨与罗可群的客家文学研究。但“粤派批评”毕竟不是同乡会，也就是说“粤派批评”不等于“粤籍批评”。有人认为广东潮阳人吴亮，应属“粤派批评”，但在我看来，还是归入“海派批评”为好。至于广西籍的蒋述卓把自己美好的青春献给了广东文学批评事业，他自然应被视为“粤派批评”的一员，且是重要的成员。下一代有张均、江冰、郭冰茹、胡传吉、申霞艳以及还未广为人知的、专攻香港文学的凌逾，近年来他们以凌厉的姿态活跃在当代文学的研究领域，让人刮目相看。

“粤派批评”是属君子之交“不党的一群”。他们未曾结社，当然也就谈不上“票选”社长。他们“社性”极低，其成员有相当大的流动性。像以“文艺美学”研究著称的胡经之，从历史较久的北京大学南下到年轻的深圳大学任教。暨南大学则是一些外来学者的重要中转站，如宋剑华是从湖南来到广州，姚新勇从新疆南下，又如李运抟从武汉到暨南大学然后又去了广西，朱寿桐从南京到广州，后又由暨南大学到了澳门，殷国明从上海到暨南大学，又由暨南大学返回华东师范大学。“粤派批评”家出出进进的最新动态是：洪治纲从暨南大学流向杭州，而贺仲明则由山东去了暨南大学，成了“粤派批评”新的一员。

“粤派批评”的形成，首先是靠“地利”。作为改革开放前沿的广东，时刻呼吸的是思想解放的新鲜空气，这使他们较早摆脱封闭的线性结构，能从多维、多向的视角观照文艺问题。但并不是生活在这个历史阶段的文学评论家都必然地是“粤派批评”的成员。这里除历史的选择外，还有个人的志向，即个人是否自觉意识到岭南人的历史使命，并勇敢地承担。与“地利”相关的是“粤派批评”的形成还与“师承”分不开。他们师承的是“两黄一萧”即黄药眠、黄秋耘、萧殷这些大家。黄药眠美学思想的特点是实践性，强调个性和感性，高度重视审美中的文化积累和文化传承，在当代美学史上具有开拓意义。黄秋耘在“百花时代”勇猛向上，慷慨悲歌，疾恶如仇，高举着“写真实”与“干预生活”两面旗帜，大声呼吁“不要在人民的疾苦面前闭上眼睛”。在中国当代文学理论批评史上，萧殷的评论和编辑业绩突出。王蒙就曾说：“我的第一个恩师是萧殷，是萧殷发现了我。”这里特别要提出的是“广东批评”在中国当代文学批评史上的一次漂亮展示。那是1959年，针对于逢出版的描写珠江三角洲合作化运动的长篇小说《金沙洲》，评论界有两种相反的意见：褒者认为这是反映由初级社转入高级社过程中发生的“两条道路斗争”的成功之作；贬者认为没有反映合作化运动中的“本质和主流”。《羊城晚报》“文艺评论”专刊从1961年4月13日开始发表于该书的讨论，历时7个月，发表文章共30多篇。其中黄树森在以林蓓之笔名发表的《阶级的本质特征是否等于典型?》一文中批评了“共同的社会本质、阶级特征或品质就等于艺术典型”的观点。值得注意的是以“中国作家协会广东分会理论组”名义发表，由萧殷与易准、黄树森、曾敏之等合写的《典型形象——熟悉的陌生人》《文艺批评的歧路》《事件的个别性与艺术的典型性》等带总结性的文章，着重批评了那种把典型性格和典型环境划一化的教条主义理解的做法。这对活跃学术气氛，延续因“反右”斗争中止的对典型问题的讨论，起了积极的作用。

这里还要指出的是：“粤派批评”不是一个学派的概念，不是一种具有文学立场、主张和追求趋向一致性和自觉结社的理论阐释行动。它只是一个松散的、没有理论宣言与主张的群体。尽管“粤派批评”家们在学术求真和创新方面有相同之处，但在此旗帜下的学者彼此的观点并不一致，有的评论家也很不愿意自己被划入“粤派批评”这一群体中。不管愿不愿意或接不接受，杨义、洪子诚、陈思和、温儒敏、黄子平、陈平原、饶芃子、黄树森、蒋述卓、林贤治、程文超、陈剑晖、郭小东、林岗、谢有顺等人的文学批评实绩皆有目共睹。下面着重说说“一洪两平”，即洪子诚、黄子平、陈平原三人的成就。

中国当代文学史研究，从“十七年”时期就开始了。但那时的研究，清一色是当代文学运动的注脚，排斥个人化的审美意识。新时期以来出版的多种当代文学史，改变了这种情况。但这些文学史著作的缺陷也异常明显：对当代文学发展的规律研究不够，在框架上大都是作家作品论的叠加。进入20世纪90年代之后，这种局面有了改变。突出的标志是首次出现了私家治史，这就是洪子诚的《中国当代文学概说》。此书最重要的特点是在处理、“重建”40年来的文学材料、现象时，不受流行观点的束缚，敢对取得支配地位的“文学规范”的性质及其演变作出新的阐释。具体来说，上编在论述50—70年代文学时，描述了从延安时期所确立的“工农兵文学”如何取得绝对的支配地位，以及这一文学形态的基本特点。下编则揭示了这一文学规范在80年代逐步削弱乃至瓦解的过程，对中国作家“重建”多元化的格局作了热情的肯定，在同类著作中显得一枝独秀。可以毫不夸张地说，比起他后出的教材型的《中国当代文学史》来，学术型的《中国当代文学概说》不仅精练，而且更少受“庙堂”的影响，它是当代文学史著述中最有独创性的一种。

“粤派批评”的成就离不开他人的协助。1985年，文艺界掀起文艺观念与方法更新的热潮。在这股思潮的影响下，粤人黄子平、陈平原与贵州籍的钱理群于同年5月在北京召开的“中国现代文学研究创新座谈会”上，提出打通现当代文学的大胆构想，即后来在《文学评论》上提出的“二十世纪中国文学”观念。这是相当新颖的文学史观，远远超过“方法热”、“观念热”中涌现的许多文章。它从整体上把握时代、文学以及两者关系的思辨，表明研究者试图打破原先文学史研究中的单一的封闭模式：横向上，把20世纪中国文学放在世界文学总体框架中去审视；纵向上，把20世纪中国文学作为中国古典文学向现代化过渡、转变的过程来考察。1988年下半年，陈思和、王晓明在《上海文论》提出“重写文学史”的命题，正是对“二十世纪中国文学”旗号的一种呼应和补充。

陈平原与黄子平同属“粤派批评”精英，但两人使用的“拳法”隔着一层。黄子平着重于当代文学研究，陈平原主要在近现代文学领域内驰骋；黄子平的研究与当前评论现状及创作实际靠近，而陈平原以纯理论研究居多。他的思想虽然没有黄子平那样敏捷，但他做学问扎实，研究后劲比黄子平突出。他的论著有较浓的书卷气，但他绝不是仅靠《中国小说叙事模式的转变》那样的早春的点滴绿色去赢得别人的欢呼和宠爱，而是以自己精心栽培的嘉林美卉受到别人的青睐。陈平原在治学之余还撰写学术小品，借以关怀现实人生，保持心境的洒脱与性情的温润。

“粤派批评”以思维活跃、感觉敏锐、视野开阔著称。陈志红、朱子庆当年曾直指“广东文坛静悄悄”了，后来就不再“静悄悄”，且不说陈国凯《我应该怎么办》的发表引起了轩然大波，单说林贤治的文学和思想批评类文章的影响，就非常巨大。他的《五四之魂》与《五十年：散文与自由的一种观察》曾传诵一时。“粤派批评”力求超越传统的文学史观，在课题的开拓、方法的创新、学科的完善和学术史的创建——尤其在现当代文学史的撰写方面，都取得了丝毫不亚于“闽派批评”的骄人成绩。这方面计有堪称通才的杨义的《中国现代小说史》、陈平原的《二十世纪中国小说史》、温儒敏的《中国现代文学批评史》以及郭小东的《中国知青文学史》，陈剑晖与着重基督教文化与曹禺戏剧研究、发起有关中国文学“现代性”学术大讨论的宋剑华共同主编的《20世纪中国文学批评史》，黄修己和刘卫国主编的《中国现代文学研究史》，张振金的《岭南现代文学史》《中国当代散文史》等。这里要特别提到对岭南散文流派和社会主义文学流派的探寻作出实绩的郭小东的《中国知青文学史》。他为“知青文学”重新定义，并强调“知青文学”的题材维度，另外还注意到“文革”期间或更早时间肯定的叙述。正如洪子诚所说，郭小东这一扩大“知青文学”边界的处理，提供了通过纵向梳理和横向比较，以达到有效把握这种曲折多变的历史进程的可能。

郭小东在 1988 年说过：“批评的衰落首先是批评的堕落，正如文明的衰落是以文明的异化为代价。”这堕落或曰退步表现之一为文学时评成了“超级胖子”，而学派或评论群体的研究则是“营养不良的瘦子”。有识之士已认识到文坛缺乏评论之评论的弊端已日益彰显。如果再不加强评论之评论，必将给文学评论的发展带来损失甚至危害。为了改变这种学术失重感，笔者不自量力对“粤派批评”作出初步的梳理。我不在广东工作，雾里看花毕竟有不够周全之处，却自信比较客观公正。无论我的评论是否达到了一定的理论高度，但作为一直在默默无闻地耕耘着的“粤派批评”，谁也无法改变它已成为一种文化现象或一道亮丽的文学风景的事实。今后他们将如何继承过去的优良传统，在岭南文化与中原视野之间保持张力，创造出新的辉煌，人们将拭目以待。

文学史书写

五四新思潮一百周年随想

林　岗

（中山大学中文系）

一百年前《新青年》创刊，五四先驱奋勇无畏，发起新文化运动，他们一面激烈批判传统，一面拥抱时代新潮，终于使穷途末路的中国，如鲁迅所形容的——“在无所希望中得救”。因为五四先驱的功绩和中国的“得救”，如今我们的精神生活里同时存在两种性质和表达形式都有相当差异的观念形态：一种由文言文和古代白话承载，我们常常称为传统文化；另一种主要由现代白话承载，可模糊地称为现代文化。虽然我们完全可以大胆地说，这两者都是“我们的”，我们的精神血脉里都浸透着这两种精神要素。可是当我上午读“四书”下午读鲁迅的时候，它们之间的差异依然会让我感到心神不宁。我相信，这并非纯粹个人性的阅读经验，因为舆论思想的圈子至今无法得到共同认可的关于中国“古代传统”的感受与体验。至于中国的“现代文化”，其感受与体验也是人言人殊。至今社会舆论还时常陷入是“传统”还是“现代”这样的钟摆效应之中。偏好“国学”的跳将出来，马上遭到回击；偏好“新潮”的跳将出来，也同样有人不满意。换作英国人，我想大概不会遭遇这个钟摆困局吧。他们上午读柏拉图下午读莎士比亚，当不会有与我类似的不安。中国这种古代“传统文化”和现代“新文化”之间的差异或者说我们所感受到的不安，也许就是自 20 世纪 90 年代之后每当五四作为话题浮上舆论水面之际，就一定引起持论不同者对峙、争论而各不相让的原因。而如今适逢五四新文化运动百年之际，舆论再次陷入如此的胶着状态，似乎再次证实了思想僵局仍然未解。

事实上，远在五四新思潮发生之前，晚清“旧学”与“新学”的分化就预示了后来“传统”与“现代”的对峙。就在晚清西潮汹涌不断输入之际，章太炎在日本就提倡中国固有的学问。这种学问有另一个词曰“国粹”。章太炎之倡言“国粹”当然是左右开弓的：一面指向光复，“扫除腥羶，建立民国”；另一面未始不是怀有“国学”失坠而“新学”滔滔的担忧。章太炎对革命的胆识无与伦比，可是他通过讲习“国学”而激发“种性”，从而挽救危亡时局的想法，在新思潮兴起之后越发显得脱离现实。正是在这个意义上，鲁迅说他的老师“身衣学术的华衮，粹然成为儒宗”。“用自己所手造和别人所帮造的墙，与时代社会隔绝了。”《新青年》创刊之后，舆论思想界新与旧的对峙上升到了二者必居其一的零和博弈的程度。因为新思潮的摧枯拉朽之势，更引发了不惧潮流的有识之士对“传统文化”沦亡的忧虑。这一次轮到《学衡》的同人扮演站在新思潮对立面的角色了。然而，《学衡》诸人的命运同样是悲剧性的。他们的志向本来就是“昌明国粹，融化新知”，怎奈当时“国粹”与“新知”实际上被感知为截然对峙的两物，不存在相互融化的余地。以他们绵薄之力，所融化的也实在有限。尽管《学衡》同人多是留学西洋的饱学之士，无奈亦被新思潮视作冥顽不化的守旧者。既然与浩浩荡荡的中国社会潮流相逆而行，其结局之惨淡，也就可想而知。现代史上类似的“守旧者”列得出来的还有一些，也许还应该提到1935年王新命等十位教授发表的《中国本位的文化建设宣言》。他们宣言的第一句就是感叹“在文化的领域中，我们看不见现在的中国了”。虽然笔者不能断定他们想看见的中国是什么样的中国，但既然焦虑当时文化的“非中国化”，那当然就是意指滔滔的现代潮流淹没了中国的传统文化。时间又过去将近半个世纪到了20世纪80年代，近似的声音再次浮上舆论的水面。这次是以“文化断裂”和“寻根”的面目出现，带上了回顾与反思的色彩。至于90年代到如今，“国学”重光，读经的呼声时弱时强，总的趋势是“传统文化”逐渐改变了五四新文化运动塑造的负面形象，转而成为正面形象走上舆论思想的舞台；与此同时，五四新思潮的形象亦逐渐变得模糊不清乃至没有以前那么高大了。只要提起“国学”或“传统文化”百年来的“不幸遭遇”，五四新思潮大有成为众矢之的之可能。一个世纪的世道沧桑，匆匆走过，时势迁移，攻守之位却正好反转。这个事实依然昭示当今中国，“传统”与“现代”的对峙虽然已有缓和而龃龉依旧。随着“传统文化”的归来和五四新思潮的远去，笔者想起世间健忘的人多，故乐意在此为新思潮辩护一二。

晚清“旧学”与“新学”的分化，是否意味着日后中国思想文化上的争论必然要演变为《新青年》横空出世那样与“传统文化”不共戴天的局面，事或未必然。然而《新青年》的一鸣惊人却是对民初政治、文化走入死胡同的合理反应，舍此并无第二条可走之路。五四先驱们的“过激”实在是居功至伟。中国经此一役走出政治、文化的泥潭，前途重新可待。不要忘记，1915年正是袁氏当国，准备重新披上龙袍的时候。当然他的选择亦为民初党争恶质化由以致之——此是后话。无论如何，辛亥革命所开创的共和政治、民主中国的前途，至此一笔勾销，彻底破局。1915 年 12 月上旬，1 993 名国大代表，全票通过“一致赞成（改变共和）为君主立宪国体”。不要忘记，1916 年在当时的中国有另一个叫法曰洪宪元年。正是因为洪宪带来的耻辱，陈独秀才会痛心疾首，写作《一九一六年》一文，以“新年献词”的口吻正告国人：“吾人自有史以迄一九一五年，于政治、于社会、于道德、于学术所造之罪孽，所蒙之羞辱，虽倾江汉不可浣也。当此除旧布新之际，理应从头忏悔，改过自新。”民国四至五年的洪宪闹剧，固然是小丑登场，但更深长的意味是中国的政治、文化已经穷途末路。之前的中国，革也改过，宪也立过，命也革过，最终召唤来的，还是帝制的亡灵。当时的有识之士一定有此沉重一问：这样的国家是什么国家？这样的国民是什么国民？所有的改革，所有的立宪，所有的革命，竟然结出此种冤孽？这就是为什么《新青年》讲到历史，讲到传统，讲到文化，皆是如此沉痛，如此为见不到开化文明而倍觉羞辱的原因。他们不是要历史、传统、文化来为现实的失败而“背锅”，而是要从历史、传统、文化开创未来。此种苦心孤诣，我们作为后人不可因时过境迁而弃诸脑后，而纷然指陈《新青年》的“过激”。笔者以为，没有当年的“过激”，就没有中国此后的未来。君不见，洪宪之后打响第一枪的，并非共产党人——其时它还未出世，而是辛亥党人蔡锷将军。这个事件亦同样意味深长，它预示着以武力重新塑造中国政治和社会成为对中国未来有不同期待的政治势力的唯一可能的出路。日后的国民党如此，共产党也如此。章太炎于辛亥之际为新国家取名的“中华民国”所蕴含的中国政治前途的意味，已经为洪宪称帝所扼杀。“民国”已死，此后留在中国现代史历程里的“民国”，只不过一个纯粹纪年符号而已。要想从已死的“民国”发掘所谓“光明”，所谓“宪政”，所谓“民主”，纯粹白费力气。《新青年》以激进的姿态回应了民初政治、文化的死局，创出了“传统”与“现代”的极端对峙，固然有它日后衍生的弊端。然而，即使有不幸，那也是中国的命。正所谓命该如此，无所逃于天地之间。

写到这里，笔者想起钱穆 1939 年在其著作《国史大纲》中所讲的话。他开篇即劝读其书的读者，应当对本国已往历史抱有“温情与敬意”。钱穆的教诲无疑值得我们铭记。笔者亦想在此补充一句，五四新思潮百年后的今天，比之钱穆当年所云“本国已往历史”，其含义又有所延续。我们今天面对的不仅有中国古代史意义上的传统文化，亦有五四所开创的新传统文化。如前者称为“老传统”，后者则可称为“新传统”。我们不仅应当对古代历史与文化秉持“温情与敬意”，而且也应当对中国现代历史与文化抱持“温情与敬意”。我们所抱持的“温情与敬意”既是理解古代传统文化的前提，也是理解中国现代文化的前提。如果说中国古代历史与文化是一笔宝贵的财富，中国现代历史与文化也是一笔宝贵的财富。它们在时间长度上的差异和总量上的差异，并不是我们可以对任何一方采取虚无主义姿态的理由。笔者以为，只有这样才能促成舆论思想领域依然存在龃龉的“传统”与“现代”的和解。今天国家经济所取得的成就，国家政治所步上的途径，仅仅意味着历经新文化运动“传统”与“现代”形成的对峙有了和解的可能，至于真正和解的实现，还是漫长征途，还有待于数代仁人志士的不懈努力。正如当年两者不幸演变成对峙而无所逃避一样，今天它们的和解亦是生活在当下的我们无所逃避的责任。那种继续在“传统”与“现代”之间轻重彼此，肆意雌黄，皆非历史主义的态度。

其实，今天的中国“传统”与“现代”的差异和对立已经没有可能再像一个世纪之前那样相互对峙冲突了，它们只是并立在、内在于我们的精神生活里而已。因为一个世纪前的对峙是特定社会历史情境的产物，那种“国将不国”的社会历史情境已经一去不返了。与那时救亡图存的危急形势恰好相反，经过先辈们的奋斗，一个国势强盛的中国正出现于世人面前。笔者觉得，我们追求的“传统”与“现代”和解最重要的国势的基础已经具备了。只是囿于惯性观念和知识利益，偏好于将它们人为地处理成彼此不相容的对立罢了。在诸种惯性观念和知识利益之中，笔者以为有害而顽固的，是追求“本位地位”的奢望。无论“传统文化”还是“现代文化”都不应该追求在国家生活中占有“本位地位”。在现代国家中能够和应该占有国家生活“本位地位”的，只能是国民对国家深挚的情感和认同。如果任何一种学说或教诲侥幸占有了国家生活中的“本位地位”，它一定使国家生活走向原教旨倾向的极端化。这是我们的不幸而不应该是我们的追求。人的历史如漫漫长河，各种关于应该如何生活才是至善的学说和教诲，有的早些，有的迟些，出现并流布于人世间。而历代先贤圣哲，沉思默想，启真见性，提出各种学说和教诲，化导众生。这些学说和教诲，或出于古代，或出于现代；或出于中国，或出于外国。它们如涓涓细流，汇入人类生活中来。那些出现得早的，我们叫作传统文化；那些出现得晚的，也加上从国外东渐而来的，我们叫作现代文化。它们都是滋润我们的人生和生活的。缺乏它们，我们的精神生活将显得苍白贫乏。然而人受限于成长的地域、风俗，也受限于天性与经验，会接受和认同不同的学说与教诲，由此而形成人类生活各个不同的圈子。如果每一种学说和教诲皆以自身天然足具而奋求占有国家生活的“本位地位”，那社会生活则会陷入无休无止的争议和对立。各种学说和教诲，无论它是传统的，还是现代的，它们之间至少应该达成一种“基本同意”，即互不谋求国家生活中的“本位地位”。

放眼中华五千年历史，它不但是各部族、民族交流、融合、混血的历史，而且因此也是精神生活领域各种不同学说和教诲相互影响而汇流、丰富的历史。若是以原初的一点为“正统”，姑且不论到底是哪一点难以确定，即便能够一锤定音，那也一定是贫乏和单调的。古人最明白这个道理，故曰有容乃大。例如佛教本是印度所产，东汉明帝公元 1 世纪传入中原，经历 5 个多世纪至隋唐之际，终于出现天台宗与禅宗。佛教之中国化终于结出适应这片大地的果子。此后的佛教谁又谓它是印度佛教而不是中国佛教？盖佛学已经融入中国思想的传统，而佛教成了中国的宗教。由此笔者想到，“国学泰斗”章太炎讲“国学”亦非尽善，也有缺陷。他将佛学摒除出“国学”，他讲的“国学”不及于佛学。“国学”而不及于佛学，这不是“半部国学”是什么？一个自 6 世纪已经形成的思想传统，在中国大地流传了 14 个世纪而尚不算“中国的”，那岂非不是“国学”的标准大成问题吗？佛教的例子对我们理解今日中国社会的“现代文化”当有启示。佛教之后，又有伊斯兰教、基督教传入中土，晚清而至于今，东渐而来的学说和教诲流传于中国的，不知凡几而难以罗列。在可以预见的将来，这些外来文化要素，其适应于百姓众生的，则一定也同样经历了一个在地化的过程。其实这个在地化过程有的已经进行了几个世纪，有的则开始进行。在这个过程的初始阶段，当然可以冠以“外来”或“东渐”这样的帽子，然而这顶帽子早晚有摘去的一天。在“外来”与“本土”之间，没有永恒不变的界限。例如我们不能把组成现代社会的基本原理、思想、学说永远都看成是西方的。它们在中国的大地扎根，天长日久，也就成了中国的。就像“洋芋”有一天也变成了“土豆”；就像开封的犹太人当年东徙而来，聚族而居，数个世代过去，他们就成了中国人，也去考科举一样。这个物种在全球迁移，人类在各处迁徙，最终都会存在在地化的例子，也一样适用于观察学说、思想、观念的历史。中国的历史最可令人骄傲的地方，是它一直就是一个民族与文化的“大熔炉”，这令它在历史长河里由涓涓细流而成为浩瀚的巨流。虽然在新文化运动中发生了古今的阻隔，中西的藩篱，但幸而这一页可以翻过去了。对于至今犹存的龃龉，我们最应记取的就是古人的教诲：有容乃大。

史实遮蔽与形象建构

——《北方学者对于大众语各问题的意见》辨伪及其思考

付祥喜

（广州大学人文学院）

20 世纪 30 年代的大众语运动有没有形成北方学者热烈讨论的局面？作为大众语运动重要参与者的陈望道、金絮如等对此予以否认，但是发表于《社会月报》第 1 卷第 4 期（1934 年 9 月 15 日出版）的《北方学者对于大众语各问题的意见》（以下简称《意见》），详细记录了北方学者聚集一堂热烈讨论大众语各问题的情景。长期以来，《意见》被视为大众语运动的重要文献史料。例如，焦润明的《中国现代文化论争》、刘泉的《文学语言论争史论（1915—1949）》、卓如和鲁湘元主编的《二十世纪中国文学编年（1932—1949）》都把《意见》当作有力证据，并以一定的篇幅引录该文。[①] 如此，则大众语运动是否形成北方学者热烈讨论局面的问题似乎已有定论。但《意见》所记并不可靠，所述问题有考辨的必要。

一、刘复、刘梦苇、赵元任、胡适、周作人等不可能出席谈话会

《意见》开卷交代此次北方学者关于大众语问题谈话会的情况，时间是“前儿”即前不久，也就是说，在《意见》发表的 1934 年 9 月 15 日之前不久；地点是“北京西北园九号”；与会者有钱玄同、黎锦熙、胡适、周作人、刘复、赵元任、林语堂、顾颉刚、孙伏园、俞平伯、魏建功、江绍原、吴稚晖等。

---

① 参见焦润明：《中国现代文化论争》，北京：社会科学文献出版社 2012 年版，第 127 - 129 页；刘泉：《文学语言论争史论（1915—1949）》，北京：社会科学文献出版社 2013 年版，第 108 页；卓如、鲁湘元主编：《二十世纪中国文学编年（1932—1949）》，石家庄：河北教育出版社 2013 年版，第 738 页。

首先，从时间上看，说刘复、刘梦苇出席了此次谈话会，这完全是杜撰，他们绝不可能与会。因为，刘复（刘半农）病逝于1934年7月，而刘梦苇病逝于1926年9月。

其次，从地点上看，赵元任、江绍原、林语堂都不在北京。

1934年赵元任在上海主持《语言区域图》的绘制，这一年他偕太太到皖南调查徽州方言，最终为上海申报馆编制《中华民国新地图》第五图乙之《语言区域图》。① 既然如此，这年9月他怎么可能在北京参加北方学者谈话会?

据《郁达夫日记》，1934年8月29日、9月1日，郁达夫在杭州与江绍原等同席吃饭。② 1934年10月6日，周作人致信在杭州的江绍原，称“今日得两信，甚喜”③。而《江绍原生平及其著作年表》亦载，1934年秋江绍原在杭州。④

据《林语堂年谱》，1934年7月至8月，林语堂全家在庐山避暑，林语堂在庐山完成《吾国与吾民》一书；9月，林语堂在上海筹办《人世间》杂志(10月创刊)。⑤

再次，经查考相关文献史料，未见胡适、周作人、顾颉刚参加此次大众语问题谈话会的记录。

查《胡适日记》，1934年1月至9月，均无胡适参加大众语问题谈话会的片言只语。而且，《意见》所罗列的其他与会者在1934年9月间亦不见与胡适有往来（仅9月9日胡适曾致信赵元任⑥，这反倒证实此时赵不在北京）。

查《周作人日记》，1934年9月1日至15日，均无周作人参加大众语问题谈话会的片言只语。⑦

---

① 参见赵新那、黄培云编：《赵元任年谱》，北京：商务印书馆2001年版。

② 吴秀明主编：《郁达夫全集》（第五卷），杭州：浙江大学出版社2007年版，第369、370页。

③ 鲁迅博物馆编：《鲁迅研究资料》（第24册），北京：中国文联出版公司1991年版，第22页。

④ 王文宝、江小蕙编：《江绍原生平及其著作年表》，《江绍原民俗学论集》，上海：上海文艺出版社1998年版，第366、377页。

⑤ 冯羽：《林语堂与世界文化》，南京：江苏文艺出版社2005年版，第209页。

⑥ 曹伯言整理：《胡适日记全编》（第6册），合肥：安徽教育出版社2001年版，第409页。

⑦ 参见《周作人日记（影印本）》（下册），郑州：大象出版社1996年版，第670－676页。

查《顾颉刚日记》，1934年8月和9月，均无顾颉刚参加大众语问题谈话会的记载。事实上，因继母病逝，顾颉刚为奔丧，于1934年8月18日早上离开北京，辗转济南、上海，8月20日达到杭州家中，直到9月底才返回北京。①

那么，有没有可能，《意见》中提到的刘复、刘梦苇、赵元任、胡适等，都是记录者认错了人呢？不可能。因为，记录者说他在文中罗列的出席者都是“我认得的”。

二、《意见》是一篇通过剪辑拼接而成的伪作

从上文可知，刘复、刘梦苇、赵元任、江绍原、林语堂、胡适、周作人、顾颉刚都不可能参加北方学者关于大众语问题的谈话会。也就是说，《意见》提到的与会人员，竟有超过一半的人不可能出席此次谈话会，这意味着，所谓北方学者关于大众语问题谈话会，可能子虚乌有。又，记录者声称“从头至尾，一五一十把他们的谈话记了下来”，但是经笔者核查，《意见》中的发言，其实出自各人已经发表的相关文章和书信。详情如下（依照发言先后）：

（1）周作人的发言，出自1925年7月26日周作人所作之《理想的国语》（原载1925年9月6日《京报·国语周刊》第13期）。

（2）俞平伯的发言，出自1925年8月21日俞平伯所作《〈吴歌甲集〉序》（见顾颉刚编：《吴歌甲集》，上海：上海文艺出版社1990年影印本）第二至五自然段。

（3）胡适的发言，出自1925年9月20日胡适所作《〈吴歌甲集〉序》（见顾颉刚编：《吴歌甲集》，上海：上海文艺出版社1990年影印本）。

（4）钱玄同的第一次发言，基本上抄录自1925年9月2日初成、1926年2月8日改定的钱玄同所作《〈吴歌甲集〉序》（见顾颉刚编：《吴歌甲集》，上海：上海文艺出版社1990年影印本）。

（5）孙伏园的发言，基本上摘录自他所作《国语统一以后的附言》（原载1925年12月13日《国语周刊》第27期）。

（6）林语堂的发言，系依据他的《谈注音字母及其他》（原载1925年《京报·国语周刊》第1期），经剪裁、拼接而成。林语堂在《谈注音字母及

① 参见《顾颉刚日记》，《顾颉刚全集》（卷三），北京：中华书局2011年版，第226-242页。

其他》中提出了23条主张。据笔者核对，《意见》中林语堂的发言，第一至四条摘录自《谈注音字母及其他》一文中第一至四条，第五条由《谈注音字母及其他》一文中第十四至十七条拼接而成，第六条摘录自《谈注音字母及其他》一文中第十八条，第七条摘录自《谈注音字母及其他》一文中第二十条。

（7）魏建功的发言，出自1925年6月22日魏建功写给钱玄同的信（原载1925年7月5日《国语周刊》第4期）。

（8）刘梦苇的发言，出自1925年7月6日刘梦苇写给钱玄同的信（原载1925年7月26日《国语周刊》第7期）。

（9）钱玄同的第二次发言，全部出自1925年7月22日钱玄同给刘梦苇的复信（原载1925年7月26日《国语周刊》第7期）。

（10）吴稚晖的发言，出自吴稚晖1927年所作《草鞋与皮鞋》（《吴稚晖学术论著第三编》，上海：广智书局1931年版）。

综上所述，可判定《意见》是一篇通过剪辑拼接各人旧作而成的伪作。

三、《意见》作伪者及其作伪动机

判定《意见》为伪作之后仍需进一步考察的是：《意见》在何种情形下因何目的被作伪并经何途径留存下来，以及这样留存下来的《意见》在多大程度上能使后人了解或认识到历史事物的“真实”发生发展过程。因故，下文拟先探讨《意见》作伪者及其作伪动机。

《意见》发表在《社会月报》的“北京通信”栏目。虽然文前有记录者的一段说明，但全文未见记录者署名。欲知记录者（作伪者）情况，还得从刊物本身入手。经查，《社会月报》于1934年6月15日创刊，编辑者陈灵犀，理事编辑冯若梅，发行者胡雄飞。《社会月报》第3、4期卷首均为“大众语问题特辑”，《意见》便属于该特辑刊载的文章之一。这两期“大众语问题特辑”，实由曹聚仁发起和主编，其依据有三：一是曹聚仁为《社会月报》编辑人陈灵犀的“至好”，曹聚仁曾替陈灵犀编办的《社会日报》撰写社论，每日一篇，还“为社会日报拉稿子”①；二是发起大众语问题讨论的《征求意

① 陈灵犀：《社会日报杂忆·忆曹聚仁先生》，中国社会科学院新闻研究所《新闻研究资料》编辑室编辑：《新闻研究资料丛刊》1981年第4辑，北京：新华出版社1981年版，第43页。

见的原信》由曹聚仁署名并寄出，而《社会月报》第3期刊载的鲁迅、吴稚晖、赵元任等的回信，也都是写给曹聚仁的；三是中国新闻史学界泰斗方汉奇认为，曹聚仁是《社会月报》的实际主编（编辑）。① 既然“大众语问题特辑”由曹聚仁发起和主编，他即便不是《意见》的作伪者，此作伪行为也得到了他的默许。这么说，虽然不能从《意见》本身获得有力证据，但是我们能够肯定，曹聚仁在编辑“大众语问题特辑”时，确实存在作伪行为。朱正已撰文证实，《社会月报》第3期刊载的题为“答曹聚仁先生信”的信件，并不是鲁迅写给曹聚仁的，而是鲁迅写给魏猛克的。② 鲁迅本人对此不但有怨言③，还颇感恼怒，他在1934年11月14日声明说：“我并无此种权力，可以禁止别人将我的信件在刊物上发表，而且另外还有谁的文章，更无从预先知道，所以对于同一刊物上的任何作者，都没有表示调和与否的意思；但倘有同一营垒中人，化了装从背后给我一刀，则我的对于他的憎恶和鄙视，是在明显的敌人之上的。”④ 此事当时文化界人士多有知道的，如1935年1月28日田汉致鲁迅的信中就说：“我们知道先生那信是写给猛克的，曹聚仁君不能不负擅登的责任。”⑤

上文已证，《意见》杜撰了刘复、刘梦苇、赵元任、胡适等参加所谓北方学者对于大众语各问题的谈话会，竟然还言之凿凿说是记录者亲身见闻。类似的假话，曹聚仁是说过的。曹聚仁在《北行小语》一书的序言《自古成功在尝试》里提到，他在20世纪50年代的北京旧书摊上“找到了所有胡适之博士的著作”，并且还提到并引录了胡适写给张慰慈的一封赞美苏俄的书信。曹聚仁说这封信是他在《独立评论》上看到的。据曹聚仁所言，他到达北京时，适逢大陆正开展“胡适思想的批判”，曹聚仁也看到了“胡适著作被焚被

---

① 方汉奇：《中国新闻事业通史》（第2卷），北京：中国人民大学出版社1996年版，第504页；香港文学研究社出版部编：《中国新文学大系续编》（第1集），香港：香港文学研究社1968年，第57页。

② 朱正：《鲁迅：有人化了装，背后给我一刀》，《时代周报》第59期，2009年12月30日。

③ “《答曹聚仁先生信》原是我们的私人通信，不料竟在《社会月报》上登出来了，这一登可是祸事非小，我就成为‘替杨邨人氏打开场锣鼓，谁说鲁迅先生器量窄小呢’。”鲁迅：《附记》，《鲁迅全集》（第6卷），北京：人民文学出版社2005年版，第216页。

④ 鲁迅：《答〈戏〉周刊编者信》，《鲁迅全集》第6卷，北京：人民文学出版社2005年版，第152页。

⑤ 周海婴编：《鲁迅、许广平所藏书信选》，长沙：湖南文艺出版社1987年版，第169页。

禁的实情",① 既然如此，他居然还能够在北京旧书摊上“找到了所有胡适之博士的著作”，这不能不令人怀疑其真实性。再说他引录的胡适致张蔚慈信，写于1926年胡适游苏之时（徐志摩曾在1926年9月11日出版的《晨报副刊》公布此信），而《独立评论》创刊于1932年，经查，《独立评论》根本就没有刊登这封信。这种把他人旧作硬说成是新作的张冠李戴的做法，与《意见》的作伪手法，何其相似！曹聚仁在此文中抄录了他写给胡适的一封信，他在信里邀请胡适去新中国看看。这封信辗转多年后才到达胡适手中，据1957年3月16日胡适日记：“收到妄人曹聚仁的信一封，这个人往往说胡适之是他的朋友，又往往自称章太炎是他的老师。其实我没有见过此人。”② 胡适此言固然透露出他在1957年海峡两岸关系紧张背景下对偏向新中国的曹聚仁抱有敌意，但以胡适的为人，当不至于捏造事实诋毁曹。就这些情况推断，既然曹聚仁曾多次说谎甚至捏造事实，那么，他在1934年杜撰北方学者举办大众语各问题谈话会，也不无可能。至少我们可以肯定，曹聚仁作为编辑，默许了《意见》的作伪行为。

曹聚仁杜撰或默许他人杜撰北方学者举办大众语各问题谈话会的动机是什么呢？这还得从大众语运动的发起说起。1934年5月4日，汪懋祖在南京的《时代公论》发表文章《禁习文言与强令读经》，主张中小学生学文言和读经，小学学习文言，初中读《孟子》，高中读《论语》《大学》《中庸》等。6月1日，汪懋祖又在《时代公论》发表《中小学文言运动》。同日，许梦因在《中央日报》发表《文言复兴之自然性与必然性》。南方（主要是上海）的一班文化人士，酝酿反击这些言论。陈望道、曹聚仁、乐嗣炳对此分别有过回忆。

陈望道在1975年口述、邓明以记录的《谈大众语运动》里说：

> 一九三四年……当时的复古思潮很厉害。汪懋祖在南京提倡文言复兴，反对白话文，吴研因起来反击汪的文言复古。消息传到上海，一天，乐嗣炳来看我，告诉我说：汪在那里反对白话文。我就对他说，我们要保白话文，如果从正面来保是保不住的，必须也来反对白话文，就是嫌白话文还不够白。他们从右的方面反，我们从

---

① 曹聚仁：《序“自古成功在尝试”》，《北行小语》，北京：生活·读书·新知三联书店2002年版，第2-3页。

② 胡适：《胡适全集》（第34卷），合肥：安徽教育出版社2003年版，第462页。

左的方面反，这是一种策略。只有我们也去攻白话文，这样他们自然就会来保白话文了。我们决定邀集一些人在一起商量商量。第一次聚会的地点是当时的“一品香”茶馆。应邀来的有胡愈之、夏丏尊、傅东华、叶绍钧、黎锦晖、马宗融、陈子展、曹聚仁、王人路、黎烈文（《申报》副刊《自由谈》主编），加上我和乐嗣炳共十二人。会上，大家一致决定采用“大众语”这个比白话还新的名称。①

1934 年秋曹聚仁写信给沈从文：

上海方面的反复古运动，起于几个关心语文问题的人。有一天，乐嗣炳先生往访陈望道先生，晤谈中说及复古倾向的可怕，想邀同一些关心语文问题的人联合发一反对文言复兴的宣言。第一次参加讨论的，有陈望道，胡愈之，叶圣陶，夏丏尊，傅东华，黎烈文，黎锦晖，王人路，乐嗣炳，陈子展，魏猛克和我，共十二人。还有陶行知赵元任两位先生不及参加讨论，而同意于这宣言。宣言底稿，由陈望道先生起草，除表示反对文言复兴，还提出语文合一的积极主张，那草案定名为话语文学运动宣言。第二次集会讨论，在咖喱饭店，在新雅酒楼，剧辩了四五点钟。关于消极方面，彼此意见颇能一致，关于积极建设，彼此主张各有出入。……乃由傅东华先生提议，定名为“大众语文学”，同时又决定几个基本原则。②

信中的叙述较为简略，1949 年后的回忆比较详细：

一九三四年夏天，一个下午，我们（包括陈望道、叶圣陶、陈子展、徐懋庸、乐嗣炳、夏丏尊和我）七个人，在上海福州路印度咖喱饭店，有一个小小的讨论会。我们讨论的课题，针对着当时汪懋祖的“读经运动”与许梦因的“提倡文言”而来……我们认为白话文运动还不够彻底，因为我们所写的白话文还只是士大夫阶层所

---

① 陈望道：《谈大众语运动》，朱萍、龙升芳主编：《陈望道全集》（第 1 卷），杭州：浙江大学出版社 2011 年版，第 233 页。

② 曹聚仁：《上海通信》，沈从文：《沈从文全集》（第 17 卷），太原：北岳文艺出版社 2002 年版，第 74 页。

能接受，和一般大众无关，也不是大众所能接受。同时，我们所写的，也和大众口语差了一大截；我们只是大众的代言人，并不是由大众自己来动手写的。因此，大家就提出了大众语的口号，并决定了几个要语，先由我们七个人轮流在《申报·自由谈》上发表意见，我的主张，大致是相同的；至于个人如何发挥，彼此都没受什么拘束的。事先，由我商得了《自由谈》主编张梓生的同意，撇开《自由谈》地位来刊载这一课题的论文；那几个月的《自由谈》就成为大众语的讲坛。当时，由抽签得了顺序，陈子展兄得了头签，笔者第二，以下陈、叶、徐、乐、夏诸先生这么接连下去……①

而乐嗣炳的回忆是：

（一九三四年）六月初的一天，我和望老分别联系在“一品香”茶馆举行一个聚餐会，当时我正在主编《乒乓世界》附刊《连环两周刊》，就用此刊物征稿的名义，开了这个会。当时邀集名单十二人：

陈望道、叶圣陶、陈子展、乐嗣炳、马宗融（复旦教授）、王人路、赵元任、沈雅冰、夏丏尊、胡愈之、黎烈文、黎锦晖、文振庭。②

那天的聚餐会，沈雁冰待了一会儿就离开了，赵元任没有参加。经商量，陈望道等决定再召集一次聚会。

六月十五日，又召集了第二次会，在四马路聚丰园，每人出一元钱，出席的三十多人，名单背不出了，其中有曹聚仁、傅东华，很多是手上掌握报刊的人。在会上，傅东华提出，把运动名称改做“大众语运动”，他提的根据是《文学》前一两年，曾讨论过文学大众化问题，是沈雁冰、瞿秋白为主进行讨论的。但这也不是主要根

---

① 曹聚仁：《大众语运动》，《我与我的世界》，北京：人民文学出版社 1983 年版，第 464 – 465 页。

② 乐嗣炳：《乐嗣炳谈大众语运动和鲁迅先生》，文振庭编：《文艺大众化问题讨论资料》，上海：上海文艺出版社 1987 年版，第 408 页。

据，主要是我们提倡大众化语言，语文一致，反对广大群众不能接受的夹杂文言的白话，对法西斯小丑取不理睬态度，而把林语堂、胡适等作为点名对象。两次会都同意这个基本提法。

……

我们定调子不划圈圈，展开广泛的讨论，在讨论中建立大众语。当前的主要任务是反复古反文言，只要在这一点上志同道合，各人都可以发表自己的意见，扩大反文言反复古的统一战线。

具体办法，由黎烈文联系《申报·自由谈》为据点，发表一组文章作为大众语运动的引论，开展讨论。名单先后由各人自己认定。认第一篇的是陈子展，二、陈望道，三、乐嗣炳，四、胡愈之，五、叶圣陶，六、夏丏尊，傅东华……①

以上三人的叙述，出入比较大：一是参加第一次聚会的人数不同，陈望道说的是"十二人"；曹聚仁在写给沈从文的信里说"共十二人"，后来又回忆说"七个人"；乐嗣炳说，第一次聚会的人数是"十二人"，第二次出席的有"三十多人"。二是聚会地点不同，陈望道说是"一品香"茶馆；曹聚仁说是"上海福州路印度咖喱饭店"；乐嗣炳说，第一次在"一品香"茶馆、第二次在"四马路聚丰园"。三是对白话文的评价和提倡大众语的动机所作叙述不同。综合所说，容易发现，三人都提到大众语问题聚会有两次，各家关于第一次聚会的时间、出席人数的说法基本相同，因而可以肯定：第一次聚会的时间在1934年6月初，地点是"一品香"茶馆，十二人出席，主要内容是反对文白夹杂，不反对白话文；第二次聚会在1934年6月15日，地点是"上海福州路印度咖喱饭店"或"四马路聚丰园"，有三十多人参加，这次会谈决定了一个各人轮流发表言论的秩序。乐嗣炳说："曹聚仁没有参加发动大众语运动前两次会谈。"② 这恐怕不是事实，曹聚仁至少参加了一次聚会。

三人回忆中的南方学者聚会，不但在当事人及研究者的叙述中，成为揭橥大众语运动的标识，而且其文学史意义至今被人们津津乐道。可是，当时掀起的大众语运动，虽然在南方轰轰烈烈，在北方却显得十分冷清。金絮如

① 乐嗣炳：《乐嗣炳谈大众语运动和鲁迅先生》，文振庭编：《文艺大众化问题讨论资料》，上海：上海文艺出版社1987年版，第409页。

② 乐嗣炳：《乐嗣炳谈大众语运动和鲁迅先生》，文振庭编：《文艺大众化问题讨论资料》，上海：上海文艺出版社1987年版，第411页。

说："文白大众语的斗争，在京（南京——引者按）沪一带，已然成了很能引人注意的论战，而在北国文化界中，却未见有热烈的探讨。"因此，"这个问题，无论在任何立场上，都有注意之必要"①。如何"注意"呢？办法便是，不能任由南方学者单方面讨论大众语问题，还要带动、催促北方学者参与进来，造成一种南北学者"热烈的探讨"的声势。曹聚仁对此颇感急切，1934年他在邀请沈从文参与大众语讨论的信里说："我诚恳地请求北方学术界，莫再矜持了，即算南方学术界是空虚浅薄，有切实研究的更该发表一点切实的意见！"② 在曹聚仁恳求下，部分北方文人如沈从文、吴敬恒做了答复。据曹聚仁回忆，当他把这些回信拿给陈望道看时，陈几乎"高兴得跳了起来"③。问题是，仅有沈从文等少数几个北方学者对大众语发表意见，显然不够。可以解决问题的办法，便只能是从北方学者以往发表的关于文言白话的文章中，摘录若干，经剪辑拼接而成文。于是，也就不难明白，为何《社会月报》的"大众语问题特辑"会出现《意见》，为何此文以醒目的标题突出"北方学者"。《意见》一文表明，不仅南方曾有过陈望道、乐嗣炳等召集的大众语问题聚会，北方也有钱玄同、黎锦熙主持，胡适、周作人、赵元任、林语堂等参加的大众语各问题谈话会，于是乎一南一北，俨然形成了地不分南北、人不分保守激进，"热烈的探讨"大众语问题的局面。

四、思考：史实遮蔽与形象建构

从1927年陈望道等南方学者召集聚会反对复古反对文言文开始，大众语运动伴随着新派、旧派、不新不旧派之间激烈的话语权力斗争，当胜利者最终大权在握时，对其当初的种种言行如何表述，自然是极其关心的。当学界就谁最早提出"大众语"口号而聚讼纷纭时，曹聚仁以当事人的身份指出，并非陈子展或者瞿秋白，他还很关注王瑶的《中国新文学史稿》对大众语运动领导人的论说。同时，曹聚仁明确告诉人们，要想知晓事实真相，"那就该

---

① 金絮如：《文言白话大众语论战之经过及其批判》，《众志月刊》第2卷第3期，1934年12月15日。

② 曹聚仁：《上海通信》，沈从文：《沈从文全集》（第17卷），太原：北岳文艺出版社2002年版，第76－77页。

③ 曹聚仁：《大众语运动》，《我与我的世界》，北京：人民文学出版社1983年版，第466页。

看看大众语运动专辑再说了”①。他关心大众语运动发起人的文学史书写，试图把人们的视线引到包含《意见》在内的“大众语运动特辑”。即便陈望道、乐嗣炳等当事人对“大众语运动”的回忆，也颇多着墨于本人在其中起到的作用，所以他们的相关回忆对1934年南方学者聚会的描写便是“语多微文”。各人对大众语运动的过程叠经删削，起先是汪懋祖、许梦因的形象被刻意矮化以彰显大众语的正当性，接着是胡适和林语堂被当作阻碍、反对大众语的新典型，遭受批评和抨击。光有这些负面形象自然不够，还需要从两个方面构建正面形象。一是明确大众语运动发起人名单，二是营造南北学者热烈讨论大众语问题的声势。于是，就有了上述陈望道、曹聚仁、乐嗣炳述说的1934年参加大众语讨论聚会的“十二人”/“七个人”，就有了“大众语问题特辑”及《意见》的出笼。

作为南方学者关于大众语问题聚会的主要参与者，陈望道、曹聚仁、乐嗣炳对与会者名单和讨论主题的回忆，有些作了遮蔽处理，有些则被突显。陈望道比较详细地叙述了第一次聚会，对第二次聚会一字不提；曹聚仁在1949年后的回忆中突出了他本人的地位和起到的积极作用，却漏掉了他在1934年致沈从文信中提到的聚会的真正组织者陈望道；乐嗣炳的回忆相对比较完整、详细，但他先说曹聚仁参加了第二次聚会，接着又肯定地说“曹聚仁没有参加发动大众语运动前两次会谈”，所述前后矛盾。这些遮蔽与突显的真实意图，无劳分辨，但是陈望道、乐嗣炳、曹聚仁作为大众语运动发起人的形象却深入人心，以至于我们今天在书刊和网络上，随处可见曹聚仁等乃“大众语运动始作俑者”之语，这不能不归功于相关回忆对史实的清洗和对其人历史形象的建构。

作为北方学者热烈讨论大众语问题的直接证据，《意见》一方面强调这次谈话会的真实性，另一方面遮蔽北方学者对大众语的不同意见，突出他们观点中的相似或相同点，借此给读者造成一种印象，即通过谈话会，北方学者对大众语问题达成了共识。为此，《意见》的写作、发表和内容，都经过了精心的“制造”。

首先，《意见》采用会议记录方式写作，发表在“北京通信”栏目。用会议记录方式写作，不仅强化了谈话会的真实性，还能够使读者获得现场感。至于《意见》在《社会月报》发表时，标题前用方框醒目地标注“北京通

① 参见曹聚仁:《大众语运动》,《我与我的世界》，北京：人民文学出版社1983年版，第465页。

信”，这也是别有意味的。在民国报刊中，“××通信”栏目刊载的大都是新闻稿。编辑把《意见》嵌入“北京通信”栏目，可使《意见》获得新闻报道的真实性和及时性。

其次，《意见》的发言者都是长住北方的新文学作家，而且基本上都是语言学家或语言改革的积极推动者。最先发言的几个人，周作人、俞平伯、胡适、钱玄同、孙伏园，都是著名的新文学作家，黎锦熙是影响很大的语言学家。这些人无疑是北方学者的代表。很容易注意到的是，当天出席谈话会却没有发言记录的，有赵元任、顾颉刚。是他们不曾发言还是记录者疏漏了？《意见》中没有赵元任的发言，应当是《意见》作伪者考虑到赵元任对大众语的意见已发表在《社会月报》第 3 期，故无须赘述。没有顾颉刚的发言，则是因为顾颉刚从编办《歌谣周刊》开始，就主张文学语言的民间化方向，这与《意见》中其他发言者的意见，不大同调。只有具备相同或相近的大众语观念者，才在《意见》中发言，这个遴选条件及其实际效果，便是要给读者带来北方学者就大众语问题达成某些共识的印象。虽然如此，记录者仍担心读者未必看得明白，于是借黎锦熙之口，在《意见》结尾作出宣言式的“结论”：“我们主张汉字革命。”

甚至，连《意见》发言者所占篇幅，也刻意作了“厚此薄彼”的安排：一方面以较多篇幅突出周作人、钱玄同、胡适等名人的发言，另一方面以极少篇幅记录刘梦苇、魏建功等青年作家的意见。这个做法，与陈望道、曹聚仁等在 1949 年之后关于大众语运动发起人的回忆中突出自我、弱化他人的行为如出一辙。由于一部分史实被遮蔽或者叙述含糊其辞、模棱两可，致使相关文献史料对事实真相的记录显得颇为轻率，遂引起后人作出各种猜测乃至议论纷纭。

然而，无论陈望道等三人回忆当年发起大众语运动的聚会，还是曹聚仁杜撰或默许他人杜撰《意见》，其心血都没有白费。经过精心选择与遮蔽，三人在中国现代文学史上作为大众语运动发起人的形象深入人心，而其他人的面目暧昧、模糊；《意见》发表后，南北学者积极参与大众语论争遂被写进文学史，只有当人们看到曹聚仁当年恳请北方学者参与大众语讨论的信函时，才可能对文学史中相关书写产生怀疑。柯文（P. A. Cohen）在《历史三调》中指出，真实的事件、当事人的经历与后人建构的历史神话是历史的三个面向，① 被书写的历史与历史的真实之间有着巨大差异。历史需要“为政治、意识形态、自我修饰和情感等方面的现实需要服务”②。当事人的某种“现实需要”驱使他们对历史事件进行剪辑拼接，借此建构形象、制造神话，后人对“现实需要”的坚持，往往使他们轻信当事人的相关陈述，以致历史过程中的种种细节被遮蔽，掩埋在时间的尘埃之下。

中国现代文学史料异常丰富繁杂，其中难免有真伪难辨者。但是史料辨伪在现代文学研究领域尚需得到进一步重视和更有力的提倡。既要加强史料辨伪，也应该注意到，真史料和伪史料各有其用（作伪的需求、作伪者的动机、伪史料产生和作伪过程等都能揭示很多问题）。比如就《意见》而言，被判定为伪作，固然使其史料价值下降，但《意见》仍可在一定程度上传递相关历史信息，当它与其他文献史料放在一起，就可能表达不同的含义，乃至与其他文献史料之间产生互证关系。因此，通过伪作去寻找那些被遮蔽与重构的历史图景，无疑是一种值得探索的文学史研究路径。

附 录

北方学者对于大众语各问题的意见

发言人：

周作人　俞平伯　胡　适　钱玄同　魏建功

林语堂　吴稚晖　孙伏园　黎锦熙　刘梦苇

前儿，北京西北园九号热闹得很；钱玄同黎锦熙是主人，到的客很多，我认得的有胡适、周作人、刘复、赵元任、林语堂、顾颉刚、孙伏园、俞平伯、魏建功、江绍原，还有南边来的无锡老头儿吴稚晖，他们酒酣耳热，谈得十分起劲。我坐在角儿上，静静地听，默默地记；现在从头至尾，一五一十把他们的谈话记了下来。

周作人：玄同，近来很流行“民众”这个字，容易生出许多误解。譬如说“民众的言语”，大家便以这是限于小百姓嘴里所说的话，他们语汇以外的

---

① 参见保罗·柯文著，杜继东译：《历史三调：作为事件、经历和神话的义和团·序》，南京：江苏人民出版社 2000 年版，第 1－6 页。

② 保罗·柯文著，杜继东译：《历史三调：作为事件、经历和神话的义和团》，南京：江苏人民出版社 2000 年版，第 182 页。

字都是不对的，都不适用。其实这民众一个字乃是全称，并不单指那一部分，你我当然也在其内——所谓平民国民等等名词，含义也当如此。以前绅士们关了门做文章，把引车卖浆之徒推出去，这是我们所反对的，觉得不足为法；现在这班“之徒”擂鼓似地打门，打了几年，把这扇牢门总算打开了，那么这问题也就解决，大家只要开着门去做文章好了；倘若那些新贵人依照古法关起门来，定出他们的新义法，那么这与桐城选学何择？古文不宜于说理，不必说了。狭义的民众的言语，我觉得也决不够用，决不能适切地表现现代人的情思：我们所要的是一种国语，以白话（即口语）为基本，加入古文（词及成语，并不是成段的文章）方言及外来语，组织适宜，具有理论之精密与艺术之美。这种理想的言语倘若成就，我想凡受过义务教育的人民都不难了解，可以当作普通的国语使用。平伯，（平伯正在听他的谈论）你以为怎样？

俞平伯：我是主张方言文学的。我有一信念，凡是真的文学，不但要使用活的话语来表现它，并应当采用真的活人的话语。所以我不但主张国语的文学，而且希望方言文学的产生。我赞成统一国语，但我却不因此赞成以国语统一文学。文学的国语，国语的文学，如胶似漆的挽手而行，固不失为一个好理想；不过理想终究只是理想，不能因它的好而陡变为事实。方言文学的存在——无论过去，现在，将来——我们决不能闭眼否认的，即使有人真厌恶它。在我的意中，方言文学不但已有，当有，而且应当努力提倡它。我主张尽量采用方言入文，其理由有二：一、凡一切文学中的人物，都是应当活灵活现的。现在真的活人们口中所说的，大都是庞杂的方言。文学的描写如不要逼真则已；如要逼真，不得不采用方言以求逼肖。二、作者于创作时，使用的工具原是可以随便的。但是，恕我又说句讨厌的话。我觉得最便宜的工具毕竟是母舌，这就是牙牙学语后和小兄弟朋友们抢夺泥人竹马的话。惟有它，和我最亲切稔熟；惟有它，于我丝毫的隔膜；惟有它，可以流露我的性情面目于诸君之前。这种话的神气自然是土头土脑，离漂亮、流利、简洁等等差得远；只是记住了，我们既一不做演说者，二不做辩论者，三不做外交官，四不做国语专家，五不做太太小姐们的情人；为什么厌弃你的髫年侣伴而力趋时髦呢？（对适之）我想适之先生一定赞成我的话。

胡适：我赞成您的说法。我从前，会说“将来国语文学兴起之后，尽可有‘方言的文学’”。方言的文学越多，国语的文学越有取材的资料，越有浓富的内容和活泼的生命。国语文学造成之后，有了标准，不但不怕方言的文学与它争长，并且还要倚靠各地方言供给它新材料，新血脉。当时我不愿惊骇一班提倡国语文学的人，所以我说这段话时，很小心地加上几句限制的话。老实说罢，国语不过是最优胜的一种方言；今日的国语文学在多少年前都不过是方言的文学。正因为当时的人肯用方言作文学，所以一年多年之中积下了不少的活文学，其中那最有普遍性的部分遂逐渐被公认为国语文学的基础。我们自然不应该仅仅抱着这一点历史上遗传下来的基础就自己满足了。国语的文学从方言的文学里出来，仍须要向方言的文学里去寻它的新材料，新血液，新生命。这是从国语文学的方面设想。若从文学的广义着想，我们更不能不倚靠方言了。文学要能表现个性的差异；乞婆娼女人人都说司马迁、班固的古文固是可笑，而张三李四人人都说《红楼梦》《儒林外史》的白话也是很可笑的。古人早已见到这一层，所以鲁智深与李逵都打着不少的土话，《金瓶梅》里的重要人物更以土话见长。平话小说如《三侠五义》《小五义》都有意夹用土话。南方文学中自晚明以来昆曲与小说中常常用苏州土话，其中很有绝精彩的描写。试举《海上花列传》中的一段作个例：

“双玉近前，与淑人并坐床沿。双玉略略欠身，两手都搭着淑人左右肩膀，教淑人把右手勾着双玉头项，把左手按着双玉心窝，脸对脸问道：‘倪七月裹来裹一笠园，也像故歇宝概样式一淘坐来浪说个闲话，耐阿记得？’”

假如我们把双玉的话都改成官话：“我们七月里在一笠园，也像现在这样坐在一块说的话，你记得吗？”意思固然一毫不错，神气却减少多多了。所以我常常想，假如鲁迅先生的“阿Q传”，是用绍兴土话做的，那篇小说要增添多少生气呵！玄同先生是提倡国语的，你意下以为如何？

钱玄同：平伯先生和适之先生底意见，大部分我都同意的。你们说“真的文学应当采用真的活人的话语”，“方言文学应当努力提倡它”，“尽量采用方言入文”，这些话，我不仅是完全同意，我平日也就是这样主张的。可是我就是平伯先生说的国语热的一个人，我因为有国语热，所以连带有国语文学热。我对于文学虽然完全是个外行，可是我极相信文学作品对于语言文字有莫大的功用，它是语言文字的血液。语言文字缺少了文学，便成了枯槁无味的语言文字：低能儿的语言，今天天气哈哈哈的语言；“老虎”派不通的文字，市侩们编的国语教科书的文字。拿人来比，这种缺少文学的语言文字便好像是一个“鲜鲜活死人!”这样，我是提倡国语文学的人了，似乎跟平伯先生要努力提倡方言文学的有点背道而驰的样子了。其实不然。我以为国语应该用一种语言做主干。这种语言，若用官话，固然也好；不过我底意见最好还是用一种活语言，就是北京话。我们用了北京话做主干，再把古语、方言、外国语等等自由加入。凡意义上有许多微细的辨别的，往往甲混乙析，或丙补丁缺；国语对于这些地方，应该冶古今中外于一炉，择善而从，例如甲混乙析则从乙，丙补丁缺则从丙是也。我认为国语应该具有三个美点：活泼，自由，丰富。采自活话，方能活泼；（做主干的北京话，加入的方言跟外国语，这三种都是活话，惟有古话是死语；但它底本质虽是死的，只要善于使用，自能化腐臭为神奇，变成活泼泼地。总而言之，我们尽可以把古语这死鬼捉来给今语做奴隶，听候驱遣；万不可自己撞进鬼门关，给鬼捉住，亲笔写下卖身字据，愿为鬼伥。）任意采之，斯乃自由；什么都采，然后丰富。因为我的国语观是这样，所以我承认方言是组成国语的分子，它是帮国语底忙的，不是拦国语底路的。用古文八股底笔调来说："方言与国语，乃不相反而相成者也。"因为我有了以上的信念，所以我要这样说：在我底意中，方言文学，不但已有，当有而且应当努力提倡它；它不但不跟国语文学背道而驰，而且它是组成国语文学的最重要的原料。方言文学日见发达，国语文学便日见完美。

——以上谈方言问题

孙伏园：你们提倡方言文学，其实这是太早了。如果中国文还是同现在一样的方块儿字，那么方言文学与非方言文学其间的差别到底有得了多少，还不是就是那么一回事吗？如果写到像九尾龟类一样，那么，中国字总有一些中国字衍形的来历，这么一来反使一般人看不懂了。吴语"耐"，国语"你"，在字形上差得甚远；一旦能代以拼音文字，那么便有一个表 N 音的字母相同，比现在方块儿字如此通行的局面之下发展方言文学一定要容易多了。所以在方块儿字没有成拼音文字以前，提倡方言文学是徒然的，要求文学的进步也是徒然的。现在我们的路只有一条，就是赶紧把我们的文字改成与欧洲的拉丁一样。所谓拉丁者，就是拉丁曾以拼音文字统行全欧，我们也必须以拼音文字统一全华。语堂，您对于这方面一定会有挺好的意见的，玄同，您往常不是为了废汉字挨许多骂声吗？

林语堂：我的意见还是让我一条一条的说来：

一、中国不亡，必有二种文字通用，一为汉字，一为拼音字。

二、汉字是废除不了的，但是必逐渐的变简单化。

三、汉字之外，必须有一种普遍可用的易习易写的拼音文字。反对一种普遍可用的易习易写的拼音文字而以汉字美质为词者，是普及教育的大罪人。

四、凡文字有“美”与“用”两方面。知道“美”不知道“用”的人不配谈文字问题，也不配谈普及教育开通民智的话。

五、拼音文字不过是拼说话的声音。凡话，听时可用懂的拼下来，看时也必可用懂，不懂便是拼写上的乖谬所致。说话本是一个字，拼下来分为两字，便是拼写上的乖谬，便惹人家不懂起来。犹如不说“牌楼”而说“牌”，再说“楼”，也是说话说的乖谬。说“东”及“动”，听起来时是极端不同，拼写时把他弄成同了，也是拼写的乖谬。果使说话时的确有意义不相同而音相同的，文字上拼为相同之字，其错不在字而在话。说话时不明之处少，文字的不明处也必少；说话时有法子使此不明白的话变为明白，文字上也有法子可使不明白的变为明白。

六、天下没有一种话言不可拼音的，只有中国语言不可拼音，奇不奇？别种语言的拼音字读起来都可懂，中国的拼音字读起来倒必不可懂，此亦是奇闻。

七、拼音本很容易，只不要学究及发音大家来干涉，便样样好弄。我的意见如此。

魏建功：我常望我们的刊物能做到满纸不见一个方块字，虽然林语堂说汉文是废除不了的。

刘梦苇：先生以“满纸不见一个方块字”为鹄的，我颇有些怀疑；我觉得不但如林先生所说不可能，而且是不必如此。我以为方块字有方块字的好处，正如虫形字有虫形字的好处一样。

钱玄同：我从中国文字底变迁上研究，认为今后的国语应该废除汉字而改用拼音文字。中国文字底进化，走的路也和欧西文字相同，最初是象形，稍进是象意，再进是象声。六书的形声，还是一半象意，一半象声。到了假借，便纯粹主声了。写假借字的人对于一切固有的字，完全当它音标看待，所以凡同音的字，随便写那一个都行。所未达一间者，便是未分析音来，改成拼音形式而已。自反切法兴而韵书及字母继作，注音字母承其流，拼音之法已具。再进一步，便可用通行世界之罗马字母构成拼音的中国字了。我对于国语底拼音字母，主张用罗马字母，并非主张用注音字母；不过我也不摈斥注音字母像林语堂先生那样。我和吴稚晖先生底意见一样，认为注音字母可以做正式拼音文字底草稿。

吴稚晖：天下的事物有两种不同的价值，一是自己的价值，一是从他方面发生的价值。譬如皮鞋价高，草鞋价低，这是一定的；有时在那山路泥泞的地方，草鞋的价值比皮鞋要高多了。我们中国是一个穿草鞋的国家，很多地方是需用草鞋的，是故在中国是草鞋的价值高些。这种拼切国音或土音的注音字母，我们有二个法子去研究他：（一）像皮鞋一样的研究，字母要极好极完善；（二）像草鞋一样的研究，不过要将草鞋做得精美一点；（三）只要有草鞋穿，不必一定要多费时日去做好，因为即刻就要穿。我们的注音字母，自然应该要造得极好，研究得极精细，和造皮鞋一样。但皮鞋的工程大，价值又贵，皮子要到国外去买，本地的皮工手艺又不好；我们既然马上就要鞋子穿，那就要急求近取，没奈何暂且做一双草鞋穿得了。我们是一个共和国，内忧外患又很紧急，普及初等教育是救国的根本法子；这个火烧眉毛时应急的注音字母，是普及教育的最好的利器。现在有一个随地拼音的好法子，用注音字母随地拼切土音，一般人只要用二三月功夫，就能够识字，看报，计账，写信了，你看好不好呢！这就是我主张穿草鞋应急的道理。

黎锦熙：好了！我们主张汉字革命，我们深信这一条路是一定要走的。我轻脆地作一个结论：

你们要科学救国吗？

非汉字革命不可！

你们要读书救国吗？

也非汉字革命不行！

现代左翼文学传统的当代演绎与变迁[①]

——《百合花》再解读

傅修海

（华南农业大学文法学院）

在中国现代文学史上，革命加恋爱的叙述是左翼战争文学的常见模式：有了恋爱，革命壮举就有了浪漫情调；因为革命，浪漫情思变得阳刚浩荡。于是，左翼战争文学得以规避了战争与人性本身的反思，迅速形成行动与性别在政治立场正确上的靠拢与集合。然而，当历史进入了建政立国之后的历史语境，上述左翼化的战争叙事就不得不开始发生主题模式的偏移，一方面是大量以想象构建英雄壮举的史诗叙述，如著名的“三红一创”；另一方面则是对革命战争胜利源泉——军民关系——进行民间化、生活化与神圣化，前有孙犁的《荷花淀》，后有茹志鹃的《百合花》。

《百合花》这篇“清新俊逸”的战争文学作品，正是扣住了现代左翼文学传统的当代演绎与变迁的时代脉搏，不但将中国式战争叙事与传统情感价值进行有机融合，而且还把现代左翼文学中革命加恋爱的叙事改造成为当代战争英雄叙事中的“军民鱼水情”演绎，以简约清新的笔法叙述丰富的主题意涵，自成风格，成了当代文学史的经典之作。

一

毫无疑问，《百合花》归属于革命战争叙事题材，它起意于叙述战争的某一侧面，尽管里面涉及人性或人情。小说开头就写道：

> 一九四六年的中秋。

---

① 本文为国家社科基金项目“马克思主义传播语境下的中国左翼文学现场研究”（13CZW065）成果。

这天打海岸的部队决定晚上总攻。我们文工团创作室的几个同志，就由主攻团的团长分派到各个战斗连去帮助工作。

“一九四六年的中秋”“打海岸”“总攻”“文工团创作室”“主攻团”“战斗连”……一系列的关键词，都是足以调动读者的想象力，并引发模式化的历史记忆。自然，有了这些限定的关键词，读者自然就明白“帮助工作”的性质和目的。

可见，《百合花》命笔之初，就已经从时间、空间和事件元素上，早早限定了故事所叙述的战争性质、人物行为动机与目的。既然如此，此类小说的结果实际上早已毫无悬念，所谓不成功则成仁。其终极氛围与情节模式，无疑应该是、必须是悲壮与圣洁的。因此，《百合花》属于泛战争文学，但准确地说，它更属于现代中国左翼革命文学序列里的战场版。

在这一点上，开篇就点明进行战争叙事的《百合花》，与1958年1月出版的《青春之歌》是一样的。不同的是，在短暂交代了小说的战争性质题材后，《百合花》迅速转入了非战争过程的叙事当中。朱栋霖注意到了这个问题，他理解为“左联的‘阶级的人’的声音”和“五四文学的人的声音”的“两种人的声音的对抗和冲突”①。显然，这不过是便于将《百合花》纳入百年文学史启蒙与革命的阐释系统而已。

那么，《百合花》的主题究竟是什么？

这一问题，在很长时间内，茅盾的评论意见几乎成为定论。

众所周知，《百合花》辗转刊于《延河》1958年第3期，3个月后，《人民文学》杂志发表了茅盾万余字的评论《谈最近的短篇小说》。此文一共评述了十篇短篇小说，对《百合花》一篇的论说竟然用了两千多字（占了三分之一的篇幅）。以小说家的眼光，茅盾认为这是一篇好的短篇小说。茅盾的基本判断有三：一是要短，正常状态是五六千字；二是“关键不在于‘第一人称’这个方式，而在于作者的艺术概括能力如何”；三是“环境描写和人物的行动（包括内心活动）作密切的配合”。

基于这三个原则，茅盾说“如果有节奏感（中国向来叫做‘波澜’的）”则更好。茅盾认为，篇幅为六千多字的《百合花》的显著特点是“有节奏感（中国向来叫做‘波澜’的）”。正是在这个角度上，他认为“《百合花》可以

① 朱栋霖：《人的发现和中国文学的发展》，见陆挺、徐宏主编：《人文通识讲演录·文学卷二》，北京：文化艺术出版社2007年版，第201页。

说是结构上最细致严密，同时也是最富于节奏感的，它的人物描写有特点：人物的形象是由淡而浓，好比一个人迎面而来，愈近愈看得清，最后，不但让我们看清了他的外形，也看到了他的内心”。

然而，更重要的问题，不是茅盾对《百合花》的技术鉴定，而是对内容题材的定性。茅盾认为《百合花》“故事很简单……但是，这样简单的故事和人物却反映了解放军的崇高品质（通过那位可爱可敬的通讯员），和人民爱护解放军的真诚（通过那位在包扎所服务的少妇）。这是许多作家曾经付出了心血的主题，《百合花》的作者用这样一个短篇来参加这长长的行列，有它独特的风格。恕我借用前人评文惯用的词汇，它这风格就是：清新、俊逸。这篇作品说明，表现上述那样庄严的主题，除了常见的慷慨激昂的笔调，还可以有其他的风格”。绕了一通《百合花》在“庄严的主题”、思想内容上的“高大上”之后，茅盾很快就把论述的靶心聚焦到了作品风格，尤其是作者如何完成这种风格——“怎样展开故事和塑造人物上”。茅盾的解释是，“作者把这两者结合得很好，而且尽量让读者通过故事发展的细节描写获得人物的印象”。

那么，《百合花》以“简单的故事”来表现军民关系“这长长的行列”而得以成功，仅仅是因为它的风格独特吗？显然不是。

二

事实上，茅盾当年的评述，有两个地方长期以来未引起注意。首先是在论及年轻媳妇为牺牲了的通讯员缝衣服上的破洞这一细节时，茅盾强调说“写出了一个普通农家少妇对于解放军的真挚的骨肉般的热爱；而且，这种表达热情的方式——为死者缝好衣服上的破洞——正表现了农民的纯朴的思想感情，而不是知识分子的思想感情”①。其次，在举例分析一通《百合花》在细节与人物描写上的笔法优点后，茅盾曾意犹未尽地说：“对于《百合花》的介绍，已经讲得太多了，可实在还可以讲许多，不过还是暂且收住罢。我以为这是我最近读过的几十个短篇中间最使我满意，也最使我感动的一篇。它是结构谨严，没有闲笔的短篇小说，但同时它又富于抒情诗的风味。”②

第一个问题，茅盾为何要强调“一个普通农家少妇对于解放军的真挚的

---

① 茅盾：《谈最近的短篇小说》，《人民文学》1958 年 6 月号。

② 茅盾：《谈最近的短篇小说》，《人民文学》1958 年 6 月号。

骨肉般的热爱；而且，这种表达热情的方式——为死者缝好衣服上的破洞——正表现了农民的纯朴的思想感情，而不是知识分子的思想感情”？年轻媳妇缝衣服的感情性质究竟如何判断，倘若从人物角色来说，无非是军民关系基础上的感情，这应该吻合当时乃至迄今为止的主流定性标准的；要是再朴素一些，则是男女关系基础上的感情，这尽管可以有，但文本里仅仅有些似是而非的暗示，不宜坐实。无论如何，按理说茅盾这句“正表现了农民的纯朴的思想感情，而不是知识分子的思想感情”，瞩目的都是农民和知识分子的对立，尽管仅仅是着眼于感情性质和表述方式的差异。茅盾对“知识分子”的紧张和对“农民”的刻意强调，显然是为了凸显它对小说主题内容上的基本定性——军民关系而非男女关系，而且这个“民”不包括知识分子。可是，这个问题究竟有多重要？只要想一想，小说发表在那个有着题材禁忌和内容提纯要求的时代氛围里，茅盾的紧张想必就不是无事生非的自扰了。

第二个问题，茅盾为何在突出《百合花》的艺术特征后，又念念不忘提及内容上的独特意味？诚然，茅盾对《百合花》内容上的紧张与谨慎，并不是偶然的。在这篇评论文字的结尾，茅盾再次警觉地发现，自己在全文中“讲作品的艺术性的部分比较多了”。茅盾所言的、这个比较多的讲艺术性的部分，恰恰都出于他对《百合花》的喜爱，也恰恰都落在评述《百合花》上。身处特殊时代历史语境，可以想象茅盾对此有着多么强烈的自觉以及高度敏感。可是，艺术方面的多说，也很容易引起他人的“误解”——茅盾有意对内容部分的轻视或“盲视”。于是，茅盾只好迅疾补充一句——“这不等于是，今天的短篇小说的思想内容方面没有可以讨论的了”。这个补笔，无论对于茅盾还是被评述的小说都意味深长。在我看来，意思有二：一是，茅盾以自己本色地道的艺术评价，推出了小说《百合花》；二是，茅盾以他特殊的政治素养和身份，在那个特殊历史语境下保护了小说及其作者。甚至在一定意义上说，后者更为重要一些。

因此，在《百合花》的接受史上，茅盾的评价是浓墨重彩的起点。因为有茅盾的评价，《百合花》和其作者都“走进那长长的文学行列中去”①。《百合花》成为茹志鹃的代表作之一，几乎是中国当代文学作品选本的必选篇目，甚至入选中学语文教材和各类写作范文选本，乃至语言片段也屡屡被当作修辞、语法、标点符号和写作技法的经典例证。《百合花》的经典化进程轰轰烈

① 茹志鹃：《说迟了的话》，《文汇报》，1981 年 4 月 1 日。

烈地开始了，它成了当代文学史作品圈的经典一环，也成了当代文学批评活动链条上标志性的锚点。

三

尽管有茅盾大手笔的评论在前，然近60年里，关于《百合花》的主题究竟是什么的问题，仍是欲说还休。如张清华所说："费尽周折讲过之后，仍旧有人在摇头质疑。"① 质疑什么呢？

首先是《百合花》的原创性问题。

2009年，《百合花》的原创性引起了论者辩驳，主要涉及孙犁小说《红棉袄》。《百合花》与《红棉袄》之间有没有关联？有什么关联？宋剑华认为，茹志鹃"将《红棉袄》的故事素材，巧妙地移植到了她自己所熟悉的时空背景，这才使《百合花》以其历史事件的'真实性'，产生了震撼读者心灵的轰动效应"，这是"十七年文学"以"模仿"代替"创新"的表现之一。② 李建军则认为，"文学范畴里的模仿，是指写作者对大师经验和经典文本的借鉴和学习"，"对于'独创性'的强调和追求，也应该有一个限度"，"'大胆假设'并不是一个具有普适性的治学方法"，"写作《百合花》的茹志鹃是从《红楼梦》里获得了文学的真传，领悟了小说的神髓"，"茹志鹃的《百合花》远比孙犁的《红棉袄》写得好"。③

《红棉袄》写的是一个小姑娘脱下贴身红棉袄给病后初愈的小战士御寒的故事。比较两个故事，除了人物身份有些外在符号的大体相当外（如都是小战上，都是女性，都写了军民感情），差异很明显。除了故事丰富性和人物关系差异（《红棉袄》是两男一女，《百合花》是两女一男），最重要的是两个故事的意象、内涵相差显著：红棉袄当然是重要的意象，但红棉袄本身并没有多少文化内涵和传统审美上的固定意蕴。尽管为了突出"红棉袄"与小姑娘在性别上的联系，孙犁在有限的篇幅里，特意补充了小姑娘脱下红棉袄后到暗角处整理贴身小衣的细节。然而即便如此，也属于人之常情。这与百合花在小说里面，乃至在中西文化传统上的内涵和独特意味，都天差地别。更

---

① 张清华：《探查"潜结构"：三个红色文本的精神分析》，《上海文化》2011年第5期。

② 宋剑华：《经典的模仿：〈百合花〉与〈红棉袄〉之对比分析》，《南方文坛》2009年第1期。

③ 李建军：《模仿、独创及其他——为〈百合花〉辩护》，《南方文坛》2009年第2期。

何况，“百合花”还是新媳妇被子上“以枣红色底洒满”的“百合花”呢！

姑且不论《百合花》与《红楼梦》的关联，毕竟遥远的影响研究本身就有焦虑和缓解阐释焦虑的成分。但把《百合花》与《红棉袄》之间的关系定为“素材移植”，从而认定《百合花》是“十七年文学”以“模仿”代替“创新”的表现之一，确是不够以理服人，起码不是以文本事实和审美分析为基础的。

可见，这场五十年后关于《百合花》是属于创造还是借鉴的论争，或是否存在来自遥远如《红楼梦》等的影响焦虑①，本质上都是指向《百合花》的“入史常规”② 问题，即《百合花》在现代中国文学史作品序列、思想链条上的独特性问题。

四

如上所述，《百合花》的特色包括两个方面：有茅盾讲得比较多的“作品的艺术性的部分”，也有他讨论极少的“思想内容方面”部分。思想内容中，既有特定历史语境和题材规定性带来的对革命性的、对军民情深的颂扬，也有着因故事元素、叙述模式和文化传统（包括情感传统）隐含着的、对于两性吸引（男欢女爱）的正常呼吁与向往。而在近年来人们对《百合花》的诸多质疑中，除了原创与否之外，“性”问题的叙述与独特处理也是亮点。

关于《百合花》“性”叙述问题引发的争议和新的阐释探索，无疑是茅盾当年讨论不够的地方。关于这一方面，施战军认为：“从较为混沌的情绪心理呈示角度、日常化叙述的深度模式等来看取茹志鹃在当代文学的特殊地位，是应引起文学史写作者注意的地方。”③ 无独有偶，张清华也有类似苦恼，他说：

> 《百合花》这篇小说好在哪里？我常常这样问我的学生，得到的回答当然与以往教科书的分析相差无几。当我再认真地问他们，“到底好在哪里？”他们便都笑了，反问“好在哪里”。我自然很想解释

---

① 李建军：《〈百合花〉的来路》，《小说评论》2009 年第 1 期；李建军：《再论〈百合花〉——关于〈红楼梦〉对茹志鹃写作的影响》，《文学评论》2009 年第 4 期。

② 施战军：《茹志鹃小说与中国当代文学》，《南方文坛》2001 年第 1 期。

③ 施战军：《茹志鹃小说与中国当代文学》，《南方文坛》2001 年第 1 期。

> 清楚，但常常感到麻烦，因为关于其中一个比较隐秘的角度，确令我有点难以出口，要很“书面化”地回答才得体。所以我常不得不规避在课堂以外的环境来谈到它。①

张清华把《百合花》作为“身体隐喻的献祭仪式”来读，认为“这篇小说之所以有如此深远和长久的生命力、感染力，确是因为它的内部有一个关于‘身体和性’的隐喻”，因此才会“很想解释清楚，但常常感到麻烦，因为关于其中一个比较隐秘的角度，确令我有点难以出口，要很‘书面化’地回答才得体。所以我常不得不规避在课堂以外的环境来谈到它”。② 这就等于把施战军的“较为混沌的情绪心理”和“日常化叙述的深度模式”坐实为“身体和性”。

事实上，明确从性（隐秘的性心理、性的吸引）角度阐释《百合花》的，还有朱栋霖。他在一次演讲中说：

> 茹志鹃的《百合花》这篇小说里描写的这个解放军通讯员和这个农村媳妇之间的关系，是什么关系呢？当然是老百姓对解放军的衷心爱戴，但是他们之间深层的潜意识的关系，是性的吸引，而这正是这篇小说人物描写的重点。③

不仅如此，把《百合花》从“性”这个兴奋点往前推进半步的，仍然是朱栋霖。他接着说：“那么茅盾为什么要发表这样隔靴搔痒、不着边际的评论呢？难道茅盾没有看出这篇小说中内在的性心理描写吗？”对此，朱栋霖的解释是：

> 不是，恰恰他看出来了，可以说茅盾就像我今天一样看出来了，1958 年，小说发表的当时茅盾就看出来了。可是那是个什么时代呢？刚刚很多作家被划为右派分子，再也不敢写人性了。那是鼓吹阶级斗争的时代，整个文坛全是写枯燥乏味的东西。他发现了这篇东西，

---

① 张清华：《探查“潜结构”：三个红色文本的精神分析》，《上海文化》2011 年第 5 期。

② 张清华：《探查“潜结构”：三个红色文本的精神分析》，《上海文化》2011 年第 5 期。

③ 朱栋霖：《人的发现和中国文学的发展》，见陆挺、徐宏主编：《人文通识讲演录·文学卷二》，北京：文化艺术出版社 2007 年版，第 201－202 页。

> 写人性写得多么好，这正是他所希望、所呼唤的。可是茅盾怎样把这篇佳作推荐给社会呢？如果茅盾像我今天这么一说，那是给她帮倒忙了。茅盾要推出这部作品，可是又要保护它，他就用这篇小说的情节来说话，这是一个解放军战士献身的故事，这是一个老百姓拥军的颂歌。大家为了保护这篇小说中人的微弱的声音，就说这是一曲革命的颂歌，它反映的是革命的人、阶级的人的声音。①

无论是施战军的“混沌”说，还是张清华和朱栋霖的“性”发掘，总而言之，他们都认为《百合花》是用对革命性（具体为军民友爱关系）的颂扬主题作为保护伞，掩护对于性的吸引的故事叙述。朱栋霖甚至认为，茅盾当年的赞赏正是因为发现小说在“内在的性心理描写”②。朱栋霖还认为：“茹志鹃写这篇小说的时候根本没有想到这些问题……是用女性的真实的心理来描写自己所想象中的这一切，一切创作都是想象。她是以女性的心理去想象的。”③ 张清华和朱栋霖的发掘和阐释，都可谓是研究者的新见。这与茅盾作为同行眼光的考核大相径庭。

作为行业标准的导师，茅盾强调的是技术过硬、动作规范，是同情之理解。为求理解，先有物同其类之同情。为表同情，则道出不足为外人道者，遂归纳为一二三四。无他，唯手熟耳。而作为从读者角色出发而生成的研究者，旨趣则在于探寻阅读困惑的答案，解决审美心理的疑团，要求的却是理解之同情。为求同情必先理解，为了理解则不惜“深文周纳”，动手动脚、上天入地找东西。无他，求个心安理得。姑且不论二者对《百合花》的“性叙述”讨论充分妥当与否，敢于从异性相吸的原始而正常的人情出发，破解《百合花》长期以来因为戴着革命性和阶级友爱的高帽子，破解了相关阐释造成的性的苦闷和人的苦闷，以及由此带来的理解和审美的苦闷，无论如何都该是一个极大的进步。

---

① 朱栋霖：《人的发现和中国文学的发展》，见陆挺、徐宏主编：《人文通识讲演录·文学卷二》，北京：文化艺术出版社 2007 年版，第 203 页。

② 朱栋霖：《人的发现和中国文学的发展》，见陆挺、徐宏主编：《人文通识讲演录·文学卷二》，北京：文化艺术出版社 2007 年版，第 203 页。

③ 朱栋霖：《人的发现和中国文学的发展》，见陆挺、徐宏主编：《人文通识讲演录·文学卷二》，北京：文化艺术出版社 2007 年版，第 203 页。

五

事实上，茅盾当初的“军民关系说”，以及近年来的“性心理叙述说”，二者完全可以并存于对小说内容的解释。这恰恰证明小说本身的内涵丰富。反而言之，在一般的技法层面上，《百合花》其实还算浅显，妙处恰恰在于其内容喻指——（军民、男女）鱼水关系的有机统一，小说意象“百合花”亦然。整个文本以此多元的主题内涵为中心，从技巧、情节、结构、观念、内容、叙述诸方面贯通一体，既有革命政治，也有人性人情，既有现代的光泽与智慧，更有传统的光辉与温暖。

《百合花》丰富的可读性，并非仅仅是“性”丰富。对诞生于特殊语境下的《百合花》而言，作者命笔之初葆有的对阶级友爱、军民情深的歌颂和表述，无疑是题中应有之义。小说“性”方面的暖意和神秘趣味，茅盾当年没有指出，也许是有意不说出，正如朱栋霖的揣测。但朱栋霖认为茅盾因为“推出这部作品，可是又要保护它”就“用这篇小说的情节来说话”，则大谬不然。事实上，茅盾思路并非如此，他恰恰是从篇幅、人称、结构、节奏感、人物描写、主题、风格……一步步说来，最终把焦点落到风格——“怎样展开故事和塑造人物”的分析和评述。为此，茅盾文末还对自己在“讲作品的艺术性的部分比较多”而感到不安。

内容既然丰富，相关的多元理解必然需要复合的表述，这属于笔法而非技法。如何讲述内容的笔法，是短篇小说高下之分的吃力点，也是《百合花》的好处与绝妙处。《百合花》的笔法之好，除了茅盾所言诸种之外，是否还有其他要素呢？其实就是茅盾所赞赏的“怎样展开故事和塑造人物”，这是他念兹在兹的元素，也就是小说最耐人寻味的“作品的艺术性的部分”。然茅盾的解释仅仅只是“呼应”二字，他说：“作者善于用前后呼应的手法布置作品的细节描写，其效果是通篇一气贯串，首尾灵活。”这显然是以技法说笔法。

什么是《百合花》的笔法？或许可以从作者自评这里找到些许答案。茹志鹃称《百合花》为“没有爱情的爱情牧歌”①。言下之意，无非是说以“爱情牧歌”的笔法叙述，鹄的虽并非是爱情，而是演述爱情心程与路程。毕光明将《百合花》概括为“未完成的情感形式”也是此意。

---

① 茹志鹃：《我写〈百合花〉的经过》，《青春》1980年第11期。

事实上，讲故事写小说的分寸感同样属于笔法，且是更难得的笔法艺术，即对小说审美感觉的控制与调度，包括对讲述内容和情感抒发程度的掌控。那么，小说如何叙述才能把故事叙述的火候和距离拿捏得恰到好处呢？这就是茅盾所说的“作者把这两者结合得很好”，即把展开故事和塑造人物结合得很好。显然这不仅仅是技术，而是内容和技法的互动，目的是为了呈现内容的丰富性。

《百合花》的内容组合，按照人物指向分类，就是两大块：一块是论及前后出现的小通讯员肩上的步枪筒和两个馒头（和女文工团员有关）；一块是前后出现的小通讯员衣肩上的破洞和那床有百合花图案的被子（与小媳妇有关）。结合图表化的小说情节内容和情感结构的比照，可谓一目了然（如下表）。

女性 男性	文工团员（军·后勤） （后勤人员，平级，比通讯员大，称通讯员为“小同乡”）		年轻媳妇（民） （百姓，下级，比通讯员大，称通讯员为“同志弟”）	
团长（军·指挥） （上级）	对我抓了半天后脑勺，最后才叫一个通讯员送我到前沿包扎所去			
通讯员（军·后勤） （平级，19岁）	交往内容	①送我到包扎所去 ②和我一起借被子	交往内容	①通讯员向她借被子 ②缝衣服上的破洞
	叙述细节	①枪管里的装饰物 ②两个馒头	叙述细节	①被子（百合花） ②缝衣服上的破洞

从表中可知，《百合花》由两类细节叙述连缀而成，包含三种关系，即军民关系、同志关系和男女关系：“我”（女文工团员）和通讯员是革命同志关系和男女关系；年轻媳妇和通讯员是军民关系和男女关系；团长、“我”和通讯员（军队代表）与年轻媳妇等也是军民关系；团长、“我”和通讯员是革命同志关系。显然，小说本意突出的是军民关系，同志关系和男女关系不是重点。

然而，作者预设的宏大叙事和支撑情节骨架的细节之间，一开始就存在错位。四个细节落脚都在男女间的交往。尽管小说没有过多渲染细节的男女性别色彩，但其间一举一动，无不落入男女关系的微妙传达中。例如，“我”和通讯员按理说是团长下的战时疏散任务，应当属于是军务在身的革命同志关系。且不说故事时间的“中秋节”设定的意蕴，小说开头那些赌气性的女性心理和欢快的环境情景描写，都不由自主地淡化了军事氛围和革命同志行军的色彩。而接下来的“我”对通讯员的体态观察——“高挑挑的个子”“厚实实的肩膀”（后面又出现一次“宽宽的肩膀”）……乃至于当通讯员衣服被挂破时，“我真后悔没给他缝上再走”。不用多说，谁都明白这是暗生情愫，起码也是潜滋暗长的好感。叙述由革命同志关系迅速让位于男女关系。至于年轻媳妇和通讯员的情感，也是无端起惊雷。小媳妇从看到通讯员的一笑再笑，到故意气通讯员，再到帮通讯员缝破衣服，显然都不是无缘无故的，年轻媳妇与这个通讯员之间，不只是军民关系的交往，而是平凡男女情感逐步加深的节奏，否则那股子的“故意气”又何故来哉？

相较于小媳妇与通讯员的三面之交，“我”和通讯员的护送之旅可谓写得充分细腻。这部分尽管有写这位通讯员的“风貌和性格”的成分，也可以算是写出他的“天真、纯洁、面临战斗而不紧张、爱好自然的优美情趣”，但大部分篇幅和叙述主线、情节和情感动力，都是在写“我”和通讯员情感距离的变化过程。整篇小说显而易见分成两半，其实就是通讯员和“我”、通讯员和年轻媳妇的故事各占半边天，甚至前面的篇幅和含情量要高许多。

茅盾是否明白《百合花》里的男女关系呢？茅盾对于通讯员与年轻媳妇的交往关系有明确的判断，特意突出这份感情的“军民关系”、骨肉情深性质，而且还强调这不是“知识分子的思想感情”。茅盾强调的是和不是，当然别有深意。那么，哪一份感情是属于“知识分子的思想感情”呢？当然是指“我”对于通讯员的那份感情。明白得很，茅盾不赞赏这种知识分子扭扭捏捏、小资情调、自命清高的矫情，他欣赏的是年轻媳妇深沉而略有含蓄的传统人情（当然也包括男女之情）。茅盾的评价充满着时代感和历史感。

为了避开对“我”和通讯员关系和细节描写的评述，茅盾甚至显得有些为难和左右支绌。为了突出“军民关系”，茅盾除了认为“写两个人物（而且是差不多不分主次的两个人物）”，还特意强调这两个人物就是通讯员和新媳妇，甚至把写新媳妇的那部分也试图纳入通讯员的份额。可是这样一来，《百合花》歌颂的对象就成了通讯员了。这就不明所以了，远远偏离了小说情节本身，即便就军民关系的赞歌而言。这显然是茅盾无法自圆其说的，于是他只好说：

全篇共六千余字，开头二千字集中写通讯员，然后引出第二个人物（新媳妇），用了五六百字集中写她，接着就把这两个人物交错在一处写，而最后（上面抄引的那小段），又集中写新媳妇，可是同时仍然在烘托通讯员，因为读者此时抑不住的感动的情绪，一半为了新媳妇，一半也为了通讯员；——不，主要是为了通讯员，也可以这样说。

茅盾也许意识到了牵强，言辞论断中的转折和勉强是明显的。实际上，茅盾想尽量撇开“我”和通讯员的情感叙述，进而提纯《百合花》的情感关系，无非是他意识到有些情感关系与彼时历史语境之间不兼容。这种紧张，也凝结着他作为风格化小说家的清醒和偏好。只要想想《幻灭》《动摇》《追求》里的那么多女性，茅盾借《百合花》呈现的对知识分子思想感情的态度，多少也算得上是精神分析的反向形成机制。

更有意思的是，这两女一男的交往，都是女性主动而强势，通讯员的感情流露和相应的反应都写得比较隐晦，着墨甚少。这是为什么？也许是女性主动的情感模式，可维持通讯员作为军代表的伟岸纯洁形象，多少缓冲一下男代表的传统意涵，就是为了保护宏大叙述意图的伟大传统，避免因主要人物走样变形引起的解释困境和压力。而女性在男女情感交往模式中转为主动角色，这只有在革命语境里可以解释。①

六

总而言之，《百合花》内容旨趣的含混与丰富，实际上表现为作者对内容和情感叙述控制上的火候适度。这一切，小说题目及其意象“百合花”早已经“临行密密缝”。

那么，何为“百合花”？它可是战时农村里一个年轻媳妇唯一的嫁妆——“那条枣红底色上，撒满白色百合花的被子”上的“百合花”。这难道可能是仅仅象征着纯洁的百合花吗？百合百合，只要是中国人，谁不知道新嫁娘被子上的百合花有着百年好合、男欢女爱之意呢？不过，男欢女爱的鱼水情，与军民相拥的鱼水情，在鱼水的关系比喻上，却是可以天衣无缝地连接起来的。鱼水情深，这一表述本身，实际上早就已经语带双关地弥合了小说经典

---

① 张清华：《探查“潜结构”：三个红色文本的精神分析》，《上海文化》2011年第5期。

意象——年轻媳妇“那条枣红底色上，撒满白色百合花的被子”上的“百合花”所带来的意义分歧与思想紧张。

毫无疑问，革命不仅与恋爱不冲突，而且军民关系同样可与男女关系相提并论。在这个意义上，《百合花》不仅有了王实味《野百合花》的革命道德精神上的纯洁，也包蕴了钱钟书夭折小说《百合心》的绵密人生哲理。《百合花》本意，或许是要以百合花在纯洁意味上的内涵来比附赞美军民关系（或者男女关系）的纯洁，但如此展开故事和塑造人物下的百合花，除了讴歌纯洁关系的那一类，显然还有人之常情的男女之情的祝福与美好。况且，即便向往与爱慕后者，也并非就是不纯洁。

因此，《百合花》这篇鉴于当时政治气氛的紧张和“人与人之间”关系的恶化，“不无悲凉地思念起战时生活，和那时的同志关系”而写的小说①，呼唤的是温暖，流露的是忧伤。其故事叙述和细节呈现，始终弥漫着一种源自人性、人情本心的朴素与善良的温暖。它以简约清新的丰富，将现代左翼文学革命加恋爱的叙述传统推进到当代，演绎为“军民鱼水情深”的另类叙述。这里面有革命政治，也有人性人情，有现代的光泽与智慧，更有传统的光辉与温暖。是故，《百合花》成为中国当代文学的经典之作。

---

① 茹志鹃：《我写〈百合花〉的经过》，《青春》1980 年第 11 期。

中国文学图文互文研究著作的编纂历史与现状

龙其林　钟丽美

（广州大学人文学院）

一

随着印刷技术和新媒体的发展，当前的社会文化越来越呈现出图像化的趋势，学术研究也不断地吸收图像文化。越来越多的文学研究者运用了图文互文法，建构起独具特色的文学研究模式。作为一种更为直观的传播工具，图像的使用已经成为文学研究过程中一种重要的方法。读者内心深处存在着还原现实的探究心理，他们希望能够借助学术研究和图像加深对某一领域的透彻认知，而文学研究中图像的存在一定程度上实现了人们的这种愿望，并由此强化了读者对图像的感情。据笔者统计，中国大陆地区自郑振铎的《插图本中国文学史》于1932年出版以来，至今已出版各类中国文学图文互文研究著作160余部，如迟轲主编的《插图本文学欣赏教程》，陈平原和夏晓红的《图像晚清》，林庚的《中国文学简史（插图本）》，姜德明的《新文学版本（插图珍藏本）》，李盾的《中国古代小说珍赏》，杨义的《中国古典文学图志》《中国现代文学图志》，钱念孙的《中国文学史演义（插图珍藏本）》，高奇等编著的《走进中国文学殿堂（插图本）》，陈思和主编的《中国当代文学史教程》，范培松和金学智主编的《插图本苏州文学通史》，贺绍俊和巫晓燕的《中国当代文学图志》，鲁迅的《中国小说史略（插图本）》，程光炜等主编的《中国现代文学史》，姚玳玫的《文化演绎中的图像——中国近现代文学/美术个案解读》，陈平原的《看图说书：小说绣像阅读札记》，汤学智的《生命的环链——新时期文学流程透视（1978—1999）》，吴福辉的《插图本中国现代文学发展史》，李楠的《晚清民国时期上海小报》，范伯群的《中国现代通俗文学史（插图本）》，于润琦总主编的《插图本百年中国文学史》

等。以图文互文视角梳理中国文学研究著作，探讨图像与文学叙述的关系，揭示文学研究中的图文关系和意义生成、对话的内在逻辑，可以丰富人们对于文学表达与图像、文学研究与图像关系内在属性的认识，有助于梳理数量众多的图文研究著作编纂的特点，进而把握这些著作的编纂理念、图像选择标准、图文关联程度等内在规律，阐明文学研究著作的思想展开、意义生成与图像还原历史语境的对应性。总结中国文学图文互文研究著作编纂的历史经验，指出图文互文法在文学研究中运用的误区，不仅可以提升文学研究者的图像意识与辑图能力，深化学术界对读图时代图书出版在图像、装帧、印刷等方面的自觉意识，推动图文互文法在文学研究著作中的普及，而且可以促进学术著作的装帧、设计和流通发展，对于引导读者阅读文学研究著作以及促进学术著作的出版都具有重要意义。

现代意义上的中国文学图文互文研究著作，当以 1932 年郑振铎的《插图本中国文学史》在北平朴社出版部印行作为正式问世的标志，并在 20 世纪末期之后逐渐发展为蔚为壮观的文学研究现象及模式。但是，迄今为止学术界尚未对中国文学图文互文研究著作进行过统计，许多研究者在进行文学图文学术著作的研究时也多依靠自己的阅读经验，而缺乏较为精准的资料搜集与分析。基于学术界对于中国文学图文研究著作的编纂热情与研究兴趣，笔者依据国家图书馆已出版的著作进行统计，完成了《中国文学图文互文研究著作目录》的整理，并力图以此为基础进行相关问题的探讨。由于文学研究与语言学研究方法与理念的差异，笔者所讨论的中国文学图文互文研究著作，指的是中国大陆地区出版的中国古代文学、中国现当代文学、中国少数民族语言文学（仅限于文学部分）、文艺学等四个二级学科范围的图文互文著作。中国语言文学作为国家一级学科，下设有八个二级学科，分别为文艺学、语言学及应用语言学、汉语言文字学、中国古典文献学、中国古代文学、中国现当代文学、中国少数民族语言文学、比较文学与世界文学。中国大陆地区出版的图文互文外国文学研究著作应归属于外国语言文学一级学科之下，包括了英语语言文学、俄语语言文学、法语语言文学、德语语言文学、日语语言文学、印度语言文学、西班牙语语言文学、阿拉伯语语言文学、欧洲语言文学、亚非语言文学、外国语言学及应用语言学等二级学科。

《中国文学图文互文研究著作目录》的整理主要基于以下标准：第一，该目录收录的是在中国大陆地区正式出版的中国文学图文互文研究的著作，不包括港澳台、国外及其他地区出版的关于中国文学研究的图文著作。书目依据著作的研究内容划分为中国古代文学、中国现当代文学、中国少数民族语言文学、文艺学等四个二级学科。港台地区已出版不少关于中国文学图文互文研究的著作，如张堂锜、栾梅健编著的《大陆当代文学概论》（台湾五南图书出版股份有限公司 2008 年版）、陈平原的《左图右史与西学东渐——晚清画报研究》[三联书店（香港）有限公司 2008 年版]、郑振铎的《插图本中国文学史》（台湾新潮社文化事业有限公司 2011 年版）、《中国文学史》（台湾小仓书房 2011 年版）、《中国俗文学史》（台湾小仓书房 2011 年版）等，笔者拟在以后的论文中进行探讨。第二，对一些贯通古今的文学研究著作，笔者根据其中内容所占比率，将著作归于研究比重最高的二级学科的范畴。第三，对于之前已经出版过的图文著作，如出版社再版时如对图像史料进行了较大调整的，即便文字叙述部分保持一致，亦加以收录，以探讨图文关系的新形态、图像辑录的来源及差异。第四，对于一些文学研究著作仅仅在正文前以彩色或黑白方式列出图像的，书目不纳入图文互文研究著作的考察范围，主要原因在于图文的割裂造成了互文性的极度弱化，图文互文的语境几乎消失殆尽，但也有例外。例如，曾大兴的《文学地理学研究》虽也将所绘制的图像列于正文前，而不是在正文主体部分使图像与文字互动，但因其所绘制的图像并非对于文字内容的简单对应物，而是融会了诸多文学要素制作而成的文学地图，包括作家地理分布、城市分布、气候带分布等，图像与文字叙述保持了密切的关联，因此将其纳入图文互文文学研究的著作之中。第五，文艺学以文学为研究对象，探求文学的本质特点与基本规律，包括文学理论、文学批评和文学史三个分支。笔者在统计《中国文学图文互文研究著作目录》时，根据图文互文著作的内容侧重，将偏向于揭示文学基本规律与本质特点、进行抽象的普遍理论研究的著作（即狭义的文艺学）纳入文艺学范畴，而将内容为对中国现当代作家、作品及文学现象进行分析的著作纳入中国现当代文学二级学科之下，以避免出现文艺学下属的文学批评、文学史分支与中国古代文学、中国现当代文学研究著作的重叠。应该承认，笔者所辑录的图文互文文学研究书目可能存在遗漏之处，例如一些学者编纂的发行量较少、影响不大的图文研究著作，或是一些自费刊行、未进入图书馆系统流通的图文研究著作等。同时受制于个人的时间与精力，也可能无意中忽略了个别较为典型的文学图文研究著作，期待方家予以指正。

在《中国文学图文互文研究著作目录》中，笔者一共整理了 160 多部以图文互文方式研究中国文学的著作。在众多的研究著作中，其中 2000 年至今出版的互文研究著作多达147部，占全部著作的90.2%，是1931年至1999年期间文学图文研究著作的10倍（参见表1）。从文学图文研究著作的出版数量来看，新中国成立以前只有1部《插图本中国文学史》，属于图文研究方法在中国文学领域内的初创期。1950至1989年，虽有3部文学类图文互文研究著作出版，但其中2部分别为1957年、1982年刊印郑振铎的《插图本中国文学史》，属于旧作新印而已。只有山西师范大学戏曲文物研究所编的《宋金元戏曲文物图论》是新近编纂的图文研究著作，不过考虑到该书中探讨的是宋金元时期的戏曲文物这一对象，“图论”的性质决定了其对图像史料的使用，倒不一定真正是由于编纂者具有了自觉的图文互文意识。只有到了20世纪90年代，中国文学研究才真正进入了图文互文时代。这一时期，冰心主编、董乃斌和钱理群副主编的《（彩色插图）中国文学史》，杨义主笔、中井政喜和张中良合著的《中国新文学图志》以及廖奔的《中国古代剧场史》的出版，预示着图文互文作为一种常规的研究方法和文学批评模式重新进入了文学研究界。《（彩色插图）中国文学史》虽然出版于1995年，但是并未引起学术界的关注，反而是随后一年出版的《中国新文学图志》引起了轰动。据陈平原回忆：“1995年中国和平出版社、祥云（美国）出版公司合作出版的《（彩色插图）中国文学史》，全书20万字，600多幅图，彩色印刷，大十六开本，定价180元，当时觉得很贵，好在是卖给外国人的。书做得不错，可惜没在国内流通。此书的版权页写着，主编：冰心；副主编：董乃斌、钱理群。不难想象，古代部分由董负责，现当代部分则是钱的功劳。”① 与《（彩色插图）中国文学史》形成鲜明对比的是，《中国新文学图志》出版后获得如潮好评，著名作家萧乾称其为旷世奇书，北京大学的严家炎教授则高度肯定它对于文学史研究思路的拓展。正是在《中国新文学图志》的影响下，图文互文作为一种有效的文学研究模式逐渐深入人心，沉淀为中国文学研究的基本方式。

① 陈平原：《从左图右史到图文互动——图文书的崛起及其前景》，《学术界》2004年第3期，第262页。

表 1 《中国文学图文互文研究著作目录》各时期著作分布表

时间	学科				合计
	中国古代文学	中国现当代文学	文艺学	中国少数民族语言文学	
1949 年之前	1	0	0	0	1
1950—1989 年	3	0	0	0	3
1990—1999 年	5	5	1	0	11
2000 年至今	85	55	5	3	148
合计	94	60	6	3	163

二

附录

表 2 中国文学图文互文研究著作目录

序号	著作	作者	出版社	出版时间	所属二级学科
1	插图本中国文学史	郑振铎	北平朴社出版部	1932	中国古代文学
2	插图本中国文学史	郑振铎	人民文学出版社	1957	中国现当代文学
3	插图本中国文学史	郑振铎	人民文学出版社	1982	中国现当代文学
4	宋金元戏曲文物图论	山西师范大学戏曲文物研究所编	山西人民出版社	1987	中国古代文学
5	（彩色插图）中国文学史	冰心主编，董乃斌、钱理群副主编	中国和平出版社、祥云（美国）出版公司	1995	中国古代文学
6	中国新文学图志	杨义主笔，杨义、中井政喜、张中良合著	人民文学出版社	1996	中国现当代文学

（续上表）

序号	著作	作者	出版社	出版时间	所属二级学科
7	唐弢书话	唐弢著，钱德明主编，杨义选编	北京出版社	1996	中国现当代文学
8	插图本文学欣赏教程	迟轲主编	岭南美术出版社	1996	文艺学
9	中国古代剧场史	廖奔	中州古籍出版社	1997	中国古代文学
10	东方的曙光——新文化运动中的人格追寻	杨昊成	江苏教育出版社	1998	中国现当代文学
11	插图本中国文学史	郑振铎	花山文艺出版社	1998	中国古代文学
12	插图本中国文学史	郑振铎	北京出版社	1999	中国古代文学
13	中国当代文学史教程	陈思和主编	复旦大学出版社	1999	中国现当代文学
14	话说周氏兄弟——北大演讲录	钱理群	山东画报出版社	1999	中国现当代文学
15	诗经名物新证	扬之水	北京古籍出版社	2000	中国古代文学
16	中国现代文学史	程光炜、吴晓东、郜元宝、刘勇主编	中国人民大学出版社	2000	中国现当代文学
17	中国小说史略（名著图典）	鲁迅著，陈平原图文编纂	浙江文艺出版社	2000	中国古代文学
18	古本山海经图说	马昌仪	山东画报出版社	2001	中国古代文学
19	20世纪中国文学图典	唐文一等编著	四川人民出版社	2001	中国现当代文学

（续上表）

序号	著作	作者	出版社	出版时间	所属二级学科
20	图像晚清	陈平原、夏晓虹	百花文艺出版社	2001	中国古代文学
21	活在真实中	谢有顺	中国电影出版社	2001	中国现当代文学
22	中国民间文学史	高有鹏	河南大学出版社	2001	中国古代文学
23	美学四讲（修订插图本）	李泽厚著，颜榴配图	天津社会科学院出版社	2001	文艺学
24	插图本百年中国文学史·上卷（1872～1916）	于润琦总主编	四川人民出版社	2002	中国古代文学
25	插图本百年中国文学史·中卷（1917～1949）	于润琦总主编	四川人民出版社	2002	中国现当代文学
26	插图本百年中国文学史·下卷（1949～1986）	于润琦总主编	四川人民出版社	2002	中国现当代文学
27	苦雨斋识小	止庵	东方出版社	2002	中国现当代文学
28	返回现场——晚清人物寻踪	夏晓虹	江西教育出版社	2002	中国古代文学
29	中国当代文学关键词十讲	陈思和	复旦大学出版社	2002	中国现当代文学
30	新文学版本（插图珍藏本）	姜德明	江苏古籍出版社	2002	中国现当代文学
31	宋词趣话	范垂新著，咏晨、中夫插图	大连出版社	2002	中国古代文学

（续上表）

序号	著作	作者	出版社	出版时间	所属二级学科
32	唐诗趣话	范垂新著，咏晨、中夫插图	大连出版社	2002	中国古代文学
33	中国古代小说珍赏	李盾	文津出版社有限公司	2002	中国古代文学
34	京派海派综论（图志本）	杨义	中国社会科学出版社	2003	中国现当代文学
35	生命的环链——新时期文学流程透视（1978—1999）	汤学智	郑州大学出版社	2003	中国现当代文学
36	转型与整合——现代中国小说精神现象史	谭桂林	陕西人民教育出版社	2003	中国现当代文学
37	黑夜的潜流——女性文学新论	于青、王芳	陕西人民教育出版社	2003	中国现当代文学
38	于坚谢有顺对话录	于坚、谢有顺	苏州大学出版社	2003	中国现当代文学
39	李欧梵季进对话录	李欧梵、季进	苏州大学出版社	2003	中国现当代文学
40	韩少功王尧对话录	韩少功、王尧	苏州大学出版社	2003	中国现当代文学
41	莫言王尧对话录	莫言、王尧	苏州大学出版社	2003	中国现当代文学
42	冯骥才周立民对话录	冯骥才、周立民	苏州大学出版社	2003	中国现当代文学
43	苏童王宏图对话录	苏童、王宏图	苏州大学出版社	2003	中国现当代文学

（续上表）

序号	著作	作者	出版社	出版时间	所属二级学科
44	王蒙郜元宝对话录	王蒙、郜元宝	苏州大学出版社	2003	中国现当代文学
45	李锐王尧对话录	李锐、王尧	苏州大学出版社	2003	中国现当代文学
46	张炜王光东对话录	张炜、王光东	苏州大学出版社	2003	中国现当代文学
47	贾平凹谢有顺对话录	贾平凹、谢有顺	苏州大学出版社	2003	中国现当代文学
48	看图说书：小说绣像阅读札记	陈平原	生活·读书·新知三联书店	2003	中国古代文学
49	丁玲与文学研究所的兴衰	邢小群	山东画报出版社	2003	中国现当代文学
50	在文坛边缘上——编辑手记	刘锡诚	河南大学出版社	2004	中国现当代文学
51	中国艺术形象发展史纲	陈伟	学林出版社	2004	文艺学
52	中国戏剧史（插图本）	叶长海、张福海	上海古籍出版社	2004	中国古代文学
53	插图本苏州文学通史	范培松、金学智主编	江苏教育出版社	2004	中国古代文学
54	中国当代少数民族文学史论	李鸿然	云南教育出版社	2004	中国少数民族语言文学
55	中国小说史略（插图本）	鲁迅	上海古籍出版社	2004	中国古代文学
56	中国文学史（彩色插图本）	董乃斌、钱理群主编	贵州人民出版社	2004	中国古代文学
57	经典常谈（插图本）	朱自清	上海古籍出版社	2004	中国古代文学

（续上表）

序号	著作	作者	出版社	出版时间	所属二级学科
58	中国文学史演义（插图珍藏本）	钱念孙	安徽教育出版社	2004	中国古代文学
59	插图本人间词话	王国维	上海古籍出版社	2004	中国古代文学
60	走进中国文学殿堂（插图本）	高奇等编著	山东大学出版社	2005	中国古代文学
61	中国小说史略（插图珍藏本）	鲁迅	团结出版社	2005	中国古代文学
62	红楼梦研究（插图本）	俞平伯	上海古籍出版社	2005	中国古代文学
63	中国鲁迅学通史	张梦阳	广东教育出版社	2005	中国现当代文学
64	插图本中国新文学史	许道明	上海古籍出版社	2005	中国现当代文学
65	广西文学50年	李建平等	漓江出版社	2005	中国少数民族语言文学
66	插图本新解红楼梦	傅光明主编	山东画报出版社	2005	中国古代文学
67	汉文学史纲要（外一种）（插图本）	鲁迅	上海古籍出版社	2005	中国古代文学
68	插图本中国文学史	郑振铎	上海人民出版社	2005	中国古代文学
69	人一生要知道的50部中国文学名著（彩色插图本）	姚丽萍、颜朝辉、刘琳编著	中国戏剧出版社	2005	中国古代文学
70	中国神话研究初探（插图本）	茅盾	上海古籍出版社	2005	中国古代文学
71	人一生要知道的中国文学（彩色插图本）	黎娜编著	中国戏剧出版社	2005	中国古代文学

（续上表）

序号	著作	作者	出版社	出版时间	所属二级学科
72	中国古典文学图志	杨义	生活·读书·新知三联书店	2006	中国古代文学
73	南社丛谈·历史与人物	郑逸梅编著	中华书局	2006	中国古代文学
74	图像晚清	陈平原、夏晓虹编注	百花文艺出版社	2006	中国古代文学
75	晚清民国时期上海小报	李楠	人民文学出版社	2006	中国现当代文学
76	宋元戏曲史	王国维	团结出版社	2006	中国古代文学
77	中国词曲史	王易	团结出版社	2006	中国古代文学
78	插图本纵论三国演义	傅光明主编	山东画报出版社	2006	中国古代文学
79	杜甫叙论（插图本）	朱东润	人民文学出版社	2006	中国古代文学
80	趣味美学（插图本）	徐德青	上海古籍出版社	2006	文艺学
81	二十世纪中国小说与文化（插图本）	杨义	上海三联书店	2007	中国现当代文学
82	中国现代通俗文学史（插图本）	范伯群	北京大学出版社	2007	中国现当代文学
83	重绘中国文学地图通释	杨义	当代中国出版社	2007	中国古代文学
84	中国文学简史（插图本）	林庚	北京大学出版社	2007	中国古代文学
85	上海文化与上海文学	杨剑龙	上海人民出版社	2007	中国现当代文学

（续上表）

序号	著作	作者	出版社	出版时间	所属二级学科
86	彩图版中国文学	曹卫东主编	海潮出版社	2007	中国古代文学
87	中国现当代作家新论	史挥戈	山东文艺出版社	2007	中国现当代文学
88	插图本点评金瓶梅	傅光明主编	山东画报出版社	2007	中国古代文学
89	插图本新解红楼梦续	傅光明主编	山东画报出版社	2007	中国古代文学
90	插图本话说西游记	傅光明主编	山东画报出版社	2007	中国古代文学
91	中国古典小说十二讲（插图本）	杨义	上海三联书店	2007	中国古代文学
92	陈子龙及其时代（插图本）	朱东润	人民文学出版社	2007	中国古代文学
93	中国神话史（插图珍藏本）	袁珂	重庆出版社	2007	中国古代文学
94	中国古代文化史（插图本）	阴法鲁、许树安、刘玉才主编	北京大学出版社	2008	中国古代文学
95	感悟通论	杨义	人民出版社	2008	文艺学
96	图文本·中国文学史话·先秦文学	张庆利主编	吉林文史出版社	2008	中国古代文学
97	图文本·中国文学史话·秦汉文学	杨树增主编	吉林文史出版社	2008	中国古代文学
98	图文本·中国文学史话·魏晋南北朝文学	赵东栓主编	吉林文史出版社	2008	中国古代文学

（续上表）

序号	著作	作者	出版社	出版时间	所属二级学科
99	图文本·中国文学史话·隋唐五代文学	王祥主编	吉林文史出版社	2008	中国古代文学
100	图文本·中国文学史话·宋代文学	赵慧平、王祥、刘刚本主编	吉林文史出版社	2008	中国古代文学
101	图文本·中国文学史话·辽金元文学	周惠泉、杨佐义主编	吉林文史出版社	2008	中国古代文学
102	图文本·中国文学史话·明代文学	魏崇新主编	吉林文史出版社	2008	中国古代文学
103	图文本·中国文学史话·清代文学	赵雨主编	吉林文史出版社	2008	中国古代文学
104	图文本·中国文学史话·近代文学	焦文彬、李继凯主编	吉林文史出版社	2008	中国古代文学
105	图文本·中国文学史话·现当代文学	龚宏、王桂荣主编	吉林文史出版社	2008	中国现当代文学
106	鲁迅藏画录	孙郁	花城出版社	2008	中国现当代文学
107	北京记忆与记忆北京	陈平原主编	生活·读书·新知三联书店	2008	中国现当代文学
108	作家铁凝	贺绍俊	昆仑出版社	2008	中国现当代文学
109	余光中诗书人生	古远清	长江文艺出版社	2008	中国现当代文学
110	现代中国文学史	钱基博	东方出版社	2008	中国古代文学
111	插图本评聊斋志异说儒林外史	傅光明主编	山东画报出版社	2008	中国古代文学

（续上表）

序号	著作	作者	出版社	出版时间	所属二级学科
112	记忆的红皮书	朱大可	花城出版社	2008	中国现当代文学
113	中国文学史	郑振铎	中国文联出版社	2009	中国古代文学
114	现代文学史料探微	眉睫	上海远东出版社	2009	中国现当代文学
115	中国文学史（插图本）	郑振铎	山东美术出版社	2009	中国古代文学
116	中国文学史（插图本）	郑振铎	当代世界出版社	2009	中国古代文学
117	中国小说史略（插图珍藏本）	鲁迅	团结出版社	2009	中国古代文学
118	20世纪中国翻译文学史·新时期卷	赵稀方	百花文艺出版社	2009	中国现当代文学
119	二十世纪中国翻译文学史·近代卷	连燕堂	百花文艺出版社	2009	中国古代文学
120	二十世纪中国翻译文学史·十七年及“文革”卷	周发祥、程玉梅等	百花文艺出版社	2009	中国现当代文学
121	二十世纪中国翻译文学史·五四时期卷	秦弓	百花文艺出版社	2009	中国现当代文学
122	二十世纪中国翻译文学史·三四十年代·英法美卷	李宪瑜	百花文艺出版社	2009	中国现当代文学
123	二十世纪中国翻译文学史·三四十年代·俄苏卷	李今	百花文艺出版社	2009	中国现当代文学
124	词学的星空	曾大兴	河北人民出版社	2009	中国古代文学

（续上表）

序号	著作	作者	出版社	出版时间	所属二级学科
125	中国现代文学图志	杨义、中井政喜、张中良合著	生活·读书·新知三联书店	2009	中国现当代文学
126	中国叙事学（图文版）	杨义	人民出版社	2009	文艺学
127	唐诗心语	阎立钦编著	首都师范大学出版社	2009	中国古代文学
128	插图本中外文学史对照年表	刘毓庆、柳杨	山西教育出版社	2009	中国古代文学
129	中国现代文学发展史（插图本）	吴福辉	北京大学出版社	2010	中国现当代文学
130	中国现代文学版图	李明	中西书局	2010	中国现当代文学
131	海峡两岸文学关系史	古远清	福建人民出版社	2010	中国现当代文学
132	中国小说史	郭箴一	中国社会科学出版社	2010	中国古代文学
133	插图本文学大纲	郑振铎	中国文联出版社	2010	中国古代文学
134	文化演绎中的图像：中国近现代文学/美术个案解读	姚玳玫	广东人民出版社	2010	中国现当代文学
135	中国俗文学史	郑振铎	中国画报出版社	2010	中国古代文学
136	千古文人侠客梦（修订版）	陈平原	北京大学出版社	2010	中国古代文学
137	越文学艺术论	高利华、邹贤尧、渠晓云	人民出版社	2011	中国少数民族语言文学
138	中国当代文学图志	贺绍俊、巫晓燕	春风文艺出版社	2011	中国现当代文学

（续上表）

序号	著作	作者	出版社	出版时间	所属二级学科
139	新文学档案（1978—2008）	韩晗	电子工业出版社	2011	中国现当代文学
140	简明中国现代文学	崔明芬、石兴泽	社会科学文献出版社	2011	中国现当代文学
141	一个人的爱与死	林贤治	复旦大学出版社	2011	中国现当代文学
142	图说中国文学史	周成华主编	中州古籍出版社	2011	中国古代文学
143	北京文学地图	张鸿声主编	中国地图出版社	2011	中国现当代文学
144	上海文学地图	张鸿声主编	中国地图出版社	2011	中国现当代文学
145	白话文学史（插图珍藏版）	胡适	团结出版社	2011	中国现当代文学
146	插图本诗书画史	常法宽	中国书店	2011	中国古代文学
147	文学地理学研究	曾大兴	商务印书馆	2012	中国古代文学
148	插图本中国文学史	郑振铎	中央编译出版社	2012	中国古代文学
149	唐宋词十八讲	曾大兴	中山大学出版社	2012	中国古代文学
150	唐诗十二讲	曾大兴	中山大学出版社	2012	中国古代文学
151	中国戏剧图史	廖奔	人民文学出版社	2012	中国古代文学
152	中国俗文学史	郑振铎	吉林人民出版社	2013	中国古代文学
153	中国人应知的文学常识（插图本）	中华书局编辑部编	中华书局	2013	中国古代文学

（续上表）

序号	著作	作者	出版社	出版时间	所属二级学科
154	插图本中国文学史	郑振铎	岳麓书社	2013	中国古代文学
155	《文明小史》与绣像小说	陈平原编	贵州教育出版社	2014	中国古代文学
156	图像晚清：《点石斋画报》之外	陈平原	东方出版社	2014	中国古代文学
157	上海·爱：名妓、知识分子和娱乐文化：1850—1910	［美］叶凯蒂著，杨可译	生活·读书·新知三联书店	2014	中国古代文学
158	《点石斋画报》选	陈平原编	贵州教育出版社	2014	中国古代文学
159	插图本·大师经典：中国小说史略	鲁迅	上海古籍出版社	2014	中国古代文学
160	中国古代四大名著插图研究	颜彦	社会科学文献出版社	2014	中国古代文学
161	插图本中国文学史	郑振铎	花城出版社	2015	中国古代文学
162	中国戏曲文物图谱	廖奔、赵建新	中国戏剧出版社	2015	中国古代文学
163	插图本昆曲史事编年	吴新雷编著，华玮主编	上海古籍出版社	2015	中国古代文学

从表2可以看出，如果说从1932年至1989年只有为数寥寥的几部文学类图文互文研究著作的话，那么到了20世纪90年代之后文学研究的图文互文倾向不断明显，并在新世纪之后迎来了图文研究著作的爆炸式增长。之所以形成这种鲜明的阶段发展特征，其原因有许多：第一，郑振铎的《插图本中国文学史》属于中国文学图文研究著作的开山之作，固然影响广泛而且深远，但在短时期内缺乏持续跟进者。考虑到当时摄影技术、印刷条件的限制，以及民族危机不断加剧、军阀混战、社会动荡不安等因素，耗费时间与精力的图像辑录及编纂过程也可能使有志者望而却步。第二，20世纪80年代之后文

学研究逐渐恢复图文互文的传统，尤其是20世纪90年代随着中国社会的现代转型逐步加快，图书出版领域也迅速进入到读图时代。陈平原在谈到这一时期图文书的崛起时，认为多种因素的合流逐渐使图文互文的编纂理念自建筑、绘画、文物、旅游等学科向着人文社会科学领域延伸："电脑技术的普及，使图像制作变得轻而易举；精英教育转为平民教育，读者不喜欢正襟危坐，软性读物于是大行其道；出版者的自我定位，由'传播文明之利器'，转为博取最大利润为目标，定价高且卖相好的图文书于是蔚然成风。"① 在眼球经济逐渐成为风尚的21世纪，图像在社会文化生活中的重要性表现得更加明显。第三，应该注意到中国文学图文互文研究著作在21世纪之后骤然增多，还得益于中国文化界对于图文著作的预热。从20世纪80年代末期开始，蔡志忠中国古籍漫画的盛行、山东画报出版社"老照片"系列图书的畅销以及各类图文书籍的出版，使社会各界对于图文书籍逐渐认可，这也为图文互文作为一种研究方法进入到中国文学研究著作开创了巨大的空间。

从已出版的中国文学图文研究著作的二级学科归属来看，中国古代文学图文研究著作是其中数量最多、也最有成就的一支，其次为中国现当代文学的图文研究著作，文艺学、中国少数民族语言文学则分列三、四位，但所占比例极为轻微。在这些现象当中，有些问题的原因较为明显，而有些问题则颇令人费解。中国少数民族语言文学虽然是中国语言文学下属的二级学科之一，但是囿于以往的学术兴趣、研究传统、学者的区域分布等因素，更多的中国文学研究者仍然将学术重心置于汉民族的文学范畴，而缺乏对于中国少数民族语言文学的自觉追求。针对这种文学研究界长期以来存在的症结，杨义倡导重绘中国文学地图以展现中华民族文学的多样性，"以往的'绘'是不完整的，基本上是一个汉语的书面文学史，忽略了我们多民族、多区域、多形态的互动共谋的历史实际"②。而文艺学作为一门受西方影响极深、具有全面的理论基础和专业知识的二级学科，本应在读图时代的文学研究中领图文互文之风骚，事实却恰恰是对互文理论与图文研究方法更有前瞻意识的文艺学图文著作极为稀少。造成这种局面的原因，或许有二：一是狭义的文艺学侧重于普遍规律与抽象理论的探讨，而它们恰恰不太容易辑录与之对应的图

---

① 陈平原：《从左图右史到图文互动——图文书的崛起及其前景》，《学术界》2004年第3期，第255页。

② 杨义：《读书的启示：杨义学术演讲录》，北京：生活·读书·新知三联书店2007年版，第168页。

像史料；二是文艺学的研究在相当长一段时间内偏好于凌空蹈虚的理论演绎，而缺乏足够深厚的文学本体与创作实践，因而在玄想的道路上越走越远。张江在批评西方文论中存在的强制阐释症候时，指出形成这种问题的原因主要是西方文论在构建过程中认识路径出现了混乱："文学理论的生长不是基于文学的实践，而是基于理论自身的膨胀，基于场外理论的简单挪移。批评不是依据文本的实际内容得出结论，而是从抽象的原则出发，用理论肢解文本，让结论服从理论"，"在西方文学理论的建构中，诸多流派和学说，不能将局部与全局有机统一起来，形成一个相对完整、自洽的体系。从局部始，则偏执于一隅，对文本做分子级别的解剖分析，但却仅停留于此并声称文学总体就是如此，以局部充当总体。从全局始，则混沌于总体，对文学总体作大尺度的宏观度量，以宏观取代微观，弃绝微观分析"。①

中国古代文学、中国现当代文学图文研究著作，在 20 世纪 90 年代之后均出现了数量的激增，富于新意的著作不断涌现。中国古代文学历史悠长，从上古时期至新文化运动阶段，跨越了数千年的时间，也因此积累了丰富的文学遗存，这些史料经过图像化处理后转化为蔚为大观的视觉形象进入研究著作。同时中国古代文学的历史形态也决定了这门学科需要配置大量的图像史料，通过形象化的方式消弭时空差异带来的文化误解。中国现当代文学是在"五四"新文化运动影响下产生的二级学科，它借助现代人的语言和形式表现现代中国人的思想及情感，与现实生活、社会环境保持了密切关联。由于摄影及印刷技术在 20 世纪逐渐得到普及，于是中国现当代文学从其学科诞生的那一刻起就具备了保存众多图像史料的条件。也许正是这些原因，使得中国古代文学与现当代文学在图文研究著作中保持着领先的姿态，从而在进入 20 世纪 90 年代的读图时代后获得了迅猛发展的机遇。

三

当图像史料进入中国文学研究日渐成为一种常见的研究方式后，如何使图像与文字结合得更为紧密，进而能够形成真正的互文关系，不同图文著作存在着较大的实践差异。尽管在文学图文互文研究著作中出现了杨义等合著的《中国现代文学图志》、陈思和主编的《中国当代文学史教程》、范伯群的

---

① 毛莉：《当代文论重建路径：由"强制阐释"到"本体阐释"——访中国社会科学院副院长张江教授》，《中国社会科学报》，2014 年 6 月 16 日第 A04 版。

《中国现代通俗文学史（插图本）》、叶凯蒂的《上海·爱：名妓、知识分子和娱乐文化：1850—1910》等一批独具创意的互文著作，但是也应该看到仍然有一些图文研究著作在处理图像与文字的关系时显得较为随意。在一些文学图文研究著作中，编纂者或许囿于图像资料的难以找寻，或是缺乏搜集图像史料的耐心，他们有时将一些十分常见的作家头像、近期再版的作家书影、名人故居等寻常图像放在著作中，在辑录图像的过程中匮乏新意。而在有的图文研究著作中，编纂者千篇一律地以作家半身照入书，仅在照片下标明作家姓名，使著作显得异常单调。甚至还有的著作漫无目的地将无关的书法、山水画置于书中，完全罔顾图文互文语境的生成。这些问题的存在，削弱了图文互文方法在文学研究中的有效度。

对于严谨的学者而言，在著作中使用图文互文法不是为了获得视觉上的刺激与市场销路，而是有着更为内在的还原文学现场、凸显历史语境的重要作用。在一些优秀的中国文学图文互文研究著作中，学者以史家的严谨态度皓首穷经地进行着图像史料的搜集，将大量的时间、精力用于辑考几近湮没的图像史料，甚至花费几十年的时间对于图像史料进行涸泽而渔的积累，以便尽可能地形成立体、多元的图文互文语境。范伯群的《中国现代通俗文学史（插图本）》辑录了三百余幅图像，经过了长达二十五年的时间才逐渐搜集完毕。正是得益于丰富的图像史料，这部通俗文学的断代史才形成了一个圆融、互补的体系。这部图文著作既有现代著名通俗作家的合影、初版著作的插图和书影，也有上海小报对于妓界新闻所作空间感极强的配画（如《名妓挥拳》等）；既有对于文学作品相关历史人物真实照片的找寻（如赛金花半躺小像、《礼拜六》编者王纯根和夫人驾驶小汽车的照片等）、作品所反映的城市空间生活场景的插图（如《市声》插图“扬州城豪商出世”“折资本豪商归里”等），也有对于作家绘画作品的发现（如苏曼殊发表在《民报》上的国画）以及历史建筑的图片（如《时报》馆新馆外观等）等，在丰富的图像史料基础上有效地完成了对现代通俗文学发展的宏观把握和微观分析，从而凸显了现代文明之于通俗文学发展的重要性。李欧梵教授在谈到这部图文研究著作时评价甚高，认为作者不仅“把这些现代文学史中不见经传的人物‘还原’，而且把他们的照片一个个找了出来，让我们得窥其‘真相’，仅此一招就已功德无量”①。杨剑龙的《上海文化与上海文学》是一部研究城市文

① 范伯群：《中国现代通俗文学史（插图本）》，北京：北京大学出版社2007年版，封底。

学的著作，不仅见识卓越、新论迭出，而且也是一部娴熟使用图像史料的互文著作。由于该书专门研究上海的文化与文学，因此作者可以较为集中地搜集上海的图像史料。作者意识到，“文化的产生、发展、传播都受到特定地理环境的制约，文化具有地域性与继承性，构成了文化地理学独特的时空观。上海以其优越的地理位置，使其成为近代中国发展最快的现代都市，也逐渐形成了上海独特的文化形态与内涵”①。基于这种自觉的文化时空观，作者在辑录图像史料时注意到“上海文化的商业性、开放性、个性化的特征，深刻制约了上海文学的发展，使上海文学更多了消费特色、现代手法、人性内涵，这也影响了20世纪中国文学的发展与嬗变，使中国文学明显具有与传统文学不同的新质素”②。

杨义意识到，图文互文研究方法“是一种研究模式的根本性的变革，一种全面地涉及研究者主体研究对象客体，以及主客体结合方式的重大变革。一种新的研究模式的创设，首先要解决研究者思维方式的变革和创设。必须超越某些隔靴搔痒的概念或成见的遮蔽，直指文学作为文学的本质，而进行文化意义、历史脉络、文学规律的还原，于原来被遮蔽的地方见人所未见的深义和新义，还中国文学与其身份、特质、经验、智慧相称的体系”③。是否能够在图像与文字融合形成的新语境中形成新的文学发现、研究感悟，对于学者的知识结构、文化视野以及思维的敏锐性都提出了很高的要求。杨义的《中国古典文学图志》在“金中期文学的汉调胡音”一节中，以金主完颜亮的《鹊桥仙·待月》为例进行分析，认为女真人为金代文学灌注了一种强悍的品质和旷野的气息：“它采取的不是汉文化中人与月相待而共舞的中和姿态，而是挥剑断云，人天对峙的威武凶猛的姿态，以明快的口语写异想天开的奇思，如鸷鸟凌云，充满着长空一搏的通快感。”④ 在为该节文学史叙述配置图像时，杨义选择了金代杨徽所绘的《套马图》，并特意对选择图像的原因及文化意蕴进行了阐释：“此图以追风逐电之笔墨，描绘一位头巾后飞扬着长辫，身着圆领窄袖长袍的女真骑士，以套马杆套住一匹疾驰的骏马，淋漓尽

① 杨剑龙：《上海文化与上海文学》，上海：上海人民出版社2007年版，第1－2页。

② 杨剑龙：《上海文化与上海文学》，上海：上海人民出版社2007年版，第11页。

③ 杨义：《中国古典文学图志》，北京：生活·读书·新知三联书店2006年版，第58页。

④ 杨义：《中国古典文学图志》，北京：生活·读书·新知三联书店2006年版，第191－192页。

致地渲染了一个马背上民族的雄姿。”① 如果说对于金代文学的气势磅礴、豪情蒸腾还可以通过女真骑士的行动加以表达的话，那么对于与金代同处一个时期的北宋、南宋朝廷羸弱的精神底气则需要更为巧妙的表现方式。为此杨义首先分析了两宋之交时期宋朝内忧外患的生存环境，腐败的官场、险恶的政治、官僚的内耗以及外族的威胁，在此环境下发展的宋代文学也不可避免地沾染了时局的色彩：“正如书法上此时已失去苏（轼）、黄（庭坚）、米（芾）、蔡（襄）四大家争雄的隆宋景观，而凝缩成宋徽宗那种结体修长、笔姿瘦硬挺拔的‘瘦金体’一样，诗界也失去了苏轼的才华磅礴、波澜壮阔，甚至减弱了黄庭坚的瑰玮卓奇和其他苏门诸弟子的众彩纷呈的势头，而趋于闭门觅句、清简峻峭、老健瘦硬的一途。就内在气韵而言，后期江西诗派似乎也不妨喻为诗界的‘瘦金体’。”② 正是基于对南北两个政权内在精神的深刻把握，作者选择了从绘画和书法作品中切入作家的集体心理，从而将文学研究拓展至文化研究的新阶段。

朱大可的《记忆的红皮书》是一部研究中国文学现象的图文互文著作，作者以独特而深邃的语言风格探究中国文学发展过程中的隐秘规律和文化密码。在“哈卡人与京沪轴心”一章中，作者从“移动的民系”这个视角审视哈卡人（即客家人），认为包括太平天国运动、南京临时政府和广州军政府的建立及其北伐等是近现代史上的客家北伐，他们“前赴后继地向北方进军，在殊死的北伐中，描述着旧家园的模糊轮廓”③。哈卡人不断革命的历史，引发了其他民系的空间移动，吴越人、赣江人和湖湘人因此与哈卡人建立了一种无形的同盟关系，中国现代历史就是这些民系不断迁徙的过程。朱大可为此在书中选择了一幅欧洲传教士绘制的“支那土国”的地图，在这幅东业地图中他发现了一个不为人知的京沪轴心的秘密：陈独秀、胡适和鲁迅是新文化运动中的三位代表性人物，他们分别隶属于与哈卡人有同盟关系的赣江民系、吴越民系，其不安分的空间移动过程在作者看来具有某种隐喻意义。如果说陈独秀、鲁迅他们更多呈现出本土主义文化色彩的话，那么胡适则更像是欧美文化的使者，在二者不同路向的空间位移过程中却隐藏着一种文化价

① 杨义：《中国古典文学图志》，北京：生活·读书·新知三联书店 2006 年版，第 192 页。

② 杨义：《中国古典文学图志》，北京：生活·读书·新知三联书店 2006 年版，第 209 页。

③ 朱大可：《记忆的红皮书》，广州：花城出版社 2008 年版，第 176 页。

值取向的差异。胡适的空间移动轨迹——"这个巨大的十字徽记，表达了一个世界公民的灵魂。跟横轴或纵轴的单一性和坚定性相比，移民的十字路线意味着更为广播的文化德行"①。但无论他们之间空间位移有何差异，这些文学家、学者之间有一个共同的特征，即知识精英们对于京沪中心城市的依赖："京（平）沪轴心的存在，是大移民时代的重大发现。它是所有轴心之上的轴心，支配了精英移民的基本地理语法。在这条长达1500公里的轴线上，我们看见了无数名流的身影——陶行知、梅兰芳、徐志摩、林语堂等。他们在这条轴心上滑动、跳跃和舞蹈，捍卫存在的价值，探求爱情、嬉戏、艺术和真理，书写着文化复兴的公共梦想。"② 在欧洲传教士绘制的东亚地图上，透过北平与天津、天津与南京以及南京与上海之间铁路交通的建立，朱大可在文学家们的空间移动路线中发现了文学地理、文化地理的内在逻辑，他们的移动轨迹更像是对于作家们在内部上下升降、在中西异质文化之间游走的生动写照。这个过程是传统与现代、时间与空间的交互，是地域文化之间的自由翱翔。

陈平原提出图文书应有不同的追求："第一，只是视觉效果上的'图文并茂'，即并置的图文之间，不一定有必然的联系，甚至可能八竿子打不着；第二，添上图像，确实有助于读者对文字的理解，最典型的是为前人的著作配图；第三，图像乃论述时必不可少的重要证据，如特定的场景、物品、地图、肖像等；第四，图文之间互为因果，互相阐释，互相论证，对图像资料的解读，构成全书的重要支柱。"③ 很显然，图像史料进入文学研究不能仅仅停留在图文并茂的简单视觉冲击层次，图像与文字叙述之间还应有更为内在而隐秘的情感、思想关联。研究者的视野、立场，常常决定着图文著作中的图像位置、图像史料的来源、图像的新颖性。只有将图文互文视为一种真正的研究方法和思维方式，殚精竭虑地思考图像与文字在著作中的互动关系、语境生成，才有可能编纂出一部体例新颖、图像罕见、具有较高价值的互文著作。

我们也应该看到，尽管中国文学图文互文研究著作的出版渐趋热潮，但这并不意味着图文互文著作已臻于完善，而是仍然存在着许多问题。囿于图文研究著作编纂者的知识结构的欠缺、图像辑录的难度、出版经费的限制等

---

① 朱大可：《记忆的红皮书》，广州：花城出版社2008年版，第178页。

② 朱大可：《记忆的红皮书》，广州：花城出版社2008年版，第179页。

③ 陈平原：《从左图右史到图文互动——图文书的崛起及其前景》，《学术界》2004年第3期，第264－265页。

原因，现有的图文互文研究著作并不能都令人满意。虽然在数十年的文学图文研究实践中，出现了杨义、陈平原、陈思和、吴福辉、范伯群、廖奔等持续运用图文互文方法的学者，在研究著作中对图文关系进行了富有创意的探索，但仍然有许多学者对图文互文研究方法颇为生疏，既有的部分图文研究著作也存在图文关系松散、互文语境难以生成等问题。

从整体上看，得益于图像辑录设备的飞速开发、印刷排版技术的提升，当代学者从事图文互文文学著作研究具有一系列便利的条件。同时一些图文互文研究先行者的经验总结与理论提炼，也为后来者进行互文研究提供了丰富的参考信息，有助于学术界形成更为自觉的互文意识。可以预见，中国文学图文互文研究著作在读图时代将迎来更大的发展契机，涌现出一批从视野到观点、从图像史料到审美经验都有所创新的成果。

“民族形式”谁主沉浮？[①]

——20世纪50年代初内蒙古文艺“民族形式”讨论考察

姚新勇　孙　静

（暨南大学中文系）

引　言

众所周知，1939—1942年间，在“解放区”和“国统区”爆发了一场关于文艺“民族形式”的大讨论。有学者从民族国家建构的角度对其进行了分析，如石凤珍的专著《文艺“民族形式”论争研究》，通过对此次论争过程细致的考察，揭示了在全面抗战的新形势下，中国共产党由国际主义转向“民族—共产主义”[②]的战略方针，是如何内在性地制约并主导了这一讨论；揭示了这场论争之于“五四”知识分子的中国新文艺文化领导权的旁落、毛泽东新民主主义文化领导权的确定、以《在延安文艺座谈会上的讲话》（以下简称《讲话》）为表征的延安文艺思想的确立等方面的转折性意义。而汪晖的《地方形式、方言土语与抗日战争时期“民族形式”的论争》，则以地方性与民族性关系作为焦点，集中讨论了地方性被作为国家的民族性克服的问题。汪文涉及了有关抗战“民族形式”论争中一个鲜为人们关注到的问题——“地方形式”特别是“方言土语”的问题。但是汪晖的讨论，一方面似乎以“地方性”与“五四”话语所代表的“民族性”的冲突，冲淡了“五四”知识分子话语被抑制、被改造的历史情况；另一方面，他所阐释的此场论争中

---

① 2012年5月，暨南大学研究生孙静同学提交了由姚新勇指导的硕士论文《50年代内蒙古文艺“民族形式”讨论的考察与分析》，2013年姚新勇在此基础上撰成此文。

② 石著直接用的词语是“民族主义”的转型，但我以为“民族—共产主义”可能可以更好地概括三十年代的中共转型。石凤珍：《文艺“民族形式”论争研究》，北京：中华书局2007年版。

的“地方形式”或“方言土语”实质不过是一种理论的抽象，在这场论争中，“地方性”实际是缺席的。与之相反，发生于20世纪50年代初的内蒙古文艺“民族形式”的讨论，才具有相对较为实在的“地方性”与“国家性”相互博弈的性质。但是直到今天，此次讨论也并未有人给予过认真的考察。

一、内蒙古文艺“民族形式”讨论的大致过程

内蒙古自治区在中国的少数民族自治区中有其特殊的典型意义。一方面，蒙古族有其相对完整、自在的历史，由成吉思汗开创的蒙古帝国，不仅曾经统一过整个中华地区，而且还发展成为横跨欧亚大陆的庞大帝国，所以蒙古族具有更为强烈的民族自豪感。另一方面，近代以来蒙古族的独立、自治历史也相对完整。从民国初年，蒙古独立历史就拉开了序幕，并在“二战”结束后取得了独立；而内蒙古地区在日本投降后，由不同势力所主导的独立运动也风起云涌，通过了多个“独立宪法”或“独立宣言”，成立了多个独立政权。后来内蒙古各独立政权全部瓦解，统一于中共领导的“内蒙古自治运动联合会”之下，“民族独立”运动也转为了“民族自治”的运动，并最终促成了中国第一个民族自治区的建立。这不仅为中共成功解决新疆地区“三区革命”的问题提供了直接的经验，且为后继的少数民族自治区的建立提供了基本的模式。与这些特点相关，国家对内蒙古地区的文化改造也具有了典型性。这也体现在20世纪50年代初期发生的这场“民族形式”的讨论上。

一般观点认为，内蒙古文艺“民族形式”讨论发生于1950年底至1951年上半年。[①] 讨论分文章和座谈会两种形式，主要集中在《内蒙古日报》，尤其是在《内蒙文艺》上展开。1950年11月1日出版的《内蒙文艺》发表短论《有组织地进行文艺创作》，其中提到，“当前许多同志对‘民族形式’的认识”存在“混乱与肤浅”的问题。不过短论对此只是提了一句，而真正拉开这一讨论序幕的文章是钦达木尼的《对内蒙古文工团的几点意见》。此文发表于1950年12月12日的《内蒙日报》上，它重点指出了内蒙古文工团存在的三个方面的问题：①缺乏反映内蒙古生活并为蒙古族人民所喜闻乐见的本地戏剧；②在“民族形式”上重民族服装而轻民族语言；③重视舞蹈，轻视

① 例如，内蒙古大学中国语言文学系编：《内蒙古自治区文学史》，呼和浩特：内蒙古人民出版社1960年版，第100页；乌力吉图、吴金主编：《内蒙古社会科学通览》，呼和浩特：内蒙古人民出版社1992年版，第375页。

戏剧。这三个问题虽说是针对内蒙古文工团具体工作而发，但都与文艺的"民族形式"相关，作者也特别强调"这绝不仅是形式问题"，"也是民族形式问题"。①

紧接着1951年1月号的《内蒙文艺》② 开设了"批评与讨论"专栏，组织了四篇文章专门讨论相关问题。其中三篇与钦文的观点比较一致，它们都程度不同地批评了内蒙古文工团的演出所存在的上述问题，而且以更为充足的理由来说明，为什么文工团的演出应该以戏剧、诗歌为主，而非舞蹈，为什么应该主要用蒙古语而不是汉语。奥古斯汀从蒙古民族的文化生活传统的特质出发，强调文艺应该以蒙古民族所喜闻乐见的形式来表现蒙古人民的生活，为蒙古人民服务。他说：

> 诗与歌是内蒙民族在生活中不可缺少的。若在乡下和"胡尔赤"（说书人）、"赫尔默尔沁"（民间诗人）处在一起，你会为他们惊人的天才诗句所炫惑，令人惊讶的民族的韵律，成熟而独特的民间技巧，常常叫你长夜伴听而不厌。蒙古人，尤其年老的牧人、农民，几乎人人都会颂咏成篇的诗颂、"好力宝"。
>
> 当你看到牧人们拉着马头琴，天真地去激发牧驼母性爱的时候，你才知道蒙古民族是怎样喜欢自己底音乐。音乐，特别是歌咏底地位，在蒙古来研究是不同一般的，它记录着蒙古人民自己底历史，歌颂着蒙古人民自己底英雄，抒发着蒙古人民自己底思想，总之是

---

① 钦达木尼：《对内蒙文工团的几点意见》，《内蒙古日报》，1950年12月12日。

② 《内蒙文艺》创刊于1950年10月，为月刊，每月1号出刊。据内蒙古自治区文学艺术界联合会主办的网站有关"《草原》编辑部"简介："1951年，内蒙古文艺社的同志被抽调参加'三反五反'运动，出版了6期的《内蒙文艺》停刊（http://www.nmgwl.gov.cn/ejdw/bjb/）"；而陈祖居的《汉语文学期刊影响下的中国当代少数民族文学》（北京：中国社会科学出版社2009年版）第171页记载："1951年，《内蒙文艺》出到6月号后由于内蒙古文艺社的人员被抽调参加'三反五反'运动而停刊。"按照这样来算，《内蒙文艺》应该总共出版九期，也即1950年10、11、12月的三期，1951年1至6月的六期。但是根据我们所搜集到的资料，1951年出版的《内蒙文艺》最后一期是7月号而非6月号，该期特辟"纪念'七一'诗歌辑"庆祝"七一"，因此《内蒙文艺》应该总共出版了十期。另外这十期《内蒙文艺》的编号也比较特别，1950年10月的"创刊号"到1951年的3月号，被编为第一卷；而1951年4月号到7月号，又被归为第二卷。为避免混乱，下文将在正文中用具体出版的年、月号，而在注释中按杂志原先的编号标注。

最得力地反映着蒙古人民自己底生活。”①

包德力的《我的看法》虽不如奥文那般语气强烈，但也从“普及与提高”、文艺为农牧民服务的角度，呼应着钦、奥两人的观点。但同期刊载的乌力吉的《关于几个问题的商榷》却很不相同。

从行为风格与语气看，另外几位作者多像是基层工作者，而乌力吉则应是时任内蒙古文工团的副团长布赫。② 其文从格式与主题上就显示了高屋建瓴的气势。他不是从文工团具体的演出入手，而是在点出本文的商榷性③之后，直接以“民族形式问题”为纲展开讨论，将其他问题处理为从属的相关性问题，从而将“民族形式问题”提高到了核心位置。与此一致，乌力吉通过援引乌兰夫的讲话，④ 以新民主主义的文艺统领民族形式之观点为根本性前提，并以所谓内蒙地区文化的多样性为理由，认为片面强调传统的民族形式是不正确的，并为文工团用外来形式（如舞蹈）、用汉语演出辩护。⑤

乌文一经发表便引起了激烈回应，《内蒙文艺》1951 年 2 月号刊登的三篇文章，都质疑了乌文的观点。相较此前发表的文章，这几篇文章的用词更为强烈，说话也更为大胆。其中尤以一兵的《看事实说话》为甚。此文文气非常接近二十世纪五六十年代的批判、声讨性的文章，但逻辑严谨、富于雄

---

① 奥古斯汀：《从内蒙文工团歌舞演出谈起》，《内蒙文艺》1951 年“新年号”第 1 卷第 4 期。

② 布赫，乌兰夫之子，曾任内蒙古自治区多种党政职务，位达国家民委副主任、内蒙古自治区主席、全国人大常委会副委员长。这里提到的《关于几个问题的商榷——就教于奥古斯汀、包德力等同志》与布赫的文章《关于文艺的几个问题》（收于《布赫文艺论文集》，呼和浩特：内蒙古人民出版社 1987 年版），在结构、基本观点、语句上都惊人地一致，有大量重合之处。两文很可能出于同一作者，是布赫借“乌力吉”之名而作。就此我们询问过当时在《内蒙文艺》工作的玛拉沁夫先生，得到了他的证实（据姚新勇 2013 年 1 月 6 日下午电话采访笔记）。另外布赫著有剧本《乌力吉的生日》。至于前面提到的另几位，以及后面将要提到的一兵、岗兵等，他们的具体身份并不清楚，但很可能基本属于基层工作者。这点也得到了玛拉沁夫先生的部分佐证。他说奥古斯汀是记者。

③ 乌文虽也刊载于《内蒙文艺》1951 年 1 月出版的“新年号”上，但其成文应该要稍晚，是针对钦、奥、包三人的商榷之文。

④ 1950 年 11 月 25 日至 12 月 1 日在张家口举行了“内蒙古民间艺人代表会议”，乌兰夫在会上做了讲话。《内蒙文艺》1951 年的“新年号”刊登了讲话的全文。此讲话很短，主要原文见本文所引的李欣（胡昭衡）之文的转引。

⑤ 乌力吉：《关于几个问题的商榷》，《内蒙文艺》1951“新年号”第 1 卷第 4 期。乌文虽也刊载于《内蒙文艺》1951 年 1 月出版的“新年号”上，但其成文应该要稍晚，是针对钦、奥、包三人的商榷之文。

辩。在他看来，具有决定性的中国“新民主主义革命”，并不是普遍的抽象性的东西，而是由各个不同地方、不同民族的新民主主义的革命汇聚而成的，因此讨论民族形式的新民主主义的内容，就不能脱离内蒙古人民的生活与斗争这一基础。①

讨论至此形成了对立的两方：一方主张以本民族的“民族形式”、蒙语作为主要的演出方式和文艺发展的基础乃至方向；另一方则主张以普遍性的“新民主主义”革命内容统辖“民族形式”，以发展、变化的眼光来看待民族传统和民族形式，既不排除传统的民族形式和民族语言，但更要以外来的新的、“先进”的内容与形式对之加以改造。从相关文章显示的力量对比看，来自基层、主张以本民族传统为本位的声音阵容强大，而更强调国家性的高层则显得势单力薄，甚至可说是孤家寡人；而且从具体论证看，前者也更为符合现实情况，后者则显得脱离事实，并有强为说辞之嫌。然而，讨论的结果却“出人意料”——自由性的讨论很快被终止，代之以座谈会的形式来统一思想。

关于座谈会我们查到的文学史资料都只提到一次，即《内蒙文艺》所组织的那一次。其实当年的座谈会至少应该有过两次，第一次是地区级别的。1951 年 3 月 11 日在乌兰浩特市就举行了“内蒙古东部区文艺民族形式座谈会”。出席者有乌兰浩特市人民政府文教科、文化馆、科右前旗委宣传部、内蒙东部区文工团、东部区宣传部、兴安盟地委宣传部、内蒙古人民广播电台、乌兰浩特市总工会等单位。尽管根据《内蒙文艺》所编发的纪要，站在基层立场与奥古斯汀、一兵等持相近观点的人还是比较多，但从座谈会参会单位部门之多、之广来看，不难感觉显然带有统一思想认识的性质。② 当然直接、强烈地体现出统一思想认识的是，1951 年 4 月《内蒙文艺》编辑部召开的“民族形式”讨论座谈会。据说会上众多与会者各抒己见，时任内蒙古文工团

① 一兵：《看事实说话》，《内蒙文艺》1951 年 2 月号第 1 卷第 5 期。关于此文的更多内容见后文。

② 此次座谈会的情况参见《内蒙文艺工作问题座谈会纪要》，《内蒙文艺》1951 年 4 月号第 2 卷第 1 期。

的团长周戈也作了发言，最后由内蒙古党委宣传部部长胡昭衡作了总结性发言。① 周戈和胡昭衡的发言稿曾分别以“熟悉内蒙，努力创作——兼谈内蒙新文艺的民族形式”“论内蒙古新文化的民族形式”为题发表于《内蒙文艺》1951 年 5 月号上。②

胡昭衡站在自治区文艺领导者的高度和立场对内蒙古“民族形式”讨论进行了总结，他不仅强调文艺创作要将“新民主主义内容与民族形式相结合”，强调内蒙古文艺应该体现“新民主主义文艺”的性质，而且更是明确地将此次讨论所涉及的问题，提高到建设“内蒙古新文化的民族形式”的高度来认识，从而就在新与旧的格局下，更进一步地将内蒙古传统的民族形式，实际定性为需要吸收外来先进文化加以改造的落后旧形式，而真正的民族文化新形式，只能是作为“中国新文化的一部分”的民族形式。③ 虽然胡昭衡的发言“预先声明”，“这不完全是成熟意见，问题很大，需继续研究”，但讨论却再也没有出现，原先名义上准备促发深入讨论的座谈会，也就变成了统一思想的定调会，讨论也由此结束。

二、作为“运动”的内蒙古“民族形式”讨论

1960 年出版的《内蒙古自治区文学史》，将 20 世纪 50 年代初的这次“民族形式”的讨论定位为“反对民族主义的斗争”。虽说此书的观念甚左，却正因此而突出了这场讨论的反“地方民族主义”的运动性质。不过作为当事人之一的玛拉沁夫④先生却持不同的观点。他反复强调此次讨论没有任何特

① 关于座谈会的召开及周、胡二人文章发表情况参考赵志宏、扎拉嘎胡等的《内蒙古自治区文学艺术大事记》（呼和浩特：内蒙古人民出版社 1993 年版，第 6 – 7 页），内蒙古大学中文系编的《内蒙古自治区文学史》（呼和浩特：内蒙古人民出版社 1960 年版，第 102 页）里，均有提到，但都很简单。而且《内蒙古自治区文学艺术大事记》说召开的时间是 5 月，但 5 月 1 日出版的《内蒙文艺》5 月号上已经刊发了胡、周二人的文章。所以座谈会在 4 月举行的可能性最大。另外，根据东盟座谈会的情况推测，这次以《内蒙文艺》名义举办的座谈会的参加单位、规模只能更多、更大，而且真正的组织者，很可能会是自治区宣传部。

② 胡昭衡的《论内蒙古新文化的民族形式》发表时署名为“李欣”，此为胡最早的原名。

③ 与胡昭衡的文章相较，周戈文章的知识分子文艺腔更浓，但其副标题表明，他与胡一样是从新文化、新民族形式的高度来发言的。

④ 玛拉沁夫先生时任《内蒙文艺》的编辑。

殊的政治背景。当我们追问那为什么讨论只在《内蒙文艺》上刊发了两期就突然中断了，稍后又以座谈会的形式结束？他的回答是，当时大家都听乌兰夫的，他的观点一说出来，大家都感觉对，所以就没啥讨论的了。玛拉沁夫先生还特地指出，现在不少人认为内蒙古从新中国成立以来一直都是左的，他不同意这个观点。他说刚解放那时，大家都兴高采烈，说话也很自由，也没有什么因为说话给人穿小鞋的事情。所以这次讨论，完全由《内蒙文艺》自发组织、展开的，根本不是什么“整人”的运动。①

的确，到现在我们也没有找到可以证明官方有意发动这场讨论的史料，而且也没有听说有谁因这场讨论而遭到整治，但尽管如此，根据此次讨论的内容与展开形式来看，仍然有充分的理由判断，这应该就是一场实实在在的统一思想的“整风运动”。

众所周知，内蒙古自治区的建立与巩固，始终存在着独立、自治诉求与建立一个统一的现代中国之间的紧张关系；如何从组织、思想等方面，克服独立倾向、构建统一的中华民族的认同，对于国家来说是一个重要而持续的任务。而50年代内蒙古文艺民族形式的讨论，自然就是这一历史进程中的一个环节，不可能是偶发、自然的。另外，具体到文艺工作本身来说，内蒙古文工团的建立、由内地解放区所主导的内蒙古新型文艺的建设，从一开始就明确地将毛泽东《讲话》确定为基本的指导方针，而且是以内地来的“汉民族”的革命文艺形式为主导，这必然与地方性的蒙古族的文艺传统形成冲突②，这也决定了这一讨论不可能是偶发的。另外，如果再将观察的视角放到当时整个国家范围，从20世纪50年代起，由“延安整风运动”所确定的“政治—文化”模式③就开始在全国普遍展开，文艺界及各行各业实际上都开

---

① 根据姚新勇电话采访回忆整理稿，采访时间：2013年1月6日下午，18：58－19：30。玛拉沁夫的回忆显然有误，因为乌兰夫的讲话在1950年11月间，早于文艺“民族形式”的讨论。

② 关于中共对内蒙古文艺活动的组织、整顿和改造，美丽其格的《内蒙古文工团的沿革》就提到：“内蒙党委和政府特别重视文艺工作，为使文艺工作真正成为整个革命工作中不可缺少的一环，于1947年和1948年将呼盟文工团、纳盟文工团、内蒙军大宣传队、内蒙第一师宣传队等单位，相继并入内蒙文工团。并指导文工团按毛主席《讲话》所指引的方向，端正文艺作风，尽快进入革命文艺的轨道，更好地贯彻执行党的文艺路线、方针、政策。”见《艺圃》1992年第1期。这方面的情况还可参见内蒙古大学中文系编的《内蒙古自治区文学史》第二章第二节第一部分“在民族形式问题上反对民族主义的斗争”。

③ 参见姚新勇：《现代性框架中的意识形态政治—文化运动》，《开放时代》1998年第3期。

始了整风或被改造的历史。具体而言，50年代的初的内蒙古“民族形式”讨论，应该与中央号召的“批评与自我批评”运动有直接关系。

1950年4月19日，中共中央委员会发布《关于在报纸刊物上展开批评与自我批评的决定》，中央及各地方文艺界很快响应了这一号召。《文艺报》率先对自身进行了检讨，接着，《人民文学》《长江文艺》《说说唱唱》等都作了检讨①，《内蒙文艺》当然必须积极跟进。1951年1月出版的《内蒙文艺》“新年号”特设了“批评与讨论”专栏，开始全面地推动文艺民族形式的讨论，该专栏的“编者按”明确倡导整个内蒙古文艺界展开“批评与自我批评”运动。② 而其背后早已预先制定好了的目的是，统一文艺界思想，将相对松散、自在的文艺创作演出活动组织、规约起来。关于此，《内蒙文艺》编辑部刊发的短论《有组织的进行文艺创作》就说得很明白：

> 组织创作，必须加强对文艺创作的政策领导与思想领导，审查创作计划与创作提纲，帮助搜集材料的便利，给予创作时间和必要条件，实行奖励和批评。而这些，有的可立即实现，有的需逐步进行，但均应加以解决。③

由此可以推知，20世纪50年代初的这次内蒙古文艺民族形式讨论，是在中央“批评与自我批评”运动的号召下，结合内蒙古文工团的具体工作展开的。绝非如玛拉沁夫先生所言的一场偶发、自然的讨论。这场讨论的开始有特殊的运动背景，而它的突然中断与结束，也类似于“延安整风”以来的一系列思想政治—文化运动的模式。

前面提到过，内蒙古“民族形式”的讨论，是1951年1月才正式全面拉开架势的，2月时才渐入高潮，可是紧接着《内蒙文艺》却作出了令人意外的调整，中断了争鸣性的讨论。1951年3月号的《内蒙文艺》未如前两期那样，设“批评与讨论”专栏，本期杂志的“编后”是这样解释为何“暂停”讨论的：“内蒙文艺问题的讨论，颇为读者注意，并愿继续讨论，得出明确的

---

① 吴倩：《文艺刊物自我检讨的综合报道》，《文艺报》第2卷第10期，1950年8月10日。

② 《内蒙文艺》1951年1月“新年号”第1卷第4期。

③ 《内蒙文艺》编辑部：《有组织的进行文艺创作》，《内蒙文艺》1950年11月号第1卷第2期，第25页。

结论；但因本刊目前所收到之稿件，大部分与前重复因而暂缓登一期，望作者见谅，并希望大家参考本期短论，继续展开深入的讨论，写成文字源源寄给我们！”① 这段话颇值得玩味。因为讨论才刚刚进入到针锋相对的阶段，怎么马上其来稿就大都“与前重复”呢？重复的是哪一派的观点呢？是否还是如第2期那样，有更多的来稿支持奥古斯汀、一兵等人的观点呢？果真如此的话，是否意味着《内蒙文艺》编辑部并不希望讨论沿着这个方向深入下去呢？这期的“短论”《我们需要正确的批评与自我批评》则给这些疑问提供了一些线索。

“短论”首先肯定了近期内蒙古文艺民族形式讨论及批评的重要意义，同时也指出了批评文章中所存在的“断章取义”的问题。为了更好地展开讨论，“短论”提出了几点建议：首先，在批评态度上既反对模棱两可的批评，也反对断章取义的或者嘲讽讥诮的批评。其次，文艺创作应该把新民主主义的内容与人民大众喜闻乐见的民族形式相结合，文艺批评也必须以此为依据。再次，“文艺批评应紧密结合当前的政治任务，内蒙实际及具体工作”；而这个“政治任务”和“具体工作”指的就是“当前全国的爱国高潮及内蒙建设任务”。很明显，“短论”再一次明确了内蒙古文艺属于国家新民主主义革命的性质，是爱国主义的，重申了“新民主主义内容”与“民族形式”相结合的创作方法。② 既然方向、结论都已经确立了，讨论自然不可能如先前那样争鸣下去了。

另外还有一个情况，更能看出端倪。内蒙古“民族形式”的讨论，一开始好像得到了上级的肯定。《文艺报》第3卷第9期的一条“文艺动态”说：

> 《内蒙文艺》一卷4期发表了奥古斯汀等四篇批评讨论内蒙古文艺工作的文章，一致指出内蒙文工团过去工作中存在的主要缺点：演出多在城市，主要以干部为演出对象，原封不动地演出《血泪仇》（译成蒙文），不能为草地群众所接受，在锡盟演出《白毛女》，违反了党的牧业区不分不斗的政策等。四篇文章在“民族形式”、“草

---

① 《内蒙文艺》编辑部：《编后》，《内蒙文艺》1951年3月号第1卷第6期，第27页。

② 与此一致，本期刊载了三篇“文艺工作实践”的读者来文，头两篇谈的主题都是关于用外来形式改造传统的地方文艺形式，从而增强传统文艺形式演出效果的；第三篇谈的是加强文艺“集体创作”的经验体会。

地文艺的普及与提高”、“舞蹈艺术目前的发展”等问题的看法上还有很大差异，希望能作更深入的研究和探讨。①

然而令人诧异的是，《内蒙文艺》编辑部对此的反应则是，检讨、停止杂志上的公开讨论并决心加强正确引导。1951 年 2 月 28 日，《内蒙文艺》编辑部给《文艺报》回信检讨：

过去几年因条件的限制，互相联系极少，领导又不统一，因而有些文艺团体（或文艺工作者）存在各自为政、各搞一套，在思想上行动上极不统一的现象，在这种情况下展开这一讨论和批评是完全必要的。然而正因为如此，**在展开讨论和批评的初期，也必有很多不正确的论点**。为了正确地掌握文艺批评，**通过这一批评使内蒙文艺工作者今后在思想上、行动上求得统一，**摆脱以往的缺点，改进今后工作起见，他们预定除约一些内蒙文艺界的领导写些文章外，在各职业的、业余的文艺团体召开座谈会，多搜集一些群众的意见，整理发表；并有重点地刊登较正确的讨论文字。②

虽然我们暂未搜集到相关内部文件，但根据前后情况判断或许可以作出这样的推论：国家文艺部门领导，很可能实际对这段时间内蒙文艺界中所出现的“乱象”很有看法，对《内蒙文艺》1951 年 1 月号和 2 月号所刊登文章很不满。因为其中只有乌力吉的文章强调内蒙古革命从属于“新民主主义革命”的性质，而其他 7 篇大多来自基层的文章，强调的都是地方“民族形式”的重要性，所以责令他们改正。若不这样理解，就无法解释《内蒙文艺》编辑部的检讨，无法解释讨论突然中止并转为座谈会的形式去统一思想的情况。

综上所述，即便 20 世纪 50 年代初的内蒙古文艺民族形式讨论的展开，没有十分明确、具体的目的、计划，但肯定不是纯粹自发的文艺讨论，应该视作为思想“整风运动”。它不仅在进展形式上与“延安整风”以来的诸次“整风运动”相当相像，而且也同属于一个话语谱系中不同时间段的展开。但

① 《文艺动态》，《文艺报》第 3 卷第 9 期，1951 年 2 月 25 日。

② 李迎春：《建国初期〈文艺报〉研究（1949—1957）》，河南大学博士学位论文，2006 年，第 75 – 76 页。黑体为引者所加，这恰好证明“组织”认为，多数来自基层、强调“民族形式”本位的观点是“不正确的”，是需要克服并统一思想、统一行动的。

是由于内蒙古革命、内蒙古地区民族情况的特殊性，则使得作为思想指导的、来自内地的话语形式，在具体运作中表现得更为复杂、矛盾，充分显示了福柯所谓话语的实践性、断裂性和权力的排斥性。下面我们将参照抗战时期的“民族形式”论争以及《讲话》加以比较。

三、“辩证”逻辑的异用与“话语”的权力之争

本文开始提到过汪晖的《地方形式、方言土语与抗日战争时期“民族形式”的论争》一文，它从“地方形式”“方言土语”视角讨论了抗战时期“民族形式”的论争。汪晖指出：“从文学发展的历史来看，对于民族性与地方性的关系的关注，可导向两个方面的结论。一个方面是站在‘五四’新文学的立场，即‘国语的文学、文学的国语’的立场，批判和改造方言和地方形式，进而形成普遍的民族形式；另一方面则站在地方形式的立场或乡村文艺的立场批评‘五四’新文学的都市化或欧化倾向。其中最为敏感和重要的问题是方言与普通话的关系。”① 而讨论最终的结果则表现为前一方面对后一方面的克服，“‘地方形式’和‘方言土语’的问题，最终只能构成‘民族形式’讨论中的附属性问题”。“在寻求建立现代民族国家的过程中，普遍民族语言和超越地方性的艺术形式始终是形成文化同一性的主要方式。在新与旧、都市与乡村、现代与民间、民族与阶级等关系模式中，文化的地方性不可能获得建立自主性的理论根据。”②

从抽象来看，汪晖的讨论相当有启发性，但可能存在一个致命的问题，即他所讨论的“地方性”与“民族性（国家性）”之间的悖论关系，实际上在这场讨论中并未真正发生。赵树理在20世纪40年代的崛起和其在1949年之后的迅速坠落，正是地方性被革命的国家性所克服、整合的悲喜剧。而抗战文艺民族形式的讨论中所缺席的地方性则在内蒙古文艺民族形式讨论中登场，并与国家性发生了实质性的碰撞。

---

① 汪晖：《地方形式、方言土语与抗日战争时期“民族形式”的论争》，载汪晖：《现代中国思想的兴起》（下卷第二部），北京：生活·读书·新知三联书店2008年版，第1506页。

② 汪晖：《地方形式、方言土语与抗日战争时期“民族形式”的论争》，载汪晖：《现代中国思想的兴起》（下卷第二部），北京：生活·读书·新知三联书店2008年版，第1530页。

这首先就表现在“民族”指称的差异上。在抗战民族形式讨论中，“民族”所指就是“中华民族”，而且在不少人的潜意识中，其又基本等于汉民族，今天被视为少数民族的成分，常常被不由自主地当作“外来文化”与西方文化并置。① 而在内蒙古“民族形式”讨论中，“民族”则是指“蒙古民族”、“蒙古人民”或“内蒙古人民”。并不是说“中华民族”这一维度被遗忘或忽视，而是说在讨论中，无论是主张蒙古民族本位性的基层还是强调国家性的高层，至少在表面上都拥有同一性质的民族指向；但在实际中，高层则尽可能地回避“蒙古族”或“内蒙古民族”的指称，尽量以××人民来替代，同时又努力引入“中华民族”或中国的概念，试图以其来统摄地方的蒙古民族性。② 所以，内蒙古“民族形式”讨论中所存在的不是一般的“地方性”与“国家性”的紧张，而是诉求“民族自主性”的“少数民族”与具有一定“超民族性”的“社会主义国家”，甚至“中华民族”之间的紧张。因此，讨论中“民族形式究竟是哪一个民族的民族形式”的问题，虽然没有直接提出，但成了实际的核心问题。具体而言，无论是作为文工团的一般性演出，还是作为未来民族形式的发展，究竟应该是以蒙古民族或内蒙古人民传统的文化语言形式为基础、为方向，还是以外来的（主要为）“汉族”的形式为基础？因此，在这里，文艺民族形式中外来与本土的博弈关系，在一定程度上就带有了在统一的多民族国家中，非汉民族与“汉民族”之间的博弈性质。而这与抗战民族形式讨论中的“民间文艺”与“五四新文艺”之间的孰优孰劣、孰先孰后的阶级（层）性博弈，是大不相同的。

与此一致，内蒙古“民族形式”讨论中所涉及的语言问题，也不像抗战时期的论争，其所争论的最根本问题，不是文艺创作中应该用大众口语或民间语言还是应该用文艺性语言的问题；所涉及的也不是较为单纯的农民是否能够听懂知识分子文艺腔的问题，或文艺创作、演出的阳春白雪和下里巴人的问题；而是坚持以蒙古语为基本语言还是以汉语为主要语言甚至取代蒙古语的问题：

---

① 例如郭沫若、茅盾、周扬等人都认为向林冰所主张的民间形式，大多都是古代外来文化与中国文化相化合的产物。参见收入徐迺翔编的《文学的“民族形式”讨论资料》（北京：知识产权出版社 2010 年版）中的相关文章。

② 前述《文艺报》的“文艺动态”中所用的“草地群众”之称谓，更值得玩味。这种情况表明在 20 世纪 50 年代初，我们今天所熟悉并几乎已内化为本能的那套以“中华民族”“汉族”“少数民族”为核心元素的“民族”概念系统还没有完全建成，至少还不为大家所熟知，正在做实验性的摆置。

> 强调蒙古人懂汉话，汉人不懂蒙古话，所以用汉话比蒙古话便利，那么永远这样继续下去吗？这样拖到多久算头呢？怕蒙古话演出不实际，怕有人说狭隘民族主义，这点露骨的说出来，它是带有大汉族主义色彩的（这当然与我们学习有关）。我们看看，经过了三十年社会主义建设的苏维埃联邦共和国内的少数民族，有的没有民族语言的民族，创造了自己民族的文字，根据自己民族的特点，发展了自己民族的文化艺术，不问什么民族，都有它独特的民族风格与文化创造。这点也是摆在我们面前的铁证。那么缩手缩脚，考虑这个，怀疑那个，不是难为自己吗?①

我们再来看汪晖通过中外现代国语形成历史的比较后所发现的“中国特色”:

> 中国的情况似乎有所不同。第一，白话文运动与现代民族主义运动的关系虽然显而易见，但它完全不能被看作是一个方言运动，作为一种书面语系统，白话文对文言的替代也不能被描述为语音中心主义。在这里，并不存在用一种民族语言去取代另一种帝国语言的问题，如用意大利语、法语、英语取代拉丁语的问题，也不存在用日本方言或韩国方言取代汉语的问题。这里存在的是用一种汉语书面语系统取代另一种汉语书面语系统的问题。②

汪晖这段话当然是特指中国的“白话文运动”，但是对照上述内蒙古“民族形式”讨论，现代汉语（或“普通话”）之于现代国语形成之历史的情况可能更为复杂。就“国语”建构、推行的角度而言，它不是一种方言代替其他方言成为国家通用语的问题，而是具有一种“国家民族语”（汉语）弱化、边缘化另一种“地方民族语”（蒙古语）的性质。如果说白话文对文言的替代不能被描述为语音中心主义，但汉语替代蒙古语或其他少数民族语的情况，

---

① 一兵:《看事实说话》,《内蒙文艺》1951 年 2 月号第 1 卷第 5 期，第 29 页。

② 汪晖:《地方形式、方言土语与抗日战争时期“民族形式”的论争》，载汪晖:《现代中国思想的兴起》(下卷第二部)，北京：生活·读书·新知三联书店 2008 年版，第 1494 页。

则可能恰好具有"语音中心主义"的特点①;尽管这里并"不存在用一种民族语言去取代另一种帝国语言的问题",但也肯定不是"用一种汉语书面语系统取代另一种汉语书面语系统的问题"。这里存在的是一种半帝国、半现代的语言(汉语),通过克服另一地方性的"民族语言"而使自己成为现代民族—国家普遍通用语的问题;存在着一个拥有自身相对文化自在性的民族,对现代民族—国家语言普遍化、单一化实践的抵抗。如果我们再联想到,那个被国家通用汉语所取代或"边缘化"的蒙古语也曾经充当过一种帝国语言的历史,考虑到与此同时,在中原地区也同时展开的社会改造运动恰恰又包含着克服传统汉民族文化的性质,那么情况就更为复杂了。

将话题转回到内蒙古"民族形式"的讨论,那么面对这种地方民族性的顽强抵抗,强调国家性的高层又是怎样应对的呢?从直接的论辩形式看,他们是通过一组相关性的"辩证"思考来加以克服的,即"内容与形式""普及与提高""现代(新)与传统(旧)""发展与继承"等的"辩证"关系。熟悉中国现代革命话语者都知道,这组所谓"辩证"关系的相关基本阐释就是:内容决定形式,形式又反作用于内容;文艺为工农兵服务,普及提高的关系是,"普及基础上的提高,提高指导下的普及";既要继承民族传统的一切优秀的东西,同时又不拒绝吸收外来的先进文化;传统的继承本身并不是目的,最终的目的是要创造新的"民族形式"和新的"民族文化"。

在内蒙古"民族形式"讨论中,与这套所谓的"矛盾辩证观"相关的具体"国家性"说法很多,无须一一罗列,可以此次讨论的总结性讲话的几段引文加以集中表达:

> 内蒙新文化是中国新文化的一部分,它同中国一切别的兄弟民族的新文化相连合,殊源同流、互相吸收、互相发展,形成中国各民族的共同的丰富的新民主主义文化。这关系,乌兰夫同志说得很透彻:"内蒙文艺是中国新民主主义文艺的一部分,有其一般性;同时因为内蒙是一个民族地区,内蒙文艺又有其特殊性。有时我们强调了一般性而忽视了特殊性,生硬地搬进其他地区的东西,不能很好掌握民族形式和特点。有时我们强调了特殊性而忽视了一般性,

① 具体到我们所讨论的20世纪50年代内蒙古的情况,我们猜测,当时文工团所操的汉语,或许不是"普通话"而是"山西"兼其他西北方言。如果将这些因素都考虑进去,情况就更为复杂了。

不去吸收其他地区兄弟民族文艺的新的革命内容，也阻碍了内蒙文艺的向前发展。因此，我们一方面要反对生搬硬套，一方面要反对固步自封。”

这就可以知道，我们当前所争论的内蒙古“民族形式”，这就是内蒙古新文化所应具有的形式。内蒙古“民族形式”，应是内蒙古民族新文化自己的形式，内蒙古民族新文化自己的面貌，带有内蒙古民族的特性。民族形式表现着民族的特殊性。

但是，民族形式是运动着、发展着的。内蒙民族新文化要求内蒙新文化的民族形式。这是因为内容是构成形式的基础，形式是内容本身内部的构造和组织。没有内容就不会有形式，没有形式也不会有内容。内容决定形式，形式表现一定的内容，并给内容一定的作用。形式是重要的，更重要的是形式中包含着什么内容。

因此，内蒙古新文化的民族形式，应该随着内蒙古人民历史地位、生活条件所发生的变化，内蒙文化内容的巨大变化（今天是新民主主义的内容）而有新的发展。文化是社会的政治经济的反映，内蒙古的政治经济是和新中国分不开的，是新中国政治经济的一部分；内蒙古的文化也是和新中国分不开的，是新中国文化的一部分。由于文化内容的共同性，就决定了内蒙新文化与其他兄弟民族的新文化必然发生的互相吸收互相发展的关系，因而内蒙新文化的民族形式也必将因增加许多新的因素，而更加丰富，更加绚烂。

在内蒙古民族的特殊性的基础上，加以融化吸收其他兄弟民族的进步东西，而形成了内蒙民族的新的自我表现的形式和方法，这就是内蒙古新文化的民族形式。①

如果孤立、抽象地看，胡昭衡（李欣）上述关于创造新的内蒙古文艺形式的讲话，虽然强调着内蒙古文艺、内蒙古革命的新民主主义的国家属性，但却好像仍然是将内蒙古民族放在基础、甚至是主体性的位置；其所阐述的观点，似乎既客观、又辩证，同时兼顾了地方民族性和国家性。我们无须超出本文讨论的范围去列举其他相关的历史史实，只需在所讨论的范围中就可以清晰地看出。

① 李欣：《论内蒙古新文化的民族形式——在内蒙文艺民族形式座谈会上的发言提纲》，《内蒙文艺》1951 年 5 月号第 2 卷第 2 期，第 9 页。

例如内蒙古“民族形式”讨论中，一兵也赞成乌兰夫讲话的精神，但是他又认为，具有决定性的中国新民主主义革命，并不是普遍、抽象的东西，而是由各个不同地方、不同民族的新民主主义革命汇聚而成的，不能脱离内蒙古人民的生活去抽象地谈新民主主义的内容。另外，不仅是内容决定形式，而且形式中也包含内容，“民族形式的最基本的是内容”，“任何形式，它充满着现实的内容，那么这就是人民群众所喜闻乐见的民族形式”。“无论什么民族，都有它独特的民族风格与文化创造”，因此要大胆、旗帜鲜明地去强调蒙古民族的民族形式，完全没有必要因担心被视为地方民族主义而缩手缩脚。① 虽然这种说法与领导们的观点相异，但它也是“矛盾辩证法”的使用。而“矛盾辩证法”被异质性运用的情况，更突出地表现在对“普及与提高”的阐释上。

在中国“新文艺”的历史上，普及与提高的问题历史悠久，白话新文学运动的发生，就与新型现代知识分子追求文学的平民化、大众化的自觉直接相关；之后的“革命文学论争”“文艺大众化运动”以及抗战时期民族形式的讨论，都或深或浅地涉及普及与提高的问题。如果说知识分子、文学艺术有必要为工农服务，有必要自觉地大众化，那主要也是左翼或进步知识分子自己的选择；向大众普及、提高大众文艺水平的主导者仍然是知识分子。正如郭沫若针对向林冰倡民间形式、贬“五四新文艺”所言：

> 民间形式的利用，始终是教育问题，宣传问题，那和文艺创造本身是另外一回事。就如教书和研究是两件事的一样，教书要力求浅显，研究要力求精深。一方面以研究来提高文化的水准，另一方面则靠教育来把被教育者提高到研究的水准，二者是必须同进的。不能专事牵就，把研究降低或停顿，那样便决不会有学术的进步。文艺的本道也只应该朝着前进的一条路上走。通俗课本、民众读物之类，本来是教育家或政治工作人员的业务，不过我们的文艺作家在本格的文艺创作之外，要来从事教育宣传，我们是极端欢迎的。在这样的场合尽可以使用民间形式，若是他能够使用的话。有些人嫌这样的看法是二元论，但它们本来是二元，何劳你定要去把它们搓成一个！不过一切的矛盾都可统一于国利民福或人文进化这些广

---

① 一兵：《看事实说话》，《内蒙文艺》1951年2月号第1卷第5期。

大的范畴里面；如你一定要一元，尽有的是大一元。①

而艾青就说得更直接：

我们统计学的知识太差，作一个精确的比较是很困难的，但是全国文盲占了百分之八十强，写什么样的诗能使大家都懂呢？难道叫我们写“大狗跳，小狗叫”小学生教科书吗？国家培养一位作家多么不容易，叫他们当小学教员岂不可惜吗？一个飞机师不让他坐飞机，而偏让他坐摇篮，那岂不是笑话吗？通俗化的工作应该作，但不一定叫作家来作，五言七言诗，大家也是不懂的，新诗叫大家都懂也是很困难，我觉得能叫知识分子都懂就够了，我们不能因为不懂就来写“大狗跳两跳，小狗叫两叫”。②

然而有意思的是，在内蒙古文艺民族形式讨论中，普及与提高的“辩证法”，又有了不同的阐释。

按照《讲话》的阶级逻辑，广大牧民显然应该属于工农大众，而要求内蒙古文工团深入牧区用牧民所喜闻乐见的方式进行演出，显然也正符合文艺深入基层为工农服务的精神，可是乌力吉就说，文工团之所以用汉语演出比较多，一是因为文工团活动的地方主要集中在城市，而城市中蒙古人占极少数；二是因为蒙古人经过长期的历史演变其语言已出现分化，真正精通蒙文的蒙古人很少。因此，一味强调蒙语演出是不切合实际的，蒙语创作和演出应该提倡，但在具体的实际运用中却必须考虑服务对象，因地制宜、因时制宜。③ 这样的辩解，显然与《讲话》要求文艺深入基层、文艺为工农兵服务的精神相违背，而且明显是在偷换概念，用文字书面语来偷换演出时所使用的口语。因此这样的言论受到来自基层的强有力的质疑，也就再自然不过了。

---

① 郭沫若：《“民族形式”商兑》，原载《大公报》，1940 年 6 月 9—10 日，收于徐迺翔编：《文学的“民族形式”讨论资料》，北京：知识产权出版社 2010 年版，第 260 页。

② 《民族形式座谈笔记》，原载《新华日报》，1940 年 7 月 4 日，收于徐迺翔编：《文学的“民族形式”讨论资料》，北京：知识产权出版社 2010 年版，第 271 – 272 页。另外据前后文，文中“坐飞机”“坐摇篮”之中的“坐”，疑应为“作”（现在通行“做”），即“制作”之意。此很可能是“座谈会”笔记整理者从发言转文字时的笔误。

③ 乌力吉：《关于几个问题的商榷——就教于奥古斯汀、包德力等同志》，《内蒙文艺》1951 年“新年号”第 1 卷第 4 期。

然而讨论的结果却是脱离实际的“辩证”诡辩得到了肯定。同样的情况，也表现在有关蒙古族是否“能歌善舞”的争论上。

在一般人的观念中，蒙古民族像所有少数民族一样都是能歌善舞的，可是为什么奥古斯汀、一兵等人，却把舞蹈说成是脱离草原牧区的舶来品呢？把内蒙古文工团热衷于演出《马刀舞》《雁舞》等看作是脱离人民群众的资产阶级、小资产阶级的表现呢？其实我们的不解，完全是因为受了少数民族形象建构的误导。

就说《马刀舞》吧，它原是苏联作曲家哈恰图良创作的芭蕾舞组曲中第一组曲的一首①，后经著名舞蹈艺术家贾作光的改编而成为具有蒙古族特色的“民族舞蹈”。1950 年国庆，内蒙古代表团进京演出的基本节目就是《马刀舞》《雁舞》等舞蹈。② 演出结束后，时任全国舞协副主席的吴晓邦在《人民日报》发文，大力赞扬内蒙古文工团的《马刀舞》，号召全国各地舞蹈团体向《马刀舞》学习。③ 此后，《马刀舞》作为优秀作品多次参加了内蒙古自治区、全国及世界各级比赛和演出④，获得了广泛赞誉，从此，《马刀舞》《牧马舞》等舞蹈就成为蒙古族文艺、内蒙古文艺的典型代表，中国民族艺术的成功典范。

1950 年 10 月的这次国庆演出极大地推动了少数民族舞蹈艺术的飞速发展，同时它也使少数民族都是“能歌善舞”的观念开始根深蒂固地植入全国人民心中。1951 年 7 月，由中国舞协创办的《舞蹈通讯》第 1 期出版，时任中国舞协主席的戴爱莲女士发表了《给全国舞蹈工作者的一封信》，号召全国

---

① 彭亚娜、王俊、杨健：《大学音乐教程》，长沙：中南工业大学出版社 1993 年版，第 238 页。

② 参考赵志宏、扎拉嘎胡等：《内蒙古自治区文学艺术大事记》，呼和浩特：内蒙古人民出版社 1993 年版，第 5 页；美丽其格：《内蒙古文工团的沿革》（续），《吉林艺术学院学报》1992 年第 3 期，第 50 – 54 页。

③ 吴晓邦：《推荐内蒙古文工团的〈马刀舞〉》，《人民日报》，1950 年 10 月 15 日；《内蒙文艺》1950 年 11 月号第 1 卷第 2 期转载。

④ 1951 年 1 月 1 日，伊盟文工团成立，文工团配合土改、“三反五反”、宣传婚姻法演出了《刘胡兰》《血泪仇》《枪》《翻身乐》《马刀舞》等剧目。1952 年 8—10 月，内蒙古文工团随中国艺术团赴蒙古人民共和国参加中蒙友好月活动，演出了《鄂伦春舞》《马刀舞》等。1953 年 9—12 月，内蒙古文工团参加中国第三届赴朝慰问演出，再次出演了《马刀舞》等经典舞剧。以上关于《马刀舞》的演出情况参考赵志宏、扎拉嘎胡等：《内蒙古自治区文学艺术大事记》，呼和浩特：内蒙古人民出版社 1993 年版，第 6 – 10 页；北京语言学院《中国艺术家辞典》编委会：《中国艺术家辞典·现代第一分册》，长沙：湖南人民出版社 1981 年版，第 394 页。

舞蹈工作者向“民族传统”艺术学习，向“民间舞蹈”学习。同期还发表了徐胡沙的《论向民族传统的舞蹈艺术学习》一文。而1951年11月，全国舞蹈工作者相继投入“整风运动”，重点批判的就是“盲目崇洋”，而《马刀舞》等“少数民族”的舞蹈，则成了正面的“民族”“民间”的榜样。一个十足的舶来品，就这样成了“地道”的民族舞蹈，实在令人感慨。当然类似硬性发明、改编、改造“少数民族”或“民间”文化艺术的情况，当年非常普遍，绝不仅限于《马刀舞》和蒙古族。

结　语

本文对发生于20世纪50年代初的内蒙古文艺“民族形式”讨论做了较为详细的考察与分析，问题是我们应该怎样理解它呢？

一方面，中国共产党所进行的文化改造并非专门针对少数民族，而是针对包括汉族在内的所有族群，是全方位性的社会改造。上文所讨论的案例，无一不是在整体中国的改造框架下发生的。也就是说，在少数民族文化被改造或“发明”的同时，汉族文化乃至于所有不同于“社会主义”性质的文化都遭遇着被改造、被革命的命运。尽管对于少数民族的改造来说，汉语，某种程度上也包括汉族，是发挥了重要的作用，内地、汉族、汉文化也好像被置于更高的位置，但这主要是因为汉族人口众多、汉语被普遍使用之客观情况所致，而并非是执政者站在汉文化传统、汉民族的代表者的位置上对少数民族文化进行改造。新中国头三十年，国家强调既要反对“地方民族主义”也要反对“大汉族主义”并非虚词。而且直接来看，国家对儒家传统文化和汉族地方性文化的革命力度甚至要大于对少数民族文化的变革力度。近二十年来出现的儒家文化复归运动乃至网络汉民族主义思潮的兴起，正是对此历史的反应。① 因此党所进行的全面的社会改造，就具有“超民族性”，而不像一般意义上的民族国家的建构那样自觉地挖掘、继承本民族的文化传统。

另一方面，社会主义中国的建构，又的确带有相当的现代“民族国家”建构（或转型）的性质。因为新中国的建立，是在全球民族国家体系中展开的，因此它不可能超然于近代以来的民族国家的逻辑束缚，这与列宁在领导苏联革命时，也不得不打出“民族自决”“民族平等”的旗号是一样的。而

① 姚新勇：《当代中国“种族民族主义思潮”观察》，陈明、朱汉民主编：《原道》（第十七辑），北京：首都师范大学出版社2012年版。

且在 20 世纪 30 年代由一个相对更为纯粹的国际共产主义运动的党，转变为一个更具独立性的中国共产党时，实际也就明确地将国家独立、民族解放纳入了自己的首要目标。再则由于中国的多民族性，使得社会主义中国在其还未成立时，就不得不腾出精力来处理内部的分离问题。所以不少在内地所进行的政治运动，扩展到少数民族边疆地区时，就往往与反对“地方民族主义”“反分裂”联系在一起了。与此一致，社会主义中国所发动的诸多“无差别”对待的政治运动，到了边疆地区就具有了特殊的民族或族群的针对性；再加上汉族人口众多、汉语被确定为国家通用语之客观情况，因此国家行为就更带有了克服地方性、建构现代民族国家的性质。社会主义中国的建设，不仅具有涵盖少数民族的历史合理性，而且更包含着少数民族的贡献。

“十七年文学”研究的分歧、陷阱与重建

张　均

（中山大学中文系）

时间进入21世纪初，“十七年文学”也从“重写文学史”“再解读”带来的数番震荡中稳定下来——稳定为某种对峙、板结的格局。对峙表现在该研究领域“聚讼纷纭”，“（往往）讨论尚未开始，剑拔弩张的阵势已一字排开”。这种“剑拔弩张”也是知识界新自由主义与“新左派”激烈冲突的重要部分。板结则表现在，在相互的质疑与否定中，“左”“右”两种“十七年文学”的研究路向都遭遇了相似的理论陷阱，不同程度地陷入重复、无所作为的状态，以致钱理群早就指出的“二十年来我们思想界最重大的一个失误”（即“对中国的社会主义思潮没有经过认真的清理和研究”）在文学研究领域未能得到有力的纠正。那么，怎样激活已经逐渐板结、凝固的“十七年文学”研究并打开新的问题空间呢？要回答这一问题，必须先对该领域的立场分歧、理论陷阱予以必要的辨析。

一

目前居于主流位置的“十七年文学”研究路向，是以陈思和、丁帆、王彬彬等为代表的新自由主义。其中又略可分为两脉。一是丁帆、王彬彬等以“人的文学”为根据对“十七年文学”的斩钉截铁的否定，如认为该时期文学“漠视个人命运和情感创伤”，“对现实不具有批判精神”，“与‘五四’精神背道而驰”，甚至认为《红旗谱》“在任何一个方面都是拙劣的”“根本就没有再谈论的价值”。另一脉则表现为陈思和等的“潜在写作”“民间写作”研究。后者力图从“十七年文学”中离析、重构出某些异质因素，而对此类异质性的肯定实际上构成了对“十七年文学”更深刻的否定，迂回地落实了陈思和对“十七年文学”作为“伪现实主义”的“图解政策的宣传品”的认定。近20年出版的“十七年文学”研究著作，多数出自新自由主义解释体

系。相对声势稍弱但也获得部分肯定的，是宽泛意义上的民族国家论述（其中部分学者被贬称为“新左派”）。其中，李杨、蔡翔贡献最著。李杨认为，社会主义文学始终如一地是一场反抗西方资本主义的现代性文学实验，“非西方国家要反抗西方，就必须组织起‘我们’的性质，即建立起一个现代民族国家。而一个现代国家的组织过程，又完全是一种认同西方的过程。非西方国家对自己的人民只能采取西方式的手段，使国家成为主体，国家承认每个人的特殊性，但这种特殊性的确又是以国家作为主体的普遍性为目的的”。这一观点与唐小兵关于延安文艺是“一场反现代的现代先锋派文化运动”的论述和后来汪晖有关“反现代的现代性理论”的解释体系相互激荡，一度激活了久遭贬弃的“十七年文学”，文化研究也代替社会历史批评为该领域开辟了新的问题空间。蔡翔的《革命/叙述》以对劳动、技术、地方、性等表述空间的分析，成为该领域创见迭出而又争议纷纭的最新成果。

迄今为止，以上两种路向都已取得扎实成果，然而双方的相互否定、难以相容，也构成了学界难以弥合的“伤痕”。其中，具有“天然”合法性的新自由主义“人的文学”的观念，在两个层面遭到质疑。其一，“人的文学”或“纯文学”观念被认为具有与政治权力重组合谋的背景，如《伤痕》《班主任》等被批评“是作为政治象征出现的”，“在其‘人道主义’和‘文学性’的面罩下面，实际上隐含着特殊的界限和排他性”。以“人的文学”为核心概念的“新启蒙”也被批评位于“发展主义的话语框架之内”，“它们生产的知识基本上是为‘新时期’重新定义现代性（虽然当时没有用现代性这个词），为发展市场经济作理论的、意识形态的准备”。其二，“人的文学”观念还被质疑存在历史错位。程光炜认为，资深的现代文学研究者们“认为当代文学史研究与‘十七年’牵扯着太多说不清道不明的‘政治性’关系，所以必须拿‘五四’、‘自我’、‘个性解放’、‘自由’、‘文学性’等知识来拯救当代文学史研究”，于是“现代文学关于‘自我’、‘个性解放’、‘自由’、‘文学性’等知识便流进了当代文学史研究，它们很巧妙地被置换为当代文学史研究对‘十七年’的看法”，在此“新启蒙编码”下，“‘十七年’变成了非人性和非文学性的文学年代”，然而“五四知识”真的是“比‘社会主义知识’更具有时代进步性、因此也就是等级更高的一种知识结构”吗？与这些质疑相呼应，一线研究者明确怀疑“人的文学”的实践意义：“以个人主体性的标准审视十七年文学，在照亮了一些东西的同时，也遮蔽了大量的东西”，“与十七年文学的实际状况相差甚远”。甚至，一些新自由主义资深学者也开始反思这一立场，如洪子诚坦承“启蒙主义”对“当代文学”其实只是“外部”观察，有“它的限度和弱点”，譬如“过分信任所确立的理论、法则的绝对普遍性”，“对对象的‘独立存在’缺乏足够的意识”。应该说，新自由主义在当前“十七年文学”研究中的垄断地位已出现松动。

不过，民族国家论述遭受的质疑更加猛烈，也更“致命”，几乎有彻底丧失信誉的危险。那就是，无论李杨、旷新年等怎样强调“十七年文学”在民族、国家等“想象的共同体”方面具有特殊的叙事效果，但他们实在难以有力回应批评者以“人”的名义发出的尖锐质问。郜元宝的批评即由此长驱直入：

> 一种莫测高深的理论竟然像瘟疫一般迅速散布开来，就是认为在路翎们受难的年代，在无数可怜的被控制被掠夺被欺诈被恐吓的灵魂在颤抖在扭曲在变形在备受折磨而终于灭顶的年代，中国的各项物质生产“硬指标”急速上升……呜呼！……姑且不论那些“硬指标”是否属实……就说对文学家路翎长达二十年进行的持久而精心的修理，就足以抵消所有“当惊世界殊”的“硬指标”了。

这样沉痛的质问，简直无从辩护！这也是王彬彬“烂苹果”论不胫而走的原因，甚至也是长期研究社会主义现实主义的李杨始终不愿正面肯定“十七年文学”（当然更不否定）的原因。

两种路向之间的彼此对峙和相互否定，引起的现实效果并不等同。民族国家论述借用福柯权力理论展开的对“人的文学”的谱系主义分析，有力地促进了部分研究者的方法论转变，但对一般读书界基本上未产生影响。相反，新自由主义以“人”、生命、尊严为名义发出的尖锐质问，却赢得了广泛同情。不过，舆论中的优势或劣势实际上同样导致了板结与停滞。民族国家论述的停滞不难想象。一方面，这种取向始终无法面对“人”的拷问；另一方面，媒体（往往与新兴资本阶层合流）屡屡与新自由主义者合谋，不断制造事件，反复“围剿”民族国家论述。王彬彬等学者近年对汪晖“抄袭”、陈晓明“壮怀激烈”论以及蔡翔《革命/叙述》的攻击，尤其媒体在其中有意识的引导、策划，多少都有一方挟舆论、资本之力清理另一方的成分。两层原因皆使民族国家论者所处现实环境劣化，学术进展艰难。但这并不意味“政治正确”的新自由主义就能大展身手。相反，由于总是抽象地而不是具体地在历史、社会环境中展开讨论，由于“总觉得自己掌握真理”，“不能在一个新的理论视野中来认识中国当代文学走过的历程和所取得的经验”，也由于总是把“社会主义”看成漆黑一团、缺乏内在脉络和差异的“他者”，新自由主义研究进入新世纪以后成就平平。《中国当代文学教程》（陈思和编）之后大量的新出成果实际上已陷入大面积重复。诸多研究，无论是研究报刊还是讨论体制，无论是分析文本还是考察作家，结论总不外乎"非人化""公式化""概念化"。这类观点自然有识见，但二十年如一日地重复就不免失掉"研究"本义。可能是对此早有预感却又无法接受民族国家论述，郜元宝竟提出暂不研究"十七年文学"，"听凭'空白'说继续流行为妙"。显然，新自由主义已不能提供新的问题空间。

二

"左""右"两种研究路向不同程度的板结化，与某种共享的理论陷阱有关。是何陷阱呢？此即引领学界的"人的文学"观念。其实，不仅新自由主义执念于此，就是民族国家论者内心也是认同的——作为"五四"后继者，"反现代性的现代性"论者心里就不再尊重自由、生命了吗？显然不是！这些"自由左派"（甘阳语）同样对"路翎们"的悲剧有深深的痛惜。而这，也构成了他们的理论"软肋"，使他们在对垒中时时被动，甚至被加上"新左派"的污名。那么，"人的文学"为何会成"陷阱"呢？这是"左""右"两派对"人"的共同认识盲区所致。试以两部"十七年"小说《暴风骤雨》《保卫延安》为例略作探讨。

按照新自由主义的定式分析，两作都可以说是对某种理论、某项政策的图解和阐释，甚至是"无动于衷的冷文学"，但它们和"人""人类"真的没有关系吗？《暴风骤雨》是周立波在珠河县元宝镇蹲点土改时的产物。据现有资料看，该镇宗族、道门、帮匪等社会关系甚是复杂，致使该镇解放后而群众并未"解放"。如该镇有一恶霸，当地漂亮女性很少能逃脱被他强暴的命运，"谁家敢反抗他，那家姑娘的老爹，媳妇的丈夫一定会倒霉。轻者抓劳工，重者抓到宪兵队屈打成招被杀头"。如此罪大恶极之人，"解放"后却由于当地党政负责人的庇护而成为农民自卫队员。周立波知道后怒不可遏，坚持审判、枪决了该恶霸（其罪行及批斗场景后来被移植到小说中的韩老六身上）。显然，周立波创作小说时对此类恶霸没有给予爱和温暖，但他是不是就没有人性的考量呢？不是！那些被强暴的女性、那些穷得一家只有一条裤子的农民，才是他要关心的"人"。的确，作家认同土改政策，但在他看来，土改正是下层农民反抗官绅暴政、获得基本生存的必经之途。即是说，作家对政策的认同与对"人"的关切是合二为一的。杜鹏程同样如此。在其日记（《保卫延安》，据200万字战争日记写成）中，全文收录了西北野战军战士傅景禄母亲的家信：

> 娘是参加农会的头一个，现在已经有一百多会员。与恶霸武迁训讲了理，咱们的地也要回来了。区里和农会对咱们很照顾，区里马上要发优待粮，村里过新年时还给咱们送来光荣灯挂在门上……儿呀好好在前方干吧！现在天下是咱们老百姓的天下，从前咱们穷人有谁看得起，现在老百姓当了主人啦，这是毛主席领导得好，你千万听毛主席的话。娘给你说："不打倒蒋介石，我不让你进我的门。"……咱家的事，不用挂在心上。

这样的"听毛主席的话"的娘和儿子不免与"个人独立、个性自主等现代化目标""南辕北辙、适得其反"，但农民是因为革命符合其生存、尊严的需要才认同革命的！这也是杜鹏程等作家的思路。《保卫延安》忠诚革命，《创业史》认同合作化，并非如许多学者所认为的为了取媚政策，更主要的是作家相信政策能够改变"穷苦人"的命运。即是说，不少作家先有对"受苦人"深切的爱，然后才有对他们认为"好"的政策、运动的追随，其间复杂性非"图解政策"可以概括。遗憾的是，"左""右"两脉学者对此都缺乏必要的认识。

那么，"十七年文学"与"人"是否有关呢？答案是十分肯定的。不过，周立波、杜鹏程等关注的"人"和新自由主义者谈论的"人"颇不相同。前者关注的是"受苦人"，其"人"的诉求集中于生存权之上，新自由主义者不同。从公开表述看，新自由主义者关注所有人，但细究其对"人"的理解，则主要集中在思想自由、反对政府干预之上。故可推测，其所理解的"人"主要是精英阶层（尤其知识精英）。甚至，知识分子的感情和利益也被他们当成了判断文学的主要根据。这意味着，关注"穷苦人"的社会主义文化与今日精英本位的主导文化之间存在根本差异。这的确可以理解为威权和民主的制度差异，但客观上也有利益立场逆转的成分。对后者，王晓明指出："中国的整个现代思想，一开始它的主流就是从一个被压迫者的立场看问题"，但"80 年代中期以后""持续向'右'转，变成一个对于弱势群体特别严酷的社会"。不难想象，以"穷苦人"的伤痛历史和现实奋斗为主要关怀的"十七年文学"，一旦与当下精英（强者）本位的价值体系相遭遇，它能激发起研究者共鸣的概率非常之低：它们对有利底层的政策的支持被解读为缺乏独立性，他们对官、绅、资的局部排斥被放大为整体的"非人性"。

显然，"十七年文学"之所以沦为"非人"文学，与"人的文学"的观念陷阱有关。“左”“右”学者实际上都将知识分子式的“人性”普遍化为“全中国人”或“全人类”的“人性”了。那么，怎样“跳出”这种陷阱呢?

关键在于通过纳入历史性与差异性重建“人的文学”观念。历史性是指人性具有随个体具体处境、历史具体环境变化而变化的特征，差异性则指不同阶级、性别、种族的人对人性的理解可能存在歧异。兼具历史性与差异性的“人的文学”观念无疑是高度兼容的。以中国而言，“人”的历史性可能表现为不同历史阶段，“人”的主导诉求是流动的，差异性则表现在无论是“十七年”还是今天，不同人群的人性诉求仍大不相同。从理论上讲，这不同的“人”并无高下之别，但具体考量时新自由主义者往往遗忘了这一点。他们对汉娜·阿伦特的说法应有同感：“人权转化为无套裤汉的权利，不仅是法国大革命的转折点，而且是接下来所有的革命的转折点。”阿伦特显然认为自由（“人权”）高于面包（“无套裤汉的权利”）、精神高于物质。这也是新自由主义者将知识分子的独立诉求普遍化为所有人的“人权”的自然根据。然而，这中间显然存在误解——“面包”真的只是物质问题么？倘若一个男青年因为贫穷而不得不放弃理想而成为伙计，倘若一个长工因为贫穷而被人（譬如军阀、乡绅等）夺去爱情（参见秦牧小说《黄金海岸》，1954），那“面包”就必然包含内心的风暴。所以，面包、自由各自承载着不同的人生处境与精神纵深，不可以相互取代或覆盖。而兼容了二者的“人的文学”，才能达成对“十七年文学”的全面认识。

以此兼容眼光观之，“十七年文学”是并不比“五四”狭窄的“人的文学”：它的同情目光更多地投向了“无穷的远方，无数的人们”。因此，蔡翔直接以“弱者的反抗”命名革命，并表示“没有理由把这一现代化的‘造反行为’解释成为一种非正当的政治诉求”。应该说，这是社会主义现实主义文学的基本事实——作为文化的“弱者的武器”，它是整个中国下层阶级反抗事业的有机部分。虽然1949年后此种文学服务新政权的合法性论证功能日益凸显，但其“从被压迫者的立场看问题”的特质直到样板戏仍强势存在。无疑，这种“人的文学”和五四文学、古典文学一样，也形成了特定的叙事“成规”。其一，它们必须主要讲述被压迫者的历史，重建其“‘遗失的’（lost）历史事实，甚或被刻意压抑了的历史事实”，有此历史，只有反抗才能获得合法性。其二，它们还必须塑造下层阶级的“正面英雄”，以凝聚人心。其三，“少数者的文学一定是集体性的”，它们必然要抑制私人奋斗、性、争权夺利等个人主义性质的日常生活。所以如此，既有必须抑制个性、通过集体之路对抗强势集团的现实原因，也有弱者过去遭受否定叙述的历史原因：

> 少数话语团结在一起的天性……源于这样一个事实：少数中的个体，总是被看作一类人，被强迫体验作为一类人的普遍经验。被压迫的个体被强迫进入一个否定性的具有普遍意义的主体位置，他会将其变成肯定性的集体位置。

显然，这种集体性逆转也是第三世界“弱者的反抗”的共同选择。因此，“十七年文学”作为立足于“被压迫者”的“人的文学”却又合理地产生了并不乐观的效果，譬如新的排斥与界限的产生。遗憾的是，新自由主义研究只见到后者，看不到或拒绝承认前者。

三

那么，获得兼容性视野以后，又该如何重建“十七年文学”研究呢？这涉及方法、对象和问题空间等多个层面。

就方法而言，两派学者都亟须调整。民族国家论者需要重建国家与个人的关系。他们强调新中国的“硬指标”、强调“十七年文学”对于“想象的共同体”的贡献，但无法回应对手以“人”的名义发出的批评。其实，“硬指标”并非只是数据，它内含的沉甸甸的生命重量远远不会像郜元宝所批评的那样被一个路翎的悲剧“抵消所有”。据我 2014 年 2 月在故乡医院的观察，病房里半数以上的病人都是农村老人。这在实施农村合作医疗政策以前是不可想象的。应该说，合作医疗政策让以亿计的农村老人获得了基本的生命尊严。以此类推，半世纪前的土改与解放也一定让以亿计的佃农、长工、无业游民、妓女、农奴等“受苦人”强烈感受过不被官绅奸杀、获得起码尊严的喜悦与温暖。有关这些尊严和温暖的记载，或是欠缺（学者们在关注路翎时很难想起那些自杀或住院的农村老人），或被论证为“虚伪”（如新自由主义之于“十七年文学”），但这并不意味有现实思想力的学者发现不了国家与个人的双重关系——除了压制，国家也可能促成个人的自由与尊严。这是我们重新考量“十七年文学”的起点。对于新自由主义者来说，除此之外，另有两点需要调整。其一，破除官方/民间、主流/异端、一体/多元等二元对立思维，呈现“主流”“异端”内在的差异性以及二元之外交错博弈的多重文学观念和文学利益。其二，破除抽象阐释，重返历史语境，“开放式地将它放回到特定的‘历史情景’中去审察，关注这些形象、情感、审美及其文体、样式产生演化的情景和条件”，即以“同情之了解”呈现对象自身的内在逻辑。

以上这些方法调整，可以“重新打开和释放文学‘史’的空间，释放被当前霸权的‘文学’观念所压抑和排斥的文学观念”，“重新发现它复杂的层次”。

“重新打开”意味着研究对象的重组与激活。其实，当前“十七年文学”研究大体仍未走出“翻案”的“旧轨”，不过是把过去颠倒的再颠倒过来。这使之对“十七年”有着深刻的“路径依赖”——我们看到的仍是当年评论家所看到的。倘若学者真能放弃主流/异端、官方/民间等“认识装置”，重回具体的历史环境，一定会迎面撞上许多鲜活的对象与问题：我们会发现所谓“政治”不仅是压制，可能还包含下层阶级现实的生存欲求和最低限度的“人的生活”；会发现被批判的俞平伯与胡乔木等“新朝”权要关系特殊以致冯雪峰对他都不免惮让三分；会发现南京文联机关刊物《文艺》对《在延安文艺座谈会上的讲话》兴味淡漠，而《光明日报》“文学评论”双周刊似乎专门攻击延安小说家；会发现“旧诗”一度围攻“新诗”，而中央的刊物普及化方针屡屡遭到《文艺报》“讨论”终至折戟沉沙……此外，丰村、孙谦、王啸平、管桦、谷峪、立高、李伯钊、白刃、朱定、王林、叶君健、刘真、王淑明、碧野、马加、竹可羽、刘澍德等一长串名字也会一起涌来。无疑，“十七年文学”还有比预想大得多的研究空间。这意味着研究对象还需要做“加法”。而这，又要求新的问题空间的打开。这涉及两个方面：文学性研究和文化性研究。

其一，文学性研究。什么是“十七年文学”的“文学性”呢？是灵魂的纵深呈现，还是情境创造、语言驱遣、心理刻画、细节再现？遗憾的是，这些研究都较少开展。为什么呢？不少研究者觉得，在一个文学为政治服务的年代，有何“文学性”可谈？这种新自由主义式的武断值得反思。一则如前所论，“政治”不可简单等同于压制、非人性，它也可能是普通民众尊严与权利的反映，二则即使“政治”如同“忠孝”一般狭窄，但类似《三国演义》的杰作完全可能从中产生。也就是说，“写得怎样”和“写什么”并非一回事：

> 无论“写什么”，无论“怎么写”，要写得好，才能使作品获得文学价值……“写什么”，是有可能或拥一个主义，或树一面旗帜，或发布行政指令，或制造媒体效应，用一年半载就能做起来的。“怎么写”，是有可能或立一个名号，或认一位师傅，或成帮结派，或三两同道，用一年半载也能做起来的。而“写得怎样”——“写得好”则肯定不容易。

“写得怎样”，才更值得研究！正是在此意义上，刘纳高度评价所谓“伪现实主义”代表人物柳青“以沉甸甸的笔触实现饱满的表达”，“他的描述底气充沛，形成了独特的深沉的表达力量”，“他追求形象的能见度，人物的动作、语言、表情、声调、每一个念头、每一缕心绪，都不苟且带过”。事实上，“写得怎样”正是柳青这代作家极为重视而今天研究者颇为疏忽的问题。

其二，文化性研究。文学可能是私密的灵魂的表达，但更可能是叙事性的文化生产，它“要叙述一个‘故事’”，“创造一套价值、一种意义”，从而塑造伦理认同，“给心灵以家园，给社会以秩序”。对此华莱士·马丁亦有谈及：“世界的新闻以从不同视点讲述的‘故事’的形式来到我们面前”，“在这些不同观点的每一个的后面都有一部历史，以及一个对于未来的希望”，“这些故事使我们能够解释我们是什么，以及我们被引向何方”。在此意义上，文学也是一种实践叙事学，它涉及“‘政党实践’阶段不可避免的文学与政治的复杂关系”。对此，黄子平、李杨、蔡翔等都有所涉及，但将之作为系统的实践叙事学的研究，尚有待展开。这将是颇具生长力的研究。从理论上讲，它可包括四个层面：①叙事动力研究。对此，黄子平的“讲述革命的起源神话、英雄传奇和终极承诺”“证明当代现实的合理性”的观点屡被引述，但显然，“用‘集权专制’底下的意识形态的附属品的文学来给予定位，这对那个时期的人是不公平的”，而“十七年文学”与“弱者的反抗”的关系，甚至与“人的文学”的关系，都还有待在具体文学史实中被挖掘。②叙事策略研究。哪些人、事件和环境能够进入叙述，又有哪些“不可叙述”，无疑牵涉到文本内外的话语角力。其中，阶级有最多机会充当“主导概念”，但它与中国社会中其他话语（如宗族、邻里、江湖等）之间又达成了怎样的妥协、平衡与互动，同样有待深入剖析。③叙述机制研究。“合法”的人、事件、环境被组织为完整“故事”，涉及怎样在经验事实中“埋设”特殊因果机制的问题，这其中隐藏着大的“秘密”。④意识形态效果研究。叙述与价值、文本与现实、作家与时代，这三层互动关系可形成分析“十七年文学”意识形态建构的有效方法。而前述四个层面可合成系统的实践叙事学研究。

通过文学性和文化性的研究，“十七年文学”有可能被重新激活。新的研究或各有进路，但有两点判断是可以提前做出的：其一，作为人生经验的再现，“十七年文学”有其自身的叙事成规和美学魅力，亦需通过它自己的“眼光”来呈现自己；其二，作为文化生产的叙事实践，它也有自身叙述的策略和机制，并构建着自身与现实的特殊关系。而这两层，都和文学史上其他类型的文学并无本质的差异，都存在着内在的建构与排斥，肯定与否定。它之所以在研究史上呈现出迥异的“面孔”，更多是因不同时代研究者立场、视野和问题空间存在差异。

学理性批评之于当下的价值与意义

——结合《文学评论》对文学批评文章的刊用标准和风格来谈

刘 艳

(中国社会科学院文学研究所)

20世纪50年代到80年代，即时性的文学批评几乎构成了当代文学研究的全部，我们做当代文学研究史料整理与梳理工作的学者对此恐怕感受尤深。80年代文学批评的繁荣，也培养了一批青年批评家，这些人多数都在我们的大学、科研机构和作协系统。随着当代文学时间跨度加大，20世纪90年代，当代文学研究分化出了文学史的研究；20世纪80年代中期以来，外国文学理论尤其欧美现代文艺理论乃至各种人文社会科学思潮的引进，理论化的文学研究由之有了相当明显的推进；即时性的文学批评依然存在，但更多让位于"新闻化"特征的批评，这其中，有"推介性批评"——新书新作面世，出版部门组织的研讨会，请批评家写一些评论在媒体上发表；有文化事业单位对作家和作品所做的"扶植性批评"（贵州作协就曾经把贵州省七位代表作家以"黔七峰"的名号来重点推介）；还有近年来颇为流行的"酷评"，这些酷评当然多数都是在各种媒体上出现，以纸质媒体和网络为主要媒介，也最容易赚人眼球。在这个当代文学批评历史发展的脉络中，学院批评和非学院批评，学院批评和媒体批评，学院批评和阐释性批评，等等，不同的人从不同的角度，可以对批评有很多种分类，无须怀疑的一点是，不管如何分类，学院批评都是文学批评中最为重要的一翼。

一、学院批评、学理性批评的当前语境

20世纪80年代以来，文学批评虽则一度繁荣，但这种繁荣并没有一直保持直线上升的态势。80年代的确是文学批评的一个"黄金时代"，文学批评所培育的大批评论家和学者，今天依然置身于我们的大学、科研机构和作协

系统，仍然是从事文学研究和文学批评的重要力量（文学研究所就先后有李洁非、陈晓明、孟繁华）。文学批评也有过相对低迷和沉落的时期，所以连吴亮这样的批评家前辈，也会对张定浩、黄德海的文学批评显得兴奋不已，以“你们的写作，缓解了我长期以来的焦虑”[①] 来表示对新晋为批评家的年轻人的嘉许。而且，近年文学批评的再度繁盛和批评家们尤其是“80 后批评家”们的崛起，已经不是一种自发的行为，而是有着国家各部门尤其作协相关机构来共同做推手、助益形成的态势和力量。近几年来这种情形尤甚：2013 年被称为“80 后”批评家元年，因为在这年年底，中国现代文学馆第二批客座研究员聘任仪式启动，金理、黄平、何同彬、刘涛、傅逸尘等入选（“80 后”杨庆祥第一届已经入选）；这年 5 月，中国作协举办“青年创作系列研讨·‘80 后’批评家研讨会”，是首次高级别的针对“80 后”批评家的研讨会；云南人民出版社也首开先河地推出《“80 后”批评家文丛》[②]，与出版人（周明全）在背后的大力推动恐怕是分不开的；《南方文坛》从 1998 年开始，多年来一直持续推出“今日批评家”栏目，颇具声势；有学者（黄发有《“今日批评家”的特色与意义》，《扬子江评论》2015 年第 5 期）已经开始试图从中窥见文学批评场域的变换和文学批评风尚的迁移了……作协、政府宣传部门的介入和有意培育、推举显而易见，比如，2015 年 5 月 8 日，由中国作协创研部、上海作协、上海市委宣传部文艺处、《南方文坛》杂志社四家单位主办“上海批评家研讨会”，集中研讨张定浩、黄德海、金理、黄平这四位年轻人的评论创作。学院和出版单位的支持也紧随其后，陈思和先生主编的“火凤凰新批评文丛”也会由北岳文艺出版社推出新的一辑，推出他们四位。各方推手共同推出和打造了四位上海新锐批评家。[③] 在文学批评新一波繁荣如火如荼之际，甚至连“80 后”自己都觉得，“‘80 后’的命名在各种争议和纷扰中出炉，十几年来收编了一众写作者（不管是顺从还是反抗者），攻占了无数媒体版面”，“由‘80 后’的概念往后补推出‘70 后’‘60 后’‘50 后’的概念”，甚至连最近的“70 后”都成了“这个概念的最严重的受害者，并

---

① 吴亮：《后来者居上——你们的写作，缓解了我长期以来的焦虑》，《文汇笔会》，2015 年 5 月 8 日。

② 周明全：《聚焦 80 后批评家/杨庆祥：以文学批评重构文学现场》，《文学报》，2015 年 2 月 7 日。

③ 吴亮：《后来者居上——你们的写作，缓解了我长期以来的焦虑》，《文汇笔会》，2015 年 5 月 8 日。

且产生了他们的焦虑和尴尬”①。新锐批评家们，绝大多数身在大学和科研机构、作协系统、文化部门，尤以大学和科研机构为最，却纷纷青睐能够迅速带来声名、能够引起社会关注度的文学批评样式，对已经发展了几十年的学院批评持疏离、不满乃至批判的态度。有的抱怨学院导致“学术评价机制的畸形与学者评奖、项目、论文化生存”，“学术被异化为 SCI、CSSCI”②；有的批评家甚至认为只有“从学院中走出来”，“才能让文学批评充满生机与活力”③；有的人即使身份是学者或者科研机构研究人员，也在诟病学院批评，认为学院派批评就是非要硬性写成学术论文的样子（当然，我很感兴趣这些人所意指的“学术论文的样子”是个什么样子），甚至“四平八稳，无比庄正”也被个别人有意作为学院派批评的标签……我们不回避学院批评有过的一些弊端和存在的问题，连从事学院批评的学者们对此也在不断思考和做出诊断（高建平：《论学院批评的价值和存在问题》，《中国文学批评》2015 年第 1 期）。作为一名较年轻的现当代文学研究者和学术刊物的老编辑，我尽管也关注媒体批评，但接触最多的还是学院派批评。多年的工作经历使我有机会接触了全国几乎所有一流当代文学学者和中青年学者们的“学院派批评”文章，虽然我也会常常焦灼于大学研究生教育日渐“宽进宽出”或者“严进宽出”导致青年学者的文章质量下降，有时也会不满于学者尤其年轻学者不够用心的急就章，但还是会为不时读到的学理性批评文章和其中的优秀之作而击节称快，也正是这些优秀的学理性批评文章，让我忍不住要为学院派批评做些澄清和辩护，这当然不是爱屋及乌，而是多年的专业和职业积累使然。

我同意高建平先生的说法，各种文学批评都有它存在的价值，包括各种样式的媒体批评。但是，在文学批评再度繁盛的今天，重新认识学院派批评，确切说是学理性批评的价值和意义，非常重要也不容忽视。很多年轻的批评家不喜欢做学院批评的文章，而恰恰是这些批评家，本身即为大学和科研机构的学者，他们喜欢写更能够表达青年人血肉情感的随性文字，或者向学生、向阅看纸媒网媒的受众写一些阐释性文学批评文章，让年轻学生和更多普通民众了解当下作品和一些经典的当代文学作品，这对读者来说不无裨益。但是，不能够以相对轻松随意的随性文字，来否认学理性批评、学院批评的价值和意义，也不能认为学院批评就是僵化的、四平八稳的、不具有问题意识

① 项静：《代际命名：策略与牢笼》，《文艺报》，2016 年 3 月 21 日。
② 张丽军：《70 后批评家，正面临时代的严峻拷问》，《文艺报》，2016 年 3 月 21 日。
③ 李云雷：《青年批评家面临的时代问题》，《文艺报》，2016 年 3 月 21 日。

和时代担当的，等等。非学院中人也可以写出富有学理性的批评，而学院中人也有很多在做着或者说在兼做非学院、非学理性的推介式、扶植性批评甚至“酷评”，学院中人所从事的批评并不能够完全等同于学理性批评。但由于目前文学批评从事者以及文学批评自身的现状，学理性批评更多还是学院中人所从事的学院批评所具备的特征和精神标签。起码就目前来说，学院派的学理性批评，不仅不应该被否定、远离和贬低，反而应该被提倡、坚持并且发扬光大。学院批评虽然也良莠不齐，却不能因为较差的学院批评文章的存在而否认学理性批评的价值和意义，泼出洗澡水的同时一定不能够把洗完澡的孩子也一起扔掉。也正是由于优秀的学院派学理性批评好文章数量还不够多，才会让很多人只看到了学院批评不好的方面，而没有看到和用心体会学理性批评的精髓、价值和意义。而如果能够从优秀的学理性批评中找寻它们的特征、属性和优秀品质，从而倡导学理性批评和提高文学批评、当代文学学术研究的水准，让更多从事文学批评的人、学者重拾一种对学理性批评的信心和热望，是一项值得做的工作。

无论当代文学史研究，还是理论化的当代文学研究（问题的研究），抑或是带有时效性的对于当下文学的批评（这在文评当代文学研究的“新作批评”栏目尤为可见），目的都是阐释当代中国文学的价值，发现、讨论优秀的当代文学作品并使之经典化，从作品、文学现象、文学思潮等的“问题研究”来探讨、反思和解决当代文学发展中的一些问题，并给当下文学创作乃至批评实践本身以启示和思考。尽管选题、研究对象千差万别，但是“学理性”差不多是所有优秀学院批评文章共同具备的典型特征和显著特色。学院的学理性批评所涉及的领域是非常广泛的，但由于要和时下备受关注的媒体等的文学批评加以联系和比照，我可能会尤为注意联系作家作品的研究这个方面。无论是逐渐经典化的作家作品的研究，还是对当下作家作品的研究尤其“新作批评”，学理性批评文章都有着与一般媒体批评文章不同的精神标签，而这学理性往往也不是四平八稳、无比周正、充满学究气和死气沉沉的，反而常常是将开阔的文学史视野、敏锐的问题意识、睿意的思考、流畅而近乎美文的行文表述等集于一身的。

二、史料、材料的支撑和批评学理性的呈现

目前通常意义上的文学批评，由于学者、评论家与文学现场保持即时性

互动关系、共同前进，对不断出现的文学新现象、新思潮、新作家、新作品等进行及时、即时的评述与剖析，固然可以为批评家收获即时的声名，但由于与研究对象的共时存在、零距离关系，常常令文学批评以短平快见长，但短平快往往又容易失之偏颇而容易速朽，有学者已经警惕到了这一点并加以反思。① 半个多世纪前，朱自清、闻一多力主批评与考据结合的研究方法，更多是基于对传统文献学局限性的反思；如今，从对零距离的、即时性的文学批评做出反思的角度，让批评在一定程度上借鉴传统文献学的方法，更加倚重具体史料和材料的支撑，未尝不是令批评由表层走向纵深的有效路径。

当代文学的第一代学人，像朱寨、洪子诚等先生，有着扎实的学养，对史料与材料的重视是一以贯之的。洪子诚先生从 1999 年的《中国当代文学史》到 2002 年的《问题与方法》，再到近几年的以“材料和阐释”“材料与注释”为标题的系列文章，其所追求的言必有据的“历史言说”方式，越来越倚重史料和注释，史料和材料往往占全文五分之四左右甚至还要多的篇幅，为当代文学历史化和实证研究提供了一种切实可行的具体方法和路径，例如，《材料和注释：1957 年中国作协党组扩大会议》（《文学评论》2012 年第 6 期）、《材料与注释：张光年谈周扬》（《文学评论》2014 年第 4 期）。比如前者，文后注释很少，但密实的史料、材料直接进入了行文，构成了文章本身，此文“对与此次事件有关的材料——包括邵荃麟、冯雪峰、林默涵、张光年、郭小川等人在‘文革’刚发生时所写的‘交代’‘检讨’材料，1957 年作协党组扩大会上的部分发言内容等——进行了编排和注释，以此了解包含在此一事件背后的人、事背景，并通过对同一事件，不同人、不同时间的相似或相异的叙述，让不同声音建立起互否或互证的关系，以增进我们对历史情境的了解”。程光炜老师自己所谓的提前把“八十年代作古”，以对“古物”的眼光看待八十年代、重返八十年代的文学现场，也是意识到具备拉开距离重新审视当年文学现场的“史家眼光”的必要性和迫切性。② 据悉，程光炜主编的 400 万字中国当代文学期刊编目即将出版，更为主要的是，他所提出的“重返八十年代”和“文案辨踪研究”的主张及其实践，对整个当代文学批评和研究产生了深远的影响。史料、材料的支撑加上学者本人的识见，可以令学理性批评形神俱现。吴秀明的《学科视域下的当代文献史料及其基本型构》（《文学评论》2014 年第 4 期），对几代学人的史料工作做了梳理，认为

① 黄发有：《中国当代文学研究的方法论思考》，《南京社会科学》2012 年第 2 期。

② 程光炜：《文学批评的“再批评”》，《文艺争鸣》2016 年第 3 期。

“从学科发生史角度看，近一二十年来，在现代文学史料学的影响推动下，当代文学史料整理与研究事实上已在逐步展开，并开始呈现出了某种良性回归与调整的态势”。

重视史料、材料的梳理和意义呈现，在黄发有、李丹、黄平等中青年学者身上，也得到了很好的继承和学脉承传。黄发有《文学风尚与时代文体——〈人民文学〉（1949—1966）头条的统计分析》（《文学评论》2012 年第 6 期）、《“十七年”文学的计划体制——以〈作家通讯〉的稀见史料为依据》（《文学评论》2015 年第 5 期），斯炎伟的《喧哗与骚动：历史转折语境下的全国第四次文代会》（《文学评论》2016 年第 1 期），等等，很有代表性。黄发有通过《人民文学》在“十七年”头条的分析，让这个时段的文学导向与特征自然呈现，此篇论文也是他的专著《中国当代文学传媒研究》的重要支撑论文。年轻学者，已经不满足于史料、材料的单纯性爬梳和整理，而是对这其中所蕴含的问题饱蕴自己的会心发现，其文章本身业已构成深具价值的学理性批评文章。在李丹的《遗文，一种特殊的文学批评——以郭小川遗作〈学习笔记〉为中心的考察》（《文学评论》2013 年第 2 期）中，作者发现了 1978 年 2 月到 4 月的《诗刊》分三期发表了郭小川的遗作《学习笔记》，而它与另一个版本——2000 年出版的《郭小川全集》又根据手稿将该笔记收入——之间拥有许多差别。作者对照两个文本，发现《诗刊》对郭小川的原初立场、观点和个性表达做了极大的修改。由具体的材料发现《诗刊》通过删削修改郭小川的笔记而制造了一个特殊的文学批评文本，也由此刻意地修订出了郭小川的新形象。同时，该笔记与 1975 年郭小川致胡乔木的“文艺意见书”存在着紧密的关联，该“文艺意见书”又直接影响了诗人的人生起落乃至生死荣辱，而这些信息都隐伏潜匿于《学习笔记》的背后，共同铸刻了“时代的烙印”。此文不光入围了第三届唐弢青年文学研究奖，而且甫一刊出，学界影响很大，反馈很多，陈子善先生迅即联系，向作者约稿。李丹另外一篇《论“大跃进”时期“群众史”写作运动——兼及文学工作者心态》（《文学评论》2015 年第 6 期），通过大量史料与详细的材料，对“大跃进”时期，在毛泽东倡导“新民歌”运动的同时，中国作家协会仓皇推出了“群众史”写作运动，做出反思。文章不动声色地剖析了这一运动是如何透露出中国作协对丧失文学核心位置和领导地位的焦虑，也显示出其在政治失序中极力紧跟形势、弥合裂痕、追求和解的迫切心情。许多学者阅后表示此文让他们耳目一新，重新了解了一段历史、一段文学史。这些批评文章的学理性，是建立在材料的有效支撑之上的，不是即时性批评那样的急就章，材料的爬梳整理和剪裁得当，显示了作者进行文学批评的学养和功力。看似不动声色，实则识见毕现。连“80后”批评家黄平，近年不断有针对当下的文学批评文章发表的同时，也愈来愈重视史料材料的发现和厘清的工作，他自言深得陈子善先生的影响。在黄平的《“新时期文学”起源考释》（《文学评论》2016年第1期）中，对于论文的价值，作者本人已经概括得非常精准：“论文讨论了以往对于‘新时期文学’这一概念的考证，并结合新的史料指出‘新时期文学’真正有历史性的起源，源自1978年春五届人大一次会议所提出的‘新时期总任务’。借助‘新时期总任务’的相关史料，将‘新时期文学’有据可依地编织进‘新时期’的历史脉络中，呈现作为‘现代化文学’的‘新时期文学’的历史内涵。在当下的语境中重返‘新时期’与‘新时期文学’，意味着如何通过‘新时期文学’重新理解‘新时期’，理解近40年来的‘现代化’的起源，这不仅是纯粹的文学问题，而且意味着能否通过文学有效地展示当代中国复杂的历史进程与历史中的我们的生命体验。”

其实，重视史料与材料支撑的学理性批评特征，是《文学评论》多年以来的一个典型特征。在多年的编辑工作中，我曾经将张霖的《新文艺进城——“大众文艺创研会”与五十年代北京通俗文艺改造》（《文学评论》2006年第6期）和李丹的《遗文，一种特殊的文学批评——以郭小川遗作〈学习笔记〉为中心的考察》多次介绍给投稿的年轻学者。这两篇文章，在史料和材料的呈现方面，工作绵密细致，有不少作者自己独到和会心的发现，在将材料、史料的使用与批评的睿意和新颖发现之间，做到了细密无痕、别有意味。前者，文章通过对“大众文艺创研会”的组织性质、活动方式及其杂志《说说唱唱》进行系统的考察，研究了该会在新文艺的生产、传播中的重要作用。同时，还就普通市民对文艺改造工作的接受、挪用状况进行深入分析，以展现这一文学史进程中新、旧文艺工作者和普通市民三者间复杂的文化互动关系。最近，仍然在某刊某篇，看到有年轻学者在谈《说说唱唱》杂志，由于缺乏必要的、新颖的材料与史料的支撑，反而是更多搬用西方理论的洋洋洒洒，无根之木，其阐述便多少有点“强词夺理”之嫌，缺乏必要的可信度和说服力。在我印象中，通过上面这两篇（尤其是张霖的文章）以史料、材料见长的学理性批评文章的影响和启发，《文学评论》还刊发了卢军的《从书信管窥沈从文撰写张鼎和传记始末》（《文学评论》2011年第6期）、连敏的《〈新的美学原则在崛起〉修改及发表始末》（《文学评论》2015年第

3 期）等，作者都是从已刊发的《文学评论》文章获取了治学的理路和学理性要依靠材料支撑，在材料的梳理和发现中实现作者自己对文学史、对文学现象与问题进行思考并获得独到发现的有效方法。张霖的《两条胡同的是是非非》（《文学评论》2009 年第 2 期）也同样显示了作者在材料和史料运用于批评文章方面的得心应手，对问题、文学史复杂性的呈现，别有深刻意味而且独具特色。

很多中青年学者，已经不满足于单纯史料与材料的整理和发现，他们把自己对文学创作的理解，对文学批评的理解和对文学史、批评史以及对文学史研究的理解，融进了学理性批评文章。徐勇的《文本编纂与“80 年代”文学嬗变》（《文学评论》2015 年第 5 期）通过对选本编纂与 20 世纪 80 年代文学嬗变之间辩证关系的考察，认为选本编纂一方面反映了 80 年代文学的发展进程，另一方面也参与到对 80 年代文学新变的推动过程当中。作者甚至发现“这一辩证关系充分体现在 1979 年和 1985 年这两个节点上，就它们之间的关系论，1979 年标志着选本编纂的 80 年代转型，而 1985 年则意味着选本编纂的 80 年代新变”，作者也谨慎提醒“选本编纂并非直接的文学批评实践，因而其与 80 年代文学嬗变之间的关系，也只能从这‘选’和‘编’的关系中加以考察，并不能夸大”。材料的细致和睿意发现之间，是紧密交织的，作者将自己的发现与对文学批评和文学史的理解贯穿其间，别有会心。即使是偏于述评和材料搜集的文章，学者也都是一方面重视材料的第一手和全面、完备，一方面在材料的使用、梳理、叙述和呈现当中，暗蕴了自己批评的眼光和很多有价值的发现与问题的呈现。借此，文章往往能够将文学创作和文学批评所蕴含的复杂性、繁富意味，条分缕析，生动呈现。像王晓平的《海外汉学界对莫言获诺贝尔奖的反应综述》（《文学评论》2014 年第 2 期）、林敏洁的《莫言文学在日本的接受与传播——兼论其与获诺贝尔奖的关系》（《文学评论》2015 年第 6 期），材料的使用和作者的批评眼光，是镶嵌在一起的，其中暗蕴作者的批评立场和对相关问题很深入的思考。前者，《新华文摘》全文转载，而后者，在研究莫言文学在日本的接受与传播方面，应该是具有举足轻重的史料和材料价值的，令许多年轻学者叹佩。

多年来，《文学评论》所刊发的很多文章，不只尤为注意了史料、材料的爬梳和整理，很多时候，史料与材料都是与文本分析结合的，而且努力与文本产生的时代语境勾连，将文本还原到当年的文学现场，鲜有离开当时的文学现场而加以主观臆断和硬性阐释的做法。哪怕在前些年，《文学评论》尤为重视的对“十七年”文学的研究，也往往是对材料的呈现与把握，力求第一手，落点在文本，而且努力具有程光炜所说的还原当年文学现场的“史家眼光”。我印象非常深刻的一篇文章，詹玲的《论〈刘志丹〉——一部命运坎坷的小说》（《文学评论》2007 年第 1 期），任何人再度试图阐释《刘志丹》这部小说，我都会马上想到、很多人也会马上想到这篇文章，此文当年所产生的学界反响，迄今犹在耳畔……其价值和意义，对于了解这部小说和一段文学的历史、时代语境，是具有典型意义的。另外，像姚丹的《“新人”想象与“民族风格”建构——结合〈林海雪原〉的部分手稿所展开的思考》（《文学评论》2010 年第 4 期），张永峰的《〈三关排宴〉改编与戏曲改革的两个难题》（《文学评论》2013 年第 1 期），等等，这样的文章，史料、材料支撑与学理性批评风格互相呈现，很多同类、同时段——“十七年”研究的文章，都若是。同样是研究“十七年”文学，讲究学理性，与那种气势和腔调上看似言之凿凿乃至咄咄逼人，甚至像有的学者所言“强词夺理”的文章，是根本不同的，学理性的批评对于文学批评和文学、文学史的研究，应该是更有价值和意义的。

当然，学理性的批评，需要史料和材料的有效支撑；史料和材料的有效支撑，助益形成批评的学理性特征。但是，单纯史料、材料的堆砌，并不是学理性批评，没有问题意识在心，没有发现的眼光，没有文学史的眼光，史料和材料的堆积罗列，是意义不大甚至是没有意义和价值的，所以才会有学者明确指出：“如今中国大学的文学系，也很少有学者就文学论文学，大家都抱着‘科学的态度与方法’对文学史实进行各种方式的考证式的研究，或基于某种时髦理论的义理之阐发。尤其考据式的文学研究如今已成为中国文学‘文学研究’的最高旨趣。中国大学的中文系没有从文学角度出发的中国文学研究，殆可断言。”① 这份担心，对于纠偏那种极端或者说片面倚仗考据，而走向了以“科学的态度与方法”进行考证式研究的批评路数，是有好处的。但对于很多年轻学者来说，从材料与史料的基本功入手，重视学养积累，作文先做到言之有物而不是信口开河，不无裨益。而且很多学者在对第一手史料和材料追索的过程中，掀开材料的碎片，常常有可贵的发现和会心之处。郜元宝以他不无针砭时弊的言辞，确实提醒、警示文学还是应该就文学论文学，单纯以“科学的态度与方法”进行考证式研究，不好；“基于某种时髦理

---

① 郜元宝：《比“德、赛两先生”更本源的问题是什么?》，《探索与争鸣》2015 年第 8 期。

论的义理之阐发”，也一样离开了文学本身。回到文学本体，这本来应该是每一个文学批评者理应具备的基本素养，而今却似乎成了文学批评应该亟待解决的问题。

三、理论的接地、及地、在地与批评学理性的呈现

学院派批评，较之一般的即时性文学现场的文学批评，更重视理论的素养和理论的深度探讨。学理性批评更多的是由我们的学院派批评带来的，真正的学院派批评应该是学理性批评，但有些学院派批评过于凑泊理论或者片面追求所谓的理论深度，也有违学理性批评的真谛，有时候会为学院批评招来一些非议。学院批评重视理论，是有渊源和背景的。20 世纪 80 年代中期以来，外国文学理论和各种人文社会科学思潮大量引进，对我们当代的文学批评视野和方法都产生了不可估量的影响，起了重要的作用。但近些年也一度带来了不太好的几种倾向，学院批评文章中可以看出这些问题：第一，套用西方理论来阐释和解读当代作家作品，形式主义、结构主义、心理分析批评、女性主义批评、新历史主义批评等引进中国的同时，也令我们的学者一度很喜欢生搬硬套一些西方文艺理论名词、概念和具体的理论，现在也依然存在这个问题，很多青年学者的文章就更加明显，摘录一段理论或者著作中的话，再从作品中找相应的例证，所引的话，作者自己对原意的理解也是似是而非，甚至完全相反。有时候，文章像开中药铺，一二三四、甲乙丙丁，等等，至于例证是否与其所引用能够形成对应、作品文本是否可以这样阐释，作者是不做过多考虑的。第二，一度流行的跨界研究也给文学批评或者说文学研究带来了不好的倾向，社会、文化、民族、政治、经济等方面，都进入了学者的视野，文学研究在向文化研究、社会学研究过渡，身为文学研究者，却更多地关注了其他学科的内容，像哲学、历史学、经济学等的内容，有些文章，已经脱离了文学研究和文学批评本身，像是经济学或者说社会学的研究论文，偏于文化研究的论文也为数不少。

种种情形之下，听闻《文艺报》要做文学批评“回到文学本体”的讨论，真是恰逢时宜，很有必要。

批评者学习了大量的西方文艺理论乃至哲学方面的知识，是否就可以写出学理性的批评文章呢？答案是否定的。虽然有很多的批评名家都是文艺理论专业出身的，文学批评文章也写得很好很出色，像陈晓明、刘大先等人。

但他们的出色，是建立在对西方文艺理论知其然又知其所以然的基础上的，建立在他们对中国当代文学创作实践和批评实践熟稔于胸的基础之上的。哪怕是非常杰出的评论家陈晓明老师，被誉为“文章圣手”，也经历了一个从“陈后主”到其文学批评“落地”“在地”的过程。接触过许多文艺理论（也包括其他学科）的年轻学者，转做当代文学研究和批评文章前，可以写出很多脍炙人口的专栏文章，在踏踏实实坐下来，写作学理性批评文章的时候，却遭遇了前所未有的困难和阻碍。有学者直言不讳，他们仍然要花很多的时间，去补文学史的课，去补批评史的课，更要补作品阅读的课。文学批评，哪怕是即时性的当下作家作品的批评，对评论者的眼光识见和学养，也是一种尖锐的考验。

不管怎样，许多在20世纪80年代成名的批评家，都好像不无缅怀地说所谓的“批评的黄金时代”已经一去不复返，那是一个批评话语自成体系、龙飞凤舞的时代（陈晓明语），近几年在“‘80后’批评家”们的崛起当中，批评是否仿佛又迎来了黄金时代或者白银时代？都不好说。但陈晓明所认为的——80年代由于摆脱了文本的束缚，理论批评终于获得了无边的自由，而20世纪90年代后期开始，“文学理论与批评更倾向于理论，并且转向了文化研究”，“文学理论与批评离文学更远，这仿佛是不争的事实”——这样一种情况，近年仿佛又再度成为一种风向，就是批评和理论离开了文学本身。但是，批评与理论应该“回归汉语文学本体”，陈晓明下面这段针对近年的文学创作和批评的话，是恰如其分、富有总结性和启发意义的：“今天汉语文学经历20世纪80年代以来对西方现代文学的借鉴学习，在20世纪90年代转向传统和民间的路径中，确实形成了大量新的经验。在这些创作中有成功的经验，也有可反思的经验；有与西方现代文学深入对话的作品，也有更为偏执地回到传统中去的文本。在传统与现代、汉语言特性与现代意识、民间的原生态与现代主义小说技巧等诸多方面，可发掘的学理问题当是相当丰富复杂。”①

基于此，陈晓明结合对《老生》《繁花》等作品的探讨，反思中国当代文学理论和批评为何往往会贬抑形式探索，一直赞赏那些“看不出”形式意味的、回归传统的作品，他认为20世纪90年代以来中国小说有一个恢复传统的趋势，但在他看来会与世界尤其西方的小说经验愈离愈远，他认为中国现代小说仍未获得现代形式，他认为当代中国小说应该对传统与创新有更深

---

① 陈晓明：《理论批评：回归汉语文学本体》，《文学评论》2015年第3期。

刻的认识，“汉语小说创作不只是要从旧传统里翻出新形式，也能在与世界文学的碰撞中获得自己的新存在，从而介入现代小说的经验”①。陈晓明的理论思考和阐述，结合近年最新作家作品，文本分析细致而微，所有思考和探讨，都是接地、及地、在地的。

与陈晓明这番思考相对维度的学理性思考或者说回到文学本体的另外一种维度的接地、及地、在地的理论探讨，是重新思考当代文学与传统经验、传统文学资源的关系。张清华的《“传统潜结构”与红色叙事的文学性问题》（《文学评论》2015 年第 2 期），就是一篇从红色叙事“文学性”问题层面谈文学与传统的关系问题的文章。文章认为：重建红色叙事的文学性研究，需要我们从无意识结构切入。所谓“传统潜结构”，即是隐藏于革命文学中的老模式与旧套路，作为民族根深蒂固的集体无意识，它们经过改头换面，又在时代与意识形态色彩的装饰下再度复活，大量潜伏于这些叙事之中，并且成为支持其“文学性”的关键因素所在；提升革命叙事之研究水准的途径在于通过叙事学与精神分析的研究将这些“传统潜结构”挖掘出来，找出其与古典小说之间的关系，归纳出其若干叙事的模型与母题、结构与功能要素；“传统潜结构”的分析方法，需要结合叙事学、结构主义、文化诗学与细读理论等，从内部梳理红色叙事与传统结构与母题之间形形色色的改装关系，并且建立若干分析模式；在此基础上，可以重新鉴别并调整原有的经典化秩序，将当代文学的知识谱系、评价尺度予以重新规划，以尝试重建一个真正具有“文学性”原则与含量的当代文学史。

而李遇春的《“进步”与“进步的回退”——韩少功小说创作流变论》（《文学评论》2014 年第 5 期），已经开始结合某位当代作家几乎全部创作实践，来做当代文学与传统关系之理论思考和探讨。文章认为，韩少功在新时期之初以认同西方的“进步主义”姿态登上文坛，但他随后走上了以反思现代性为前提、以中西融合为目标的“进步的回退”的文学道路。在李遇春的《“传奇”与中国当代小说文体演变趋势》（《文学评论》2016 年第 2 期）中，文章开篇即提出：“长期以来，我们习惯于从外国文学角度审视和评判中国现当代文学，而有意无意地忽视了对中国现当代文学与中国古代文学传统之间内在关系的深入考察，这显然是一种单向度的学术研究路径，需要中国现当代文学学科内部做出及时的调整。如今我们必须破除那种‘成见’，即把中国

① 陈晓明：《我们为什么恐惧形式——传统、创新与现代小说经验》，《中国文学批评》2015 年第 1 期。

现当代文学纯粹视为外国文学的中国翻版或曰东方支流的理论预设，进而从古今文学演变的角度深入探究中国现当代文学与中国古代文学之间的深层血缘。”文章认为，中国当代小说 60 年来的文体变迁一直与中国古代小说的“传奇”文体传统之间存在着或显或隐的艺术关联。中国古代小说的“传奇”文体以史传性为核心，兼具抒情性和哲理性，属于“文备众体”的“跨文体”写作。在 20 世纪 50—70 年代，中国革命作家在文艺民族化和大众化方向下集体进行中国古代小说“传奇”文体传统的创造性转化，其中最醒目的是“革命英雄传奇”与“农业合作化小说”，二者以或明或暗的方式转化了明清通俗“后传奇”的中心主义树状人物结构模式，但存在着“奇”（情节性）过于“传”（史传性）的流弊。进入改革开放以来，中国作家在吸纳西方现实主义、现代主义和后现代主义文学观念与技法的同时，也在以不同的方式创造性地转化中国古代小说的“传奇”文体传统，中西融合成了他们普遍的小说文体追求。从晚年孙犁和汪曾祺的新笔记小说到“右派”作家的文化民俗小说，从“寻根”作家的小说到“新写实”作家的小说，从“先锋”作家的小说到“后先锋”作家的小说，从历史小说到新（后）革命英雄传奇，无不取径于民族的传奇文体资源与西方小说美学的化合。它们或者直追汉魏六朝“前传奇”的古雅简洁文风，或者借镜唐人传奇的诗化小说或散文化小说的精英文人趣味，抑或借用明清长篇“后传奇”的中心人物树状结构模式和多元人物块茎结构模式，但无不以野史杂传为宗，以抒情和哲理交融为境，具有广阔的文体现代转换空间。

理论的接地、及地、在地，还要求理论与材料、理论与文本分析的水乳交融，不照搬或者断章取义使用西方文艺理论和各种贴着“外国”铭牌的理论。理论是学理性批评往纵深度开掘的有效手段和途径，不应该成为炫技手段，令批评走向了“基于某种时髦理论的义理之阐发”的歧途。陈晓明、郜元宝等批评名家的文学批评，理论并不是他们的目标和目的，只是他们手法灵动、刀刀见巧的“庖丁解牛”式的解法，理论是潜于行文当中的，看不到理论的生硬嵌套。富有理论深度和行文中几乎看不到单独的理论阐发，本应是学理性批评并行不悖的两个方面。西方文艺理论和各种人文社会科学思潮，包括借鉴其他学科的方法，对我们研究中国文学很有助益，但总还要回到文学，回到文学本体。现在的批评文章，走出了文学，在所谓的“理论”丛林乃至密林绕了一圈而回不来了的现象，比比皆是。但也有学者，在文学批评中，尤为注意了理论的接地、及地和在地，能够巧借西方文艺理论来令其学理性批评往纵深度拓展。能够走出去，又能回得来，而且走得得体，回得巧妙，就尤为可贵和难得。刘旭的《隐含作者与虚构：赵树理文学的深层结构分析》（《文学评论》2013 年第 3 期）从后经典叙事学出发，分析赵树理文学叙事模式的超越性意义，从隐含作者和预期受众角度发现赵树理的乡村和农民定位，分析赵树理超越同期的解放区文学的叙事语法规则。刘旭的《汪曾祺小说的叙事模式研究："汪氏文体" 的形成》（《文学评论》2015 年第 2 期）运用后经典叙事学理论和文人意识形态分析法，认为汪曾祺小说的重大价值在于其独创了"汪氏文体"，它在叙事模式上表现为：一是叙事特征散文化，文本表现为风景大于人物，风景和人物客体化；二是叙事视点固定化，叙事过程中几乎没有现代小说的视点转换；三是隐含作者被动化，隐含作者相对于外部世界是一个被动的观察者；四是虚构的淡化，不断地重写和自我重复是方法之一。上述所有特征最终形成"汪氏文体" 的先锋性——上溯明清小品文，下至后现代主义，与自由式文人意识形态相合，给当代汉语写作带来无限的启示。大量借用西方后经典叙事学的理论，却免除了时下很多批评文章理论与文本两层皮的弊病，理论让批评者更加深入地进入了文本，理论让作者的文本分析和文本细读拥有了别样的角度、维度和有效性，细致入微又兼获深度，是理论助益文本细读与分析的范例。

四、文本分析、文本细读与批评学理性的呈现

学理性批评离不开文本的解读，也就是广义上的文本分析，史料、材料分析和理论的落地、在地，往往也要和文本分析相结合。而文本分析尤其是文本细读，在文学批评中的重要性，已经为陈思和、程光炜、陈晓明、孟繁华等学者和批评家意识到并且反复阐说乃至切身力行。陈思和认为："评论家把作家创作的文本看作是一个独立而封闭的世界，可以像医学上做人体解剖实验一样，对文本进行深度拆解和分析，阐释文本内部隐藏的意义。"① 程光炜说："最近三四年，除正常教学和科研之外，我陆续写过一些最近三十年重要小说家作品细读的文章。"② 陈晓明则是用了整整八年时间，完成了专著《众妙之门——重建文本细读的批评方法》，孟繁华认为他"试图用细读的方法构建中国新时期以来的文学经典的努力，还是有迹可循的"。文本细读有多

① 陈思和：《文本细读的几个前提》，《南方文坛》2016 年第 2 期。

② 程光炜：《文学批评的"再批评"》，《文艺争鸣》2016 年第 3 期。

重要呢？陈晓明在书的导言中就已经开宗明义，“中国当代文学理论与批评一直未能完成文本细读的补课任务，以至于我们今天的理论批评（或推而广之——文学研究）还是观念性的论述占据主导地位。中国传统的鉴赏批评向现代观念性批评转型，完成得彻底而激进，因为现代性的历史语境迫切需要解决观念性的问题”，这几乎是陈晓明结合自己的批评实践而发出的感同身受的体会和总结。他已经意识到并且强调文本细读的重要性：“在当今中国，加强文本细读分析的研究显得尤为重要，甚至可以说迫切需要补上这一课。强调文本细读的呼吁，实际上从20世纪80年代以来就不绝于耳，之所以难以扎扎实实在当今的理论批评中稳步推进，也有实际的困难。”对文本细读在理论批评中推进的难度，孟繁华也深为认同：“这个困难不只是说，观念性的批评经过半个多世纪的浸淫，其惯性强大而难以改变；而文本细读的批评在西方已经日益式微，这个源于西方也式微于西方的批评方法，对热衷于追新逐潮的中国批评界来说其吸引力也逐渐失去。”的确如他们所说，强调和坚持文本细读的研究方法，在时下常常理论先行、观念先行的批评风气中，难度很大。但也恰恰是文本细读、文本分析，可以作为一种批评方法，是助益批评学理性呈现的有效手段。

时下各路文学批评尤其针对当下写作的即时性文学批评，观念性批评浸淫导致的弊端是那样的清晰可见。很多的批评文章，在文本分析、文本细读的外衣下，行的依然是观念性批评之实。而且，即便看似通篇是在做文本分析、文本细读，批评者也有可能在理论尤其观念的路径上愈行愈远……很多批评者甚至来不及细细读完作品，就开展起了无比细致的“文本细读”，从他们常常错误地阐释和陈述作品的一些细节、情节中，就可以知道作者并没有真正地进行文本细读。这种并没有细读过文本的“文本细读”文章，量大而且来势汹汹。这样的文章泛滥，尤其令我们对当前的批评现状倍觉堪忧。

文本细读的方法，陈思和、程光炜、陈晓明等人的主张，各有不同也各有侧重点。陈思和、程光炜都强调直接读作品、不受他人对作品解读和研究影响的重要性。① 这种主张，很有合理性。但是学理性批评的文本细读，可不可以有这样一个前提和路径呢？在面对一部作品时，认真仔细读完恐怕还不够，还应该尽量熟悉这个作家此前的所有作品，如果时间允许的话，最好将此作家此前的作品全部通读、重读一遍。在研究一位作家之前，大量浏览或

---

① 陈思和：《文本细读的几个前提》，《南方文坛》2016年第2期；程光炜：《文学批评的“再批评”》，《文艺争鸣》2016年第3期。

者研读已有的研究资料。这样，至少可以免除这样一种情况：自己所写和自以为是“新颖的发现”，其实别人已经写过，甚至写得比自己还要深入、还要好。然后在以上所说这些细致工作的基础上，再做出自己的文本细读、文本分析，若能如此，往往既可规避重蹈别人覆辙，又可令自己的文章达致更深入乃至深邃的批评深度，令文章呈现学理性批评有价值和富有深度的一面。很多学者在文本分析、文本细读之前，往往都是做足了这方面的功课。有的学者会在写文学批评，甚至只是一篇作家新作的批评文章之前，再次通读该作家所有作品或者说重读其绝大部分作品，然后再寻找切入的角度、维度和论题。这样的批评文章很费工夫，却可令文章免于具有通常的即时性批评文章常常无法免除的弊病，使文章更加耐读，更具学理性，而且往往对于文学创作和文学研究本身，更具有批评的价值和意义。郭洪雷的《讲述“中国故事”的方法——贾平凹新世纪小说话语构型的语义学分析》（《文学评论》2015 年第 1 期），是作者用了足足 3 个月的时间，心无旁骛，再次通读了贾平凹所有作品，才得以选题和开始写作的。何平的《中国最后的农村——〈极花〉论》（《文学评论》2016 年第 3 期），虽然是对于作家新作的批评文章，作者也是几乎重读了贾平凹所有作品。

陈晓明的《在历史的“阴面”写作——试论〈长恨歌〉隐含的时代意识》（《文学评论》2013 年第 6 期），是重读王安忆《长恨歌》并予以“旧典重释”的文学批评。文章认为：“王安忆在《长恨歌》里反复描写阴影、暗处和阴面的表意策略，揭示它不仅仅是表达了一种特殊时期的怀旧情绪，还可以看出它所折射的更为复杂的时代意识。对阴面的书写可能意味着在历史阴面书写，它表达了一种与现实疏离的、无法给予肯定性的态度。但是，王安忆更愿意选择在肯定性的意义上来表现现实，这就使她不能停留在《长恨歌》创造的美学经验上。她随后在创作中对现实感的追求，对未来指向的理解，是否真正开启了自己的创新路径，这依然是一个值得疑虑的问题。通过王安忆的创作，也可以思考 20 世纪 90 年代以来中国作家处理现实的态度和方式。”文章牢牢立足《长恨歌》作品文本的分析，又能够随时抽身出来，以俯瞰的眼光来提出问题和探讨问题，同时具有文学史的眼光和视域。甚至联系陈忠实《白鹿原》和贾平凹《废都》以及王安忆其他作品，指出了 20 世纪 90 年代知识分子和作家的思想困惑与写作难题，饶有意味地指出，在历史的“阴面”并非王安忆本人所喜欢的，但正是为王安忆和上海评论界不太喜欢的《长恨歌》，却是读者和研究者所最为喜欢的她的作品——“不管如何，遭到王安忆自己和她的上海同仁否定的《长恨歌》，目前可能还是最受读者和研究界欣赏的，虽然这不是王安忆所愿意接受的，但这是一个事实。这究竟是因为围绕《长恨歌》的经典化工作更为充足，还是因为这部作品本身包含了某种文学品相？至少在我看来，在90年代初历史歇息的时期，写作《长恨歌》的王安忆没有那么明确的历史意识，没有强烈的要给历史下论断的企图，没有那种把握住现实走向的信心。她呈现阴面，加不了那么多的东西，想不了那么多的大是大非的问题，她只专注于她的'感性和诗情'，故而有某种气质散发出来。固然，阴面并非什么永久的正当的栖息地；但是站在阳面，而对八面来风，作家就果真能够保持明晰、确定的现实意识了吗？这就是中国当代文学的难题所在。"文章结尾的这段话，意蕴多层而繁富，值得我们细细品味，可以引发我们许多深入的思考。学理性的批评之价值和意义，大抵如此。

再比如，徐勇的《以象征的方式重新介入现实——论苏童〈黄雀记〉的文学史意义》(《文学评论》2014年第2期)，陈晓明的《他"披着狼皮"写作——从〈怀念狼〉看贾平凹的转向》(《文学评论》2015年第1期，《新华文摘》全文转载)，郜元宝的《为鲁迅的话下一"注脚"——〈白鹿原〉重读》(《文学评论》2015年第2期，这是一篇在提出问题、揭示问题并反思当代文学写作方面做得非常细致绵密、鞭肌剔骨、深入到位的文章)，等等，都是文本分析、文本细读做得非常好的文章，从中可以窥见批评的学理性如何倚借文本分析、文本细读并最终得以呈现。而且，很多学理性批评文章，耐读之外，也好读，是有点美文特征的论文，行文流畅，笔法清健，不乏鞭肌剔骨的深刻和睿意。

做好学理性批评的文章，在实际的批评实践中，选题和角度也很重要。比如，同样是对余华小说《兄弟》的评论，单纯的无原则的吹捧和一味地"给余华拔牙"予以棒杀，都不足取。有没有人从特别的维度和视角来剖析《兄弟》呢？董丽敏的《当代文学生产中的〈兄弟〉》(《文学评论》2007年第2期)认为，当代文学与以出版为核心的文学生产机制存在着密切的关系。20世纪90年代以后，中国文学的生产机制发生了巨大变化。余华的《兄弟》相当程度上印证了以出版为核心的文学生产机制的变化对文学产生的影响，包括出版政策、编辑、作家、读者、媒介、批评家等因素在内的当代文学生产机制，为制造文学畅销书，吸纳、调和、消解了各种文化势力之间的冲突。《兄弟》无论在主题、人物，还是在结构、叙事等美学追求上，都自觉地回应了当代文学生产机制转变的要求，使其无法被简单地纳入20世纪80年代以来的新批评格局。

在这种种情形之下，我们希望的是什么样的文学批评呢？能够立足文本又不局限于文本、可以以一斑窥全豹、能够发现问题并解决问题，即便不能够立即解决问题，起码具有“问题意识”并可以以问题来给创作和研究以启示和思考，能够在谈论具体文学作品时兼具文学史的眼光和开拓的视域，实现西方文艺理论接地气和“在地”的学理性批评。做文学研究，无论是偏于文学史的研究，还是偏于问题、现象、逐渐经典化的作品研究，抑或是即时性文学批评，唐弢先生的文学批评精神——注意史料与史论的结合，材料分析与审美分析并重，严谨实证的学风和清新刚健的文风，等等，依然是现当代文学研究学人所应该秉承的传统，应当将其视为己任，肩负并传承下去。对于有着已近60年历史的《文学评论》，老前辈们说到刊用文章的标准和特色，可能无一例外都会想到“学理性”标准。总而言之，学理性批评对于当下仍然非常具有价值和意义。

文学史的文化视野

近二十年来的当代文学形态学研究

——以“十七年小说”为对象

曾令存
（嘉应学院文学院）

一、韦勒克与卡冈的文学形态学阐释

形态学是关于形式、结构的学说。艺术形态学研究艺术作品的结构、材料组织的方法和风格。谈到对20世纪90年代以后当代文学的“内部形态”研究的清理，我们可能首先会联想到韦勒克与沃伦文学理论中与“外部研究”相对的“内部研究”理论。韦勒克与沃伦指出我们的文学史研究长期以来“过分地关注文学的背景”，把大量时间精力消耗在对作品环境与背景的研究上面，而没有意识到“当务之急”是集中精力去分析研究实际的作品。韦勒克与沃伦并不否定俄国形式主义学派反对简单地把文学作品分解为形式和内容的传统的二分法的做法，因为内容常常暗示着形式的某些因素，比如小说中讲述的事件是内容，安排组织这些事件为情节的方式则是形式。但“离开这种安排组织的方式，这些事件就无论如何不会产生艺术效果”。他们认为比较理想的做法，是用“材料”（material）来指称那些与美学无关的因素，而把一切需要美学效果的因素称为“结构”（structure），协调原来“内容”和“形式”的边界，因为前者也包括了原来认为是形式的一些部分，而“结构”的概念“也同样包括了原先的内容和形式中依审美目的组织起来的部分”。“这样，艺术作品就被看成是一个为某种特别的审美目的服务的完整的符号体系或者符号结构。”① 由此可见，韦勒克他们强调“内部研究”，实质是呼吁我们应视文学作品为一个完整的符号体系（符号结构），反对把作品的内容与

① 韦勒克、沃伦著，刘象愚等译：《文学理论》，北京：生活·读书·新知三联书店1984年版，第147页。

形式对立；应重视对文学作品“结构”的研究。就此而言，将韦勒克他们强调的“内部研究”理解为我们的“内部形态”研究切入视角，未尝不可。不过在这里，我们强调的“内部形态”，主要还是偏重作品“形式”——“结构”、艺术审美因素方面。因此在清理近二十年来有关当代文学的“内部形态”研究前，在这里还有必要介绍卡冈有关艺术形态学方面的观点。作为俄罗斯20世纪杰出的人文学者，卡冈在其著名的《艺术形态学》中指出，艺术形态学的研究基于对“艺术是什么、它的本质和结构怎样”这一问题的理解。卡冈把艺术定义为“摹拟人的生活经验的一种方式”，并以此“获取特殊的认识、评价信息、借助特殊的形象符号系统（艺术语言）贮存和传递这种信息”①。在对西方艺术发展史上纷繁的艺术形态学分析流派进行清理后，卡冈认为，“在马克思美学中，艺术的形态学分析所要求的不是粗暴地形而上学地划分艺术样式、种类和体裁之间的生硬的分界线，而是辩证地揭示出艺术创作所有具体形式以及它们的相互联系、一种形式向另一种形式的过渡、它们的相互影响和交叉的质的特点”，认为“为了显示和说明艺术创作所有形式之间相互关系的这种生动的活动性，需要在艺术系统的历史运动中对这一系统进行研究”，即“尽可能紧密地把研究的逻辑方法和历史方法结合起来”。②在讨论“体裁作为形态学范畴”时，卡冈将体裁定义为“艺术创作的选择性”，他认为在现实创作过程中，艺术家对某种体裁的结构的选择，与其觉得“这种结构对解决该创作任务是最佳的”密切相关。卡冈还从价值学角度考察了艺术体裁的分类。换句话说，在卡冈看来，体裁本身便是一种“有意味的形式”。

二、关于“十七年小说”艺术类型的分析

形态学研究在中国文艺中并不发达。中国文学批评传统，比较注重作品思想内容、政治社会意义的一面。在当代文学研究中，从形态学角度系统考察文学作品体裁及其内涵，包括结构艺术、语言运用、表达方式、艺术风格等，一直以来都被我们忽视。当然这只是一般情况，也有例外。比如黄子平，

---

① 卡冈著，凌继尧、金亚娜译：《艺术形态学》，上海：学林出版社2008年版，第164页。

② 卡冈著，凌继尧、金亚娜译：《艺术形态学》，上海：学林出版社2008年版，第160页。

从20世纪80年代的《论中国当代短篇小说的艺术发展》① 到90年代的《革命·历史·小说》，直至前些年的《以“体裁”为重点的文学教学》,② 他一直尝试“用体裁观察现实”的研究方法，关注作为“内容”的“形式”。又比如李杨，其1993年出版的《抗争宿命之路——“社会主义现实主义”(1942—1976）研究》，引入新历史主义的“形式的意识形态”概念，考察作为艺术形态的叙事文学、抒情文学和象征文学在20世纪40—70年代文学中交互出现的意味。但不可否认，李杨的研究侧重点主要还是想通过这些艺术形式的变化考察这三十多年来文学的现代民族国家内涵，而并不完全是自觉的艺术形态学立场。另外洪子诚80年代出版的《当代文学中的艺术问题》，也比较早从艺术风格层面关注当代文学，他“寻找从主流意识形态到创作现象的中介，探讨在社会生活发生巨大变化之际”，当代作家在“当代”这一特殊历史语境中如何调整自己的创作方向与坚持和发展自己的艺术个性的两难选择。③

但总的来看，在近二十年对20世纪40—70年代文学研究中，真正自觉、全面地从形态学进入当代文学研究领域的并不多，比较有代表性的是董之林和余岱宗。他们都在系统地关注五六十年代文学中的小说体式。董之林的主要代表著作有《追忆燃情岁月——五十年代小说艺术类型论》（河南人民出版社2001年版)、《旧梦新知——“十七年”小说论稿》（广西师范大学出版社2004年版)、《热风时节——当代中国“十七年”小说史论（1949—1966)》（上海书店2009年版）等，从中我们可看到她有关当代文学（“十七年文学”)“内部形态”思考不断深入完善的过程。作为叙事文学的小说在十七年文学中具有其他文体不可替代的意义，这当然与文学成为当时政治生活的重要组成，并参与一个新的国家政权的建立的大历史叙事的情形分不开，即小说“以前所未有的力度参与了中国的政治与社会变革”，成了解决该创作任务的最佳体裁结构。在这一意义上，二十世纪五六十年代小说创作的繁荣，特别是中国当代长篇小说的创作与出版在这一时期迎来了第一个黄金时代，都可作如是观。董之林认为在50年代小说艺术类型这一论题中，“浓缩了当代

---

① 该文发表在《文学评论》1984年第5期。

② 原载香港教统局课程发展处中国语文教育组编的《缀文创思——开展中国文学课程新路向》，收入黄子平：《远去的文学时代》，上海：复旦大学出版社2012年版。

③ 张志忠：《学科建设与研究个性——论洪子诚兼当代文学研究》，《文艺争鸣》1996年第6期。

文学史研究中值得认真清理的问题”①。这一“问题”在她后来的研究中有更加具体明确的表达，即重返十七年，通过考察“十七年小说”形态进入当代文学历史，同时还与自己对 20 世纪 80 年代“线性叙述”的当代文学史写作与研究观念的反思有关。“线性叙述”的批评默认文化专制主义对思想与学术的禁锢，视文学史研究为政治斗争的工具，“把丰富的文学现象简单化、庸俗化”。董之林认为这种逻辑实质仍是“一种单向度的二元对立思维方式”。她“希望将小说史的叙述建立在那些标志小说发展历程的具体文本之上，而不至于泯灭了不同文类和文学现象自身的历史特征”②。与对文学环境与社会政治背景的关注比较，董之林更感兴趣的是文学的“内部形态”——具体作品本身。她肯定这个时期的小说创作，但认为这种肯定应该落实到艺术自身的发展规律上，而不应该站在为当时意识形态辩护的立场上。否则，将难以走出长期以来以“政治正确性”肯定/否定这时期小说的纷争怪圈。在早期的研究中，董之林曾以“青春气韵、英雄理想、浪漫情怀”描述 20 世纪 50 年代小说的主旋律，肯定以《青春万岁》《组织部来了个年轻人》等“青春体”小说的纯真与抒情，赵树理《三里湾》《锻炼锻炼》等作品的乡土情结和民间文化立场，孙犁作品的诗性浪漫，革命英雄传奇小说《林海雪原》等对“逼上梁山”“儿女英雄”等传统故事模式与叙事成规的突破，描写战争与农业合作化小说如《保卫延安》《创业史》等“史诗类”作品对历史宏大叙事视角的建构，以及对传统“史诗类”内涵的新的理解（如不再聚焦于人物的功成名就、关注社会底层的“向下的小说视角”等）。③ 通过确立 50 年代小说艺术形态这样一种考察视角，寻找、证明当代文学的文学性。在董之林看来，这一时期的小说创作在当代文学史上具有承上启下的意义。她提醒我们关注当代文学史研究的历史相关性问题，这种历史相关性，“环环相扣的历史叙述中的一个环节”，即所谓的“扭结”（coherent），它“有时体现在政治时局和社会环境方面，有时体现为社会阶层和接受心理的变化，有时体现为和传统文化雪泥鸿爪、若隐若现的联系上，等等。也就是说，历史的发展变化不是

---

① 董之林：《追忆燃情岁月——五十年代小说艺术类型论·绪论》，郑州：河南人民出版社 2001 年版。

② 董之林：《旧梦新知——“十七年”小说论稿》，桂林：广西师范大学出版社 2004 年版，第 15 页。

③ 具体阐释可参看董之林：《追忆燃情岁月——五十年代小说艺术类型论》，郑州：河南人民出版社 2001 年版。

出于某一种单一的原因"①。当代文学史的这种历史相关性，董之林指出，在"十七年小说"创作中，最明显的是表现为对文学传统的回归，即撇开政治因素，会发现这一时期的小说"与古今中外传统依然保持着密切联系，并非横空出世般的'无产阶级革命文学'"。她指出像《初雪》《洼地上的"战役"》这类体现"主观战斗精神"的小说与左翼文学的关联，并不是对延安时期文学的一种简单承接，实质上"是当代小说与二十世纪三四十年代左翼文学艺术精神的一个扭结"。在关于"百花时代的小说趋势（1958—1959）"的讨论中，董之林指出以《创业史》为代表的农业合作化题材小说创作，其实是中国农民在抗战、解放战争时期有关土地革命的未完成故事的继续讲述，后来以"重放的鲜花"命名的"干预生活"小说，除了受苏联"解冻文学"的影响，其实"还有更深厚的现代文学传统根源"。在对"调整时期的小说与知识分子话语（1960—1966）"的考察中，董之林指出此时的小说家眷恋传统，看似与如火如荼的时代疏离，而实际上，却也是有意识地摆脱一种僵化的思维方式，向传统和本土寻找更理想的思想资源，继续担当起知识者的责任，指出当代小说在"不期然间"发生了转型。② 在二十世纪五六十年代的革命英雄传奇小说中，中国古典小说和现代鸳鸯蝴蝶派小说的某些写作技巧和语言风格等因素尽管表现得若隐若现，"雪泥鸿爪"，但董之林认为我们研究这类小说的演化过程时并不能忽视这些。③《红岩》等"将传统的世俗英雄神圣化"，使小说成为当时"理想教育的最佳模本"，而以《林海雪原》为代表的革命英雄传奇，熔民间逸事、"鸳鸯蝴蝶派"小说、传统史传小说和现代英雄事迹于一炉，"正酝酿着当代新武侠小说的雏形"。董之林认为即便是到了"文革"前夕，文学依然未纳入所谓的"一体化"格局，小说艺术上的探索与创新仍未间断。对当代文学中的这种"历史相关性"，她认为有必要加以清理，而不能用"单向度的二元对立思维方式"简单化。董之林指出"十七年文学"的这种"扭结"，还体现在"亦旧亦新"的"新时期文学"中。比如，一直到"新时期"开始，新中国成立初期小说创作在题材选择方面形成的都

---

① 董之林：《旧梦新知——"十七年"小说论稿》，桂林：广西师范大学出版社2004年版，第303页。

② 董之林：《旧梦新知——"十七年"小说论稿》，桂林：广西师范大学出版社2004年版，第206页。

③ 董之林指出这些因素在20世纪50年代这类小说中还体现在作者对人物秉性、传奇英雄爱情因缘以及命运悲喜剧等内容的设计中。参考董之林：《旧梦新知——"十七年"小说论稿》，桂林：广西师范大学出版社2004年版，第18页。

市小说、农业合作化运动、革命历史题材“三水分流”格局，仍在产生影响。甚至在“精神脉络”和“文体风格”上，我们亦不难看出“‘新’的‘新时期文学’”与被要求与之划清界限的“十七年文学”乃至“文革文学”之间的关系——只要我们考察一下“新时期”文坛上扮演着重要角色的中年知识分子作家和知青作家的创作。“新时期文学”中诸如忏悔、青春、人情人性的话题，在“十七年文学”中并不罕见；在新时期，不少从十七年起步的中年知识分子作家，“受苏联‘解冻’思潮的影响，连同他们作品当年所受的批判，都使一种创作情绪潜伏着，使他们成为当时难以付诸实践的文学观念的‘未亡人’”。[①] 董之林由此出发，质疑被20世纪80年代启蒙主义与审美主义视为与“五四”新文学断裂的“十七年文学”，从小说创作的艺术追求情形看，并非如此。

从艺术风格的嬗变与追求出发，董之林还分析了“十七年小说”的多种可能性。如把茹志鹃《春暖花开》（60年代初一个写“大跃进”的故事作品）主人公情感的困惑与化解置放在现代国家民族建立与发展的历史视线上进行考察，并提出这样的问题，即作为在时间向度上体现为“前瞻”的“现代性”，在精神形态与价值观念上未必都表现为“向前”。用作者的话说即是：“现代性并非单一性，现代社会也并非单一的选择”；“当激进的社会变革潮流卷起红尘滚滚，现代性如同惊涛拍岸，会在社会转型过程中，在这片传统积蕴深厚的土地上催生出新的根芽”，“趋时、守旧、犹豫与彷徨，都是现实生活中可能的因素”。[②] 作者对“十七年小说”表现出来的对“越走越远”的“时间”的抗拒与排斥的关注，恰恰是在提醒我们面对这一时期的文学，任何单一的评价机制，都是值得质疑的。另外，董之林在从艺术风格追求角度肯定二十世纪五六十年代小说表现出来的“史诗”品格的同时，进一步指出这种品格的具体内涵，以及在不同题材中的表现，把前一阶段有关这时期小说“史诗”品格问题的思考拓展和深化。她指出50年代某些小说的“史诗”含义，主要表现为“以小说的形式为历史作传”，并非“西方古典传统中充满幻想和征服色彩的‘史诗’”，其中革命历史题材小说的“史诗”品格，体现出

---

① 董之林：《旧梦新知——“十七年”小说论稿》，桂林：广西师范大学出版社2004年版，第285页。

② 董之林：《回想“春暖时节”——一份大跃进年代的女性写作个案》，《当代作家评论》2005年第1期，收入董之林：《热风时节——当代中国“十七年”小说史论（1949—1966）》，上海：上海书店2009年版。

鲜明的时代感，如创作主体情感的投入，常有作家痛快淋漓地宣泄情感的主观描写，“为来之不易的胜利写‘史’的愿望”代替了“挽歌格调”，通过对宏大历史场面的描摹赞颂民族英雄，把“史”和“诗”结合起来。农村题材（主要是农业合作化）小说的“史诗”品格，则已不再简单是“为政治代言”，认为《创业史》“为农业合作化运动提供了史诗写作的模本”，《山乡巨变》则“为这类史诗写作提供了展示地域风情的可能”，《锻炼锻炼》则“扩大了这种史诗文本的内在张力”，尝试“把理想化的史诗写作与传统民俗中的审美趣味结合起来”。类似对于五六十年代小说“史诗”品格所作的“回到文本”的辨析，很有意义也很有必要。

韦勒克与沃伦认为我们不仅可能写一部“文学思想史”，而且还可能写一部“文学类别史”“文学主题史”。他们关注文体风格，指出“假如我们能够描述一部作品或一个作家的文体风格，我们就能够描述一组作品和一个文学类别的文体风格……”并因此“进一步总括一个时代或一个文学运动的风格”。① 应该说，董之林对十七年小说所作的艺术形态学分析，正是其试图寻找从文体（体裁）角度有效进入当代文学历史的一种尝试。

三、对五六十年代红色小说叙事修辞的研究

关于当代文学的内部形态研究中比较有代表性的另一研究者是余岱宗。但余岱宗和董之林对当代文学的评价很不同，甚至正相反。这集中体现在他的《被规训的激情：论 1950、1960 年代的红色小说》（以下简称《被规训的激情》）对当代文学那些主流作品的话语方式的关注中。这里的“规训”（discipline）一词源自米歇尔·福柯写于 20 世纪 70 年代的《规训与惩罚》一书。② 在现代汉语里，从字面上解释，“规训”一词具有“规范”和“训诫”的意思。但在福柯该书的理论架构中，这个词语主要还是用来讨论监狱一类的现代社会的权力技术对人思想精神/灵魂的控制与驯服，即权力与人个体灵魂之间的奴役/被奴役的关系。福柯的权力理论其实也正是《被规训的激情》内容展开的思想理论资源，这也便是作者在“总论”中说的，该书侧重探讨的，是五六十年代的“革命意识形态是如何在文学领域中建构革命的激情，

① 韦勒克、沃伦著，刘象愚等译：《文学理论》，北京：生活·读书·新知三联书店 1984 年版，第 199 页。

② 该书有刘北成、杨远婴的中译本，北京：生活·读书·新知三联书店 2007 年版。

宣扬革命的理想，规划革命的精神秩序的”。——这里的“革命意识形态”，本质上乃是当代中国社会政治权威的一种体现形式。对二十世纪五六十年代“革命文学”（亦即《被规训的激情》所说的“红色文学”“红色小说”）“被规训”现象，诚如该书作者所言，洪子诚很早就注意到了。《问题与方法：中国当代文学史研究讲稿》一书中用“驯化”来描述这一时期文学“被规训”的情形。由“训”而“驯”，是对“被规训”的实质形象描述。《问题与方法：中国当代文学史研究讲稿》指出革命文学的“驯化”，“从根本上说，就是要取消它内部的活跃的、变革的思想动力，包括活跃的形式因素”。① 洪子诚指出50年代以后的中国小说，受因政治意识形态而不断强调“绝对”“纯粹”的文学理想与观念的影响，“越来越脱离了中国人日常的感性生活，脱离了人生安稳的底子”，并逐渐演化成“只知道‘斗争’的动人与强大，而无法认识和体验‘斗争’的‘酸楚’”，“只发现‘力’的快乐，而不能体验‘美的悲哀’；只急于完成，而不耐烦‘启示’；只喜欢高潮和‘斩钉截铁’，而不喜欢变化和复杂的过程；只喜欢有力的英雄，而不喜欢不彻底的凡人”……②洪子诚认为“革命文学”早期建立起来的批判性在其“当代形态”转化过程中不断丧失，并逐渐沦为“社会控制体系的一种装饰品”。《问题与方法：中国当代文学史研究讲稿》关于20世纪50年代以后“革命文学”的“驯化”现象并没作更详细的展开，这也就为后续研究的开展提供了契机。《被规训的激情》讨论的正是这一个未竟的话题，即“革命文学”如何在无所不在的“权力”规训下成为当代社会控制体系的“装饰品”的。但尽管如此，余岱宗还是进行了大量具有创意性的探讨与描述。与《问题与方法：中国当代文学史研究讲稿》不同，《被规训的激情》并未选择从体制化、制度化这一外部的政治意识形态力量角度考察它们如何“规训”这时期的文学，而是回到文本的“内部形态”，从叙事修辞层面探讨其话语方式，复杂的“叙述机制”，分析这时期的红色小说如何“通过诸种审美特征的构筑去获得其实用政治效果”。用作者的话说，“着重从感性的叙述层面上分析革命文学如何在二十世纪五六十年代这个环境中‘擒获’大众”，辨析这一时期的主流意识形态如何“规范”红色文学文本内部的感性叙述，如何“对文本叙述语言、叙

① 洪子诚：《问题与方法：中国当代文学史研究讲稿》，北京：生活·读书·新知三联书店2002年版，第286页。

② 洪子诚：《问题与方法：中国当代文学史研究讲稿》，北京：生活·读书·新知三联书店2002年版，第288页。

事角度、故事结构、人物关系等看似‘中性’的叙事机制”进行“隐蔽的‘编码’”，而红色文学感性叙述层面又如何从革命激情的建构与规范两个方面支持主题层面的实现。余岱宗认为也只有在感性叙述层面上，才能发现“各种意识形态在红色文本中的悖论性存在”，即主题的意识形态特征与叙述的感性的意识形态特征之间的矛盾。① 揭示出艺术创作从一种形式到另一种形式的过渡、所有具体形式之间的相互联系和影响、交叉的特点，这正是卡冈在《艺术形态学》中所强调的。余岱宗认为乌托邦的诗意和浪漫，显然是二十世纪五六十年代红色小说的重要叙事动力。为此，作者质疑五六十年代文学误将对艺术准则的冷漠等同于没有艺术准则的观点，指出这时期的绝大多数红色小说，其实是在对革命的生活目标和思想准则“高度认同”的情况下，共同建构审美感性的“领导权”，为新社会输送“革命快感”和“革命激情”。但作家对“革命快感”的构筑，又“似乎从未放弃‘个体经历’‘世俗情怀’‘情爱叙述’‘侠义传奇’的辅助性的感性叙述”。这大概也就是作者所谓的“主题”与“叙述”之间的矛盾。作者指出，“文革”时期的“样板戏”将“革命快感”高度“纯粹化”“卫生化”，导致叙事类的革命文艺只剩下“空洞的阶级斗争的概念符号”。但即便如此，也并不意味着这一时期的“革命文学”陷入消极被动状态，停止了艺术的试验和探索，认为对“单纯化、象征化、抒情式、战歌式的文学样式的追求”，恰恰是这时期的革命文艺在努力“建立一种崭新革命文艺表达机制的表现”，只是这个建构的过程“紧紧伴随着富有时代焦虑和失误”。可以看出，余岱宗在这里对以“样板戏”为代表的革命文艺对新的文艺表达机制的试验所作的倾向性评价，以试图回应洪子诚关于这时期“革命文学”“自我驯化”的描述。但从《被规训的激情》对二十世纪五六十年代红色小说的“革命快感”并不彻底认同的价值取向看，作者的这种正面评价与洪子诚的结论其实殊途同归。唯一的区别，是作者不以“对文艺政策甚至文艺思潮的批评代替对文艺作品本身的批评”，② 而从这时期小说的内部形态出发。从互证而不是对立的角度去审视他们在这一问题上的态度，可能更能够启发我们去把握这时期文学“自我驯化”——“被规训”的本质。

---

① 余岱宗：《被规训的激情：论 1950、1960 年代的红色小说 · 总论》，上海：上海三联书店 2004 年版。

② 余岱宗：《被规训的激情：论 1950、1960 年代的红色小说 · 结束语》，上海：上海三联书店 2004 年版。

与董之林关注二十世纪五六十年代小说艺术风格嬗变的内在规律、试图钩沉隐藏于嬗变中的历史扭结不同，余岱宗对这一时期文学“内部形态”的研究，主要集中在有关作品叙事修辞层面的研究上，考察革命意识形态如何规训这些艺术形象的塑造。在指出这时期战争年代的“传奇英雄”“受难英雄”如杨子荣、卢嘉川、林红、江姐、许云峰等，均不过是被当代革命意识形态激情规训的一个个更高大、更抽象的“崇高躯体”的人格化身的同时，作者认为像林道静、欧阳海、梁生宝这种和平时期的“新人英雄”，大都是“未完成状态”的审美形象，他们不断地自我改造与自我反省的精神，体现出他们作为成长中的英雄在“继续革命”时代改造的迫切性、艰巨性和长期性。但尽管如此，与同题材的苏联小说的英雄形象比较，作者认为这时期中国式的“新人英雄”，在精神上都是“完整人”。革命的高度组织化和规范化，“导致了继续革命的英雄人物几乎所有的内心轨迹都沿着政治乃至政策演变的轨迹运动”。作者指出这时期革命文学描写的英雄大都是来自“基层”的“普通人”，这种“反精英意识”的英雄观，目的在于强化“历史是由普通民众创造的”这一历史观念，提高现代革命历史的文学叙述的“真理”含量。作家对英雄“复仇”情感动力的渲染，是为了更有力地凸显革命文学拒绝感伤、激情高涨、视死如归的英雄主义审美趣味。这时期革命文学以英雄的神性与传奇性抗衡他们潜意识中的世俗幸福感（禁欲），“移孝作忠”，对自己“受难之躯”的“崇高化”等，恰恰暗示了革命意识形态在文学叙述机制中的权威地位。除了关注各种英雄形象，作者还考察了这时期小说中的“积极分子”和“中间人物”这些颇受争议的形象，指出“中间人物”的精神气象，证明的是“‘继续革命’意识形态的日益全能化”；这些形象的变化，“微妙地表现了革命意识形态对于‘小人物’形象采取了越来越严厉的防范性的叙事修辞”。此外，作者还考察了这时期的“小资之病”在叙述层面上是如何“被规训”，纳入革命主题中的，并指出由于小资情感秩序的“顽固性”，使得这时期的小说“总是在主题层面与感性叙述层面不断发生错位关系状态下进行着”。① 作者指出二十世纪五六十年代革命文学对小资产阶级对革命正面价值的“放逐”，作“妖魔化”或“英雄化”处理，即或通过自我贬抑、自我丑化以求得生存权，或在“英雄化”的时代浪潮中寻找自己的位置，以呼应时代的主流审美观念。作者指出，五六十年代红色小说以上种种的文学

① 余岱宗：《被规训的激情：论1950、1960年代的红色小说·总论》，上海：上海三联书店2004年版。

修辞，“与其说是为了创造审美‘幻象’，不如说是为其‘正面教育’作出种种美学上的自我辩护”。

卡冈指出叙事作品与抒情等其他作品不同，它诉诸“目读”，“诉诸沉默的、专注的、以读者的想象对描绘的世界的重拟，以及读者对他本人所自由再造的这个世界的‘迁居’”。他指出19—20世纪的现实主义理论对中长篇小说“顶礼膜拜”，甚至视之为当时文学乃至整个艺术的“最高表现”，因为中长篇小说是叙事文学存在的理想形式，现实主义成为叙事文学理想的创作方法。① 卡冈的这些思考，都可作为我们考察当代五六十年代长篇小说形态的理论依据。

四、对当代短篇小说结构方式与叙述方式的考察

在有关当代文学“内部形态”的研究中，值得关注的还有中国社会科学院文学研究所萨支山关于二十世纪五六十年代短篇小说结构方式与叙述方式的讨论。② 文章认为在五六十年代的文学观念中，“情节—性格”模式成为“主流”的短篇小说样式，人物特性的展示依赖情节，同时又超越故事、展现出小说意义。这种小说形式在消解故事的自然时序的同时，强调时间的因果关系，表现出历史进化的必然性。基于此，萨支山认为作为当年解放区文学一面旗帜的赵树理在1949年后一直受到批判、被“边缘化”，原因在于他的“问题小说”观念和“重事不重人”的结构方式疏离了五六十年代短篇小说的“主流”样式。更主要的是，赵树理笔下之“事”，也不是当时具有“普遍意义”的“时代大事”，诸如农民自觉走社会主义“合作化”道路这类大事。而“人”则更说不上是新时代农村的“英雄人物”，即便像王玉生（《三里湾》）、潘永福（《实干家潘永福》）、陈秉正（《套不住的手》）这样的农村新人。因此他们大都难以超越故事本身而获得自身意义。文章还分析了五六十年代以孙犁、茹志鹃为代表的以“抒情”为主要表达形式的风格，虽然没受到明显的批判（仅止于批评争议），但也不可能被提倡。原因在于在这一时期的题材等级中，对“时代风云”的正面描绘要明显高于对“家务事儿女

---

① 卡冈著，凌继尧、金亚娜译：《艺术形态学》，上海：学林出版社2008年版，第380－381页。

② 萨支山：《“故事”与“抒情”：五十年代短篇小说的两种可能性》，《中国现代文学研究丛刊》2004年第2期。

情”的侧面烘托。后来峻青、王愿坚同题材的短篇小说以激烈的“革命激情”消解了前者的“诗情画意”和“家务事儿女情”叙述风格，得到比较高的评价是必然的。不过萨支山在这里通过以上分析，还是想从被“边缘化”/抑制的“故事”与“抒情”这两种结构方式与叙述形式中，推断二十世纪五六十年代短篇小说形态发展的其他可能性。比如他认为赵树理“问题小说”的价值，主要还在于其讲故事的方式，在当时有效地避免和消解了主流意识形态导致的农村题材叙事的弊端，让读者感受到五四以来的“乡土小说”的一些“流风余韵”。作者指出在二十世纪五六十年代，“故事”常被认为是比较“原始”“低级”的结构方式而被冷落，这种误识某些时候“反而会减少短篇小说艺术发展的多种可能性”。赵树理的价值正在于此。又比如，萨支山认为，孙犁、茹志鹃的创作将“革命生活”和日常生活巧妙结合在一起，这种“被许多批评家称赞为是从侧面抒情性地截取现实生活的结构方式”，“于儿女风情中见出时代风云，取得正面描绘所无法产生的艺术效果”。可以想象，如作为结构方式与叙事形式的“故事”与“抒情”成为可能，那么当代短篇小说的发展将是另一种状貌。文章看似在纠缠当代文学中的一些“旧事”，实则在从形态学角度反思当代短篇小说发展的可能性。

与从外部环境去把脉当代文学的研究成果比较，关于当代文学“内部形态”的研究，可圈可点的成果并不多。但这并不影响其研究的意义。将历史的基点推后至 20 世纪 80 年代，可以说近三十多年来对当代文学“内部形态”的关注，其实是对当代文学研究领域提出“回到文学自身”口号的回应和实践。所不同的是，在 80 年代，坚持启蒙/审美主义立场的文学研究者是以此质疑和否定当代文学的合法性，而在“启蒙自我瓦解”以后的 90 年代以降，一些研究者则试图借此让这一时期的文学（包括“十七年文学”在内的 20 世纪 40—70 年代）重返文学史。

“文学文化史”观念下的中国文学史写作

——以《剑桥中国文学史》为例

李俏梅
（广州大学人文学院）

一、关于“文学文化史”观念

文学史的写作与两个观念密切相关。一是文学的观念。把什么看作是文学（有价值的文学，因为文学史也只录有价值的文学），把什么看作是影响文学的因素，这些会影响文学史的面目。中国文学史的写作已经有一百多年的历史了，据郑振铎的看法，在他的文学史出来之前，全部都是“肢体残废”的，因为有许多在他看来极有价值的文体和文章完全没有进入文学史，比如唐、五代的“变文”，金、元的“诸宫调”，宋、明的话本，明清的许多宝卷、弹词等。因为这些在之前的编撰者看来不是“权威文体”，是没多大价值的东西。当然一方面也有材料的原因。五四新文学把白话文学视为正宗，于是在1932年郑版的《中国文学史》中，它们得到了极大的重视。但是很有意思的是，五四以后的新文学史的编撰，很少有重视当时的通俗文学的，直到20世纪90年代末期的文学史，才把鸳鸯蝴蝶派、张恨水等的作品编进来。二是“史”的观念——也要具体到“文学史”。我们这里同样引用郑氏的话语。“最早的文学史，只是记载生平和作品”，所以可以被看作“生平和作品鉴赏批评集”。这是没有什么“史”的观念的。但到了郑振铎，已经有鲜明的“史”的意识，因为他要把文学的“变异和进展”以及引起这“变异和进展”的原因揭示出来，可以看到他明显受到丹纳的《艺术哲学》的影响，因为他说要将文学在“某一个环境、时代、人种之下”的变异和进展表现出来，但他没有忘了文学的本质，因为他还说要将文学中“无古今中外的隔膜”的内在的情思和精神表示出来。

“文学史”的写作为什么要不断地推倒重来？——1985年，陈平原等人提出“二十世纪文学概念”，就是要“重写文学史”的意思了；1988年，王晓明、陈思和等正式提出“重写文学史”；2010年，美籍华人学者王德威说到了“重写‘重写文学史’”的时刻了，意思是提出“重写文学史”时代的那些文学观、史观已经跟不上现在的认识了。事实上，文学史一直在不断地被重写，据说中国文学史著作就已经有2000多部了，虽然其中的很大部分可能没什么学术价值，但通过每个时代的代表作我们确实可以清晰地看到它们所代表的文学观和文学史观。就《中国文学史》著作而言，比如游国恩版的，就还是有“阶级论”的痕迹，而章培恒、骆玉明所编著的《中国文学史》，就是明显地以“人性论”和“审美论”作为核心观念的，相比郑振铎版的文学史，它们和《剑桥中国文学史》倒是形成了更为鲜明的反差。

“重写文学史”的要求一般发生在对于文学及文学史观念发生明显的改变，甚至可以称得上是“认识型”发生改变的时候（当然是指学术型的文学史），并且需要积累一定的具体研究成果。《剑桥中国文学史》的写作正是处于这样的时刻。两位主编及参与该书写作的作者都是西方汉学界卓有成就的学者，他们亲历了西方近几十年以来的文学研究新变，也很有学术野心。他们声称要写“一部既有创新性又有说服力的新的文学史”，而它的写成，是西方中国文学研究的发展史上“一个非同寻常的时刻”，对于目前国内的学者也是有启示性的，因为“它与目前国内学者对文学史写作的主流思考与方法有所不同”。最大的不同就在于这是一种“文学文化史”的写法。何谓“文学文化史”？两位编者并没有下定义，但一般的理解应该是将文学置于一个更广阔的文化空间中去理解，把文学看成文化的产物。这样理解的话，其实这也不能完全说是革命性的观念。郑振铎版的文学史观念所说的“环境、时代、人种”也是影响文学的文化因素之几种；钱穆先生在《中国文化与中国文学》中更明确地指出：“欲求了解某一民族之文学特性，必于其文化之全体系中求之。”游国恩版以及新中国成立后我们所编的多种文学史，也讲究马克思主义的“政治社会学批评”，只是常常偏重于“阶级性”，这应该也还在文化视野之内。所以笼统地说，《剑桥中国文学史》建立了文学史叙述的“文化视野”还是不够的，不能很好地说明它的特性。自有文学史写作以来，由于文学本身的不纯粹性，总是多少带有文化的分析眼光的。关键在于，如宇文所安说的，有“新的文化叙事”和“旧的文化叙事”之分，《剑桥中国文学史》属于一种新型的文化叙事。

新的文化叙事的特点，首先在于“文化”的观念，尤其是哪些文化影响文学的观念发生了变化。在经典马克思主义的文化叙事里，政治甚至更窄化一点，和阶级相关的政治，可能变成唯一重要的因素。所以我们在新中国成立后至20世纪80年代初学者所著的文学史里可以看到这一点。郑振铎等人写于民国时期的文学史，文化的范围没有这么狭窄，所以通俗文化、宗教文化等影响文学的诸因素得到了更充分的书写。而受益于西方二十世纪六七十年代以来蓬勃发展的文化研究，《剑桥中国文学史》对于影响文学的文化的理解更为宽泛了，正如学者蒋寅在评论《剑桥中国文学史》时所列举的：“不仅每个时代或时期的开端都以相当的篇幅说明王朝政治、历史和文化的变迁，同时还对彼时特殊的文化现象予以关注，像西汉的刘向校书，东汉的谶纬之学、经学传授及经典化、字书的编纂，梁代的目录、类书编纂，‘南方’和‘北方’观念的建构，唐代的慧能与《坛经》成书、圆仁《入唐求法巡礼行记》对唐代生活的记录，宋初四部大书的编纂、印刷术的普及，明代后期图书出版和藏书风气、城市文化和结社，清初士大夫的文化心态、清中叶今文经学的勃兴，等等”都列入了文化考察的范畴。其实在这里我们看到，除了广泛之外，还有一个特点，就是具体、精细化了。过去马克思主义的宏观文化研究有点空泛，跟文学的关系不是那么可感可触，而对这些具体精细的文化现象的关注则与文学紧密相关。文化的视野既宏大又精细，这大概是《剑桥中国文学史》的一个特点。

其次是“史”的观念。从骨子里说，这是一种更加历史主义的态度，要对历史的复杂性保持警醒。“让不确定的东西保持它的不确定性”；要考虑到“文本是流动的”，是经过了一代又一代读者的“中介”然后再传到我们手上的，要考虑到“中介”对历史的筛选、过滤和建构作用，不要轻易地相信某种叙述就是“客观的历史”。这两者都是新的态度和处理方式。比如过去我们对待不能断定的东西，就很可能会努力从两种或多种判断里勉为其难地“确定”一个，像《野田黄雀行》到底是不是曹植的作品？很可能编写者就不得不处理为“是”或者“不是”，但《剑桥中国文学史》可能会把为什么不能简单说“是”或“不是”的判断根据说出来，保持它的“非确定状态”。《剑桥中国文学史》尤其重视文学文本如何被后世接受和传播，因为这也是当时文学语境的重要组成部分。对于接受史这部分的重视的确是充满新意的，并且很关注后世的“价值取向”如何“重塑了早期作品”。总之，我们可以看到《剑桥中国文学史》编写者的追求：力图还原文学发生发展的活态的和动态的过程。

总的来说，可以说西方二十世纪六七十年代以来逐渐兴盛的文化理论重塑了不少文学史家的文学观和史学观，现在的文学史写作进入“文学文化史”，或者反过来说“文化文学史”阶段了，《剑桥中国文学史》只不过是这波文学史潮流中的一本，当然是集大成的、很宏伟的一本，但我们一定可以看到，而且已经看到了很多文学史都在采用这样的方法重写。国内的古代文学史我们尚未看到这种写法的新著，但在现代文学史方面，最有这个特征的当属杨匡汉等主编的《20 世纪文学经验》了。而国外的文学史，如王德威所言，已经出版的新编法国、德国和美国文学史，也都是这样的路径。关于一切从文化的角度进行分析，织成一个百科全书式的、包罗万象的“文化网”，我们一般认为是一种进步，可是在英国马克思主义学者伊格尔顿看来，未必不是一种妥协或“政治虚弱”的结果。

二、文学文化史的核心：文学的生成与其文化语境之间关系的重建

观念是一回事，具体落实到操作，落实到写作过程的每一个字，又是另一回事。后者是更困难的一件事。比如有了“文学文化史”这样一个观念之后，甚至在确立了“不要按文类，不要按朝代，不要特别注重作家个人”，要将文学文化看成“一个有机的整体”，偏重“文学文化的概览和综述”这样的写作方向之后，如何写成一部真正的“有创新性和有说服力的文学史”，依然是一件千难万难的事情。

两位编者都谈到了分期的问题。分期固然重要，但不是最困难的。《剑桥中国文学史》在分期上可以说做到了“半新不旧”，也可以明显看到它对郑振铎分期观的采纳。郑振铎在《中国文学史》“例言”中表达了这样的意见：“他书大抵抄袭日人的旧著。将中国文学史分为上古、中古、近古及近代的四期，由每期都以易代换姓的表面上的政变为划界。例如中古皆开始于隋，近古期皆终止于明。却不知隋与唐初的文学是很难分别得开的；明末的文坛上的风尚到了清初的几十年间也尚相承变。”我们在《剑桥中国文学史》中看到“文化唐朝”是从武后时期开始的，初唐划入了前一个阶段：“从东晋到初唐。”另外“金末至明初文学”也是单独一章，孙康宜的下卷从明代中期开始。

真正的困难在于语境因素的重建，这也是“文学文化史”写作中的重头

戏。历史已经过去，我们每一个人都只能是在想象中重建历史、解释历史，当文化的范围已经变得如此广泛，我们将某一具体时代的什么看作是影响文学最深切的因素？我们又如何才能叙述清楚这个文化的巨网跟文学现象和具体作家的写作之间的关系？关于这一点，孙康宜教授也有深切体验。“这种叙述方法，在古代部分和汉魏六朝以及唐宋元等时期还是比较容易进行的，但是到了明清和现代时期则变得愈益困难起来。为此，需要对文化史（有时候还包括政治史）的总体有一个清晰的框架。”但是，这个清晰的框架是很难建构起来的。蒋寅先生就指出：“论述清初的有关章节，时而停留在历史变革和文人心态的宏观描述，时而又深入某种文类或作品的细节来说明一个意味着文学精神嬗变的宏大主题，显得缺乏整体结构的清晰和中间层次的充实，或者说在点、线、面三个层次中缺乏线的清晰完整。”一个时代越是复杂和多元，就越是难以建立起一个清晰的总体框架；或者说，一个时代越是靠近作者写作的时代，由于没有拉开距离，也很难分得清文化元素的主次，更不用说找到清晰的线索了。其实不仅清初是这样，哪怕是孙康宜所说的“较容易进行的部分”也是这样。所以王德威在设想他即将进行的新的现代文学史的写作时这样说，要像新编的法国、德国和美国文学史一样，“采用百科全书式、散点透视或辐射的方式，组合无数小故事和篇章，形成脉络极不分明的文学史——没有传统中国文学史编写中一以贯之的起承转合的大叙事，也没有类似‘五四一声炮响产生了新文学’这类叙述，而是完全打散了的格式”。但是这样的方式又是比较挑战人的思维习惯的，如果我们从文学史里读到的是一大堆“文化”的零件，作者难以组装成结构（或者怀疑这种组装的真实性），那读者就更加难以组装了。《剑桥中国文学史》并没有采用如此激进的方式，它还是尽力在连缀某种因果的，只是有时候心有余力不足。很多时候似乎是这样的：文学的文化语境分析变成了很多具体文化因素的罗列，以至于我们要怀疑到底如何理解“文学文化史”这个概念？落脚点到底是在文化史还是文学史？这也是已经看到历史复杂性和不稳定性的现代学者在挑战叙述极限时给自己出的难题。但我们也要看到它已有的成绩，比如对晚明和现代部分的叙述其实都是比较清晰并有相当的深度的。现代部分尤其难得，因为它基本上还是被当作煌煌一部中国文学史的“尾巴”来处理的，给予它的篇幅很短小，需要在高度浓缩的前提下进行复杂叙述，但跟国内详述的现代文学史相比，它还是有知识和观念上的创新之处。

三、效果反思：被揭示的与被遮蔽的

“文学文化史”的写法的揭示作用我们是不能不承认的。我们不能总是在某一件事物的内部谈论某一件事物，总是要跳出来才能看得更清楚。同样，文学文化史的写作也揭示过去不曾看到的东西。从某些方面来说，它更加接近文学的真相。正如宇文所安所说：“我们知道怎么审视以前很少用到的资料，而在我们熟悉的资料里，我们也发现了令人惊讶的新东西。我们开始对熟悉的材料提出新问题，而这些问题其实也是一些很明显的问题。”当然，一部文学史不可能面面俱到，即使是一部两卷本的、多达 112 万字（尚不包括当代部分）的文学史，依然不可能面面俱到。孙康宜和宇文所安两位教授已经在《剑桥中国文学史》的序言部分讲明了他们的取舍：“我们在大多数情况下更关注历史语境和写作方式而非作家个人，除非作家的生平（不管真实与否）已经与其作品的接受融为一体。”“着重点不以个别作家或人物为主，而是偏于讨论当时写作形式和风格的产生与发展，特别是对文学多样性的追求。”（下卷，第 14 页）但是，其实这本文学史还是讨论了不少作家的，单独作为一节列出来的就有不少，如赵壹、蔡邕、阮籍、嵇康、陶渊明、苏轼、欧阳修、袁枚等都有单节列出，有些作家甚至讲得非常细致，如对于袁枚的讲述。令人不满意的在于，对于一些对中国文学来说极其伟大的作家，给予他们的篇幅太少了，比如屈原、司马迁、李白、杜甫、李清照等，关汉卿甚至完全没有出现。李白是放在盛唐里讲的，李清照则放到南宋的“词”一节里去讲，都是把他们当成当时众多诗人和词人中的一个，李清照甚至只有不到一页的篇幅。其实关键还不在篇幅和放在哪里讲，而是在于对他们的评价，对他们的文学之精神内涵的揭示有太多保留了，以至于给人感觉总体上降低了中国文学的精神内涵。比如对李清照，“大多数学者认为她的词充分符合她自订的标准。李清照作品的一大特色是严守声律，兼用文学语言与白话以抒情”。虽说没错，但止于此却是过于保留了。对于李白，“李白具有戏剧性的天赋；他创造出一个怪人、饮者和道家子弟的自我形象，并通过诗歌宣传、推销这一形象”；“他是中国最早的‘职业诗人’。他豪放夸大的诗歌人格是他职业的一部分”。且不说这里是不是有史料真实性的问题，因为也有人说李白是做矿山生意的，他“轻舟已过万重山”是在跑生意（同样需要考证），根本不需要去不断寻找“供食者”或“资助人”，即使是这样的“职业诗人”，李白的诗歌成就也需要得到更好的评价。其实，避免对作家或诗人的人格以及作品的精神内涵进行肯定性的评价，似乎是《剑桥中国文学史》的很重要的一个特点，无论是对司马迁、屈原、陶渊明还是李白，都是如此，不断地提醒读者这是他们塑造的“自我形象”，或者是后世解读出来的形象，至于真实的是什么当然也无法提供。所以我说《剑桥中国文学史》的作者们在“接受美学”或“传播学”或“建构主义”理论的烛照下，的确发现了一些东西，但又似乎遮蔽了更重要的东西，使得中国文学的精神深度的揭示受损，以至于很难感受到这些作者的魅力，不太能起到吸引读者进一步去了解的作用。

当然，总的来说，《剑桥中国文学史》还是一部了不起的著作，尤其是像柯马丁、宇文所安这样纯粹的外国人，把中国古代文化搞得这么清楚，令作为中国人的我实在是非常钦佩的。《剑桥中国文学史》从行文风格上来说，也很令人喜欢，非常深入浅出，并能保持某种个性化（这当然与译文也有关系）。指出它的某些不足，并不妨碍我对它的欣赏。

“历史”与当代文学史叙述

杨汤琛

（华南农业大学人文与法学学院中文系）

从“史”述的角度而言，较之边界清晰、意义稳固的古代文学史叙述，当代文学史的课堂讲授因其与现实的紧密纠缠、无限指向当下的特性而一直处于不断自我展开与调整之中。特别在1988年，陈思和、王晓明于《上海文学》开辟“重写文学史”专栏提倡重写文学史之后，不仅有诸多大家引领重写文学史的浪潮，不少地方院校亦轰轰烈烈卷入了重写的洪流。于是，课堂上有关当代文学历史的讲述亦处于不断变更之中；显然，对照似乎更趋于稳定、科学的古代文学史，当代文学史更易被纳入当下的意义编码之中，成为历史与当下、文学与政治、价值判断与意识形态之间不断牵扯的话语形态，由此而衍生出有关“史”的不同叙述话语。与此同时，各种牵扯也不免带来文学史叙述的诸种难题。洪子诚便深感当代文学史研究总是处于问题的漩涡之内，“当代文学史研究一开始便会遇到几个相互关联的问题。其一是对‘历史’的理解；其二是文学史究竟是‘文学’还是‘历史’；其三是‘当代文学史’的可能性问题”①。这些问题宛如一个巨大的黑洞，不断生产问题并诱惑研究者逐步深入问题。其中，洪子诚所言的“对‘历史’的理解”，显然仍是一个亟待展开和深入的生产性问题，也是当代文学史叙述过程中的焦点问题。

一、“当代”与历史讲述

如何将当代纳入有效的课堂上的历史叙述，似乎一直是个难题。高华称：“以中国传统而言，当代人不修当代史是一个约定俗成的习惯。从大的方面

---

① 洪子诚：《问题与方法：中国当代文学史研究讲稿》，北京：生活·读书·新知三联书店2002年版，第16页。

讲，这是中国历史上的文化专制主义的深厚影响；从另一个方面讲，当代人研究当代历史确实存在着资料开放不足、研究者的主观价值判断是否节制、利益关系的牵制等诸多因素的局限。”① 作为当代史的一种，当代文学史的历史叙述也一直遭到高华所言的质疑，往往被一些学者视为不可靠的叙述，著名的文学史专家唐弢就表示“当代文学不宜写史”②。

毋庸讳言，当代文学史的教学与古代、现代文学史教学是不同的。它是一种身处其中的讲述，讲述者处于被讲述者的发展、变化之中，讲述者与被讲述者大多共享同一时空，他们之间可能产生文学之外复杂的人际纠葛关系；讲与被讲之间更缺乏时间的睽隔、有效的淘洗，可以说，当代文学这一历史叙述结构本身就隐藏了因时间的贴近而造成的历史盲区。就高华所谈的疑虑而言，“当代”入史的困境或者可转换为如下问题：其一，意识形态的规约问题；其二，资料的开放性问题；其三，叙述主体与被叙述者之间的现实关系问题（高华所言的研究者的主观价值判断是否节制、利益关系的牵制等诸多因素的局限）。意识形态的规约相应限制了当代文学史叙述的思想自由，不同的社会语境下会由此出现依据不同意识形态而建构的当代文学的认知框架。以当代文学中的“经典”介绍为例，新中国成立伊始，“三红一创”（《红日》《红岩》《红旗谱》《创业史》）、“青山保林”（《青春之歌》《山乡巨变》《保卫延安》《林海雪原》）被奉为经典，但至“文革”时期，很快被八个样板戏取而代之；新时期以来，朦胧诗、伤痕文学、寻根小说开始纷纷确立自身的经典位置，而随着时代的切近，新经典的生成焦虑又开始萦绕当代评论者，并急欲在课堂的经典讲述上占据空间。张清华发出呼吁：“当代文学的六十年中，尽管人们不承认已经出现了伟大的作家，但是毫无疑问，其间几乎已经出现了‘伟大的作品’，这些作品就在90年代以来陆续问世的长篇小说里，在《活着》《九月寓言》《废都》《长恨歌》《许三观卖血记》《丰乳肥臀》《檀香刑》《人面桃花》里，它们无论在作品的思想含量、艺术的复杂与成熟的程度上，都远远超过了现代文学中的经典文本。”③ 张清华不但要将90年代以来的这批先锋作品纳入经典的谱系，而且将以往的现代文学经典进行了降格。在线性时间内，当代文学的经典构成随之起伏不定，发生了剧烈的变动，

---

① 高华：《叙事视角的多样性与当代史研究》，《南京大学学报》2003年第3期。

② 唐弢：《当代文学不宜写史》，《文艺报》，1985年10月29日。

③ 张清华：《在历史化与当代性之间——关于当代文学研究与批评状况的思考》，《文艺研究》2009年第12期。

它的极端不稳定性俨然受到了不同时期的政治、文化等意识形态的内在规约；如果说意识形态的限制造成了当代文学叙述的频繁更迭，那么鉴于文学当事人的忌惮、国家的保密性要求，某些重要的文化资料未能解禁，则使得当代文学史在史料的占有上也变得拘束；除了上述时代、体制的原因，具体到个人，处于同一时空的叙述主体与叙述对象之间因立场、情感、位置的不同，往往发生复杂的作用关系，从而会影响高华所言的叙述主体的主观价值判断。有的作家可能与文学史家有个人恩怨，这种利害关系或隐或显会影响到当代文学史的处理，这都是当代文学史教学在实际进程中因时间过于贴近而必然发生的难题。

“当代”的时间性固然会带来上述种种讲述的难题，同时，它也是一把双刃剑，在制造障碍的同时，“当代”也在不断拓展当代文学史叙述的历史空间。在洪子诚看来，“当代”对于历史所造成的障碍，在某些层面亦凸显了“当代”文学史的独特性与更多的可能性，针对时间距离近而不利作史的惯论，洪子诚指出：“但是从另一面说，当代人研究亲身经历、见闻的一些事情，也有后来人不能取代的长处，提供后来者难以提供的叙述。他的亲身参与，他的见闻，他的感受，他个人和同时代人的情感、心理反应，不是后来的人通过想象、猜测所能把握的。问题是能不能把这些转化为一种洞见的优势，而不是成为固执、褊狭的屏障。”① 带有历史体温的当代文学史写作固然不可避免地会携带个体的情绪与偏见，然而，如果能将之转化为某一个角度的洞见，未尝不能呈现更清晰的文学脉络、留下更真实的时代气氛。当代文学史叙述共时的优势自然是远距离地将文学作为一个客观对象来讲述的古代文学史所难以具备的。

从时间的维度上而言，“当代”是一种仍无限朝向未来展开、尚未被充分历史化的时间。它置身于过去与未来之间，处于两者之间的紧张关系之中，可谓是变化途中的“中间物”。由此，它不仅能够激化历史问题，也内在地将未来问题包含其中。从这个层面来说，当代文学的存在更具意识形态方面的紧张，如何调整当代文学史叙述与意识形态之间的关系，一直是当代文学史叙述争斗的焦点。90 年代以来，在“重写文学史”的风潮下，50—60 年代所形成的烙上强烈政治意识形态印记的文学史书写成为众矢之的。不少当代文学史书写强调文学的独立传统，突出“文学性”作为作品自身固有的属性，

---

① 洪子诚：《问题与方法：中国当代文学史研究讲稿》，北京：生活·读书·新知三联书店 2002 年版，第 52 页。

急欲解除文学身上被赋予的意识形态的负累，从而生产出一批作品论式的当代文学史及其教学方法，其中陈思和的《中国当代文学史教程》以及相关教学可谓这一风潮中的典范。对于这类流行的方式，洪子诚强调当代文学史教学“而要考察对象产生的语境（即它是从什么样的土壤里生长出来的），以及它的内部逻辑”①。正是基于这一思考，《中国当代文学史》侧重从文学的社会角度展开论述，更多注意文学变迁与社会生活诸因素的关联，将文学的“外部”与“内部”进行有机的关联研究。在他看来，政治印证式的文学史叙述固然值得警惕，而主张回到文学的当代文学史叙写同样需要质疑，这是因为“对一种不为社会政治问题‘束缚’的文学的提倡，在中国现实环境中，或者是自觉对抗文学激进力量的，或者虽是无意，但在文坛格局中，实际上成为一种对抗性力量。这就是说，摆脱政治束缚的文学主张，就是一种政治主张。加上中国文人的心理传统，使有关文学‘独立’的诉求，总带有复杂的、可疑的品性”②。在洪子诚看来，身处“当代”之中的当代文学史叙述的意识形态性不可避免，无论遵循或对抗，都无法逃离这一政治场域。这一观点与张旭东所指认的当代文学史的当代性所见略同。张旭东将当代文学史视为政治性的文学概念，因为“现代文学、古代文学、文学理论，都只有史的含义，而当代文学总体上同‘历史’和‘知识’对应或对抗，因为它存在的本体论形态是行动、是实践、是试验、是冒险，是选择、判断和决定”③。作为实践的、行动的当代文学，对它的“史”的叙述自然也是实践而行动的，其中作品的选择与排除、价值判断与决定无不濡染当下的意识形态色彩。既然无意识形态负担的当代文学史叙述已然是一个伪命题，那么，如何处理政治与文学的关系自然成为当代文学史书写“当下”的关键。洪子诚的《中国当代文学史》摈弃了庸俗的社会学方法，不再将文学看成政治的机械反应，同时，他又积极寻找当代文学之美学品性的外在发生机制，将社会体制、经济机制变成文学生产的一部分。由此，他讨论的是当代文学历史叙事的形成，即探究在当代文学的形成过程中政治体制、经济形态扮演了什么角色。这一叙“史”的方法有效突破了文学与政治的二元对立，其意义正如贺桂梅所概

---

① 洪子诚：《当代文学史教学及其他》，《海南师范大学学报》2009 年第 1 期。

② 洪子诚：《问题与方法：中国当代文学史研究讲稿》，北京：生活·读书·新知三联书店 2002 年版，第 152 – 153 页。

③ 张旭东：《当代性·先锋性·世界性——关于当代文学六十年的对话》，《学术月刊》2009 年第 10 期。

括的：“重新思考文学的政治实践能量，显然并不是重新回到那种斯大林式的政治化约论，而应当是探讨如何借助‘文学’这个媒介去实践并丰富政治构想。正是在这一点上，洪子诚文学史并不应当被当成文学与政治二元论的替代品受到批判。恰恰相反，这种文学史在叙述体例上达到的深度，它对文学体制与文学形态之间关联性的历史考察和对文学自身历史性的思考向度，尤其是它揭示出来的，文学具体地被转化为政治实践的历史过程的描述，应当成为我们思考今天历史条件下文学存在方式及其政治实践可能性的重要参照。”① 洪子诚的这种回到问题场域，注重文学外在生态与审美品格之联动关系的“当下”叙述，自然为高校教师如何处理当代语境与当代文学之关系提供了有益的借鉴。

二、历史分期与文学史讲述

当代文学史在“历史”分类中当属于断代史，即对“当代”这一时段的文学加以组织归纳，整合为一个可被认识并传播的理性的历史话语体。在话语叙述展开之际，如何处理当代的自然时间与社会时间，如何对时间点进行选择、凸显，如何论断开端与转折等问题使得文学史分期首先成为文学史叙述无法绕开的漩涡。以时间为界的文学史分期的划分与限定，不仅便于文学事件的线性展开，而且以自然而权威的方式展现了文学发展的路向，也内在规约了当代文学的性质与历史价值。正因如此，大多数的叙述者都力图对当代文学的发生、发展进行清晰的划分，力求以井然有序的方式勾勒出当代文学的进化地图。然而，由于标准的驳杂，当代文学史的分期一直处于不断调整与分化之中，而在其不断修改的分期标准背后不难窥见叙述者话语逻辑的嬗变。

当代文学史的分期问题可谓当代文学史教学难题的表征之一。要对时间上阈仍有争议、下阈仍在展开的当代文学作出学理性的描述与评价，进行合乎逻辑的理性归纳，文学分期自然成为叙述者必需的述史手法。目前，当代文学史的分期模式大致可归为如下四类，这也是多数高校教师在讲述分期时普遍遵循的思路。一类是参照古代文学史所奉行的朝代更替模式，将政权的更迭抑或标志性的政治事件作为文学史分期的依据，如辛亥革命、新中国成立、“反右”运动、“四人帮”的覆亡等；二十二院校编写组集体编撰的《中

---

① 贺桂梅：《文学性与当代性——洪子诚的当代文学史研究》，《文艺争鸣》2010 年第 5 期。

国当代文学史》依据历年发生的大的政治运动将当代文学进行了阶段划分：（一）开拓时期（1949—1956），（二）在曲折中前进时期（1957—1965），（三）“文化大革命”时期（1966—1976），（四）新时期（1976 年 10 月至今）。与此类似，张钟的《当代文学概观》将当代文学发展与重大社会变迁相勾连，将之分为“十七年”时期、“文化大革命”时期和实现“四个现代化”的新时期。这类将文学史分期与政治史分期相重叠的方式，指认现实政治框架的转换引发文学的转换，其分期方式固然简明扼要，但无疑遮蔽了文学自身发展的独特形态，文学史被简化为一部政治进化史。第二类则将文学史上的文学会议作为文学转折的标杆，如 1942 年延安座谈会议、1949 年第一次全国文代会、1979 年第四次文代会均作为转折点纳入文学分期的论述中，文学会议主题的宣扬以及由上至下的规定的执行，被视为当代文学发展的主动力。唐弢主编的《中国现代文学史》指出第一次全国文代会的召开“标志着我国新民主主义革命时期文学历史的结束和社会主义时期文学历史的开始”①。朱寨编著的《中国当代文学思潮史》有这样的判断：“新的历史阶段，具体到当代文学思潮的发展，则是从一九四九年七月召开的全国第一次文代会到一九七九年十月召开的全国第四次文代会这段时间。前者是中国当代文学思潮史的新起点，后者是中国当代文学思潮进入一个新时期的历史转折的标志。”②陈思和的《中国当代文学史教程》虽然强调以文学作品为主线，但在文学分期上仍以文代会的召开作为划分依据。以文学会议作为当代文学发展的连接点，似乎规避了将外在政治事件与文学发展相勾连的僵化论述，但又陷入了另一种风险：“过度强调文学会议在文学史发展进程中的界标意义，确实存在着一种潜在的风险，那就是政治标准优先的倾向，使研究者陷入预设的陷阱中，从而忽略了文学发展进程中被政治标准和意识形态所压抑乃至遮蔽的文学追求，以单一的标准漠视文学发展的丰富性和复杂性。”③ 毕竟当代以来，文学会议的召开往往与政治斗争、意识形态之间有着千丝万缕的关联。第三类则以自然时间为段，强调在自然时间发展中的文学变化，如将当代文学划分为五十年代文学、八十年代文学、九十年代文学乃至新世纪文学，并从代

① 唐弢、严家炎主编：《中国现代文学史》（三），北京：人民文学出版社 1980 年版，第 482 页。

② 朱寨编著：《中国当代文学思潮史》，北京：人民文学出版社 1987 年版，第 12 页。

③ 黄发有：《文学会议与中国现当代文学史的分期问题》，《中国现代文学研究丛刊》2013 年第 8 期。

际的分野出发，将作家分为五十年代作家、六十年代作家、七十年代作家、八〇后作家等。然而这类看来似乎最客观的分期模式是否就一定陈述了“事实”？海登·怀特指出：“时间顺序系列指按照事件最初发生的时间顺序来排列事实的顺序。历史学家根据事件的时间排列来编织‘到底发生了什么’的故事，但是事件的时间顺序表已经预先被编码了。”① 显然，自然时间的分类也隐含了叙述者内在的编码方式，似乎随着代际的更迭，文学正朝着进化的阶梯逐一前进，而这一时间的演化历程是否就代表了文学的演化历程，显然值得商榷。第四类则自 1985 年之后，随着学界提出的“二十世纪中国文学”“新文学整体观”等一系列概念，掀起了现代文学史起点重新界定及其分期重新规划的热潮。严家炎主编的《二十世纪中国文学史》大胆拓宽了研究的边界，将现代文学的起点前移到 19 世纪 80 年代末，旨在打通晚清至当下的文学发展脉络；朱栋霖等主编的《中国现代文学史 1917—1997》将现当代文学史合为一体，有力地呼应了学界所倡的“二十世纪中国文学”的思潮；孔范今主编的《二十世纪中国文学史》展开了从晚清至新时期的宏大叙事，也将现代文学的起点落至 1898 年。这一编写策略虽打通了现代与当代的文学发展脉络，提供了重新认识历史的契机，但也可能有意淡化、回避了不同时段的差异与冲突，在某个层面上丧失了把握历史的丰富性。

检视上述文学史分期叙述，大致遵循了两种不同的话语逻辑：政治的话语逻辑与现代化的话语逻辑。所谓政治的话语逻辑即是“一种将政治社会进程与文学进程直接联系，以文学社会政治性质作为依据的文学史框架”②。在这一逻辑下，文学史的发生发展与政治运动扭结在一起，文学成为政治运动的消极摹本与症候性呈现，如王瑶在《中国新文学史稿》中所强调，新文学的历史“是中国新民主主义革命三十年来在文学领域上的斗争和表现”③。反帝反封建文学、共和国文学、改革开放之后的文学等成为这种叙事的基本主题，这一叙事框架突出彰显了政治运动与革命组织对推动文学历史前行的重大作用，在长达几十年的当代文学史叙述中，它是占绝对支配地位的主流叙述。现代化的话语逻辑自 20 世纪 80 年代黄子平、钱理群、陈平原首倡“二十世纪中国文学”始，逐渐成为普适性的文学史叙述话语，它指认 20 世纪文

---

① 海登·怀特：《作为文学虚构的历史本文》，张京媛主编：《新历史主义与文学批评》，北京：北京大学出版社 1993 年版，第 170 页。

② 洪子诚：《中国当代文学史·前言》，北京：北京大学出版社 1999 年版。

③ 王瑶：《中国新文学史稿》（上册），北京：开明书店 1951 年版。

学发展是一个从“传统”向“现代”的进化过程，呈现的是如何挣脱“传统”的束缚而自由进入“现代”所发生的诸类转折、调整与矛盾。如陈平原所承认的，主导“二十世纪中国文学”的正是一种“现代化叙事”：“光打通近代、现代、当代还不够，关键是背后的文化理想。说白了，就是用‘现代化叙事’来取代此前一直沿用的阶级斗争眼光。”① 现代性叙述是文学史叙事方式的全面转换，它将中国近代以来的文学历史置于一个现代化进程下的世界背景中来叙述，其背后始终隐藏了这么一种认知逻辑，即应将中国现当代文学史看成文学现代化及其现代性追求的进化、演变史。这种代表了新的知识范式的“现代化理论”，在全面扭转政治话语的同时，也同样带来了理论的遮蔽，钱理群曾提及王瑶的质疑：“你们讲二十世纪为什么不讲殖民帝国的瓦解，第三世界的兴起，不讲（或少讲，或只从消极方面讲）马克思主义，共产主义运动与俄国的影响？”② “不讲”显然在构建另一套话语装置的同时，将20世纪文学内部的丰富性与内在矛盾给省略了，20世纪文学由此成为“单一现代性”发展逻辑下的一种印证。

不同话语逻辑支配下的当代文学史分期，在将文学发展史清晰化的同时也有意无意省略了难以纳入分期逻辑的文学事件。这对未来的当代文学史叙述提出了新的问题，即如何在政治的、文学的、文化的诸类场域下有效调适当代文学史叙述，寻求更贴近文学真实的分期方式。就当下的文学史编写方式而言，洪子诚的《中国当代文学史》展开了一种颇具问题意识与启发性的文学史叙述，它跳出了线性的先验式划分模式，设法将当代文学发生中的问题置入到具体历史情境中去观察，历史的时间不再是某种划分的标记，而是转化为问题的一部分。如在考察20世纪40年代末当代文学的转折和断裂时，洪子诚没有对之进行粗暴的论断，而是从出版、作家身份、政治生态等种种共时关系中去寻求文学变化的原因，揭示当代文学生成的秘密，“‘转折’和‘断裂’，在我的理解中，不仅仅是表现为一种‘新’的文学观念和文学形态的出现。……这个‘转折’和‘断裂’还表现为 40 年代不同的文学成分、文学力量之间的关系的重组，位置、关系的变动和重构的过程。即从文学

① 查建英主编：《八十年代：访谈录》，北京：生活·读书·新知三联书店2006年版，第128页。

② 钱理群：《矛盾与困惑中的写作》，《文学评论》1999年第1期。

'场域'的内部结构的分析上来把握这个问题"①。正是基于问题的自觉性，洪子诚的这种基于时间内部的清理，让我们更清晰地看到了时间进程下的当代文学的内在逻辑及其生成的历史条件。洪子诚回到时间内部的书写，或许能对惯于强调转折与断裂的文学史分期起到纠正的作用，也在争执四起的文学分期之外开辟了一条更切合文学发展实际的叙述思路。

三、"历史"遮蔽与恢复的可能性

就当代文学史教学而言，我们不难发现，虽然现当代文学的发展不逾百年，其体系化的讲述程度却毫不逊色于成熟周全的古代文学史教学。分期的限定、思潮的概括、流派的梳理等成为众多当代文学史教学的习惯手法，教学者与文学史的编撰者无不意欲建构一个脉络分明、规律清晰的当代文学体系，使之成为体大精深的知识范本。固然，条分缕析的体制建立、言之凿凿的概念定义有利于制作一个明晰的知识谱系，便于向学生传授讲解。然而，体系化的确立在将某些可行的历史纳入的同时，也必然遮蔽了与体系不兼容的"历史"。体系作为一个被制造的构架，它在进行自我建构的同时，也天然对历史进行有效的分离与遮蔽。如有的学者所言，在这一体系化过程中，"'话语'与'历史'构成了'符号'与'意义'的对应关系，达成了'能指'与'所指'的共谋，并实现了'此历史场域'的锁定与'彼历史空间'的消解。因此，文学史的体系愈大而全，恐怕丢失的文学内容愈多；文学史的体系愈秩序井然，其遮蔽的文学内容也许愈加严实"②。

显然，当代文学史叙述在体系架构上的苦心孤诣，在凸显某些史实的同时，也相应遮蔽了历史的丰富与多元。对于体系制造的诟病已日益被当代学界所警醒。然而，体系制造毕竟只是当代文学史叙述的表征，也是文学史教学中无可奈何的形式抉择，完全抛弃体系化教学，可能会让学生陷入知识接受的迷惘之中；因而，更值得我们追问的当是历史选择与历史遮蔽背后所浮动的历史想象，它们才是操控体系建构的魅影。而当代文学史叙述背后的历史想象与当代文学的"当代性"如影相随。如前所言，当代文学所天然具有

① 洪子诚：《问题与方法：中国当代文学史研究讲稿》，北京：生活·读书·新知三联书店2002年版，第133页。

② 斯炎伟：《知识负累与史实可能——讲述中国当代文学史的一种方法》，《学术月刊》2013年第5期。

的“当下性”使得其有关叙述既指向历史又指向未来。未来成为高悬于当下与历史之上的规约，各类叙述由此需要建构未来指向下的历史总体性，并由此建立一种具有整体意义与可发展性的历史想象体。无论是早期政治化的文学史叙述，抑或“重写文学史”思路下审美化的文学史叙述，它们均服从于某一种固有的历史想象，证明某一种论辩的合理性，从政治的、审美的指向出发建构起有关文学事实的描述与评价，构造出类似于正确历史的文学史文本，从而给人以这种幻觉：“文学史意味着某种坚硬的、无可辩驳的事实描述，这样的描述避免了种种时尚趣味的干扰而成为一种可以信赖的知识。”①然而，正是这种“无可辩驳的事实描述”的幻觉式叙述，在指向未来的想象性叙述与“事实”之间进行了替换。一批早期成文的当代文学史，其书写逻辑指向的是社会主义文学的不断上升与进化；而随着 20 世纪 80 年代人道主义精神的呼吁、革命意识形态的反思以及西方各类思潮蜂拥而入，审美现代性成为新的书写逻辑指向，一些文学史编写应势将“文革”文学、大众文艺进行削减、删除，五六十年代被奉为经典的作家作品要么一笔带过，要么直接消失，而当时因政治情势被压制乃至未得发表的作品，因被指认为具有人道主义精神而被重新纳入经典论述。“历史”由此成为被选择的历史，“历史”变成某一理念的有效验证而被纳入叙述编织中，完成了对于当代文学历史的定型想象。

源自不同指向的历史想象所辖管的历史叙述必然忽略了当代文学更为具体、个性化的层面，从而出现理论的有效与具体实践无效之间的错位，当代文学史叙述大多沦为从不同历史想象逻辑出发而加以演绎的衍生物（体系的建立便是表征之一）。有学者从哲学的层面将之归纳为唯理主义思维模式下的先验论在作祟：“唯理主义的影响深远，它以一种潜意识左右着人们的思维逻辑。80 年代以来，西方各种理论体系不断以新潮的面貌进入中国思想界，其中仍有不少包含着旧有的先验论的余脉，它的特点是以预设的命题、先验的原则，来演绎、框就鲜活独特的文学经验，导致判断与结论的僵滞与失效。”② 或者，正是源于预设的命题、先验的原则与鲜活独特的当代文学经验之间的龃龉，当代文学史叙述总陷入争议四起的泥淖之中。

那么，如何在教学课堂上带领学生重返历史现场，祛除形形色色历史想

---

① 南帆：《文学史与经典》，《文艺理论研究》1998 年第 5 期。

② 俞兆平：《中国文学研究中的唯理主义与经验主义》，《天津社会科学》2016 年第 2 期。

象之下的历史遮蔽？从某一个角度出发所重返的历史，会不会由此带来新一轮的遮蔽？近年来，学界在破解当代文学史的历史叙述难题上，获得了一些可贵的共识，其中最具可行性的，莫过于强调当代文献史料的有效引入。2010 年、2011 年国家社科基金委员会连续两年通过了当代文学文献史料问题研究的项目申请，它们是浙江大学吴秀明主持的“中国当代文学文献史料问题研究”（2010 年）、中国人民大学程光炜主持的“当代文学文献史料长编”（2011 年）。对当代文学史史料的重视，意味着学界共同体对以往先验性的叙述模式开始了自觉的反思。事实上，早在当代文学文献史料问题成为共识之前，已有一定的当代文学史料研究成果问世。20 世纪 80 年代，推出了由茅盾作序、众多大专院校合作编撰的“中国当代文学研究资料丛书”。另外，《文学争鸣档案》《中国当代文学史料选》等史料性质书籍的出版也意味着当代文学史料梳理早被一些有识之士所重视。十几年前，洪子诚便诚恳地反思了宏观叙事的弊端，呼吁史料的引入——“文学史的研究、写作不可能离开史料，史料不仅是学科建设的基础，也具有推动学科发展的作用。当然，在当代的史料发现、搜集受到许多限制的情况下，这方面也还是有许多工作等待我们去做。在一般的想法里，会觉得当代离我们这么近，不存在史料的搜集、整理问题。这造成了当代文学研究出现过多笼统的、‘宏观’叙事的东西。用类乎‘主流话语’、‘国家意识形态’等概念代替具体分析。”①

显然，面对某种先验性的历史想象下的文学史叙述，开放的史料引入足以抵御其封闭性从而有效解构洪子诚所警惕的主流话语惯性下的宏观叙事。譬如陈思和主编的《中国当代文学史教程》，它通过挖掘《无梦楼随笔》等一批未被纳入主流文学叙述的文学史料，呈现了所谓一体化时代下，文学生态的多样性与复杂性。陈思和以大量被遮蔽的当代文献为据，借此推出的“潜在写作”可谓对彼时固定的一元化的当代文学史叙述进行了有力的解构。洪子诚在论述 50 年代一体化文学进程时，也是通过对大量史料的梳理，指出一体化文学形态内部的分裂与矛盾。这些与主流叙述充满对峙与差异化的史料的进入，有利于打破一元化历史叙述的话语霸权，将历史从权威叙述下解放出来，充分释放历史应有的丰富性。值得注意的是，需要引入的史料并非被某种话语逻辑所编排的叙事性“史料”，它们是挣脱了先验的理念统治、未经过主观加工与体系化的原始材料，因而，它们往往是片段性、碎片化的存

① 洪子诚、钱文亮：《当代文学史研究中的史料问题》，《文艺争鸣》2003 年第 1 期。

在，这些材料可能相互龃龉，甚至在某一事件上呈现出南辕北辙的状态，但正因如此，它们的引入才充分体现了历史本来的暧昧与丰富，使得当代文学史叙述成为具有生产性的不竭的历史运动。

当代文学史的史料不仅包括未被发掘的作家作品，也包括当代的政策制定、政治运动的发生发展、作家的私人书写及访谈等。将立体、多面的上述材料引入当代文学史教学，或许如陈平原所言能够更好地触摸历史："触摸历史，不外是借助细节、重建现场；借助文本，钩沉思想；借助个案，呈现进程。"① 与触摸历史相对的则是概念化的文学史叙述，加之不少当代文学史是基于教材而展开的叙述，"对于教科书，人们似乎早有一种默契，那就是要在材料、观点上力求保稳，避免将争论失误带到课堂，在学生中埋下疑问和歧见，乃至损害教科书及教员的权威形象"②。基于上述"保稳"意识，鲜活的历史细节往往因为难以归纳、抑或有损作家作品形象而被抛弃，从而成为被隐匿的真实。于是，当代文学史教学所叙述的作家往往成为一连串头衔与作品的符号体，文艺运动的路线斗争化身为抽象的概念矛盾，作品成为机械的思想内容、审美风格的集合。而引入当代文学发展历程中细节化、生活化、个性化的材料，更能有效"重建现场""呈现进程"，比如给学生讲述确立了新文学方向的第一次文代会，除了例行的内容介绍与意义概括外，还可以纳入文代会上所发生的一些更丰富的历史细节。如郭沫若在会上对萧军的点名批评，丁玲与沈从文的不同遭遇等，这些个案更能从细部反映转折时代的复杂语境，让学生在历史细节与历史发展之间建立起可供感性触摸的逻辑关联；又如论述朦胧诗，或可结合北岛、徐晓等当事人的回忆性书写，展示"今天"诗人群的日常生活——他们如何聚会、如何在广场张贴诗作、如何跑到诗歌类杂志社毛遂自荐等，从这些更贴近日常的生活形态出发，引导学生感受20世纪80年代初期知识青年的思想萌动及其朦胧诗歌的精神特质。

无疑，当代文学史的历史叙述仍是一个有待探索的问题性叙述，历史在固定当代文学的同时，将不断被当代文学所修正、篡改，当代文学教学实践在进行历史叙述的同时，亦难免被历史叙述所封闭。或许，历史与当代的悖论性关系使得历史与当代文学史的教学永远处于不息的搏斗之中，也永远处在问题的漩涡之内。这就要求教师在课堂授课时，要充分向学生展示当代文学史内部的动荡性与发展性，引导学生从动态的、矛盾的历史内部出发建立对当代文学史的多元理解。

---

① 陈平原：《触摸历史与进入五四》，北京：北京大学出版社2005年版，第5页。

② 戴燕：《文学史的权力》，北京：北京大学出版社2002年版，第93页。

文化政治与中国现代文学的主体性逻辑

——张旭东"鲁迅重读"的比较视野与批评方法

郑焕钊
（暨南大学中文系）

中国文学现代性问题的凸显，是在20世纪90年代，随着西方后现代主义话语对现代话语的质疑、颠覆和解构情况的出现，作为中国现代文学之根基的"现代性"面临着合法性危机，从文艺学界开始，并进一步引发中国现当代文学界重视的"重估现代性"思潮。但是，首先，正如李怡所指出的，由于这种重估本身所依赖的理论资源主要是西方的现代性理论，包括"两种现代性"理论、"公共空间""民族国家"等，这些理论在西方语境中产生并有其明确的现实指向，但由于中西知识分子的思想传统不同，使得这些理论被搬进来阐释中国现代性问题产生方凿圆枘的问题，其根本在于中西现代性问题的体验性结构不同。与西方在解决了物质生存空间之后所面临的时间性体验的差异不同，中国现代性问题始终与现代生存空间的开拓和争取息息相关。其次，忽视中国文学现代性的"文学性"问题，往往以理论、概念本身来取代具体的文学阅读体验，无视中国现代作家在面对生存空间问题时的个体心灵，从而无法对不同于西方文学现代主义的中国现代文学传统进行有效的把握。"重估现代性问题"与"中国现代文学传统"具有承继关系。前者发端于宋剑华与杨春时于1996年引发的中国现代文学的近代性与现代性的性质的讨论，其核心的问题在于中国现代文学是否具有现代性，并进而引发了何为中国文学现代性的争论。后者则是在对中国文学具有现代性的基本共识下，在古今、中西的对比中，来建立中国文学现代性的主体性——伟大传统——的学术努力。在这一过程中，对中国文学现代性的讨论，从有无现代性、何种现代性到现代性的阐释，讨论在不断地深入。但是，这种讨论或偏于中国文学与世界文学的关系的文学内在视角，或者偏于社会政治与文学关系的外部视角，却缺乏一种能够将内部与外部视角同时包含在内的讨论方式，从而对“中国”“文学”“现代性”三者关系内在关联的深入探讨及其从中把握中国现代文学的主体性经验，就难以真正深入地推进，阻碍着学科的进一步发展。职是之故，旅美华人学者张旭东关于“文化政治”的论述及其将之应用于对中国现代文学，尤其是鲁迅作品的重新解读，就显示出解决上述问题的某种方法论上的重要意义，本文拟对此作出初步的探讨。

一

张旭东将文化政治视为现代性的核心问题。由于文化政治关涉特殊性的普遍性要求，是在特殊与普遍、他者与主体的关系中来确立主体的普遍性的价值与地位，也就是主体性的问题。因而对中国文学现代性与主体性的思考，需要通过文化政治的视角才能获得某种穿透性的维度。

那么，何为文化政治？对此，张旭东从“比较与可比性”方面来进行讨论。在他看来，比较与可比性问题并不局限于比较文学或文化研究范围，而是涉及文化和文化意识的根本性问题，因而是一个哲学和方法论的问题。这里的方法论是指向一个价值领域和生活世界，是“指向不同价值领域和生活世界之间的相互渗透和相互竞争的关系”。“真正的比较问题必然引发普通和特殊的辩证法；而普遍—特殊性之间的辩证法必然在具体的现实关系和符号关系中重新挑明一种文化政治意义上的、集体性的自我意识。”他的这一论述基于这样的前提，即每一种文化，在其原初的自我认识上，都是普遍性文化，是就人与自然、人与人、人与世界、人与神、人与时间等基本生存维度所作的思考和安排。然而这种普遍性文化却是一种抽象的普遍性，由于它未能经过特殊性的中介，因而是未经辩证的、未经世界历史考验的普遍性。按照黑格尔的辩证法思想，思考的途径不是由具体上升到特殊，而是由抽象上升到具体。未经批判的普遍性和未经批判的意识和自我意识一样，不过是“一种幼稚的自我中心主义”“一种想当然的空洞”和没有生产性的“自我同一性”。“在当代错综复杂的文化交流和文化政治的现实关系中”，“任何文化和文化意识，任何一个集体性的社会存在，任何一个生活世界及其自我意识，都必须在一个超越了自身抽象的普遍性幻觉的基础上，在具体的历史的现实关系中，将自己作为一种普遍性的东西再一次表述出来。不然的话，这种文化或生活世界最根本的自我期许和自我定义就只能作为一种特殊性和局部的东西，臣属于其他文化或生活世界的更为强大的自我期许、自我认识和自我表述”，这正是由“普遍性”或“普世主义”话语的思想和意识形态的运作方式所规定的。也正是这种历史中的强势文化不断地在刻意重新制定普遍性和特殊性的关系的新秩序、新法则，使得文化、价值和生活世界的多样性说到底是普遍性的多样性，只有参与对普遍性的界定才能维护一种特殊的具体存在的文化，否则将沦为他人普遍性话语中的特殊位置，接受他者普遍性话语对特殊性的界定，在他人的话语中生活，自身具体存在的正当性和合法性将由此丧失。同样，“如果我们不能够在意义、价值和‘生活世界’的整体上考虑自身的具体特殊的文化形态，我们就谈不上具备一种文化意识，就谈不上有自己的文化。这种文化不可能凭空被‘创造’或‘想象’出来；它也不能借‘回归传统’去获得；它的历史性的存在依附于新的生活世界的建立，而它的概念轮廓则只能在文化价值体系内部和它们彼此之间交往和冲突过程中出现”。

上述论证实际上说明了两点：第一，普遍性话语的运作要求，只有参与对普遍性的界定才能获得为特殊、具体存在的文化辩护的权力，在这一参与的过程中修改和重新界定普遍性；第二，特殊的、具体存在的文化并非一种想象的或创造的东西，而有其历史依据和概念轮廓，对特殊、具体存在的文化的表述只有在价值体系之间的交往和冲突中进行。这即是可比性问题、普遍与特殊问题最终的文化政治。在这两个层次上，张旭东界定了文化政治的内涵：

首先，文化政治是在一个法或法哲学层面上重新思考文化的问题；其次，文化政治的根本问题来自活生生的具体的生活世界的体验，来自我们此生的具体有限的时间性，以及我们所负载的历史经验和文化记忆。因此，当代中国的文化政治思考既与晚清以来的思路一脉相承，又面临前所未有的新问题。文化政治的视角提出了一种重新处理中西关系问题的新视野，它将中西问题处理为当代中国的生活世界的基本形式与现代性普世主义意义—价值体系的关系，也即是在现代性所界定的普遍性的历史关系和理论表述的矛盾中探索中国问题的基本形态及其表述策略。

但是在这里我们必须注意的是，现代性所界定的普遍性并不是外在于我们，也就是说，一个先验的、无须论证的“中国立场”或“中国意识”实际上也是不存在的。这是由于，在中国的“现代化”和“全球化”的过程中，“现代性”已经内在于我们的生活世界之中，“原先只是作为一种‘他者性’的‘西方文化’成为当代中国文化的时代性文体”，这就意味着在新的历史关头，中国文化的自我认同并非如何勘定现代性和“西方文化”的边界，而是在于如何为界定普遍性文化和价值观念的斗争注入新的艺术，这种新因素“正是谈论‘传统’和中国现代性历史经验的唯一理由，也是批判地重新思考现代性的西方话语传统的或隐或显的动力”。这就需要进入现代性的历史结构中去，这是因为“中国进入现代性基本关系中去的历史经验决定了看问题的特殊方式，现代性体制的某些成问题的方面，甚至它的整体性的‘合法性危机’由此变得明晰起来”，因而通过进入现代性话语的历史结构可以同“这些蕴藏在传统和中国现代性历史经验里的批判性、建设性因素相遇”。

文化政治如何可能？在张旭东看来，需要通过还原西方现代性的普遍性话语背后的文化政治，也即在具体的历史性中来清理现代性的普遍性话语的生成。“对普遍主义话语和意识形态的批判旨在追求普遍性概念的历史和政治渊源，以便从内部重新思考这个概念。也就是我们针对普遍性不是要退回到特殊性，而是询问它是从哪儿来的，怎么产生的。普遍性不是一个实体，而是一个被人说出来的话语。这套话语有具体的政治的、历史的渊源，特殊的历史条件和物质文化的条件。追寻这个渊源，从内部把它复杂化，从不同组成部分的出路当中，可以发现没有任何所谓普遍的东西是铁板一块的，而是不稳定的，内部四分五裂的，充满张力和冲突的。在重新进入普遍性话语的内部时把它打开，在重新表述、拆开并重新组合的过程中，给历史和时间一个机会，把新的东西容纳进去。”

二

张旭东通过对五四文化的激进阐释学的阐释，来探讨文化政治逻辑与中国现代文学的内在关系。凭借这一逻辑，反对现代文学的自由主义观点（将“五四”视为启蒙以反对革命）或者保守观点（以晚清反“五四”），反对对“五四”与革命的割裂性理解，而在中国文学的现代性中重建连续性与断裂性的辩证法：激进诠释学，鲁迅（“小文学”）与革命的关系蕴含着文化政治的逻辑（这里可以引入洪子诚的“纯化”的理解），即一种冲破话语秩序的主体性努力。

《“五四”与中国现代性文化的激进阐释学》是张旭东对中国文化和文学的现代性的思考中具有概括性的一篇文章，是在五四运动90周年为纪念、反思和重估“五四”的价值所写，同一期杂志中还有汪晖的一篇同样反思“五四”的具有深度的文章。在张旭东的这篇文章中，主要解决的是“五四”与整个中国现代性经验的关系。对此，张旭东对“五四”研究的主流话语及因其僵化和过度地域化所引发的被各种外围和边缘话语包围、修正和颠覆的情况进行了反思。主流话语的僵化和过度地域化源于没有跳出“民主与科学”“个性解放”“进步”和“反传统”等关键词所划定的范围，没有将“五四”放在更大的理论语境里进行开放性的理解，而种种边缘性话语则以“激进与保守”的讨论（20 世纪 80 年代后期）或“晚清现代性”（20 世纪 90 年代以来）来模糊和消解“五四”的划时代意义。尽管后者能够借助于更大的知识语境和问题关联域，但其将“五四”主流论述视为单一的、狭隘的政治化论述，通过历史主义逻辑（“没有晚清，何来‘五四’”的时间顺序）、学科专业化实证化的路径，以打破五四运动和社会主义现代性的“压抑”为名，打通和排除“前革命”（晚清、民国）与“后革命”（新自由主义、“历史终结”、全球化、普世价值等）之间的历史障碍的做法，不过是为了达到淡化或抹掉 20 世纪中国革命实践的集体记忆和当代切关性的目的。作为“新一轮全球性文化权利和意义争夺中的一个局部性问题”，“五四”论述“关系到过去九十年乃至整个中国现代性经验的全面理解和评价，从而同当代中国的自我理解和未来指向息息相关”。因而在当代中国思想文化生活中具有极为重要而关键的意义。

在张旭东看来，像“民主与科学”“个性解放”“进步”“反传统”等都仅代表“五四”精神的主观的意愿或价值取向，如果将“五四”理解为一种客观的历史运动和思想运动，其核心实际上是“新”和“文化政治的逻辑”。“新”作为“五四”的核心之一，意指将新生活、新文化、新青年、新中国等内在化为中国人自身的情感方式和价值指向。“五四”作为一个分水岭，将之前带有外在的、威胁性的但又不得不去适应的种种“新”变为具有内在驱动力和哲学意义的“新”，从而彻底改变了晚清以来“理智与情感”“可爱与可信”之间的分裂，使两者结合起来。“文化政治的逻辑”正是由上述“新”的内在化所带来的文化领域与政治领域贯通重合的逻辑，这种贯通重合的一致性带来由新文化、新价值、新人所创造的与自己本质相适应的生活形式或国家形式。文化政治的逻辑是现代性的根本逻辑。近代西方民族国家就是在市民阶级为资本主义生产和交换提供统一市场、语言、制度和文化的过程中形成的。由于中国面临对外学习和抵抗列强、对内颠覆和挽救传统的严酷环境，因而政治与文化的贯通统一就显示出更高的要求。“如果说鲁迅笔下的阿

Q 代表了文化失败和政治失败的一致性和同一性，那么毛泽东时代的‘雷锋’则体现了政治和文化的全面、彻底的重合。在这两个极端之间，现代中国的存在是一种直达个人的文化政治的集体存在，而‘五四’正是源头。”

因而，重读鲁迅也构成他理解和阐释中国文学现代性和主体性问题的一把钥匙。虽然他对鲁迅进行文学批评的文字并不多，只有《遗忘的系谱——鲁迅再解读》《中国现代主义起源的“名”“言”之辩：重读〈阿 Q 正传〉》《杂文的“自觉”——鲁迅“过渡期”写作的现代与语言政治》（上/下）、《鲁迅回忆性写作的结构、叙事与文化政治——从〈朝花夕拾〉谈起》以及《重读鲁迅与中国文学批评的反思》等文章和演讲录，但这在张旭东的文学批评和电影批评对象中，其文字篇幅和持续关注上却是突出的。如果说《遗忘的系谱》的写作仍然处于 20 世纪 80 年代国内的文化氛围，在本雅明的文人气质（个体与时代关系）的意义上来进行解读的话，那么后面的这些文章大多演讲和写作在近几年（2009 年以后），并且有着较为集中的思想关切和文学解读的具体方法的一致性，都是围绕着张旭东在“全球化时代的文化政治”这一时期的思考重心，从当下性、文学性和政治性的关系入手，来重读鲁迅文本的现代性和主体性意义。

三

从精神意识史发展的视角，张旭东在对 20 世纪 80 年代鲁迅的道德主义解读和 90 年代经济主义解读的反思的前提下，来思考当下阅读鲁迅的“当下性”。在《鲁迅回忆性写作的结构、叙事与文化政治——从〈朝花夕拾〉谈起》这篇演讲录中，张旭东指出鲁迅文本意义的历史性问题，“说不尽的鲁迅”之所以可能，并不在于鲁迅文本自身，而是由鲁迅文本所打开的一个历史性的阐释领域，一个问题史和精神系谱。20 世纪 80 年代的鲁迅、90 年代的鲁迅与当下的鲁迅，有着非常不同的阐释视域。这种差异可以从“传统与现代”的问题、中西关系问题以及左右问题上来作出说明。在 20 世纪 80 年代，鲁迅是作为启蒙精神、新文化运动和新文学的标志性符号而出现的，在当时是被包裹在“文学现代化”“个性解放”“自我意识”和“审美自律性”等启蒙主义和新启蒙主义的意识形态中的，这是一种由改革意识形态推动的“文化主义阅读”。然而随着时间的推移，今天现代性已经不再是一个急迫的、笼罩性的时代议题，也难以在知识思想界形成共识，随着“古今”问题的重新定义，鲁迅作品也被置于更具包容性、文化张力和历史复杂性的新的文学概念下进行重新审视。同样，随着经济、社会和文化的全球化和国际交流的日益深入，中国与外部世界的力量对比也发生了重要的变化，“中西对比”“援西入中”，以西方文学标准为圭臬的思维定式也被逐渐摆脱，对鲁迅写作与中国自身的文学、文字和文人传统的错综复杂的关系可以进行更为积极的探讨，也能够把鲁迅作为世界文学的一部分去认识。此外，在 20 世纪 90 年代中国思想界的分化中，自由主义话语随同学院专业化成为知识界主流，随着左翼文化思想传统的边缘化以及近来种种批判传统意识的复活，为重新阅读鲁迅确立了一个更广阔、更具冲突性的激烈的话语场域，各种观念的剧烈交锋为重读鲁迅提供了活力，鲁迅与自身历史语境的关系，也在这种社会矛盾和价值失序日益激化的今天具有了被重新把握的可能性，更能够超越狭隘的左右之争，为当代的批判意识和左翼思想“超越种种新的学院时尚和简单的民粹主义倾向，而将自己重新建立在一个深厚的道德、文化、社会心理的基础上，植根于近代中国的最坚实的知识思想脉络之中”。在张旭东看来，在今天重读鲁迅需要历史地、批判地正视鲁迅写作的整体性和政治性，通过分析鲁迅文学性与政治性的辩证关系，把这两者同时重新确立起来。正是基于这一思考，张旭东选取了这样一个视角，即将鲁迅作为 20 世纪世界范围的现代主义的一部分进行解读，从中探讨中国现代主义在鲁迅的历史境遇、写作风格和内心世界的起源。但这种解读并非把鲁迅视为一个现代派或现代主义者，而是通过阅读鲁迅来重新反思中国现代性及其一系列相关的政治经验和道德冲突。这是不同于 20 世纪 80 年代将现代主义作为一个既成形式和审美程序而追问自身是否足够现代派的做法，而是通过鲁迅的书写，用中国经验来继续丰富和反思现代主义的概念，尤其在文学性的层面上，鲁迅是如何通过文学性的实践来理解现代主义，又如何从现代主义的角度来重新理解文学性，这正是张旭东鲁迅重读的基本旨趣。

对张旭东而言，将鲁迅作为国际现代主义运动的一个环节，意味着：第一，鲁迅在现代派写作传统中的地位和位置，不是被当成一个中国作家，而是在同诸如俄国现代主义，日本现代主义，北欧、东欧现代主义写作这样一个世界文学的脉络里来重新审视鲁迅作为 20 世纪早期现代主义大师在世界文学中的典范意义。在这个更大的语境中，鲁迅文本可以同此时此地的中国语境保持一种有效的距离甚至陌生感。第二，回归鲁迅的写作，让文本本身说话。这就需要有意识地摆脱 20 世纪 80 年代以来鲁迅研究过度道德化倾向，不是把鲁迅当作中国精神资源、道德源泉或新启蒙的资源来支持个性解放、思想解放和反传统的社会性心理要求，甚至是知识分子的批判立场，不是把鲁迅当作精神偶像；也不是像20世纪90年代那样，将鲁迅视为一种道德主义社会批判和介入当下的心理依据，当作价值创造和意义争夺的核心。而是经由文本这一中介，在“打开文本”的基础上，完成一种新的话语的、理论的、批判的构造。让文本自身说话并不是“回到鲁迅本身”，而是强调鲁迅文本的不可替换和逾越的中介性，正如人们对于鲁迅杂文这种最不具“文学性”的阅读，也同样并不为了了解鲁迅与何人争斗，杂文之所以得到不断阅读，仍然主要因为人们受鲁迅杂文文字的影响，文字层面上的快感构成鲁迅写作内在的文学性。

这就意味着，需要重新分析和界定鲁迅的“文学性”乃至于文学性概念本身的内涵和外延。鲁迅的文学性并非像国内文学界所理解的，是与政治、历史、道德、思想等相对立的，狭义的、职业的、唯美的、形式主义的“文学性”概念，鲁迅的文学实践恰恰是对这种文学性概念有力的、不断的颠覆，因而强调鲁迅的文学性，正是通过鲁迅的写作实践，来显示文学性概念的内在突破、扩大和重新界定，及其在文学本体论意义上的不稳定、开放和混杂。因而是通过鲁迅的文学性来理解文学性所包含的政治性和历史性，它们都内在于文学性之中。因此，鲁迅的写作实践体现了文学内部和外部的辩证关系，所谓文学的外部关系只能通过文学的内部关系来理解。这是文学本体论最核心的一个关系，能够使我们摆脱庸俗社会学的理解或唯美主义的理解。

重读鲁迅，正是在今天当“现代化”“自我意识”“形式自律”不再在知识上和理论上具有迫切性和有效性的情况下，为“重新在中国新文学写作实践和文学经验内部去反思文学本体论问题，把新文学内部包含的‘古典与现代’的问题，‘形式与内容’的问题，‘审美与政治’的问题提出来”，提供一个重要的切入点，以之回应当下的学术史和文学史研究的问题（纯文学的问题、关于什么是文学的讨论、什么是史诗、什么是诗等，对当下文学研究的危机和文学批评的危机的一个回应，通过重读鲁迅来重建文学批评）。

为此，首先，张旭东借助于本雅明关于文学史与文学批评关系的讨论以及美国解构主义批评家保罗·德曼的文学本体思想来进行回答。

在本雅明看来，文学批评是第一性的，文学史是文学批评的派生，这是因为：文学史的重心是文学而非史，文学史没有严格标准的史学写作形态，人们对文学史的兴趣的来源来自文学，文学是文学史存在的理由。但是文学史除了有关文学的编年史、资料史、传记史、文学活动逸事之外，并没有提供更多的对于文学的理解，不能回答什么是文学的问题，对文学本质的理解无益。文学史只是由于人们对文学的热情进而派生出来的，这种热情本身并不从属于任何知性的、分析性的范畴，对文本和文学性的关心需要通过文学批评——这一关系文学作品和文学本身的“诗的使命”和“诗的前提”——来完成，从这一意义上，本雅明进一步指出，文学批评仍然不是第一性的，其哲学基础来自审美判断。联系康德在审美判断上的表述，张旭东指出，审美判断力是一种非知性、非道德的把握能力，感性和理性的结合具有直接性，体现了人类心灵绝对的个别性和普遍性原则之间奇妙的沟通，这就使得文学批评和文学同属于审美范畴，在关系上要比属于认知范畴文学史更为接近。

本雅明对文学批评和文学史的这一区分，为张旭东提供了悬置文学史，而从文学批评的角度重读鲁迅写作的特殊能力、可能性、自由和批评的潜力的契机。而美国解构主义批评家保罗·德曼的文学形式本体论的思想，则为张旭东解读鲁迅写作的可能性及其蕴含的文化政治的激进性提供了一种方法论。在解构主义看来，语言总是在不断地颠覆自身，对文学本体的追求也同样如此，任何一个好作品都会颠覆前一个好作品所确定的关于什么是好作品的概念，任何一种占主导地位的文学体裁和写作样式同样会颠覆以往文类标准，使之相对化，这就使得文学本体总在不断地颠覆，使文学不断回到文学性的起点和根源。这种对文学根源的不断回归回应了文学内在的法度。在张旭东看来，鲁迅的《野草》作为散文诗，“某种程度上它既颠覆了诗的稳定性也颠覆了散文的稳定性，在这个相互颠覆中，诗在形式空间内部把散文这个形式变成了一种内容”，其内部形式空间是双重的。作为个人回忆性散文作品集的《朝花夕拾》，内部的很多篇目却具有很强的叙事性和虚构性，而《呐喊》《彷徨》作为虚构小说，却又有回忆和传记性杂文和散文的要素，《伤逝》甚至可以视为哲学论文。而对于鲁迅的杂文和杂感更难从文学上进行界定，尤其作为鲁迅写作高峰的杂文，“对文学性的理解可能是最极端的，最微妙的那种文学性是可以通过杂文来把握的”，它不像《新文学大系》第一个十年所写的欧洲意义上的小说、戏剧等符合既成文学样式那样的“创造性照搬”，而是既没有离开自己的文学传统，又没有定规，既最充分西化，又最不西化，既最传统又最不传统。从表面看，鲁迅的杂文离形式自律、体制性物化等文学的“核心”最远，但由于文学性被简约到不能再简约的地步，使得它已经没有任何外在化的依靠和凭借，而这就不得不使人们重新面对何为文学性的问题。所以，在张旭东看来，鲁迅的写作并不仅仅是一种形式创新，而是在不断探索文学边界的颠覆和重建，“在看似离文学最远的地方把白话文学同中国文学的源头重新联系起来”。

其次，依照德勒兹关于“小文学”和“大文学”这对概念的阐释以及詹姆逊的“第三世界国家文学的民族寓言”理论，张旭东试图从全球文化政治的视域来重读鲁迅写作所具有的文化政治的内涵。

德勒兹在对卡夫卡小说的解读中，提出“小文学”（minor literature）与“大文学”（major literature）这对概念。“大文学”指欧洲主流文学，是关于中产阶级兴起以及他们的生活的世界、核心价值的，即所谓的资产阶级主旋律的文学，它代表市民阶层，内容围绕财产权（如《傲慢与偏见》描写的陪嫁多少，底层阶级与上层阶级的联姻，财产交换）和性爱问题（如《安娜·卡列尼娜》和《包法利夫人》中的通奸、婚外恋，讨论女人内心世界），以及像现代派所写的潜意识、梦、变形、纯私人的内心孤岛等。作为资产阶级的主流文学，“大文学”没有公共性/集体性。与之相比，“小文学”则是非主流的写作，以卡夫卡为例，卡夫卡是住在捷克的犹太人，他以德语写作，虽然德语在东欧是高级的语言、哲学的语言和文学的语言，但卡夫卡作为犹太人和捷克人的特殊身份，使得德语对他来说是“偷来别人家的孩子”，因而在语言层面上找不到一种归属感，在语言内部时刻意识到语言本身的可能性和不可能性，压迫性和解放感，从而发现语言“具有内在的政治性”。通过德语写作，卡夫卡不仅表达了个人的孤独感和疏离感，而且通过语言内部的挣扎和斗争传达出一种犹太人、小人物、知识分子和边缘人的集体的命运，因而卡夫卡的写作脱离主流文学的意识形态幻觉，作为一种语言内部的存在状态和感知状态，“小文学”参与到一种集体政治性的寓意性表达之中。卡夫卡的写作尽管像《地洞》《变形记》等，没有写出历史、革命和现代性，但在“异化”中写出了“人和整个现代世界在存在意义上的关系和政治意义上的关系，集体的关系”，因而它本质上却要比资产阶级主流文学更大。

张旭东将詹姆逊的“民族寓言”概念与“小文学”联系起来，指出两者在非中产阶级文学上所具有的相似性。按照德勒兹和詹姆逊的理论视域，张旭东在一种全球化的文化政治的视域中，肯定了“小文学”和“民族寓言”所具有的对于第三世界国家文学的主体意义，尽管“民族寓言”备受西方中心主义的指责，而“小文学”在当下可能也并不能受到人们情感上的接受，但对张旭东而言，鲁迅的写作实际上就是一种“小文学”，《阿Q正传》不是史诗，它通过一个传记的内部矛盾，写出了整个中国文化作为“命名系统”的“不可能性”，从而把意义的命名行为、价值和“难堪状”在各个层面“再现”出来，是“对中国人集体传记在语言和叙事形式上的不可能性和可能性的寓言性探索”。作为一种边缘的、“次要的”、讽刺的东西，《阿Q正传》“具备一种文学写作的张力和寓意能力，具有一种语言内部的激进性和艺术体制内部的颠覆性”。而这正与德勒兹关于文学性的立场极其相似，两者都是通过语言的实践和行动不断保持、恢复和激发文学写作语言内在的激进性和革命性。通过对鲁迅写作的“小文学”定位，张旭东指出了当下重读鲁迅对于纯文学的讨论、文学形态的讨论以及20世纪中国文学讨论的意义，尽管没有言明，但这种重构20世纪中国文学的主体性的意味却已经显露出来，我们不妨从张旭东的论述中进一步展开，在我们建构20世纪中国文学主体性的过程中，张旭东重读鲁迅的方式揭示出我们必须做的工作，即我们既要反思由西方资产阶级主流文学所建构的“文学性”观念，又必须在全球与中国具体的历史视域中检验中国作家写作的具体实践形态，并透过我们自己的历史视域与当下存在来反思和重构主体性的具体内涵。也即是说，通过重读鲁迅来反思“文学”的概念，通过重读鲁迅来反思“现代性”/“现代主义”的概念，最终建构我们自己的主体性的文学和现代性。

张旭东的周作人研究同样处于这一视域。在《现代散文与传统的再发明——作为激进诠释学的〈中国新文学源流〉》一文中，张旭东指出，周作人写的《中国新文学源流》表面上似乎是在进行文学史源流的清理，但实际上这只不过是一个幌子，他的目的仍然是提出文学本体论的问题。周作人提出中国文学乱世与治世两个系谱，两者之间是断裂的关系，他通过贬损治世文学而抬高乱世文学来回答文学是什么的问题。周作人还通过自己“淡”得不能再淡的散文创作进一步界定“文”的概念，“那点若有若无的东西恰恰是文学性最强的、最核心的”，而这种无法套用任何体制的写作，从语言和形式上面显示了作家与历史和集体境遇的紧张和激进的关系。在《散文与社会个体性的创作——论周作人30年代小品文写作的审美政治》一文中，张旭东指出，周作人“冲淡平和”的小品文是在“乱世”中保全“理性的个人”的政治实践和审美实践，正是在力图保持“五四”启蒙的个人主义、怀疑主义和批判精神的“纯粹性”，力图为现代个体意识寻求风格的自足和日常生活的常态，从而与旧势力和新兴政治左翼持久对抗，正是这种特定的政治紧张决定了周作人小品文的审美品质。

如果说，在《遗忘的系谱》中，张旭东与当时国内的思想氛围相一致，都是力图通过对鲁迅的研究，还原鲁迅政治阶级论述面具下的普通人面孔，另一方面又在20世纪80年代思想解放和新启蒙的思想文化语境中重建鲁迅启蒙者的形象，在批判“文革”时期知识分子个体与时代、政治的体制性依附的前提下塑造鲁迅作为独立的文人身份的话，那么，在全球化时代，随着西方的全球性话语的普遍性主张和国内新自由主义话语的强势，时代的问题境域已经发生了非常重要的变化。重构中国文化的主体性与反思西方话语的普遍性论述背后文化政治的逻辑是一体两面的过程，如何在西方现代性话语（全球化话语的理论基础）的象征秩序中，来把握中国文化和文学的现代性，这需要重新思考中国现代性的自身逻辑。张旭东通过对“五四”激进诠释学的阐释，从“内在化”与“文化政治”两个层面来理解中国现代性逻辑，在鲁迅的重新解读中，通过其文本内容的语言形式实验与文化寓言之间关系的把握，来重建个体经验与时代关系的新的可能性，为打破现代性的话语秩序，理解中国现代文学的主体性打开了可能性的空间。

拉美文学翻译与中国当代文学

滕　威

（华南师范大学文学院）

从20世纪20年代开始，拉美文学渐次进入中国读者视野，但之后三十年中的译介却非常零星，而且几乎全部是通过转译完成的。新中国成立后，拉美文学才第一次以整体形象进入中国文学视野。由于国家创办了西班牙语专业并培养出专业西班牙语人才，因此直接译自西班牙文的拉美文学汉译作品变得越来越多。20世纪50—70年代，本土的杂志上开始出现拉美文学专辑，出版了各种拉美文学丛书、拉美文学史，并逐步确立了本土的拉美文学经典序列。这六十年来的拉美文学汉译可以大致分为三个时期：20世纪50—70年代、80年代、90年代至今。

一

20世纪50—70年代，中国大陆出版了300多种关于拉美的出版物（包括著作、工具书、地图、图片等），包括近80种文学类著作，涵盖了古巴、智利、巴西、墨西哥、哥伦比亚、哥斯达黎加、危地马拉、海地、阿根廷、秘鲁、西印度群岛、洪都拉斯、乌拉圭、巴拉圭、厄瓜多尔、玻利维亚16个国家和地区；总印数超过60万册。其中拉美文学丛书2种，拉美文学史2种，拉美文学作品选5种。翻译出版最多的是古巴文学作品（15种），此外智利（10种）、巴西（9种）、阿根廷（8种）、墨西哥（6种）等国家文学也被较多关注；被译介较多的作家分别是巴勃罗·聂鲁达（Pablo Neruda，6种）①、何塞·马蒂（José Martí，4种）、若热·亚马多（Jorge Amado，3种）、尼古拉斯·纪廉（Nocolás Guillén，2种）；印数较多的有亚马多的长篇小说三部曲《无边的土地》（3次印刷，34 500册）、《黄金果的土地》（2次印刷，

① 文中出现西班牙语人名时，第一次尽量用全名并标注西班牙文全名，以后再出现用姓（或复姓）。

16 300册）以及《饥饿的道路》（4 次印刷，31 500 册）；此外还有聂鲁达的诗集（印刷 12 次，85 770 册）、阿根廷作家阿·荣凯的童话集《马丁什么也没偷》（1 次印刷，55 000 册）、哥伦比亚作家里维拉（José Eustasio Rivera）的《草原林莽恶旋风》（3 次印刷，30 600 册）以及古巴小说《吉隆滩的人们》（2 次印刷，30 000 册）。翻译拉美文学最多的年份是 1959 年（16 种）。从当时影响最大、最重要的外国文学杂志《译文》/《世界文学》（1953 年创刊时刊名为《译文》，1959 年 1 月起更名为《世界文学》）来看，1953—1965 年的 150 期中①，有 13 期以拉美文学作品为主；共发表拉美文学翻译作品约 150 篇，评论文章 20 篇；其中被译介最多的是古巴文学作品或关于古巴革命的作品（59 篇），被译介最多的作家是聂鲁达（13 篇）和纪廉（13 篇）。1959 年，古巴革命取得了胜利；这是 50—70 年代译介拉美文学作品最多的一年。在所有出版和发表的翻译作品中，直接译自原文（西文、葡文）的超过一半，其余主要从俄文、法文以及英文转译，尤其是 1959—1962 年间转译现象经常发生。此时期对拉美各国古典文学关注较少，而 19 世纪的作品也仅限于马蒂、欧克里德斯·达·库尼亚（Euslides da Cunha）、安东尼奥·德·卡斯特罗·阿尔维斯（Antonio de Castro Alves）等几位作家，其余绝大多数为 20 世纪的当代作品。

总观此三十年间的拉美文学汉译，译介最多的是被当作革命或进步作家的聂鲁达、马蒂、亚马多、纪廉等人的作品。无论被译介作品的体裁是诗歌、小说、戏剧、游记、童话还是民间传说，反帝反殖的题材都占多数，当代的、现实主义作品占绝对主流。作为“亚非拉”文学的重要组成部分，拉美文学无疑联系着 20 世纪 50—70 年代社会主义中国的历史。但它的更为特殊之处在于，不仅中国第一次规模性地翻译拉美文学是受政治因素直接驱动的，而且西班牙语这一专业起初就是因国家政治需要而开设的。因此，拉美文学翻译在 50—70 年代的历史比较清晰地呈现了翻译与政治之间复杂的连接与互动。这表现在，50—70 年代，国家出于外交政治的需要，在学校中开设西班牙语专业，并组织译介拉美文学，尤其古巴革命胜利后，受其影响，中国同拉美大陆的联系突然密切起来，因此国家在全国范围内增设西班牙语专业，扩大招生，同时掀起第一个拉美文学翻译高潮。自 1965 年起，由于中苏分裂引发国际共产主义运动大论战，拉美左翼内部分裂为亲苏派和亲华派，中国

---

① 《世界文学》1966 年第 1 期之后被停办，这一期上没有刊登拉美文学作品。1977 年才复刊。

于是同亲苏派断绝来往，不再翻译亲苏派拉美作家的作品。不久“文革”开始，整个外国文学翻译长久停滞；“文革”期间，只有一本拉美文学汉译作品公开出版。

二

与前三十年的拉美文学译介相比，20 世纪 80 年代发表和出版的拉美文学作品数量大幅增加，总共出版了大约 130 种拉美文学作品。其中印数最多的作品是巴西作家贝尔纳多·吉马朗斯（Bernardo Guimaraes）的小说《女奴》，一个月之内两个版本共印刷 422 600 册。① 此外印数超过 5 万册的作品还有路易斯·古斯曼（Martín Luís Guzmán）的《元首的阴影》（77 000 册），布兰卡·勃·毛雷斯（Blanca B. Mauries）的《多难丽人》（72 500 册），阿斯图里亚斯的《总统先生》（50 000 册），里维拉的《漩涡》（96 000册），加西亚·马尔克斯的《百年孤独》（两个版本分别印刷了 54 000 册和 53 000 册）以及他的中短篇小说集（52 000 册），西罗·阿莱格里亚（Ciro Alegaria）的《饿狗》（两个版本总印数 309 300 册），巴尔加斯·略萨的《城市与狗》（65 000 册）、《青楼》（50 000 册）、《绿房子》（77 400 册），以及《聂鲁达诗选》（50 000 册）等。外国文学类杂志上译介最多的依次是加西亚·马尔克斯、博尔赫斯和巴尔加斯·略萨。此外，80 年代重要的外国文学丛书，比如人民文学出版社的“外国文学名著丛书”“外国文学小丛书”，外国文学出版社的“20 世纪外国文学丛书”“当代外国文学丛书”，上海译文出版社的“20 世纪外国文学丛书”，漓江出版社的“获诺贝尔文学奖作家丛书”，湖南人民出版社的“诗苑译林丛书”中都包括了拉美文学作品。80 年代还出版了 2 种含拉美文学在内的西班牙语文学丛书，即北方文艺出版社的“西班牙葡萄牙语文学丛书”、黑龙江人民出版社的“西班牙葡萄牙语文学丛书”。从 1987 年开始，云南人民出版社同中国西葡拉美文学研究会合作，陆续推出“拉美文学丛书”，这是迄今为止规模最大的一套拉美文学专题丛书。在此过程中，拉丁美洲小说的大家名著几乎都有了汉译本，而被翻译最多的还是拉美当代小说，像加西亚·马尔克斯、巴尔加斯·略萨和鲁尔福当时已经发表的几乎全部作品，以及亚马多、何塞·多诺索（José Donoso）的大部分作品都被译成

---

① 根据小说改编的同名电视剧在电视荧屏热播，因此引起小说畅销。

了中文。《百年孤独》《绿房子》《加布里埃拉》都有不止一个中译本。在拉美文学翻译作品巨大的社会效应和市场利益刺激下，许多出版社都主动同中国西葡拉美文学研究会保持良好的合作关系。上海译文出版社（1983 年 5 月）、云南人民出版社（1986 年 9 月）以及浙江文艺出版社（1988 年 8 月）都曾对研究会的年会及专题研讨会给予支持。在拉美文学热的直接刺激下，于 1986 年才开始恢复外国文学出版的云南人民出版社，寄希望于出版拉美文学丛书以迅速奠定在业内的地位和名声。1987 年 4 月 25 日研究会与云南人民出版社签署了为期五年的“拉美文学丛书”出版协议，自此之后云南人民出版社逐渐成为出版拉美文学的“专业户”。同时，中国拉美文学研究在 20 世纪 80 年代开始进一步地学科化和机构化。这表现在：1979 年成立了中国西葡拉美文学研究会；大学里开设了拉美文学专题、拉美文学史等课程，有些西班牙语专业还将其设为专业必修课；出现许多以拉美文学为研究对象的学位论文；出版了拉美文学研究论文集；召开了拉美文学专题学术研讨会……同时伴随中国调整对外政策，开始以经济建设而不是意识形态斗争为主，越来越多的拉美国家同中国建交，开展双边经贸往来。于是西语文学研究者赴拉美的渠道日益通畅，这使得 80 年代的拉美文学译介在某种程度上减少了与拉美本土的创作与研究之间的时间差。

20 世纪 80 年代，拉美文学转译现象日渐减少。一方面由于已有近三十年历史的西语专业培养了众多的西语人才，因此彼时拉美文学的西语译者较之从前大为充足。另一方面，80 年代文学成为一种重要的社会批判与启蒙力量因而占据着社会的中心地位；作家、翻译家被视为“社会精英”，备受尊重。这鼓舞了许多人业余从事文学翻译。当时拉美文学作品除了少数的专业研究者之外，大部分是由大学西语专业的学生、教员以及编译局、外交部、新华社、广电总局、外经贸部等单位的西语译员在业余时间翻译的；译者当中不乏驻拉美国家外交使节以及上述机关的高层官员。那时稿酬并不优厚，但由于发表和出版渠道相对畅通，[①] 而且容易在社会上产生影响，因此很多人甚至将文学翻译当作自己真正的事业。大学中的西语教员亦开始倾向于将文学研究而不是单纯的语言教学作为本职业务。再者，20 世纪 50—70 年代出于政治原因不能翻译西方当代文学只好转译拉美文学作品的很多译者如今将精力大多投入到对西方当代文学的译介中，已经无暇旁顾，因此较少继续转译拉美文学。[②] 不过，在聂鲁达、加西亚·马尔克斯和博尔赫斯这些拉美文学大师身上，从俄文、英文转译的现象仍时有发生。

虽然，从数量上来看，20 世纪 80 年代的拉美文学译介仍旧远远不能和欧洲文学相比，但是以整体的面貌对中国当代文学产生直接而深刻的影响。在 1986 年的《世界文学》举办的“我所喜欢的外国当代作家征文选登”栏目中，谈拉美文学的征文最多。其中不仅有莫言这样当时正崭露头角的文坛新人，也有普通文学爱好者，甚至有边陲小城的读者来信评论博尔赫斯。[③] 汪曾祺、王蒙、刘心武、李陀、韩少功、李杭育、邓刚、郑万隆、莫言、马原、洪峰、扎西达娃、张炜、格非、余华、苏童、残雪等中国当代几代作家都曾经论及拉美文学的重要性及其影响。在某种程度上代表着 80 年代中国文学艺术水准的寻根文学以及先锋文学在文学的民族性与世界性、文学与政治、文学与历史等问题的思考上，在语言、叙事、时空、主题等方面的探索与开掘

---

① 二十世纪五六十年代只有《世界文学》（包括前身《译文》）一种外国文学类杂志，而 80 年代新创办了十几种此类刊物，比如《外国文艺》《外国文学》《当代外国文学》《译林》《译海》《外国小说》《苏联文学》《俄罗斯文学》《日本文学》《外国文学研究》《外国文学报道》《外国文学动态》《外国文学研究季刊》《外国文学之窗》《外国文学欣赏》《外国文学评论》《青年外国文学》等。另外许多报纸和文学期刊也刊登外国文学译作，比如《光明日报》一类的大报。出版社都争相出版文学译本，此外又成立了专门的外国文学出版机构，如外国文学出版社（从人民文学出版社分出）、上海译文出版社、中国对外翻译出版公司等。

② 比如 1958 年曾经从德文转译过哥斯达黎加作家法拉斯的《绿地狱》的侯浚吉先生在新时期翻译了西德当代小说家伦茨的小说。转译过波西埃的《王冠上的宝石》的施咸荣先生新时期翻译了《等待戈多》，并成为美国文学研究会的创办者之一。二十世纪五六十年代几乎所有亚马多的作品都是郑永慧先生从法文转译的，新时期之后他翻译了大量的法国文学名著，比如梅里美、萨特、乔治·桑、罗伯－格里耶等人的作品。

③ 参见莫言：《两座灼热的高炉——加西亚·马尔克斯和福克纳》，雷铎：《感知现实的新角度——加西亚·马尔克斯对我的启迪》，《世界文学》1986 年第 3 期；甘铁生：《我喜欢卡彭铁尔和他的〈人间王国〉》，《世界文学》1986 年第 4 期；丁晓禾：《加西亚·马尔克斯：魅力的爆炸》，《世界文学》1986 年第 5 期；高尚（甘肃省阿克塞哈萨克族自治县中学）：《博尔赫斯的世界》，《世界文学》1986 年第 6 期。

上无不直接受到拉美文学的启发。当代文坛的“拉美文学热”从1982年加西亚·马尔克斯获得诺贝尔文学奖开始兴起，到1985—1987年达到鼎盛，余温一直持续到90年代前期。

纵观20世纪80年代拉美文学汉译的历史，其突出变化在于随着中国步入经济建设为主的改革开放时期，拉美曾经具有的政治所指逐渐消隐。在翻译政治化、文学政治化被清算之后，曾经在20世纪50—70年代的中国被高度政治化的拉美文学不仅成功抹去历史印记继续被大量译介，而且在一个以实现西方式的“现代化”为大叙事和奋斗目标的时代里，这一“非西方”的、来自第三世界的、中国语境的“小语种”文学①竟然掀起阅读与谈论的热潮，以“文学爆炸”和“魔幻现实主义”为中心的“拉美文学热”直接影响到中国当代文学的探索与创作，尤以寻根文学和先锋文学所受浸染最深。“拉美文学热”的形成不仅紧密联系着诺贝尔文学奖②、“走向世界”“现代化”“民族化”“纯文学”等诸多80年代文学与社会的重大话题，而且深刻介入到80年代的文学变革。

三

20世纪90年代，随着文学在整个社会格局之中逐渐被边缘化，拉美文学回落到似乎属于它的“小语种”文学的一隅。根据《全国总书目》的统计，1990—1999年间总共出版了百种左右的拉美文学翻译作品，其中近2/3来自云南人民出版社自1987年开始出版的“拉美文学丛书”。但“拉美文学丛书”中的很多作品没有像80年代一样受到读者追捧，而是堆积在仓库之中蒙尘。1990年诺贝尔文学奖再度花落拉美大陆，墨西哥诗人帕斯成为拉美第五位获

---

① 必须指出的是，大语种/小语种这种关于外语的等级序列是在权力关系之中被建构出来的。就西班牙语而言，它是世界上使用人口最多的三大语种之一（另两种是汉语和英语），联合国六种工作语言之一，因此在国际社会中，西班牙语并非小语种。西班牙语之所以在美国是最重要的外语之一，而在今日中国则是小语种，这同中美两国与讲西班牙语地区（主要是拉美）的政治、经济、文化等关系的密切程度直接相关。同时，这种等级序列并非一成不变。比如在20世纪50—70年代的中国，出于参与国际政治斗争的需要，俄语、西班牙语、阿拉伯语都是重要的外语，即所谓“大语种”，而改革开放之后，随之经贸往来的日益频繁，日语、德语的重要性开始日渐突显，逐渐取代阿拉伯语和西班牙语成为中国的“大语种”。因此本文使用加引号的“小语种”，以表明对上述问题的反思。关于这一点文中还会多次论及。

② 1982年，哥伦比亚作家加西亚·马尔克斯获得诺贝尔文学奖。

此殊荣的作家。虽然帕斯的获奖作品《太阳石》很快由赵振江译成中文，《世界文学》1991 年第 3 期也推出帕斯作品小辑，但他却没能像加西亚·马尔克斯那样再次在中国掀起拉美文学旋风。而由于中国始终未能获得加西亚·马尔克斯作品的翻译出版权，中国在加入国际版权公约之后，出版他的作品受到限制，这使得加西亚·马尔克斯在中国也难以维持 80 年代的人气。另一位在 20 世纪 80 年代因“结构现实主义”名声大噪的拉美文学大家巴尔加斯·略萨，虽然国内在 90 年代末开始推出其作品全集，但也反响平平。曾经在 80 年代拉美文学热中因另类而显得有些落寞的阿根廷作家博尔赫斯却成为 90 年代的“文化英雄”之一，并被作为后现代文学大师备受推崇。博尔赫斯一度被拉美文学界指认为“欧洲作家”（他者），但这位最不“拉美”的拉美作家却在 90 年代中国的拉美文学汉译中一枝独秀，也从另一角度表明，作为整体的拉美文学没能延续 80 年代的热度，继续吸引文化界的普遍关注。

很多因素造成拉美文学翻译在 20 世纪 90 年代的日渐衰落。比如，90 年代中期以来，曾经积极组织筹划拉美文学翻译、研究、出版的中国西葡拉美文学研究会日益涣散；很多 80 年代的翻译主将先后退休，而年青一代愿意并能够从事翻译的人数甚少，造成翻译队伍青黄不接；加入国际版权条约后，拉美文学作品出版遭遇前所未有的困难……事实上，这些因素无不同 90 年代以来中国日益推进的市场化与国际化的进程有关。正是这一进程对拉美文学翻译产生了复杂而微妙的影响，而这种影响则一直延续到当下。

四

在对新中国成立以来拉美文学汉译的历史进行了简要概述之后，下面我们对其中所折射出的一些问题进行考察与分析。首先，中国对拉美文学翻译与接受的历史总是经历着重新构造的过程：20 世纪 50—70 年代应邀来华访问、作品被翻译介绍的拉美作家，如聂鲁达、阿斯图里亚斯等都被视作“反美帝国主义的斗士”。在当时的中国语境中，他们的左翼政治家身份比其作家身份更受关注。到 80 年代初，中国作家通过了解诺贝尔文学奖才知道这两位原来都是现代派（在拉美被称作“先锋派”）作家。也是通过诺贝尔文学奖，以加西亚·马尔克斯为代表的一批拉美当代作家的作品被大量引入中国，他们被视为卓越的文学艺术家、受世界承认的现代文学大师，被中国文学当作学习的榜样。但到近年，又有中国学者指出，这些作家原来还是左翼政治家。

另外，这一翻译历史中的重构过程总是包含着两个重要的策略：一为“历史的钩沉”，或者叫“历史的补白”，就是把被遮蔽的历史事实重新呈现出来，予以再评价；另一种，就是颠覆原有的经典序列，重新思考和重新命名经典。① 无论是80年代的拉美文学翻译相对于50—70年代的而言，还是90年代的翻译相对于80年代的而言，中国视野中的拉美文学图景不断经历着遮蔽—显影—再遮蔽—再显影的重写过程。如果说，50—70年代由于政治禁忌而有一些景观被遮蔽的话（比如聂鲁达的情诗），那么80年代在这些景观得以浮现的同时新的遮蔽再度发生（比如聂鲁达的情诗被大量译介而政治诗不再被讨论）。因此，每一次的遮蔽与挪用、每一次的补白与重写都是带有意识形态诉求的话语实践。于是，对拉美文学在当代中国的翻译与影响的历史研究，不仅应该努力再现翻译过程中遮蔽的痕迹，同时也要力图再现历史重构过程中被恢复和补足的画面，唯其如此，“讲述神话的年代”的政治和文化变迁才能得以清晰呈现。

当然，从事这一翻译史课题的研究同样是一种有诉求的重写历史行为。但对这段历史的补白与重写并非是为了证明原来的历史书写是一种“谎言”，因为那样做只会导致进行深入的历史反思的可能性被消解。事实上，无论是翻译文本的选择、翻译策略的制定，对译本的编辑、出版、阅读、评论、接受……翻译中的每一个步骤都“不是在真空中进行的”，都铭写（inscription）着意识形态的运作轨迹。尽管从理论上讲，完全对等的翻译无法实现，因此翻译过程中必然存在着误读和改写；但译本最终呈现出怎样的误读与改写，却毫无疑问仍然同意识形态的书写过程直接相关。比如20世纪50—70年代将聂鲁达的诗歌简化为政治诗、80年代对加西亚·马尔克斯为代表的拉美60年代小说的非政治化以及90年代的将博尔赫斯书写为“文化英雄”与“后现代文学大师”这些本土拉美文学译介过程中的重要事实表明，拉美文学的汉译始终既受到意识形态控制，同时亦参与意识形态的建构过程。这样的观点无疑与今天影响颇为广泛的“翻译研究”中的“意识形态操控理论”有所区别。虽然在揭示翻译中的权力结构、意识形态的隐蔽运作方面“操控理论”功不可没，但是它将意识形态视为铁板一块的本质性存在，而且对意识形态持完全否定的态度，认为它就是统治阶级制造的谎言。正如本文所指出的，如果革命、现代化、市场化与全球化仅仅是一些“虚假”意识，那么我们如

---

① 戴锦华：《犹在镜中——戴锦华访谈录》，北京：知识出版社1999年版，第32页。

何解释它们分别在50—70年代、80年代以及90年代的中国成为最具整合力的话语？斯图尔特·霍尔（Stuart Hall）指出，否定的意识形态观是“一个极其不可信的关于世界的理论，它假定为数众多的普通人……会轻易被……欺骗，完全看不到自己的真正利益所在”。对于一种能够成功地整合起多数民众的意识形态，“首先要问的不是它有哪些是虚假的，而是它有哪些是真实的”，当然这里的真实不是指世界规律所应有的普遍正确性，而是指“合情合理”。[①] 换句话说，一种意识形态如果不能获得多数民众的由衷认同，它就无法使自己成为文化霸权（hegemony）。因此，翻译并非一个完全受意识形态操控的、被动的、无辜的过程；相反，翻译与意识形态之间形成了一种多重的、复杂的、动态的斗争/妥协、抵抗/合谋关系。避免简单化批评，尽力在拉美/西方/中国的多重参照关系中考察拉美文学在中国的翻译与接受历史，再现翻译与意识形态之间复杂的动态关系，这样，我们才能更深刻地检省翻译如何参与意识形态的建构，才能意识到每一次的翻译实践同时也是话语实践，都有可能同意识形态形成抵抗/合谋关系，因此才会在进行翻译实践时保持一份介入现实的自觉和清醒。

其次，拉美文学汉译的历史折射出中国自身文化身份及中国视野中的世界图景的变迁。韦努蒂指出，翻译不仅“以巨大的力量构建着对异域文本的再现”，“制造出异国他乡的固定形象”，同时“也构建了一个本土主体”，“参与了本土身份的塑造过程”。[②] 因此，从对异域文本的选择和翻译策略的变化可以看出本土视野中异域形象的改变，而这种变化同时反映出本土自我想象的迁移。

在现代文学史中，很多精通外文的五四一代知识分子一生中译介最多的并非西方文学。只懂英语的茅盾却翻译了大量的波兰、匈牙利、爱尔兰、西班牙、俄罗斯等当时被视为“弱小民族”的文学；冰心受过12年良好的西式教育，英文甚佳，但使她成为翻译名家的却是她翻译的泰戈尔、纪伯伦而不是英美大家的作品。彼时的知识分子在追求现代性的同时，更注重的是世界图景的完整以及不同民族现代化的不同规划与途径。尽管大量从西方语言转

---

① HALL S. The toad in the garden：Thatcherism among the theories，in CARY NELSON and LAWRENCE GROSSBERG（ed.）. Marxism and the interpretation of culture. Urbana：University of Illinois Press，1988：pp. 44 - 46.

② 韦努蒂：《翻译与文化身份的塑造》，许宝强、袁伟选编：《语言与翻译的政治》，北京：中央编译出版社2001年版，第358 - 382页。

译，但这并未损伤非西方文学文本中的革命性。对于20世纪50—70年代的中国文学界而言，世界文学更不是西方中心主义的；世界文学的重要组成部分是亚非拉的反殖民、反帝国主义、反压迫的革命文学。塔什干亚非作家会议期间，《译文》改名为《世界文学》，目的在于“加强刊物的现实性和战斗性”，“今后主要介绍翻译现代世界各国人民的现实生活和革命斗争的作品”。①《译文》的名字本来就出自鲁迅、茅盾在20世纪30年代创办的《译文》杂志，为的是继承他们译介苏联和其他国家革命和进步文学的传统；但在50年代末，也因无法完全含纳当时关于“世界文学”的想象而被代替。当时本土的外国文学等级次序是：苏联文学、人民民主国家文学、其他国家文学；其中其他国家文学包括亚非拉等地区被压迫民族反映民族解放运动的文学，以及资本主义国家内反帝反殖民的进步和无产阶级文学。当时外语的语言等级次序也并非今天的“英、法、德、日、俄”为大语种，其他为小语种；而是“英、法、俄、西、阿”五种语言最重要。② 但是自20世纪80年代中国开始迈向“四个现代化”以来，西方成为我们世界视野的中心。诺贝尔文学奖为代表的西方文学奖、文学评论、文学史写作成为中国接受外国文学的先在视野，必得经过西方的筛选，在西方获得承认，才能在中国引起热烈的反响。80年代以来对拉美文学的翻译与接受集中地体现了西方文学巨大的中介作用，一如韩毓海所说：“我们……是从诺贝尔等西方的河里接受的他们影子的反光。”③ 在这种折射与“反光”中，拉美文学在某种程度上被“变形”。进入90年代以后，拉美文学不再备受西方关注，在中国也丧失热度。而且不仅拉美文学，拉美的社会图景也不再能唤起中国的关注热情；同样，不仅拉美，第三世界的文学、文化以及社会现实都从中国的世界视野中渐渐淡去。

霍尔曾指出，文化身份“像一切历史性事物一样，它们经历着不断的变化。远非永远固定于某个本质化了的过去，它们服从于历史、文化和权力的不断‘游戏’。远非建立在对过去的单纯‘恢复’上，认为过去就在那里等着被发现，而且如果被发现了，就能确保我们的自我感觉永远不变；相反，身份是我们对我们被定位的不同方式的称呼，我们通过对过去的叙述来使自

① 《从译文到世界文学——致读者》，《世界文学》1959年第1期。

② 1961年以后中国政府和外交部的重要对外文件都要翻译成这五种文字。见黄志良：《新大陆的再发现——周恩来和拉丁美洲》，北京：世界知识出版社2003年版，第26页。

③ 韩毓海：《“魔幻现实主义”作家身份的重新确认》，引自“左岸文化网”（http://www.eduww.com）“重估拉美”专栏。

己定位并定位于其中”①。换而言之，文化身份不是本质主义的、单一的，而是一个历史性的概念。因此，翻译对异域文化身份（他者）以及本土主体（自我）的建构也是一个历史过程，在这一过程中，翻译可能参与宰制，也可能成为抵抗的力量。

① 霍尔：《文化身份与散居在国外的人》，转引自乔治·拉伦著，戴从容译：《意识形态与文化身份：现代性和第三世界的在场》，上海：上海教育出版社2005年版，第220－221页。

梅山文学：地方经验与文学史空间维度的生成

龙扬志
（暨南大学中文系）

20 世纪中国文学通过世界现代性浪潮不断规范，并且自觉内化为“现代性寻求”的组成部分，这样一种流行的文学史叙述模式需要联系特定历史背景加以甄别。如果民族国家摆脱领土主权完整性挑战之类的深重困境转向公民社会建构，那么以物质资料生产为基础的现代化价值追求，必然要容纳维护社会个体关系结构的文化伦理。这时，借助于地方知识体现出来的丰富与差异内涵，在文明对话和文化理解的宏大背景中呈现出越来越重要的生态意义，由此确立地域文化之于生存主体的实践价值。地方经验是一种相对性的表述，以此类推，中文/华语文学在世界文学丛林中亦只占有限一隅，因此地方与世界作为一组相互支撑的理论范畴，规范着地方经验如何参与文学史建构的若干书写命题。笔者试图以湖南梅山文化为论域，结合 20 世纪中国文学探讨地方经验进入文学史空间维度建构的可能。

一、梅山文学的文化空间

梅山文学源于梅山文化，而梅山文化又是华夏文化和湖湘文化的组成部分，其孕育发生可上溯至蚩尤部族的世居生活，距今已有 5 000 多年发展历程。[①] 在当下的商业语境中，有关地方文化的概念和疆域的界定似乎同旅游产业之类的实体利益产生暧昧关联，以致区域特色浓缩为各类包装盒上浓墨重彩的卖点介绍。即便如此，我们仍然需要对所涉生存主体取经济理性原则持

① 参见陈子艾、谢新吾：《古梅山峒区域是蚩尤部族世居地之一——湘中山地蚩尤信仰民俗调查（一）》，北京师范大学民俗典籍文字研究中心编：《民俗典籍文字研究》（第一辑），北京：商务印书馆 2003 年版，第 167 – 233 页。

肯定态度，毕竟主体自身构成了发展的根本理由，其意义并非存在于与他者的关系，换句话说，梅山文化的价值理念与归旨，首先是基于民生的，然后才是文化的。

“梅山”其实是一个跨行政区划的地理文化概念。据《宋史》记载：“梅山峒蛮，旧不与中国通，其地东接潭，南接邵，其西则辰，其北则鼎、澧，而梅山居其中。”① 概言之，广义上的梅山地区指位于洞庭湖以南、南岭山脉以北，主要由湘江、沅水、资水流域构成的雪峰山区，包括长沙、株洲、湘潭、邵阳、娄底、怀化、常德、益阳 8 个地级市和近 20 个县级行政单位，面积近 5 万平方公里。自 18 世纪末以降，梅山核心地区不仅产生了陶澍（1779—1839，安化）、魏源（1794—1857，隆回）、曾国藩（1811—1872，双峰）、胡林翼（1812—1861，安化）、熊希龄（1870—1937，凤凰）、蔡和森（1895—1931，双峰）、蒋廷黻（1895—1965，邵东）、李泽厚（1930— ，宁乡）等在中国历史上极为重要的思想政治文化精英，而且也为中国现代文学提供了诸如成仿吾（1897—1984，新化）、谢冰莹（1906—2000，冷水江）、沈从文（1902—1988，凤凰）、蒋牧良（1901—1973，涟源）、丁玲（1904—1986）、周扬（1908—1989，益阳）、吴奔星（1913—2004，安化）、叶紫（1910—1939，益阳）、周立波（1908—1979，益阳）等文学名家。不难看出，梅山这样一个生存空间，实际上同步反映了地理中国与文化中国现代化进程的思考向度，甚至走在了时代前沿。

被誉为晚清“睁眼看世界”的先行者的魏源诞生于邵阳隆回，离魏源故居所在地金潭（后改为司门前）不远的小沙江是梅山瑶人即“梅山蛮”发源地。魏氏百卷《海国图志》展开了位于“中国”之外的世界疆域地图和加速发育的异质文明，认识世界的理性之门由魏源推动，其贡献受到时贤极高评价。1867 年，洋务派领军人物左宗棠由福州船政局调陕甘督办军务，光绪元年（1875）应魏氏族孙光焘之邀欣然为重刊《海国图志》作序，高度肯定魏源学习西方科技而自强的开放观念，言语间洋溢敬意与深情：“书成，魏子殁。廿余载，事局如故。然同光间福建设局造轮船，陇中用华匠制枪炮，其长亦差与西人等。艺事末也，有迹可寻，有数可推，因者易于创也。器之精光，淬历愈出，人之心思，专一则灵，久者进于渐也。此魏子所谓师其长技

① 脱脱等撰：《宋史》（卷四九四），北京：中华书局 1977 年版，第 14196 页。

以制之也。"① 地理典籍通常与经世致用的精神相联系，魏源耗费巨大精力介绍列国历史沿革和地理概貌，基于对清国政府"非战即款，非款即战"的忧虑，《海国图志》虽为地理志书，但是语言简洁明快，说理精辟，字里行间显示出作者强烈的主体精神，启蒙姿态极为鲜明。自负如梁启超者，在批评魏源未摆脱幼稚的对外姿态时，也不得不承认魏氏主要观点对近代中国影响之巨："魏书不纯属地理，卷首有筹海篇，卷末有筹夷章条、夷情备采、战舰火器条议、器艺、货币等。篇中多自述其对外政策，所谓'以夷攻夷'，'以夷款夷'，'师夷长技以制夷'之三大主义，由今观之，诚幼稚可笑，然其论实支配百年来之人心，直至今日犹未脱离净尽，则其在历史上关系，不得谓细也。"② 因此，由"蛮窝"出走的魏源首开沟通世界潮流风气之先，折射梅山文化自有开阔视野和胸襟，亦说明渔猎生活习性蕴含多种可能，在认知向度方面，至少不输于象征开拓和冒险的沿海文化。

当然也要谨慎处理环境与个体的互涉关系。曾国藩在娄底双峰荷叶乡（旧辖湘乡县）长大，这位晚清最高权力大臣从文化方面奠定了湖湘学派传统，从设立翻译馆，输送留学生，实践性追求在在可见。不过，后世谈论曾氏经世思想仍遵循地理环境影响个体的必然逻辑，以致将"勤朴""明强""坚忍""柔韧""拙浑"等性格视为梅山文化的类型特征，③ 这是一种不够严谨的归纳，因为此类行为规范并非某一地区所特有。如沈从文处于湘西这一梅山边缘甚至过渡地带，却表达出同梅山文化高度相关的艺术风格与精神气质。曾国藩和梅山文化的"疏离"对照沈从文与梅山文化的"契合"，提醒人们需要以更加严谨的态度去思考地域蕴藏的地方性想象。主体实践之所以具有广阔的创造空间，原因在于其不可估量的综合融会能力，主体与客体环境之间不一定恪守一一对应关系。因此，在探讨地方文学的文化意义时，不能陷入无限度的"同情之理解"，否则容易遁入本质主义的片面与谵妄。正是这种不同，成为我们审视地方文学与文学史关系的重要关节：当地域文学作为实体纳入一种统一的、可评价的量化体系时，空间本身就超越了某种被文学史家建构的（时间）叙述模式展现出"真实"的文化生态。这一点在文

---

① 左宗棠：《重刻海国图志叙》，《海国图志·卷首》，光绪二年（1876年）甘肃平庆泾固道署重刊本，第3页。

② 梁启超著，朱维铮校注：《梁启超论清学史二种》（清代学术概论/中国近三百年学术史），上海：复旦大学出版社1985年版，第468页。

③ 参见范大平、朱坤初、李传熹、曾国庆：《梅山文化与湖湘文化对曾国藩及湘军的影响》，《湖南人文科技学院学报》2012年第6期。

化身份构建和丰富性张扬的科技时代尤具有哲学意义。①

作为一个整体概念，梅山文化具有原发性的远古部落色彩，此种包罗万象的所指，恰恰因为经验对象的芜杂而失去实践价值。一般来说，有关民族志而展开的归纳和抽样，皆由高度浓缩、提炼的文化精神来支撑其地方性意义，这样一种丰富与简洁的悖论，是学术及其展开伦理通常必须面对的。② 梅山文化以渔猎农耕生活为基本土壤，滋生其上的文化个体所保持的生活习性与逻辑范式，在漫长的生息中演绎为另类的生存哲学和美学体验，由此形成“山民”集体无意识的锻造。当然，关涉梅山文化的种种实体性存在与操作，未必可以当成追赶现代文明的精神印记，但也不能视为一个主动隔绝现代文明的另类版本。与其说“梅山蛮”曾在历史上同封建帝国形成或远或近的距离，不如说梅山文化时刻跟踪自己在现代文明的确切位置，它必须密切监视力量平衡状况，稍有不慎即导致无以挽救的灾难后果。所以，针对梅山文化展开的研究，当务之急是超越地方视野的功利主义，从社会学、人类学、历史学、人文地理学、民族学等角度入手，阐幽发微，开掘其广博的文化脉络和学术可能，先谋求问题空间的激活，再进行面向地方志维度的历史与文化系统整理。

从学界已有成果可以看出，目前有关梅山文化的研究仍体现出明显的原生性，集中于初级概念的探讨，诸如梅山文化的组成、历史存在与演变，以及作为文化现象提出的合法性。主要文献载于《邵阳学院学报》、《湖南人文科技学院学报》（娄底师专学报前身）、《湖南城市学院学报》（益阳师专学报前身）、《湖南科技学院学报》（零陵师专学报前身）、《艺海》、《中南民族大学学报》、《民族论坛》等地方学术刊物，尚未完全进入真正意义上的公共文化空间，且大多停留在生存经验的描述层面，缺少扎实全面的田野调查。事实上，梅山文化涉及建筑、饮食、宗教、语言、艺术等多个领域，若脱离直观的生存感知，很难将这些东西重新融合为容纳文化主体的实践语境，仅仅作为一种知识对象，不论它拥有何种独特性，其意义都极为局促。

---

① 根据海登·怀特的元叙事观点，一切文学史提供的只是一种叙事方式，因此，文学史的写法是“人言人殊”。既然如此，文学史本身的价值只是一种基于个体认知的方法论，而非事实本身。以信息处理为标志的科技时代，“大数据”运算能力对海量信息的贮存，不仅满足了地方文化的丰富性展示，而且也提供了“重返历史”的可能。

② 民族志研究的抽样调查目的与意义，离不开“例外”的例子支持。“例外”提供了样本的丰富性，以规律探求为宗旨的调查、不同个体的存在展示了内在生态研究的目的。

这说明，讨论文化和经验的地方性应当在持续性、整体性的学术维度中展开，既要关注该区域曾经有过的显赫传统，又要观照局部历史运行的轨迹，特别是其中蕴含、昭示、开启的当代文化价值建构之可能。从文学地理学角度审视梅山文学，尤其需要注意文学传统与当代价值的现代转换。

二、梅山文学的地方性书写传统

由于“梅山”通常指以资江为纽带串起来的雪峰山地区，“梅山文学”自然指向湘中和湘西若干地方的文学创作。不过文化总是通过主体迁移向周边植播，梅山文学的特质构成必然超出严格的地理区间，形成既具鲜明地域特色，又体现多种文化交融的跨文化色彩。近代以来，生存主体基于空间变动的现代性实践日益频繁，以空间变动为主导的离散书写，在“地方—世界”的对话中展现出多重意义。

对于一般文化探险者而言，有关梅山文学的诸种影像，既是一帧帧带着陈腐气息遁入丛林的背影，又是一个个借助河流讲述远方的故事。犹如沈从文在 1934 年回湘西的途中，路过常德（武陵）、桃源、沅陵等地时遭遇的地方历史、社会风情、乡土见闻，底层人物的边缘经验书写寄寓着作家对命运无常的深沉感慨。与湘中地区相比，湘西巫风更盛，古老的“赶尸”为山林文化蒙上了神秘的面纱，从世俗文化心理角度看，它张扬的恰恰是魂归故里的奇幻情节。不过，由于沈从文在中国现代文学史上拥有丰厚的文化资本，“湘西性”得以独成篇章，“梅山”反而成为一个陌生的符号，这也从侧面印证了地方经验进入文学史的相对性。凌宇教授认为，沈从文体现出转型时期湘西内部精神躁动书写的强烈欲望，并分析了“从湘西走向世界”这一命题如何在文学上成立。① 受生存环境制约，个体的经验和视野总是会或多或少打上地方的烙印，从而呈现出乡土经验的共时性。不过，宏大的文化模式未必在具体经验中畅通无阻。主体的文学创作产生于具体处境，作家在实存世界和间接经验中不断行走而海纳百川，经过“影响的焦虑”处理，最终抹掉了所有外来的印记。曾有学者指出：“沈从文对自身价值的取向，代表了无数寻求新世界的湘西人的价值取向，他们不同处只在于各人所寻求的理想及其实现方式的差异，挫折或成功的机遇和方位的不同。由于湘西社会条件及湘西

---

① 凌宇：《沈从文创作的思想价值论——写在沈从文百年诞辰之际》，《文学评论》2002 年第 6 期。

人的执着沉湎心理的凝重，向异求新的心理积淀层还微薄，但毕竟开掘了湘西人的心理结构，以适应客观世界的变动和湘西的改造。”① 沈从文通过文学实践而成为湘西的代言人，这并非他的本意。《边城》《湘行散记》《从文自传》等系列作品向世人展示了一个处于世俗秩序以外的自然化人性世界，亦提供了一个与世隔绝的凤凰。由作家“走出去”到游客“走进来”，生存语境互相观看，生命主体各取所需。

“湘西”成为梅山文化中发育饱满的一个文化符码，一定程度上架空了梅山文化的经验指涉性。沈从文曾谈及水与其走上写作道路的关系，② 水为孤独的生命带去滋润和冥思，在这里主要指陪伴其成长的沱江。除沈从文之外，沱江也滋养了民国首任总理熊希龄和画家兼作家黄永玉。沱江经武水汇入沅水，雪峰山则是沅水和资水的分水岭，与更加闭塞的湘西相比，湘中资水流域在地理位置上稍显便利，所以在呈现异域色彩的地方性特征上可能没有湘西强烈，但也在特有背景中自成体系。由地方性培育的文化特征并不等同乡土性，乡土代表一方风物，地方性本身蕴含了无限实践可能。湖湘文化的经世致用传统源远流长，作为古梅山中心之一的新化同样继承了务实作风，20世纪上半叶先后输出陈天华、成仿吾、谢冰莹等文化精英。

1905 年陈天华蹈海殉国，以生命为代价表达抗争和启蒙诉求。同为新化人，成仿吾是浪漫主义文学社团“创造社”创始人之一，13 岁随兄赴日本留学。③ 除突出的语言学习能力之外，成仿吾还有非同一般的理论敏感能力，加上年少气盛，锋芒毕露，旋即坐实了文坛“黑旋风”的绰号。经典论文《诗之防御战》表现出坚决捍卫文学观念的姿态。1923 年，成仿吾撰文提出新文学应当树立时代、国语和文学本身三种使命，追求文学之于时代与民族的密切互动。④ 成氏思维活跃，视野开阔，文字有激情，此文为他后来加入革命队伍提供了重要的注解。“女兵作家”谢冰莹（铎山，现属冷水江）的文学道

---

① 王嘉荣：《〈从文自传〉新说》，中国人民政治协商会议湖南省凤凰县委员会文史资料研究委员会编：《凤凰文史资料》（第 2 辑），1989 年，第 231 页。

② 沈从文：《我的写作与水的关系》，《沈从文全集》（第 17 卷），太原：北岳文艺出版社 2002 年版，第 206 页。

③ 陈天华于日本东京大森湾投海自杀，遗体由成仿吾的大哥成劭吾等人护送回国，举行公葬。与陈天华经历和追求相似的湖南益阳人姚宏业抵制日本《取缔清国留学生规则》而回国，由于兴办教学事业严重受挫，在陈天华灵柩回到上海之后投黄浦江而殁，两人合葬于岳麓山。

④ 成仿吾：《新文学的使命》，初载《创造周报》1924 年第 2 号，收入成仿吾、郭沫若合著：《从文学革命到革命文学》，创造社出版部 1928 年版，第 1 - 12 页。

路略有不同，由于她后来离开大陆，文学史评价一路走低。谢冰莹的个性反映出梅山人的“倔”，尝言：“……理智和感情冲突得特别厉害，我一生无论做事，说话，写文章都是纯洁，坦白赤裸裸的……”① 虽然谢冰莹冲破旧家庭束缚寻找伴侣和理想的经历，一度成为30年代小报记者的“八卦”来源，但她始终不坠青云之志，追求个性自由和革命真理。② 回忆散文《女兵自传》写出了一个身处逆境而保持斗志、苦中作乐、抗争不息的鲜活形象，也向读者展示出其家乡在新文化触动下缓慢而艰难的变化过程。如果试图概括三人的人生实践色彩，无疑是表现在他们身上那种抗争时一往无前的执着精神：以死抵御外国列强的歧视，投身文学与文化实践追寻真理，反抗封建伦理和礼俗压制，都有一股“梅山蛮”的蛮劲，执着之“蛮”基于他们各自对现代民族国家建构的坚定信念，以及努力参与其中的投入姿态。不论是沈从文发掘的湘西人性世界，还是谢冰莹对“十里洋场”现代物质的对抗宣言，皆可视为他们将身份记忆及艰难经验赋予了独特的意义，地方性书写被纳入了民族国家的问题框架以及对现代性建构方案的多样性进行探讨和补充。

美国历史学家柯文曾提出“在中国发现历史”以纠正西方中心主义的叙述模式。他认为史家在描述中国历史时，应当“力图按照中国人自己的体验”而非按照当时的实际情况去重建中国的过去。这是“局中人”和“局外人”的区别，“局外人”如费正清以自己的想象去建立“冲击—回应”（impact-response）与“传统—现代”（tradition-modernity）的阐释模式，其实消解了进入复杂历史的其他途径，同时也使史家对历史事变的相对重要性产生固定的偏见，左右史家对史料的收集与分析。柯文说：“……从置于中国历史环境中的中国问题着手研究。这些问题有的可能受西方的影响，甚至是由西方造成的；有的则和西方毫无联系。但是不管怎样，它们都是中国的问题。说它们是中国的问题有两重含义：第一，这些问题是中国人在中国经历的；第二，

① 谢冰莹：《关于〈麓山集〉的话》，《麓山集》，上海：光明书局1933年版，第13页。

② 谢冰莹后来忆及当年的艰苦“逃离”：“我之所以经过千辛万苦要离开家，跑到外面的主要目的是求学，寻求自由，求自我独立，不依赖别人。我没有丝毫虚荣心，更不敢往堕落的方向着想。在十里洋场的上海，以一个单身女子，能够自始至终，不向金钱物质投降，宁愿忍三天三夜的饥饿，喝自来水当饭吃。这一段生活，如今回忆起来，有无限的辛酸，也有无限的快乐，这是值得我骄傲的。”（《关于〈女兵自传〉》，见《谢冰莹作品选》，长沙：湖南人民出版社1985年版，第725－726页。）

衡量这些问题之历史重要性的准绳也是中国的，而不是西方的。”① “局中人”按照自己的体验对待经验本身容易获得认同，柯文向美国史学家群体叫板给我们带来的另一个启示是，是否在一个更小的范围里谈论相关问题，就导致了地方对象普遍性和重要性的消解？柯文的答案是“不”，并且恰恰相反，因为它颠覆了人们以往对有关对象的误解。② 就梅山文学而言，通过作家作品重新审视区域文化结构及其意义，解救出被“主旋律”遮蔽的作家作品，启发人们重新认识地方文化小传统具有的本体价值。

当然，在现代独立民族国家建立主题呈压倒性趋势的革命时代，地方性书写积极向主旋律靠拢无可非议，知识分子的承担要求自我跳出狭小的情绪空间，书写众多生命面临的共同困境。随着历史的推移，时代主题从外部困境转向公民社会建构，一切以政治斗争为基础的伦理必须让位于社会个体关系处理。不仅允许差异存在，而且还要创造理想的环境孕育差异性的生长，这是地方文化和地方文学发展的基本理由。

梅山文学积累深厚，除上文述及现代性追求的传统之外，更重要的无疑是与它内部文化结构密切相关的地方经验书写。20 世纪 80 年代以来，梅山文学通过各种方式表达出鲜明的地域色彩，展现出巨大的丰富性和包容性，以及生生不息的活力。

三、“天下梅山”：在地经验的分享维度

从更加宽泛的湖湘文化考察，湘楚地区浓厚的巫教背景为地方文学染上了绚丽奇幻的特质，诗骚传统在当代梅山文化中得到充分延续，并且呈现出形而上的超越。20 世纪 80 年代起步的改革开放为古老、闭塞的梅山地区吹进

---

① 柯文著，林同奇译：《在中国发现历史——中国中心观在美国的兴起》，北京：中华书局 2002 年版，第 170 页。

② 柯文以不同人对辛亥革命的叙述为例，说明不同角度和立场会造成很大差异，但是这些差异可能会组装出一个真实的对象：“在这幅画面中，西方仍然占据重要地位，但对这种地位的理解，要比以前复杂得多，因为我们开始看到和西方打交道的并不是一个惰性十足的、被动的中国，而是一个长期以来自身经历着重要变化的中国，一个充满最基本的矛盾与冲突的中国，这个中国，从自身的情况出发加以观察，绝非离奇古怪、充满异国情调的国度，而是由真实的人所组成，他们和任何社会的人一样，日夜思考的棘手问题是如何在一个严厉、苛刻、往往是不可理解的世界中生存下去。”见柯文著，林同奇译：《在中国发现历史——中国中心观在美国的兴起》，北京：中华书局 2002 年版，第 177 - 178 页。

启蒙的希望之风，曾经被视为封建迷信的“梅山教”获得另类民族志价值，被视作洞庭湖流域一种独特的民俗文化受到学界的关注。①“天下梅山”当然不是划定地盘重塑一种与现代性格格不入的古典生活，其合法性在于立足本土，通过文化创新的方式接通与外界一起互动的脉搏，在诸多相关领域实现地方经验的分享，从而体现出自身对世界的存在意义，特别是思维、审美等观念世界的激活价值。

作为一种朴素的生存智慧，“梅山教”源于梅山先人适应原始渔猎生活而积累的生存智慧和伦理规范，在历史演化过程中逐渐分化了相关功能：一部分成为应对生产劳动的护身秘籍，一部分逐渐发展成地方文化意味浓厚的准宗教，还有一部分则在流传过程中不断神秘化，成为超自然的魔法，即习惯而言的巫术。凡此种种，皆以对抗包罗万象、无处不在的生存威胁为目的。人们称掌握“梅山教”的人学了“法”，与“法”同行是用来防身的“打”。②“打”即习武，流风所及，乡土润泽，湘中新化、冷水江被评为全国第一批、第二批“武术之乡”，可资见证。“打”和“法”保持着古汉语独特的构词方式和能指意蕴，折射出“梅山蛮”的价值观念与生活方式。随着科技本身的进步和法制观念的觉醒，武术的功能也由防护转化为健身，其原始功能被逐渐削弱。

相比于实用型的习俗，文化传统造成的诸种后果要深远得多。李泽厚（湖南宁乡）晚年提出“巫史传统”解释历史文化的分流，“巫”是所有原始民族必经的阶段，随着历史推进一部分变成科学，一部分变成宗教。李氏有关“巫”的分化论述被广为引用：“‘巫术礼仪’在周初彻底分化，一方面，发展为巫、祝、卜、史的专业职官，其后逐渐流入民间，形成小传统。后世则与道教合流，成为各种民间大小宗教和迷信。另一方面，应该说是主要方面，则是经由周公‘制礼作乐’即理性化的体制建树，将天人合一、政教合一的‘巫’的根本特质，制度化地保存延续下来，成为中国文化大传统的核心。”③ 巫文化对于原始山林地区的影响潜在而巨大，作为审美之维，“巫”

---

① 有关“梅山教”的研究，可参看张泽洪：《中国南方少数民族的梅山教》，《中南民族大学学报》（人文社会科学版）2003 年第 4 期，第 36－40 页；倪彩霞：《族群变迁与文化聚合——关于梅山教的调查与研究》，《世界宗教研究》2011 年第 1 期，第 97－105 页。

② 在当代梅山方言体系里，指代“学习梅山教”的“学法”一词已经演化为“交学费做无用功”的代称，这从一定程度上反映出传统习俗对语言和思维的深刻影响。“神打”是“梅山教”里的“邪术”，用砒霜等剧毒物品炼制而成，藏于指甲，用来暗算，神出鬼没。

③ 李泽厚：《说巫史传统》，《己卯五说》，北京：中国电影出版社 1999 年版，第 59 页。

仍然是打开梅山文学的灵感资源和想象空间。受“巫史”启发，谭桂林将其命名为“巫诗传统”，并认为20世纪80年代以后湖南文坛涌现出大量与巫文化结合的先锋性作品，究其实，主要是文化“寻根”造成的结果。① 巫术色彩极浓的梅山文化在参与湖湘文化正统性建构的同时，在哲学、宗教、艺术等形而上领域保留了鲜明的地方性，它们已经成为激荡湖湘文化新变的诗性元素。

从文学范围来看，梅山文学及其地方经验的艺术表述涵盖了不同维度，举其要者，首先涉及外部生存环境的描写，其次是主体生存与环境的依存关系，然后有位于正统之外的地方野史传说，此外还有基于生存实践的哲性思考。80年代以来，娄底、益阳、常德、邵阳等地重要作家有谭谈、萧育轩、刘志坚、叶梦、廖静仁、匡国泰、张小牛、莫美、吴中心、廖志理、贺辉军、舒翼、海叶、刘鸿伏、龙红年、白红雪、盛可以、谭克修、马笑泉、谈雅丽、谢小青等，陪伴他们走上文坛的早期作品无不带着强烈的乡土气息，有的作家甚至始终怀抱家园表达情结。比如有“潇湘巫女”之称的益阳作家叶梦，散文集《遍地巫风》涉及梅山文化的世俗层面及其乡土风情，类似神话与传说，人物与命运，情感与规范，皆在梅山文化中绽放出古老奇异的色彩。读者可以看出作家怀揣敬畏之心，沿资江河岸由邵阳、新化一路走到安化，由“上峒梅山”下溯“下峒梅山”，叶梦在追踪逐水而居的山民如何用纯粹的心灵观察和理解世界的过程中，展现出地方经验对于文化原乡的重构魅力。比方她写新化人与毛板船的故事，着重历史、文化、心灵考古，突显梅山文化对主体性格构成的深远影响。同样书写资江主题，安化作家廖静仁则偏向于表现极境中人物命运的抗争。《资江船夫曲》塑造的父亲形象，在富于传奇色彩的历险中再现地域文化及其生命的原始强力，让读者联想到湘楚之地顽强不屈的“霸蛮”传统。邵阳作家刘志坚的书写立足于梅山风物，《山川风采》中的散文具有浓厚的地志色彩。涟源作家吴中心的《地下有鱼》《梅城》《猎豹》等中短篇小说作品，以湘中小城为背景，展开心灵与世俗欲望的搏斗，现实书写借力于魔幻倾向，挖掘出地方文化蕴含的艺术空间。张小牛的《割爱》以过去时光为底色，作者借助恬淡的乡村叙事回到曾经走过的时代内核，书写寻常琐碎，别有一番素朴之风。小说家莫美（涟源）擅用微雕手法刻画历史和大地的生存场景，基层官场人物语言充满地方文化底蕴和生命智慧，

---

① 谭桂林：《楚巫文化与20世纪湖南文学》，《理论与创作》2000年第3期，第20－26页。

新出版的长篇《墨雨》（2016）以湘中小镇为舞台，激烈的矛盾冲突和独具地方风味的民俗风情相融合，展示出作者高超的文学想象力和文化批判力。娄底作家龙红年用诗歌切入底层命运，反映出与梅山大地相关的民生课题。益阳作家盛可以关注人物处境由乡土到城市的过渡，在小说叙述实验方面表现出强大的原创力，其女性主义立场亦受到海外汉学家的关注。近年异军突起的隆回青年作家马笑泉，其小说多以本土文化为背景展开，手起笔落，饶有大将风范。长篇小说《巫地传说》由“异人”“成仙”“放蛊”“鲁班”“梅山”和“师公”等几部分组成，彼此独立成章。小说书写梅山文化熏陶下的人物命运，如学者所说：“全书涉及从‘文革’到当下社会众多的重大事件，将中国的‘大历史’与梅山文化熏染下湘南小镇的‘小历史’对接起来。历史与想象，国家与民族，弱者与强人，时间与空间，文明与野性，在此融为一体，成为一幅色彩斑斓的民俗风情画。”① 从梅山文学历史谱系来看，马氏是文体意识和乡土特色方面皆得沈从文精髓的新生代作家。由于作家着眼维度、艺术追求不同，生存环境描绘的地方色彩各有深浅，相映成趣。

在地方知识谱系中，诗歌与地方文化的关系相对于散文和小说要远为疏离，不过地方文化对诗歌美学的影响却是其他文类所不及的。诗歌诉诸文字及其形式结构的凝练，使得内容相关的文本信息变得次要，地理成为容纳某些美学风格和思维气质的遐想空间，换句话说，在时空的巨大转变面前，唯有诗歌能自由跨越梅山文化历史之沧桑与辽阔，扩充现代性维度之外的指涉丰富性。如前所述，诗歌的地方特色支撑了地方诗歌的独创性，体现出具体的诗人个体对自我经验的发掘与总结，梅山文学以地理空间为依据，从修辞角度隐喻了中国文学在世界文学格局中的位置。概言之，不同的地方和不同的文化联姻必然产生不同的美学效果，不过地方文化对文学本身的影响并非是教科书式的直截了当，发生于特定文化背景中的心灵与实践的多重互动，在个案的多样性中表现出诸种整体性。

置身于现代性扩张、理性崩析的碎片化时代，即便谈论自 20 世纪 80 年代以来湘中诗坛的整体风貌，仍然难以摆脱视野局限。唯笔者阅读记忆和实际交往所及，活跃于全国诗坛的知名诗人有廖志理、杨舒翼、龙红年、谭克修、海叶、梦天岚、谈雅丽等，他们都有不错的语言天赋，且仍在延续相关思考，虽然有的诗歌写作激情已不比当年。以栖居于梅山文化中心新化的诗

---

① 聂茂：《文学场域中的民族精神》，《文艺报》，2012 年 7 月 27 日，2 版。

人白红雪为例，可以看出地方书写的不同维度，以及在寻求艺术蜕变过程中面临的具体困境。白红雪的诗歌创作起步于20世纪90年代初，到21世纪逐步踏上正轨，他的诗歌一方面专注于沉思品质的挖掘，通过修辞有意拉开与生活之间的距离，寻找面向世界诗歌的言说可能，努力从中获得形而上的哲思超越，另一方面，审美与思维受梅山文化明显影响，形式探索被知识视野限制，见证了信息闭塞条件下蜕变的艰难。这种栖身“小地方”而立志成大器的代价，加大了地方性经验纳入国民文学体系的时间和机遇成本，特别是与现代大都会丰富的学术资源相比，边远地区的艺术家总是面临更多困难。“地方性”给个体成长带来的挫折，有时会深刻地规囿个体的思维空间，呼唤批评家予以及时的理论探讨和对话。梅山诗人在地方文化的熏陶下成长，命运亦打上了与渔猎文化相关的文化烙印，这些潜栖于文学空间的个体经验通常很难进入当代文学批评与阐释体系，因此被排斥在命名为“现代性”的整体框架之外。而谈雅丽的沅江书写延续了诗性的观照，她把自己的命运安放在沅水流域，在一个诗歌热衷展示异乡体验的时代，她的写作呈现了一种别致的景观。她在散文《沅水第三条河岸》中说：“当我顺着沅水河行走，到达入湖口，经过岩汪湖，到达目平湖、洋淘湖，我觉得我自己也越走越宽，河流影响到了我，也影响我的人生，它使我不再局限于自我的小情绪，而是在自然中，从最细小的流动到越来越宽大，越来越浑厚，直成汪洋大海。”这段话透露出人生与文学、诗歌与散文之间的互文性，通过文字建构守护沅水的第三条河岸的意图不言自明。谈雅丽不仅融入对一条河流的情感体验和理性思考，而且也在本土关怀中拓展了面向世界的文化对话。由《大河流经第七天》《沅水之夜，第一天》《大通河的流水，第二天》《澜沧江的气息，第三天》《洞庭湖水，第四天》《浮玉江南，第五天》《涉江，第六天》《恒河之水，第七天》等作品组成的河流系列，可以当作诗人跨越地域限制漫游世界的一个缩影。由此可见，对于他们来说，现代性几乎已经化身为一个爱恨交加又不能自拔的陷阱。

梅山作为作家和审美经验赖以存在的实践背景，与任何地方一样，首先是基于形而下的具体层面，丹纳曾说：“作品的产生取决于时代精神和周围的风俗。”① 如果将其加以置换，可以说，周围的风俗和环境决定其思考展开的意象和手段，时代精神则是反映普遍规律的一个缩影。因此有关地方性的艺

---

① 丹纳著，傅雷译：《艺术哲学》，兰州：敦煌文艺出版社1994年版，第41页。

术传达，不只是地方风物和生活习性的描摹复写，它远远超出这样一个层次。梅山所规范的地方性书写超越地方风物的形而下呈现和渔猎文化相关的衣食住行等器物方面，与原始日常生活相关的东西已在20世纪80年代以来的现代化浪潮中渐次消解，标准化时代的飞速推进改变了人们的生存体验和审美方式。不必讳言，当与梅山区域相关的地理经验成为某种观念骨架和思维驰骋的基本平台，也会在美学生成角度起着某种制约作用，表现为个体经验与文学地理向远方延伸的冲突。文学地理之所以成为讨论地方文化的重要内容，其背景正是浩渺无涯的世界文学这一存在场域，以及与之息息相关的世界公民主体。文学地方性的价值在于其不可替代性，用阿尔布劳的话说，全球时代的经验未必总是能够按照现代性来表述，人所具有的潜能远比任何一个历史片段所能够容纳的要大得多。①

四、结语

梅山地区近年呈现出本土化书写的浪潮，不少作家扎根于生命体验和巫文化土壤，从现实与神话交替的视角出发，结合现代/后现代视野对乡土经验进行综合和改写。就文学的生产而言，我们很难推断具体文本与梅山原乡之间的直接关系，然而，词与意的纠缠体现出地域经验在主体审美感性形成中的滋养作用，这些以童年经验、民间记忆、日常民俗为基石创作的作品，价值不在于内容本身的地方色彩，而是由此投影出一条自我摸索文学普适性的曲折道路。从现代性反思的觉醒中，文学地理的差异景观得以建立和书写，这一点可能是地方美学经验中最为重要的文化价值之一。

将梅山地区纳入全球化考察视野，民生经济必然成为这个中部省份欠发达地区生存与发展的首要问题。当它无法承受贫困、闭塞产生的压力，所有基于此建立的价值体系必将瓦解，其故事结构与沈从文《边城》揭示的坍塌并无二致。对于梅山文化而言，与其说是纳入现代化进程不得不付出的代价，不如说它再一次印证了现代化裹挟的灾难性后果。在改善生存条件的过程中，环境问题始终重要，人与自然的交互，实践是主体的改造，但是改造本身不能产生逾越和谐尺度的伤害和毁灭。在现代性依次展开的文明画卷中，文化个性和生命活力消减是人类的共同遭遇。梅山文化的历史传承揭示的哲学命

① 马丁·阿尔布劳著，高湘泽、冯玲译：《全球时代：超越现代性之外的国家和社会》，北京：商务印书馆2001年版，第6页。

题是：有没有某种途径在边远地区直面现代化进程时庇护其伦理变异？少数文学能否重新赋予梅山文化以积极建构的巨大能量？梅山文化自身无法提供答案，这需要所有主体的分享和参与。

受文学史叙述限制，20 世纪中国文学故事的讲述总是以时间的方式线性展开，那么有无可能寻找一种新的讲述方式，拓展这种单线条的建构话语？曾大兴等学者提出的文学地理学或许是一种思考方向，虽然"系地法""现地研究法""空间分析法""区域分异法""区域比较法"等文学地理学常见的研究方法，① 可能面临过于强调地理维度而陷入碎片化的相对主义危险，但也是一种框架性思路。需要注意的是，任何区域文学都不是一种与外界隔绝的自足空间，它们必须反映由族群生存状况决定的张力关系，同时在时间维度展现其位置，仅仅将中国文学写成地方文学史的地理拼图是不足取的。事实上，在世界文学丛林中，中文写作只占弱小的一隅。地方与世界作为一组相互支撑的理论命题，规范着个体经验与文化背景的书写策略。主体实践的具体性，现代文明对效率和节奏的追寻、膜拜，与生活自身的慢形成了强烈的对比，而在文明的边缘地带，人与自然的融合，保持了人对自己和他者的同情与体谅，人性之光因而得以维护和发扬。同理，中国文学不是一个本质化的对象，文化区域、作家个体与群体、文本等综合因素置身其中，成为一种复杂多元的文学存在。借用德勒兹、瓜塔里有关文学"复系统"的理论表述，梅山文学亦与少数文学（minor literature）取得内在关联，因为它的生成及处境体现出协同性和集体价值，它用地方色彩的"巫"向我们展示了"表述的主体"和"陈述的主体"之间的差异，其独特的美学力量，为标准化时代行将发生的语言和经验的双重贫乏暗示了一种可能的拯救之道，也为文学史生成的后现代处境提供了不可忽视的启示作用。

---

① 关于具体研究方法的解释："系地法，就是考证文学事象发生的地点，然后按照形式文学区或功能文学区进行排列；现地研究法，就是把文献研究法和田野调查法这两种方法结合起来；空间分析法，就是对文学作品的地理空间（包括各种空间元素及其结构与功能）进行分析和解读；区域分异法，就是按照文学的区域特征及其差异，把它们分为不同的地理板块；区域比较法，就是把两个以上不同区域的文学事象进行共时比较或平行研究。"见曾大兴：《文学地理学的研究方法》，《人文杂志》2016 年第 5 期。

论 20 世纪 40 年代美华文学的发展及转变

——以《华侨文阵》《美洲华侨日报》《新苗》等为考察对象

李亚萍

（暨南大学文学院）

20 世纪 40 年代是美华文学发展史上非常重要的阶段，该时期的美华文学呈现出较为鲜明的转变，恰如麦礼谦先生所言："美国华侨文艺运动的兴起正好显示华人的意识已经从华侨到华人的过程中再跨进了一步。"① 而此时的美华文学也恰处在探讨如何形塑美国华侨文艺风貌的历程，该问题的探讨与 20 世纪 70 年代初美国华裔作家赵健秀、陈耀光、徐宗雄等所探寻的"华美感性"极为类似，都尝试建构美华文学的合法性基础。对这一时期的美华文学进行梳理和研究是十分必要的，这也是补充完整美华文学百年发展史的重要一环。笔者尝试在目前收集到的原始文献基础上，对这一时期美华文学的发展做总体性的评价，尤其对其发展转变及特点进行概括总结。本文涉及的原始文献资料主要有《华侨文阵》（1941. 12—1945. 3）、《美洲华侨日报》"新生"副刊（1940. 7—1950. 12）、《新苗》（1947. 3—1948. 3）、《绿洲》（1945. 5—1947. 12）。

一、20 世纪 40 年代美华文学资料整理及研究综述

20 世纪 40 年代美华文学的大致发展概况在一些史论性著述中被论及。麦礼谦先生长期从事美国华人历史研究，是较早关注该时期文艺发展和文学创作的研究者。他在专著《从华侨到华人》中专辟一节论及抗战后美国华侨青年文艺运动及文学创作的情况，为读者提供了许多原始资料的信息，如《美洲华侨日报》"新生"副刊对美国华侨文学的培育作用，以及对《绿洲》《轻

---

① 麦礼谦：《从华侨到华人》，香港：生活·读书·新知三联书店 1992 年版，第 320 页。

骑》《新苗》等文艺刊物的简介等。① 旧金山州立大学华侨华人研究专家谭雅伦教授曾撰文《四十年代的华埠文学运动》②，论述《美洲华侨日报》“新生”副刊对 20 世纪 40 年代美华文学的贡献。国内学者对这一历史阶段关注较晚，他们的论述主要借鉴和参考海外学者的成果。黄万华教授在《20 世纪美华文学的历史轮廓》一文中认为美华文学的第一次强劲势头是在“二战”期间随着华侨抗日文艺的兴起而出现的，文中简略提到 20 世纪 40 年代美国抗日文艺团体的成立、各类文学刊物的兴办等情况。③ 刘俊教授在《海外华文文学教程》中执笔撰写“北美华文文学”一章，也简短论及“二战”后的美国华侨文艺运动。④。上述两位学者基本参照麦礼谦教授的论述。赵文书教授在专著《和声与变奏：华美文学文化取向的历史嬗变》中尝试梳理美华文学的发展脉络⑤，在论及 20 世纪 40 年代美华文学时，主要以两篇刊载在《美亚》（*Amerasia*）杂志上的论文作为依据展开⑥。

文史领域的研究者对 20 世纪 40 年代美华文学的发展表现出较大兴趣，他们均意识到该时期在美华文学发展中的重要性。正如黄万华教授所言，“目前学术界已有的美华文学论述中，都忽略了这一重要环节，而使得对美华文学发生发展的历史描述变得残损不全”⑦。而作为 20 世纪 40 年代美华文学亲历者的作家黄文湘同样认为此段历史不可忽视，他回忆了参与当年华侨文艺

---

① 麦礼谦先生去世后，他所收集美国华人历史资料均捐赠给加州大学伯克利分校，其中包括 20 世纪 40 年代美华文学非常重要的文艺刊物《新苗》。

② 谭雅伦：《四十年代的华埠文学运动》，《布告板》1988 年第 7 期，纽约华人历史学会主办，第 1 - 5 页。“纽约华埠历史研究社”社刊《布告板》推出 27 页的专刊，以纪念 20 世纪 40 年代的华埠文学。其中刊有该刊总编辑陈国维代表研究社观点的文章《华埠文学四十年代及当今》，以及谭雅伦教授撰写的《四十年代的华埠文学运动》。同时该刊选发了《美洲华侨日报》“新生”副刊上老梅的五篇短文，其他作者的六首诗和六篇短篇小说，都以中英文对照的形式刊登。这些资料承蒙谭雅伦教授复制经友人扫描后通过邮件传给笔者，在此对谭教授的热心帮助表示由衷的感谢。

③ 黄万华：《20 世纪美华文学的历史轮廓》，《华文文学》2000 年第 4 期。

④ 饶芃子、杨匡汉主编：《海外华文文学教程》，广州：暨南大学出版社 2009 年版，第 97 页。

⑤ 赵文书：《和声与变奏：华美文学文化取向的历史嬗变》，天津：南开大学出版社 2009 年版，第 77 - 81 页。

⑥ 这两篇刊登在《美亚》（*Amerasia*）杂志上的文章分别如下：Wenquan. “Chinatown Literature during the Last Ten Years（1939—1949）”, trans. Marlon K. Hom, Amerasia, 9：1（1982）：83. /Sau - ling Cynthia Wong. “Tales of Postwar Chinatown：Short Stories of The Bud, 1947 - 1948”, Amerasia, 14：2（1988）：61 - 79.

⑦ 黄万华：《20 世纪美华文学的历史轮廓》，《华文文学》2000 年第 4 期。

运动的一些片段，"我在这里想说的，是美国华人文学发展中一段现在鲜为美国华人文学作家所知的史实。这段史实发生在20世纪40年代，是美国华人文学发展史的一页，如果撇开它不提，是割断了历史"①。然而，这段历史因冷战到来而遭封存，当时从事美华文艺运动的前辈们亦四处流散，无从访问，文献的搜集整理尤为困难。

麦礼谦、谭雅伦等研究者收集了部分的原始资料，如全套《新苗》杂志由麦礼谦收集并交由谭雅伦、黄秀玲等进行研究。1982年谭雅伦教授将一篇评述文章《华侨文艺十年》② 翻译成英文刊载在《美亚》杂志，也即上文提及赵文书教授参考的其中一篇。该文是十分重要的文献资料，作者温泉以总括评述笔法回顾1939年至20世纪40年代末美华文艺发展的概况，其中提及较多文艺刊物及团体，并评选出15部优秀的小说作品作为这一时期文学的最佳成果展示。这是目前所能看到的唯一一篇全面介绍20世纪40年代美华文艺发展的文章，虽局限于面上的铺陈，并未深入各点进行细致探究，但确是20世纪40年代美华文学研究必不可少的文献。笔者认为，麦礼谦教授在其专著中对20世纪40年代美华文学概况的论述应是参照了该篇文章，而本文所论及的文献资料也得益于该文的指引。

谭雅伦教授在挖掘、整理乃至推广20世纪40年代美华文学的工作中做了诸多努力。除翻译温泉的《华侨文艺十年》之外，也十分强调《美洲华侨日报》"新生"副刊对美华文学的推动作用。1988年在"纽约历史华埠研究社"的社刊《布告板》第7期选发了《美洲华侨日报》"新生"副刊上老梅的5篇短文，其他作者的6首诗和6篇短篇小说，均以中英文对照的形式刊登。这是较早的一次对20世纪40年代美华文学原始资料的发布和推广。

美国加州大学伯克利分校亚裔文学研究专家黄秀玲教授最早从原始资料入手对该时期文学进行细致研究，她于1984年撰文分析1947—1948年间美国华侨文艺刊物《新苗》的短篇小说。《战后唐人街的故事——论〈新苗〉(1947—1948）的短篇小说》分别从小说语言、道德倾向、历史意义等方面对《新苗》短篇小说进行细致分析，并指出"《新苗》小说是华美文学遗产的重

---

① 黄文湘：《1940年代的美国华人文学——美国华人文学初探之二》，《华人》1987年第5期。

② 温泉：《华侨文艺十年》，新苗文艺丛书第二期《突围》，1949年，第44页。温泉是20世纪40年代美华作家中的活跃分子，具有较强的理论意识，20世纪40年代初曾在《华侨文阵》上率先提出"华侨文艺"的口号，引起美华文艺界对该问题的激烈讨论。

要部分"①。该文在国内发表后，未引起太多关注，估计一来该文所写题材较狭窄，二则《新苗》不为大家所知，再则当时国内学界的热点仍在台港文学领域，少有人关注美华文学的历史及相关论述。该文的英文版刊登在 1988 年第 14 期《美亚》上，黄秀玲教授希望借此引起华裔文学研究领域的关注，并突破华裔英语文学与华文文学之间的分隔局面。

国内仅朱云霞博士的一篇论文真正论及 20 世纪 40 年代的美华文艺。《写在家国之外：想象与凝视——以〈华侨文阵〉为分析对象》分析美国华侨文艺刊物《华侨文阵》的作品主题及创作风格，她认为这些创作突出呈现了"二战"期间美国华人的中国情结。② 该论文为 20 世纪 40 年代美华文学研究提供了重要的资料信息，有效拓展了这一时期美华文学的版图，但论者只能就自己搜集到的资料而论，未能将之置于 20 世纪 40 年代美华文学的整体格局中加以考量，不免有所偏颇。

20 世纪 40 年代美华文学的确是美华文学历史中重要的一环，学界已经关注并有部分研究成果，但未能就具体的文献资料系统全面地论述，甚为遗憾。笔者一直从事美华文学的研究，有幸出国访学，跟随黄秀玲教授进修，黄教授慷慨赠阅《新苗》期刊复印件且指引笔者如何寻找相关资料。笔者在中美两国的图书馆中找到相关资料，已整理出小说、诗歌、散文等近百万字，这些资料因年代久远兼保存不善，都有一定的残缺，因而本文论述难免会有缺漏。

二、20 世纪 40 年代美国华侨文学的发展概况

早期的美国华人社区相当重视对中国文学的传承，谭雅伦教授在《金山歌谣集》序言中提及旧金山唐人街的诗文创作和文学社团的组建情况，相当有历史渊源。③ 刘伯骥在《美国华侨史》中也提到，清末民初旧金山各会馆的主席都来自"国内科名中人，咸以老师称之，受此宿儒影响，侨社讲究文

---

① 黄秀玲：《战后唐人街的故事——论〈新苗〉短篇小说》，见《四海——港台海外华文文学》编辑委员会：《四海——港台海外华文文学》（作品八辑），北京：中国文联出版公司 1990 年版。

② 朱云霞：《写在家国之外：想象与凝视——以〈华侨文阵〉为分析对象》，《华文文学》2010 年第 3 期。

③ MARLON K. HOM, "An introduction to cantonese vernacular rhymes from San Francisco Chinatown", Songs of Golden Mountain. University of California Press, 1987: pp. 28 – 38.

字，习已成风，征联吟诗，不逊于国内”①。在旧金山华人社区先后成立过小蓬诗社（1893）、金山同文社（1895）、金门吟社（1923）、文华社等，乃至到1967年仍有敦风诗社成立。这些文学都以旧式文体呈现，延续中国古典诗词吟咏创作的特质。而1910—1940年间，在加州旧金山天使岛木屋中留下的百余首中文木刻诗，同样以旧体诗的形式抒发离家远走、异乡备受凌辱的思乡情愁。②

1917年中国国内已兴起新文学运动，这并未直接影响到美国的华人社区（这与东南亚地区的华文文学发展有着不同的轨迹）。诸多新文学的提倡者和中坚力量都曾在美留学，如胡适、陈衡哲、冰心、闻一多等，但他们与当时美国唐人街的华人劳工之间少有往来，正如温泉所说的“这些唐人街，往往是破旧、污秽的，中国政府的外交官员、留学生等是不作兴涉足其地的”③。1940年之前华人社区的文学在他看来也是“报纸副刊大抵都抄些祖国‘旧肴’，填塞篇幅，也一贯地是‘某处某生，貌美多情’那一套”④ 极难脱离旧文学窠臼，更遑论新文学创作了。这种境况直到抗战爆发后才有所改变：国内华侨子弟为避战乱移居美国，他们大多受国内左翼文学的影响，抱着文艺救国的热情，在美积极组建文艺社团创办各类文艺刊物，为美国华侨文学带来了一股新鲜习气，极大促动了美华文学的发展。

第一，华侨文艺创作队伍不断增添新人，逐步壮大。1938年广州和武汉失守，广州附近的华侨子弟在这一时期移民去海外避开战祸，他们在国内受过新式的中学教育，且有参加抗战的经验，颇有政治意识。如《华侨文阵》《新苗》的主创人员高木、老竹、百非等以及《美洲华侨日报》的主笔梅参天、唐明照、李顾鸿等，《绿洲》的马赐汝、茫雾，《轻骑》的梁小麦等都是在抗战前后进入美国。他们来美国后，积极联合当地华人青年，组建文艺社团，创办文艺刊物，从事抗日救亡宣传活动。⑤ 他们的加入为美国华侨文学的发展注入了新鲜血液，其高昂的爱国热情、强烈的社会责任感、直面现实的

---

① 刘伯骥：《美国华侨史》，台湾黎明文化事业股份有限公司，1976年初版，1982年再版，第404-406页。

② HIM MARK LAI, GENNY LIM, JUDY YUNG. Island: poetry and history of Chinese immigrants on Angle Island, 1910-1940. University of Washington Press, 1991.

③ 温泉：《华侨文艺十年》，新苗文艺丛书第二期《突围》，1949年，第42-60页。

④ 温泉：《华侨文艺十年》，新苗文艺丛书第二期《突围》，1949年，第42-60页。

⑤ 麦礼谦：《从华侨到华人》，香港：生活·读书·新知三联书店1992年版，第311-312页。

文学立场及开放的国际视野影响改变着美国的华人青年。

第二，各文艺社团的成立及文艺刊物的创办推动了美国华侨文学的发展。20 世纪 40 年代美国华侨文艺运动较为突出的是纽约和旧金山地区，这两个地区出现的文艺社团和文艺刊物也相对集中。纽约地区共计有：纽约华侨青年救国团（青救团）创办的《华侨青年》杂志、“曦社”创办的《曦社课艺》（油印刊物）、华侨文化社创办的《华侨文阵》《新苗》及华侨青年文艺社创办的《绿洲》等杂志。旧金山地区则有：屋仑野火社的铅印刊物《野火》、加州华侨青年救国团创办的《战斗》（油印刊物）、青华社的《青华》、屋仑晓角社的《晓角》、华侨青年轻骑文艺社的《轻骑》等。这些文艺刊物都鼓励华侨青年提笔创作，在文学创作上较为突出的是《华侨文阵》《绿洲》《新苗》。

《华侨文阵》由 1942 年底在纽约成立的“华侨文化社”创办，从国内来美对文艺研究感兴趣的青年及优秀的华工联合成立了“华侨文化社”。《华侨文阵》被认为是“美洲华侨有史以来第一个纯文艺期刊”①。这些青年为文纯粹出于兴趣，“我们——本刊执笔者，都是一些华侨职业青年，又都是于文艺有嗜痂之好的，既没有‘文章华国’的野心，也没有‘卖文为活’的必要；兴之所到，大家写点东西，凑几个钱，就印成了这么的一本，呈现于华侨大众之前”②。因自费出版，《华侨文阵》的经济基础很不稳定，出版无定期，1945 年底便不能维持了。就目前笔者搜集到的《华侨文阵》来看，内容以散文、诗歌、小说、文艺评论等为主，其中诗歌散文大都书写海外游子对战地故乡的忧思，文艺评论则面向中美文艺，有书评、影评，如高木的《老舍张天翼合论》、温泉的《广东文学论》都比较突出。小说选材较为广阔，既表现故土战争，也描画在美华人的生活，甚至还将笔触扩展至参与欧洲战场的华裔军旅生活。如周流的《为祖国的儿女们》讲述一群生长在唐人街的华人子弟热切想回国抗日的故事，表达华侨青年的爱国热情；翼不郎的《夜踱街头》则讲述一华裔子弟如何为父报仇，希冀在美国被平等对待，控诉种族不平等的现实；前常竹的《色》讲述同为弱势群体的华人和黑人间的矛盾，表述黄黑联合的意图。《华侨文阵》的作品在当时已颇具水准，选材既观照故土又立足当下，展现华人生活的多个层面。除正刊外，《华侨文阵》每期还附有广东方言的副刊《猗彧》，以满足长期生活在唐人街的广东移民之需。

① 温泉：《华侨文艺十年》，新苗文艺丛书第二期《突围》。
② “创刊献词”，《华侨文阵》，1942 年 12 月 15 日，华侨文化社。

《绿洲》由华侨青年文艺社[①]于1945年5月4日创办（1945.5—1947.12），每月1期，共计出版32期。相比《华侨文阵》，《绿洲》的创办者更有远大的文学理想和抱负："在这文艺生产的供给缺乏得像沙漠上的水一般的华侨社会里，我们是一群需求文艺滋润的垦荒者，我们追求着一个绿洲的呈现"，要在华侨社会里"用血、汗和泪浸润滋生出一些华侨文艺的根苗，甚至使它绿叶成荫，开花结果"。[②] 他们在《绿洲》上高举"五四"旗帜，以鲁迅、茅盾、巴金等作家为榜样，热切关注国内文艺活动，也积极给读者翻译介绍美国文艺界的最新动向，以融合不同文化资源促进华侨文艺的发展壮大。《绿洲》的文艺创作以短篇小说、诗歌、文艺短评、战地记事等体裁为主，也有部分较为突出的作品，如石留的短篇《不够体面》，黄仁仕的诗歌《归国行》《关于诗的》，玲军的《战地通讯》等。由于是借用《美洲华侨日报》"新生"副刊出版，每期只有报纸的两个版面，给华侨青年练笔的空间较少，因此《绿洲》作品大都短小精悍，佳作不多。但《绿洲》成员比较注重对华侨文艺理论的探讨，他们数次发起"华侨文艺"的论争，表现出十分难得的理论探索意识。由于《绿洲》存在的时间为1945年至1947年，恰逢抗战结束而国内纷争涌现的阶段，因而该刊更为关注国内动向。

《新苗》于1947年3月由华侨文化社的一部分社员联合美西的部分青年创办。作为纯文艺月刊，《新苗》的出版较稳定也更成熟，1947年至1948年间共出版了12期，后改为不定期出版的《新苗》文丛。如《人间爱》中篇小说选、《突围》等。《新苗》作品以散文、诗歌、小说为主，小说创作成果颇丰，被认为是"结实累累的华侨文艺园地"[③]。《新苗》与《华侨文阵》在编者及作者队伍上有一定的承续性，"在《新苗》上，我们更加致力于建立'华侨文艺'的工作，尽量先发表外稿，推荐新人"[④]。与《华侨文阵》相比，《新苗》散文更具政论特征，语言犀利，直陈抗战后中国腐败的现实，政治上倾向中国共产党。《新苗》小说则立足美国本土，以华侨的生活、工作及奋斗作为表现对象，呈现他们在唐人街的不同命运及他们与美国社会的互动。相比《华侨文阵》《绿洲》等的小说创作，《新苗》小说在语言上有较大突破，

① 根据《绿洲》创刊号上的"绿洲电台"声明："华侨青年文艺社"是由几位散居美国各地的文艺爱好者组成的，还有社员远征在西欧和祖国的阵地上。我们不知宗派，不竖门户，只打算通过通讯，共同习文，从集体学习中强化自我教育，求点文艺上的进步而已。

② 《绿洲》创刊词，《华侨日报》，1945年5月4日。

③ 温泉：《华侨文艺十年》，新苗文艺丛书第二期《突围》。

④ 《新苗》第一卷编者的话。

篇中人物对话以广东方言为主，形象生动地再现了原生态的唐人街生活场景，具有浓郁的民间色彩；创作手法也有突破，如运用心理剖析塑造人物等。其中以《春宴》《枪手伯胜的奇功》《老泪》《突围》等小说最为成功。黄秀玲教授认为“《新苗》小说的确代表了美华文学发展过程中一个杰出的‘积极表现’”①。确实如此，无论是从小说的结构、语言、技巧或是表现主题等方面而言，《新苗》小说都是这时期华侨文艺的代表。

第三，华文报纸副刊为美华文学提供场地。《美洲华侨日报》（*China Daily News*）“新生”副刊对美华文学的培育作用尤为突出。该报于 1940 年 7 月 8 日在纽约华埠由华人衣馆联合会成员共同募捐集资创办，是真正属于美国华侨自己的报纸。在总编辑梅参天的主持下，该报开辟“新生”文艺副刊，积极推动了美国华侨文学的发展，“《华侨日报》很快成为移民文学作者的摇篮”②。“新生”副刊固定在报纸第 6 版，既关注国内文艺动态，刊载鲁迅、茅盾、郭沫若、丁玲等的作品，也积极鼓励和培育华侨青年的创作，为华侨文艺的发展开辟新领地。初期，“新生”副刊推出“华侨习作专号”，为刚从事写作的华侨青年提供园地。比如亚初的《未为晚也》、活庐《人生四十才开始》③等都是他们当时的练笔之作，也有较为成熟的创作如老梅的《百大的故事》《生活的片段》《街头散记》④以及黄魂的诗歌创作。“新生”副刊以老人带新人的方式发现和培育了不少华侨文艺青年，但这些新人的创作水准仍需进一步提升。“新生”还经常为文艺社团出版它们自己的文艺刊物，比如《华侨青年月刊》《绿洲》和《轻骑》等，为这些执着于文艺却又经济困顿的青年们提供言说之地。自 1949 年始，“新生”每月都安排一次“华侨文艺”专栏，刊载华侨青年创作的小说散文，致力于培育华侨文艺青年，传递文艺薪火之责。《美洲华侨日报》虽是由洗衣工人联合创办的，但其总编辑冀贡

---

① 黄秀玲：《战后唐人街的故事——论〈新苗〉（1947—1948）的短篇小说》，见《四海——港台海外华文文学》编辑委员会：《四海——港台海外华文文学》（作品八辑），北京：中国文联出版公司 1990 年版，第 160 页。

② 谭雅伦：《四十年代的华埠文学运动》，《布告板》秋季刊 1988 年，纽约华人历史学会主办，第 5 页。

③ 这两篇文章都极短，两位作者采用笔名开始练文，都是初试牛刀，所以文字表达还有很多旧习惯。

④ 老梅在《华侨日报》开辟专栏“想说什么便说什么”，他不仅给予习作者鼓励和发表园地，提倡建立华侨文艺的自身特色，同时也作为实践者为华侨文艺青年提供范本。这几篇是记录他自己身边的人和事，反映唐人街社区内的华侨生活风貌的连载作品。

泉、徐永煐、唐明照等都与中国共产党有着密切关联①，因而该报在政治上是倾向于共产党的，从其政论时评中可以十分清晰地看出这一点，1949 年之后，在“新生”副刊的小说散文创作中，这种倾向更为明显。

抗战后美华文学确已进入快速发展阶段，并逐步走出中国旧式消遣文学的窠臼，在现实主义创作观念的影响下，既着力于表现华侨与祖国的情感关联，又强调关注与美国华侨生活紧密联系的在地化素材，表现华侨的精神风貌，创作别具特色的美国华侨文学。在这一发展和转变历程中，最具标志性的事件是美国华侨文艺界对“华侨文艺”的论争。对该问题的探讨不仅凸显了当时华侨文艺界对自身文学样态的自省，还有对华侨文艺与祖国文艺关系的理解以及对华侨文艺特质的明确。

三、美国“华侨文艺”论争及其意义

20 世纪 40 年代美国“华侨文艺”的论争立足于如何理解美国华侨文艺自身的独特性，它与中国文学的关系，它如何区别于中国的文艺创作，在题材、主题上如何具体呈现等问题 。有关“华侨文艺”的论争持续了四五年，从命名讨论、文化渊源、题材选择到创作手法的运用等都促进了华侨文艺界的积极介入。

最早就相关问题提出自己观点的是《华侨日报》的主编梅参天，1940 年 7 月 17 日，也即该报创办一周，他用笔名“老梅”在“新生”副刊上发表了一篇短文《华侨大众文艺》。该文具体入微地提出了美国华侨文艺的初期理念：从华侨自身的生活出发，以写实的笔法刻写华侨日常生活。他认为华侨大众文艺在美国颇有基础，一来有大批热爱祖国的青年华侨，二来凡是华侨生活中的经历都可以成为写作素材。他提到如“以华侨生活为本位，华侨社会为背景”的报告文学或小说等“做更细致的、更曲折、更繁复的描写的作品”在华侨社会非常缺乏，由此号召华侨青年拿起笔记录和描写自己的生活，“小之如个人的日常生活——衣馆、餐馆、唐人街做生意，或写店员与抗日筹饷的关系；大之如集会、巡行、做国际宣传等等”②。老梅还亲身实践，在“新生”副刊上发表小文章，有对社会现象进行抨击评论的短评如《金山美梦》，有反映华侨生活困顿的小说《街头小记》等。在他的影响下，文坛开始

---

① 参见徐庆来编著：《徐永煐纪年》，北京：中央文献出版社 2011 年版。

② 老梅：《华侨大众文艺》，《华侨日报》，1940 年 7 月 17 日“新生”副刊。

出现华侨青年的生活练笔和日常记录式的文字。

温泉在《广东文学论》一文中首先提出“华侨文学”这一概念，他认为美国华侨文学是广东文学的海外延伸和发展，并提出“民族主义+西洋民主思想=华侨文学”①。纵观20世纪40年代美华文学的创作，笔者认为温泉提出的“华侨文学”的定义是较为褊狭和不准确的：首先，他认为美国华侨文学是广东文学的海外发展，带有强烈的地方色彩，排他性较浓。尽管美国华侨大部分是广东移民，抗战期间移居广东的文侨也颇多，但不能因此得出上述论断；其次，从他所列的等式中反映的应是华侨的现代精神，而不是华侨文学的特质。温泉的“华侨文学”论虽只是广东文学论的附属产品，较为浅显粗略，但已初步涉及华侨文学的双重影响因子，对之后的讨论具有一定的启发意义。

《绿洲》同人在“华侨文艺”的论争中表现最为踊跃。在发刊词中就表达了他们建设华侨文艺的决心，表明要用自己的血、汗、泪开辟出“涓涓溪流，以滋生华侨文艺的根苗”②，使其开花结果。在这一期的文章里茫雾等人提出华侨文艺要高举“五四”旗帜、文艺要反映时代、文艺青年不能躲进象牙塔、为艺术而艺术等观点③。这些文章虽未明确论述“华侨文艺”是什么，却强调了其“五四”传统，创作主力是华侨青年，要求以直面现实的态度进行创作。1945年5月9日雁羽发表《略谈华侨文艺》一文回应《绿洲》观点，这篇文章非常清晰地界定了华侨文艺的特质及文化上的渊源，是论战中极为重要的奠基文章。他首先强调华侨文艺的特质是“反映华侨生活，发扬华侨的精神”。他认为华侨社会目前“还没有见到具体地反映华侨生活的作品”，《绿洲》的创刊让他看到了希望，对华侨文艺的未来有所期盼，而华侨社会爱好文学的读者可以不用再“以国内文学刊物为精神食粮了”。其次，雁羽进一步指出华侨文艺必须从中华文化和美国文化中寻求滋养。“这道水源（精神源泉），也不是限于华侨社会之内，更应该是四通八达的连贯着我们周围的更大的美国社会的泉源，去吸收美国文化的精华，特别是它在文艺上那种大众化的姿态；但自然不是生吞活剥，而是要加以‘华侨化’。这样生产出

① 温泉：《广东文学论》，《华侨文阵》第四期特大号，1944年8月1日，华侨文化社，第4页。

② 《绿洲》创刊词，《华侨日报》，1945年5月4日“新生”副刊。

③ 《华侨日报》，1945年5月4日“新生”副刊。

来的华侨文艺才是活泼而有生气的文艺。”① 雁羽的论述明确了华侨文艺与国内文学的区别，他主张华侨文艺应更多融入美国文化的元素，但必须将其“华侨化”，展现华侨文艺的在地性特征。这较之温泉的“华侨文学”论更为清晰，如果说前者强调的是思想文化渊源上的双重性，而后者所要强调的则是美华文学的在地性、当下性。

雁羽有关“华侨文艺”的论述得到了一致认可，之后大家都沉浸在华侨文艺的写作实践中。虽然大家都明白华侨文艺须“华侨化”，表现华侨意识，然而在具体写作中仍出现较多问题。1945 年 9 月，老梅语重心长地对《绿洲》的创作提出建议：“我有一点感觉，‘绿洲’里面的作品，不能说它不是‘文艺’，但好像还缺少了一点什么似的，那就是华侨的面貌和气息”，“我的意思是，作为华侨文艺的说法，它应该具有其本身的特点。这并不能因为作者是华侨，写作的是文艺，就把它当是华侨文艺看，必须是作品所表现出来的是真正有血有肉的华侨生活意识形态，无论什么人看去，都可以指出那是我们华侨的面貌，甚至可以拿了这些作品作为研究华侨问题的一种资料。我以为这是我们提出华侨文艺的本旨。”② 老梅在该文中再次强调华侨文艺自身的特点即要表现有血有肉的华侨生活意识，并从作品中能够指认出较为鲜明的华侨形象，华侨文艺也要有承担起历史记录的责任。在该文的结尾，老梅号召写作者描写自己的亲身经验，即便是语句幼稚也是值得肯定的。老梅的观点一以贯之，始终强调书写个人生活经历表现“华侨面貌和气息”，在“新生”副刊的华侨文艺专栏也以此标准选取刊登稿件。1945 年至 1946 年初是《华侨日报》“新生”副刊刊登华侨文艺稿件最频繁的时期，平均每月一篇短篇习作，诗歌与散文创作则更多。

1946 年 5 月 4 日，《绿洲》创刊一周年，华侨文艺界的同仁们再次对“华侨文艺”的定义和内涵进行反思与补充，并落实到选材写作等具体细节上。在创刊一周年纪念号上，梅参天进一步抒发他对华侨文艺的寄望。他赞同雁羽提出的华侨文艺特质，并从取材和写作方法上对华侨文艺提出了自己的要求。他认为华侨文艺就是要反映“华侨的面貌，华侨的气息”，为反映这一主题，“大至于整个华侨社会的生活形态，各阶层各行业的华侨意识，小至

---

① 雁羽：《略谈“华侨文艺”》，《华侨日报》，1945 年 5 月 9 日“新生”副刊。

② 老梅：《华侨文艺问题——给华侨青年文艺社诸君一点意见》，《华侨日报》，1945 年 9 月 17—18 日“新生”副刊。

于个人偶尔在街头的见闻感觉，一天的工作经过，生活的片段回忆”① 都可成为写作素材。他还提出淳朴扎实的写作风格，“只要在写作中保持一种本真的体验，不矫饰，就能写出活泼生动的华侨文艺作品”。这些都给华侨文艺作了更为细致具体的现实主义定位，鼓励华侨青年从日常生活和工作中寻找素材，表现华侨大众的精神面貌。

《绿洲》同人也对一年来华侨文艺的发展进行总结和反省。顾鸿认为 20 世纪 40 年代的华侨社会已较十年前有了很大改观，华侨文艺也开始出现新面孔，是值得庆贺的。② 茫雾认同老梅的观点，一针见血指出了《绿洲》在华侨文艺创作上的不足，“我们对于发挥华侨文艺这一点，没曾下过真功夫，而只是从皮毛上着手。华侨的现实生活，华侨的血肉与灵魂，都没有痛快淋漓的反映出来”③。恰如茫雾所言，《绿洲》大部分作品仍以关注国内战事及战后状况为主，仅有少数篇幅真正触及华侨社会，如茫雾的《平木桥上的血》④、徵玲的《唐山信》⑤、黄文湘的《伟大的爱》⑥ 等，可谓成果寥寥。而且在创作手法及语言表达上都未能超越《华侨文阵》，取得新的拓展。玲玲较为赞同茫雾，在《略论华侨文艺的改进》中亦犀利地指出当前的华侨文艺依然注重对国内文学的搬运，因而他对未来提出期望“今后的华侨文艺运动，不能只是接受过去的传统继续开展，应当结束过去的旧习，去陈出新，拓荒播种，在自己的土地里抽新的芽儿，开新的花朵，结新的果实”。“在自己的土地里抽新的芽”恰是对美华文学自身独特性的要求，也是作为移植文学所必需的特质即本土化。同样他也认为“只要所写的情节是华侨生活里所有的东西，而富有华侨风味、华侨情调，反映出华侨社会的现实生活，就能亲切动人”⑦。玲玲对“华侨文艺”的阐述是对雁羽观点的深化，并结合老梅、茫

① 老梅：《献给绿洲——重提华侨文艺的问题》，《绿洲》第 13 期之 3，《华侨日报》，1946 年 5 月 7 日。

② 顾鸿：《文艺节漫谈华侨与文艺》，《绿洲》第 13 期之 6，《华侨日报》，1946 年 5 月 9 日。

③ 茫雾：《绿洲创刊一周年》，《绿洲》第 13 期之 5，《华侨日报》，1946 年 5 月 8 日。

④ 茫雾：《平木桥上的血》，《绿洲》第 4 期（上、下），《华侨日报》，1945 年 8 月 15、16 日。

⑤ 徵玲：《唐山信》，《绿洲》第 7 期（上），《华侨日报》，1945 年 11 月 15 日。

⑥ 黄文湘：《伟大的爱》，《绿洲》第 10 期（上、下），《华侨日报》，1946 年 2 月 15、16 日。

⑦ 玲玲：《略论华侨文艺的改进》，《绿洲》第 14 期（下），《华侨日报》，1946 年 6 月 16 日。

雾等人的观点，十分鲜明地提出了美国华侨文学未来的路向：根植于此地，开出新花结出新的文艺之果。更值得一提的是，玲玲在该文中提出了建设华侨文艺理论的必要性和急迫性。“为要求华侨文艺的‘质’与‘量’上的改进，一种新文艺理论来做基础与领导正是迫切的需要。这种新的文艺理论，在目前就要建立起来。这种理论，光是介绍是不够的；一定还要研究华侨自己的文艺史（虽然为期短暂），文艺思潮，研究自己的社会动态，研究自己的语言，研究自己的读者，研究自己分内的政治任务。华侨文艺理论，要在广大的华侨生活中产生出来。”① 对美国华侨文艺理论建构的呼吁是在当时习作与争论的情势中自然生发的，从对华侨文艺的具体论争到理论建设的吁求标志着20世纪40年代美华文学的发展正逐步走上自觉之路。在此号召下，温泉的《华侨文艺十年》是一次十分成功的尝试，对华侨文艺发展进行了批评总结，并选列15篇华侨小说作为创作模本，展望未来的创作路向。但温泉的政治立场明显左倾，文中一再强调华侨文学与新中国文学的关联，这使得华侨文艺又偏向祖国文艺，与雁羽等的观点有所背离，但这并不妨碍其成为20世纪40年代美华文学中最突出的批评实践成果。

20世纪40年代美国华侨文艺界对“华侨文艺”的论争经历了命名探讨、文化溯源、题材选择、创作手法等的界定及呼吁建设华侨文艺理论等过程。华侨文艺的发展必须以华侨生活现实作为基础，引导华侨文艺青年们面向当下的生存环境，以现实主义的笔法展现华侨精神风貌。华侨文艺也是双重文化的结晶，既要从中国五四新文学的传统中寻找滋养，也应具备美国社会的民主独立精神。从论争中我们可见当时华侨文艺界人士对自身文学定位的焦虑和探索，也展现了他们试图在海外生发一种独特文学样态的雄心壮志。这些论争为华侨文艺创作提出了具体而微的指向，《新苗》杂志恰是在华侨文艺理论指导下结出的硕果。

四、结语

笔者通过对《华侨日报》“新生”副刊、《华侨文阵》《绿洲》《新苗》等文艺刊物的搜集整理，大致概述20世纪40年代美国华侨文艺及文学的发展状况。从不断创办的文艺刊物、发表的诸多文艺作品、对“华侨文艺”的

① 玲玲：《略论华侨文艺的改进》，《绿洲》第14期（下），《华侨日报》，1946年6月16日。

火热争论，都可见该时期的华侨文学确实是美华文学史上的第一波高潮，且正处于转型阶段。文学创作上的转型具体表现在三个方面：从消遣的旧式文学观念中逐步转向直面现实、积极改进的现实主义文学理念；从关注故土战事人情转向观照美国当下的华人生活情境；从学习模仿走向自我探索和实践。虽然在此过程中，还没有明确的华人意识的呈现，但已经有所萌芽，直至 20 世纪 60 年代才逐步完成从“落叶归根”到“落地生根”的意识转变。但恰是这种走向最终转型的过渡阶段充满生机，值得我们深入探讨，才能准确把握美华文学史的丰富复杂。20 世纪 40 年代的华侨文艺工作者们努力探寻美国华侨文学的走向，亲身参与文艺实践，并在创作中积累总结创作经验，为理论建设奠定基础，而对华侨文艺理论的建设吁求更突出呈现了该时期美华文学发展的自觉意识。这是不容忽视的历史时期，笔者希望通过本文能对 20 世纪 40 年代美华文学的历史做一点有效的补充，引起学界更多的关注。

加拿大华人新移民的离散写作与全球化的挑战

池雷鸣
（暨南大学学报编辑部）

本文构思之初，建立在一个简单的设问之上，即：立足本土的人，何以观照离散者？事实上由于写作的需要，这个问题人为性地被置放在一个阈限之内，即本文所观照的离散者，仅指加拿大新移民华人作家。但这个阈限，因其操作性与意念性而脆弱不堪，无法遮挡离散者，这一社会的能动者本身及其所创造的文学世界所蕴含的丰富性甚至无限性。这首先涉及如何理解与认识“离散”与新移民及其关联。

此处，本文不打算对“离散”再做重复的语言学考辨，而是在现有的成果的基础上，置入加拿大新移民华文小说的文本语境进行探讨。

一、离散的命名

离散，对应的英文单词是“diaspora”，这个词在西方文化传统中有很深的宗教意味，即使到了现代，也强调一种漂泊感，“视漂泊为基本生存条件，同时刻意凸显离散主体与母国和移居国之间的心理和政治距离”①。“diaspora”在时间旅行中，逐渐与“exile”（放逐/流亡）、“expatriation”（移居）、“immigrant”（移民）等词语产生关联，而在空间旅行中，除“离散”外，汉语还将其翻译为“流散”“飞散”，并逐渐与放逐、流亡、移居、移民等词汇发生关联。不得不指出的是，本文的“离散者”中的“离散”，是上述词语的融合体，几乎和每一个词都有关联、相似，却并不排斥差异。

先从翻译体说起，有人认为“流散”能够传达出全球化时代的自由流动性，而“离散”却只能指被迫离开国土的现象②；也有学者认为，“飞散”，能够传递出主体跨界后的自由境界，并且契合“diaspora”的希腊本意，而

① 凌津奇：《“离散”三议：历史与前瞻》，《外国文学评论》2007 年第 1 期。
② 王宁：《流散写作与中华文化的全球化特征》，《中国比较文学》2004 年第 4 期。

“离散”，却只能表现离乡背井的凄凉感①。再谈相似体，“exile”有两层意思，当有政治迫害的意味时，一般翻译为“流亡”，反之，译为“放逐”，并且含有“自我选择”的意思；“expatriation”译为“移居”，强调国界的变更；“immigrant”，译为“移民”，强调国籍的变更。②

之所以声称本研究所指的“离散”是上述词语的融合体，首先在于，任何词语的关联大都源于其相似性而非相同性。历史性地看，任何词语都不可以被替代，正如上述简单释义所做的那样，词语都不可避免有其独特的意义和意境，从而彰显其不被淘汰的存在意义。换言之，没有一个词语，可以遮蔽语言世界的丰富性、复杂性、语境性；即是说，它的独特，亦即它的偏颇。从这个意义上看，无论哪一个词（离散、流散、飞散等）来命名，都不可能带来整齐划一的秩序感。因为含混，不管如何被人为地排斥，都天然地内在于所观照的现象之中。更何况，“diaspora”又具备多重的跨界性。在翻译的过程中，可译性与不可译性从来都不可能泾渭分明，而且随着语境的变迁，它将发生一定程度的变形，甚至生产新质。若不注意这一点，任何命名，都难逃以偏概全，进而陷入去语境化的文本嬉戏之中。

本文命名的语境是，三十多年的加拿大华人新移民作家的生存情景及其文学世界；它的交融性，正历史性地内蕴其中。根据犹太人的历史经验，“diaspora”大致有三层意思：一是离开故土到他乡生活却始终怀乡；二是因受迫害而流放；三是在新居处再创文化。③ 本文所观照的对象，也同样具有这三种离散内涵。无论他们是因创伤记忆、匮乏现实而难以承受其重，不得不自我放逐，还是因贪腐东窗事发，而被迫离境（多少具有流放的意味），又或者是憧憬一种想象性图景，而自由迁徙（自由的流动性），“故土”都是他们不可磨灭的“第一空间”，而且在这一源生性的意义建构中，随着离散体验的深入，“新居”将成为他们积极建构的“第二空间”，但双重性、二元性、此岸性，并不是他们漂泊诗学的特征。在两大空间的营造中，他们从未停止精神的探索，而是积极寻求“第三空间”的存在，品味跨界、多元、差异、彼岸之美及其意义。正是在这一点，命名本身重回“diaspora”的希腊本源。

希腊词“diaspeirein”，前缀“dia”指“散开来”，“speirein”指“播种，散布”。可见，这个词的本义是指植物借花粉的飞散和种子的传播繁衍。尽管

① 童明：《飞散》，《外国文学》2004 年第 4 期。

② 上述三词请参照《牛津高阶英语词典》（第七版），北京：商务印书馆 2007 年版。

③ 参见童明：《飞散的文化和文学》，《外国文学》2007 年第 1 期。

其最初的确内蕴诗兴盎然的美学境界，但在现实政治世界中，却难掩那被美景所藏匿的悲苦。这关乎本文在命名的语境中，对现代性与全球性的反思与剖析。这是人的当下境况，却并非是人精神世界的边界。美景与悲苦，是离散者的命运，也应是人类的命运。所以，从某种程度上可以说，我们都在“diaspora”，都是离散者。

至此，本文已经表明，用任何词语对位“diaspora”，都难逃最终错位的命运。所以，某些时候，所谓的命名之争，就未必如此重要了。

二、本土与离散的全球化区别

如火如荼的全球化浪潮势不可挡。如同英国学者齐格蒙特·鲍曼所言，全球化，是人类不可逃脱的命运，并使每一个人都“被全球化”。[①] 在这一过程中，一些人对此出现了观念上的误解。

由于网络、通信、交通等技术的发展，“时空压缩”不再是一个理论概念，而是逐渐成为一种生活方式和观念。当年麦克卢汉关于“地球村”的预言式见解，今日已深深地烙印在我们的生活世界中。电视、电脑、广播等新旧媒体的全面普及，让人们足不出户，可知天下事。冷战后，和平与发展成为全球性的共识，各国政府，特别是大国之间的政策践行，令环游世界越来越成为中产阶级生活方式的一部分，并在民众间兴起对于行走与流动的生活憧憬。这种理想与现实之间，仅有一步之遥，只要你有一定的物质基础，愿意花费一定的时间，就有可能在短短的十几个小时里，让那理想与憧憬成为真切的现实生活。在如此的“时空压缩”的诱惑和鼓动下，一些人将“本土”与“离散”的差异模糊化了。

立足本土，通过网络和通信，或者旅行，所观察到的加拿大，与在离散中所体会到的加拿大，会有很大的差别吗？由于全球化与日俱增的影响，特别是在生活观念与方式的普及中，本土与离散的差别，如同全球化那样，在一些人那里，成为一种生活的口头禅，甚至陈词滥调，在无须思索与探讨的语境之中，逐渐消解于沉默之中。这或许是华侨华人的离散写作一直在学科中心主义阴影下踽踽而行的社会情境吧。

笔者长期在离散写作的观照中，真切地感受与体会到了本土写作与离散

---

① 齐格蒙特·鲍曼著，郭国良、徐建华译：《全球化：人类的后果·绪论》，北京：商务印书馆2013年版，第1页。

写作之间，除了语言、文字、审美、文化等同源性之外，还存有一直遮蔽在同一性之下的、在文本形态、价值取向等方面的差异性。其中，“异族交往”就是一个属于离散写作比较鲜明的特色。这一说法，可能会引来一些非议。

随着中国经济的持续发展，中国与世界的联系越来越密切，越来越多的外国人来到中国工作、学习、旅行、生活，大量的中国人也前往世界各地旅行、采购、走访、体验。可见，立足本土的“异族交往”也愈来愈频繁。这种社会现象，在本土写作中也时有体现，并不是离散写作的专属。的确如此，这也是全球化的影响之一，但全球化并非只有一副面孔。

第一副面孔是最容易让人辨识的，蕴含同一、整合的意味。就是在这个层面上，“时空压缩”消解了地理上的距离感，生成了地理互通的美学。人们在沉溺其中的同时，很容易忽视疆界、国族、种族特别是隐匿其中的文化上的差异。在这些人眼里，仿佛人确切是一个经济的动物，而忘却卡西尔所给予的著名定义：人是文化符号的动物。实际上，全球化至少还隐藏着另外一副面孔。

这副面孔，与人们所普遍认为的、所期待的全球化应带来的一致性效应截然不同，是不易觉察的，蕴含差异、分化的意味。鲍曼在审慎的思索之后揭示道：“全球化既整合又分化。它的分化不亚于它的联合——分化的原因与促进全球划一的原因是相似的。”① 原来，分化与整合、差异与同一是全球化的“双胞胎”。

依据鲍曼的启示，立足本土所获得的全球视野、体验以及美学，将会大打折扣，特别是在人的地理位置差异所蕴藏的意义被去蔽之后。鲍曼通过开掘西方美术透视画法所蕴含的现代空间意义，提出“空间的组织重点已从‘谁’这个问题转向从‘空间的什么点’这个问题”，并认为：“既然并不是每一个人都占据相同的位置，从而以相同的视角观察世界，那么，所有的观察不可能都是等值的。”② 这对于我们理解“异族交往”分别在两种“空间的视点”——本土的视点与离散的视点下会有怎样的不同，是大有裨益的。

以本土的视点观照“异族交往”，是人在熟悉的生存空间中观察外来的、陌生的人与物及其文化内涵；即便是在离开本土的流动与旅行中，由于趣味

① 齐格蒙特·鲍曼著，郭国良、徐建华译：《全球化：人类的后果·绪论》，北京：商务印书馆2013年版，第2页。

② 齐格蒙特·鲍曼著，郭国良、徐建华译：《全球化：人类的后果·绪论》，北京：商务印书馆2013年版，第30页。

的搜寻与时间的限制，对“异族”的感知与体味也很难突破本土空间的阈限，以致难以真正在本土与外来的二元对立中解构中心主义，化解自我和他者之间的疆界与壁垒，实现自我他者化和他者自我化。但在离散的视点中，“异族交往”不再是一种突如其来的生活发现，而根本就是一种无法分割的生存需求。在生存语境的时空转换下，原本的本土空间是自行开放的，中心主义的解构动力是自为积蓄的。这种自发性，源于人对于身处其中的边缘空间的认知与体认。于是，人在离散的视点中，又具备了边缘的视点。

边缘的视点，是立足本土的人最难拥有的（并不否认可以拥有），也是在某种程度上相对地区分本土与离散生存状态的分界点。在它的观察和发现中，自我和他者之间的沟壑与壁垒，将自动转化为桥梁与云梯，拥有它的人，希望实现本土与离散之间的沟通与对话，以解决二者之间不可避免的对抗与冲突。有必要指出的是，无论是对抗和冲突，还是沟通与对话，对于离散者而言，他的离散体验都是从三个维度开展的，具体来说，即是“本土（故土）—离散—本土（新居）”，至少分为三个层面：“本土（故土）—本土（新居）”“离散—本土（新居）“本土（故土）—离散”。

全球化的分化主要体现在以是否具有“自由流动性”而产生新的阶级分层。对此，鲍曼的观察既敏锐又深邃。他的看法是：“流动性登上了人人垂涎的价值之列：流动的自由（它永远是一个稀罕而分配不均的商品）迅速成了我们这个晚现代或后现代时期划分社会阶层的主要因素。”① 由于“离散”本身因根源与移植冲突所带来的游离与分裂意味，本文不打算在离散语境之外，去探讨鲍曼所开拓的因全球化所造成的新的空间矛盾，而是就加拿大华人新移民的离散写作本身，保守地在它所开辟的有限文本空间内，去挖掘与解析本土与离散之间的在三个维度上的空间矛盾。

流动性是一种价值。由此，带来了故土与新居之间的空间冲突。若将中国大陆的改革开放政策视为中国走向世界、主动进行全球化的新起点的话，在新移民的离散体验中所呈示的空间冲突，虽在其内容上有所变迁，但在本质上却是始终如一。全球化的确带来了一致性的效应和美学，但并不意味着由此就消解了本土化，相反却更加强调与突显了本土化。在近代以来的中国人离散的历史中，新移民的离散特性就在于其自愿性与自为性。于是，新移民与远赴他国的先侨相比，少了生存苦难的意味；与现代时期的留学生相比，

---

① 齐格蒙特·鲍曼著，郭国良、徐建华译：《全球化：人类的后果·绪论》，北京：商务印书馆2013年版，第2页。

少了国破家亡的义愤填膺感；与二十世纪五六十年代的台湾留学生群体相比，少了放逐与无根的苦闷感，但是由于“文化大革命”所造成的刻骨铭心的精神创伤，他们比任何一个时期的离散者都多了些崩溃后的空虚感与废墟上的无措感，集中呈现在李彦的《红浮萍》、川沙的《阳光》等文本中。

三、离散者及其写作的历史承载

这种空虚与无措，在20世纪80年代的历史语境之下，尤为强烈。那个时期，由于冷战的缘故，以美国为首的西方国家向中国大陆敞开大门，欧风美雨再次降临在中国大地上。由于历史风云的变幻，重新兴起的“欧风美雨”，不再夹带“船坚炮利”式的硬性力量，而是更加凸显以科技、经济、文化等为内容的现代性潜移默化的诱惑力。面对现代性的诱惑，特别是在精神和信仰出现危机、物质又极度匮乏的语境下，西方具有天堂般的象征意义，而去西方留学，也成为抵达理想之境的一条途径。可以说，这也是那个特定时期的流动性的价值所在。

到了90年代，中国的经济发展进入高速时代，随之教育、科技等方面也实现了跨越式的发展，培育了一批高学历的技术型人才，但由于对盲目的经济效益的单一追求，中国大陆的生存环境的危机开始浮现，并呈现出愈来愈严重的趋势。与此同时，西方国家，比如加拿大，在移民政策上作出了一些相应的调整，更加注重技术型人才的引进。于是，中国大陆掀起了一波技术移民的热潮。较之80年代，90年代的新移民心中的西方，不再是物质上的丰饶，也不再是精神上的抚慰与探求，而是一种更加优越的中产阶级生活方式，特别是在工作环境、生活质量等方面。

进入21世纪，经济高速发展的中国，开始越来越务实，从单纯对量的追求进入求质的时代。除了经济上富有成效的结构调整和体制改革之外，与之相应的政治、法律、教育、文化、民生等社会各层面都作了相应的调整与更加科学合理的设计。在以和谐为中心的社会价值追求中，民众生活得到了很大改善和提升，小康社会的建设不仅从最初的口号式的呼吁阶段进入到实践与落实阶段，而且正朝着更加均衡化和全面化的阶段大力开展。今日的中国，不仅呈现了国泰民安的良好态势，而且在国际上也逐渐树立起负责任大国的形象，正稳步实现着民族复兴的伟大中国梦。

以上，虽然类似于政府工作报告式的官样叙事，但在全球化语境下，其中的确流露出无法掩盖的民族自信心。这是近代以来任何一个时代都无法比拟的。民族自信心的重塑，意味着凝聚力的生成。于是，21 世纪出现了一种新的离散现象：回流。我们所观照的回流现象，与一般而言的海归不同，它要比普通意义上的留学生涯，或者是短期的工作经历有着更深刻的离散体验，具体来说就是，在全球化语境下，对本土与离散之间冲突与对抗的体验与认知，以及二者之间沟通与对话必要性的认识与渴望，都是留学归国和工作选择所不能比拟的。除此之外，还有一个与民族信心重新焕然相背离的现象，即现今如火如荼的投资移民浪潮。

在持续三十多年的移民热中，投资移民是晚近的一种移民形式。它的兴起，固然与各国的移民政策息息相关，但也是中国经济发展在另一个层面上的见证：培育了一批富豪级的企业成功人士。但吊诡的是，在中国的成功，却催生了他们向西方的流动力，最应该守候的地方，却成为他们的离散起点。究其原因，当然是多方面的，而且需要深入地思索，但至少有一点，是可以明确的，即民族自信心将遭遇全球化的挑战，在离散中发生了分化：让一部分人愿意守候故土，也让另一部分人寻觅新居。

通过对新移民潮的历史性概览，可以发现，虽然新移民的离散形式，有时代的特色，但在本质上，并没有太大的改观。因为，新移民的离散毕竟发生在复杂的东西方语境之下。萨义德《东方学》的读者对复杂的东方与西方之间的关联至少都会有一种笼统的认知，对于隐匿在文化现象及其研究其后的，却有着决定权，或将具有某种引导意义的权力场域，也会有一定的感受。《东方学》及其随后的《文化帝国主义》，揭示了强劲的历史绵延和跨越时空的文本关联，而这一切都发生在“东方学”和“文化”背后的权力场域中。它提示我们，绝不可以孤立地看待以新移民为主体的离散现象及其离散写作。

自近代以来，中国与西方之间的关联，可以笼统地概括为“救亡”与“图存”交错并存的矛盾形态。“救亡”意味着“抗争”，抵抗西方列强的侵略；“图存”意味着“学习”，通过借鉴与效仿西方，将“船坚炮利”击碎的民族自信心重新汇聚起来。简单而言，所谓的“救亡图存”，就是通过西化，来打败西方。可见，“西化”是东西方语境关联的一个重要的关键词。

“西化”既是中国人如何认识和看待西方，又是在西方的参照下如何认识和看待自己的问题及其实践。实质上，它涉及近代以来中国人所遭遇的核心命题，即“中西”问题。这样一个问题，从英国人的第一枚炮弹开始，就在东西方语境之中展开，并一直延续至今。杜维明认为，中国人西化的过程，

“最初是由我们来适应西方，而不需要改变自己的文化认同，主流文化没有发生该不该继承的问题。但这种适应愈高，认同就逐渐退缩；到最后，以完全适应西方作为唯一的认同。这个过程进展得很快，不过60年，两代而已”①。也就是说，中国人关于“中西”问题认识，在19世纪就已经有了结论，以后的历史大部分都是在践行而已，特别是在“五四”时期。

在这个意味深远的历史时期，“全盘西化”成为思想主流，“汉字拼音化”和“科玄之争”是其典型的社会事件和反映；也就意味着，“西方”已经完全成为现代与先进的象征，而与之相对，“中国”成为传统与落后的代名词。实际上，“西化”不仅关涉“中西”问题，还牵连到近代以来中国人所遭遇的另一个核心命题，即传统与现代的问题，也就是“古今”问题。中国人对后一问题的认识，也在“五四”时期就有了结论。对此，杜维明说得很明确：“有一个非常机械但又十分普遍的提法，从五四一直延续至今，即西化就是现代化。我们如果重新回顾五四时代的中国知识分子，当时的大问题就是把西化和现代化等而同之。他们认为，除了西化，没有任何一条其他的路可走。由此，必须把传统彻底地摧毁，然后才可能有真正的现代化。”② 由此可见，与现代中国人的命运息息相关的百年命题，即“古今中西”问题，实际上就是“西化”的问题。只不过，由于思想间的差异，在不同的历史时期，“西化”的内容会有不同，比如英国宪政、美国自由主义、马克思主义等，但其表现形式特别是隐藏其后的权力场域，在本质上都是大同小异的。

有一点是极其明确的，无论是资本主义还是社会主义，无论是自由主义还是集权主义，乃至纳粹思想，都是“西方”所呈示的不同面孔而已。近代以来，面对着无孔不入、遮天蔽日的“西方”，中国人的“东西方”语境很难逃出由“西方中心主义”所开辟的政治、文化等权力场域。正是这种权力中心的恒定化，所生成的自由流动价值，诱导出一部有“学而不留”到“为留而学”的中国人的留学史乃至离散史。本文所研究的新移民的离散现象及其写作，自然也包含其中。

近代以来，历史风云经历了几多变幻，但“东西方语境”里的权力场域，一直都没有发生太大的变动。所以在“救亡图存”的历史命运与民族责任里，

① 杜维明：《现代精神与儒家传统》，北京：生活·读书·新知三联书店2013年版，第345页。

② 杜维明：《现代精神与儒家传统》，北京：生活·读书·新知三联书店2013年版，第176页。

一直缠绕着抗拒与媚化的心结与矛盾，并且已然沉淀成中国人的文化心理结构。抗拒源于“天朝上国”崩溃后的悲愤与屈辱心态，最极端的历史例证，即是义和团运动所表露出的盲目仇恨与排外思想；媚化源于对自身传统的批判与否定，即杜维明所言的反传统心态，典型的历史事件就是前文提到的“全盘西化”，这与对传统的全面批判与全盘否定，是相辅相成的。正是这种由“西化”所造成的抗拒与媚化心态，令中国人尤其是知识分子们，陷入了一种无法逃避、不可摆脱的历史的泥沼里。

照理说来，悲愤之情与屈辱之痛，应激励民族自信心，方可抗拒与排外，但事实是，民族自卑情结在媚化的过程中不断累积，以致在“丑陋的中国人”与文化“酱缸”的自我形象构建中，不断“自我矮化”，斩断与传统文化的关联。事实上，人与传统文化之间的血脉关切，是无论如何都割断不了的。历史事实证明，陈独秀、胡适、鲁迅等反传统文化的先锋和西化的勇士，都有着根深蒂固的封建思想，而且潜移默化地受着它的影响。列文森（Joseph R. Levenson）在梁启超的思想演变中，就指出了这种对传统文化的“抽刀断水水更流”的感情关切与理智涤除给极力西化的知识分子所造成的历史困境。① 在本文看来，梁启超等知识分子，乃至近代以来的中华民族，都因为“东西方语境”的权力场域的持久存在，以及它所派生而来的自由流动的价值取向，而历史性地处于一种思想的、生存的、选择的悲壮情结之中。这种悲壮情结，与“离散”本身所内蕴的思想情感与审美精神是一致的。

就新移民的离散现象而言，从以留学、技术和投资分别代表三个时代的离散形式而言，尽管个体因自愿性或多或少地抵消了些许的悲壮情结，但在历史性的“东西方语境”之下，离开本土流向西方的新移民群体依然无法摆脱这种悲壮感。在改革开放之后，哪怕是在当下蒸蒸日上的中国龙飞跃的即刻，一些人在西化特别是媚化的过程中，所呈示的权力意味与指向，并没有发生本质上的变化。在这样的视角里，“回流”现象及其与之相关的写作，所生成的意义空间，也将是复杂的。

故土与新居之间的空间冲突，看似分置在离散体验的两端，实质上不仅贯穿其中，还钩沉着过去，开创着未来。若离开了这一背景与语境，对“故土—离散”“离散—新居”之间的空间冲突的理解，不仅是分裂的，也是残缺的。

---

① 参见 JOSEPH R LEVENSON. Liang Ch'i-ch'ao and the mind of modern China. Boston：Harvard University Press，1959.

由于媚化心态在文化心理层面的积淀，特别是改革开放后，“西方”从“敌人”到“友人”乃至“老师”形象的逆转，更是激发了这一积淀。于是，新移民对“西方”的认知由于历史的影响不可避免地带有理想的色彩。再加之，“文革”浩劫之后的空虚和无措，“突如其来”的西方或多或少地在离散萌动的心理阶段里开始被神化。除了内在因素之外，“西方”的被神化还源于“西方”自身。

四、被制作的“西方”与全球化的分化

由于新中国成立之后，特别是冷战时代以来，中国与以美国为首的西方之间，特别是在日常生活层面，开始长达三十年的时空阻隔，中国民众对美国的认识，完全掌控在意识形态的选择与喜好里。因而，“美国”仅是一个被漫画化的政治符号。到了改革开放之后，特别是全球化进程之中，中国与西方之间的交往由于政治氛围的解冻开始频繁起来，中国人对西方的认知，也开始比以往清晰起来。但这只是相对而言，事实上，全球化重塑了另一个漫画化的西方。

基于通信技术的发展，全球化景观通过各类媒体平台向民众不断地输送，以至让他们具有前所未有的“全球化视野”。从进化论的角度来看，这的确是人类的进步，但它所呈现的世界却是虚幻的多于真实的。所谓的“全球化景观”，实际上是一个文本化的世界，是一个包含选择、过滤、叙事、虚构甚至被阐释的制作过程，是被制作的世界。当我们在互联网上，在有线电视上，以为所观看就是真实世界的时候，实际上正是我们失去自由流动权利的时刻。荧屏的两面坐着极不对称的两类人，一类人精心制作他们眼里的世界，将喜好、意图、意识等个人化、群体化、民族化、国家化的所有可能的东西，有意识地包孕其中，利用最发达的技术向全球的所有角落传播着被隐去生产与构建痕迹的“这个世界”；而另一类人的命运实际上已经在“这个世界”的制作中早已被形塑：纯粹地观看。这是全球化时代的一种阶层分化现象。① 它显然也隐匿一种权力场域，关乎生产者、传播者与接受者之间的文化、话语、流动的权力归属。在某种程度上可以说，这是“东西方语境”的权力场域的

① 对此的观察，离不开鲍曼有关全球人与当地人、多数人与少数人的启示。参见齐格蒙特·鲍曼的《全球化：人类的后果》（郭国良、徐建华译，北京：商务印书馆2013年版），特别是第二章“空间站：一份职业的报告”。

新动态。

就“东西方语境”而言，特别是在20世纪80年代，百废待兴的中国与蓬勃发展的西方之间的空间处境，与两类人的阶层划分，具有本质上的同构性。在很多时候，对于大多数民众而言，作为“当地人”的他们，所面对的西方正是一个被制作的、文本化的类似于“全球人”的“西方”。他们“纯粹地观看”，相信眼前的真实，并对“西方”所传达出的生活方式、人生价值等产生憧憬。憧憬是充满诱惑的。一些人开始用脚步丈量“这个世界”，由于早已置入的前观念和时空的限制，在走马观花、浅尝辄止的观光消费中，“西方”依然是“西方”，甚至更加美好。张翎在《阵痛》中，就通过宋武生的美国之旅再现了这种观光式美化。但对于那些离散者而言，“西方”终将在时空的延伸里被揭穿，而发现真相的即刻，也是离散者新居意识诞生的时刻。

在全球化时代，面向西方，以自由流动权利为分野，在中国本土上，至少存在着这样三类人：当地人、旅行者、离散者。“当地人”，是鲍曼意义上与“全球人”相对的一类，但在“东西方语境”下，它的内涵与外延都有所窄化，指没有能力实现空间流动去亲历西方的中国民众。随着时代的发展，这类人的范围逐渐缩小，当下指不具有海外旅游消费能力的下层民众。“旅行者”，类似于鲍曼的“旅游者”，具有海外旅游消费（出差、游乐、购物等）的能力，却不是在与他的另一个概念“流浪者”相对的意义上使用它。鲍曼认为，“旅游者”是自由流动权利的拥有者和使用者，可以随心所欲地居停与前行，甚至整个世界都是以旅游者为中心所设定的。① 若从“西方语境”来考察它的话，笔者基本赞同鲍曼的观点，但是在“东方语境”下的旅行者，在无所不在的权力场域下，并没有那种随心所欲的空间流动能力，更没有空间的掌控力。与当地人的空间有限相比，他们虽然突破了本土的阈限，但对于新居空间的认知而言，仅仅停留在机场、酒店、商场、景点等固定性、封闭性的场所之内，由此他们的新居体验大多是商业消费式的，同样具有被制作的文本痕迹。就在这种空间有限的层面上，离散者与旅行者和当地人实现了真正的分野。新居空间，对于离散者而言，有一个由封闭性到开放性甚至再到无限性的过程。这与离散者新居体验的嬗变有关。

---

① 有关鲍曼的“旅游者”和“流浪者”的概念，请参见齐格蒙特·鲍曼的《全球化：人类的后果》（郭国良、徐建华译，北京：商务印书馆2013年版），特别是第四章“游客与流浪者”。

五、离散者的存在特性及其全球化挑战

在全球化语境下对空间流动的思考中，鲍曼似乎忽视了古老的离散现象。在他多样的关于人的空间归类里，并没有出现“离散者”的身影。尽管如此，鲍曼的思索对于本文依然有借鉴与参照的意义。离散者，不是“全球人”；他不具有“制作”的能力，只是通过生存的方式、以生命的激情去寻觅、挖掘，甚至开拓得之不易的新居意识。离散者，不是“当地人”；他既经历过空间的封闭，又体验过空间的开放，因而拥有空间跨界的经验，更具备丰富的边缘意识。离散者，不是“旅行者”；他的新居体验，不是源于消费欲望的诱导与满足，而是源于生存的需求和人性的探求：对在家感觉的渴望与追求。正是在面向西方的离散过程中，新居意识、边缘意识和家园意识构成了离散者的存在特性。正是得益于这一特性，离散者有可能在无所不在的“东西方语境”的权力场域中，开拓出一片解构与重构东西方关系的实验之地；有机会在全球化分化的权力场域里，在阶层的对抗与冲突的壁垒里，凿出一口对话与沟通的天窗。

就现实中的空间流动而言，同样源于本土的当地人、旅行者和离散者之间，确实存在着鲜明的阶层分化。面对着残酷的现实，新移民的离散写作，并没有回避它，而是在“归境”的叙事聚焦与诗学探索里，不断地批判、消解“空间的分化”，并在此基础上，通过离散而获取的新居意识、边缘意识和家园意识，不断地在族群意义上，在人性的本质上，重构故土意识。

故土意识，是新移民在“本土与离散”的生命关联里最原初的存在意识。若不从本源的意义上看待它，是不可能理解与认识离散者的特性的，特别是家园意识，更不要谈从中开辟出“实验之地”、凿出“天窗”了。

事实上，新移民在故土意识中始终留存着一种家园意识，这也是他们以文学的形式，不断地怀旧，重塑归境的原因之一。在本土的家园意识，不仅指个体的成长记忆和家族基因，更是包含融汇其中的群体的、国族的历史意识。这里面有几千年来优秀的中华传统文化，更有自近代以来的屈辱的传统、西化的甚至可以说是媚化的传统、反传统的传统、“文革”的传统和改革开放

的传统。① 这些历史的重负，都沉积在离散者思想的最深处，成为他们离散体验的源兴。当新移民决心以文学的形式去书写各自的离散体验时，那原本静寂的思想重负，将如泉水般涓涓而出，滋润着、催生着他们对于“我是谁”“我们是谁”的持续叩问。

面对着人的存在性的根本问题，新移民在离散写作里所表达的不是困惑与迷惘，而更多的是展望与探索。原因在于，故土的脐带里始终供给着他们作为人的自信，就像《曾在天涯》里的高力伟，即便在新居失去了为人的意义，依然可以回归故土，重拾起在离散中丢失的自信。因此，他们的追问姿态，不是面向过去，而是以过去为基点，面向未来；不是面向故土，而是以故土为参照，面向新居。

新移民的“面向”，不是“当地人”文本化的“面向”，不是“旅行者”封闭化的“面向”，而是面对面、开放、深入地正视、批判、反思，直至融汇其中。这种姿态，不是对历史包袱的逃避，而是勇于担当，在新居语境里，积极主动地探索面向历史的新径。

概而言之，新移民在离散中肩负的历史包袱，实质上就是东方与西方，传统与现代，即“古今中西”的问题。杜维明认为，在这样一个问题里，实际上隐藏着两个悖论：“这中间有一个悖论：不继承就不能扬弃，不扬弃就不能继承；不能深入地引进就不能排拒，不排拒就不能深入地引进。另一个悖论是：如果我们不能够把传统的源头活水引进来，我们就无法扬弃它的糟粕；如果我们不能深入地了解西方，同时批判地抗拒它，我们就不能把它的精华真正带进来。”② 之所以在中国近代以来存在着这样一个悖论命题，很大的原因就在于，在“东西方语境”中，中国人对“我们是谁”的解答并不清晰。

---

① 1985 年，杜维明先生在北京大学讲学时提出，在当代中国年轻的思想家，特别是有反思能力的年轻思想家的文化心理结构中，至少有五种传统的积淀，即屈辱的传统、反传统的传统、马列的传统、“文革”的传统和改革的传统。（见杜维明：《现代精神与儒家传统》，北京：生活·读书·新知三联书店 2013 年版，第 24－29 页。）他的这种看法，对我们有很大的启迪。但是，“马列”也只是“西方”的一副面孔而已，是西化的一个范例，并不能概括近代以来中国人的西化历程，因此我们用“西化”替代“马列”。关于“改革的传统”，可能由于历史距离的原因，杜维明只是提出了观点，并没有解释。什么是“改革的传统”？在近 40 年的改革开放历史中，这是一个严肃的、严峻的文化命题，不是此处能解决的。但是，我们对全球化与离散的考察，可以算是其中的一个因子。除此之外，其他三个传统，我们都基本赞同杜维明先生的观点。

② 见杜维明：《现代精神与儒家传统》，北京：生活·读书·新知三联书店 2013 年版，第 350 页。

对于过去，我们不仅没有很好地继承，也无法向“五四”时代所追求的那样全盘摒弃；对于未来，我们将之寄托在“西化”上，但屈辱的悲愤感又不得不令我们拉开与西方的距离，同时还身不由己地面对一个被制作的“西方”，以致在现实上，我们从未真正地认识和了解西方。典型的例证是，“五四”时期力主全面西化的知识分子眼中的“西方”，只是“科学”和“民主”的西方，[①] 而对于西方的另一个十分重要的文化传统——以基督教为主体的宗教文化，却是极力反对的。

这种偏颇的西方观实际上在魏源的“师夷长技以制夷”思想里就已经埋下种子了。实际上，在很长一段时期里，中国人眼中的“西方”，只是技术的西方，突出其工具理性的一面，而对于“科学精神”“民主精神”，特别是“宗教精神”，都在“救亡图存”的急切中退居其次，甚至消逝了。对于那些媚外的人而言，更不可能看到西方阴暗的一面，也无法体会西方文化内部的反思与批判的精神，比如现代性的反思。于是，盲目地否定传统和盲目地效仿西方（二者相辅相成），造成了杜维明所言的中国知识分子的认知和存在困境，即该继承的无法继承，如传统文化里的精华部分；该扬弃的无法扬弃，如小农、纲常等封建残毒；该引进的不能引进：如科学精神、民主精神、宗教精神；该排拒的不能排拒，如拜金等商业文明的渣滓。[②] 这种困顿感，在当代的中国社会里可能有所缓解，但要彻底祛除依然任重而道远，一再在日常生活里闪现的道德失范与精神危机，就是明证。

在如此沉重的历史语境之下，“我们是谁”的认同困境，对于离散西方的新移民而言，首要的不是中国人还是加拿大人的问题。而是归属于中国文化还是西方文化的问题，也就是说，不是一个身份问题，而是文化问题。这种身份的弱化，与他们“叶落生根”的离散动机是一致的。因而，新移民鲜有

---

① 宋剑华对此提出了有意义的见解。他认为“五四”时期的作家们，在向西方学习“科学”“民主”“自由”等概念、思想时，由于语言等民族思维定式的缘故，使“西化”转换成“化西”，失去了或者稀释了西方语境下原有的概念内涵，而成为某种“中国特色”，比如其时青年们对于自由恋爱的钟情。参见姚新勇、贺仲明、宋剑华、周伦佑：《流动的传统与现代，启蒙的反思与坚守》之宋剑华部分““化西”思维与新闻学现代性的艺术呈现”，载《暨南学报》（哲学社会科学版）2016 年第 5 期。

② 参见杜维明：《现代精神与儒家传统》，北京：生活·读书·新知三联书店 2013 年版，第 370、488－489 页

以“异乡人”① 的身份定位（如很多先侨那样）开启离散之旅的，在他们离散的即刻，就以积极主动的认同姿态，在新居为了未来的幸福而不断努力。即便如此，新移民的离散之途，依然布满荆棘。其中，种族歧视就是最大的障碍。

纵然，在当下，一个不断批判、反思、调整的西方是其最新面孔，如加拿大的多元文化政策及其践行具有一定的典范性，② 但只要“东西方语境”的权力场域没有实质性的改变，甚至消逝，种族歧视（尽管在形式上经历了有形向无形的转变）在本质上也很难发生质变。这可以说是离散华人的最大挑战。

这种挑战，不管离散华人在学术上取得多大的成就，经济上多么富足，工作上多么勤奋，甚至在政治上有多高的认同，实际上都无法彻底消除。可以说，在本质上，这是一个文化的顽疾，是一个文化的挑战。实际上，这种挑战在近代以来的中国历史中一直存在，只不过一直消隐于对技术、经济等西化尤其是媚外的盲目追求中，以及“救亡图存”的政治效应里。等到中国人怀揣着各种目的离散西方的时候，就意味着，他们从外圆直接进入到种族歧视的圆心，在高强度的暴露下，直接发现并触及了种族歧视的根本所在。

这一文化间的发现，应得益于西方在女性主义、解构主义、后殖民主义、后现代主义等思潮内的批判与反思，及其在此基础上的调整与适应；同时，也来自在真正的“西方”文化的参照下，国人自身对于中华文化如夷夏观念的批判与反思。但这只是发现了问题及其所在，至于如何解决则又另当别论。

这一问题，对于离散华人而言，并不只有哲学、理论的意义，而是事关生存。于是，文化的焦虑带来了生存的焦虑。他们终究是离散者。故土固然可以供给离散的信心，但不足以让他们在离散中寻获并构建另一处家园。没有家园，就无法安置漂泊的心灵。这不是离散华人，特别是新移民的生存愿景，也不是人应有的题中之义。所以，生存的焦虑催促着甚至逼迫着新移民们接受这个挑战。

这个挑战是巨大的。它承载着从故土肩扛而来的历史重负，又面临着在新居中发现并真切体验到的难题。如何舒缓焦虑，破解难题，迎接挑战，加拿大华人新移民在离散写作中给予了诗性的解答。

---

① 在鲍曼那里，“异乡人”是与“本地人”相对而言的，为了强调它的难以驯化以及差异所带来的排斥与冲突。参见齐格蒙特·鲍曼著，邵迎生译：《现代性与矛盾性》，北京：商务印书馆 2013 年版，第 99－108 页。

② 加拿大学者威尔·金里卡在著作《多元文化的公民身份》中，对加拿大的典范性有着充足的说明。参见威尔·金里卡著，马莉、张昌耀译：《多元文化的公民身份：一种自由主义的少数群体权利理论》，北京：中央民族大学出版社 2009 年版。

蠡测与评议

为史需严谨

——夏志清《中国现代小说史》勘误

宋剑华
（暨南大学中文系）

最早读夏志清的《中国现代小说史》（以下简称《小说史》），是 20 世纪 80 年代我在读研究生的时候，虽然只是走马观花地浏览了一遍，但有两个印象却十分深刻：一是《小说史》所涉猎的研究疆域，要比国内同类题材的现代文学史宽广许多，对于我们这些刚入门的青年学子来说，无疑是极大地开拓了眼界；二是《小说史》的立论颇为大胆，像被国内学界所推崇的文学大师鲁迅、巴金等人他都不屑一顾，但对沈从文和张爱玲这些为国内学界所陌生的作家却大加赞赏，很有一种颠覆历史者“舍我其谁也”的英雄气概。应该说，那个时代的青年学者，对于夏志清还是比较敬仰的。

然而，近来因我要为博士研究生开设一门“中国现代文学学科史”的专业课程，而夏志清也早已被许多人捧为西方汉学界的神话人物，那么他的《小说史》我就不能不去重读。由于经历了 30 多年的学术磨炼，毕竟具有了一定的知识储备，看问题也相对地深刻了一些。此次用的是复旦大学出版社 2005 年的简体字版，未曾想读罢之后大吃一惊，这部《小说史》中的史料错误，随处可见，实在是太多了。虽说夏志清是在美国研究中国现代小说史，但他毕竟在出国之前曾系统化地接受过传统的国学教育，出国之后又追随新批评大师接受过现代的西学训练，于情于理他都应该懂得这样一个简单的道理：为学者的唯一信条，就是学风严谨言必有据。因为中国文人自古以来，就推崇“格物致知”的治学态度，而孔子也一再地告诫中国学人，对待历史应“毋意、毋必、毋固、毋我”，[①] 必须实事求是，绝不能去凭空杜撰。想必夏志清本人，对此是有所了解的，否则他也不会对台湾编写的《中华民国文

① 朱熹：《四书章句集注》，北京：中华书局 1983 年版，第 109 页。

艺史》在史料方面的一些错误给予严肃的批评。① 批评谬误以正学风，这一点的确值得肯定；但为什么《小说史》本身，也犯有同样不可饶恕的低级错误呢？复旦版《小说史》是由国内著名中国现代文学史料研究专家陈子善先生引进的，出版时陈子善先生根据我国国情做了一定的删减，“个别明显的史实错讹也作了订正”。陈先生非常谦虚地说，这个版本“如果存在这样那样的问题，责任在我，欢迎读者批评指正”。② 我绝不怀疑陈子善先生的为学水准和治学态度，因而赶忙从网上“淘”得一本1961年耶鲁大学英文版的《中国现代小说史》(*A History of Modern Chinese Fiction*, New Haven: Yale University Press, 1961)，并借助汉英词典仔细地将中英文版《小说史》对照了一遍，发现错不在陈子善先生的复旦本，英文版的耶鲁本就已经存在了。可想而知，假如陈子善先生没有为其校勘“错讹”，耶鲁本的《小说史》到底会有多少“错讹”？恐怕我们就不得而知了。由于夏志清是西方的汉学“权威”，他又是用英文去向西方介绍中国现代文学史的，所以英文版《小说史》的知识性“错讹”已经在西方流传，其所造成的不良学术影响也难以挽回。现在，我把《小说史》中的其他“错讹”，也罗列出来加以勘误，没有其他的个人目的，只是想维护学术的严肃性而已。

一、鲁迅部分的史实错误

夏志清知道，鲁迅是他撰写《小说史》所无法绕过去的一道坎，必须对鲁迅及其文学创作做出一个评价，但他又不接受国内学界对于鲁迅的正面见解，所以《小说史》的第二章“鲁迅（1881—1936）”，开篇便下了这样一个定义：

> 鲁迅是中国最早用西式新体写小说的人，也被公认为最伟大的现代中国作家。在他一生最后的六年中，他是左翼报刊读者群心目中的文化偶像。自从他于1936年逝世以后，他的声誉更越来越神话化了。(第23页)

---

① 夏志清在《新文学的传统》的第6-7页，就曾对《中华民国文艺史》关于萧红本人的真名和《呼兰河传》的篇名错误，提出过疑问和批评。

② 夏志清：《中国现代小说史》，上海：复旦大学出版社2005年版，第505页。

这段评语隐含着两个潜台词：①鲁迅“被公认为最伟大的现代中国作家”，其实无非是“靠几个短篇小说就建立起来”的（第43页），他本人似乎并不认同这种观点；因为在他看来，包括《阿Q正传》在内的鲁迅作品“显然是受到过誉”（第28页），是国内学界“神话”鲁迅的历史产物。②夏志清暗示鲁迅后六年的杂文，都是发表在左翼报刊上，那么它们的阅读对象，自然也都是些左翼读者。这种轻率而随意的主观论断，完全有违于历史事实。从1930年算起，鲁迅创作的杂文集，总共有《二心集》《伪自由书》《准风月谈》《花边文学》《且介亭杂文》《且介亭杂文二集》《且介亭杂文末编》《集外集》8本，收录的文章也有400多篇。我仔细统计了一下，真正发表在左翼报刊（当然是指“左联”办的报刊）上的，只占15%，也就是60篇左右，绝大多数文章都是发表在当时与左翼无关的报刊上。鲁迅自己在《南腔北调集·题记》中就曾清清楚楚地写道：收入该集里的文章，曾分别在“《十字街头》，《文学月报》，《北斗》，《现代》，《涛声》，《申报月刊》，《文学》等”报刊上发表过。[①]《十字街头》《文学月报》《北斗》固然是左翼报刊，但其他却根本不是。《伪自由书》《准风月谈》《花边文学》这三本集子里所收录的文章，基本上都是发表在《申报·自由谈》，鲁迅自己说“我的投稿，平均每月八九篇”，后来由于当局封杀，“从六月起的投稿，我就用种种的笔名了”。[②] 我们总不能把《申报》也说成是左翼报刊吧？至于几部“且介亭杂文”里所收录的文章，发表的刊物更是五花八门，绝大多数都与左翼无关，读者群体也是当时社会的普通民众。夏志清一概用左翼报刊加以冠之，不管其主观用意如何，但由此显示出的对历史事实的全然无知，的确有损于他西方汉学的“权威”身份。另外，《小说史》中还写道：鲁迅“1927年1月离开厦门到广州，任中山大学文学系主任兼文学院院长”。（第36页）夏志清的资料明显有误，因为鲁迅本人在日记中有记载：“被任为文学系主任兼教务主任，开第一次教务会议。”[③] 这些资料都非常好找，只要稍下点功夫，就不会出现差错，不知他为何没有去认真地核实。

---

① 见《鲁迅全集》（第4卷），北京：人民文学出版社1981年版，第413页。

② 见《鲁迅全集》（第5卷），北京：人民文学出版社1981年版，第5、190页。

③ 见《鲁迅全集》（第14卷），北京：人民文学出版社1981年版，第643页。

二、郁达夫部分的版本错误

《小说史》对郁达夫的评价非常差，虽然专门用了一节加以论述，但夏志清把他的作品都归结为“性”书，除了“性欲”几乎没有任何艺术价值：“郁达夫和其他创造社的人一样，伤感气味太浓，文章写得马虎，结果每篇小说都有缺陷，也很可惜。不重视艺术也破坏了他自我探讨的功夫。我们有时候觉得，尽管他坦白，他也有些装腔作势，从心理学的书里偷些东西，补他才力的不足。时而观淫，时而睹物兴起淫念，时而同性恋，时而以被虐满足性欲，时而有偷物狂，他的自传体主人公花样太多了。”（第79页）夏志清把郁达夫贬得一塌糊涂，我不想浪费口舌与其论辩，权当是一家之言、见仁见智罢了；但既然你那么了解郁达夫，并且通读了他所有小说作品，为什么还会出现版本错误呢？在《小说史》所列出的“参考书目”中，关于郁达夫的作品是这样记载的：

《达夫全集》（*The Collected Works of Yu Ta－fu*）. 7 vols. 1928 – 1931. This editionwas published by Pei Hsin Book Co. and consists of following titles：

《寒灰集》（*Cold Ashes*）. Mainly fiction，some prose.

《鸡肋集》（*Chicken Ribs*）. Fiction，including “Sinking”.

《过去集》（*The Past*）. Fiction and prose.

《奇零集》（*Fugitive Pieces*）. Prose.

《敝帚集》（*Battered Brooms*）. Prose.

《薇蕨集》（*Ferns*）. Fiction.

《断残集》（*Miscellaneous Pieces*）. Prose and translations.

夏志清说他看过的《达夫全集》，是由北新书局1928年至1931年出版的七卷本。可是根据我个人的印象，他的说法肯定有误。于是我赶紧把《达夫全集》找来核对一下，立刻印证了我的判断。众所周知，郁达夫是第一个人还在世便出全集的新文学作家，他的所谓“全集”实际上就是作品集，现在我们能够看到当年的七卷本《达夫全集》具体出版时间是这样的：第一卷《寒灰集》，1927年6月由上海创作社出版部初版；第二卷《鸡肋集》，1927年10月由上海创作社出版部初版；第三卷《过去集》，1927年11月由上海开明书店初版；第四卷《奇零集》，1928 年 3 月由上海开明书店初版；第五卷《敝帚集》，1928 年 4 月由上海现代书局初版；第六卷《薇蕨集》（《小说史》将其写成了《蕨薇集》），1930 年 12 月由上海北新书局初版；第七卷《断残集》，1933 年 8 月由上海北新书局初版。通过查对我们可以发现，前三卷都是出版于 1927 年，且前五卷也都不是由北新书局出的，难道在此之外还有一部北新版的《达夫全集》不成？于是我又多方求证无果，后来终于从《唐弢文集》里找到了一条可靠信息：《达夫全集》当时就是那么七卷，并没有什么额外的“北新版”。① 对此我就有些糊涂了，夏志清所说的北新版《达夫全集》，到底是从哪里搞到的绝世孤本呢？

三、巴金部分的史实错误

《小说史》对巴金的评价也不高：“巴金是这十年（指 1928—1937 年，笔者注）间最流行又最多产的作家之一，但是却不是最重要的一位。尽管佳评如潮，受到群众爱戴，我们却无法从他这一期的作品内，发现任何完美的追求。”（第 168 页）“好评如潮”与“群众爱戴”，都无法使巴金显得“重要”，我真不知道《小说史》的评价尺度，到底是依据什么样的审美标准。《小说史》在巴金部分里，即存在史实错误，又存在史料错误，更存在版本错误。

史实错误有：

> 巴金这个笔名，是两位无政府主义者巴枯宁和克鲁泡特金的名字拆拼起来的。（第 169 页）

这完全是夏志清本人毫无根据的主观猜想。巴金在《谈自己》一文中，就已经说得很清楚：“金”的确是来自克鲁泡特金，但“巴”却是对一个同学的纪念。巴金在法国留学时，有一个北方的同学叫“巴恩波”，他们相处了一个月，“第二年听说他在项热投水自杀。我和他不熟，但是他自杀的消息使我痛苦。我的笔名中的‘巴’字就是因他而联想起来的”。②

史料错误有：

---

① 可参见《唐弢文集》，北京：社会科学文献出版社 1995 年版，第 772 页。

② 见《巴金选集》（第十卷），成都：四川人民出版社 1996 年版，第 111、116 页。

> 1927 年正月，当他 23 岁的时候，巴金到了法国，大部分时间呆在巴黎研读法文。同时开始翻译克鲁泡特金的《伦理学》一书，完成了一部名叫《灭亡》的小说。《灭亡》分期在《小说月报》上连载。到了 1929 年，当巴金从法国返回中国时，他有点惊异地发现，自己已是颇负时誉的作家了。(第 171 页)

这更是一种夏氏杜撰的无稽之谈。据巴金本人讲，1928 年《灭亡》写完以后，把原稿寄给了上海开明书店的一个朋友，准备自费出版。“直到这年 12 月我回到上海，那个朋友才告诉我他把我的小说介绍给了《小说月报》的编辑叶圣陶、郑振铎两位前辈，他们决定在《小说月报》上发表。”① 据查，《灭亡》从 1929 年 1 月至 4 月在《小说月报》上连载，此时巴金早已回国。换言之，巴金回国之后，《灭亡》还未开始连载，何来“他有点惊异地发现，自己已是颇负时誉的作家了”之说？

版本错误有：

> 《新生》(*New Life*). 1932.
> 《砂丁》(*The Antimony Miners*). 1932. (第 466—467 页)

我仔细查证了一下，《新生》写于 1931 年，1933 年 9 月由上海开明书店初版；而《砂丁》则是写于 1932 年，1933 年 1 月由上海开明书店初版。我真想知道，夏志清的注释依据，究竟是来自何处？

四、老舍部分的史料错误

《小说史》对于老舍的评价十分有趣，夏志清认为老舍是北平的个人主义作家，他“后悔错过了 1920 年后半期国内发生的种种令人振奋的事。但是如果他那时真的留在中国，他多半会淹没在革命的潮流里面，接受那些激进分子全部的政治和经济信条。在这种情况之下，他是否能创造出他个人主义的一派小说，就很难说了”(第 116 页)。所以，“在抗战时期的紧张气氛里，老舍为了反日救国，重新倡导英雄式的行动——但只是在宣传上这样做，并且

① 见《巴金选集》(第十卷)，成都：四川人民出版社 1996 年版，第 111、116 页。

缺少他先前对中国的需要和缺陷的深思卓识”（第132页）。故写出像《四世同堂》这样的“失败之作”，也就在所难免了。（第240页）

我真不知道夏志清是怎样得出这样的重要结论。仅以《骆驼祥子》为例，他认为虽然这是一部最佳的“现代小说”，却又为老舍“脱离早先个人主义的立场”而惋惜。（第130页）既然老舍脱离了“个人主义”立场，仍能写出最佳的“现代小说”，那么不正说明老舍的创作转型，是一种非常正确的思想选择吗？

还是回到史料方面吧，《小说史》在参考书目上注明：

《骆驼祥子》（*Camel Hsiang - tzu*）. 1938.（第462页）

这等于夏志清是在告诉我们，《骆驼祥子》初版于1938年，可事实却并非如此。《骆驼祥子》写完以后，首先于1936年9月至1937年11月，在《宇宙风》杂志连载了24期（老舍本人称其为“二十四段”）。到了1939年3月，才初次出版发行。现在有两种说法：一是孔令云认为，《骆驼祥子》1939年3月由上海中国科学公司初版①；二是郝长海认为，《骆驼祥子》1939年3月由人间书屋初版②。我认真地核对了一下，郝长海先生说的是正确的。但不管是“孔说”还是“郝说”，《骆驼祥子》都是于1939年初版，而不是夏志清所说的1938年初版。此外，《小说史》还这样写道：

> 《惶惑》和《偷生》分别在1946年7月和11月出版（该年4月，老舍和剧作家曹禺，同时接受美国国务院邀请，赴美访问一年）；《饥荒》则迟至1950年9月，才开始在《小说月刊》上连载。（第240页）

仅在这段简短的表述里，就有三处史料错误：①老舍与曹禺是1946年1月接到的邀请，1946年3月4日乘坐美国运兵船“史各脱将军号”赴美的，而不是1946年4月接到的赴美邀请。对于这一点，当时各大报刊均有报道，

---

① 见孔令云：《〈骆驼祥子〉的版本变迁——从出版与接受的角度考察》，《北京社会科学》2006年第6期。

② 郝长海、刘慧智：《老舍著译年表》，《文献》1983年第4期。

曹禺本人也曾有过说明。① ②《惶惑》1944 年连载于《扫荡报》，1946 年 1 月而不是 7 月，由良友复兴图书印刷公司初版。初版时用的名称是《四世同堂》，直到 1946 年 11 月再版时，才用了《惶惑》这一篇名，而“四世同堂”则成了总称。② ③核实史料，《饥荒》写于 1947—1949 年，前 20 段连载于 1950 年 5 月至 1951 年 1 月，上海《小说》月刊第 4 卷第 1 期至第 4 卷第 6 期（《小说》杂志虽说是月刊，但不知是何缘故，1950 年 5 月出版了第 4 卷第 1 期，6 月出版了第 2 期，到了 10 月才出版了第 3 期，11 月出版了第 4 期，12 月出版了第 5 期，1951 年 1 月出版了第 6 期）。也就是说，《饥荒》是 1950 年 5 月开始连载的，而不是 9 月开始连载的，夏志清的资料明显不实。

五、蒋光慈部分的史料错误

《小说史》对于蒋光慈的评价极低，说他“从来没有被认为是现代中国的一个伟大作家”，只不过“是最早一个卖文为生的共产党作家”而已。（第 184 页）在夏志清本人看来，《少年漂泊者》“似乎极幼稚”（186 页），《冲出云围的月亮》更是“浅薄之作，根本就不需要批评”（187 页）。夏志清不喜欢蒋光慈的小说创作，应该是在情理之中，因为人们不可能指望对“左翼”存有偏见的他，能够认真仔细地去阅读蒋光慈的全部作品。我之所以这样定论，自然是有客观依据的，比如夏志清在《小说史》的参考书目中，有三部蒋光慈作品的出版时间，就存在着明显的错误：

《哭诉》（*Lament*）. 1929.
《少年漂泊者》（*The Youthful Tramp*）. 1925.
《菊芬》（*Chü -feng*）. 1927.

我仔细核实了一下历史资料和作品版本，发现夏志清简直是错得不可思议。《哭诉》是蒋光慈 1927 年所写的长篇抒情诗，后改名为《写给母亲》，1928 年 3 月由上海春野书店初版，被列为“太阳小丛书”第四种，1933 年上海新文艺书局再版。《少年漂泊者》1926 年 1 月由亚东图书馆初版，1927 年

---

① 见克莹、侯堉中：《老舍在美国——曹禺访问记》，《新文学史料》1985 年第 1 期。

② 见吴福辉：《〈四世同堂〉：从小说到话剧》，《汉语言文学研究》2013 年第 4 期。

至1933年间，总共印刷过15次。《菊芬》1928年4月由上海现代书局初版，到1930年底已经被印刷了四次。也就是说，这三部作品的初版时间，一部被夏志清推后了一年，两部被《小说史》穿越时空提前了一年。众所周知，蒋光慈是20世纪20年代末与30年代初最受欢迎的中国现代作家之一，由于他的读者群体非常大，作品的发行量也一直名列前茅，故出版社给他的版税也极高。据蒋光慈的夫人吴似鸿说，蒋光慈曾告诉她"鲁迅作品是抽百分之二十的，我也和鲁迅一样。因为销路大，书店赚得多，给我们也多些"[①]。吴似鸿的话我们还可以从唐弢先生那里得到印证，唐弢先生在《翻版书》与《再谈翻版书》两篇文章里，就曾告诉我们鲁迅和蒋光慈是当时中国文坛两大畅销书作家，正是由于他们的书太畅销了，所以社会上出现了许多盗版本。[②] 有学者曾做过考证，蒋光慈作品被盗版的情况十分严重，"仅次于'新文学泰斗'郭沫若和'三角恋爱小说家'张资平，这个数字可以说明二十年代末三十年代初他的受欢迎程度"[③]。蒋光慈作品的畅销与被盗版，最起码可以揭示这样一个历史事实：以上海大都市知识分子为主要对象的读者群体，其实并不如夏志清所想象的那样没有审美水准。我倒担心起一个问题来，《小说史》评价蒋光慈的理论依据，用的不会是盗版本吧？这可是事关学风的大问题啊！但愿这只是一个充满善意的黑色幽默。

六、丁玲部分的史料错误

《小说史》对于丁玲的评价是："丁玲在1930年的声誉，主要是基于她早期的小说。由于这些小说的性问题比较开放，它们遂被认为比谢冰心和凌淑华的较为含蓄的小说优越了。可是自1931年开始创作无产阶级小说后，这一点微带虚无主义色彩的坦诚也丧失了，剩下来的，只是宣传上的滥调。"（第190～191页）将丁玲的小说视为带有性开放特征的艳情之作，我还是第一次看到这种提法。我们固然可以从《莎菲女士的日记》里看到青春期女性的"性苦闷"，但是若把青春期女性的爱情幻觉理解为"艳情"那就大错特错

① 吴似鸿著，傅建祥整理：《我与蒋光慈》，南宁：广西教育出版社1992年版，第28页。

② 唐弢：《翻版书》《再谈翻版书》，《晦庵书话》，北京：生活·读书·新知三联书店1980年版。

③ 刘震：《蒋光慈作品的畅销与盗版》，《新文学史料》2007年第2期。

了。夏志清对丁玲小说评价的随意性，与他运用史料的随意性几乎是一致的。比如他在书中这样写道：

> 1931 年丁玲加入共产党，决心要成为一个无产阶级的作家。（第 187 页）

这是一个毫无事实依据且根本没有去做认真考证的主观臆说。丁玲自己说，1932 年“一·二八”淞沪抗战时，“那时我还没有参加共产党呢！”“一九三二年二三月我入了党”。[①]《丁玲评传》的考证也支持这一说法：1932 年 2 月，丁玲向阳翰笙提出了入党申请，3 月被批准正式加入中国共产党，“入党仪式在上海南京路大三元饭店秘密举行。文委负责人潘汉年主持，瞿秋白代表中共中央宣传部与会，同时宣誓入党的有田汉、叶以群和刘凤斯 3 人”[②]。如果说夏志清因客观原因拿不到第一手历史资料，那么他完全可以对于时间问题模糊处理，比如用“30 年代初”一笔带过，别人也不会产生什么异议。既然敢使用确定的时间，那就必须给出史料的出处或来源，但《小说史》却并没有这样做，给人的感觉是治学态度很不严谨。与此同时，《小说史》对《我在霞村的时候》的初版时间，也做了错误的注释：

> 《我在霞村的时候》（*When I Was at Hsia Village*）. 1st Peiping ed. 1946.

丁玲的小说《我在霞村的时候》，创作于 1940 年，最初刊载于 1941 年 6 月 20 日《中国文化》第 2 卷第 1 期；1944 年 3 月，由桂林远方书店初版，以《我在霞村的时候》冠名，内收 7 篇短篇小说；1946 年被收入周扬编的《解放区短篇小说选》（东北书店），1947 年又被冯雪峰收入《丁玲文集》（开明书店）。夏志清说《我在霞村的时候》1946 年在北平初版，明显与史实有很大的出入，我本人也没有查到有什么 1946 年本。况且一篇仅一万多字的短篇小说，也是不可能出单行本的。

---

① 见《丁玲全集》（第 10 卷），石家庄：河北人民出版社 2001 年版，第 248－250 页。

② 杨桂欣：《丁玲评传》，重庆：重庆出版社 2001 年版，第 103 页。

七、沈从文部分的史料错误

《小说史》对沈从文的评价极高，夏志清认为沈从文的小说作品，“显露着一种坚强的信念，那就是，除非我们保持着一些对人生的虔诚态度和信念，否则中国人——或推而广之，全人类——都会变得野蛮起来。因此，沈从文的田园气息，在道德意识来讲，其对现代人处境的关注之情，是与华兹华斯、叶芝和福克纳等西方作家一样的迫切”（第134页）。“他对人类精神价值的确定，固然切中时害——但造成他今天这个重要地位，却是他丰富的想象力和对艺术的挚诚。”（第146页）夏志清之所以会如此看重沈从文，除了沈从文小说自身的艺术魅力外，还因为他特别看重沈从文为了自觉地去抵御“当时激进的革命气氛”，所始终坚守的自由主义创作立场：“胡适后来致力于历史研究和政治活动，徐志摩于1931年撞机身亡，而陈源退隐文坛——只剩下沈从文一人，卓然独立，代表着艺术良心和知识分子不能淫不能屈的人格。”（第136页）对于这种人为将沈从文划入以胡适为代表的“英美派”或“新月派”的轻率做法，沈从文研究专家凌宇先生早已有过驳斥，[①] 我们没有必要再去浪费笔墨。既然沈从文是夏志清最喜爱的作家之一，那么对于史料的掌握和运用，总该会严谨些了吧，未曾想错误同样存在：

> 1930年他在国立武汉大学教了一个学期，次年即到青岛大学任中国文学系教授，一直到1934年为止。（第140页）

首先，沈从文到青岛大学任教是1931年8月至1933年7月，1933年8月初他已回到北平，并忙于筹备他与张兆和的结婚事宜，而不是“到1934年为止”。其次，沈从文在青岛大学是任讲师而非教授，同时被聘为讲师的还有游国恩、杨筠如等人。众所周知，中国的大学很讲求资历，虽然沈从文当时已经小有名气，但是他的小学文化程度，是不可能被直接聘为教授的，后来他到西南联大，也只是被聘为副教授而已。此乃错一。《小说史》写道：

> 抗战时，沈从文在西南联大中文系任教……最重要的一本《黑

① 见凌宇：《从边城走向世界》，长沙：岳麓书社2006年版，第52页。

> 风集》(1934 年出版),包括了《静》以及另外一篇同样精致的《白日》。(第 233 页)

据查,《黑风集》是 1943 年由桂林开明书店初版的,而不是 1934 年出版。此乃错二。《小说史》又写道:

> 1934 年冬,在睽隔了 18 年后,他重游湘西,之后写了《边城》《湘行散记》……(第 233 页)

沈从文是 1923 年离开湘西去北京的,1934 减去 1923 是 11 年,可他偏偏说成是 18 年。另外,沈从文因母亲病危,是于 1934 年 1 月 7 日离开北平的,1 月 22 日到达湘西凤凰;1 月 27 日离开凤凰到沅陵,在他大哥家里小住数日,于 2 月 9 日回到了北平。回到北平后不久,便写完了小说《边城》。同年 10 月,傅东华将《边城》编为"创作文库"之九,由上海生活书店初版。① 如果说沈从文是 1934 年冬回的湘西,那岂不是《边城》出版以后他才回家的吗?怎么又会是"他重游湘西"之后"写了《边城》"呢?此乃错三。《小说史》还写道:

> 1937 年冬,沈从文继续逗留湘西,有四个多月。(第 234 页)

沈从文第二次回湘西是 1938 年 1 月初,而不是 1937 年冬。他先由武汉到长沙,在长沙待到了 1 月中旬,然后才去沅陵他大哥家。4 月 13 日离开沅陵,经贵州去昆明,4 月 30 日抵达昆明。② 满打满算也就三个月,何来"四个多月"之说呢?此乃错四。我原以为沈从文部分的错误能够少一些,殊不知一点也不少,可见夏志清对沈从文虽然推崇但基本史料工作还是欠缺核对。

---

① 见吴世勇:《沈从文年谱》,天津:天津人民出版社 2006 年版,第 149 - 160、202 - 206 页。

② 见吴世勇:《沈从文年谱》,天津:天津人民出版社 2006 年版,第 149 - 160、202 - 206 页。

八、张天翼部分的史实错误

张天翼是《小说史》中唯一被正面评价的左翼作家，也许夏志清意识到自己把左翼文学贬得有点过分，所以为了维护他没有任何政治偏见的学术立场，才不得已把张天翼拉出来以充当点缀。《小说史》称“张天翼在中国现代小说中是首屈一指的”（第150页），“如果我们剔除掉他小说三分之一的公式化的习作，其余的三分之二，不但代表着张天翼的丰饶多产，而且说明了他高水平的成就。他同期的作家内，只有沈从文，质或者量方面来说，差堪比拟”（第151页）。张天翼小说在中国现代文学史上的地位早有公论，我总觉得夏志清“抬张”的目的并不是那么的纯洁，因为在张天翼“首屈一指”的定论之下，巴金、老舍等人的大师地位自然也都被《小说史》人为地消解了。夏志清喜欢张天翼的小说无可非议，既然喜欢就应该对作者的创作有所了解；可是《小说史》在张天翼一章中的史实错误，却立刻令这位汉学权威的颜面全无：

> 张天翼是这十年当中最富有才华的短篇小说家。1929年，张的作品初见各刊物，即使要找他毛病的批评者，也不能否认这位新进作家异于常人的“耳”聪“目”明，以及喜趣横生。（第150页）

这段话的意思是说，张天翼从1929年开始，才在各种报刊上发表文学作品，完全是一派胡言乱语。张天翼从1922年（16岁）起，就已经开始以“张无诤”或“无诤”署名，在“鸳鸯蝴蝶派”出版的刊物《礼拜六》《星期》以及《半月》等杂志上，发表各类文学作品了。具体篇目为：《新诗》（短篇小说，1922年《礼拜六》第156期）、《怪癖》（短篇小说，1922年《礼拜六》第158期）、《流星》（短篇小说，1922年《礼拜六》第169期）、《少年书记》（短篇小说，《半月》1922年第1卷第22期）、《人耶鬼耶》（短篇小说，1922年《星期》周刊第23期）、《空室》（短篇小说，1922年《星期》周刊第32期）、《遗嘱》（短篇小说，1922年《星期》周刊第34期）、《苦衷》（短篇小说，1922年《星期》周刊第38期）、《玉壶》（短篇小说，1922年《星期》周刊第39期）、《恶梦》（短篇小说，1922年《半月》第2卷第7期）、《铁锚印》（短篇小说，1923年《半月》第2卷第19期）、《月下》（短篇小说，1923 年《半月》第 2 卷第 22 期）、《斧》（短篇小说，1923 年《侦探世界》第 13 号）、《X》（短篇小说，1923 年《半月》第 3 卷第 6 期），除此之外，还有许多杂文和小品。如果说张天翼这些早期作品还不算是“新文学”，那么 1926 年以后他发表的散文小说，则完全与新文学接轨了，比如散文《黑的颤动》（载 1926 年 12 月《晨报·副刊》第 1497 号，从这篇散文开始，他以后的作品都署名为张天翼）、小说《走向新的路》（载 1927 年 9 月《晨报·副刊》第 2062—2064 号）、小说《黑的微笑》（载 1928 年《贡献》旬刊第 3 卷第 8 期）。① 夏志清说张天翼的作品 1929 年才始见于各种刊物，不是无知又是什么呢？另外，《小说史》还写道：

张天翼的第一篇故事《三天半的梦》，是在 1928 年的一份名叫《奔流》的杂志上刊出的，是年他 21 岁。（第 151 页）

首先，夏志清犯了一个低级错误：既然张天翼是 1929 年才开始发表作品的，你又说他 1928 年发表了《三天半的梦》，这不是自相矛盾吗？据查，张天翼《三天半的梦》发表在《奔流》杂志 1929 年 4 月第 1 卷第 10 号，而不是 1928 年。其次，即使是 1928 年，出生于 1906 年的张天翼（《小说史》上有注明），也应该是 22 岁才对啊，怎么得出的 21 岁呢？

九、萧军部分的史实错误

《小说史》对于萧军的评价比较平面，主要是分析《八月的乡村》这部作品的思想内容，夏志清一方面说“《八月的乡村》是第一部以反日斗争为主题的成功的共产主义小说”，另一方面又认为该小说根本就没有摆脱“革命 + 恋爱”的俗套模式。（第 195 页）我个人实在有些无法理解，“成功”的肯定与“俗套”的否定，究竟哪一个词汇才是夏志清的真实评语，因为两者完全是一种矛盾对立关系。然而，《小说史》在谈及萧军的文学创作时，存在不少史实与史料方面的错误。比如他说：

萧军虽然是一个热诚的共产党员，但他并没有完全依照共产国

① 张天翼早期创作的历史考证，可参见沈承宽：《关于张天翼的“初作”问题》，《新文学史料》1981 年第 4 期。

际当时的统一阵线路线来写他的小说。《八月的乡村》宣传阶级斗争，强调工农兵贫苦大众与军阀、官吏、土豪、劣绅的对立。此外，枪毙地主王三东家这一情节也预示了以后土改时期小说的模式。（第196页）

众所周知，《八月的乡村》创作于1933年，那时萧军既不是左联成员更不是共产党员，只不过是一个朝气蓬勃的文艺青年。萧军不仅在上海期间没有加入共产党，抗战期间他在延安时也没有加入共产党。1945年，萧军离开延安去东北前，毛泽东曾经问他，“听彭真说，你要入党，我们欢迎，只要你自己什么时候下决心”①。从萧军这段回忆中我们可以得知，一直到1945年他还没有加入共产党。萧军真正的入党时间是1948年，7月25日他向凯丰正式提交的入党申请书：“我个人感到现在已是我走入共产党内的时期了——因此我郑重提出，请求加入共产党，请你转达东北局，如何考虑给予回答。”② 8月份东北局便批准了萧军的入党申请。夏志清说萧军左联时期就已经是共产党员了，可是又不提供他所掌握的历史资料，这种以想象历史去评说历史的治学方法，无论如何人们都难以认同。又如，《小说史》的参考书目中还写道：

《八月的乡村》（*Village in August*）. 1936.
《羊》（*Sheep*）. 1935.

萧军的《八月的乡村》，由鲁迅作序，1935年被纳入“奴隶丛书”，自费由上海容光书店初版，1947年由哈尔滨鲁迅文化出版社再版，根本就没有1936年版本。《羊》是一部短篇小说集，1936年1月由文化生活出版社初版，而不是1935年。《小说史》总共提到了萧军四部作品，其中两部就出现了史料错误，其错误的概率之大，令人咋舌。

十、其他部分的史料错误

除了上述九位作家之外，《小说史》中还有其他方面的许多错讹，在此也

① 见《人与人间——萧军回忆录》，北京：中国文联出版社2006年版，第425页。

② 萧军入党申请书的全文，可参见方朔：《萧军入党的前前后后》，《炎黄春秋》2007年第6期。

一并纠正。

（一）关于《现代》杂志停刊原因的勘误

《现代》杂志在中国现代文学史上，是一个非常重要的文学刊物，它不仅开启了中国现代主义文学思潮的历史先河，同时更是先锋派小说和诗歌的试验基地。《小说史》对此并不否认，它的具体评价如下：

> 《现代》杂志对促进政治独立的严肃文学，有很大的贡献。可是后来在革命作家不断攻击下，迫得在1934年停刊。（第95页）

《小说史》的这段评语，有两个明显错误：一是《现代》杂志的停刊，与“革命作家不断攻击”无关，而是“现代书局资方分裂，张静庐退出书局，另外去创办上海杂志公司。洪雪帆病故”。于是施蛰存与杜衡便自动辞职，“徐朗西请汪馥泉接手主编《现代》，只出版了二期，因现代书局歇业而停刊了”①。所以，《小说史》将《现代》杂志停刊的原因强加给左翼革命作家，大有一种欲加之罪何患无辞的讨伐味道。二是《现代》杂志的停刊不是1934年，而是1935年5月。查证《现代》杂志，施蛰存与杜衡1934年11月辞职以后，汪馥泉接手还编了三期（施蛰存先生的记忆有误）。《小说史》的立论，不知是何依据。

（二）关于《倪焕之》初版时间的勘误

《小说史》对叶圣陶的《倪焕之》评价颇高，认为在当时“《倪焕之》算是很不错的一本小说了”（第48页）。但正是这部被夏志清所赞赏的长篇小说，初版的时间却被他本人搞错了。参考书目里是这样写道的：

> 《倪焕之》（*Ni Huan-chih*）. 1930.

查阅史料，《倪焕之》1928年1月初动手写作，1月中旬便开始在《教育杂志》上连载，一直连载到该年的12月份，共计连载了12期。1929年8月由开明书店初版，书前收有夏丏尊的《关于〈倪焕之〉》，书后收有《作者自

---

① 施蛰存：《〈现代〉杂忆》，《新文学史料》1981年第1期。

记》，并节录了茅盾的《读〈倪焕之〉》一文。既然《倪焕之》是1929年初版的，那么1930年说显然不实。①

（三）关于《呼兰河传》初版时间的勘误

《小说史》对于女作家萧红谈得不多，几乎是一笔带过并不展开讨论。但是就是不多的文字交代，也出现了十分明显的史料错误：

> 萧红的回忆之作《呼兰河传》（1942），所详细描写的呼兰县（在黑龙江省），有如鲁迅小说中的绍兴那样萧条和落后，而那儿的人民比起绍兴村庄的居民来，更为懦弱、残忍与愚蠢。（第383页）

萧红的《呼兰河传》从1937年开始写作，到1940年最终完成，用了长达3年多的时间。这部作品从1940年9月1日到12月17日，在《星岛日报》副刊《星座》上连载了5个多月。1941年5月，由桂林上海杂志公司初版。萧红临终前为了感谢骆宾基对她的照顾，决定将《呼兰河传》初版的版税赠给骆宾基。可是后来，骆宾基却无法从上海杂志公司那里讨到版税。于是1943年6月，他又将《呼兰河传》进行了修订，并以"松竹文丛社"之名，交由桂林河山出版社出版。1947年6月，上海寰星书店又再次修订，出版了第三版《呼兰河传》。② 也就是说，1942年版的《呼兰河传》，事实上是不存在的。

（四）关于《法律外航线》初版时间的勘误

《小说史》对于沙丁只是作了初步的介绍；未曾想即便是几百字的介绍文字，也存在有史料错误：

> 艾芜的好朋友沙丁，早在1936年，已因他的一本短篇小说集《法律外的航线》而崭露头角，不过只有到了抗战时期，他的小说才显露出熟练的讽刺技巧。（第220页）

---

① 关于《倪焕之》的版本考证，可参见金宏宇：《〈倪焕之〉的版本变迁》，《武汉大学学报》2002年第6期。

② 关于《呼兰河传》的版本考证，可参见章海宁：《〈呼兰河传〉校订记》，《现代中文学刊》2013年第5期。

《小说史》意指沙丁是因1936年出版了《法律外的航线》，才在中国现代文坛上“崭露头角”的，这无疑是大错特错了。早在1932年8月，《法律外的航线》便由辛垦书店出版了，其中收录有《法律外的航线》《汉奸》《撤退》《俄国煤油》等12篇作品。诚如吴福辉先生评价的那样：“在1932年年底的中国文坛上，‘沙丁’这个崭新而略显古怪的名字，便和他的第一部集子、第一篇刊载小说，同时诞生。”① 然而不知是出于何种缘故，《小说史》却将《法律外的航线》的出版时间，向后推延了4年之久。

（五）关于《现代中国文学作家》（上册）初版时间的勘误

《小说史》在介绍“第一阶段的共产主义小说”时，特别提到了钱杏邨的一本小册子，即《现代中国文学作家》（第一卷）。其中作者这样写道：

> 1929年共产主义文艺批评家钱杏邨出版了他的曾经引起极大争论的《现代中国文学作家》上册。书中收集了四篇早先发表过的评论鲁迅、郁达夫、郭沫若及蒋光慈的文章。（第183页）

我手头正好有一套安徽教育出版社2003年出版的《阿英全集》，找出第二卷稍加校对便发现了错误：《现代中国文学作家》第一卷即《小说史》所说的“上册”，1928年7月由上海泰东图书局初版，第二卷1930年由上海泰东图书局初版。故此注时间明显有误。

（六）关于师陀获奖时间的勘误

《小说史》对于师陀的评价不是很高，认为他小说的艺术水准“比不上钱钟书和张爱玲”（第293页）。但夏志清在评说师陀时，也出现了史料错误：

> （师陀）虽然他在战前已成为北京作家中的知名分子，并于1936年以第一个短篇小说集《谷》获得众所瞩目的《大公报》文艺金奖（曹禺《日出》、何其芳散文集《画梦录》同届获奖），但他真正值得我们珍视的小说该是1947年出版的长篇《结婚》。（第293页）

---

① 见吴福辉：《沙丁传》，北京：北京十月文艺出版社1990年版，第120页。

我查了一下历史资料，《大公报》1936 年 9 月 1 日正式刊发“文艺奖”的评审启示，10 月又推出了“文艺奖”章程和审查委员会委员名单，内有叶圣陶、朱自清、杨振声、朱光潜、巴金、靳以、李健吾、林徽因、沈从文、凌叔华 10 人。经过 8 个月的认真评选，直到 1937 年 5 月 15 日，才正式向社会公布了最终结果。最初小说奖不是给师陀的《谷》，而是给萧军的《羊》，由于萧军本人拒绝接受，才转而颁给了师陀。所以，师陀获《大公报》的“文艺奖”，应是 1937 年而不是 1936 年。此外，《小说史》又说：

《马兰》写成于 1942 年，于 1948 年初版发行。(第 295 页)

我也查了一下资料，师陀的长篇小说《马兰》，写成于 1941 年 12 月，1942 年曾在《文汇报・宇宙风》连载，1948 年由上海文化生活出版社初版。①《小说史》说“《马兰》写成于 1942 年”，时间上明显不对。

以上是我对《小说史》中我熟悉的部分所做的一些史实或史料方面的勘误，我没有时间去对全书进行详细的校对。但仅就我发现的这些错误，如果再加上陈子善先生已经做过的“订正”，这部《小说史》的错讹究竟会有多少？想一想我都觉得可怕。阅读夏志清的《小说史》，我有一个很大的疑问：《小说史》的英文版 1961 年、1971 年和 1999 年，先后在美国出版过三次，而台湾与香港也分别于 1979 年、1991 年和 2001 年出版过三次，夏志清竟然对《小说史》的错讹始终都未加修正。我想，夏志清对于这部《小说史》，肯定是充满了学术自信的，因此才会觉得他不会犯那种低级错误。中国有句俗话：人非圣贤，孰能无过？如果仅仅是几处版本错误，我完全可以谅解，一时疏忽的毛病谁都难以避免；可是《小说史》列入章节的 15 位作家当中，超过半数都出现了“错讹”，这说明还是一个治学态度的大问题。常言道，谎言说三遍就变成了真理。夏志清的《小说史》，中英文版恰好都各出了三版，即便是错误连篇，它也早就变成了夏志清的“真理”了！试问，在错误史料建立起来的错误文学史观，到底有何学术价值值得人们去大肆吹捧呢？我对近些年来学界崇洋媚外的浮躁情绪，多少感到有些悲哀！

---

① 关于《马兰》的写作时间问题，可参见刘增杰：《师陀小说漫评》，《河南师范大学学报》1982 年第 1 期。

沙上筑塔，岂可安稳？

——简评顾彬《二十世纪中国文学史》

贺仲明
（暨南大学文学院）

在中国文化传统中，历史具有崇高的地位，也因此，人们对历史的书写提出了很高的要求。唐代著名学者刘知几在《史通》中提出史才、史学、史识之说，基本上可以作为人们对历史书写者要求的集中体现。也就是说，在中国传统文化观念中，一名优秀的史学家，既要有考核史料和表达历史的能力，又要有广博的知识，掌握充分的史料，还需要有睿智的审察历史的能力，有辨明是非的见识和胆识。顾彬的《二十世纪中国文学史》（华东师范大学出版社 2008 年版）自出版后，在学界产生了不小的反响，书中的不少观念和方法均受到多位学者的推崇。我以为，对于这样一部由西方汉学家所撰写的现当代文学史著作，当然需要给予足够的重视，但也应该进行更全面客观的辨析，扬其所长，避其所短，以促进人们对这段时期中国文学的充分了解，更好地进行文学史写作。

一

刘知几《史通》把史学作为历史学家的首要要求，是有充分道理的。因为历史书写必须建立在真实、严谨而丰富的资料基础上。缺乏史料，也就无所谓历史的严肃、真实和完备，所有论断就难以牢固地建立起来，其著作也就难以得到人们的尊重和信任。

文学史著作的写作属于个人行为，作者的史料搜集和掌握情况也只是“得失寸心知”，外人不可能找到非常切实的证据。但是，只要对文学史著作进行认真的梳理和辨析，是肯定能够看出作者对资料的掌握情况的。辨析顾彬的《二十世纪中国文学史》，可以发现其在史学方面比较明显的不足，这直接关联于它在文学史书写中存在的诸多讹误和缺憾。

其一，文学史知识和历史知识上的错误。在该文学史中，存在不少文学史知识的错误。这其中包括一些似是而非的说法。比如1915年的“文学革命”（第29页）；又比如对20世纪20年代诗歌创作的描述和判断，“除了冰心以外，优秀的抒情诗久久没有出现”（第30页）。只要略微熟悉中国现代诗歌历史，都会知道这种描述远非确切。

最典型的错误是对“京派”的阐释。该著作在介绍京派文学时，丝毫没有阐释其形成和命名的原因，也没有介绍京派的文学主张和审美特征，而是将京派文学与文学研究会做简单的对应（第145页）。这与真实文学历史的复杂性显然相去甚远。而且，在介绍“京派文学”作家创作时，作为代表作家进行细致介绍的居然是艾芜，却完全忽略了沈从文、凌叔华、林徽因等真正的京派作家。

同样，在20世纪中国社会历史方面，该文学史也有类似缺陷。文学与历史的关系密切自不待言。特别是在20世纪的中国，文学与政治的关系特别复杂，文学的发展几乎每一步都受到同时期政治、文化、历史的深重影响。不熟悉这时期的政治、历史，就几乎不可能深刻理解这时期的作家，对作品的价值意义也难以进行准确的评判。顾彬对此并非没有意识，他的文学史著作也很注意将文学与社会政治进行关联。但是，匮乏依然常见于其中。

典型的如对20世纪中叶中国土地改革运动的辨析。该文学史在最初谈到这一概念时，明确指出土地改革的时间是1950—1952年（第261页），但在此后的叙述中，却又将其时间提前到1947年，之后又将农业合作化运动纳入到土地改革运动当中，将它们共同表述为“土改书写”（第266页）。尽管从广义来说，将土地改革和农业合作化运动统称为土地改革并没有大的问题，但是我们都知道，农业合作化运动的时间应该至少持续到1956年。而且，在中国当代历史范畴中，“土改”的一般指向并不包括农业合作化运动。可以说，这充分反映作者对这段历史的阶段性演变过程，特别是其中的曲折和复杂，并不是太熟悉。

历史知识的错误直接导致对一些作家作品认识上的失误。比如，在谈到李准的《不能走那条路》（作品中误为《不能走这条路》，但我宁愿相信这是笔误或翻译中的问题）时，说该作是“以合作社建设为题材，当时很有影响，颇能代表用文学作品为党的路线方针作注解的创作方法”（第267页），但是实际上，直至作品发表的1953年11月之前，中共中央所提倡的都还是互助合作运动，没有进入合作社阶段。《不能走那条路》的故事内容和思想主题也都是在强调农民之间的互助合作。

其二，该文学史未能在全面梳理文学发展历史的基础上，严格而有序地展示文体创作的演变过程，将真正优秀而又具代表性的作家作品纳入其中，建构起具有独立文学立场的文学史观。

虽然被命名为《二十世纪中国文学史》，但是，在其中，很难看到20世纪中国文学发展的基本面貌和轮廓，因为它的叙述很不均衡，更不全面，远不是一部完整的文学历史，而是一些随意挑选的片段史。以最基本的文体发展而论，它都严重缺乏严谨性和完备性。比如它对散文创作的介绍，如果说在现代文学的各个时期，它还多少浮光掠影有些涉猎的话，那么，到了当代文学部分，它就似乎完全忘记了这一文体，几乎没有提及。同样，对戏剧创作的介绍也相当零散，各个时期之间的关联更是丝毫没有，从中既寻找不出发展演变的基本脉络，更不用说捕捉内在的变迁轨迹。

特别是在作家作品的选择上，该文学史显示出很强的随意性和主观性，基本上看不到对作品品质和文学史代表性的认真考量。在谈论20世纪20年代文学时，像胡适、周作人这样的新文学主将，只是在很小范围内被提及。特别在是当代文学时期，许多在文学史上有重要影响的作家作品完全被排除在文学史之外。与之对应的是，一些并不具有重要地位的作家却得到作者的钟爱，给予长篇大论的介绍和分析。而且，在介绍这些作家时，该文学史很少考虑其与文学史整体、与同时期创作群体的关系。最典型的如对20世纪80年代以来创作群体的介绍，包括“寻根文学”“先锋文学”“新写实小说”等，只是选择几个作家（而且不一定有代表性）进行展示，既没有对这些创作群体面貌的还原，也没有对其总体特征进行基本的概括。历史的丰富性、复杂性都完全处于被遮蔽的状态。

包括对作家作品的介绍，也存在着比较随意和混乱的情况。比如它对冰心和叶圣陶创作的介绍，基本上没有介绍其最好、最具代表性的作品。特别是叶圣陶，其早期创作毫无疑问是在知识分子题材领域，在《潘先生在难中》等对“灰色人生”的书写，但是该文学史根本没有提到这些创作，只是对其早期作品《一生》做简单分析了事。

优秀的文学史应该有自己独立的文学史观，而这必然要建立在对作家作品具有创造性的价值判断上。但是，顾彬的《二十世纪中国文学史》对作家作品的界说很少有创建的思想，大多沿用旧说，从中依稀可以看到夏志清

《中国现代小说史》、王德威等海外汉学家的思想和观点的影响。比如，该文学史对“十七年文学”立足于政治意识形态上的简单否定（第269页），对钱钟书、张爱玲创作特点的论述，对巴金“理想主义”的贬斥，基本上是套用夏志清小说史的观点。

典型的如对20世纪80年代“伤痕”“反思”“改革”小说的界说和评述。在今天，学术界对这一阶段创作的认识已经有了很大发展，包括对命名的超越和对内涵的阐释。但是，该文学史却还是完全沿袭之前的观点，基本上没有吸收近年来国内研究界的成果，存在着严重的片面和简单化缺陷。比如对“伤痕文学”完全作为政治解读：“伤痕文学完全是在为新政策服务……伤痕文学作家通过作品对党表示感谢”（第311页），显然是以偏概全，至少是忽略了知青等作家所书写的以倾诉内心痛苦为主的创作——既然它采用了习用的“伤痕文学”概念，并且在阐释这一概念时沿用的理由与我们没有二致，那么，就应该遵循这一概念的基本范畴，才能对其做出准确的界定和判断。

该文学史之所以出现以上讹误，史料匮乏显然是最基本的原因。以前述对“京派文学”的缺失为例，在该文学史中有这样的陈述：“关于京派代表作家的研究，迄今为止的参考文献还少有涉及……我们以直到最近才重新被发现的废名为例……这里的有关信息常常也很匮乏或不尽如人意。”（第146页）由此可知，顾彬对京派文学的认识和书写所依靠的材料主要来自翻译成德文的作品，许多材料和观点都是远远滞后于国内学术界的。因为在当代中国文学的汉语语境中，对京派代表作家研究的参考文献不可能“少有涉及”，废名也不是最近才被重新发现。

结合该文学史其他多处的讹误，虽然我们不能贸然断定顾彬的汉语阅读范围狭窄，但基本可以断言，顾彬对20世纪中国文学、特别是当代文学的阅读基本上是建立在翻译成德文作品的基础上，此外最多还有一些朋友、学者或专家为他所作的介绍和推荐，而其知识来源有相当部分来自海外汉学家的现有研究成果和文学史著作——这一点，陈晓明先生早有过判断：“顾彬的研究主要是建立在西方汉学的基础上，其理论依据和引述的材料，都是出自西方汉学。前面提到的夏志清、普实克、葛柳南、高利克以及李欧梵和王德威等人的著作对本书的影响较大。当今西方中国现当代文学研究的大量成果都在顾彬的这部文学史中得到表现。"① 对于一部文学史著作来说，这样的缺陷显然是严重、甚至是致命的。

二

史识是《史通》对历史研究提出的第二条重要要求。确实，史识可以决定材料的应用程度。卓越的史识，可以在一定程度上弥补史学上的某些缺陷，更能够提升对历史认识的高度。遗憾的是，也许是出于某种过于自信，也许更主要是历史资料匮乏所导致的某些盲目，顾彬《二十世纪中国文学史》在史识上表现出比较显著的弱点。

其一，不是立足于中国文学本身的文学观念。一部书写外国文学历史的著作，一个重要前提就是对其文学主体的尊重，特别是从其传统关系中进行认识。只有如此，它才是一部真正立足于本体的文学史观的著作，也才能真正深度展示文学的发展历史。在该文学史的"序言"中，顾彬表现出了这一意识。他非常明确地指出中国文学是一种令人尊重的、与西方文学所不同的独特文学，并强调20世纪中国文学与中国传统文学的关系。作者的态度似乎很客观，立足于文学本身来阐释，也特别注意尊重中国文学传统的独特性，试图从中国文学的立场来进行书写。

然而，实际上，该文学史在具体写作中却没有真正体现出来。它基本上以西方文化为主导，明确以西方视野对中国文学进行审视。无论是阐释中国新文学的发生，还是阐释其发展，作者的观念还停留在费正清的"冲击—回应"学说中，没有对中国文学内在的嬗变愿望给予充分的关注，只是把西方文学当作唯一的动力和源泉。在评论作家作品时，它所借用的依据要么是西方经典文学作品，要么是西方学者的评述，并没有充分注意到传统文学的内在变革关系，将文学作品的价值意义放在中国文学的自身背景中来考察。换言之，顾彬的文学史表面上说尊重中国文学传统，但实际上却根本没有将20世纪中国文学置于传统文学的广大背景中来考察，更没有指出作家创作与传统文学的复杂关系。像周作人、废名、吴组缃、施蛰存、汪曾祺等与传统文学有着千丝万缕联系的作家，在这里基本上都没有得到阐释和分析。也正因此，该文学史对孙犁创作的内在传统精神和艺术特色完全忽略不计，只用一

① 陈晓明：《"对中国的执迷"：放逐与皈依——评顾彬〈二十世纪中国文学史〉》，《文艺研究》2009年第5期。

句“对于一些人来说他甚至是新中国的伟大叙事者之一，而从西方视角上看来上述那篇短篇小说只是平庸的战争制作”（第200－201页），就草草敷衍而过。包括在讨论阿城《棋王》时，虽然略述了其与中国传统文化的关系，但在轻描淡写的笔法之外，更浓彩重墨展示一位德国作家的创作，虽然该作家与中国传统文学毫无关系（第343－344页）。

特别需要讨论的是顾彬对20世纪中国作家“对中国的执迷”缺陷的批评。该文学史在整体上批评20世纪中国作家，指出缺乏世界性视野、过于执迷于中国自身是其重大缺陷。“‘对中国的执迷’表示了一种整齐划一的视野，它将一切思想和行动统统纳入其中，以至于对所有不能同祖国发生关联的事情都不予考虑。……现代中国文学和时代经常是紧密相联的特性和世界文学的观念相左，因为后者意味着一种超越时代和民族，所有人都能理解和对所有人都有效的文学。”“而想在为中国目的写作的文学和指向一个非中国读者群的文学间做到兼顾，很少有成功的例子。”（第7页）

但这其实是一种明显站在中国文学之外的立场。因为无论从历史还是现实看，任何文学都是首先“执迷”于现实，关怀并反映现实最迫切和最深重的要求，在“执迷”的深入和深切中传达出对人性和弱小者的关怀——正如不存在抽象的人性，也不存在抽象的世界性关怀。托尔斯泰、陀思妥耶夫斯基对俄罗斯欧亚处境的焦虑和探询，叶芝、乔伊斯作品中与爱尔兰民族独立的复杂纠结，显克微支、肖洛霍夫、索尔仁尼琴、库切等作家对于各自民族危难的深切关注和忧虑，莫不如此。甚至完全可以说，正是具有了深切的民族忧患和关怀意识，才造就了这些伟大作家和作品的深厚魅力，抵达了文学和思想的高峰。退一步说，每一个作家有不同的创作理念，那些执着于民族和社会问题的创作，只能说是一种文学的类型或特点，它区别于那些纯文学创作——事实上，所谓真正的“纯文学”是否存在，是否存在超脱于民族和社会之上的文学，值得疑惑——绝对不应该是文学的缺陷。当然，这并非说20世纪中国文学没有“执迷”方面的缺陷，但我以为当中真正值得反思的，是作家是否有真正的“执迷”以及执迷于什么。以一句“对中国的执迷”就在整体上否定20世纪中国作家的选择和文学品质，显然是简单而粗暴的，也是违背文学基本原理的。

由此，我们很容易想到顾彬在文学史之外多次对中国当代文学所做的评价，特别是其提出中国当代作家应该将“学习英语”作为首要任务的观点。他的理由是中国作家语言贫乏，只有学习西方语言，才可能提高作家们的语言能力，进而走向世界文学。当代中国作家在整体上也许确实存在语言欠丰富的缺陷，但是，依靠学习外语来提高作家的民族语言能力显然是荒唐的想法，特别是对于有着悠久传统和独特语言特点的汉语文学来说更是如此。我丝毫不怀疑顾彬希望中国文学走向世界的愿望的真诚，但正是在其真诚背后，可以看出顾彬文学观念的西方主导色彩多么深刻而强烈。

其二，自我矛盾和逻辑混乱。前面已经谈到过顾彬的西方主导思想与他在序言中所表达的“中国独立文学传统”二者之间存在着严重的不一致。除此以外，该文学史在文学标准上还有许多自相矛盾的地方，一些论述更存在逻辑上的混乱和自相矛盾。

在“前言”中，该文学史提出入选作家和评价作品的三条标准是“主要依据语言驾驭力、形式塑造力和个体精神的穿透力”（“前言”，第2页）。但是，除了在个别作家评述时提到“语言驾驭力”的特点（比如对冰心小说评述时谈到其语言塑造。但非常遗憾的是，即使是对冰心，在对其富有创造性的“小诗”形式作出高度评价时，也基本没有对这一文体的创造性内涵进行分析），绝大多数情况下，它很少在语言和形式层面展开，更没有对“个体精神穿透力”展开充分的分析。它在评述作家作品时主要讨论的还是作家作品思想层面的内容——这里不是说文学的思想层面不重要，而是说顾彬没有真正实现他在“前言”中给自己定下的目标和标准，没有真正贯彻自己的文学标准价值。

逻辑上的混乱还存在如著作中的“华语文学”概念（第233页）。该文学史在谈论1949年后的中国文学时，因为感觉这时期海外出现了比较多的华文作家，就表示“更倾向于使用‘华语文学’的概念”，认为“这种文学已经走向世界，不再仅仅属于中国”，于是，“‘唯一一种中国文学’的说法因而不再成立，我们只能采取‘用话语（汉语）创作的不同文学‘的提法”（第233页）。对于一部以国度命名的文学史来说，仅仅因为出现了国籍与创作语言不一致的情况，就突然抛开国度限制，提出以语言为中心的文学范畴，在逻辑上显然是非常荒唐的。因为如果以类似理由来写文学史的话，就可以完全不用英国文学、美国文学等概念，可以统称为“英语文学”了，因为像顾彬所提出的理由——作家国籍和创作地分离的情况，很普遍地存在于各国文学史中，远非中国文学的个例。

作家作品分析上的逻辑问题更为严重。最为典型的误读是对鲁迅的认识和阐释。鲁迅是顾彬的文学史中最认可和受推崇的作家，但是，正如陈晓明所指出的：鲁迅对中国现实的关切最为执着和深切，显然完全与顾彬的“执迷于中国”的理论相背离，于是，该文学史就采用对鲁迅曲解的方式，将鲁迅定位为“与他的时代”保持“反讽性距离”的代表作家。① 对于以关切和介入现实为主要特点，为此在后期而不惜放弃小说创作、将主要精力转入针砭现实的杂文的鲁迅来说，这样的角色定位极难得到一般读者的认同，更不符合鲁迅的真实生活和文学状况。

对巴金文学的价值评判也存在类似逻辑矛盾。该文学史对巴金的文学价值持基本否定的态度，一个重要的理由就是巴金在严格意义上不是一个作家，而其依据主要来自巴金的自我陈述，“巴金的计划很简单：为生活而写作，为苦难者代言。不是为了文学，而是为了人类，他愿意燃尽自身”（第 121 页）。姑且不说如果从该文学史“对中国的执迷”批评的角度看，巴金的这种追求恰好实现了对它的突破，不应该被否定，反而应该得到高度评价，即从文学逻辑来说，也很难说巴金的写作方式就与文学的原则相悖——即以该文学史中提到的巴金引为导师和榜样的卢梭而论，我们谁能够否认卢梭不是文学史上一位优秀的、有影响和成就的作家？另外，一个作家自谦自己不是一个文学家（或者一个好的文学家），就能够由此断定他的创作不是文学，就没有文学价值吗？

此外，该文学史中还时时可见一些似是而非的观点和结论，却严重缺乏相应的论述和依据。比如，在谈论鲁迅的《怀旧》时，它指出“这篇小说虽然使用的完全是文言，却显露出了现代的特色。因此暂且抛开语言形式而论，它同样称得上是一篇现代短篇小说”（第 21 页）。但是在书中，只有这个论断，却看不到丝毫的论述，也没有阐述任何理由。再如对茹志鹃《百合花》的解读，将之完全解读为爱情、三角恋故事（第 271 – 272 页），可以说充满着臆断和猜测，并无丝毫的理由阐释。同样，在谈到《金光大道》主人公“高大泉”的命名时，它直接将其解读为“高大全”（第 294 页）。也许作品的人物命名确实有这样的意图，但是在文学史叙事时，直接将人物命名进行置换，却是不够严肃的，也违背文学批评和研究的一般逻辑。

---

① 陈晓明：《“对中国的执迷”：放逐与皈依——评顾彬〈二十世纪中国文学史〉》，《文艺研究》2009 年第 5 期。

三

指出顾彬文学史的缺陷，并非完全否定这部文学史的价值。顾彬说过他对中国文学充满感情，“四十年来，我将自己所有的爱都倾注到了中国文学之中”（“中文版序”，第1页），我以为是可信的，而且，在这部文学史中也可以感受到顾彬对中国文学的关切之情。一个德国学者能够如此热爱和关注中国文学，花费大量精力来撰写中国文学史，本身就是一件好事，值得充分肯定和尊重。另外，《二十世纪中国文学史》有其突出的优点，充分体现了外国学者从其视角审视中国文学的特点。典型的如对一些作家作品的认识和分析很精彩，既体现了作者很好的文学感悟力和文学才华，也显示了其跨文化视野的启迪性。事实上，尽管处处拿西方文学来对照中国文学的方法对于一部文学史来说不是很恰当，但其比较方法还是很有价值的。对于一位西方学者来说，其所撰写的中国文学史存在一些缺陷也属正常，我们在认识其不足的同时，更需要有宽容和理解的心态。

但是，指出其缺陷确有其必要性。因为文学史写作绝对不同于一般的文学鉴赏和文学研究，特别是在中国文化语境中，文学历史具有很重要的意义。“入史”与否，代表作家的成就和作品的价值，而历史的论断，也往往有个人的价值判断，甚至影响到作家创作的倾向和文学的发展方向。所以，顾彬文学史著作的价值不能代替其缺陷，换句话说，其史学与史识上的缺陷严重影响了其价值，使其失去了一部文学史著作最需要的资料基石和客观全面的基础，难以具有真正深入而持久的价值。

而且，也许更值得反思的，还有顾彬该部文学史被许多人追捧的现象。如前所述，顾彬的文学史自有其优点，但是，它远非一部优秀的、值得特别推崇的文学史著作。但自从它被翻译进来，一时之间好评如潮，许多学者对其进行积极的推介，其史学史识上的失误却很少有人指出和予以批评。我以为，最主要的原因是对西方学者无条件的尊崇，是我们当前文学创作和学术研究中严重泛滥的“汉学心态”——也就是一切都以西方汉学研究为圭臬，在思想观念、研究方法上都深受其影响，乃至被其主宰。在当前，这一心态已经渗透于文学创作和文学研究的方方面面，严重影响和制约着其发展。①

另外，从 20 世纪中国文学史撰写的角度来说，顾彬的文学史著作也有可在更大范围内进行总结和反思的地方。因为从整体上说，20 世纪中国文学史的书写质量并不高，其中的一些问题也存在较大争议，特别是在当代文学史的书写上，更是缺乏优秀的文学史著作。国内文学史书写存在的问题形态和程度与顾彬所撰文学史也许不完全一样，但也存在一定的相通之处。

首先是史料的简单化和泛滥问题。因为中国现当代历史受到较多政治文化影响，很多历史资料还处在待解密状态，历史真相很难确定。对于这些有争议、待明确的复杂历史，文学史写作需要的应该是不贸然下结论，立足于确定的文学历史和创作本身来进行解读。否则，将这些历史资料运用于文学史中，很容易会陷入误区当中。比如“文革”前的一些文学历史，包括像《海瑞罢官》《刘志丹》这样的作品，其创作背后是否包含有一定的政治诉求（无论其意义是正面还是负面，其存在是主观还是客观），在还没有准确定论之前，也许不宜简单下结论，将它们作为绝对的文学事实来叙述。

在另外一些情况下，史料的泛滥和随意也出现在部分文学史写作中。比如史料的庸俗化和琐屑化在不同程度上存在，一些文学史热衷于作家的私生活和各种奇闻逸事——这固然可以增强人们对文学历史的兴趣，但是却忘记了文学史最根本的是文学的历史，是文学创作、文学人物、文学语言的历史，影响了真正文学历史的建构。此外，还有一些停留在口头上的、不牢靠的传闻——典型如关于“鲁迅如果还活着”的各种资料——如果没有真正有效的证据，我以为也不能进入文学史写作中。

其次是文学观问题。其一是西方主体的文学观。虽然很多文学史的作者是中国学者，但也可以看到较强的西方文化和西方文学主导价值观。比如在文学标准上，一些文学史完全排斥民间文学和“通俗文学”，甚至像路遥这样虽然有强烈社会责任意识、却在审美上略微偏离主流文学传统的作家，也基本上被逐出文学史之外——我并不反对文学的精英意识，但却主张更宽容和开放的姿态，特别是在审美层面，呼唤多元的文学观念和文学形态。尤其是在今天，在网络媒体对传统文学概念和写作方式产生巨大冲击的情况下，注重文学与大众的关系，重视文学的大众接受，是文学保持其社会影响和发展

---

① 参见贺仲明：《当前中国文学的本土化与西方化问题——以一次作家文学阅读调查为中心》，《文艺争鸣》2015 年第 6 期；温儒敏：《文学研究中的“汉学心态”》，《文艺争鸣》2007 年第 7 期。

活力的重要前提。对此，文学史写作显然应该给予重视并进行适当的调整。再如对与传统文学创作的关联上，旧体诗词的入史问题固然是其中的重要方面，但在文学史书写中关注现当代文学与中国传统文学的密切关联，梳理其与传统文学之间的血脉关系，也许是20世纪中国文学史作者们更应该注意、也是更艰难的任务。因为只有如此，才有可能真正继承和发扬中国文学的独特个性，恢复和重建中国文学的独特形象，使其在世界文学舞台中占据真正独立的一席之地。其二是个人偏见的充斥。当前，中国现当代文学史的数量庞大到惊人，但许多写作却非常草率，缺乏应有的严肃书写态度。特别是在现有教育体制下，权力和经济利益渗透到文学史写作和出版中，一些学者完全不顾文学史写作的严肃性和责任感，轻率而随意地进行文学史写作，许多作家作品的甄选和价值评判完全凭主观判断，随意性极强。其质量低下、内容粗疏不说，人情因素和经济利益也蕴藏其中。我们经常可以看到哪个地方的学者出面编写和出版文学史，就会特别偏重和抬高那个地域的创作。更不时传出有作家因为不满在文学史中的位置和篇幅问题与文学史作者闹意见、生纠纷的新闻。在这种情况下，文学史的质量自然是每况愈下，优秀的文学史著作越发难以诞生。

文学史代表着经典化、历史化，它既为作家所看重，也为大众所关注，在一定程度上会影响甚至引导文学发展的方向。所以，文学史的撰写应该非常慎重和严肃，它既需要有深入独立的思想意识和客观公正的学术品格，也需要以全面、扎实、丰富的史料为基础。只有如此，文学的真实面貌才能得到充分的展示，真正好的文学也才能被凸显出来，文学史写作才能真正实现披沙沥金、揄扬涤荡的功能，才能承担起在时代文学中的基本职责和任务。这是顾彬的《二十世纪中国文学史》给我们最大的启示和警示。

论洪子诚当代文学史写作与 90 年代以来的知识转型

陈培浩
（韩山师范学院文学院）

相比于古代文学史乃至于现代文学史，当代文学史常陷于某种合法性危机及结构性震荡之中。20 世纪 80 年代初唐弢先生所谓“当代不宜写史”的论断迄今依然不乏同调。从 1949 年至今，中国当代文学史在不同的政治文化语境下经历了多次转型。洪子诚先生在《“当代文学”的概念》一文中详细梳理了“当代文学”的发生机制、内涵转化和内在的价值等级制。过去的几十年，当代文学史基于不同历史语境和史观而不断重构。黄修己先生将中国新文学史的编撰模型概括为“进化论的阐释体系”“阶级论的阐释体系”和“启蒙论的阐释体系”。[①] 这种概括依然相当有效，然而“启蒙论”文学史并不能描述 90 年代以后的“当代文学史”的内在差异。1999 年，洪子诚先生和陈思和先生几乎同时推出新的当代文学史，这两部书被视为当时当代文学史探索最重要的收获，并被大量比较。显然，这是两部风格、方法论都迥异的著作。虽则也有人将它们都视为具有风格差异的“启蒙”文学史。[②] 然而必须指出的是，洪子诚的《中国当代文学史》[③] 显然是一部具有“自反性”的文学史，它在方法论和历史观上都对 80 年代以来的启蒙文学史观构成了质疑和重新探索。换言之，洪子诚是在吸纳 90 年代知识转型成果的基础上构造

---

① 见黄修己：《中国新文学史编纂史》（第二版），北京：北京大学出版社 2007 年版。

② 见昌切：《学术立场还是启蒙立场》，《文学评论》2001 年第 2 期。

③ 《中国当代文学史》1999 年 8 月由北京大学出版社初版，初版本多次加印，2001 年 5 月已经是第五次印刷。该书初版成为当代文学史研究的一件大事，既成为全国高校中文系广泛使用的教材，也备受研究界关注。该书修订版于 2007 年 6 月出版，同样多次加印。该书 2010 年收入“洪子诚学术作品集”出版，至 2015 年 8 月第 7 次加印。

了当代文学史，这种探索对其后的当代文学史研究产生了至今未衰的影响。① 洪子诚之后，一种以“学术化”为旨归、以“历史化”为方法的当代文学史研究思路颇受青睐；另一种“历史化”其表、“新左”文学史观念其里的研究思路也颇有影响。后面两种研究思路，跟启蒙文学史的阐释体系相距甚远，很难统一命名这些不同趋向的探索。也许，我们还不能用一种“进化论”的眼光来对待当代文学史编撰上的演变，后学自然有质疑洪著的合法性，也必须有超越洪著的学术抱负，然而也并不代表其立场必然有相对于前辈的优胜性。我关心的是，作为一部承上启下、具有自省精神和方法创新的文学史，洪子诚的当代文学史如何在方法论上衔接了80年代的启蒙文学史和新世纪的“历史化”文学史？洪子诚90年代的当代文学史探索与90年代的知识转型又有着怎样的内在关联？在与更年轻学者的文学史对话中（在进化论的眼光中，似乎更新的知识话语的出现暗示着老一辈学者知识结构的老化），洪子诚十分自谦但并不放弃自己对文学史的价值立场，这究竟应该视为历史化不彻底的表征抑或依然是一种别有启发的学术执着？当代文学史写作的可能前景是什么？而洪子诚的探索又有何种启示？这是本文试图回答的问题。

一、“当代文学史”叙述范式的多重对话

在与李杨的文学史通信中，洪子诚谈到《中国当代文学史》的对话对象：

> 在写作过程中，我面对的、与之进行“对话”的，其实不是一个，而是两个不同的文学史系列，两种文学思想评价系统。一是50年代开始确立的文学史叙事，在很大程度上它把现代文学史讲述为左翼文学史，并把“当代文学”看作是比“现代文学”更高一级的文学形态。另一种出现在80年代，它不断削弱“左翼文学”的文学史地位，在“多元”和“文学性”的框架中，凸显被原先的“激进

① 21世纪以来，当代文学史研究最引人瞩目的方法创新体现在李杨、贺桂梅、旷新年运用知识考古的谱系学方法对一系列当代文学概念的溯源和程光炜教授及其团队运用历史化和文学社会学方法所进行的“重返80年代”的文学史研究上。李杨非常有意识地将詹姆逊的“永远历史化”作为文学史的方法论，并相信此方法足以在各种历史话语中找到超然之飞地；而贺桂梅、旷新年在运用谱系学方法论的同时，对左翼文学价值观念有相当之支持，往往被视为新左文学史话语的代表。无论是站在“永远历史化”立场的李杨还是站在新左文学史话语的贺、旷，他们都对洪子诚的著作表达了某种商榷和批评。然而，他们的研究依然不能否认来自洪子诚文学史的影响。

叙事”所掩盖的部分。这两种叙事策略和评价系统，既分别表现在不同的文学史文本中，也同时存在于同一文本中；它们目前仍是当代文学史主要的叙事方式。我写作当代文学史时，须要面对、“反抗”的，是互相冲突又互相缠绕的两种叙事、两种文学史观，它们同时构成写作的潜在背景。①

洪子诚所对话的正是“阶级论阐释体系”和“启蒙论阐释体系”，虽然可以大体上认为阶级论阐释体系主要流行于20世纪50—70年代，而启蒙论阐释体系主要于80—90年代产生影响，但它们之间既有先后关系，在80年代以后的文学史叙事上又呈现了奇特的并存。某种意义上说，洪子诚当代文学史的意义和价值正是相对于前面两者而呈现的。这种价值，很多学者已经有了非常多角度的论述②，而贺桂梅则概括为“首先是在文学史叙述体例上作出的突破。它打破了当代文学史写作的两种主导模式，一种是思潮加文类的描述方式，另一种是作家作品评析式”。“另一重要突破，乃在于确立了一种关于‘当代文学’历史的有效叙事。关键之处在于，它将‘当代文学’视为一个历史范畴，一个从40年代开始被设计、规范，通过文学运动而不断生成，在50年代后期得到命名又在“文革”时期的激进实践过程中遭遇困境，而在80年代进入另一转折时期的历史范畴”③。贺桂梅以为，洪子诚文学史研究的贡献在于破除了“当代文学”的自明性质，使其从“文学的历史”转变为“文学史”，完成了“当代文学”从“究竟是怎样”到“何以是这样”的范式转换。李杨则充分认同洪子诚在50—70年代阶段研究中，从原有的文学史等级制中摆脱出来，转而“对‘等级制’本身的质疑”。④

值得注意的不仅是北大当代青年学者们对洪子诚文学史的认可，还有他们犀利的“质疑”。如果说洪子诚当代文学史研究与阶级论、启蒙论构成了对话关系，那么这些青年学者的文学史立场，则以后学方法论和或隐或现的新

---

① 洪子诚、李杨：《当代文学史写作及其相关问题的通信》，《文学评论》2002年第3期。

② 1999年9月10日，北大中文系举办了一场关于洪子诚《中国当代文学史》的研讨会，谢冕、严家炎、钱理群、杨匡汉、赵园、蓝棣之、赵祖谟、温儒敏、陈平原、曹文轩、孟繁华、程光炜、李兆忠、李杨、韩毓海、乔征胜、高秀芹、赵晋华以及作者本人参加研讨。会议纪要附录于洪子诚：《当代文学的概念》，北京：北京大学出版社2010年版。

③ 贺桂梅：《文学性与当代性——洪子诚的当代文学史研究》，《文艺争鸣》2010年第5期。

④ 洪子诚、李杨：《当代文学史写作及其相关问题的通信》，《文学评论》2002年第3期。

左派立场构成了对当代文学史叙述范式的新冲击波。①

李杨对洪子诚当代文学史的意见跟他对“80年代中国文学”的反思相关。在他看来，“文学史家在充分注意到了80年代具有的‘解放’意义的同时，常常忽略这一时期潜在然而无所不在的文学规范”，“通过80年代文学表达的对‘文革’乃至所有革命历史的记忆和写作，同样是控制、筛选、操纵，亦即有选择的记忆与有选择的遗忘的成果”。② 他对洪著的肯定和质疑基本上都是基于这一出发点：

> 《文学史》将“中国当代文学”分为上下两编，分别是“50—70年代的文学”与“80年代以来的文学”。比较起来，“下编”的精彩程度显然不如“上编”。与“上编”那种对权力与文学复杂关系的极为细腻的深刻分析相比，“下编”的分析要薄弱得多，在极为简略的“80年代的文学环境”中，我们几乎看不到制度、权力对文学的规约——或者说，这种对制度和规约的描述远远不如“上编”那么细致。可见，《文学史》对两种文学的评价是不同的。“上编”之所以精彩，是因为有“政治”或“体制”作为“文学”的“他者”，而在“下编”中，一旦“政治”这一“他者”不存在了，或者不足以重要到起“他者”的作用，《文学史》的叙述反而处于一种失重的状态。然而，如果始终坚持“知识考古/谱系学”的方法，这一不平衡的状态其实是可以避免的。③

李杨与洪子诚的这场对话之所以重要，大概因为它代表了晚近关于当代文学史的范式论辩。虽然这场对话发生于十几年前，然而它所讨论的问题并未失效。或者说，至今尚未有关于当代文学史的史有影响的范式论辩加入这场对话。事实上，在2001年《文学评论》第2期发表的一组《中国当代文学史史学观念笔谈》中，李杨便鲜明地提出“没有‘十七年文学’与‘文革文

---

① 笔者无意暗示李杨、贺桂梅和旷新年的文学史方法是同质的，但却不能否认他们在“历史化”“知识谱系学”以及对左翼文学的重释和激活及背后的价值认同的趋近。相比之下，李杨虽强调“社会主义文学”的“文学性”，但这通常被组织于“知识谱系学”的方法论之中；而贺桂梅、旷新年对当代文学一系列概念进行的知识考古和对赵树理等当代作家的重评，则在“东方现代性”等概念下涌动着清晰的革命认同，尤以旷新年为甚。

② 洪子诚、李杨：《当代文学史写作及其相关问题的通信》，《文学评论》2002年第3期。

③ 洪子诚、李杨：《当代文学史写作及其相关问题的通信》，《文学评论》2002年第3期。

学'，何来'新时期文学'"的判断。① 在一系列文章中，李杨反复质疑"80年代文学"的叙述装置将"十七年文学"和新时期文学进行政治/文学的划分。在他看来，它们的区别事实上是一种政治与另一种政治的区别。他还将论述延伸至"五四"阶段，指出："在'五四'这一代学人那里，'文学自主论'与'文学工具论'根本不构成真正的对立，'自主论'与'工具论'相辅相成。他们反对的'文学工具论'是文学成为宣传儒家思想的工具，他们强调'文学'的'自主'是为了使文学从儒家思想的控制中解放出来。但它们并不反对'新文学'成为'新政治'的工具。换言之，文学史工具不要紧，要紧的是做何种政治的工具。"②

对李杨的质疑，洪子诚作了认真的回复。然而，他们之间的分歧不仅关乎"方法论"，更关乎"方法论"背后的"价值论"。洪子诚坦言，"确实试图运用韦伯的那种'价值中立'的'知识学'方法来处理当代文学现象"，"但最终，这种文学史观和相应的方法并没有坚持下来"，"出现这种情况的原因是，对于启蒙主义的'信仰'和对它在现实中的意义，我并不愿意轻易放弃；即使在启蒙理性从为问题提供解答，到转化为问题本身的90年代，也是如此"③。对此，李杨的回应是"洪子诚对许多问题的看法与我们这一代人并不相同。譬如说，他始终怀疑50—70年代的文学价值，对我提出的所谓50—70年代文学的'文学性'的观点不以为然。虽然一直以50—70年代文学为研究对象，但在他内心深处，他仍然认为以张爱玲为代表的40年代文学成就要比50—70年代文学高得多，常被我讥评为有'小资情结'。而且更重要的是，对福柯、德里达等人对历史与文本之间的关系的论述，他也始终心存疑虑。"④

值得注意的是，李杨将他跟洪子诚的分歧理解成"代际差异"（与我们这一代人不同），这一理解借用知识演进和"代"的巨大力量含蓄暗示洪子诚知识体系的"落伍"。虽然似乎很难将"知识考古/谱系学"作为他们这一代人共享的知识原则，但李杨身边的"同代学者"确乎存在很多同调者。在2001年《文学评论》组织的当代文学史史学观念笔谈中，昌切评论并比较了洪子

---

① 李杨：《没有"十七年文学"与"文革文学"，何来"新时期文学"?》，《文学评论》2001年第2期。

② 李杨：《文学分期中的知识谱系学问题》，《文学评论》2003年第5期。

③ 洪子诚、李杨：《当代文学史写作及其相关问题的通信》，《文学评论》2002年第3期。

④ 李杨：《为什么关注文学史——从〈问题与方法〉谈当代"文学史转向"》，《南方文坛》2003年第6期。

诚、陈思和的当代文学史。不难看出昌切跟李杨相近的反思80年代启蒙的“学术立场”：“打破‘定于一’的秩序，呼唤思想文化多元化，是80年代中后期掀起启蒙思潮的知识界的一大‘时尚’。著者受其影响并把一体/多元内化为自己撰史的基本架构绝非偶然。虽然著者谨言慎行，尽量保持中性的学术立场，但是就其选择而言，并未摆脱时代背景和个人知识状况的限定。这种限定是不可选择的，常常导致著者不自觉地偏离学术立场，认同启蒙性质的概念，游移在学术立场与启蒙立场之间。”① 昌切的分析预设了一种完全价值中立的学术立场——它大概就是李杨所说的“知识谱系学”。且不论悬置价值判断的学术立场是否便是最理想的学术立场，此种“学术立场”是否可能也是一个疑问。这个问题我将在最后一节详细分析，此不赘述。

另有两个出身北大，在当代文学方面用力甚勤、影响甚广的学者——贺桂梅、旷新年——也对洪子诚的文学史提出商榷意见。作为洪子诚的后辈及同事，贺桂梅就洪子诚文学史写过专论，也做过访谈。在颇多肯定之后，她也指出“从今天的历史眼光来看，这种对当代文学之当代性的历史阐释也有其不彻底的地方”。“洪子诚的文学史尽管相当深入地勾勒出了50—70年代文学‘一体化’进程的基本轮廓，不过，这种‘一体化’之所以产生的历史原因却常常被作了一种非历史的理解。这常常被归结为，作为左翼文学的当代形态，50—70年代文学的建构者那种追求‘纯粹化’的倾向所导致的历史结果。如果50—70年代的文学运动在这样的意义上被理解，那也就意味着思考问题的方向常常被引导到某种道德判断的层面。而事实上，对于这种‘一体化’展开的内在逻辑和历史原因，应当在更广阔的视野中得到历史化的解释。”② 洪子诚和贺桂梅的分歧不是在“历史化”，而在究竟何种阐释才被视为“真正的历史化”。在贺桂梅看来，洪子诚那种“历史化”的背后依然有“道德判断”或指向道德判断的暗示。这种“去道德判断”跟昌切的“价值中立”是相近的学术立场。然而，更值得深思的也许是：当一个研究者强调对某个对象“去道德判断”的时候，事实上已经是在引导一种逆向的道德判断了。面对被启蒙立场所反思、遮蔽并作了道德判断的50—70年代文学，以学术立场呼吁的“去道德判断”正是平反策略之一种。从李杨、贺桂梅、旷新年等人的后续研究看，“谱系学的中性返观”和“去道德判断的道德判断”始终是一体两面的微妙存在。

---

① 昌切：《学术立场还是启蒙立场》，《文学评论》2001年第2期。

② 贺桂梅：《文学性与当代性——洪子诚的当代文学史研究》，《文艺争鸣》2010年第5期。

在洪子诚的当代文学史出版之后，新世纪当代文学史研究有两种醒目的潮流：其一是以“知识谱系学”为方法的新左文学史话语；其一是以“文学社会学”为方法对当代文学的重返。前者以李杨、贺桂梅、旷新年、蔡翔为代表；后者以程光炜教授领衔的人民大学当代文学研究团队为代表。这两股潮流都引起了很大的学术影响，其研究走向虽不甚一致，但思路却不无交叉和重叠。考察这些研究跟洪子诚当代文学史写作的关系会发现，它们事实上继承了从洪子诚那里开始的对“当代文学”的“内部研究”① 方法；同时又是针对洪著对80年代以来文学“历史化”之不足，或价值论的差异而进行的学术探索。

1998年洪子诚发表的《“当代文学”的概念》一文也许是他在当代文学史领域最有方法论意义的论文。这篇文章转变了过去文学史专注于“‘当代文学’的性质或特征”的本质性研究方法，转向“想看看‘当代文学’这个概念是如何被‘构造’出来和如何被描述的”② 的建构论思路。洪子诚在当代文学生成的历史语境中发现了文学史命名从“新文学”到“现代文学/当代文学”的转变，并指出文学史叙述从毛泽东政治论述《新民主主义论》中承继

---

① 在《问题与方法》中，“内部研究”并非韦勒克意义上的“内部研究”，此处洪子诚受到日本学者丸山真男的启发，指研究如何深入到对象的具体语境中。“丸山真男在谈到研究对象的时候说，只有把研究对象作为独立的存在，承认它具有独立的语境，这种研究才能深入了解对象的内在逻辑。”（《问题与方法》，第90页）丸山真男把从外部建立一种价值体系并以之评判对象的方法称为“启蒙主义”；把深入到对象中去了解对象内在逻辑的方法称为“历史主义”。因此，此处的“内部研究”事实上就是“历史主义”的方法，有点接近于陈寅恪所说的“理解之同情”。

② 洪子诚：《“当代文学”的概念》，《文学评论》1998年第6期。

而来的“多层的‘文学等级’划分”。[①] 洪子诚这篇论文及其研究思路无疑对新世纪当代文学研究产生了巨大的影响。文章由于其某种方法和观念的超越性一开始在主流研究界“不是很容易被理解、被承认”[②]。然而李杨、贺桂梅、旷新年等学者虽然跟洪子诚在文学史立场上有差异，但他们最认同洪子诚的部分，却正是这种注重文学史的“自反性”“叙述性”，接近于“知识谱系学”的思路。他们不但直接在文章中正面引述《“当代文学”的概念》，而

① 洪子诚：《“当代文学”的概念》，《文学评论》1998 年第6 期。洪子诚发现，“当代文学”并非一开始就被用于描述正在发生着的当下新文学的概念，它必须被历史化地理解。从“五四”到20 世纪50 年代初期，一直沿用的是“新文学”这一命名。“但是，从50 年代后期开始，‘新文学’的概念迅速被‘现代文学’所取代，以‘现代文学史’命名的著作纷纷出现。与此同时，一批冠以‘当代文学史’或‘新中国文学’名称的评述1949 年以后大陆文学的著作，也应运而生。50 年代中后期发生的这种概念更替，粗看起来会觉得突然，实际上它的演变逻辑并非无迹可寻。这种更替，是文学运动发展的结果。当时的文学界赋予这两个概念不同的含义，当文学界用‘现代文学’来取代‘新文学’时，事实上是在建立一种文学史‘时期’的划分方式，是在为当时所要确立的文学规范体系，通过对文学史的‘重写’来提出依据。”所以在他看来，“当代文学”并非是承接着“现代文学”而后产生的概念，而是在特定背景下“现代文学/当代文学”同时产生以取代“新文学”。现当代文学这种时期断裂的划分方式及其内在的价值等级，跟毛泽东的《新民主主义论》有着密切关系，在这篇经典的政治论述中，中国社会的发展阶段被划分为旧民主主义、新民主主义、社会主义，“在文学史的概念问题上，这一论述引发的结果，是赋予‘新文学’（后来便用‘现代文学’来取代）以新的含义，而作为比‘新民主主义性质’的‘新文学’更高阶段的文学（它后来被称为‘当代文学’），也已在这一论述中被设定”。这显然是阶级论的文学史阐释体系对文学史时期划分及其价值内涵的重构，而到了20 世纪80 年代的启蒙论文学史阐释体系中，这种“现代文学”相对于“当代文学”的价值劣势却又被颠倒过来。

② 洪子诚、贺桂梅：《穿越当代的文学史写作——洪子诚教授访谈录》，《文艺研究》2010 年第6 期。洪子诚说：“记得《‘当代文学’的概念》发表后的一次当代文学研究会年会上，给我十五分钟时间发言，我就概括讲这个问题。但是后来回应、讨论的时候，大家争论的焦点是‘当代文学’这个概念是不是科学，应不应该取消，用另外的概念取代。”

且在很多当代文学研究文章中不断采用这种“概念考古”的方式返观当代文学。[①] 虽不能说他们这种研究方法必然直接来自洪子诚研究的启发，但洪子诚对当代文学研究的方法论转折却显然有筚路蓝缕之功。

洪子诚对文学史进行的自反性叙述在后来的新左文学史话语中被广泛运用，这种看似价值中立的学术方法事实上并不能完全剔除价值倾向。表现在洪子诚处是对启蒙立场的“不愿放弃”；表现在新左文学史研究者那里，则是以价值中立的方式为“阶级文学”张目。这个话题本文后面还将继续讨论，此处值得再表的是，洪子诚文学史的文学社会学方法则为后来人民大学程光炜教授所承继并深化。在《问题与方法》这部以洪子诚1999年北大当代文学课堂实录为基础的著作中，作者坦陈了自己文学史探索的心得和困惑，该书第五章“文学体制与文学生产”，第六章“当代文学的‘经典’”谈的都是文学社会学方法的运用，该书也将埃斯卡皮的《文学社会学》列为重要参考书目，显见作者已经将“文学社会学”作为他的文学史研究的重要方法之一。关于自己对文学史写作的目标预设，洪子诚谈到其中之一是“‘当代’的文学体制、文学生产方式和作家的存在方式，发生了哪些重要的变化，这种变化如何影响、决定了‘当代’的文学写作”。[②] 这个目标显然需要用文学社会学的方法去实现。关于对文学史80年代以后缺失的思考，洪子诚写道：“八九十年代作为知识范畴的文学和权力、制度之间的关系，也不是完全没有考虑到。政治、市场、媒体、学术机构对文学产生的影响、干预、制约，是显而易见的。而‘国际交流’评奖、资助和津贴制度也都需要加以审察。比如，拿中国作协这一‘文学团体’来说，它的功能、性质、地位，既有承续‘十

---

① 比如李杨的《文学分期中的知识谱系学问题——从“当代文学”的“说法”谈起》（《文学评论》2003年第5期）、《重返“新时期文学”的意义》（《文艺研究》2005年第1期）、《重返八十年代：为何重返以及如何重返》（《当代作家评论》2007年第1期）；贺桂梅的《80—90年代对“五四”的重构》（《中国现代文学研究丛刊》1999年第4期）、《文学性：“洞穴”或“飞地”——关于文学“自足性”问题的简略考察》（《南方文坛》2004年第3期）、《先锋小说的知识谱系与意识形态》（《文艺研究》2005年第10期）、《“纯文学”的知识谱系与意识形态——“文学性”问题在1980年代的发生》（《山东社会科学》2007年第2期）、《“20世纪中国文学”论与现代文学学科体制》（《现代中文学刊》2010年第3期）、《“民族形式”建构与当代文学对“五四”现代性的超克》（《文艺争鸣》2015年第9期）；旷新年的《现代文学观的发生与形成》（《文学评论》2000年第4期）、《“文学回到自身”——当代文学观念的演变》（《西南民族大学学报》2014年第10期）、《寻找“当代文学”》（《文学评论》2004年第6期）。

② 洪子诚、李杨：《当代文学史写作及其相关问题的通信》，《文学评论》2002年第3期。

七年’的方面，又发生了重要的变化，它的权威性为何衰减，目前又扮演了怎样的角色，媒体如何既把‘政治逻辑’又把‘经济逻辑’带进文学艺术，如何制约甚至控制文学评价方式；比如，在文学的这一‘行业’里，以行业通常标准衡量，那些‘被看不起’的生产者如何通过在‘场域’外结盟（政治的、经济的），以颠覆‘场域’的权力关系；比如，文学史书写、学术机构，如何参与了八九十年代文学秩序的‘重建’……对这一切，我可以说尚未进入‘研究性’的把握，而在文学史中作印象式（或随感式）的评述，好像并不恰当。”① 不难看出，洪子诚对于文学史下篇的遗憾主要体现为不能以更细致的文学社会学方法推进分析，而不是批评者指出的未能剔除“80年代的启蒙残余物”。某种意义上，程光炜教授21世纪从事的“重返八十年代”“文学史的历史化”的工作，乃是以文学社会学方法对洪子诚先生文学史未竟事业的继续。②

也许可以这样说，1949年以后的当代文学史内部呈现了阶级阐释论、启蒙阐释论和“历史化”阐释论等多种范式对话。事实上，这些文学史阐释模式都是一种大体的概括，它们所覆盖的文学史写作依然具有各种各样的差异。特别是“历史化”阐释论只是从知识方法论角度进行的概括。持这种知识立场的学者不再认可一种关于当代文学的本质化论述，转而更愿意以社会学、谱系学的方式去考察一种知识的生产过程，并在此过程中显现出比较“学术化”的特征。总体而言，不论是洪子诚、李杨、贺桂梅、旷新年还是程光炜，他们的文学史研究都共享了反本质主义的思路。问题在于，他们的研究在侧重点和价值论上甚至可能是完全不同的。比如洪子诚、程光炜在将“当代文学”纳入谱系考察的过程中依然保持着对80年代文学的好感；李杨、贺桂梅、旷新年等人的“反启蒙”在“反本质主义”之时，更多站在“阶级文学”一边。这种复杂性增加了我们将他们归纳到一起的可疑性。然而，从文学史研究范式演进的角度：我们不妨说，80年代的启蒙阐释构成了对阶级论阐释范式的否定；洪子诚的文学史在启蒙价值立场上融合了崭新的建构论范式对阶级阐释论、启蒙阐释论构成了全面的超越；而洪子诚之后的当代文学史研究者，或者在具体研究上和落实细化了他的“文学生产”思路，或者在价值论上否定了启蒙立场而偏于“新左话语”。我们只能说他们构成了相对于

① 洪子诚：《问题与方法》，北京：北京大学出版社2010年版，第119-120页。

② 参见程光炜：《文学讲稿：“八十年代”作为方法》（北京大学出版社2009年版）和《当代文学的“历史化”》（北京大学出版社2011年版）等书。

洪子诚文学史的参照或冲击，但却不能说他们提供了一种知识论意义上的范式转折。如此问题变成了：为何是洪子诚？洪子诚又如何率先完成这种文学史研究的知识转型？这构成了下面一节的讨论内容。

二、洪子诚的文学史写作与90年代的知识转型

李杨在一篇关于《问题与方法》的评论文章中说道："近年来，在阅读洪子诚的学术著作和与他交谈的过程中，我始终想弄清楚的一个问题是洪子诚为什么能够走出被他的同辈人视为家园而加以誓死捍卫的80年代——所谓'走出'，我指的是能够对80年代进行反思。重返80年代，批判二元对立，对在福柯、德里达等人的著作中获得工作语言的年青一代学者可以说是毫无障碍——当然，对于90年代开始进入文学研究的年青一代学者来说，不假思索地全盘接受80年代的二元对立文学史观也并不是难事。但对于洪子诚这一代在80年代获得新生并开始自己学术生涯的学者来说，反思80年代，却意味着艰难的自我否定和自我超越。"① 这里谈到了洪子诚文学史写作所完成的知识转型，并追问这种转型如何实现的问题。李杨认为"80年代的主流文学观念，包括对80年代文学研究中的思想解放运动做出过重要贡献的文学史范畴如'二十世纪中国文学'和'重写文学史'等，都是通过一系列二元对立的模式加以建构的"，"然而，这种思维模式最大的问题在于以不可调和的对立掩盖了差异的多样性"。"洪子诚对80年代的反思，正是通过对这一已成时尚的二元对立模式的质疑开始的。"② 接着，李杨通过《问题与方法》中的诸多例子证明了洪子诚在拆解二元对立、反本质主义方向上的努力，虽然他也提到洪子诚自述的"这种方法被我们接受，其实倒并不是完全来自某种理论的启示，大半也与我们自身的经历有关"③，但他并没有真正回答洪子诚何以完成知识转型的问题，倒是对洪子诚不愿彻底放弃启蒙的价值立场不无遗憾。

对这个问题，贺桂梅其实也有所回答："纵观洪子诚文学史研究，无论是

---

① 李杨：《为什么关注文学史——〈从问题与方法〉谈当代"文学史转向"》，《南方文坛》2003年第6期。

② 李杨：《为什么关注文学史——从〈问题与方法〉谈当代"文学史转向"》，《南方文坛》2003年第6期。

③ 洪子诚：《问题的批评》，见幺书仪、洪子诚：《两意集》，北京：学苑出版社1999年版，第333页。

80年代的作家研究还是90年代的文学史研究，他其实一直秉持着一种精英主义或人文主义的文化观。这种文化观不能被简单地等同于80年代新启蒙思潮中形成的文化观，而或许是50—70年代作为‘19世纪的幽灵’形态存在的社会主义内部的精英文化。两者的区别可以简单描述为，前者比较倾向于19世纪前期的浪漫主义文化，而后者则倾向于19世纪后期的批判性文化，它与批判现实主义和俄国革命民主主义文学关联密切。这使洪子诚一直秉持着一种精英主义的启蒙立场，强调个人精神的创造性和社会批判性。某种程度上，我们可以由此解释洪子诚对80年代‘新潮’的不满；更进一步过度诠释，也可以说他90年代对左翼文学的重新理解，都是在此基础上形成。”① 这个观察角度别出心裁，某种程度上解释了洪子诚对启蒙价值立场的执着，但事实上不能解释洪子诚文学史方法论的转型。因为，构成洪子诚文学史知识论的三大支撑：新历史主义（强调历史的叙事性质）、知识谱系学（不从知识的本质而从知识的生产角度认识文学史）和文学社会学（强调文学制度、社会语境、经典化等社会性要素在建构文学过程中的作用），显然都不能从19世纪的批判性文化中获得。毋宁说，正是基于洪子诚的专业认同（很早就专门做文学史研究）、个性特质（严谨认真，非常强调史料的搜集积累），以及他将自身的历史经验跟对知识转型的敏感融合起来，才使得他超越了在80年代生成的知识立场。某种意义上，20世纪80年代启蒙主义在90年代洪子诚那里被拆解成认识论的启蒙主义（以二元对立的本质主义为特征）和价值论的启蒙主义，他在扬弃了启蒙的简化认识论之后，依然执着地坚持启蒙的文学价值论。这跟他的个人历史经验也有着莫大关系。

《问题与方法》作为一部以课堂讲稿形式出现的文学史方法论专著，其实非常清晰地道出了洪子诚文学史认识论转变的轨迹。发生于1988年夏天的一件事多次被洪子诚提及，提示了某种知识转向的发生：

> 记得1988年夏天，在北戴河举办过一次“文学夏令营”。严家炎、谢冕、汤一介、叶廷芳等先生都作了演讲。当时有一个讲座，对西方世界的个人主体的独立、自由的状况，做了相当理想化的描述。乐黛云老师就不太同意，她举了很多例子，说明所谓个体的“自主性”其实是脆弱的，我们是生活在“他人引导”的世界中。

① 贺桂梅：《文学性与当代性——洪子诚的当代文学史研究》，《文艺争鸣》2010年第5期。

> 她举了美国一些教授的生活和学术研究做例子，说明这些看起来很“自主”的决定、路向，都受到社会环境、学术体制的严格制约。那时，杰姆逊还未到北大来讲课，他的《后现代主义文化理论》也还没有出版，当然也还没有成为畅销书。但我从乐老师那里知道了“他人引导”这一词语，给我留下了很深印象。因为80年代，我也是个理想化的“主体性”的信奉者。①

这个例子洪子诚在跟贺桂梅做访谈时也提到了，时间细节都非常清晰，足见印象之深。这意味着，他不是在后学成为时尚的90年代从理论中习得这种“主体性”反思意识的，当然，一种理论资源化入接受者的思域，一定跟其内在的思考脉搏取得共振。洪子诚文学史的认识论转向一个非常重要的特征便是个人历史经验跟知识转型的敏感相结合，他绝不是从纯理论学习上获得知识转向的契机的。

对于如何接受“叙事历史学”观念，洪子诚也有一段非常重要的叙述：

> 强调文学史写作的“叙事性”，在文学史研究中还能不能提出“真实性”这样的概念，这一类的问题？这个问题虽然会令人感到困惑，但是它是没有办法回避的。荷兰的佛克马、蚂布思夫妇写的《文学研究与文化参与》这本书——根据佛克马1993年在北大讲课的记录整理——对这个问题有这样的分析。他们倾向于把文学史、文学研究和文学批评加以区分。他们指出，最近，人们的注意力投注到历史研究所选择的“叙事形式”的重要性上面去，历史叙事形式并不是一扇洁净明亮的窗户，人们可以没有阻碍地透过它去看过去。佛克马说，这面窗户可能镶有有色玻璃，或者用其他形式歪曲被看到的景象；有的历史学家（如海登·怀特）所关注的，“是这扇窗户的特质而非透过它所能看到的景象”，所以他们集中讨论的是历史叙事的形成，而不是历史叙述的“真实性”（第67—68页）。集中讨论历史叙事形式，佛克马把它称为“叙述历史学”。叙述历史学所研究的是这个“玻璃窗”是不是“有色”的？是什么“颜色”？或者它是不是凹凸不平的？透过它会出现什么样的图像，即在叙述上

① 洪子诚：《问题与方法》，北京：北京大学出版社2010年版，第33页。

会造成什么后果。总之，它关注的是这个“中介”的性质。“叙述历史学”回避、或不回答历史的叙述和发生的事情之间的关联。但是，“真实性”还是一个问题。我们不能够因为强调历史的“叙事性”，而否认文本之外的现实的存在，认为“文本”就是一切，“话语”就是一切，文本之外的现实是我们虚构、想象出来的。即使我们承认“历史”具有“修辞”的性质，我们仍然有必要知道，“哪些事是历史上实际发生过的，它们具有何种程度的历史确切性。”①

这段话之所以重要，在于它解释了洪子诚历史叙述观念的接受源头，同时也解释了他文学史那种强调历史形式叙述性，但并不丧失对真实的执着这种观念的由来。这是他不能接受李杨以“永远历史化”为文学史方法的原因。因为他接受“叙事历史学”，是在佛克马、特雷西的意义上的接受，是基于自身历史体验而作出的知识选择，而不是像以福柯为教父的李杨那样的理论演进思路。这两种理论接受思路对于文学史写作的影响，本文下节将专门论述，此不赘言。

在回答贺桂梅关于如何形成“历史如何被讲述”的意识时②，洪子诚同样提到了1988年北戴河文学夏令营听乐黛云发言的事情，并简要描绘了这种意识的形成轨迹：最初是一种朦胧的感受，据说1987年参加中央电大在黄山的会议，洪子诚就在和张钟聊天时指出：“为什么共和国一成立，当代文学就开始？‘当代文学’是怎么回事？揭开它的‘历史巨手’又是什么？”③ 这个提问意味着洪子诚对“当代文学”的发生学产生了兴趣。而如何描述这种发生，显然跟个人历史经验和理论触动的契合相关。“对浪漫主义主体论的疑惑，那时主要还是基于生活经验，主要不是在理论上。关于历史的叙事性质，最初也是从当代生活境遇、经验中模糊获得的，后来在读书过程中才加深了认识。1993年从日本回来以后，逐渐看了一些书。80年代以后流行的不同理论著作，多少看过一些，比如韦伯、杰姆逊、本雅明、阿尔都塞、马尔库塞、哈贝马斯、葛兰西、赛义德、福柯等，都很不系统，有的就没有读完，有的

---

① 洪子诚：《问题与方法》，北京：北京大学出版社2010年版，第40－41页。

② 贺桂梅的问题是：“我觉得您在《中国当代文学史》中表现出一种对叙述行为的自觉，因此您的文学史不仅讲文学作品的历史，也讲这种历史如何被叙述。这种意识其实是很需要理论反省力的。”

③ 洪子诚、贺桂梅：《穿越当代的文学史写作——洪子诚教授访谈录》，《文艺研究》2010年第6期。

不求甚解……因为研究当代文学，像卢卡契、胡风等的书，甚至托洛茨基等的倒是看得仔细，也读了像舍斯托夫、别尔嘉耶夫、薇依等的书。有的书是很偶然机会得到的，却偶然地从中得到很多‘灵感’，比如美国基督教神学家特蕾西的《诠释学·宗教·希望》，还有佩里·安德森的《西方马克思主义探讨》。我读苏珊·桑塔格的理论作品是很靠后的事情了，但感觉很亲切。我比较认同的是，承认历史的叙事性质，但不是导致删除‘真实’和‘希望’，导致让人们对历史真实失去信心。”①

洪子诚在这里坦陈了他的知识资源，以及他接受叙述历史学的立场，如果跟80年代著作的理论资源作比较，会更清晰地看到一种知识转型的轨迹。“进入90年代后，他对于文学史研究之‘文学性’的理解方式却发生了很大的变化。《当代中国文学的艺术问题》和《作家姿态与自我意识》的分析对象其实都是作家。这不只意味着文学创作的主体被理解为作家，而且某种程度上也意味着将‘文学的主体’看成了作家，也就是作家的状态决定着一个时期文学的好坏。正是基于这样的考虑，《作家姿态与自我意识》在表达着对新时期文学的失望和对更好的文学的展望时，问题的症结被归结为‘创造者的精神结构’和‘独立的文学传统的建设’。”“不过有意味的是，洪子诚90年代展开的文学史研究，却以某种似偶然又似必然的方式，绕开了这一研究思路可能的局限，而形成了新的研究格局。”② 从80年代的文学研究开始，洪子诚就始终带着相当的距离感在审视正发生着的文学现象。所以不同于80年代那些跟朦胧诗、寻根派、第三代诗人、先锋派等同代文学现象结伴同行，为之摇旗呐喊、提供理论阐释的批评家，洪子诚带着一定距离的观察和冷静地判断的特点很早就表现了出来。然而，此时洪子诚所使用的思想资源很大程度同步于80年代的主流文学资源。以《作家姿态与自我意识》为例，我们可以看到非常明显的卡莱尔、苏珊·朗格的影响。在反思80年代中国文学存在的感伤化倾向时，洪子诚多次借助于卡莱尔《人论》《语言与艺术》的理论判断：“恩斯特·卡莱尔的这一观点，也许可以校正我们通常有些偏离的路线：文学艺术‘并非只是强烈感情的瞬间突发，而是昭示着一种深刻的统一性和连续性’，艺术对于自然现象的最强烈瞬间定形，‘既不是对物理事物的

---

① 洪子诚、贺桂梅：《穿越当代的文学史写作——洪子诚教授访谈录》，《文艺研究》2010年第6期。

② 贺桂梅：《文学性与当代性——洪子诚的当代文学史研究》，《文艺争鸣》2010年第5期。

摹仿也不只是强烈感情的流溢。它是对实在的再解释，不过不是靠概念而是靠直观，不是以思想为媒介而是以感性形式为媒介’。”① 作者也借苏珊·朗格的判断来反思中国文学对艺术“构型”的忽视。也许可以这样说，卡莱尔和苏珊·朗格在80年代被中国所接受，很大程度上内在化于他们对建立“主体性”及“纯文学”本体话语的作用。“主体性”及“纯文学”都是在80年代形成的奠基性文学话语，在反思80年代文学“处理关于个体心灵对有限的、确定的生活领域的深入把握与对有限、确定的生活领域的超越这一关系”时表现出的“窄狭”与“疏隔”两种倾向时，洪子诚这样论述道：

> 一个人所共知的道理是，处于一定历史时空之中的有限感性个体，不是抽象化的人的概念、不是抽象的有关生命的命题所能穷尽的。具体的人有他的丰富性、复杂性，他的多样和变动不居。这正如卡西尔所说，“人类生存的基本要素正是矛盾，人根本没有‘本性’——没有单一的或同质的存在。人是存在与非存在的奇怪混合物，他的位置是在这对立的两极之间”。因此，一切忘记人的感性存在和对具体人生的深入把握以求“超越”的努力，都是虚空的、靠不住的。②

这种斩钉截铁的论述方式是否正是他在再版后记所谓“放在现在，便不会再用”③ 的方式呢？事实上拒绝人的丰富感性被某种概念所提纯和化约正与“主体性”话语形成合奏，这种立场洪子诚在20世纪90年代以后并未完全放弃，但却不会将其作为观察和论述的基点。90年代以后，他更习惯将种话语放置于话语场域中考察其多重纠葛和由来辩证。这跟上面他提到的多种理论资源的介入不会没有关系。

接下来我希望将洪子诚的知识转型置于90年代中国的文化语境和知识转型的背景下观察。换言之，洪子诚的知识转型跟整个中国八九十年代的社会和文化转型存在着密切的同构关系。关于八九十年代社会转型对知识界的影响，汪晖的文章试图在国家日益深入地卷入资本主义世界体系的背景下宏观地把握中国的思想转型，该文的影响遍及整个读书界，它恰好是那种以崭新

① 洪子诚：《作家姿态与自我意识》，北京：北京大学出版社2010年版，第25页。

② 洪子诚：《作家姿态与自我意识》，北京：北京大学出版社2010年版，第149－150页。

③ 洪子诚：《作家姿态与自我意识》，北京：北京大学出版社2010年版，第163页。

的知识方式来把握八九十年代社会文化思想转折的文章。汪晖80年代以研究鲁迅为学界瞩目，他对鲁迅作品“反抗绝望”思想的提炼也卓有影响。不过就其研究范式、知识类型而言，依然内在于80年代文学话语。（对鲁迅现代性思想及其复杂性的研究事实上依然把“主体性”作为文学研究的核心）所以，《当代中国的思想状况与现代性问题》显然便是汪晖知识和学术转折的结果。正如人们常常提到的那样，此文中，汪晖使现代性从一种思想武器变成一个被分析的问题，这里包含的转折也许正是从启蒙话语向后现代谱系学的转变。当他重新思考80年代的现代化时，他已经非常自觉地运用更超然的谱系化方法了：

> 现代化对于中国知识分子来说一方面是寻求富强以建立现代民族国家的方式，另一方面则是以西方现代社会及其文化和价值为规范批判自己的社会和传统的过程。因此，中国现代性话语的最为主要的特征之一，就是诉诸“中国/西方”“传统/现代”的二元对立的语式来对中国问题进行分析。①

这里，鲜明地包含着把握世界方法的变化。讨论这个问题，我想引入90年代初那场影响甚广的人文精神大讨论。这场讨论后来辑成《人文精神寻思录》一书，编者说：“两年间，讨论的规模逐渐扩大，不同的意见越来越多，单是我个人见到的讨论文章，就已经超过了一百篇。进入90年代以来，知识界如此热烈而持续地讨论一个话题，大概还是第一次吧。”② 今天重提这场讨论，不是想分辨那些讨论的具体话题和是非，而是我们更清晰地发现了讨论所折射的八九十年代的知识转折。换言之，这场讨论正是对八九十年代社会转型和文化转型导致的文化危机的回应，而其间产生的思想碰撞和话语交锋，某种程度上更可以视为一种以新启蒙为核心的80年代话语与以后现代理论为核心的90年代话语之间的对峙和较量。这个概括不无简单化之嫌，但也描述了某种现状。在当时的语境下，站在新启蒙立场哀叹人文精神失落的持论者因着某种末路文化英雄的悲剧感而引起更多人的共鸣，可是日后看，反而是那些站在后学立场上的持论者的知识思路逐渐成为主流。这里引述当年的新

① 汪晖：《当代中国的思想现状与现代性问题》，《文艺争鸣》1998年第6期。

② 王晓明：《人文精神寻思录·后记》，王晓明编：《人文精神寻思录》，上海：文汇出版社1996年版，第270页。

锐、如今功成名就的著名批评家、北大教授陈晓明对八九十年代社会转折对彼时知识界影响的描述：

> 事实上，人们不难注意到，八九十年代以来一些学人退守书斋，皈依国学或是反激进、持新保守主义立场，不过是回避现实的特殊策略。这种无可奈何的逃避，在意识形态语境中，被历史之手改写为一代学人的自觉。显然，人文价值、终极关怀等等特别适合这种历史情景。反之，这种历史背景也赋予了人文主义立场以真实的现实含义，并且强化了这种话语的衍生。然而，历史的变迁如此迅速而不可抗拒，乃人们始料不及。那个厚重的背景很快就不起作用，并且被经济大潮冲得面貌全非。无形的政治巨臂被有形的经济之手替代，狂放混乱的商业主义操作，再次以浪漫主义的夸张手法到处传颂。一代学人皈依书斋，扎根于中国人文精神，现在，他们的历史针对性在哪里呢？①

显然，作为当年的新锐学者，陈晓明的知识背景迥然有别于80年代主流，他非常自觉地将“人文精神”作为一种叙事和话语来看待，“事实上，人文关怀、终极价值等等，不过是知识分子讲述的一种话语，与其说这是出于对现实的特别关切或勇于承担文化的道义责任，不如说是他倾向于讲述这种话语，倾向于认同这种知识。在这里，知识谱系学本身被人们遗忘，说话的‘人’被认为是起决定支配作用的主体”。② 这里，80年代那种统一的整全的“人”终结了，代以各种分层化话语的塑造物。这里的知识谱系学分析虽然粗疏，但正是后来被李杨视为文学史方法论不二法门的知识考古。③ 另一位当年的后学才俊张颐武则将人文精神视为“最后的神话”，对人文精神无视“‘知识’的有限性”，以为“任何学者只要具有了‘人文精神’，就能穿透‘遮

---

① 陈晓明：《人文关怀：一种知识与叙事》，王晓明编：《人文精神寻思录》，上海：文汇出版社1996年版，第122页。

② 陈晓明：《人文关怀：一种知识与叙事》，王晓明编：《人文精神寻思录》，上海：文汇出版社1996年版，第123页。

③ 有趣的是，一开始就接受了后现代理论的陈晓明，当他进行当代文学史研究时，也无法将这种知识方法落实为文学史方法。他的《中国当代文学主潮》毋宁说是以詹姆逊“历史化”这一理论视角建构的历史观察。

蔽’，无限地掌握世界”① 的本质论神话提出尖锐的质疑。这种在当时一般读者看来不无艰涩的知识思维如今已经成为学界主流，而这批携带着后学理论武器登临学术界的新锐学者日后也如鱼得水，风光无限。他们无须面对知识转折那种自我剥离的噬心之痛，但那些在80年代内化了启蒙话语的学者，却经受了一种群体性的身份认同和知识底座的自我重构。从80年代走进90年代的文学研究者们，普遍存在“从批评到学术”的转移，内在于这种研究阵地的转移的是知识方法和知识认同的变化。王光明在讲述八九十年代的社会转折和知识转型时甚至用了“一本书的拯救”这样的描述，他指的是罗兰·巴特《符号学原理》一书对于他90年代学术认同重建的意义：“当我沉浸在历史的悲剧氛围中，循着海德格尔敞开的‘存在之夜’越走越黑的时候，酒桌上一个朋友或许被我谈论《恋人絮语》的神情所感动，把他尚未读过的《符号学原理》慷慨地送给了我”，“我多么庆幸自己读到了这本书。《符号学原理》在当时对我是一种拯救，让我明白了孤独的知识个体存在的意义”。② 当80年代的文学话语及其建构的文学价值观一起被历史强行终结之后，那批幸存于90年代的80年代人就成了话语的亡灵，他们需要在文学价值论上接受新的调度，寻求新的寄托。“与法兰克福‘批判的知识分子’不同，结构主义和符号学家罗兰·巴特并不把自己看作是一个用语言来改变世界的人，而是看作在语言领域中工作的人。”对于典型的“80年代人”而言，用语言工作是为了批判并改变社会；当介入论被历史宣告无效之后，80年代人的悲剧感是可想而知的。此时，从结构主义者那里传来福音：“在语言中工作”才是知识分子更恰当的岗位。显然，正是罗兰·巴特那种“文本的快乐”的语言本体论重建了王光明先生的知识认同。应该说，罗兰·巴特虽然是一个介于结构主义到后结构主义的理论家，但他之影响王光明其实在于结构主义的语言本体价值论的部分。90年代以后王光明从批评转向研究并在现代汉诗领域取得令人瞩目的成果，这里包含了知识转型，但他显然没有直接转到后现代主义那里。

进入21世纪以后，80年代的新启蒙无论作为方法论还是作为价值论都已经似古董一般古老了。当年80年代文学界的那批风云人物，都或先或后以这

---

① 张颐武：《人文精神：最后的神话》，王晓明编：《人文精神寻思录》，上海：文汇出版社1996年版，第138页。

② 王光明：《一本书的拯救》，王光明：《边上言说》，福州：海峡文艺出版社2011年版，第23页。

样那样的方式转型了。80 年代提出“二十世纪中国文学论”的三位学者，并没有将他们的理论转变为具体的文学史著作；提出“新文学整体观”的陈思和以启蒙的立场和方法推出了影响甚广的《中国当代文学史教程》。这部教程在很多方面推陈出新，但普遍被认为依然是 80 年代知识方法和价值理念的衍生物。日后作者苦修德语，希望在比较文学方面再开创新的研究领域，这种选择跟 90 年代知识转型这个大背景也许有着内在关联。80 年代与陈思和一起倡导“重写文学史”的王晓明，后来转向“文化研究”。文化研究在保留了 80 年代介入现实的可能性之余，在知识方法的丰富性、复杂性上显然大大区别于从前。更戏剧性的转折，也许是李陀、蔡翔这些当年倡导“纯文学”的批评家，21 世纪之后成了后学知识术语花样翻新，在现实焦虑中试图重新激活“革命中国”思想资源的新左批评家。

在这个背景下返观洪子诚的知识转型，也许可以提出这样两点：首先他是最早完成从 80 年代到 90 年代知识方法转变并将这种知识方法更新落实为文学史方法更新，乃至于学科更新上的“专家”；其次，则是新理论方法的介入必须获得他个体历史经验的检验。他不是那种从理论到理论，为理论而理论（被“创新之狗”追着跑）的文学史家，因此，在新知识发生作用过程中，“启蒙”在他那里被作为知识论和价值论剥离开来。他明确反思并超越了以二元对立为特征的 80 年代启蒙思维方法，却始终不愿放弃追求历史之真，坚信存在“更好”的文学这样的价值信念。这一被更新潮的学者视为“八十年代残余物”的思维特点，在我看来恰恰构成了洪子诚文学史价值论上的清醒和坚守。以下一节，将通过论述“永远历史化”的可能性来探讨文学史方法论与价值观之间的关系问题。

三、“永远历史化”的限度：个人经验与历史叙述

2003 年，在一篇评论洪子诚《问题与方法》的文章中，李杨在论述了洪子诚文学史的“意义与局限”之后，这样写道：“洪子诚显然还不愿像我一再提议的那样，通过詹姆逊提示的‘永远历史化’的方法来解决这一‘历史’与‘叙述’之间的永恒难题。”① 虽然肯定“洪子诚真正的价值在于他在别人

① 李杨：《为什么关注文学史——从〈问题与方法〉谈当代“文学史转向”》，《南方文坛》2003 年第 6 期。

坚信不疑之处所进行的追问，以及在别人的常识面前感到的疑惑”①，然而这并不能掩盖李杨将詹姆逊“永远历史化”和福柯“知识谱系学”作为文学史方法的强烈自信。可是，或许我们并不能从局限和超越的角度来看洪子诚与李杨之间的文学史方法论对话。如果我们追溯洪、李两位学者的“历史化”叙述，就会发现完全不同的方法论生成路径。毋宁说前者是因为复杂而充满转折的“个人化的历史经验”而认同“历史化”叙述的；而后者则是基于90年代后现代主义理论在中国的兴起语境这一理论习得而捍卫“知识谱系学”的。两者都是某种历史的馈赠，前者是在对多重历史转折的陷入和反思之后获得的；后者则很可能仅是单一历史语境的产物？换言之，当李杨依仗着后来者的历史资本置身于“永远历史化”的话语飞地之际，他是否意识到，“永远历史化”作为方法的浮现，在中国依然是某种特定历史语境的产物。由是，我们似乎便有必要这样发问：“永远历史化”是可能的吗？它在所有价值话语之间不偏不倚地做冷峻梳理的立场究竟是一种具有充分保障的必然结果还是一种常常陷落于新话语迷阵而不自知的幻觉呢？

不妨先从洪子诚的一段人生自述引入：

> 我在南方的一个县城（广东揭阳）上的小学和中学。1950年开始上初中。见到了40年代后期社会秩序的混乱，货币的贬值，国民党军队的撤退。见到南下的“四野”大军马匹、辎重从县城边的公路通过。在基督教堂里曾是儿童唱诗班成员，几年后为了入团，却写检讨宣布信仰无神论。扭着秧歌参加共和国成立和广州解放的庆祝大会，真诚地唱过《解放区的天是明朗的天》。看到那些打游击的亲戚荣耀地担任县政府要职，也看到另一些亲戚家境开始破落，晚景凄凉。为文学的“百花齐放”兴奋，也经历了北大“鸣放”和反右的惊心动魄。在操场的小高炉炼过“钢铁”，深翻过两米深的土地，过过“吃饭不要钱”的日子，也在农村看到随后出现的寒冷和饥饿。看到许多人（我也在内）热切地“向党交心”以投入“新世界”，和一位先生合作写文章批判《早春二月》，却暗暗喜欢电影中的那种情调。“文革”中写过无数大字报，批判过“走资派”“反革命”“反动小集团”，参加过“战斗队”，也震惊地目睹同事突然就

① 李杨：《为什么关注文学史——从〈问题与方法〉谈当代“文学史转向”》，《南方文坛》2003年第6期。

被揪出，戴上字纸篓、脸上泼上墨水游街，系的领导、学生怎样因绝望走上自杀的“不归路”。①

这段人生自述用的是一种非典型的洪子诚笔调，相较于谈论研究对象的那种距离感和分寸感，在谈到自己的人生历程时洪子诚少见地以近于排比的方式叙述，那种复杂历史和变幻人生所伴生的文学化体验，是作者在文学史叙述中有意避免的。这间或暗示了被作为文学史家的洪子诚刻意埋藏在内心的某种生命体验。然而，更重要的是，这段话关联着个体生命体验与文学史书写这个重要话题。这段话是洪子诚在回答冷霜“生活经验对你的学术工作有何影响”时引出的。在提到个体经验对于文学史叙述的正反作用之后，洪子诚写下了上述段落。它恰恰非常真切地呈现了洪子诚相比于那些强调“谱系学”方法论的学者的重要区别：洪子诚是基于对自身人生阅历和生命体验的认同、反思和重构而确立自身的文学史立场的。洪子诚说：“这些日子留给我的记忆，也同样的复杂和充满歧义。但有一点倒是十分清楚，这就是后来不必借助更多的理论，就能懂得‘历史’与‘叙事’的关系；不必费太多的气力，就了解‘一切历史都是当代史’。”② 当李杨反复向洪子诚强调福柯“谱系学”以及詹姆逊“永远历史化”作为文学史方法的优越性时，他其实也在说明自身从理论到理论的知识路径；洪子诚却显然并非简单依循这样的路径，毋宁说是阅历催动他靠近了“历史化”这样的方法。然而，如同他始终强调生命体验之于历史叙述的积极与消极两方面意义一样，他固然珍重自身体验，但也坚持对某种被时代询唤的历史经验的“质疑”。如此，90年代以后，他所重视的便不是对“当代文学”究竟应具有何种属性进行叙述，而是对“当代文学”的概念变迁予以揭示。他的文学史方法更新和文学史立场转型并非单纯知识刺激的结果，而是借由对自身经验和新型知识的珍重和质疑展开的。洪子诚何以不放弃自己的立场，因为他“虽然重视历史的文本性质，重视它的‘写作’层面”，但“仍然信仰历史叙述的非虚构性”。③

从理论入理论的写史者，其理论立场固然坦诚，但这种“理论自觉”事

① 洪子诚：《回答六个问题》，洪子诚：《当代文学的概念》，北京：北京大学出版社2010年版，第6－7页。

② 洪子诚：《回答六个问题》，洪子诚：《当代文学的概念》，北京：北京大学出版社2010年版，第7页。

③ 洪子诚：《问题与方法》，北京：北京大学出版社2010年版，第21页。

实上也是时代语境的造化，理论对历史经验的抽空、提纯和重构所产生的致幻性常常是漠视具体历史经验的理论者所没有察觉的。贺桂梅在《“当代文学”的构造及其合法性依据》一文中，在颇具洞见地指出民族主义话语参与了“当代文学”建构之后，在“‘政治社会’共同体的创制与‘当代文学’的合法性”一节中，则借助了后殖民理论家帕萨·查特吉的“公民社会/政治社会”的概念划分，区分出两种不同的现代性方案。后者是以“五四”“市民社会”观念为支撑，以社会精英为核心，排斥了的90%民众参与；而前者则显然破除了这种反人民的倾向而具有更加正当的民主性、解放性潜能。这种从理论到理论的历史论述表面上具有某种理论自洽性，然而在抽离历史经验谈论历史的情况下却必然会遭到质疑。贺桂梅的例子也许正印证了历史经验匮乏之于历史叙述的消极性。洪子诚在《问题与方法》中谈到跟德国汉学家瓦格纳的一次争论，瓦格纳将50年代大陆历史剧划分为以郭沫若为代表的“为政治服务派”和以田汉、孟超、吴晗为代表的“反抗主流政治派”。并以吴晗的《海瑞罢官》、孟超的《李慧娘》、田汉的《谢瑶环》《关汉卿》为例，认为这些作品都与当时的政治进行对抗。这在对中国历史语境更加熟悉的洪子诚看来，当然错得离谱。[①] 与瓦格纳这种抽离历史语境进行的判断相似，贺桂梅似乎并不考虑查特吉意义上的“公民社会/政治社会”概念跟中国历史语境的兼容性。借助于理论的“障眼法”，对同一事实很容易作出完全不同的阐释和判断。因此，关键问题是，“历史之真”是否依然被尊重，如果文学史论述者并不愿意接受存在一定程度上的历史真实这样的观念，那么历史论述便成了一种理论修养的展示和学术创新的游戏。

上述对“政治社会”的解放性论述所展示的另一症候是，“永远历史化”其实只能在某种程度上实现，当缺乏历史感和现实感的论者以“永远历史化”的武器为某些对象祛魅之际，一定在其对立面矗立着他们要赋魅的事物。譬如破除新启蒙之际，重建“革命中国”便呼之欲出。这在贺桂梅、旷新年那里非常明显。而此时，他们“客观中立”的方法，事实上很可能操控于某种

---

① 洪子诚：《问题与方法》，北京：北京大学出版社2010年版，第80－81页。洪子诚反驳说：“《关汉卿》发表在1958年，那一年，关汉卿被列为‘世界文化名人’之一来纪念。当时社会主义阵营有一个组织，叫‘世界和平理事会’，每年都会推出几位已经去世的文化名人来纪念，包括中国、西欧、俄国的古典作家和个别的现代作家。1958年是关汉卿逝世700周年。当然是不是逝世700周年也还是有疑问，因为关汉卿的生卒年是个可疑的事情。田汉接受了这么一个任务，编写一个剧本来歌颂这个戏剧家。”可见，田汉写《关汉卿》不是反抗政治，反而是对社会主义政治及其文化事件的配合。

正涌现的崭新话语。新左派文学史论者常常忽略了所谓的“永远历史化”事实上依然是某种特定历史语境的产物。正是处于拒绝对历史之真做出判断的政治文化语境下，“永远历史化”才在中国获得了特别的契机和生机。当然，作为一种学术化的知识方法，谱系学有其启发和作用，但把这种方法绝对化，既忽视了这种方法本身的发生语境和可能局限，也常常以去价值判断的方式陷落于某种价值判断中。而且，被肯定的价值，事实上不过是曾经被反思过的价值。这不正是这些学者经常批判的“把颠倒的东西重新颠倒过来”的历史翻烙饼吗？

在面对李杨的有关批评时，洪子诚以其特有的谦虚自省的论述方式作出了并不直接却坚定有力的“反驳”，这段话，对于站在“谱系学”新理论上志得意满的新锐学者其实充满了现实针对性：

> 哲学家伯林在《现实感》（《学术思想评论》第5辑，辽宁大学出版社1999年版）中认为，人的生活存在两个层次，一个是表面的，容易作出清楚描述的，另一个则是通向越来越晦暗不明，越隐秘，越难以辨认的层次。作家、诗人的有价值的工作，许多都在发现这一层次。他们更多注意细小的、变化的、稍纵即逝的色彩、气味、心理的细节和现象，而这些有时是无法测度，也不都是能够很方便、很清楚地加以分类的。伯林说，缺乏对这些的敏感，完全为一般、笼统、庞大的概念所迷惑，我们就不会有“现实感”。同样，对作家、诗人的工作所作的评述，也必须切合对象的这一特征。文学的历史可以总结为规律，可以用概念加以描述，但概念和规律不等于“历史”。所以如果谈到《文学史》的问题，我觉得不仅是某种理论、方法应用上的不彻底（当然也是它的问题），而且还是缺乏对具体、变化、差异的东西的敏感和细心。就后者而言，我对自己的不满要来得更为尖锐。①

这里以自省的方式强调了文学史研究中对具体、差异、丰富、变动之经验的尊重的重要性，它潜在针对的正是那种在理论出新中产生的幻觉。在我看来，洪子诚先生文学史研究的突出贡献，既在文学史方法论和研究范式的

① 洪子诚、李杨：《当代文学史写作及其相关问题的通信》，《文学评论》2002年第3期。

更新上；更在于他的文学史方法背后，存在着“求真之方法”（不迷信单一的论述而将论述放置于历史发生语境中）和“求真之立场”（不丧失对历史之真的执着和信任）对自己亲历多个不同历史时代的个人经验的反思、重构和执着守护。这种文学史立场，似乎并不如某些人以为的那样，已经过时。

四、结语：“当代文学史”的可能前景

文学史是一种近现代社会文化转型的知识产物，今日看似不证自明的知识体系，其实是“晚清以来关于现代民族国家的想象、‘五四’文学革命提倡者的自我确证，以及百年中国知识体系的转化”，“还有一个环节值得关注，那便是教育体制的嬗变”。① 这里提到的“五四”文学提倡者的“自我确证”也有人表述为“一部分知识分子书写历史、阐释历史、参与历史的‘权力’的一种确认”②。换言之，文学史作为一种为民族国家输出主导性意识形态的现代知识体系，事实上存在着内外的张力：一方面是关于文学史该怎样写的话语规约，另一方面则是文学史该怎样写的主体省思。无疑，话语规约常常通过主体省思的中介对文学史写作起作用。然而，正是在规约与反思及时代奠基性话语的转移过程中，文学史的书写范式也发生着种种变迁。文学史既有其发生，自然会有其终结。特别是文学史中的具体阶段——“当代文学”。在一次访谈中洪子诚说：“大家都在说‘新时期文学的终结’，其实，在我看来，‘当代文学’好像也已经‘终结’了。这个事实对我来说，终归有点伤感。”③“当代文学”的终结在他已经是作为一个事实来接受了。这里所谓的“终结”，或许还不是“当代文学”作为一个学科的更名，虽然这似乎也是必然的结果。1949 年以后的文学不可能永远“当代”下去，最近李怡便重新阐释了之前也有人提过的“共和国文学”概念，试图以之作为“当代文学”的替代。④ 洪子诚所谓“当代文学的终结”指的应该是具有特殊文学体制和内在规定性的文学阶段（1949—2000），他毕生以此阶段文学为研究对象，并努

---

① 陈平原：《“文学史”作为一门学科的建立》，陈平原编：《假如没有“文学史”》，北京：生活·读书·新知三联书店 2011 年版，第 3 页。

② 杨庆祥：《“重写”的限度：“重写文学史”的想象和实践》，北京：北京大学出版社 2011 年版，第 154 页。

③ 洪子诚、贺桂梅：《穿越当代的文学史写作——洪子诚教授访谈录》，《文艺研究》2010 年第 6 期。

④ 李怡：《中国现代文学史的叙述范式》，《中国社会科学》2012 年第 2 期。

力以学术更新完成了对其中两种不同“当代性”的描述。可是，他的文学史叙述范式恐怕也会被21世纪以来的文学现实和文学制度所撑破。无论如何努力，“当代文学史”的叙述都无法将“当代文学”一网打尽。21世纪以来的“当代文学”显然已经不是过去的“当代文学”。譬如文学史该如何去面对21世纪以来汹涌的网络文学事实？“当我们把‘当代性’作为问题提出时，需要意识到怎样的历史转型在发生、新的当代性构造的历史条件，以及隐含在背后的历史诉求到底是什么？”① 这些提问依然应该继续，只是文学体制变化了，文学史该如何重新出发？也许正是重新感受到“新当代性”的存在，他才发出“当代文学”终结的感叹。

未来的当代文学史将以怎样的形态出现？贺桂梅认为未来我们面对的也许不再是一部包罗万象、百科全书式的文学史，“在我们这个社会分化加剧的、知识立场的分化也趋于激进的时代，也许将更多地出现的，会是某一种文学史：左派的文学史，纯文学的文学史，或新媒介的文学史”②。这种倾向事实上已经出现，在文学史“使得那些讲述的内容‘成为’客观的历史存在，并且使之具有合法性”③ 的“历史化”功能日益弱化的时代，除了内生于大学教育体制的文学史之外，还有大量的阶层文学史、类型的文学史甚至于“一个人的文学史”。文学史的写法也千差万别，如王德威即将面世的《哈佛

---

① 贺桂梅：《文学性与当代性——洪子诚的当代文学史研究》，《文艺争鸣》2010年第5期。

② 贺桂梅：《文学性与当代性——洪子诚的当代文学史研究》，《文艺争鸣》2010年第5期。

③ 陈晓明：《中国当代文学主潮》，北京：北京大学出版社2009年版，第20页。

中国现代文学史》据说是“星座图”形式的文学史。①

事实上即使在教育体制内部，也为不同类型、不同质量的文学史提供了存在空间。这是何以时至今日“进化论的文学阐释体系”“阶级论的文学阐释体系”“启蒙论的文学阐释体系”依然并存于当代文学史领域的原因。因此，洪子诚提供的并非一个必然覆盖、替代原有文学史的新范式。只是，他的文学史“构成了我们这个时代当代文学史研究和写作难以逾越的知识平台”②。或者还可以说，他的文学史写作见证了中国知识分子在历史规约、知识创制和自我省思之间求新、求真和求美善所构成的张力，兼具方法论和价值论的启发意义。

---

① 按照王德威自己的描述：这部文学史“由 150 篇小文章组成，每篇不超过 2 000 字。每一位写作者从某个时间点开始写，每篇文章包含一个引题或是引语，然后才是题目”。“每篇文章只写一个时间点，讲一个故事，深入浅出，然后这 150 个不同的时间点汇集成一张‘星座图’。”“作者有作家，有学者，有外国人，有中国人。这 150 篇风格非常不一样。比如，我邀请美国著名的华裔作家哈金写鲁迅，哈金说鲁迅是作家，不能用文学评论的方式写，所以就揣测鲁迅当时的心情，用创作的方式写了一篇像是小说的文章——1918 年的某一天，一个叫鲁迅的人百无聊赖，突然想到写《狂人日记》，这个写《狂人日记》的过程就变成一个故事。哈金所用材料的每个细节都是真的，但是组织起来，就变成一部小说。”“这个星座图的写史方式是德国社会学家勒佩尼斯（Le-penies）教授发明的，他的《德国历史中的文化诱惑》就是由一篇篇关于知识分子的散文组成，是德国近现代的‘一个个历史片段或星座’。历史有时候像是长江大河，也像是天上闪烁的星星，只有特别锐利的摘星者才能把星座描绘出来，否则就是一天空的繁星。这个书的作用就是遥望苍穹，画出我们自己的星座图。”“这本书的独特之处，在于提出了另外一种看待中国现代文学史的方式。书中包括从 19 世纪初开始的各类文学现象和事件，比如晚清的东洋派、魏源的《海国图志》、太平天国的各种诏书，一直到科幻小说。”见崔莹：《王德威：新写中国现代文学史》，腾讯文化，http：//cul. qq. com/a/20150306/057296. htm。

② 贺桂梅：《文学性与当代性——洪子诚的当代文学史研究》，《文艺争鸣》2010 年第 5 期。

一部广度与深度兼备的当代诗歌史

——关于吴思敬主编的《中国诗歌通史·当代卷》

王士强

（天津社科院文学研究所）

赵敏俐和吴思敬主编《中国诗歌通史》，是一项大工程。该书对从古代到当代，包括各少数民族及港澳台的中国诗歌进行了系统研究，形成了共11卷、800余万字的研究成果，由人民文学出版社于2012年出版。这其中，《中国诗歌通史·当代卷》距离当今最近，从时间段来看是作为收尾的整体性研究的一个组成部分，但由于文体、政治等方面的原因而在相当程度上具有独特性，构成了一部完整、独立的中国当代诗歌史。

虽然学界关于当代文学、当代诗歌是否应该写史有着不同的意见，而且难以达成广泛的共识，但不可否认，到目前为止当代诗歌史的写作实践已经结出了丰硕的果实，当代诗歌史或者类似当代诗歌史的著作已出现多部。这其中，尤以洪子诚、刘登翰的《中国当代新诗史》（人民文学出版社1993年初版，北京大学出版社2005年修订版）和程光炜的《中国当代诗歌史》（中国人民大学出版社2003年版）传布最广、影响最大。关于当代诗歌史写作的这一情况，正如学者何言宏所指出的："在中国当代文学研究领域中，诗歌研究处于相对边缘性的位置。但这并不意味着它的水准和它所取得的成就很低。实际上的情况也许正相反。比如在中国当代文学史的编纂实践中，倒是诗歌史的成就更为突出。像洪子诚教授和刘登翰教授的《中国当代新诗史》、程光炜教授的《中国当代诗歌史》等，目前我还想不出有哪一部关于中国当代小说、散文或戏剧的专门史能够达到它们的水准。所以在历史编纂的意义上，中国当代小说、散文和戏剧的历史重写，其实更应该急迫。但正如我一向以为的，中国当代文学中的诗歌所取得的成就，绝不亚于小说，更不亚于散文和戏剧。也可能正是诗歌，才在很多方面充分体现着中国当代文学应有的水准，也经常起到引领文学风气的先锋性作用。同样的道理，我也以为可能正是诗歌研究，才在很多方面代表了中国当代文学研究的较高水平。”① 现在，由吴思敬主编，吴思敬、霍俊明、张立群、古远清四位学者撰述的《中国诗歌通史·当代卷》的出版当是中国当代诗歌史研究领域的一份重要收获。从研究者的人员组成来看，这四位学者要么是成名已久，诗歌研究领域资深、权威的学者，要么是近年颇具活力、受到广泛好评的青年学者、诗歌评论家，这首先为这部诗歌史的质量提供了可靠的保证。从成果的规模来看，《中国诗歌通史·当代卷》共 70 多万字，是目前字数最多、内容最翔实的当代诗歌史，堪称厚重。而从其水准与质量来看，这部著作在目前已出版的同类著作中无论是论述的深度与广度、材料的取舍与运用、观念与方法的创新等方面均有所突破，有其自身独具的追求与特色。

关于这部诗歌史写作的特点与追求，在其“后记”中有清楚的申明：“坚持美学的批评与历史的批评相统一的原则，把诗人诗作放到一定的历史条件下，根据诗歌的特殊的审美规律，科学地衡量其成败得失。参照历时态的传统文学理论与共时态的当代文学理论的诸种观点和模式，并从人文科学、自然科学等多种学科中汲取新的观念，拓展观照中国新诗的视角与思维空间。”（第 704 页）应该说，这种初衷是较好地实现了的，这部著作在美学批评与历史批评之间实现了并不容易达到的微妙平衡，一方面是在与政治、社会、历史进程、文化环境等的多重互动中观照诗歌，另一方面则是立足于诗歌本身，考察其本体特征、价值追求、美学嬗变等，将诗歌的外部研究与内部研究较好地结合起来。尤其是针对此前的当代诗歌史写作中一定程度上存在的重社会学轻诗学，重思潮、现象轻诗歌文本的情况，这部著作有意识地进行了一种纠偏：“针对以往某些诗歌史写作侧重在对诗人生平、创作经历、创作形态等作社会学层面的评述，《中国诗歌通史·当代卷》则强化了对诗人诗作的审美意义的开掘，以思潮为经，以诗歌发展阶段为纬，在注重对这一时期诗歌的总体特征进行宏观描述的同时，又对这一阶段有代表性的诗人作了微观分析，希望能对当代诗歌创作作出较为客观而实事求是的评价。”（第 704 页）这种“诗歌审美意义的开掘”，确实体现了该著的一个鲜明特点。对诗歌审美意义、美学价值的探讨实际上本应是诗歌史研究的重中之重，但是由于中国当代诗歌本体性发育严重不足，而更多是作为一种工具存在，加之新时期以来诗歌本体的合法性虽然得以确立，但是时间较为切近，未及从容发展，而

① 何言宏：《“重写当代诗歌史”·主持人语》，《当代文坛》2008 年第 4 期。

诗歌批评状况的不尽如人意导致了对诗歌史写作的支援不足，种种问题使得对于诗歌本体的研究一直是不充分的。在这样的情况下，《中国诗歌通史·当代卷》有意识地加强了诗歌美学研究方面的权重，努力使美学的批评与历史的批评两个方面更好地结合起来，不偏不倚、“两手抓”“两条腿走路”。

《中国诗歌通史·当代卷》研究的是20世纪下半叶，具体而言是1949—2000年的中国新诗。由于这一时段中国社会样态的特殊性，诗歌与政治一直处于一种密切关联、深度纠缠的关系之中，甚至在很长时间里被捆绑到政治战车上，成为政治的工具与附庸，其间的关系，诚如书中所述：“当代诗歌注定了与政治剪不断理还乱的关系。一方面是政治对新诗的制约，诗人或是自觉地，或是在权力的引导、诱惑与压制下，把诗歌作为服务于现实政治的手段；另一方面，80年代以后部分诗人或出于构建‘纯诗’的幻想或出于对诗歌从属于政治的叛逆心理，有意识地使诗的创作与现实的政治疏离，却未尝不可以看作是对另一种形态的政治的趋近。”（第2页）所以，诗歌与政治的关系其实是书写这一段诗歌史绕不过去的，尤其是在前期高度政治化的社会环境下，它制约甚至决定着诗歌发展的形态、面貌、题材、风格等，此时的政治与诗歌已经高度同质化，诗歌本身已经成了政治的一部分。在该著中，对不同时期诗歌的观照方式也有所不同，大致说来，对50—70年代的诗歌，不但描述这一时期诗歌发展的基本形态，更着重分析其何以如此，对诗歌背后那只“看不见的手”进行探究，揭示了这一时期诗歌发生、发展的内在机制、体制问题，非常有启发性。在这之外，则注重对隐性形态、被遮蔽、非主流，但是具有较高诗歌价值、与诗歌政治化大潮相疏离的诗歌存在进行了重点观照和探讨。而对“新时期”以来的诗歌，随着意识形态压力的减弱，诗歌本体性的逐渐建立，诗歌与政治之间的紧张关系表面上得以缓解（从深层来讲当然这种紧张关系是一直存在的），对这一时期诗歌的观照则更多的在诗歌本身，着重探讨的是其思想内容、艺术特色、诗学与美学意义等方面。所以，尤其是对80年代中期以来的诗歌，书中更多关注的是诗人、诗作，这当然也是诗歌回归常态的一种表现，是时代的进步和诗歌的进步的一种体现。一个明显的外在对比是，对于新中国成立后“十七年”及“文革”时期的诗歌，所重点讨论的诗人诗作的数量要远远低于“新时期”，这是和不同阶段诗歌的繁荣程度以及诗歌创作的质量、水准成正比的，是对当代诗歌发展状况的一种客观呈现。该著在章节设计和论述重点等方面显然也有自己独特的追求和处理方式。比如，书中对诗坛“反右”、新中国成立后政治运动中诗歌刊物《诗刊》与《星星》的处境、二十世纪六七十年代“贵州高原诗人群”等的关注，都是此前诗歌史没有涉及或者叙述不多的部分，对它们的论述要么是关乎当时诗歌的处境与命运，要么是对被忽略、被遮蔽的诗歌存在的重新发现与评价，这些均具有重要的意义；又如，书中以较大的篇幅对时间上较为晚近的诗人诗作进行了“散点透视”，其覆盖面较广，而较少作直接的价值判断，这种处理方式对尚处于“进行时态”的研究对象来说是较为合适的。因为其到目前只能说走进了诗歌史的视野，而至于能够走多远、达到怎样的高度，现在下结论着实为时尚早；再如，关于台湾与香港诗歌，著者结合其社会、文化的特殊性来考察，并对代表性诗人及其重要作品进行了重点论述，条理非常清晰，有助于人们对其理解和把握。

诗歌史写作不是一次性行为，不可能毕其功于一役，更不可能真正地盖棺论定。一定意义上诗歌史写作甚至是出力不讨好的行为，因为其优点往往会被视为理所当然，而其缺点与不足则会被“盯住”、被放大，因而，它注定不完美、注定要作为“历史中间物”被后来者所“超越”。尤其是在中国当代这一特殊的、不断变化的文化语境之中，诗歌史的不断改写、重写更是难以避免。正如学者陈仲义所指出的：“由于当代的特殊性，‘改写’‘重写’是正常的。关键是我们怎样尽可能把‘改写’‘重写’，降到最低程度，力争更长时段的‘保鲜’与‘保险’。所以，不要指望有那么一部大一统的诗歌史，可以涵盖一切，定论一切，了结一切。有的，只能是具有真正意义的——个人眼光的诗歌史，从各自不同视角、不同层面，运用不同方法切入对象，不断分解不断打开的过程。”① 诗歌史写作正是在不停的增添与删除、改写与重评中达到其在特定语境和一定限度中的理想形态的。就该著而言，关于 90 年代诗歌的论述其篇幅与 80 年代相比要少很多，这或许与其时间太过晚近、未经充分的沉淀和经典化、著者对之的处理态度比较审慎有关。但就这一时期的诗歌成就而言，如果不说它比 80 年代更高的话，也不至于会低很多，两相对比之下现有关于 90 年代诗歌部分的容量还是给人一种意犹未尽之感。又如，在关于台港诗歌的论述中，不时有比较强烈的政治意识形态话语出现，这固然体现着一种“政治正确”，但有时会有以某种大一统的思维模式覆盖其主体性、越俎代庖之嫌，于诗歌本身的论析并无帮助甚至会形成一种伤害。当然，谈论存在的问题总是容易的，难的是一点一滴、一砖一石的

① 陈仲义：《个人化视野中当代诗歌史的写作疑难》，《江汉大学学报》2006 年第 2 期。

建设，应该说，《中国诗歌通史·当代卷》已经做得够好、够出色，所有关于“更好”的想象只能建基于目前已有的“好”的基础之上。总的来看，《中国诗歌通史·当代卷》实现了诸多因素在较高层面上的结合：材料、史实与识见、才情，治史的严谨、理性与诗歌的激情、感性，论述的专业性、深度与视野的开放性、广度……堪称一部厚重而有平衡感的著作，代表了近几年当代诗歌史写作的新成就。

当代文学史重构背景下的刘再复个案研究

吴小攀
（《羊城晚报》编辑部）

一、引言

所谓“当代无史”，既有离得太近难以看清的技术层面原因，也有难脱各种关系影响不便直评的问题，所以做当代史研究经常吃力不讨好。选择刘再复作为研究对象，即有这种难处。但是，当代史研究也有一个好处，即研究资料的搜集相对容易，甚至可以通过与研究对象的直接接触来获得；也正由于这种切近性，才更显出一种稍纵即逝的急迫性。

选择刘再复作为我博士论文的研究对象就有以上这些考虑。切近性也许令价值评判难度增加，但对于资料搜集整理来说却不无方便。因此，关于刘再复研究我也更倾向于从资料搜集、文本解读、史料梳理的角度去进行。当然，这其中还有角度的选择问题。关于刘再复的研究，一方面在问题意识的基础上对相关事件、观点及其影响进行考据式的源流梳理，另一方面注重《两度人生——刘再复自述》① 里刘再复的思想变化和学理演进，重点在于抓住其前后的变化对比。

刘再复是20世纪80年代新启蒙思潮的重要代表人物之一，尤其是在文学理论研究领域以，倡导文学主体性独树一帜，引领潮流，其散文创作也别具风格，自成一派。刘再复1989年8月定居美国②，因此他将自己在此前后的人生分别称为“第一人生”“第二人生”③。两度人生身处两种截然不同的

① 柳鸣九主编，刘再复叙述，吴小攀编选：《两度人生——刘再复自述》，郑州：河南文艺出版社2016年版。“两度人生”源于刘再复的“两次人生”说，相关论述见刘再复、吴小攀：《走向人生深处》，北京：中信出版社2011年版，第13页。

② 李春红、刘锋杰：《刘再复学术年谱》，《东吴学术》2015年第1期，第112页。

③ 刘再复：《第二人生之初》，《远游岁月》，广州：花城出版社2009年版，第5页。

社会环境，为刘再复的现实生活带来“转世投胎”[①] 式的巨大改变，尤其是在“第二人生”之初，更是充满了被放逐感，但这也给他提供了“反省往昔”[②] 的契机，学术研究思路、散文创作风格、文化思想观念等随之都有了不同程度的改变。

二、从鲁迅研究到“红楼”悟证

刘再复的学术道路始于鲁迅研究。但早期的鲁迅研究仍脱不了那个时代意识形态的影响，《鲁迅论“孔孟之道”是科学的死敌》《鲁迅论“无名氏”》《鲁迅对文艺唯心论的批判》等，从标题到行文不时可见“文革”时期大批判式用语。直到 1981 年 6 月《鲁迅美学思想论稿》出版，刘再复开始力图摆脱极“左”思潮影响，以“真、善、美合一”来概括鲁迅的美学思想[③]，他自认为此书是他的“学术的出发点”[④]；同年 12 月，与林非合著的《鲁迅传》出版，“尽量用生动的笔触”[⑤] 描写鲁迅作为人的一生，文中可见作者个性化的语言运用和独立的思考。

出国后，刘再复没有关于鲁迅的新专著出版，只是在 1990 年、2010 年分别对旧著《鲁迅美学思想论稿》《鲁迅传》进行再版。在《鲁迅传》再版后记里刘再复反思自己的鲁迅研究说，“当时虽有激情，但也留下那个时代常见的激烈话语”[⑥]。1991 年他在东京大学作过《鲁迅研究的自我批判》的发言，认为自己过去对鲁迅的研究未能摆脱“三家”（革命家、思想家、文学家）和“两段论”（从进化论到阶级论的马克思主义飞跃）的影响；须放逐概念，扬弃政治话语，用生命去感受鲁迅[⑦]，才可能“还以鲁迅一个丰富的充满矛盾的真实存在”[⑧]。比如，他引用鲁迅的原话，说鲁迅编讲义是“为吃饭”，写文章是为了糊口，“并非为了什么革命大业”[⑨]，这种观点在“第一人生”

---

① 刘再复：《转世难》，《远游岁月》，广州：花城出版社 2009 年版，第 9 页。
② 刘再复：《转世难》，《远游岁月》，广州：花城出版社 2009 年版，第 10 页。
③ 刘再复：《鲁迅美学思想论稿》，北京：中国社会科学出版社 1981 年版，第 7 页。
④ 刘再复、吴小攀：《走向人生深处》，北京：中信出版社 2011 年版，第 57 页。
⑤ 林非、刘再复：《鲁迅传》，福州：福建教育出版社 2010 年版，第 431 页。
⑥ 林非、刘再复：《鲁迅传》，福州：福建教育出版社 2010 年版，第 432 页。
⑦ 刘再复：《思想者十八题》，香港：明报出版社有限公司 2007 年版，第 338 - 339 页。
⑧ 刘再复：《共鉴五四》，福州：福建教育出版社 2010 年版，第 79 页。
⑨ 刘再复：《思想者十八题》，香港：明报出版社有限公司 2007 年版，第 340 页。

的鲁迅研究里是不可想象的。而且，刘再复还将鲁迅与高行健进行比较研究，认为鲁迅属于“热文学”类型，高行健则是“冷文学”类型。他批评晚年鲁迅的“知识分子角色”常常压倒“文学家角色”，“政治倾向性过于强烈，在文学之外花费了太多心思”①。

刘再复在“第二人生”时期对鲁迅的反思，已经彻底摆脱旧的意识形态时期那种先验的研究思路，而是以个体感悟个体，既体谅鲁迅的“特异精神状态”②，也警惕其中潜伏着的“你死我也死”的黑色力量，认为这种意识形态不可以上升为普遍原则③。

虽然刘再复在“第二人生”里对鲁迅的个体精神有更立体多元的独特把握，但对他的文学成就一如“第一人生”般予以很高的评价。在1980年出版的《鲁迅美学思想论稿》的跋里，刘再复奉鲁迅为他的“导师”，说《鲁迅全集》是他的“人生的伴侣”④。在2001年与李泽厚的对谈中，他仍将鲁迅置于很高的位置，认为鲁迅仅凭两部小说集《呐喊》《彷徨》和一部散文集《野草》就足以“卓绝千古”⑤。他批评夏志清的《中国现代小说史》把张爱玲看得太完美，却无视鲁迅“巨大的思想深度和无可比拟的情感力量及其所创造的新文体”⑥，是一种基于冷战思维的偏见。

1984年6月，刘再复在《文学评论》杂志上发表《论人物性格的二重组合原理》，指出“任何一个人，不管性格多么复杂，都是相反两极所构成”，“性格的二重组合，就是性格两极的排列组合”，“是性格世界中正反两大脉络对立统一的联系”，“是世界上许多伟大文学作品创造具有高级审美意义典型时的成功的美学基础”。⑦ 这篇文章虽然引起极大争议，但在争议中刘再复仍继续思考“性格论”，在不同杂志上发表相关论述，并于1985年12月、1986年1月在《文学评论》上分两期推出《论文学的主体性》长文，在海内外知识界引起极大轰动，并引发了一场持续了三年多的争鸣，有力地推动了新时期文学理论及创作的转型。他关于文学的一系列新观点被称为是建基于李泽

---

① 刘再复：《思想者十八题》，香港：明报出版社有限公司2007年版，第344页。
② 刘再复：《思想者十八题》，香港：明报出版社有限公司2007年版，第345页。
③ 刘再复：《思想者十八题》，香港：明报出版社有限公司2007年版，第348页。
④ 刘再复：《鲁迅美学思想论稿》，北京：中国社会科学出版社1981年版，第537页。
⑤ 刘再复：《思想者十八题》，香港：明报出版社有限公司2007年版，第355页。
⑥ 刘再复、吴小攀：《走向人生深处》，北京：中信出版社2011年版，第158页。
⑦ 刘再复：《论人物性格的二重组合原理》，《文学评论》1984年第3期，第24－25页。

厚“主体性”哲学之上的未完成的人文美学金字塔。①

文学主体性理论及性格组合论发表后，虽然赢得许多褒扬，但一些非议的声音也纷至沓来。这包括政治层面的责难，当然也有对其理论严密性的质疑，刘再复几乎没有作公开的争辩和解释。这很大程度上是特殊的时代因素导致的。政治层面的责难，无法进行公开的答辩；理论层面的质疑则需要时间思考。况且，在20世纪80年代初期，文学领域的反映论、典型论作为旧的意识形态的一个重要组成部分，已经受到学术界的批判，但还没有找到可以取而代之的新理论，正是在这种现实亟须突破的时候，刘再复的文学主体性、性格组合论应运而生。某种程度上，现实的急迫性压倒了理论研究的学理性，理论研究的逻辑严谨性只能退居其次，这也是刘再复主体性理论的有效性被质疑的主要原因。

要从整体上理解和把握刘再复的文学理论建构的现实意义，必须对文学主体性（其对立面是反映论）、二重性格组合论（其对立面是典型论）之间的逻辑关系、对应关系给予足够的重视。出国之后，刘再复对他的文学理论建构目的作了明确表述：“试图从哲学基点上改变整个文学理论的基本模式，用主体论取代反映论。”② 但他也承认尚有不足之处：“至少还得讲述主体性之外的‘主体间性’（外在关系）和内部主体间性（内在主体的语际关系），而且还得讲述超越性的其他层面。”③ 2002年3月在与杨春时的对谈中，刘再复对“文学的主体间性”有较为充分的讲述，这可以看作是对相关学术质疑的一次迟到的回应和补充。

在“第二人生”的前十年，刘再复放下对新的纯粹理论体系的建构，但仍继续在文学主体性的人方向上往前迈进，成果是2002年他与林岗合作的《罪与文学》一书的出版。此书可谓“十年磨一剑”，通过“忏悔意识”这一切入口，对忏悔文学的基本形态、中国文学传统的局限、《红楼梦》与“共犯结构”、新文化运动中的忏悔意识、中国现代文学的整体统维度及其局限、文学与灵魂的自救等话题展开讨论；他认为中国文学在《红楼梦》之前缺乏灵魂的维度，缺乏忏悔意识，文学需要向内心世界挺进，这也是现当代中国文学稀缺的品质。④ 既有宏观视野，又有文本分析；既有哲学观照，又有历史纵

---

① 夏中义：《新潮学案》，上海：上海三联书店1996年版，第1页。

② 马国川：《我与八十年代》，北京：生活·读书·新知三联书店2011年版，第125页。

③ 李春红、刘锋杰：《刘再复学术年谱》，《东吴学术》2015年第1期。

④ 刘再复、林岗：《罪与文学》，香港：牛津大学出版社2002年版。

深。这是刘再复两度人生学术研究的共同点，但“第二人生”的理论研究显然跳出了“第一人生”被限定的主流社会学视角，话语模式、思维方式、观点表达都不再有外在的旧约束，无须隐讳、顾忌，变得个性鲜明，明快畅达。

无论是在“第一人生”或“第二人生”，刘再复都善于抓住时代主题，借助自然科学概念，构建自己的理论体系，有效地表达自己的观点。文学主体性是源于康德的主体性哲学理论，性格组合论则借用了数学科学中的排列组合原理概念，忏悔意识源自宗教概念，伪形文化借用了地理学概念，“悟证法”源于禅宗启发……这种大胆跨界的命题方式表现出人文思想者博识、敏锐的智慧，不仅是一种学术修养，更是一种思想素养。因为刘再复曾亲历“文革”、引领80年代新启蒙，加上海外漂泊视野开阔、知识储备更充足、思想更成熟、外在禁锢解除等原因，在“第二人生”里，这种方法论得到更好的应用和发挥，忏悔意识、告别革命、第三空间、伪形文化等一系列具有很强概括力和号召力的概念、议题、口号相继提出，在知识界内外引起强烈反响。

除了对文学主体性的持续关注外，在完成《罪与文学》一书后，刘再复基本结束这种整体思辨性的学术研究，开始走上以“悟证”为主要方法的“返回古典”的学术新路。这是一种扬弃文献、材料、概念和逻辑的参与，主张明心见性、以心传心的方法。① 返回到古代经典，这种文化意义上的落叶归根，是中国传统文化群体的特有现象。中国的知识分子无论走多远，环境如何变换，似乎都有这种寻根的文化宿命。“红楼四书”、《双典批判》分别对《红楼梦》《水浒传》《三国演义》进行再解读，以批判的视角，对其中的社会、文化、历史、政治等文化意蕴进行深入解剖。由于“第二人生”的刘再复累积了数十年的人生阅历，因此，古典解读新意迭出，倒映现实，入木三分，常有独到之见，让人读来有如行山阴道上，这是一种与阅读传统的理论专著判然有别的阅读体会。刘再复的“返回古典”系列研究目前已推进到先秦两汉时期的“经”部，即从对《水浒传》《三国演义》两部经典的批判，转入对“经”的解读，包括《山海经》《道德经》《南华经》《六祖坛经》《金刚经》等。

---

① 古大勇：《刘再复近30年学术思想概论》，《华文文学》2016年第1期，第68页。

三、散文写作：整体性美感的碎裂

刘再复出国后的心态有一个转变的过程。初到国外，有一种被连根拔起的恐惧感、焦虑感。为了平伏这种情绪上的波动，他读《六祖坛经》，进入“禅”境，以求“复归婴儿”状态。① 因为“第二人生”没有“组织”的约束，刘再复决心从此“当个独立独行的单干户”②。一动一静之间，樊篱去除，感性挥发，刘再复本性中诗人的一面得以显露，1989 年之后的第一个十年，散文创作因此源源不断。汉娜·阿伦特说，劳动、工作和行动是三种根本性的人类活动，其中，劳动是与人身体的生物过程相应的活动，工作是与人存在的非自然性相应的活动，行动则是复数性的人之境况；“工作的人之境况是世界性”③。刘再复以散文创作对抗“第二人生”初期的不适感，并由此获得了超越当下的“世界性”。

刘再复在 20 世纪 80 年代对文学理论的“解构”是因为觉得“故国的文学理论和文学史写作”“思想贫乏到令人难以容忍”④。海外第一个十年里放谈“告别革命”是又一次感受到“相似的压迫”⑤ ——这是另一极端——对以暴易暴式革命的膜拜。这都是受外在环境的刺激所致的“不得不出来”⑥而为之，所针对的都是外在的“压迫”，是介入公共事务的广场式发言，有一种反抗的意味。“第一人生”时期的散文创作就有很浓厚的这种广场或舞台意味。而只有到了《独语天涯》的散文新写作阶段，刘再复才完全撤退到个人化的立场，是对思想贫乏和知识包装的双重挑战。⑦ 这种挑战所受的外在“压迫”明显减少了，更多的是孤独个体对于外界的敏感——对资本化导致的思想贫乏、知识包装的担心。这种“狂人”式的敏感也由对他者的怀疑，导向对自我的怀疑，由大我向小我转进，由“我”的外部向“我”的内部掘进，这某种程度上延续了提倡文学主体性阶段的“外转内”倾向，其动机和

① 刘再复、吴小攀：《走向人生深处》，北京：中信出版社 2011 年版，第 15 页。

② 刘再复、吴小攀：《走向人生深处》，北京：中信出版社 2011 年版，第 22 页。

③ 汉娜·阿伦特著，王寅丽译：《人的境况》，上海：上海人民出版社 2009 年版，第 1 页。

④ 刘再复：《独语天涯》，上海：上海文艺出版社 2001 年版，第 357 页。

⑤ 刘再复：《独语天涯》，上海：上海文艺出版社 2001 年版，第 357 页。

⑥ 刘再复：《独语天涯》，上海：上海文艺出版社 2001 年版，第 357 页。

⑦ 刘再复：《独语天涯》，上海：上海文艺出版社 2001 年版，第 358 页。

目的更趋纯粹性，也更接近审美主体性，在创作主体身份完成世界性转变的同时，对象主体也获得了世界性的接纳——诺贝尔文学奖评委马悦然曾经以刘再复的散文为主题开设系列讲座。更重要的是，这种个体性沉思面向的是自足的自我，因此超越“第一人生”“第二人生”的畛域之分，获得一种超越性、普适性。

从1993年到2004年，这种基于个人化立场的散文创作成果，几乎是一年一卷，由此形成“漂流手记”系列九卷：《漂流手记》《远游岁月》《西寻故乡》《独语天涯》《漫步高原》《共悟人间》《阅读美国》《沧桑百感》《面壁沉思录》，形成了林岗所说的别具特色的“书信体”“独语体”两种散文文体。① 这两种文体无论是创作主体还是接受主体，都是个体，而不是群体，背景是小书房、台灯下，而不是大舞台、镁光灯下。

早期的散文创作是刘再复文艺理论研究之余的“副业”，其中较为成熟、影响最大的代表作是发表在1984年第二期《人民文学》杂志上的《读沧海》。《读沧海》滔滔数千言似山呼海啸，慷慨激昂，适合舞台上高声朗诵：

> 我带着千里奔波的饥渴，带着长岁月久久思慕的饥渴，读着浪花，读着波光，读着迷蒙的烟涛，读着从天外滚滚而来的蓝色的文字，发出雷一样响声的白色的标点。我敞开胸襟，呼吸着海香很浓的风，开始领略书本里汹涌的内容，澎湃的情思，伟大而深邃的哲理。②

> 一种曾经背叛过我自己但是非常美好的东西复归了，而另一种我曾想摆脱而无法摆脱的东西消失了。我感到身上好像减少了很多，又增加了很多，只是减少了些什么和增加了些什么，我说不出来。只感到自己的世界在扩大，胸脯在奇异地伸延，一直伸延到无穷的远方，伸延到海天的相接处。我觉得自己的心，同天，同海，同躲藏的星月连成一片。也就在这个时候，喜悦像涌上海面的潜流，突然滚过我的胸脯。生活多么美好啊！这大海拥载着的土地，这土地拥载着的生活，多么值得我爱恋啊！③

---

① 林岗：《远游者的沉思》，《远游岁月》，广州：花城出版社2009年版，第5页。
② 刘再复：《读沧海》，《刘再复散文诗合集》，北京：华夏出版社1986年版，第107页。
③ 刘再复：《读沧海》，《刘再复散文诗合集》，北京：华夏出版社1986年版，第108页。

通篇散文充满了“我”激情澎湃的呼喊、歌唱，情绪激昂，思接千载，目极八方，比喻迭出，排比不断，洋溢着一种上下求索、相信未来人定胜天的创造激情，既有作者自我更新的渴盼期许，又有改天换地造福人类的强烈愿望。“读沧海”时代的散文创作主调多是类似这种昂扬向上的“正能量”“主旋律”，即使所谓的反思也是符合主流政治正确的潜在要求。这似乎与刘再复正当壮年（43 岁）、事业蒸蒸日上（即将被任命为中国社会科学院文学所所长）有关，他后来自叙：“到了一九八四年，我的思想有了很大突破。意识到大环境变了，时代给我一个生命重新获得意义的可能，应该抓住这一个用苦难换来的瞬间，赶快做，把该说的话说出来。”① 也许就是这种强烈的诉说欲望，“第一人生”里创作的散文，如《读沧海》《榕树，生命进行曲》《洁白的灯芯草》……大多可归入“散文诗”之列。文章大多诗性飞扬，情绪起伏有致，总体上以天真、明快为主调，偶有“杀伐之声”，但还是在“歌唱着，前进着”，“紧紧地拥抱人类”②；有一种强烈的诗歌节奏韵律贯穿其中，体现了主流“形散而神不散”的散文观，像歌剧里一唱三叹的咏叹调，让人在絮絮叨叨回环往复中感受到一种整体性的美。

而到了“第二人生”时期的刘再复，这种文体上的整体性美感猝然碎裂。这种碎裂主要表现在两个方面：一是散文创作形式以片断随感为主，更显碎片化。比如《独语天涯》，其实是一千多小节的随感文字合集，每小节 200 字左右；二是内容上由抒情转入哲理，由“浪漫时期”转入了“反省时期”③。如果把“第一人生”时期的散文总结为一种诗性的“唱”，站在时代大舞台上面对山川面对大地面对时代声情并茂地颂唱，那么“第二人生”的散文创作可以说是“说”，坐在桌前灯下面对自己面对女儿面对虚空絮絮叨叨地诉说。读他这个时期的散文经常能体会到作者不时有一种“欲说还休”的感觉，甚或有思路中断或宕开一笔的突兀感。比如《海悟》，开头写他来到瑞典住处附近的海边，描写海边景色十分温柔寂静后，突然转叙“我”和海有缘、1991 年参加学术会期间到海滩上开心地游玩，感叹生活与生命比学术更丰富，转而又说到厦门附近要建化工企业可能会造成污染，最后说 1988 年为带不带女儿去海边而纠结，庆幸海已成为女儿生命的一部分④……在这样的散文写作

① 马国川：《我与八十年代》，北京：生活·读书·新知三联书店 2011 年版，第 124 页。
② 刘再复：《刘再复散文诗合集》，北京：华夏出版社 1986 年版，第 3 页。
③ 刘再复、刘剑梅：《共悟人间》，上海：上海文艺出版社 2001 年版，第 108 页。
④ 刘再复：《远游岁月》，广州：花城出版社 2009 年版，第 23 页。

中，整体性美感已退居其次，情、景、人、事，并没有必然的联系，甚至于情思滞涩，文气不继，但重要的是记录当下的点滴所感所思所得。

刚到国外，刘再复感觉与婴儿呱呱坠地无异，“在斩断脐带的那一瞬间，也是一场痛哭”①，有一种家园丧失高楼压顶的焦虑、不安和惶惑。“这种感觉无边无际，仿佛就要把我淹死。”② 在这种灰暗、孤独的心态下，其散文创作不复往日的激情满怀信心满满，而是直面内心，彷徨往复，有几分鲁迅“野草”时期“抉心自食”③ 的意味，这时他面对的是无所凭恃的虚空。“第一人生”时期安稳、宁静、甜美的家园意象被悄然置换成“漂泊的故乡”。因此，《读沧海》后来虽然仍有“再读”“三读”续篇，已难掩乏力之态，不如初读时期的圆润、婉转、酣畅；另一方面由于世易时移，物非人非，也就不再有往日回响。同样是与“沧海”有关，在《听涛声》《海悟》等篇章中，那种一气呵成贯穿始终的激情不见了，不再如过去那样充满温馨和诗意。比如，在一段抒情之后，突然停顿，插入一段叙事；整篇散文不仅形式是散的，中心也是散的。此后的书信体、独语体、游思体散文则似孤独旅人的暗夜呓语，思绪邈远，更适合灯下默读④，与“第一人生”相比，可谓别开另一境界。

四、思想观：激进或“激退”

刘再复的文学观与思想观是二位一体的。在“第一人生”里，刘再复的文学理论研究其实是介入社会政治的一种方式，即使是散文创作也经常显示出面对社会发言的姿态，或者说，他的散文创作也时时在感应着时代。文学主体性论、性格组合论的倡导都是源于对旧的意识形态的不满，希望“破”中有“立”，这正是当时主导整个时代的“改革”大潮，刘再复当然是站在潮头的引领者之一。开启“第二人生”后，刘再复完成从“弄潮儿”到冷观者、思想者的转变。⑤ 刘再复在“第一人生”的特殊时期主张文学可以是分裂式的，有世俗视角、超越视角之分，作家也可以分裂成现实主体、艺术主

① 刘再复：《第二人生之初》，《远游岁月》，广州：花城出版社 2009 年版，第 5 页。
② 刘再复：《漂泊的故乡》，《远游岁月》，广州：花城出版社 2009 年版，第 7 页。
③ 鲁迅：《墓碣文》，鲁迅：《鲁迅全集》，北京：人民文学出版社 1981 年版，第 202 页。
④ 刘再复、吴小攀：《走向人生深处》，北京：中信出版社 2011 年版，第 7 页。
⑤ 刘再复、吴小攀：《走向人生深处》，北京：中信出版社 2011 年版，第 9 页。

体。到了海外，这种分裂在相当程度上得以弥合。

“第一人生”时期的理论倡导既有学术价值，又有社会意义，是新时期思想启蒙的重要组成部分。呼唤文学主体性的回归，既是学术层面的“让文学回归本体”，又包含着更深层的对牺牲个体成为“螺丝钉”“铺路石”的时代的反拨，是对人的自由、主体性的强烈呼唤。这种对人的主体性的重视，贯穿了刘再复两度人生的始终，但在“第一人生”阶段主要还停留在文学理论研究与创作实践的层面，只有到了“第二人生”阶段，才真正落实到具体的刘再复的个人实践中。

“禅悟”不仅是刘再复得以从“第一人生”的失落中安然走到“第二人生”的助力，也是刘再复“第一人生”主体性追求的逻辑结果，更是“第二人生”质的飞跃。“禅悟”不仅是刘再复的一种学术方法，更是一种思想方法、人生态度。刘再复在1987年就开始学习佛学禅宗的基本知识，知道禅宗就是运用“现量智”（直觉）的方法进行思维处世。禅宗的“放下”思维、“三境”喻言对刘再复出国后的心理平衡起了很大的作用。①

也许是深受鲁迅影响，刘再复早期就着眼于研究传统文化与中国人的关系，出国后无论是会议演说、课堂讲课、灯下写作，都时时警惕传统文化对当下社会的负面影响，并进行条分缕析的批判，这种批判其实是可贵的知识分子独立性的表现。1989年之前，刘再复一直坚持“自上而下的改革”“温和而有序的改革”，和李泽厚一样，是“温和的改良派”②。1989年后，许多所谓的改革派纷纷改弦更张，一部分人由提倡启蒙转入整理国故，另一部分则转倡革命。刘再复出国后，有组织来找他出面参与活动，他“拒绝参加，不填表格，也不口头许诺”，“觉得自己既然出国，就得拥有自由意志”③，并开始反思革命，决心“告别革命”，既告别来自“左”的革命，也告别来自“右”的革命④，甚至说自己是“不革命派”⑤，如此直言不讳当然只有在“第二人生”全新的环境里才有可能。在“左”的环境下他警惕“左”，在“右”的环境里他审视“右”，这也可以解释为什么他出国后与各种政治派别始终保持距离，颇有鲁迅终身对各色各样“柿油党”“革命党”的不合作

① 刘再复、吴小攀：《走向人生深处》，北京：中信出版社2011年版，第111－112页。
② 李泽厚、刘再复：《告别革命》，台北：麦田出版社1999年版，第94页。
③ 刘再复、吴小攀：《走向人生深处》，北京：中信出版社2011年版，第22页。
④ 李泽厚、刘再复：《告别革命》，台北：麦田出版社1999年版，第12页。
⑤ 李泽厚、刘再复：《告别革命》，台北：麦田出版社1999年版，第94页。

意味。

但“告别革命”论引起的反响，于今不绝，赞成者有之，反对意见也十分激烈。林贤治就认为这种理论是“对历史主义采取虚无主义态度”，是一种“激退主义”。[①] 刘再复说自己“确有诗人的气质，理性不足”[②]，从两度人生学术研究思路和散文写作风格来看，刘再复本质上是一位诗人，即便是在理性的思辨中，也有浓厚的感性情怀。从某个角度看，这种感性也许令其理论在严谨性、逻辑性方面略显欠缺，但也正因为这种感性情怀，他的理性思考才呈现出如此强烈的现实色彩，才会引起如此截然不同的两极反应。

---

① 林贤治：《革命寻思录》，北京：中央广播电视大学出版社 2015 年版，第 415 页。

② 刘再复、吴小攀：《走向人生深处》，北京：中信出版社 2011 年版，第 180 页。

学科之外，整体之中

——陈思和的台港澳暨海外华文文学研究

颜　敏

（惠州学院中文系）

若从1979年3月《上海文学》刊载聂华苓的《台湾佚事》算起，中国内地的台港澳暨海外华文文学传播与研究至今已有30多年的历史。经过几代人的经营努力，一批批具有影响力的著述成果涌现了出来，逐渐走上了系统化和学科化的道路。作为中国现当代文学研究的大家，陈思和先生在该领域也留下了独特的印记。一方面，他的相关研究成果不可谓不丰硕，影响力不可谓不大：从20世纪80年代末至今他共撰写了专题论文以及随笔札记达70篇，指导硕博士及博士后完成"台港澳暨海外华文文学"的课题报告近20篇，与台湾合作出版各类丛书200本以上；另一方面，他又谦称自己的研究带有"偶尔为之"的性质，与世界华文文学这一学科体制保持了距离；从他灵动而又充满学术锋芒的文学批评之中，还可以察觉到他对内地有关世界华文文学的学科定位、研究方法等问题的质疑和思考。这种不同于专门研究者的"游"的姿势以及带有反思性、探索性的研究，能给我们带来怎样的启示？是否敞开了内地台港澳暨海外华文文学研究的另一可能路径？本文试图对陈思和先生有关台港澳暨海外华文文学的传播与研究加以梳理，从而提取出一些可供借鉴的研究理念与方法。

一、材料第一、思行合一的研究基点

我们一直都认为，资料问题之所以曾困扰着中国内地的台港澳暨海外华文文学研究，是囿于早期不够开放的大环境；但在出版传播、文学交流已足够多元自由的今天，为什么早期形成的"有什么研究什么"的被动状态仍在延续，为什么我们还在集中关注那些熟悉程度高、材料较齐全的作家作品而无法进一步拓展研究视野呢？这说明，资料问题的解决除需依赖大环境的改

变之外，还需研究者自身的高度自觉。对此，陈思和的实践很值得借鉴，作为一个文学史家，他坚守材料第一的原则，但他深知材料不会自动出现，而需研究者自觉付诸行动。事实上，从20世纪80年代末开始，在台港澳暨海外华文文学研究领域，他做的首要工作是搜集一手资料、引荐作家作品和推动两岸多地的文学交流。早在1988年，陈思和为了完成与贾植芳先生合作的国家项目“外来思潮流派理论对中国现代文学的影响”，特意前往香港收集资料；为了了解20世纪40—50年代香港文学的发展情况，他不是翻阅一两本概述性的文学史，而是选择搜集整理当年比较有代表性的文学期刊，在四个月的时间里，从大学图书馆到私人书房，从书店到地摊，凡是有隙可寻的地方他都去过了。正是凭借深入文学现场打捞一手资料的苦功夫，陈思和比其他内地学者更早地形成了对香港文学的清晰认识。如针对香港都市文学的消费功能，他最早提出了“现代读物”的概念①；在整理香港现代主义风格的文学期刊与美元文化渊源的基础上，他指出美元文化对香港文学的影响并不全是负面的，客观上也刺激了香港文学的发展，为西西等新生代作家的崛起提供了发展空间。1991—1997年间，为了理清从日据时期至今台湾文学的发展概貌，他还多次前往日本与中国台湾进行访学，期间复印了大量的文学期刊和文学作品，搜集回来的各类书籍资料将他的书房都堆满了，仅为做好这些资料的编目工作就耗掉了半年多的时间。但即便如此，当他在20世纪90年代末提笔撰写《中国当代文学史教程》时，仍未敢将港台部分纳入论述框架，原因何在？在他看来，还是资料问题。资料的获取是基础，但对资料进行整合消化更需功力，在没有弄清楚台港澳文学发展的全貌之前，在没有从思路上厘清内地文学与台港澳文学的关系之前，他不敢随意下笔。相比内地学者编纂的动辄数十万言的台港澳或海外华文文学史著作，我们不能不为他的这种“胆怯”而感叹！

如果说他前往港台海外搜集资料主要是为了解决个人研究中的问题，那么引荐作家作品、着力推动两岸多地文学交流等活动则试图为他人的研究铺路搭桥，功莫大焉。从1989年到20世纪90年代中期，陈思和在“北上广”等地的文艺报刊上发表了一系列短小有趣的读书随笔，主要推荐各类新著，陈先生谦称为“自己的书架”。但这些文章既是一个酷爱书本的读书人写的贴心感性的阅读札记，又是一个视野开阔的学者在渺浩书海中为普通读者所作

① 陈思和在1989年写过相关论文但没有发表，这一观念最终在相关梁凤仪的论文中得到完整表述，这在本文的第三部分会再次提及。

的引导。其中有关港台海外的引荐文章就有近30篇，这些书札都近乎作家的小传，所介绍的新锐作家和重要学者，如王祯和、林燿德、西西、龚鹏程、小思、郑明娳等在内地现已广为人知，当年却籍籍无名。陈思和凭借先觉者的敏锐眼光，引荐其人其文并详细注明出版社、出版时间等信息，方便研究者查找，也附带做了资料整理的工作。而他关注、推荐的台湾文学先驱如王尚义、吉铮等，至今还未引起内地学者的重视。特别值得一提的是他对声势浩大的台湾“新世代小说大系”的着力引荐。“新世代小说大系”共12卷，由台湾作家黄凡、林燿德主编，希代出版社1989年出版，主要呈现了1949年之后的台湾新锐作家在12类题材上的代表作，从中可窥伺当代台湾文学发展的趋势和全貌，但当时内地研究者并未注意到这一文学潮流，更谈不上研究了。陈思和与其学生张新颖在《天津文学》《文汇报》等刊物连续发出多篇文章，对这一套大系作了极为详尽的引荐和初步评价，的确为其他研究者提供了可靠的线索和参照系。

陈思和从来不认为学问只在书斋里，他认为真正的学问最终要促成人与人之间互动的和谐，他的台港澳暨海外华文文学研究是强调“思行合一”的，为此，不妨整理一下他在各地文学交流中的独特姿态和重要贡献。陈思和先生所在的复旦大学具备得天独厚的地理位置，从20世纪70年代末开始，就陆续成为不少海外作家学者访问中国的第一站。有此平台，陈先生也有更多机会和不少一流的台港海外华人学者作家建立联系。凭借人格的魅力，他与这些学者作家除了学术上的来往外，在生活中也建立了深厚的情谊，这也为复旦师生开展华文文学研究提供了人脉和资料获取等方面的便利。作为一个善于与人沟通合作的学者，还在20世纪80年代末，陈思和已尝试与港台海外学者在学术研究和出版传播领域展开广泛合作。1988年，他和台湾作家林燿德曾筹划联合建立一个两岸青年作家联谊会，虽然没有实现，却打通了两岸新锐作家的交流渠道；1989年他和香港中文大学周英雄教授合作撰写了《七十年外来思潮影响通论》一文，这篇由两人各取所长、分工合作而写就的长篇论文首次将大陆台港作为整体来论述，显得视野开阔、丰厚扎实。1990年起，他又和台湾业强出版社总编辑陈信元开始了长达15年的亲密合作，两人策划主编了几套大型丛书，在台湾推出了约200本以上介绍中国现代文学的传记和理论著作。进入21世纪，作为在港台海外都很有影响力的文学批评家，陈思和更加频繁地介入文学交流活动，积极参与世界范围内一些重要的华文文学评奖活动。2002年起他和王安忆两人担任马来西亚《星洲日报》

“花踪”世界华人文学大奖终身评委。2006年起，又成为香港浸会大学世界华文文学“长篇小说大奖·红楼梦奖”的决审评委。特别值得一提的是他主编《上海文学》期间对台港澳暨海外作家作品的重视。《上海文学》推出了不少专号专栏和新人新作，进一步激活了杂志作为两岸多地文学交流平台的功能。我想，对视学术如生命的陈先生而言，频繁参与这些文学活动，一定会缩减其著书立说的时间，却体现了其学术生涯中一以贯之的实践品格。

如果说学术重“立言”，交流重“立行”的话，那么教育则是既可立言又可立行。陈思和先生曾经坦言：“我就是喜欢教书、带学生。教育不是为当下的现实服务的，而是为二十年后的现实服务的。……我在大学教书，做《上海文学》的编辑，都是出于自己的兴趣，不违背我的信仰和原则。”① 在台港澳暨海外华文文学研究领域，陈思和也注意扶掖后进，鼓励学生克服资料的困难，去研究他们感兴趣的作家。在他指导的已逾百计的学生论文中，约20篇是涉及台港澳暨海外华文文学的。但在指导学生进行具体研究时，陈思和要求他们信守“材料第一、思行合一”的基本原则。为了搜集资料和贴近研究对象，更为了真正用心和本土以外的世界交流，每研究一个地域的文学，陈思和都一定会去当地走走，不管是台湾还是南洋。照他的话来说便是“我们的研究最终是为了促进交流，不是为了学术而学术”。② 循此治学路径，他所指导的博士、博士后张新颖、李娜、王小平、白杨、陈少华、庄伟杰等既成为该领域颇有影响力的学者，又在各地的文学交流中作出了重要贡献。

二、学科之外、整体之中的独特视野

陈思和谦称自己对台港和海外华文文学的研究只是“偶尔为之”，但他对这一研究领域的诸多现象与问题，尤其是对其学科化趋势有着深刻的反思。在他看来，“所谓‘学科’是教育系统人为制定的某种教育体制，涉及资源和利益的分配，当然也涉及学术的盛衰，但对于真正的学者或知识分子而言，并不会影响其理念的实践和学术的热情”③。学科的出现最初是为了推动学术研究的进程，但因涉及资源和利益的分配，积习一久，就容易出现画地为牢、

---

① 陈思和：《我的治学道路与当代学术的发展》，《中文自学指导》2006年第4期，第13页。

② 这些观点参考2012年10月12日笔者与陈思和的一次访谈，访谈近期会正式刊出。

③ 陈思和：《新世纪文学的学科含义》，《文艺争鸣》2007年第12期。

各自为政的封闭性思维。从台港、海外到世界华文文学的学科化进程之中，研究边界的划定和固守，某种程度上也使得其研究成果难以产生更大的影响。君子不器，真正的学者自能看出学科之类的制度局限，这当是陈思和与该学科保持距离的原因之一。但在笔者看来，更重要的原因还在于他看到了这一学科的研究对象和研究方法都处于摇摆不定的状态中，尚未形成学科应有的学理逻辑。在与该领域知名学者刘俊的一次对话中，他通过分析双重归属对其学科性质进行了解构："从它（世界华文文学）所依附的二级学科来看，本身就包含了两种不同性质的学科：从台湾文学、香港文学、澳门文学与中国大陆文学之间的关系而言，它理应是中国现当代文学的一部分，尤其在港澳回归以后，单列的香港文学、澳门文学已经完成了历史的意义；再者，国家之间的文学联系正越来越被重视，如世界各国的华文文学，甚至华人、华裔的文学，这显然属于世界文学的范畴；就中文系的学科点而言，它属于比较文学及世界文学的学科点。世界华文文学的范畴内同时具有两个学科内涵的现象是客观存在的，因此，它有着跨学科的性质和意义。"①

但对于该领域学科化的质疑是否意味着陈思和否定其重要价值呢？恰恰相反，在陈思和的整体观中，台港澳与海外华文文学是必不可少的。其重要性首先源于他拓展研究视野的自觉追求，他说："20 世纪中国文学史是我的学术研究的经，当下文学的批评和研究是我的学术视野的纬，在这纬度上我尽力扩大研究领域，对台港文学、世界华文文学、中外文学比较，甚至外国文学等，我都尽可能地去学习，逐渐扩大自己的研究领域。"② 其次则是解决文学问题的内在要求所致。面对各区域文学间勾连分合的复杂现实，我们已经不能仅从单一区域文学经验出发，还必须充分注意到某一思潮或文学现象在不同时空中的流变轨迹。如对"现代主义在中国"这一问题的完整认识，就不能只关注当下的大陆经验，还要放眼台港澳，厘清从五四时代的中国、20 世纪 50 年代的香港、20 世纪 60—70 年代的台湾，到 20 世纪 80 年代的大陆的完整过程。正因为整体观并非人为的设想，而是基于文学事实的理性认知与科学方法论，陈思和必然会重视台港澳暨海外华文文学的存在，承认其重要价值。

---

① 陈思和：《学科命名的方式与意义——关于"跨区域华文文学"之我见》，《江苏社会科学》2004 年第 4 期，第 64 页。

② 陈思和：《三十年治学生活回顾——陈思和三十年集序》，《当代作家评论》2009 年第 3 期，第 161 页。

那么，在学科之外、整体之中的视野下，陈思和的台港澳暨海外华文文学研究的独特性是什么呢？一方面，有了学科之外的游动视点，他的相关研究就祛除了建构宏大体系与话语的压力，呈现出更为灵动的个人叙事姿态。从研究对象的选择来看，他多以兴趣为指向，充分关注那些另类的、新奇的、具有先锋性的作家作品和文学现象。“春江水暖鸭先知”，凭借敏锐而准确的审美感觉，陈思和游走在台港澳暨海外华文文学的世界中时，便能率先采掘出一些“宝石”，让内地读者眼前一亮。早在 20 世纪 80 年代末至 90 年代，他便对西西、林燿德等自觉追求形式创新的作家加以关注；21 世纪初主编《上海文学》期间，他又着力推荐虹影、童若雯、朱天心、朱天文、骆以军等擅长文体实验的新锐作家；他还是大陆率先关注港台的自然写作、科幻小说、同性恋小说、现代读物、都市小说等文学现象的学者。而在表达形式方面，他也善于量体裁衣，根据对象和场景选取适合的体裁。纵观他有关台港澳暨海外华文文学研究的几十篇文章，其中既有短小精悍的序跋、轻松率性的通信、娓娓道来的阅读札记，也有气势恢宏、深入研析的专题论文，聚少成多、滴水成河的同时也蔚为大观。

另一方面，整体之中的宏观视野，则让陈思和善于在文学史框架中准确定位作家作品和文学现象的审美价值与历史地位；从方法论角度而言，作为在比较文学领域颇有建树的学者，他习惯在古今中外的参照系中提出观点和问题。因此，他有关台港澳暨海外华文文学的研究文章，即便是个性文字也能一语中的，发人深思。在有关香港诗人羁魂的评述中，他从香港文化的冲突性出发，看到了诗人之于时代的意义：“香港是一个处处涌起文化急剧冲突的社会。个人，特别是知识分子，都会自觉地在这冲突中寻找一种位置，选取一种描述香港的角度。我们在羁魂的诗中看到，诗人所关注的正是这一种落后与先进，愚昧与进步，传统与现代，甚至东方与西方的冲突，他拾取着这冲突所爆出的火花，去点燃诗的灵感。”① 在研究台湾左翼作家陈映真时，他不回避作家对西方现代主义的横向接受，但更注重分析纵横交错的视野中作家对五四以来左翼文学的继承与创新：“如果我们把 20 世纪中国文学史在海峡两岸的演变过程视为一个整体，那么，要确认陈映真的文学史地位，标志性的高度就诞生在这个拐角上：在台湾文学的特殊环境下，‘五四、新文学向左翼文学的转轨，由后来者陈映真推向了一个高度：纵向发展上，陈映真

---

① 陈思和：《试论香港诗人羁魂的诗》，《鸡鸣风雨》，上海：学林出版社 1994 年版，第 244 页。

是赖和、杨逵以来的台湾文坛中最优秀的左翼继承者；横向发展上，他是第一个通过自己独特的艺术创作，把海峡对岸的鲁迅的生命气息透露出来的作家。他在与鲁迅的同构关系中，完成了他对鲁迅小说的呼应，也是向主流在大陆的‘五四’新文学理想的呼应。”① 即便是面对全新的文学现象，陈思和也善于深挖其与各类文学传统的关联，从而指出作家创造性的基础与意义。如对张系国科幻小说的精辟论述就建立在这一参照视野上：“从《星云组曲》到‘《城》三部曲’，张系国科幻创作的当代意义主要表现在以下两个方面，一是他力图改变以西方高科技的资本主义文化为背景的科幻故事模式，尝试将科幻与中国文化背景结合起来，而使威尔斯式的人文精神东方化。二是他力图拒绝以恐怖、怪诞、机关布景等来刺激读者胃口的通俗手法的介入，努力将科幻小说的想象力同‘五四’新文学的人文传统结合起来，在中国新文学的传统里开创了新的品种。”②

学科之外、整体之中的独特视野，使陈思和对台港澳暨海外华文文学的思考与解读，往往能够深入肌理，发常人所未发；又有大的气场和视野，从而使他能准确把握到台港澳暨海外华文文学的总体特征及价值——诸如跨文化的视野、文化融合的意义、复合性的表达方式等。他对此有清晰表述：“在这里，时间与空间都被特殊处理了，换句话说，被一种文化的心理情结所克服与超越。所以，这两题小说之间似乎有一个过程，从单一的中国经验过渡到超越了时空隔离的跨国文化复合经验。”③

不可否认，台港澳与海外华文文学一旦成为整体观里的成分，也为他研究中国内地文学带来了足够丰富的参照系。仔细梳理其学术的轨迹，还能发现他早期不少思路观点受到港台海外作家学者及其论述的影响。在他写于1980—1990 年的论文中台港及海外著述已作为参考文献频繁出现，可见这构成了其学术活力的源头之一。1999 年版的《中国当代文学史教程》序言中则明确指出了台港文学的存在对当代中国文学研究的重要意义，还单列一节呈现海外新移民文学给当代文学带来的活力和启示。2003 年版的评论集《不可一世论文学》的书名也含有对台湾同名丛书的借鉴和致敬。至于他最为核心

① 陈思和、罗兴萍：《试论陈映真的创作与五四新文学传统》，《文学评论》2011 年第 1 期，第 66 页。

② 陈思和：《创意与可读性——试论台湾当代科幻与通俗文类的关系》，《鸡鸣风雨》，上海：学林出版社 1994 年版，第 219 页。

③ 陈思和、李娜、许文霞：《海外华文文学专号编后印象》，《上海文学》2005 年第 6 期，第 2 页。

的思想——整体观和世界性因素等论述体系的萌发与成熟，与他率先和台港海外建立常态的文学交流应是直接相关的。

三、直面创作、温暖不隔的文本细读

在陈思和看来，既然台港澳暨海外华文文学作为独立学科的合法性悬而未决，学者们与其为建构学科体系耗费太多口舌与精力，不如先做些个案研究和史料整理的工作，先将重要支点一一稳固之后再进行宏大的文学史叙事。这样的理念已经落实在他的研究之中，他的台港澳暨海外华文文学研究多为个案研究，常以文本细读的方式切入作品、发现问题、生成概念并对创作产生直接的推动力。

由于一些文本审美性的缺失，内地的台港澳与海外华文文学研究逐渐形成了文化诗学或文化研究的套路。这类研究不是说完全没有价值，但循此思路，很多作品就成为某种社会学理论的例证，远离了文学本身，也难以对创作起到推动作用。

陈思和一向主张捍卫文学的自律性和审美性，反对将文学文本作为社会学的材料，也反对套用西方的各种时尚理论。他的台港澳暨海外华文文学研究以窥探艺术的奥秘和审美的独特性作为终极目标，由此避免了一些内地研究者缘于人情或意识形态考虑而出现的“捧杀”或“棒杀”思维，秉承了一种更为客观的学术态度去进行文学批评。换言之，陈思和的文本细读，是在理想的经典范式之下对作品进行的“症候式阅读”，在分析文本思想艺术成就的同时，也毫不保留对作品瑕疵和问题的看法。但这种症候式的批评之所以不是简单的否定或肯定，重要原因就在于他善于换位思考，能从作家的创作动机和写作技巧的角度去读文本，如同庖丁解牛一样，不是以先验性的概念理论强行植入，而是通过寻找文本已有的缝隙和路径慢慢敞开作品的内涵与形式之美，好比高明的剪纸者，创造了作品却并不破坏纸张本身的质地和完整性。正是在这种理解之同情的基础上，陈思和的文学批评才能给人淋漓尽致之畅快，既有力度，又不生硬。严歌苓是美国华文文学的翘楚，也是内地研究者的关注重心，但不少论述都在所谓中西文化冲突、对话、融合的视野中去定位其小说的价值。陈思和也很欣赏她的小说，但其数篇批评文章的着力点都是关于严歌苓小说的审美价值。他在剖析严歌苓小说叙事方式、情节构造、思想意识上的独特性时，往往能指出其问题所在。如解读《人寰》时，从叙述者语言角色和身份意识的关联出发，陈思和看到了小说弥散着阐释者的魅力：当叙事者“用她的西方式话语不知轻重地把这个故事重新叙述一遍，终于使它面目全非时，人性的深刻袒露也就在这超越伦理的是非界线中完成了”①；但他同时指出，当严歌苓用西方式的眼光来旁观然后讲述这段中国男人间的精神史时，实际将之放在“以人性的快乐为宗旨”② 的后现代文化刀锋下进行简单化的解构，这样反而遮蔽了故事原本包含的复杂多义性。从情节构造来看，陈思和认为《人寰》的整体构造和结尾布局都是有缺陷的，以弗洛伊德理论作为线索来展开叙述，以女孩心理疾病的痊愈作为完美结局，不但陷入好莱坞的思维俗套之中，而且叙述逻辑也显现不合情理之处。当陈思和以这样细腻深入的文本细读方式介入到作家的创作之中时，他的文学批评就不仅仅对同行学人有方法和思路上的启迪，也会对作家的创作直接产生影响。

陈思和对于批评和创作的关系，曾有过这样的评述：“批评的存在，作为一种创作的参照系，作为一种创作信息的反馈，对创作起着感应的功能。但从宗旨上说，它无求于创作。它只有在独立的自身系统中才能寻到自己的目标，确立起真正的自信来。”③ 在他看来，批评虽然是创作的感应和参照，但绝不是创作的附庸，而是自成体系、自有目标。正是批评的独立性使得它可以对创作产生影响和作用。陈思和的文学批评一向直面创作，对当下的作家作品有及时迅敏的回应，在创作界已有较大的影响力。但必须指出的是，他的批评既有与作家角力的一面，又有惺惺相惜的一面，也就是说，他比一般高高在上的批评家更能够深入作品和作家的心灵世界，他的批评也更能够得到作家的认可，由此才可形成批评和创作互动的良好氛围。在台港澳及海外华文文学领域，陈思和这一温暖不隔的批评思维同样凸现出来。在对象选择上，如前所述，他倾向于选择自己感兴趣的作家作品，这种基于兴趣的选择说明研究主体和客体间有着内在的一致性，因而解读文本的过程便成为批评家洞察自身生存处境、释放自身生命能量的过程。台湾作家童若雯的小说《金枕头》是一篇颇为奇幻诡异、晦涩难懂的先锋小说，写了一个人到中年的落魄男人和其母亲的亡灵在晚班公车上邂逅对谈后又黯然分手的奇遇。一般读者难懂其意，但陈思和联系自己的生存经验发掘出诸多情绪，敞开了小说的意旨：“我自己人到中年，也属于疲惫不堪、臃肿痴肥的男人一族，但我从没有想象，也不敢想象我面对母亲的亡灵将作怎样的倾诉，因而读到此篇，

---

① 陈思和：《人性透视下的东方伦理》，《台湾文学选刊》1998年第8期，第25－26页。
② 陈思和：《人性透视下的东方伦理》，《台湾文学选刊》1998年第8期，第25－26页。
③ 陈思和：《文学批评的位置》，《当代作家评论》1985年第3期，第32页。

真是心中之声与思念之泪齐飞，民间日常生活的艰辛被发挥得淋漓尽致，进而也使得结尾部分两人各携一只金枕头的象征意味深长。”① 这样的批评过程如他所总结的那样是“一步步探索下去，既探索文本的潜在意义，其实也在探索自身生命中的某种激情和奥秘”②。从表达形式来看，陈思和的批评文章也很有特色，他饱含深情的笔墨，流畅平实的表述，在批评界的影响可与晚清梁启超的性情文字媲美。试看他评述台湾作家吉铮的一段文字：“因为‘不是不快活’，所以她终究没有勇气否定世俗的生活方式，成为惊世骇俗的浪漫女人，又因为感到了‘不是快活’，才使她心理上去掉了一层市侩的肮脏面纱，真诚地拿起笔来诉说内心的不满足。她的文学创作，多半是这种内心冲突及其苦闷的象征。……这种遗憾，其实是很普通的女人的遗憾，但在吉铮的笔下却被表现得那么浓烈，那么悲愤，以至于她称自己这种生活为‘会哭的树’。已经生了根的树，指的是已经被婚姻、孩子、家庭束缚住了的女人，树生根了就无法再弹动，但是女人呢？女人还会哭。”③ 在这段深情款款又准确犀利的表述之中，可见陈思和批评文章里情感和思想的双重投入。无疑，文学批评并不拒绝情感的介入，只要不过于随意泛滥，情感就能成为动力并使得批评文字更有血有肉；而当前不少面对台港澳与海外华文文学的批评文章，正因缺少这种近情、入情的思维而显得面目可憎，味同嚼蜡。

必须指出的是，陈思和这种情理兼备的文本细读并非与理论隔绝，它同样也能生成概念、初显理论的形态。那么文本、批评和理论如何建立关联呢？陈思和的思路是，因为每件作品都是有差异的存在，故不能机械套用西方的理论，而应根据作品的特点选择合适的研究思路，进而提出问题、生成理论。1992 年在对香港作家梁凤仪财经小说的解读中，他从出现在超级市场门口书架上的袖珍书谈起，通过分析梁凤仪小说的题材、人物形象、情节结构、思想立场、出售方式等特点而提出了“现代读物”这一新颖和富有概括力的概念，认为读物的功能是“帮助人们在现代社会更适宜地生存。这种帮助也是多方面的，它可以是实用性的生活指南，也可以是消闲性的精神消遣。它不乏真知灼见，能令人深思，令人感动，但其终极目标，是有利于自身及其对

① 陈思和：《食书的女人》，《献芹录》，上海：复旦大学出版社 2009 年版，第 7 页。

② 陈思和：《文本细读与比较研究·主持人的话》，《当代作家评论》2007 年第 2 期，第 77 页。

③ 陈思和：《吉铮和她的〈海那边〉》，《书城》1994 年第 3 期，第 45 页。

象在现代社会的生存”①。这一概念颇具概括力和解释力，对出现在文化消费市场上形形色色的文学或泛文学文本的意义和地位作出了清晰鉴定。

当然，当陈思和将文本细读方法运用于台港澳暨海外华文文学研究领域时，也让一些问题凸显出来。文本细读的方法，若如他所总结的那样，是“直面作品、寻找经典、寻找缝隙、寻找原型”四大原则的实践过程②，那我们首先要做的工作就是挑选精品。台港澳暨海外华文文学涉及面极广，延续时间达百年以上，这必然对批评家的知识结构提出了挑战，没有足够的了解，难免出现以偏概全的情况。其次，文本细读自然对作品的艺术水准提出较高要求，但除了台湾文学外，其他区域华文文学的艺术水准普遍偏低。如此，由于审美技巧的缺失，台港澳暨海外华文文学也可能处在“整体”的边缘位置。

小　结

鉴于陈思和在中国现当代文学研究界的重要位置和突出成就，他对台港澳暨海外华文文学的关注与介入，无形中也提高了边缘华文文学的影响力，让主流和边缘有了对话和整合的可能性。当他以细腻深情的笔调向读者传递这些作品的审美价值时，无疑为内地读者了解台港澳暨海外华文文学起到了很好的引导和推荐作用。作为与作家坦诚交流的对话形式，他的文学批评能够快速到达作家面前，为作家所接受，从而对创作有直接的推动作用。作文如做人，陈先生温情宽容的人格魅力、独树一帜的论述成果，兼之复旦大学的资源优势，使得其文学批评成为一种建设力量，为推动华文文学走向世界做出了突出贡献。

作为处在学科体系之外的学者，陈思和有关台港澳暨海外华文文学的研究立场可称之为“边缘视角”。虽说“旁观者清”这一表述用于学术研究领域未必完全妥切，但在21世纪走向越界和整合的学术潮流中，边缘视角已被认为是超越体制局限的有效位置之一，陈思和的相关研究也为我们反思该研究领域中存在的种种问题提供了借鉴。

---

① 陈思和：《现代社会与读物——致程乃珊，兼谈梁凤仪的作品》，《通俗文学评论》1993年第1期，第23页。

② 陈思和：《文本细读在当代的意义及其方法》，《河北学刊》2004年第2期，第109－116页。

诗学批评

先锋诗歌批评与当代新诗史建构的偏至

罗执廷
（暨南大学中文系）

美国著名文学史家勒内·韦勒克十分强调“文学理论”“文学批评”和“文学史”三者之间相互借助和渗透的紧密关系，但他也承认这三者各有不同的性质、任务和使命：“‘文学理论’研究文学原理、范畴、标准等方面，而关于具体文艺作品的研究不是‘文学批评’（主要采用静态的研究方法）就是‘文学史’。”① 更具体点说，他认为文学史和文学批评之间的区别是“历史观点和当代观点”之间的区别。② 作为“当代观点”的文学批评很容易因时过境迁而失效，但也可能以累积的方式构成“历史观点”中的一部分，这是最通常的两种情形。此外还有一种较特殊的情形，就是“当代的观点”直接就转化为了“历史观点”，也就是说即时性的文学批评直接决定了后世的文学史叙述。这种情况表现为具体的作家或作品评论时还属正常，但当涉及较庞大的文学对象——文学运动、文学潮流、创作类型等时就多少显得有些不常见乃至不正常了。中国当代的先锋诗歌评论和诗歌史叙述之间正是呈现出了这种不太正常的局面。也就是说，大量的带有时代背景、氛围和风气的新潮诗歌评论以及新潮诗歌理论和知识的累积，不仅托高了先锋诗歌的文学史地位，还使得后来的许多新诗史叙述几乎把这一历史时段的诗歌史写成了先锋诗歌史。这种文学批评强势介入和主导文学史叙述的现象是值得我们重视和反思的，因为文学史有可能在这种情况下失去独立性和科学性，后果比较严重。

---

① 雷内·韦勒克著，张今言译：《批评的概念》，杭州：中国美术学院出版社 1999 年版，第 1 页。

② 勒内·韦勒克、奥斯汀·沃伦著，刘象愚、邢培明、陈圣生、李哲明译：《文学理论》，南京：江苏教育出版社 2005 年版，第 37 页。

一、先锋诗歌批评潮流

中国当代文学的新潮批评始于“朦胧诗”论争时期。著名诗评家谢冕先生自“朦胧诗”论争初起时就提出“新诗潮”的概念，随后又发展出“后新诗潮”的概念。在当时“朦胧诗”论争的三个“崛起”论中，无论是谢冕的《在新的崛起面前》、孙绍振的《新的美学原则在崛起》，还是徐敬亚的《崛起的诗群》，都是将“朦胧诗”视为一种“新潮”，而所谓的“新”当然是带有价值评判意味的词语。由于谢冕这样的著名诗评家的鼓吹和持续呵护，分别以“朦胧诗”和“第三代诗”为代表的“新诗潮”和“后新诗潮”逐渐在保守的主流诗坛的打压下获得了承认，并且在诗界和学界的行情日涨，声誉日隆。

在“朦胧诗”论争和谢冕、孙绍振等“新潮”诗评家的影响下，1985年，北京大学的青年诗人老木编选出版了《新诗潮诗集》，将“新诗潮”的概念从北岛、顾城等“朦胧”诗人下延至“第三代”诗人。紧接着，1986年8月出版的《探索诗集》共收54位诗人的80余篇诗作，其中“第三代”诗人是主体，所占篇幅最大，包括牛波、车前子、王小龙、廖亦武、于坚、韩东、宋渠、宋炜等人。这个选本将北岛、顾城等“朦胧”诗人与更年轻一点的“第三代”诗人并置，都被推崇为“探索”的榜样。这里的“探索”和前述的“新潮”一样，都是具有肯定意味的价值评判。紧接着是唐晓渡与王家新联合编选的《中国当代实验诗选》（春风文艺出版社1987年版）的出版。它收“第三代”诗人共31家121首，编者称这批诗人是“北岛之后的又一代诗人（即人们称谓的‘新生代’）”（选本《跋》）。这里的“实验”和“新”同样也是价值性词语。此后，《第三代诗人探索诗选》（溪萍编选，中国文联出版公司1988年版）、《情绪与感觉——新生代诗选》（邹进、霍用灵编，人民文学出版社1989年版）、陈超《中国探索诗鉴赏辞典》（河北人民出版社1989年版）、《朦胧诗后——中国先锋诗选》（李丽中、张雷、张旭选评，南开大学出版社1990年版）、《超越世纪——当代先锋诗派诗人四十家》（黄祖民主编，山西高校联合出版社1992年版）等诗歌选本纷纷出笼，它们使用的“先锋”“新生代”“探索”等命名同样是在强调“新潮”这一价值判断。在中国古老的选本传统中，选即是评，选本也就是一种文学批评的样式，而选本中的序、跋、点评性文字本身就是文学批评。所以说，二十世纪八九十年代的众多先锋诗歌选本本身即是先锋诗歌评论繁盛的一个表征。当然，这些选本也是在“朦胧诗”论争所开辟的“新潮”诗歌评论的潮流中出现的，是这个潮流的产物。

在谢冕、唐晓渡、陈超、陈仲义、程光炜等人以文章或选本等方式的大力推介和评论之下，“新诗潮”与“后新诗潮”的文学地位迅速上升，从而为其之后进入当代诗歌史的中心位置奠定了基础。由于80年代相对保守的政治文化和主流诗歌文化，先锋诗评和先锋诗歌选本的意义就在于凭借小部分先锋批评家和先锋诗人自身的努力而为先锋诗歌争得了文坛的生存权。不得不承认，在这一过程中的先锋诗评是带有非常主观的趣味和价值尺度的，大多是宣传性的批评而并非严谨科学的文学批评。陈仲义就承认：“20年来，笔者为大陆先锋诗、实验诗写过不少热情文论，总是不忍挫伤那些萌芽状的东西，常有过分拔高之嫌。”① 陈仲义以《现代诗创作探微》（1991）、《诗的哗变》（1994）、《中国朦胧诗人论》（1996）等较早介入先锋诗歌的具体文本，持续地在为先锋诗歌鼓与呼。而从《崛起的诗群》（1983）到“1986现代诗群体大展”之《生命：第三次体验》以及《圭臬之死》，徐敬亚一直以“前倾”的姿态为先锋诗歌鼓与呼。周伦佑于80年代中期写的《变构：当代艺术启示录》《反价值》《第三代诗论》《非非主义诗歌方法》等，也为“第三代诗”摇旗呐喊，影响颇大。唐晓渡的《实验诗：生长着的可能性》（1987）、《不断重临的起点》（1987）、《90年代先锋诗的若干问题》等文章也在助长着先锋诗歌的声势。陈超则有《生命诗学论稿》《中国探索诗鉴赏辞典》《打开诗的漂流瓶》《中国先锋诗歌论》等著作，其“生命诗学”的阐发和全面的“细读”式文本批评对先锋诗歌影响力的提升起到很大作用。有人因此评价说：“对于以生命意识为圭臬的第三代诗歌来说，陈超有关生命诗学的种种阐述，获得普遍反响，从本源上推进了当代诗的发展。”② 程光炜亦是先锋诗歌评论的大家，他的《朦胧诗实验诗艺术论》（1991）、《九十年代诗歌：叙事策略及其他》等著作、论文和诗歌时评对王家新、西川、欧阳江河等先锋诗人都有贴切的评论和深入的阐发。诗评家、学者王光明也有《重建个人的话语空间——新诗潮新论》《不断破碎的心灵碎片——论“新生代”诗》《后新诗潮》等文章。沈奇作为“第三代诗歌最早且始终重要的发言人”（于坚语），多年来“先后成功推举与挖掘伊沙、麦城等被遮没或视为异类的

---

① 陈仲义：《中国前沿诗歌聚焦》，北京：中国社会科学出版社2009年版，第47页。
② 陈仲义：《中国前沿诗歌聚焦》，北京：中国社会科学出版社2009年版，第359页。

优秀诗人”，“可以说，在大陆20年先锋诗歌发展的每一个‘节点’上，沈奇都以进行时的敏锐、观察、体验、正负考量，发出属于自身的‘土著’声音”。[①] 除了上述先锋趣味的诗评家，“作为中国唯一公开出版的诗歌理论刊物《诗探索》，20年来先后出版近50辑。为艰难的先锋诗歌研究提供了阵地”[②]。

就在先锋诗评持续流行的同时或稍后，带学术研究性质的先锋诗歌研究著作也纷纷出现了，包括陈仲义的《诗的哗变——第三代诗面面观》(1994)，李振声的《季节轮换：“第三代”诗叙论》(1996)，陈旭光、谭五昌合著《秩序的生长——“后朦胧诗”文化诗学研究》，吕周聚的《中国当代先锋诗歌研究》，陈超的《中国先锋诗歌论》(2007)，罗振亚的《朦胧诗后先锋诗歌研究》等。这些学术研究专著不过只是同一时期汗牛充栋的无数先锋诗歌研究论文和专著中的九牛一毛罢了。如此大量、过剩的先锋诗评和先锋诗歌研究成果，自然推高了先锋诗歌的文学史地位，导致出现了不少以先锋诗歌为对象的诗歌史著，如罗振亚的《中国现代主义诗歌史论》《20世纪中国先锋诗潮》等。

张清华在一次与程光炜的对话中指出了程光炜这批“新潮”批评家之于“第三代诗”的历史贡献。他说：“某种程度上可以说，如果没有你（指程光炜）、唐晓渡、陈超等批评家的工作，很多第三代诗人会不会成名？这将来会是一个文学史上的美谈——诗人和批评家是互相确定的，第三代诗人为你们提供了文本和经验的例证，而你们对之做了有效的总结和归纳，使他们经典化了，反过来也确立了你们与前辈不同的诗学思想。”[③] 可以说，近三十余年来最活跃的先锋诗评家总是上述的那些人，先锋批评家与先锋诗人们结成了利益共同体，他们中的一些人甚至根本就是一身二任。显然，这样的先锋诗评是缺乏距离的批评，离文学史要求的那种客观性和时间距离还有很大差距。杨克在1994年时即略显不满地指出：“作为一种存在方式，我的灵魂一直渴望和敬畏先锋。但在中国特定时期的诗歌秩序面前，这个本来最具前卫性意义的词其实已被消解，异化为隐蔽的聪明的雅投机——那些习惯将‘先锋’桂冠戴在自己头上的绝大多数写诗的人，只不过是在惟妙惟肖地进行集体模仿，当一个人尚未动笔便明晰地意识到使用怎样的表达模式就会被纳入‘先

① 陈仲义：《中国前沿诗歌聚焦》，北京：中国社会科学出版社2009年版，第363页。
② 陈仲义：《中国前沿诗歌聚焦》，北京：中国社会科学出版社2009年版，第351页。
③ 程光炜、张清华：《关于当前诗歌创作和研究的对话》，《诗歌月刊》2008年第1期。

锋诗歌’的范畴，我们的诗人已虚弱得无力写出一首尽管不那么出色却货真价实是自己创作的诗。更为悲哀的是批评界将‘新诗潮’与‘后新诗潮’概念等同于‘先锋诗歌’概念，互为交替使用。以是否相对‘先锋’实质上以是否时髦来作为衡量诗歌优劣的唯一标准，机械进化论无形中使诗歌研究堕落为选美评判层次：以为刚摘取金桂的小姐必然取代且胜过去年那位略显人老珠黄的佳丽。”① 1998 年，著名诗人公刘也抱怨：“实际上，很长时间了，我一直有个强烈的感觉：诗歌评论基本上是一边倒，倒向新潮。这只要翻一翻各地的诗歌刊物，就一目了然。”② 确实，“先锋”的标榜不过只是一种“区隔”策略，借此实现诗坛利益的最大化。台湾学者陈大为对此有这样的分析：“他们频频喊着先锋的口号，乃因为这个词具有鲜明的区隔作用，足以跟固有的（被视为停滞不前或放弃探索精神的）前代诗作划清界线，并标榜一种‘敢为天下先’的前卫性和实验性。能够为自己或自己的流派贴上先锋的商标，在门派林立的诗坛上，总是比较有机会出人头地的。”③ 而曾经的先锋诗评家程光炜化身为文学史家时也不得不承认：“八十年代以来，由于‘文革’失败导致传统的‘现实主义文学’的地位明显降低，促使‘现代主义文学’成为文学的‘主流’，后者对前者一直保持着压倒性的历史姿态。对诗歌的评价也有这个问题，即诗歌评论和研究基本上是对‘现代派’诗歌的不断认定和扩张。”④

对于先锋诗评泛滥的后果，诗评家陈超有如下反省：“如所周知，自上世纪 80 年代中期以来，中国当代诗歌批评的主要构成可视为‘先锋诗歌批评’。虽然也有不少诗歌批评家面对‘常态’诗歌展开评论工作，但应该说殊少构成实质性影响。正如前文所述，经过先锋诗歌批评界的持续‘打捞’和‘勾勒’，至今似乎已形成了有关当代先锋诗歌发展史叙述的结构性链条，即‘X 小组’、‘太阳纵队’——‘白洋淀诗群’——《今天》派、朦胧诗——《他们》《非非》《莽汉》等‘第三代诗’——《倾向》《象罔》《标准》《北回归线》《九十年代》等‘九十年代诗歌’——世纪末‘知识分子写作’、‘民间写作’两大先锋阵营——‘后口语’、‘新世代诗’……应当说，就诗歌发展

---

① 杨克：《纯正的诗歌（代跋）》，《陌生的十字路口》，北京：人民文学出版社 1994 年版，第 217－218 页。

② 公刘：《答客诮——兼及新诗写作中的若干问题》，《诗歌月刊》1998 年第 8 期。

③ 陈大为：《裂变与断代思维——中国大陆当代诗史的版图焦虑》，《新诗评论》2006 年第 2 辑，北京：北京大学出版社 2006 年版。

④ 程光炜、张清华：《关于当前诗歌创作和研究的对话》，《诗歌月刊》2008 年第 1 期。

的某一条线索而言，这个叙述链条言说有据，基本符合当代‘先锋诗歌’发展的实际，我们理应积极肯定诗歌批评界挖掘工作的意义。但是同时我们还要清楚，此链条的勾勒者本身是站在特定的文化价值判断、审美趣尚的角度，按照自己对文学历史向度的预设性偏好来选择论述对象的，它只是对某条诗学系谱的构造、描述。缘此，那些不能被‘先锋性’诗歌社团或写作‘潮流’所归类、整合的优秀诗人，就遭到了残酷的忽略，甚至是删除和遗忘。相应地，也有不少诗思和诗才都很平庸的诗人，由于加入过某个有影响的先锋社团、流派，编辑出版过某份著名‘民刊’，而得到诗歌批评家的郑重评介。”①

二、文学史选本和文学史叙述中的先锋偏至

中国当代的诗歌史叙述大体上主要以两种方式或渠道来进行：一种是文学史性质的选本，一种是文学史性质的教材。从这两种载体上我们都不难发现先锋诗歌的强势地位甚至是排他性地位。

最先出现的诗歌史叙述无疑是选本。早在朦胧诗时期，就出现了不少“朦胧诗”的选本。如阎月君等人编的《朦胧诗选》，谢冕为这本诗选写的序言题为“历史将证明一切”，这显然是一种文学史性质的评定。1985 年，北大中文系学生老木在谢冕、孙玉石等老师的指导下就编选出了《新诗潮诗集》，收录“朦胧诗”和“第三代诗”。老木在“后记”中声称：“谈到历史感的体现，我还在集后附录了二十首中国新诗中具有现代倾向的诗歌，包括了从二十年代到七十年代大陆和台湾的诗人，以让我们更加清楚地明了新诗潮的源泉和它今后的勃勃生机。”1988 年 10 月，由徐敬亚、孟浪等合编的《中国现代主义诗群大观　1986—1988》（同济大学出版社）面世，徐敬亚在选本序言《历史将收割一切》中还高调地预言了“第三代诗”在文学史上的地位，认为“中国现代诗主流仍将以此为标志”。90 年代后期以来又陆续出现不少带有文学史意味的先锋诗歌选本，如《九十年代文学潮流大系·先锋诗歌》（唐晓渡编，北京师范大学出版社 1999 年版）、《岁月的遗照——90 年代诗歌》（程光炜编，中国社会科学文献出版社 1998 年版）、《时间的钻石之歌——中国新锐诗人诗选》（程光炜、肖茗主编，长江文艺出版社 2000 年

① 陈超：《必要的“分界”：当代诗歌批评与文学史写作》，《文艺研究》2009 年第 12 期。

版)、《中国先锋诗歌档案》（梁晓明、南野、刘翔主编，浙江文艺出版社 2004 年版）等。

21 世纪以来出现了更多的带有文学史总结意味的诗歌选本。例如《中国新诗 1916—2000》(张新颖编选，复旦大学出版社 2001 年版)。此选本当代部分过于偏重先锋诗歌，传统诗歌基本不选，如“朦胧诗”及其以后的诗人，除牛汉、昌耀等两三人外，只选根子、多多、芒克、北岛、江河、舒婷、顾城、柏桦、杨炼、韩东、海子、于坚、翟永明、陈东东、陆忆敏、欧阳江河、西川、张枣、王小妮、骆一禾、戈麦、王家新、黄灿然、臧棣 24 人。正像张清华所评论的，这个选本的编者“可以说是完全依照一个‘现代性的标准’来构造它的基本脉络的。甚至我想这本选集名字也可以叫作‘20 世纪中国现代诗’”①。又如《诗刊》编辑部选编的《百年典藏·中华诗歌百年精华》（人民文学出版社 2002 年版）也是这样的先锋倾向。其《出版说明》声称：“它的编选过程，实际上是对中国新诗史的整体回顾。”然而实际上它在回顾“新时期”以来的当代诗歌时，视野基本上都集中在先锋性的诗歌潮流与诗人身上。其中“朦胧”诗人（北岛、江河、芒克、舒婷、顾城、梁小斌、杨炼）较受重视，大都选诗 2 ~ 3 首，伊蕾、翟永明、张曙光、欧阳江河、王家新、韩东、西川、海子、伊沙等“第三代”诗人也较受重视，多选诗 2 ~ 3 首，另收李亚伟、张真、王小妮、南野、孙文波、大解、杨克、黑大春、吕德安、杨黎、林雪、清平、苏历铭、臧棣、沈苇、杨晓民、谯达摩、西渡等先锋诗人诗作。诗人伊沙选编的《现代诗经》（漓江出版社 2004 年版）一个明显的动机就是为年青一代的诗人争取文学史地位。这个选本将自郭沫若以来近百年的“优秀”新诗编选为六辑：第一辑为现代卷，收新中国成立以前 17 人 25 首；第二辑为台港卷；第三辑为“朦胧”诗人卷；第四辑为“第三代诗”卷，这一卷比重明显超过前几卷，所收诗人诗作都较多，如收于坚 4 首、韩东 3 首、海子 3 首、孟浪 3 首、西川 3 首、欧阳江河 3 首；第五辑为“中间代”卷，收 24 位诗人的诗 35 首；第六辑为“70 后”“80 后”卷，收 15 位年轻诗人的诗。对年轻诗人、先锋派诗人和近期诗人诗作的重视，是这个选本的主要倾向。又如邱正伦编的《以诗作证——当代先锋主义诗人群像》(重庆大学出版社 2009 年版)。这是一本关于“新时期”以来近 30 年诗歌的一个选本，收入阿吾 9 首、柏桦 12 首、陈超（组诗)、陈东东 8 首、大卫 14

---

① 张清华:《新诗的“别裁”——关于〈中国新诗 1916—2000〉》，《当代作家评论》2001 年第 6 期。

首、何房子14首，洪烛（长诗）、蒋蘩（组诗）、蒋雪峰9首、蓝野（组诗）、李海洲（组诗）、李犁（组诗）、李亚伟5首、李元胜13首、梁健7首、梁晓明5首、龙英（组诗）、马永波10首、南野（组诗）以及邱正伦、瘦西鸿、王琪博、西渡、向阳、雁西、杨炼、姚彬、雨田、袁勇、翟永明、周伦佑等人的诗各数首。无疑这是一个带有圈子气味和先锋趣味的诗歌选本。编者在《〈以诗作证〉，先锋主义的文学命运！》这篇序言中不无主观化地声称："在这里，我们似乎可以从（市场化、商品化的）洗劫和（诗人主体意识）消退之后的现实中，唯一找到的就是先锋主义写作这根木头。看得出来，这一根木头在中国汉语诗歌的丛林里是当今写作界唯一的定海神针，或者由此可以打造成为真正意义上的诺亚方舟与十字架，为当代中国普遍的写作灾难实施应有的救渡计划。""在我看来，这唯一的先锋主义诗人群体，正是中国当代汉语诗歌写作领域中主体意义上的真正觉醒者，也是中国当代汉语诗歌写作的担当者与救援者。"这种偏颇的先锋诗歌趣味也是十分照彰的。张清华主编的《1978—2008中国优秀诗歌》（现代出版社2009年版）认为："一个'近三十年诗歌'的命题，其实就是一个'当代诗歌的历史变革问题'。在这一点上，它与'新诗潮'的概念在内涵上是一致的，这决定了本书的选择尺度和眼光，必须要具有这样一种历史感与价值偏向，必须要成为一个展现当代诗歌的'历史变革成果'的载体。它因此不应该是一个杂烩和折中的选本，一个照顾到各个方面的平衡与'撒胡椒粉'式的选本。"① 将近三十年的诗歌史简化为了"新诗潮"史，而根本排斥大量的传统风格的诗歌创作，这无疑是偏颇的。这种偏颇也说明了他在诗歌上的先锋趣味与立场。

诗选运作之所以出现先锋偏至，首先是因为编选诗歌选本的大多是先锋诗人（王家新、唐晓渡）或先锋趣味的诗评家（张新颖），他们事实上已成为一个圈子，在诗坛非常活跃，也掌握了很大的话语权。比如《现代汉诗100首》（蔡天新主编）这个选本由张曙光、王家新、余刚、陈东东、黄灿然、杨小滨、蓝蓝、桑克、周瓒、胡续冬这10位诗人兼诗评家操持。10位编选者基本都是当代先锋诗人，他们的这种诗学趣味导致当代部分的汉诗基本就是一个先锋派诗歌的汇集。

文学史教材中的先锋诗歌趣味也是显而易见的。比如孟繁华、程光炜著《中国当代文学发展史》（人民文学出版社2004年版）中就"90年代诗歌"

---

① 张清华：《序：近三十年的诗歌》，《1978—2008中国优秀诗歌》，北京：现代出版社2009年版，第3页。

一节只介绍了“知识分子写作”并顺便提及“民间立场”派。黄修己主编的《20世纪中国文学史（第二版）》（中山大学出版社2004年版）中由洪子诚执笔的90年代诗歌部分基本都是先锋诗派。吴秀明著的《中国当代文学史写真》（浙江大学出版社2002年版）中也基本只着眼于先锋诗歌潮流。洪子诚、刘登翰的《中国当代新诗史（修订版）》（北京大学出版社2005年版）对80年代后期以来的诗歌史叙述只呈现了先锋诗潮这一条主线，而对非先锋诗人群体或者主流诗歌写作轻描淡写甚至不加提及。比如在“80年代中后期的诗”这一章，洪子诚只谈了“第三代”或“新生代”；在“90年代的诗”这一章，则只谈了诗歌民刊与“活跃诗人”。洪子诚主要介绍了《倾向》《南方诗志》《反对》《象罔》《北回归线》《阵地》《发现》等民刊及其周边的诗人。不难看出，他着重描述的民刊与民刊诗人其实都属于通常称谓的先锋诗歌群体。洪子诚将他所谓的“活跃诗人”按代际分为如下几个部分：一是“老一辈”诗人如郑敏、牛汉、昌耀等；二是80年代已初步确立自己的写作风格并产生了一定影响的“新诗潮”作者，如于坚、翟永明、韩东、西川、陈东东、王小妮、欧阳江河、柏桦、吕德安、梁晓明、钟鸣等；三是创作个性明显确立在90年代的诗人，如张曙光、孙文波、臧棣、黄灿然、西渡、杨键、叶辉、郑单衣、伊沙等；四是90年代中期以后的一批年轻诗人，大多出生于六十年代末至七八十年代，许多人也以小型民刊作为聚合、联结的平台，他们接受了80年代“朦胧诗”“第三代诗”以及90年代诗歌的艺术经验。此外则是80年代后期以来移居海外的诗人，如北岛、杨炼、严力、张枣、多多、萧开愚、宋琳等。通过上述的列举名单，也不难看出他们都属于广义的先锋诗歌阵营。洪子诚稍后著的《中国当代文学史（修订版）》（北京大学出版社2007年版）在“90年代的诗”这一章除了概述90年代诗歌的特征、列举重要的诗歌事件外，也只重点介绍了西川、王家新、欧阳江河、陈东东、萧开愚、孙文波、张枣、柏桦、张曙光、臧棣这10人，基本上是清一色的“知识分子写作”诗人，于坚、韩东等“民间立场”诗人则因在80年代诗歌部分已加详述，故而省略。这部文学史在建构90年代诗歌版图时基本上只是囿于“民间”与“知识分子”这两派，而这两种倾向都属于先锋诗歌阵营，它们之外的持传统诗歌观念和写法的诗人则几乎完全不被提及。姚代亮主编的《中国当代文学史》（广西师范大学出版社2004年版）在1989年以后的部分只谈“知识分子写作”与“民间写作”这两种诗歌。

又如，樊星主编的《中国当代文学》（北京大学出版社2010年版），系武汉大学推出的“高等院校中文专业创新性学习系列教材”中的一种，这本当代文学史对于“新时期”之初的一个重要诗歌群体“归来派”竟然完全不提。其关于“新时期”以来的诗歌部分，只设专章谈“朦胧诗”、“新生代”的诗，对于“新生代”的诗歌也只介绍了韩东、于坚和海子、骆一禾的诗。这种缺失显然是不应该的。如果不是无心疏漏，那就无疑显示出了编者对先锋派诗歌的偏爱，以及对现实主义等非先锋性诗歌的歧视。雷达、赵学勇、程金城主编的《中国现当代文学通史》（甘肃人民出版社 2006 年版）对于 20 世纪 90 年代诗歌也只是叙述和列举了“知识分子写作”（王家新、西川、欧阳江河）、“民间写作”（于坚、伊沙）与“女性诗歌”（翟永明等）这三个群体，此外则全无提及。

文学史梳理通常难免分类和简化的模式，但这并不意味着要对许多重要的文学现象忽略或视而不见。现在的当代新诗史仅仅用“知识分子”与“民间”的二元对立来概括 90 年代诗歌无疑是极度狭隘的视野导致的。比如对 90 年代以来的一个重要诗歌潮流“打工诗歌”的忽略。事实上，“打工诗歌”是 90 年代以来的一个重要诗歌群落，虽然从总体上看这一诗歌群落中缺乏重要的大诗人，诗歌质量从总体上看也不高，并未能为新诗提供多少艺术上的进展。但是作为一种重要的文学现象，是不应该文学史忽视的。而且这个诗歌群落以贴近重要社会现实的诗歌创作被鲜明地折射了时代和社会的印迹。又比如相对于先锋诗歌的“主流诗歌”，显然是一个更为庞大的诗歌群体——因为任何时候能称之为先锋的一定是少数——却基本上被诗歌史述所抹杀。以“九十年代文学潮流大系”这套选本丛书为例，就专门设置了《先锋诗歌》与《主潮诗歌》两个选本。就《主潮诗歌》（吴思敬编选，北京师范大学出版社 1999 年版）这个选本而言，其中就收纳了不少好诗，足以显示 90 年代非先锋诗歌阵营的实绩和贡献。

也许，由于必然的篇幅的限制，任何新诗史的叙述都不可能穷尽所有的好诗和有一定影响力的诗人，而只能涉及那些写出了较多优秀诗作的少数优秀诗人。然而按此标准，当下许多新诗史著也颇多遗漏，有时这种遗漏甚至是很不应该的。比如，韩作荣、李小雨、梁平、叶延滨、李瑛、林莽等通常被视为主流诗歌阵营的诗人，不论是就其 90 年代以来的诗歌创作实绩，还是就其诗歌活动的影响力，都应在诗歌史中有所提及。不幸的是，他们同样被先锋取向的述史者们所忽略或排斥。事实上，学界的一个普遍共识是，90 年代是一个产生了好诗但没有产生大师级的诗人的时代。依此，在叙述 90 年代诗歌时我们理应把更多的笔触留给那些成功地反映了时代和社会以及个人心灵的诗作，应该重诗而不是重人。可是许多新诗史总是以人代诗，结果只是呈现了几个所谓的“重要”诗人或“代表性”诗人，却无法尽可能全面地反映诗歌创作的面貌。

对诗歌批评的先锋偏至及其于诗歌史写作和诗歌研究的负面影响，陈超曾有深刻的反思：“文学史过度认同和凸显诗歌批评所确立的先锋诗歌趣味标准，所建构的先锋诗歌发展链条，反过来又会对后起的诗歌学者、诗歌批评家们构成强大的‘笼罩’和‘干扰’。从文类角度讲，由于‘文学史’著会自动给人带可靠的‘教科书’般的事实性、整体性、知识性和规律性的暗示，人们对‘史’著预先就具有异常庄重和信赖的‘定位期待’。而它造成的后果是，我看到不少后起的诗歌学者、诗歌批评家，简单站在前人‘建构’的史述线索的基础上，不置疑、不分辨就认同了这些‘历史叙述’‘历史定评’‘价值预设’，接受了似乎可以超时间、超历史的‘先锋诗学标准’。因此，在特定阶段（包括特定身世体现的‘磨难度’）的抗辩结构中产生的尖锐的思考，变为教科书‘结论化’的学问和知识，流动的历史语境中的言述，变为不再随时间和历史的变化而变化的‘本质’。批评家们似乎不再有能力揭示历史叙述的复杂性，不再打开新问题，而是用过往的建构来套框新问题，将丰富的诗歌场域简化为在先锋/保守间‘划线’、‘站队’。而且，据我了解，在很大程度上这就是眼下我国高校现当代诗歌教学、研究的‘结构性状况’。这不但导致了当代诗歌教学、研究内容的单一，诗歌研究的学位论文选题扎堆，变相的潜层次重复研究（往往有着‘深’层次的表面的话语效果），对某些流派的过度开采，还导致了近十几年来，新诗研究整体处在衰落之中，越来越缺少与当代文化生活以及当代诗歌写作对话的能力，越来越沦为圈内技术含量不高的复制性生产。虽然，从数量上看，有关新诗的论文仍旧不少，一些专题的讨论也煞有介事地断续涌现，但坦率地说，无效的劳动居多。”①

---

① 陈超：《必要的“分界”：当代诗歌批评与文学史写作》，《文艺研究》2009 年第 12 期。

我们这个时代的文学批评

苏文健
（华侨大学文学院）

文学批评是一种创作，它必定带有鲜明的个人体温、生命气息、生活感受、审美体验，它需要勇气与胆量，激情与想象。然而，目睹当下大部分的文学批评，这几乎成了一个遥远的梦想。

检视当下的文学批评现场，我们不难发现一个吊诡的现象：批评家打着文学的旗号却进行着与文学无关的事情，他们倾力于话语的聒噪与生产，俨然置文学于不顾，谈论批评的人已经不再谈文学，或者批评家不看作品就动辄写数万言的评论，文学批评已然成为批评家卖弄学问与掉书袋的竞技场。“批评抛下文学享清福去了”，批评与文学再也没有一丝一毫的关系，只有各种理论、各种概念术语，它们像幽灵一般，在文学的上空徘徊、游荡。

需要追问的是，我们的文学批评到底怎么了？我们需要什么样的文学批评？

一

在经济全球化、媒介信息蓬勃发展的消费时代，文学自身的发展空间遭受了多重挤压，它已经失去了轰动的效应，已经处于边缘化的尴尬地位，这些都是不争的事实。尤其是随着文化研究的引入，“文学终结”与“批评死了”等的悲观论断在在可见。

在对“文学终结”或者文学已经被边缘化的诸多诊断中，除了圈外的不满与圈内的自责、外部环境的影响方面外，如意识形态、制度体制、消费语境等，我认为，情感麻木贫弱与想象力枯竭可能是最重要的症结所在。情感麻木贫弱导致作家与批评家对当下的生存境遇视而不见、听而不闻，对眼前鲜活的生活细节失去了敏感的审美感受力；而想象力枯竭则导致作家或批评家只见眼前一时的欲望与利益，忽视了内在的思想性、精神性、审美性的理想追求。在理性主义、工具主义与消费文化逻辑的规训下，文学与文学批评已经变成了一项人的灵魂缺席的事业。对此，耿占春认为："对文学来说，无论是已经制度化的思想形式，还是纯粹的观念形式，都面临着意识形态化的危机。无论是我们的观念，还是其表达形式，都面临着失去真实性与批评性的语境。而我们的观念总是过于自负，感觉总是倾向于懈怠，想象力总是迅速地枯竭，敏感性总是易于丧失。"① 诗人批评家帕斯也说道："今天艺术和文学面临一种不同的危险：不是一种学说或一个无所不知的政党在威胁着它们，而是一种没有面孔、没有灵魂，没有方向的经济进程在威胁着它们。市场是圆的，无人称的，不偏不倚而又不可通融。……它的审查不是思想性的；它没有思想。它只知价格，而不知价值。"② 文学或文学批评的功利实用主义使其丧失了真实性与批判性，更远离了深刻的思想性，从而抽空了自身的历史价值与美学意义。文学观念的陈腐僵死、批评话语的独断暴力、市场消费的文化逻辑、意识形态的多重规约，作家与批评家的感受力、想象力与表现力等都遭到了不同程度的损害。批评家站在鲜活的生活、疼痛的感受、丰富的情感体验等面前，往往表现得无能为力，要么思想经验贫乏，没心没肺；要么顾左右而言他，不痛不痒，实在没有办法，只好强装作满腹经纶学贯中西，在满天飘舞的理论概念术语中，施放语言烟幕弹，赏玩能指漂浮的语言游戏。批评家面对新出现的文学作品、文学现象，不能用自己的话语说出自己真实的审美判断，而是在"意义的诱惑"下，或者转向语言学、社会学、政治学、经济学、心理学、人类学、文化学等寻求种种"深度"解释，或者在20世纪西方文学理论众多流派中，如新批评、形式主义、结构主义、精神分析主义、解构主义、新马克思主义、后殖民主义等借取各种"武器"，但这种种解释或"武器"就是与文学关系不大或无关，与我们的审美感受一点都不沾边，这不仅使得文学自身产生一种被歪曲或被强暴感，更使得文学批评本身产生一种挫败感，甚至一种无能感。文学批评已经与人、人性无关，与人的灵魂无涉，萎缩虚弱疲软，只提供寻欢作乐、光滑的虚幻外表，逐渐地丧失了其独立性、批判性、真实性与审美性等标识自我身份的特性，文学批评没有了自我的尊严可言。恰如谢有顺所言："我们这个时代的病就是没有感觉。当下的批评界害怕承认自己首先是一个读者，而不是批评家。批评家们对作品毫无感觉，更说不上有独到见解。他们给人的印象是：言必西方某某，

---

① 耿占春：《叙事与抒情》，北京：中国社会科学出版社2005年版，第148页。

② 帕斯著，赵振江译：《批评的激情》，昆明：云南人民出版社1995年版，第88页。

一本正经的垃圾复制者和没有下半身的各种学位炫耀者。老实说，当代批评已经丧失了大多数作者和读者的尊重。”①

文学批评流露出来的麻木情感与枯竭想象力，很大程度上，来自理性管理的学术体制，正是它促使了文学批评的数字量化、批量生产。这涉及文学研究与文学批评之间的差异问题。文学研究强调从故纸堆中层层推衍出自己的结论，引经据典，旁征博引，带着强大的理性分析逻辑；而文学批评则带着批评家个人的审美趣味与区隔标准，强调自己的美感经验、情感起伏、抒情意趣与审美反应。“从故纸堆里翻出来”的文学研究因其逻辑严密、规范科学而容易被体制内所接受，能轻易地获取现实的价值利益，但是它往往以丧失文学的审美特性为代价；对于“批评脑袋想出来”的文学批评，则又因为它的不规范性、不科学性、随感印象式的文字常常被弃而不顾，没有得到应有的尊重。因而，顺着这种发展趋势越发蔓延开来，由于名与利的双重驱动，文学批评逐渐地向文学研究靠拢，助长了文学研究的理性逻辑发展，反过来，它又压抑了文学批评自身的健康成长，从而使其发展成当下的畸形状态。文学批评应该回到文学本身，它的审美性、想象性与虚构性。

不难想见，文学批评空间中存在的情感麻木与想象力枯竭，没有感觉，没有灵魂，使得文学批评成为一项没有疼痛的事业，已经不再具有神圣严肃感，相反，它变成为人人都可以赏玩的语言把戏，这一切都内在地指向一点：功利主义的蔓延与人性主体的堕落、理性主义的扩张与批评话语的霸权。

二

众所周知，20世纪的中国文学批评，尤其是“新时期”以来，国内文坛唯西方马首是瞻，西方文论一百年所走的路，中国几十年就走了个遍。如此，一时间“文论失语症”又不断在耳旁响起，在看似和谐的文学批评话语中混杂着喧嚣或独语的声音。中国当代文学批评主要有两方面的资源：一是继承传统诗性文论；二是借鉴外来的西方文论（包括苏俄）。显而易见，文学批评在“新时期”国门打开之后，极力向西方一边倒，无选择批量地引入与生吞活剥地运用，无形之中压抑与遮蔽了传统诗性文论的发展空间，使得传统诗性文论没有能够有效地参与到当下的文学批评现场，发挥出应有的作用。

---

① 谢有顺：《话语的德性》，海口：海南出版社2002年版，封底语。

当下的文学批评，大多数都没有自觉的文体意识，大多数的批评文章没有一点文学美感可言，单调呆板，机械枯燥，冷漠冰硬，缺乏灵性洒脱与诗性温情之光的照耀。文学批评的意义与价值已经不在于理解文学与评判文学，而是在于批评话语的批量生产与语言游戏。当下大多数的文学批评文字，让人读起来觉得云山雾罩，它疏离平民大众，甚至连业内的文学批评者都感到艰深晦涩，难以卒读。造成今天"洋为中用"过剩而"古为今用"严重不足这样尴尬的局面，一个很重要的原因就是传统诗性文论话语及其体式在当下文学批评场域中的缺席。因此，该是传统诗性文论重新出场的时候了。

有论者指出："浏览20世纪尤其是20世纪下半叶的批评文本，再也难觅古代文论批评文体的清词丽句、童心真性、言近旨远，以及清虚或奇崛或悲慨或谐趣的丰富之体貌。"① 古代文论的诗性言说，多为直觉性与整体性的批评话语，彰显诗性与个性的联系，强调个体的、审美的，它关乎天人合一与生命体验，其内质即徐复观所谓的"中国艺术精神"。古代文论的批评形式灵活多样，大概有对话体、序跋体、书信体、选本体、摘句体、言诗体、诗话体、评点体、眉批体、笺注传体等批评形式，它们的共同特点是一种观物取象、直观整体把握文学作品的诗性智慧与思维。这些批评文体充满灵性、美感兴趣与生命体验，并且在长期发展中，形成了自己特有的批评术语范畴，比如气、象、味、神思、情采、体性、风骨、兴象、神韵、兴寄等，还如滋味说、意象说、妙悟说、兴趣说、性灵说、格调说、神韵说、境界说等，它们都与人自身的呼吸、生命气息密切相关联。在这些众多的批评实践中，大部分的文学批评文本本身就是一篇很好的文学作品，它具有可读性、美感性，文字流动，结构形式灵活多变，给人美的启发与享受。古代文论存有丰富的文辞与思想兼具的例子，如陆机《文赋》收在《文选》赋体一类中，为赋体式的文学批评论著；体大思精的《文心雕龙》还是骈文体，属于纯粹的文学样式。钟嵘的《诗品》就更是一部文学与批评话语"符采相胜"的好作品，"里面有自觉的批评意识和独到的批评见解，凭借着极具文学性的文字出场，其想象力之丰富、取譬之奇妙、性情之率真、语句之优美，完全可以读作文学性散文"②。诗品式的评点、漫议或品第，大多采取一种象喻式的批评体式，给人无尽的遐想空间，比如称赞谢灵运："其源出于陈思。杂有景阳之体，故尚巧似，而逸荡过之，颇似繁富为累。嵘谓若人兴多才高，寓目辄书，

① 李建中：《古代文论的诗性空间》，武汉：湖北人民出版社2005年版，第107页。
② 李建中：《古代文论的诗性空间》，武汉：湖北人民出版社2005年版，第90页。

内无乏思，外无遗物，其繁富，宜哉！然名章迥句，处处间起，丽典新声，络绎奔会。譬犹青松之拔灌木，白石之映尘沙，未足贬其高洁也。”还有评范云、丘迟则：“范诗清便婉转，如流风迴雪。丘诗点缀映媚，似落花依草。”这些品评文字使用的话语意象层叠，意象铺排，簇拥而来，令人目不暇接，意趣隽永，独具一格。批评家以直觉感悟捕捉对象，并三言两语形象整体地把捉到对象的文学风格，然而这种诗意化的话语却不是流于平面肤浅层次的印象感悟，而是加入了批评者适切的理论规范来说明对象，较好地提升了阐释的学理高度。

不仅如此，文学作品本身可能是批评的或具有理论性的，典型的例子如司空图《二十四诗品》，它是由二十四首四言诗构成了一个以道家美学为准的的文学批评风格体系，在形式上，“既有《诗经》四言的方正典雅，又有汉魏五言的自然清丽，还有晚唐七言的哀怨幽深，诗中有画，画中有诗”①。比如对雄浑、典雅、冲淡、飘逸、含蓄、高古、豪放、自然、流动等风格的诗性言述，以“观物取象，目击道存”的思维方式，将哲人对生命的体知、诗人对诗意的了悟、论者对诗思的省会三种心理活动统一起来，超越经验世界而进入实在，达到了天人合一的境界。艺术的生命与天地的生命、人的生命、情感体验、心理活动等互相作用，气韵生动，神与物游，很好地展现了艺术生命的内在张力与美感精神。

象喻式的批评使得文学批评富于形象性、直观性与可读性，它是一种有灵魂有生命的信仰，它与自然、天地万物，与社会百态万象都紧紧相连，因而有境界，自成一格。不管是儒家、道家，还是佛家，它们都与外在的天地万物、人间百态息息相关，显示出风流儒雅、飘逸自然、清寂空明的精神旨趣，它们都与艺术的境界有着千丝万缕的关系。象喻式批评不仅拉近了批评家与作家作品之间的距离，还通过比喻、象征等修辞给读者留下丰富的想象空间，诱发读者充分发挥联想，获得审美的愉悦。

再如书信体批评，比较有名的如司马迁的《报任安书》、曹丕的《与吴质书》、白居易的《与元九书》等，它们在古代文论发展史上的地位一点都不亚于其他的批评文体，不管是在情采文辞的流丽典雅，还是在内在情感的抒发表现，或者理论主张的阐扬倡导，都是直观地表达个人的真实看法与美学感受，它们都关切个人与天地、自然、生命等的呼应共感。因而，有感于当下

---

① 李建中：《古代文论的诗性空间》，武汉：湖北人民出版社2005年版，第90页。

文学批评文体的一片荒芜衰败，有识之士不无痛心地指出："中国古代文学理论和批评那种特有的灵性、兴趣和生命感受被丢弃，古代文论批评文体所特有的开放、多元和诗性言说的传统亦被中断。毋庸讳言，从事当代文学批评的人并不太关注中国古代文论；然而，就文学批评这一特定领域而言，我们是否作过这样的比较：一篇书信体的《报任安书》或《与元九书》胜过多少篇核心或权威期刊的论文？一部骈体的《文心雕龙》或随感式的《沧浪诗话》又胜过多少部国家级或省部级出版社的巨著？"① 这样的论断与诘问中肯地道出了当下文学批评的内在真相，应该引起我们足够的重视。

不独在古代文论中存在着诗性批评的传统，在现代文学批评史上，也同样出现过类似于印象式的文学批评样式，比如周作人、李健吾、沈从文、朱光潜、宗白华、朱自清、梁宗岱、李长之、胡风等人的文学批评，他们不仅在把握批评对象的整体感知上，还在批评文体的自觉诉求上，都让人在在感受到传统诗性文论所焕发的批评亮光。以李健吾为例，他评论过的大多数作家，如沈从文、曹禺、何其芳、艾芜、林徽因、卞之琳、李广田等，都是在他们的作品尚不太为人所知的时候，这些人后来大多都成为中国现代文学史上的大作家，这足以说明李健吾批评的眼光与魄力。如评巴金的《爱情三部曲》："他生活在热情里面，热情做成他叙述的流畅。你可以想象他行文的迅速。有的流畅是几经雕琢的效果，有的是自然而然的气势。在这二者之间，巴金先生的文笔似乎属于后者。他不用风格，热情就是他的风格。好时节，你一口气读下去；坏时节，文章不等上口，便已滑了过去。这里未尝没有毛病，你正要注目，却已经卷进下文。茅盾先生缺乏巴金先生行文的自然；他给字句装了过多的物事，东一件，西一件，疙里疙瘩地刺眼；这比巴金先生的文笔结实，然而疙里疙瘩。"关于"疙里疙瘩"，李健吾在注释中补充说道："用一个笨拙的比喻，读茅盾先生的文章，我们像上山，沿路有的是瑰丽的奇景，然而脚底下也有绊脚的石子；读巴金先生的文章，我们像泛舟，顺流而下，有时连你收帆停驶的功夫也不给。"② 李健吾的批评文字质地优美，往往以恰切的比喻说明问题，且通过比较的方式说出，形象生动，给人无限的联想，他评论废名与沈从文的小说艺术也是如出一辙。还有李健吾评论沈从文的《边城》，也具有相同的审美效果："这里一切的和谐，光与影的适度配置，什么样人生活在什么样空气里，一件艺术品，正要叫人看不出是艺术的。一

① 李建中：《古代文论的诗性空间》，武汉：湖北人民出版社2005年版，第92页。
② 李健吾：《咀华集　咀华二集》，上海：复旦大学出版社2005年版，第8页。

切准乎自然，而我们明白，在这种自然的气势之下，藏着一个艺术家的心力。细致，然而绝不琐碎；真实，然而绝不教训；风韵，然而绝不弄姿；美丽，然而绝不做作。这不是一个大东西，然而这是一颗千古不磨的珠玉。在现代大都市病了的男女，我保险这是一付可口的良药。"① 在李健吾的批评文集中，这样的文字与行文风格俯拾即是。李健吾的批评文章，不仅在批评文体上有自觉追求，而且在话语叙述上，它不急于对批评对象作出判断，而是在慢慢的品味中，通过直观感悟，批评者的情感流动与人生体验，与作者文本中的意蕴相互交叠，最终以精巧的批评文字说出，饱含激情与梦想，透露着话语与闪电的光芒，从而赋予批评对象一种新的生命形式，激活了自己的批评对象。因而，阅读这样的批评文章，无时无刻不在体验一种美的享受。

由于众所周知的原因，传统诗性文论与现代像李健吾等这样的文学批评没有在当下的文学批评中得到很好的发扬光大，虽然也有一些批评家如胡河清、余虹、南帆、耿占春、陈晓明、郜元宝、王彬彬、张清华、谢有顺、王德威等人比较自觉地追求批评文体的轻盈灵动、舒展多变，但是这些不能改变我们对当下文学批评生态的整体体认。因此，在当下文学批评场域中，在西方文论话语过剩的语境下，重新强调传统诗性文论及其批评文体，无疑是一种必要的警醒。

三

对于当下文学批评现状的反思与观察，福柯关于批评的梦想或许是我们大多数批评者共同追求的方向，他说："我忍不住梦想一种批评，这种批评不会努力去评判，而是给一部作品、一本书、一个句子、一种思想带来生命；它把火点燃，观察青草的生长，聆听风的声音，在微风中接过海面的泡沫，再把它揉碎。它增加存在的符号，而不是去批判；它召唤这些存在的符号，把它们从沉睡中唤醒。也许有时候它也把它们创造出来——那样会更好，下判决的那种批评令我昏昏欲睡。我喜欢批评能迸发出想象的火花。它不应该是穿着红袍的君主。它应该挟着风暴和闪电。"② 这种能够"给一部作品、一本书、一个句子、一种思想带来生命"的批评，应该具备福柯所说的生命、

① 李健吾：《咀华集　咀华二集》，上海：复旦大学出版社 2005 年版，第 28 页。

② 福柯著，严锋译：《权力的眼睛——福柯访谈录》，上海：上海人民出版社 1997 年版，第 104 页。

点燃、观察、聆听、召唤、存在的符号、唤醒、创造、想象的火花、风暴与闪电等各种元素，沸腾奔突，灵光闪现，它有力量与生气，血性和耐力，激情与梦想，它反应生命的真实震颤与精神冲突。

优秀的文学批评不仅具有理性的思想光芒灌注其间，更有感性、想象、直觉与创造力的滋润与充盈，氤氲着灵性的诗情氛围，让生命个体得以自由地舒卷与挥洒。因此，文学批评需要批评家真情实感的投入，没有疼痛感、虚情假意与轻浮矫情的文字终究不会博得读者的赞赏，甚至败坏批评家园的惬意。一个出色的批评家，不仅光有敏锐眼光与理论知识就能达到，还必须具有完美的人格追求和禀赋，能敏锐地烛照幽微和本质的能力，尤其在一片喝倒彩声中，更需有艺术的良知和胆力，拥有这些才能使批评跳出世俗的羁绊，抵达高远的境界。批评家面对批评对象，不仅要寻美，也要求疵，更应该意识到他面对的是另一个自我，如周作人所言："批评家应该对人们说，诸位，我现在将要说我自己。"李健吾也指出："批评之所以成为一种独立的艺术，不在自己具有术语水准一类的零碎，而在具有一个富丽的人性的存在。一件真正的创作，不能因为批评者的另一个存在，勾销自己的存在。"① 这样的批评拒绝冷漠的技术性分析，彰显批评家的体温与气息，它是一种有灵魂存在的艺术，"具有一个富丽的人性的存在"，是"心灵在杰作之间的冒险"，它不是冷漠的审判或判断，更不是指点江山君临天下的独断式霸权。"批评是一种独立的艺术，有它自己的宇宙，有它自己深厚的人性作根据，一个真正的批评家，犹如一个真正的艺术家，需要外在的提示，甚至于离不开实际的影响。但是最后决定一切的，却不是某部杰作或者某种利益，而是他自己的存在，一种完整无缺的精神作用，犹如任何创作者，由他更深的人性提炼他的精华，成为一件可以单独生存的艺术品。"② 批评家能够在材料中发现人性的存在，感知人类经验的细微，甚至能够配合理想生存的方案，"他的方法应该不是名词的游戏，然而也不是情感的褒贬"。伟大优秀的批评家的眼光是锐利的，感情是热烈的，"因为锐利，他见到大处，他探到根本；因为热烈，他最不能忘怀的，乃是人类。他可以不顾一切，为的真理，为的工作，为的使命，这是艺术家的人格，同时也是批评家的人格"③。批评家面对批评对象，他的勇气与胆魄表现在不迷信于权威，不盲从于时尚潮流，他从个人真实的

---

① 李健吾：《咀华集　咀华二集》，上海：复旦大学出版社 2005 年版，第 1－2 页。
② 李健吾：《咀华集　咀华二集》，上海：复旦大学出版社 2005 年版，第 16 页。
③ 李长之：《李长之书评》（一），石家庄：河北教育出版社 2006 年版，第 12 页。

内心冲突出发，关切当下的生存境遇与日常生活的鲜活细节，以“理解之同情”的态度，“灵魂与灵魂的接触”，追求以一种生命唤醒另一种生命的有效与有力的文学批评。

文学批评家胡河清的批评实践所彰显出来的“真精神与旧途径”的文学批评理想与抱负，在我看来，就是一种能够“给一部作品、一本书、一个句子、一种思想带来生命”的批评。胡河清的文学批评融入了自己的生命经验与民族的神秘记忆，不仅充盈着丰润的传统文化的结构与精华、生命的激情与呼吸，而且化合了西方外来的思想光彩与话语火焰，给垂死的文学批评界注入了鲜活的气息，并将以中国的姿态融入世界，参与世界文化的创造。胡河清的文学批评不仅有内在的精美质地，明澄干净，沉潜朴实有金属的声音，而且文笔飘逸流转，灵活多变，暗香浮动，大有“寂然凝虑，思接千载；悄焉动容，视通万里”的激爽与清脱，澄澈与邈远，读来令人深深陶醉，神思遐想。它既是一种思想的提升与情绪的体验，又是一场激越的审美盛宴与爽朗的知觉享受。比如他评论莫言《透明的红萝卜》：“《透明的红萝卜》中的黑孩，幼年失母，心灵深处有着难以愈合的隐痛，而外在的生活考验对于他这样一个体质瘦弱的小男孩来说又是极其严酷的。他所承受的精神和体力的重压，完全可以压垮一个身强力壮的成年人。但黑孩却支持下来了。他的生命力坚强得简直就像入水不濡、入火难焚的小精灵。这主要是因为黑孩的内心有一个美丽的梦幻世界，这使得他超脱于恐惧、忧虑，以及肉体的痛苦之上。”① 评论杨绛：“在当代中国文学中，文章家能兼具对于芸芸众生感情领域测度之深细与对于东方佛道境界体认之高深者，实在是少有能逾杨绛先生的。……在中国文学史上，自从《红楼梦》以后，很少有人像杨绛先生这样凝练地写出过这种具有东方神秘主义色彩的心灵经验。因缘流转，如恒河沙数；惟两心相契而臻完美之境，则能于一瞬中参透往昔无量劫。这种超越个体生命大限的心理感觉，表明精神恋爱已达到了极致的境界。……按照东方哲学的智慧，盛极而衰，高丘之下必有深谷：姚、许在小室中相对而坐的一刻实在已达到了精神恋爱的极致，这种心灵经验是难以逾越的，也是不容重复的，故他们从此之后的恋情已有衰势。杨绛对恋爱心理之微妙逻辑的准确把握，于此可见一斑。”② 胡河清的作家论，不是简单地套用西方的理论话

---

① 胡河清：《论阿城、莫言对人格美的追求与东方文化传统》，《灵地的缅想》，上海：学林出版社 1994 年版，第 149 页。

② 胡河清：《杨绛论》，《灵地的缅想》，上海：学林出版社 1994 年版，第 72－75 页。

语，而是从个人的美感经验出发，直观体验加以理论融汇，探赜其中的细微纹理，形成心灵之间的对话交谈，在娓娓道来中透出人性的温情与亮色。胡河清对批评有自己的看法，他认为："文艺理论不管怎么说，无非也就是谈文艺而已。然而我认为最好的文艺，总是渗透着人生的感怀；如果谈文艺的理论文章一概都写得如同哲学家的著述，一点点汗臭或者酒香的味儿都嗅不出来，那也未必就算顶高明的理论境界。"① 胡河清对汪曾祺、钱钟书、王国维等人的评论都堪称这方面的典范。胡河清的文学批评，率真且具有开阔的眼界与过人的胆魄，思想性与经验性并举，融汇了中外古今的理论识见，却在批评文字中化为己有，看不出源自哪门哪派，它亦中亦西又非中非西，洒脱不羁、轻灵飘逸，戛戛独造。在张扬传统文化生命力感的同时又独喜"渗透着人生的感怀"的探触与挖掘，这些批评实践都使得胡河清的文学批评焕发出自身的独特品格与生命精神，使得他的批评在二十世纪八九十年甚至当下强大的理论话语暴力中，不为其裹挟而特立独行。20 世纪 90 年代，随着国学逐渐升温，"人文精神"大讨论，在"思想家淡出，学问家突显"的背景下，胡河清的文学批评在某种意义上似乎暗暗地以"有学问的思想与有思想的学问"来对此作出了有效的回应。

这就是我们所梦想的文学批评，一种能够带来生命的批评，它带有鲜明的个人体温、生命气息、生活感受、审美体验，它需要勇气与胆量，激情与想象。我们热切期盼有更多像胡河清等这样的文学批评，他们的重新出现与倍受重视，对当下的文学批评无疑是一种必要的提示与警醒，他们的存在足以说明，文学批评还远不到宣判"已经死了"的悲惨境地，相反，乃是潜藏在危机之后的重大转机或一片生机。

---

① 胡河清：《钱钟书论》，《灵地的缅想》，上海：学林出版社 1994 年版，第 85 – 97 页。

论粤东诗群的地域特征

林馥娜
（广东省动物防疫技术交流协会）

粤东诗群包括梅州的“故乡诗群”、揭阳的“榕江诗群”、潮州的“韩山诗群”、汕头的“濠岛诗群”和汕尾诗群。各个分支诗群既各自独立，又互相交融。粤东本土诗群阵容与写作水准比较整齐，创作总体上走雅正的路线，题材上具有向心灵拓进的共同倾向，可以说并没有哗众取宠式的突兀写作，而是注重诗思与技艺的磨合，同时也形成了各自的独特之处。这是注重传统文化的潮汕地区所具有的、潜移默化而形成的优点，但同时也容易使人耽于四平八稳，若能在现代性转换、题材与难度上尝试更多探索，将使诗歌具有更加宽广的维度与新质。近两年来，随着网络的发达与微信的风行，诗人之间的交流与互助促进了新质的萌生与维度的丰盈，使本来地处“省尾国角”的粤东地区的诗歌呈现了活跃的景象。粤东诗歌在长期的酝酿与近期的萌发中，形成了地域特征的雏形，即基于现代技术运用的互助性、基于民刊的民间性与族群认同的黏合性。

近两年，微信群的兴起使粤东诗群的互助性特征益发明显。各个分支诗群都有各自的微信群，诗人们在其中交流心得，赏析好诗，并常发起同题诗写作。自觉形成先行者带后来者，老诗人帮助新诗人的风气，通过现代技术的即时传播性，达到隔空互助的良性发展，这在榕江诗群的“揭阳新河流微信群”中表现尤为明显。

榕江诗群的形成以2004年出版“对揭阳地区的现代诗创作来说具有破冰意义”（评论家温远辉语）的揭阳诗人诗选集《导火线》为肇始。再到2005年由雪克发起，阵风、林馥娜、胡童共同参与创刊的《南方诗报》，以论坛和报刊相结合的方式在诗界引起广泛影响，虽然后来因经费及人员变动等多种原因停刊，但这份既注重著名诗人作品，又兼顾新人处女作，同时注重理论建设的民刊对揭阳新诗的建设起着深远的影响。2013年的新选集《剥洋葱》再一次呈现了揭阳地区诗歌创作的水准和最新的阶段性成果。一个地区的创作如果能够形成一个相互促进、和而不同的群体和氛围，无疑会对创作的发展起到重要的作用。2015 年由雪克、林馥娜主编的《大潮汕女子诗选》则集结了揭阳、潮州、汕头、汕尾四地的 14 位女诗人，使这一地域群体得到了呈现，并从而引出了更多沉潜的女诗人，合成一股旺盛的创作力量。这一群体组成了“新河流微信群”的主要成员，并不断加入更多新生力量。揭阳本土诗群的雪克、阵风、孟夏、蔡小敏、林程娜、程增寿、胡童、陈江涛、温科英、高淑琼、曾庆礼、梁彬、罗少杰、杜可风、潘舜霞、赖俊文等都在其中；还有揭阳籍的唐不遇、谢小灵、杨泽芳、古草、画眉、林旭埜和笔者，潮州的姚则强、余史炎，潮州籍的世宾，汕头的黄春龙等，组成了一个创作比较活跃的群体。

粤东诗群的另一特征为民间性，这些分支群体的形成都基于民刊的同仁集结，且民刊都为民间自发、诗人主编，并无官方扶持背景。比如 1986 年揭阳诗人温远辉、林继昌和刘子乐创办的《啤酒花》；1989 年在梅州创办的《射门诗刊》，现随主编黄新桥移师于广州；1997 年游子衿在梅州创办的《故乡》；2003 年在汕尾创办，由杜青主编，王心洁、林馥娜、黛眉参与编辑的《蓝风》诗刊；2004 年由黄昏在潮州创办的《九月诗刊》；2005 年在揭阳创办，雪克主编的《南方诗报》；2007 年程增寿、黄春龙等几位粤东诗人创办的《粤东文萃》和 2015 年 11 月出版，由程增寿任总策划、黄春龙任主编的年鉴类《粤东诗歌光年 2013—2014》，全都是诗人自筹经费、自办活动，这些诗歌义工对诗歌的热爱和无私劳动推动着粤东诗歌的蓬勃发展。关于这些民刊的详细信息在拙著《旷野淘馥·诗论卷》中已有描述，此处不再赘言。正是有赖于这些民刊在早期提供外来优秀诗人文本供研读参考，并推介本土优秀文本向外展示，使诗人能起到良好的审美更新。到了网络时代，纸刊的沟通功能已远远落后于微时代的电子工具，但依然不失为沉淀优秀文本、留存资料的有效途径，并在专题策划与价值引导上起着筛选与强调的作用。

《九月诗刊》是比较有前瞻性的民刊，自 2009 年韩山师范学院诗歌创作研究中心成立后，该刊改版并成为中心的主办刊物，改版后的《九月诗刊》仍然保留着诗人办刊的传统，在主编黄昏与副主编李彬、陈培浩的操持下，策划并出版了不同选题的一系列专号，体现了电子时代纸刊的独特优势和广阔的办刊视野。而潮州本土诗群正是以《九月诗刊》的主编黄昏和陈培浩、陈崇正、姚则强、阮雪芳、丫丫、余史炎、泽平、许程明、郑子龙、郑泽森、野弟为主要成员，并在校园的青春土壤中培植出更多新人，成长并形成了韩山诗群，呈现了民刊与诗群互相生发推进的欣然生机。潮州籍的世宾也一直对诗刊的发展和诗群的成长起着积极的作用。诗歌创作研究中心还不定期提供出版经费补贴，推出一系列诗歌作者及诗歌、诗论集，形成了良好的诗歌生态。

粤东诗群由于地缘和语言、风俗等的相近，具有地域上的亲和性和族群认同式的黏合性，其中有不少诗人还具有亲缘性的双城身份，比如身为潮州人，同时又是揭阳女婿；身为揭阳人，同时又是潮州媳妇；还有汕头人居于揭阳等诸如此类的亲近感。各个诗群分支间既独立又互相联合、渗透，这不但表现在《大潮汕女子诗选》《粤东诗歌光年》等选本上的集结，更呈现在诗人间的来往和诗歌活动的共办和文本的互相赏析上。“粤东诗歌发展论坛”已分别在梅州、潮州举行了两届，2016 年由程增寿和黄春龙新发起的“粤东城际诗会”也已在短短两月间分别在汕头濠江区与揭阳揭东区举行了两届。这些活动都涵盖了各个诗群的成员，并在活动中形成了互相解读、评析文本的良好风气，对于诗群的凝聚和个体的成长都起着促进作用。

粤东地区在诗歌创作上比较活跃的诗人，除了前面所提到的榕江诗群、韩山诗群主要成员，还有以游子衿所主编的《故乡》为集结的梅州诗群，团结了吴乙一、周华襄、墨痕、傅增荣、陈斌、周旭金、管细周等一批诗人，以在前辈的土壤中成长起来的“次生林”形象呈现出茁壮的生命力。另外，还有黄新桥等主持的《射门诗刊》，在广州也形成了一个持续创作中的群体。汕头诗群的黄春龙、陈仁凯、小衣、肖涛生、辛倩儿、林丹华、马同成等。汕尾诗群的杜青、黛眉、杨碧绿、庄海君、林泽浩、王万然、蔡赞生、王晓忠、陈思楷、林进挺等。他们共同组成了粤东诗群生机盎然的阵容。

一个地域的诗歌发展，必须有一群具有文化自觉的有志者持续地致力于梳理地域根系，提出审美倡导，在诗歌文本与理论梳理中淘洗并留存资料，才能留下时光流逝之下的历史佐证。而粤东本土一直有一群在默默地做着这些工作的义工，他们是雪克、阵风、黄昏、游子衿等这些长期坚守的领头人。近年也出现了一股强劲的新生力量——姚则强、黄春龙、程增寿、余史炎和林程娜等年轻诗人。他们将大量精力倾注于粤东诗歌的发展，无论是诗歌活动的策划、实施，还是网络、微信的推广，他们都满腔热情地倾注其间。而适时对诗歌创作上涌现的新人、新现象和对写作上有新突破的诗人进行研究和推介，也是推动诗歌发展必不可少的力量，潮汕籍的诗人、评论家温远辉、世宾、林馥娜，本土的雪克、林程娜、陈培浩、姚则强、黄春龙、蔡赞生等都为粤东诗歌的研究倾注着持续的热忱。另外，汕头大学文学院杨庆杰教授等近年来发起的“著名诗人进高校”系列活动为培养新生力量、繁荣诗歌生态打下了坚实的基础，使粤东诗歌的未来更加可期。

微博、微信的普及无疑给交流带来极大的便利，但同时也因为其极速的传播，世界早已成为“地球村”。粤东地区虽所处边远，但庞大的信息流传削弱了地区之间的相异性，也降低了文学作品的辨识度，是时候重提本土的独特性了。信息时代对边缘地区的作者而言是增长了见识，但也因为信息过于庞杂而容易丧失价值判断，这就需要通过交流、思想碰撞与不断总结来形成价值追寻的风向标，从而引导个体生成各自的审美理性。因此，粤东诗人需要回到地域的出发点，提倡不同城市、不同省份之间的交流与互动。这种整合地缘势能的方式可以为诗人的写作提供一条迂回之路。各地区的风俗、古迹、语言等各方面的沉潜部分都有可供挖掘开发之处——比如在语言上，方言是文学的一个富矿，往往在形容事物上更为精准到位，我们如何把方言运用到文学创作上而不造成方言之外的读者的阅读障碍，这就需要进行词汇的取舍，并让前后句子的衔接具有关联性，这样既能带来语言的独特性，又能通过句子的联想而理解诗意。再加上城市之间的交流活动，打破各地界之间边缘地区的创作者缺少与中心地区创作者面对面交流的局限，可望通过跨地界的城际交流开掘出具有区域共性的、同时又超越地域局限的新质。

《九月诗刊》此前也提倡过方言写作，笔者也曾在此方面做出过尝试。在一组关于家乡的诗中，笔者有意穿插了许多地方方言与文化符号，比如潮汕俗话说“老人如细仔”的“细仔”，在字面上较好理解，就算不是潮汕读者，也能理解年长的老人家“返老还童”的迹象。而“厝角头”“老厝”中的“厝”，是潮汕和福建某些地区沿用古代说法而留存下来的对房屋的称谓，这组诗在“明天诗歌现场”微信群中也引起了一些朋友的兴趣，讨论了“厝”的特指和在潮汕、福建之外其他地方的词义与歧义。这样的发掘与拓用，语言便能在不同的诗人那里显现出各自不同于他人的语汇，从而增强诗歌的丰富性与异质性。

独自吟诵：作为存在者的东荡子

世　宾
（广东文学院）

海德格尔对“诗人”一词的使用有极其严格的规定性，他说：

> 诗人的特性就是对现实熟视无睹。诗人无所作为，而只是梦想而已。他们所做的就是耽于想象。仅有想象被制作出来。①

同时，他对于诗下降到文学的命运抱着一种灰暗、无奈的心态。他说：

> 我们今天的栖居也由于劳作而备受折磨，由于趋功逐利而不得安宁，由于娱乐和消遣活动而迷迷惑惑。而如果说在今天的栖居中，人们也还为诗意留下了空间，省下了一些时间的话，那么，顶多也就是从事某种文艺性的活动，或者书面文艺，或者音视文艺。诗歌或者被当作玩物丧志的矫情和不着边际的空想而遭否弃，被当作遁世的梦幻而遭否定，或者，人们就把诗看作文学的一部分。文学的功效是按当下的现实性之尺度而被估价的。现实本身由形成公共文明意见的组织所制作和控制。②

海德格尔的意思是作诗作为诗意的制作和筑造，它是为人提供栖居的，而栖居是以诗意为基础的，具有永恒性或者说的意义。而在当今，诗歌作为文学的一部分，它是指向当下的、现实的，因为人们已离不开现实，人们就

---

① 海德格尔著，孙周兴译：《“……人诗意地栖居……”》，海德格尔著，孙周兴选编：《海德格尔选集》，上海：上海三联书店 1996 年版，第 464 页。

② 海德格尔著，孙周兴译：《“……人诗意地栖居……”》，海德格尔著，孙周兴选编：《海德格尔选集》，上海：上海三联书店 1996 年版，第 463 – 464 页。

生活在“历史性的和社会性的人”的集体当中。而由于现实所遭受的困境，今天的现实栖居已不能称为“诗意地栖居”。在海德格尔的定义中，诗人作为诗意栖居（诗）的筑造者，他们必须是这样一些人：他们必须是神圣的经验者。神圣是终有一死的人在天地之间对存在（本质性生存，即是诸神遁走之后，由于上帝的缺席，世界便失去了它赖以建立的基础；由于基础的丧失，世界时代就悬于深渊中；也就是荷尔德林和海德格尔从历史经验描述的贫困时代。①）的体验，必须是这些体验着神圣的诗人通过对远逝诸神踪迹的寻觅，才能在天穹重获神性的照耀。这种寻觅必须先抵达“深渊”，才能在那里得到暗示和指引，但贫困时代，抵达“深渊”的能力已经消失殆尽了。

> 作为终有一死者，诗人庄严地吟唱着酒神，追踪着远逝的诸神的踪迹，盘桓在诸神的踪迹里，从而为其终有一死的同类追寻那通达转向的道路。②

而现实，总隐藏着太多的假象和不着边际的短暂的意愿，我们所经历的“现实”与本质性的世界（也可用康德的描述称为“自在之物”的世界）显然是处在两个不同的层面上。所以今天我们所使用的“诗人”一词和海德格尔在诗学中使用的“诗人”一词是有区别的。真正的诗人——诗人中的诗人——必须置身于本质性的世界里，也就是海德格尔所说的世界时代的深渊；是深刻理解不妙之为何不妙，并为他的同伴指出拯救方向的人。

> 不妙之为不妙引我们追踪美妙事情。美妙事情召唤着招呼神圣。神圣联结着神性。神性将神引近。③

---

① 参见海德格尔的《诗人何为?》一文，在开篇中他描述过这种“深渊”的情形：“上帝之缺席意味着，不再有上帝显明确定地把人和物聚集在它周围，并且由于这种聚集，把世界历史和人在其中的栖留嵌合为一体。但在上帝缺席这件事情上还预示着更为恶劣的东西。不光诸神和上帝逃遁了，而且神性之光辉也已经在世界历史中黯然熄灭。世界黑夜的时代是贫困的时代，因为它一味地变得更加贫困。它已经变得如此贫困，以至于它不再能察觉到上帝之缺席本身了。”

② 海德格尔著，孙周兴译：《诗人何为?》，海德格尔著，孙周兴选编：《海德格尔选集》，上海：上海三联书店1996年版，第410页。

③ 海德格尔著，孙周兴译：《诗人何为?》，海德格尔著，孙周兴选编：《海德格尔选集》，上海：上海三联书店1996年版，第461页。

通过海德格尔的论述，我们确信存在着一种能抵达存在的诗歌，纵使在贫困的时代，荷尔德林和里尔克通过对神迹和天使的追寻，他们抵达了时代本质性的生存——海德格尔所说的“深渊”，并且通过语言建造了一个人、神、语言三位一体的世界——人诗意地栖居。

但在本文中，我愿意更谨慎地使用“存在”一词。它不是古希腊巨人们最普遍、最空洞、最确切无疑、不需要下任何定义又人人皆知的概念①；也不是克尔凯郭尔和雅斯贝尔斯的基督教存在主义；也不是海德格尔大地与天空脱节的神遁世之后的无神论的存在世界；甚至也不是萨特被绝望和荒谬包裹的世界。在本文中存在和完整性②一样，并不是一个自然而然的东西，在这里，它事实上是一种渴求的描述，它是一种祈求，一个远方的许诺，一束在某些瞬间照临我们身体的光，并且恒久地盘桓在我们的心头、引领我们朝向它勇敢地生活；它是建立在现代反思性基础之上的对生命可能和社会生活形态的追问和塑造。我们所处的世纪，是一个建立在物质产品生产基础上的社会体系向主要地与信息相关的社会体系转变的时代，由欲望消费所主导的社会生产所导致的物质和信息过剩以及这种生产所挟带而来的污染和阴影的现实，与人类过去由大地、天空、安详的劳作构成的宁静、美好生活的想象分道扬镳了。这种撕裂性的错位，一方面构成了时代的疼痛，一方面为诗歌的运思打开了一个宽阔的空间。

已不再有天人合一的人了，每个人精神和自我定位都是由不同的身体、教育、阶层、情绪、兴趣和观念塑造和构成。任何对存在的描述都无法笼罩所有的个体世界。我们正置身于一个复杂的、充满不确定因素的世界。正如埃德加·莫兰在他的《伦理》中文版序言所说的：“我们的常识认为良好的意愿足以证明我们的行动的道德性。然而我们忽视了，行动一旦开始就会发生新的关系，甚至走向意愿的反面。”他举例说：1936 年同盟军同时面临与希特勒纳粹主义和斯大林共产主义的“两线作战”，需要进行优先性选择，而这就必然减弱对其中一个威胁的战斗力。“那些为打败希特勒作出贡献的人也为斯

---

① 海德格尔著，陈嘉映、王庆节译：《存在与时间·导论》，海德格尔著，孙周兴选编：《海德格尔选集》，上海：上海三联书店 1996 年版，第 28 页。海德格尔说：“希腊人对存在的最初阐释，逐渐形成了一个教条，它宣称追问存在的意义是多余的，而且还认可了对这个问题的耽搁。……于是，那个始终使古代哲学思想不得安宁的晦蔽物竟变成了具有昭如白日的自明性的东西，乃至于谁要是仍然追问存在的意义，就会被指责为在方法上有所失误。”

② 参见世宾：《梦想及其通知的世界》，北京：中国戏剧出版社 2009 年版。

大林集权主义的胜利作出了贡献。”这就是我们面临的困境，因此，我们必须引入一种莫兰所称谓的“复杂性伦理”来对待这个萨特称谓的“绝望的”人类处境。在这样的时代，有谁能抵达存在呢？谁的存在？怎样的存在？

对于这个时代的诗人来说，抵达存在依然必须经由神圣，即是海德格尔所描述的深渊，必须深切理解我们时代的不妙，从这不妙之处发出批判和呐喊的声音。怎么照见我们时代的不妙生存处境呢？我们的文明存在着大量的问题，就像西方一直向全世界灌输的历史进步论，它事实上隐藏着极大的社会危机和精神危机；我们应该清晰地意识到“我们不仅处于一个不确定的时代，而且是处在一个危险的时期”（莫兰语）。按莫兰的分析，四个在推动世界现代化的动力引擎——科学、技术、经济和赢利，每一个都带有自身根本性的伦理缺陷，他说：

> 科学排除了一切价值判断及科学工作者的良知，它患有盲症，看不到自己是什么，自己在做什么，自己能变成什么，自己可能或应该成为什么；技术是纯粹工具性，无眼界却傲慢地凌驾于精神之上；经济用冰冷的计算将人心灵世界打入冷宫；赢利则毒害了所有领域，包括教育、生物及基因领域。出于同样的原因，科学家在实验室中获得的权力被完全剥夺，集中在企业和强权国家的手中。①

意识到我们生活的世界的危机，就是意识到我们的不妙。在这不妙的世界里，诗人不能沉溺于世界的腐败，诗人有责任为同样总有一死的同伴寻找一个转机。就像莫兰所说的，我们必须为善赌一把，在绝境处披荆斩棘寻找一条出路。

我们还很难描述一个新的存在的世界的模样，但在反思性的对现代的文明价值进行重估和创造性的使用，结合东西方传统的智慧，重建一个富有诗意的存在世界并不是绝对的幻想；并且，诗人的职责就是“耽于想象，并把想象创造出来”。

由于现在我们还无法像荷尔德林和里尔克一样描述一个隐约有神的存在世界，我们只是在人的世界寻找一个自由的、有尊严的自在的世界；我们把

---

① 埃德加·莫兰、于硕：《可能与不可能之间的希望对语录》，参见埃德加·莫兰著，于硕译：《伦理》，上海：学林出版社 2017 年版。这对话录由莫兰和翻译者于硕历经四年，根据于硕三次与埃德加·莫兰的对话采访录音翻译整理完成，由他们两人共同署名。

这无视（藐视）于现实糟糕的现状，自觉地寻找一个人能置身其中又越发宽阔的自在世界的诗歌，称为存在者诗歌。这诗歌达到了（自在）世界、语言、人三位一体。

自里尔克之后，自觉建构一个从时代深渊升起的自在世界的诗人已经不多了，由于现代性危机的迫切要求，许多诗人投入了针对现实并从现实中打捞出诗性的工作。但在里尔克的诗歌经验里，诗人做这样的工作仿佛还是不够的。他在年轻时早已写下了大量堪称精品的诗歌，放在整个世界的现代诗领域进行考察，也称得上是杰出的。《豹》《秋日》都是那么深刻地具有象征人类的困境和勇气的诗篇。但由于过度的人间气息，在完成了《杜依诺哀歌》和《献给俄尔普斯的十四行》之后晚期的里尔克彻底地否定了早期的这一批作品，他创造了一个与天使同一序列的存在世界。然而，历史一再地证明诸神和天使居住的天空并不能收留我们易朽的肉身，康德就说过无论经验还是理性都无法证实上帝存在这一事实，但为了道德，我们必须假设上帝、灵魂的存在，他把这些信仰称为“实践的假准”；我们必须在人间开辟一个天地，它既有神圣的踪迹，不至于由于神的缺席而彻底沦为庸常的场所，又具有从人间的黑暗和疼痛的深渊中飞扬起来的生命状态，而不至于被沉重的肉身压得喘不过气来。我们可以把这种写作称为存在者的写作。他们背负着沉重的肉身，但他们拒绝被任何秩序裹挟着成为随波逐流的分子；他们清楚地意识到个体生命在时间、历史和文化中的意义和可能；他们勇敢地担当了易朽者不屈不挠的命运，他们通过自身的践行，在当下的生命里保持着一种孤独的神圣性的体验。

由于过度的入世文化对中国诗人的主宰，肉身和日常成了中国诗歌的狂欢场；那种撤离生活的现场，在生命的高处坚毅的歌唱被视为可有可无的游戏。但在东荡子那里，诗歌是一个动词，是一种类似于大海捞针的有难度的写作。他的难度在于“它一直在帮助人类不断认识并消除自身的黑暗，它是人类心灵防患于未然的建设”；它指向的是生命的可能和人类的未来。即是说，诗人就像人类的先行者或者开拓者，他们不沉溺和屈服于日常和秩序，他们披荆斩棘，用生命和智慧以及全部的真诚去开拓有未来意义的人类生存之路。东荡子接着说：“它向着未来，向着美和灵魂的倾诉，向着健康、愉悦和光明。”① 这也是存在者诗歌要抵达的地方。东荡子生前坚守着这样的理念

① 参见《诗歌是一个动词——东荡子访谈》，《增城日报》增刊《艺术大街》，2013年12月11日。

写作和生活，但他往往得到的是误解和叵测的嘲讽；现实的怯懦和无法挣脱的秩序已把人带入听天由命的泥潭，而对于怀抱着梦想的坚毅内心却常常被当作异端遭受诋毁。

我们清楚，我们所处的时代和我们置身其中的生活充满着痛苦、无奈：现代文明在生产巨大的物质同时，也在生产同样巨大的社会问题和精神问题；自由、平等的缺乏又不断地加剧困境的强度；黑暗无处不在；恶以伪善的面貌支配着时代的运作，或者说推动现代化的动力也裹挟着恶的力量作用于我们的世界。我们正面临着重大的“不妙”的处境。东荡子深切地体验到我们置身其中的处境，但他不是像那些把诗歌的关注点落到现实的诗人那样，热衷于条缕的分析或者切片的考察，他在象征的层面总体概括我们时代的特征和人类的命运，在《寓言》一诗中他写道：

他们看见了黄昏在收拢翅膀
他们也看见自己坠入黑洞
仿佛脚步停在了脸上
他们看见万物在沉没
他们看见呼救的辉煌闪过沉没无言的万物
他们仿佛长久地坐在废墟上

在这里，我们不谈论东荡子诗歌的词语、诗句间的呼吸和节奏以及拉伸诗歌空间的反讽修辞，我们谈论他对时代的总体性把握。在高速发展的生产线上，人类的精英分子已经看到了人类暮日般的境况了，但社会的运行有着巨大的惯性，明知前路充满危险，惯性却有如黑洞般把人吸引进去。万物听任于惯性，呼叫对于巨大的惯性和习惯就像一些华丽的说辞——震撼心灵的说辞，对于巨大无边、注满了力量的惯性来说，那只是一闪而过的亮光，它并不能改变什么。现实这个黑洞我们就居住在里面，我们无法挣脱，也无所作为。

一切都在过去，要在寓言中消亡
但蓝宝石梦幻的街道和井市小巷
还有人在躲闪，他们好像对黑夜充满恐惧
又像是敬畏白昼的来临

东荡子深切地理解消亡作为一切生命的宿命，这种悲剧性的命运人类无论如何也无法摆脱。这是人类现代的命运，还是自古就是这样？我们所能体验和把握的无疑只有现在，“一切都在过去”，这宿命紧紧地控制着我们的命运。但在梦幻的街道和井市的小巷，却有人不屈服于这种命运，他们在躲闪。在巨大的命运面前，呼叫和反抗的人是多么的渺小啊！东荡子并不悲悯他们，就像他也不悲悯自己；他知道人类的挣扎是徒劳的，纵使他自己也在挣扎之中。这就是命运，这就是担当。在他接受“诗歌与人·诗人奖”的授奖词里，曾经回忆了年轻时，父亲对他选择当诗人的叫吼“杜甫死了埋蓑土”。“蓑土”就是薄薄的土，接近死无葬身之地了。他说：“母亲听后非常愤慨，我倒十分平静，甚至有一丝说不出的愉悦。”这是一种对被选择的命运的坦然担当；这是对贫困的命运的担当的愉悦。众生中多少人想摆脱贫困的命运，但又无不陷入这样的命运；这种命运是绝对的，像上帝的命令一样；而多少人不自知。东荡子却欣然接受了，并且把它当成一种崇高的使命。虽然人类的一切努力都等于零，但在诗人终有一死的必然里，他相信并体验到了“担当即照亮”的可能。因此，他可以微笑着去赶赴自己的命运。在这首诗的结尾，他指出了人类这种消亡的命运，是源于对“黑夜充满恐惧，但又敬畏白昼的来临”这种悬着的状态。白昼是会来临的，但我们因为无知，由于惯性的牵引，对未来无法把握，无法信任。

这首诗在总体上把握了人类的命运。这就是存在者诗人和其他诗人的重要区别：他们更趋向于在总体性（本质性）上把握并说出人类不妙的处境。在这种不妙的处境中，诗人和所有人一样都必须无条件地担当他们时代的命运。在文学的诗歌中，诗歌显示了或悲伤、或愤怒、或歌唱、或反抗、或逆来顺受的情绪；而存在者诗歌，它唯有揭示和担当。波兰诗人扎嘎耶夫斯基不久前来到广州，他带来了“9·11”之后发表在《纽约客》上的《尝试赞美这遭受损毁的世界》；这样的诗歌很容易呼应破损的人心，它有着强烈的人间气息，你能感受到呼吸之间的渴望和祝福。但存在者诗歌并不直接呼应实在之外，或者说他在更高远也是最底下的地方，与历史、与天地间发生和可能发生的万物对话。东荡子的诗歌就站在这个原点上。

我从未遇见神秘的事物
我从未遇见奇异的光，照耀我
或在我身上发出。我从未遇见过神
我从未因此而忧伤
可能我是一片真正的黑色

神也恐惧，从不看我
凝成黑色的一团。在我和光明之间
神在奔跑，模糊一片

（《黑色》）

东荡子把自己的命运放到了最低处，就像一团黑色，不祈求眷顾，无论来自他们所说的“光明”，还是无法相遇的神；但他的世界无比的坚定，没有什么能动摇。在我们这个无神论的国家，我们可能更早陷入了诸神缺席的深渊而不自知；但在我们的文化中，我们并不靠神活着，我们更愿意置身于自然山水之中，我们借自然的一草一木呼吸，把身心融入里面。但工业与资本彻底地摧毁了神和自然的世界，资本和工业产品能寄放我们的身心吗？我们只有空荡荡的个体在无所依傍大街上，我们易朽的肉体和欲望的身躯将如何在这世界安身立命？哭泣、哆嗦、怨恨、欺压、复仇？这一切只会再次摧毁我们自身。坚毅和丰富自己并在人间保持友爱，这能否在我们这个世界时代开启新的转机？我们这个世界时代是否还是海德格尔所说的贫困时代——一个在不妙中而不自知的时代？还是像莫兰一样已经把诊出我们时代的病灶，并且有能力为善赌一把？东荡子追悼会那天（也是他的生日），这个籍籍无名的诗人在灵堂里躺着，有四百多个诗人和朋友从全国各地赶来告别；这是否是诗歌和他生前在朋友中播撒的友爱在他缺席之后结下的果？对于时代，我不知东荡子是否已经抵达了它的本质，即那个值得置身其中的世界已经敞开；它是否已经告知了或者指出了那个可以成为存在的世界？但我相信在他的个人那里，在他的生和死之间的从容，在他贫困中葆有的欢乐，他已经抵达了他个人的存在。我称他为存在者。

在“外在正当化”资源（自然法、神圣意志、特定人群的自然优越性和政治生活的自然性）被耗尽的现代性背景下，我们的诗歌并不是要建立一种单一的原则，而是要坚守“无力者的梦想”，保持一个丰富性的内心；在秩序和制度规范下的铁板般的生活里撕开一个缺口；在起伏不平的井市小巷里坚毅我们的目光；在这个充满不确定性的世界安一颗诗歌之心；在神明缺席和自然破损中寻找我们的存在。

打开更广阔的诗世界

——2000 年以来新诗写作的一些面向

赖彧煌
（福建师范大学文学院）

一、诗的“近况”：时间序列或者空间共存？

尽管时间刻度本非观察艺术的基本坐标，但是，有充分理由将 2000 年之后的新诗视作相对独立的区间。一方面，它足够开阔，符合文学批评要求的广度，正有待命名；另一方面，它被寄托了足够多的猜疑、惶惑或者希冀，深具诗学辨析将遭遇的复杂性，正有待考量。发生在 20 世纪末的知识分子写作与民间写作之间的“对决”，则是“2000 年”最切近的背景，姑且撇开其间的文学社会学命题不论，这场看似在台面上突然爆发的诗学“分裂”，实际上有至少贯穿了整个 90 年代的趣味分野作铺垫。譬如在被似是而非地目为知识分子写作的诗人那里，有西川醒悟于“当历史强行进入我的视野”（《大意如此·序》），对其个人写作的反思；再有欧阳江河对整个写作处境的诊断：“在我们已经写出和正在写的作品之间产生了一种深刻的中断”（《1989 年后国内诗歌写作：本土气质、中年特征与知识分子身份》）；还有王家新以进退失据的心境诉说写作的沮丧和“乏力感”：“我们怎能写作？/当语言无法分担事物的沉重”（《瓦雷金诺叙事曲》）；这当然令人期待，在一个具相当长度的“前史”中，几乎普遍涌现的关于内缩、怀疑和相对性的诗学自识，将变现为何种类型的写作进入 2000 年之后，成为诗之“近况”的重要组成部分。

然而，历史并不总是按惯性滑行，它裹挟的势能进到新的区间时，必会被部分抵消而后让新介质与剩余的势能并行、对峙或缠绕。2000 年前后，一个似乎要摆脱文学体制（期刊、出版）和派系（哪怕同人性质的民刊亦然）宰制的飞地——互联网辟出的 BBS、论坛和虚拟社区——不断孕育、发酵，这给“无名者”、“功成名就者”以及试图在个体或小众之外诱引“大众”关注的“舆论制造者”提供了另一种发表和传播渠道，此中引发的新的媒介社会学效应虽一时难以计数，但它不断撒播、汇聚为数据流的特性，颠覆性地改变了传统的图书档案按时间迭代整理资料的方式——习常的文献史主角和配角的分配得附着于时间性，而一定程度上“抹平”了时空分割的固有格局。

强调作为症候的互联网嵌入了诗之“近况”，并非暗示它收纳着该时段诗的所有奥秘，更非臆测它左右和决定着诗的进程，毋宁说，它与线下出版、评论和研讨，共同织就了“虚实相生”、回旋于数据流并能以多种方式检索的空间化的“地质构造”（尽管从传递的本性看，“刷新”和“覆盖”的方式始终在新传媒和旧传媒那里强有力地运作，但是，在线上线下呈现的诗人、诗作和诸种“事件”，无论频密还是仅有一次的闪现，与其说是前后相继地流散，不如说是面向尚待评议的某种“结构”的沉积，它们聚拢为诗之“近况”的所有肉身。基于此种判断，对它进行评议的出发点就得淡化时间代际，而突出空间共存）。

这也并非意味着，面对一段诗的“断代史”，诗学有义务将繁杂、层累的现象作尽入彀中地打捞和扫描，相反，它有自己的考量和主体性。在这方面，无须讳言“空间共存”暗含的方法论意味，它部分地借自福柯在《知识考古学》中的告诫，“一种总的描述必然将所有的现象紧缩于某种唯一的中心周围，如本原、意义、精神、世界观、总体形式等；而通史则相反，它展示出向四周扩散的巨大历史空间”。的确，再难以按过去通行的做法，依靠线性和主次逻辑来厘定新诗的“近况”。不过，“空间共存”又是一种量的扩展和逃逸，在辨认上极易陷入相对主义和无政府主义，为此，必须适度地反拨梳理历史时对福柯式无中心性和无主体性的迷恋，必须采取既介入亦“防守”的诗学立场，将“空间共存”的诸种写作、诸多现象，“统合”到以经验和语言搭建起的诗学评议的基本框架之中。

为此，应当从遍及整个写作亦深入到诗人个体的关乎诗学特性的关键词——调整——开始梳理，并蕴含如下期待：2000 年之后的诗坛再无可能自限于某个派别（派系）独断地卫护自我排斥他者，也不可能自得于轻便承袭的资历不作变更（包括来自 90 年代的诗人均始终处于巨大压力中），也不可能向内封闭地获得诗学的领悟与推进。质言之，在“空间共存”的地质中，各种有代表性的写作均表现出普遍调整的特征，这既被“空间”展现，也构成“空间”的一个首要组成部分。

二、面向诗之自新的调整及其普遍性

毫无疑问，在“空间共存”的聚合力中，才能“共时”地考察新诗“近况”的“地质构造”，才能细致地进入到地质层本身，以便互为参照、牵连着地去洞察处于不同写作区位——它并非一个评估诗艺的指标，而是用来权宜性地标示，诗人的文本实践在某些时段的反响度及其个人的活跃度，进而在相互区分中归属的诗歌活动方位——的诗人，如何因应着变化了的经验和语言，并表现为如下策略：在不确定的境遇中估测、探寻乃至博取诗的未定的可能性，对于有作为的诗人，调整是必要、普遍而深刻的。在这里，调整在起始和动机上是动词性的，在结果和“性状”上是名词性的。

进入2000年之后，一个突出的观感（观看对象就其本义来说，指某种占有体积的物，亦和空间有关）是，至少有三种不同写作区位中的诗人在“同台献艺”，且以各自的方式共同诠释着“调整”所蕴含的诗学意识和诗学意味。这些共存于“诗坛”、诗学特性或相龃龉或相缠结的诗人（需要强调的是，此份极不完全的名单仅大体匹配本文的诗学评估框架，不按诗歌史排定座次，更不按资料汇编竭泽而渔），有90年代甚至80年代已相当稳健者（如于坚、西川、欧阳江河、王家新、陈东东等），有90年代已具相当影响但主要在2000年之后才得以深化的诗人（如孙文波、张曙光、萧开愚、黄灿然、臧棣等），也有2000年之后“异军突起”的新鲜面孔（如雷平阳、朱朱、刘洁岷、沈浩波、朵渔等）。

可以看到，西川于20世纪90年代曾写有《致敬》《芳名》《鹰的话语》等极富挑衅性的“杂体诗”（陈超语），不过，借助恰切的修辞策略和诗节构造，其间胀破了诗之形体的思绪似断还连，有迹可循，相较诗人新古典主义的雅致之作，虽可谓是对诗之边界的冲击，更激烈的“越界”却见于2000年之后的《南疆笔记》《曼哈顿乱想》《麻烦》等作品，滑向了“边界的边界”。他甚至抹掉诗的形体学标志，以激进的“散文”来彰显诗人靠杂糅综合的架构处置复杂经验的雄心。例如书写2003年非典的作品《小老儿》：

小老儿不出声。小老儿吞了隐身草。小老儿在墙上写大字：“立即消灭小老儿！”于是全城的人终于倾巢出动，透过气来，回过神来，全城寻找小老儿，全城逮捕小老儿。小老儿无处可逃。小老儿

> 终于被拿下。小老儿被装进玻璃瓶子，被贴上标签：小老儿 A、小老儿 B、小老儿 C。小老儿被审判。小老儿没有道德之罪但被强加了道德之罪。小老儿被关进小黑屋。小老儿在小黑屋里照镜子。小老儿看到镜子里除了黑什么都没有。小老儿有点害怕。时候到了，小老儿被枪毙。但小老儿打不死。小老儿又站起来。小老儿又变大又变小。小老儿烦了。小老儿自己掐自己脖子。小老儿自己揪自己的头发。小老儿头发太多揪不完。小老儿揪完头发又长出头发。

以“小老儿”隐喻的病菌和恐惧无处不在，但遁身无形，这类似于柏拉图的“理念”。后者是根和源本身，却无法显形，而作为一种追寻，对理念的摹仿也只是来自根的枝干和来自源的流变，虽有具形又模棱两可似非而是。在这里，为了缉拿看不见摸不着的理念式的恐慌情绪，“杂烩”（在 90 年代的访谈《与弗莱德·华交谈一下午》中，诗人曾宣称要“把诗写成大杂烩”）的特点于此既是手段又是标记，诗人终于触及某种无形体、无结构的“非诗”的形式，推动了他在 90 年代尚不无拘束、谨慎的徘徊与试探。这是对诗人自己具有标志性意义的跃进和调整，同时也给当下的诗学衡估带来了棘手的考验。

八九十年代即确立了鲜明个人风格的于坚，他堆砌、拖沓的语言和语体以及某种自然主义的风格几乎成了稳定的美学标记。和西川向前驱动不同，2000 年之后的于坚则向后转身，从散淡的“随性”后撤的诗学自觉大面积地出现在《火锅行》《他是诗人》《读康熙信中写到的黄河》等作品。例如《处决萨达姆》，成功地超越宗教冲突、正邪较量的二项选择，让一则晚间新闻（观者正在就餐这一日常活动因而被“政治”介入，也部分修改了“政治”的含义）从观看的表象浮出，搅动起至为尴尬的“态度”：“画面转成了化妆品广告/他们把这些放给所有人看/我们继续吃剩下的食物/一边对小孩说　做作业去/别老对着电视　害眼睛的。”新闻过后，日常的生活继续延伸，暗昧难明的思量却盘旋诗人心中：有可以消费的商业，也有可以消化的食物，但对于原本清朗或无邪的孩童（在此小孩系隐喻），“政治”虽尚难理喻（亦待消化），但已渗入人心带来伤害。显而易见，异质交缠、盘根错节的经验以及经验吁求的“评判”如律令般地要求诗人，从他早年娴熟的自然主义反转，构筑出新的主体性，以便统合起交叠、多义乃至连接着重重隐喻的复杂世界。

不同于西川剧烈地前倾，也不同于于坚大幅度地反转，以 90 年代的《关于市场经济的虚构笔记》《1991 年夏天，谈话记录》等作品深入人心的欧阳江河，2000 年之后找到了作为抓手的某个中间点，温和但步步为营地收编、吸纳此前发展出的所有诗学特性，意图把互为隔绝、对峙的部分，以化零为整的方式整合到 2012 年的长诗《凤凰》之中。毋庸讳言，诗人强大的总体性野心得以激发，既有诗可资参照、互文的庞大装置艺术品《凤凰》作为富于弹性的底本，亦有诗牵连起的 19 个片段作为推展、聚合的单元。诗本身的“容量”以及文字与物象、视像的互通，至少从诗学意识的贯彻而言，欧阳江河发展了某种“总体诗”的形式。此中“牵一发而动全身”的重组，对他而言，或许是综合、统一个人写作史的一种调整。

调整的具体方式因人而异，可以是自我的深化、修正或者重组，也可以是自我的腾挪。第一种区位中的诗人或因更具分量（亦可谓沉重）的个人写作传统，哪怕是激烈的，亦是对位于传统的内部调整（诚其艰难也更为可贵），处于第二种区位中的诗人，当他们将反思性的诗学意识与写作上的诗学特性之构造冶于一炉时，调整则可名为自我革命。例如孙文波在 90 年代已写出不无美学挑衅的《向后退》《戏剧笔记》等，它们容纳叙事性乃至扭断诗句、诗节组合的惯有秩序——譬如变而成为散文诗的样式，但在 2000 年之后的《临时的诗歌观》系列、《修辞练习》系列中，不仅发展了更内抑、节制的技术，最重要的是，显露了诗学意识的成熟，富于启迪地重新估量语言与“现实”之间的复杂缠绕：“所以当你看到语言的花蕊吸引蜂群，/我可以告诉你，只要我高兴，/还会让它成为猎狗在树林中狂串，/戏弄语言狐狸或扑食语言兔子。/我还可以放出语言鹰让它飞，直至飞到/虚无深处，在云层里俯瞰你。也许这些/还不够，我还会让语言豹子/满山乱转，看到什么，攻击什么。/而你搞不懂了；叹息，愤怒。那是你/不知变化是一种认识，也是一种心情。/就像现在，我坐在龙泉驿山上，/语言只能是花蕊，而不是坦克。”（《临时的诗歌观之六》）

在这方面，值得注意的还有臧棣。他在 90 年代出版了诗集《燕园纪事》，其中大量是“享用语言的欢乐”（罗兰·巴特语）的实践，但显而易见，他的根本进展出现在 2000 年之后的协会系列和丛书系列中。这是迄今尚未完结的系列之作（无论巴特式的“肉身”还是德里达式的“踪迹”，它们将不断延宕和撒播），诗人令人惊异之处不在于巨量的产出，而在于颇具构造意味的设计，这些分解之作（他的诗学气质并不倾心通常的总体性）之间隐秘、交错地搭建着关联，以致一首诗是对另一首诗的解释、补充或者改写，终而让整个协会系列或丛书系列内部互为应答、左右勾连。这或许是以碎片式漂浮的单元组合，通向另一种曲折、暗晦的总体性的尝试。为此，人们可能惊讶于他的两个乃至多个文本之间的互文，以并置或对峙的格局相互“致意”、黏连和错综。譬如他在一处如此理解“现实”：“语言的秘密/神秘地反映在诗中。一只蓝撞鸟飞进诗中，/而天空并没有留在诗的外面。”（《秘密语言学丛书》）而在另一处则是：“空气和诗意押韵，很巧合吧。/但空气不负责押运诗意。”（《极端诗学丛书》）无论天空还是空气，它们既是“现场”和诗之材质的一部分，但成为诗却经过了语言多棱镜的折射（或者通过“飞进诗中的蓝撞鸟”，或者出自一次偶然如语言内部的碰撞即“巧合”）。

不妨说，处于第二种区位中的孙文波、臧棣等人，他们2000年之后引人瞩目地推进来自对语言与现实（经验）之关系的崭新领悟，并颇具自信地让文本实践和诗学观念相互支持（他们可能是新诗史上最频繁地以具体的某首诗或系列作品，与“何为诗”这一灌注驳杂争议又不无柏拉图理念意味的“悬设”展开辩驳、博弈的诗人）。有意味的是，处于第三种区位的沈浩波、朵渔等诗人，则更愿意通过相应的文本书写出示各自的进展，仅让位移中的写作“捎带”出诗学意识业已变更的事实。他们或不愿或无暇去整理2000年以来的不无断裂性的转折，但它的重要性在于，这是对他们的过去虽潜隐却极具否定性的“救赎”。毫无疑问，这种巨大跨度与更少个人写作传统的负重有关。他们进入诗坛均在2000年之后，并首先以倡导“下半身”写作为人所知（作为一种口号或运动，它的时间节点在2000年）。今日看来，其中并无深思熟虑的美学设计，更多是影响的焦虑使然。哪怕如沈浩波体现了锐气和现场感的《淋病将至》《一把好乳》，就写作意趣和发掘更广阔的面向来说，显然过于局促和黏滞。倘若他们以此立足，至多只能充当诗歌史的存目。可贵之处在于，作为“新生代”的他们具有自我否定的勇气与卓识，由此赢得了迄今仍在拓展与变化的生机。的确，对抗性的宣言和实践既是排他亦为自限（若仅偏执于“下半身”的物质性，其危险不过是另一种心身分裂），有待更广阔的经验、更绵延的语言予以淬炼。大约在2004年，沈浩波写出了现实关切强烈的组诗《文楼村纪事》。其中固然仍可以读到典型的两三年前惯用的语式，但语气语势变了，某种压在纸背的沉痛和此前不羁、造反的语言渐行渐远，这是一种收缩信心的调整（暴烈的、不无痞气的特征日渐稀释，赋予限度，和先前放任语象物象狼奔豕突的方式疏离）。诗人写于2009年左右的长诗《蝴蝶》，则更显示了他从语言湖面的滑行成功减速，将犹疑、盘桓和自我清理诸种质素的交错相生，作为一种复杂建筑进行构造，其中多种语体

（如征用雅训的古诗与浅白的口语相混杂）杂用，多种语态（设问句、反问句、祈使句和否定句）并行，诗行、诗节的推展均作了不同以往的思量和设计。也许，相当程度上告别虽极富“动”和“快”之势能的直觉主义，才能更好地彰显“静”和“慢”的必要与效力，而后以某种怀疑主义的徘徊来体认诗可能腾挪的方向与路径。

同样，也可以看到朵渔的“转身”。他更具诗学上的沉思和沉静气质，所接纳的怀疑主义不仅遍布于他对某一主题或题材的重新打量，也深入到语言的肌理。他似乎乐于不断周旋之后，才信心笃定地将态度楔入到诗中。例如《论我们现在的状况》一诗：“是这样：有人仅余残喘，有人输掉青春。/道理太多，我们常被自己问得哑口无言。//将词献给斧头，让它锻打成一排排钉子。/或在我们闪耀着耻辱的瞳孔里，黑暗繁殖。/……//爱只是一个偶念，如谄媚者门牙上的闪光。/再没有故乡可埋人，多好，我们死在空气里。”如果说，“下半身”号称从物质性肉身开始，并以震惊、直率乃至义无反顾为诗的直接性下注，这首诗亦从“现状”开始，但它不愿起首就眼高手低，沦为临空蹈虚，于是以犹疑的、自我盘诘的语气（多个顿挫的半句或短语似断还连地营造语态是诗人重要的手法）将“现状”的反思引致远方、导向曲折性。在这里，近和远、下和上、物质性和精神性得以贯通，诗的氤氲气流得以回环往复。这令人期待，在反思中行进的朵渔诸人已成功地从“下半身”的标签和误识中突围，完成了自赎，并牢牢抓住了待他们驰骋远方的缰绳。

三种区位中写作的诗人或自我调适，或自我腾挪，或自我否定。最富于意味的诗学启示是，调整是新诗走向自新的必由之路，因为它有延续下来等待重新估量的或多或寡、或近或远的“传统”，亦有等待奔赴但或尚未企及的地平线。诗的伸展别无他途，其激越且引人瞩目处或许应概括为“以今日之我非昨日之我”。

三、把经验写入语言的个人之诗/思

上文抽样分析了不同区位诗人的自我调整，主要以他们各自的当下与过去比对，汇合于“调整”这一核心命题，这种观察毕竟更多地属于宏观的层面。实际上，调整在细部和微观层面，则是一首诗在处置经验时语言态度的变化。这里所说的语言态度，既指语言策略所包含的技巧、形式与结构的展露，也指折射于被抒情主体实践的某种诗学观念的征显。不妨说，从写作主体到抒情主体的“作者”，居间于经验与语言之间的摩擦，是架构连通路径的设计者。

强调主体是一首诗得以成形的组织者，是为了彰显调整中的新诗在面对复杂经验时的自觉。一方面，它绝不自外于经验的催逼，另一方面且同样重要的，它绝不自大于语言作为“先验”、绝对的前设（20 世纪的语言论转向既彰显了语言先于思想的事实，亦鼓舞了某种傲慢，即蔑视于作为语言构造的艺术作品背后复杂的“感觉”运动），终而让主体、经验和语言的三重角力混融于可供估量的“织造”进程，此一进程则是何为调整、如何调整的具体标记。

2000 年以来的新诗所遭遇和见证的经验毫无疑问地较之过去尖锐。从社会伦理层面看，关系着时代的转型，而从依靠语言指事造物的诗来说，则关系着观物方式的转变。《双城记》的开篇狄更斯有云：“这是最好的时代，这是最坏的时代。”好或坏、振奋或沮丧乃至左右盘桓或进退维谷的“心境”，自是来自主体的读解（包括曲解），但主体绝不可能直接地面对经验，只能通过语言表露它或倾身或排斥的姿势和语式。的确，有巨量经验带来的普遍冲击（在此经验似乎是施动者），但难有众口一词的普遍的经验体会。有诗人因而如此理解主体、经验和语言之间的关系：“噢，他必须收起鲁滨逊的傲慢，/在异化的环境里重新定调。/他必须振作精神，不扮演文明的遗老，/不做词语的幽灵，不卖弄苦难”。（朱朱《海岛》）。这既是当下诗人的现实，也是关于诗回应这一处境的可能与限度的隐喻。向语词逃逸或兜售苦难（经验），均不应是现时代的诗可取的处置方式，要“重新定调”，则必得把经验写入语言之中。

然而，经验的载入又再难仰赖宏大叙事那种总体性，不仅因为征用它的信心业已丧失，而且源于发挥它的机制亦已崩塌或转移。重要的是，只有远离总体性自以为是的视阈，找到恰当的甚或琐碎的切口（缝隙），才能洞若观火。当离乡背井者踏上未知的前程，沉重的现实未必能被重量的、巨型的语言之“桩”触及，此时，轻量的、反讽的语言策略或许更有效：“只有那些孩子是快乐的/他们高兴地追着火车/他们幸福地敲打着铁轨/仿佛这列火车是他们的/仿佛他们要坐着火车去北京。”（辰水《春夏之交的民工》）心事重重的成人和天真未泯的孩童之间的反差，亦构成经验呈现方式的反转，轻的变重、反讽的变尖锐，所揭示的城市化进程中农村、农民沦于“追赶—被抛”的境遇，既真切又发人深省。

这也意味着，某种类的直接的感受，若直录式地进入诗，不过是经验本身而已，不过是社会学计量式的“说明”和直呈，它的成效是有限的。诗毕竟有它的口径和路径。这更意味着，关于感受，康德所言的从个体开始，进而赢得“共通感”，即个别的普遍性，而非以颠倒的方式，或许更恰切。两首关于工厂流水线的作品，不同的主体感受方式显而易见：

我奔波，我淋着雨水和汗水，喘着气
——我把生活摆在塑胶产品，螺丝，钉子
在一张小小的工卡上……我的生活全部
啊，我把自己交给它，一个小小的村庄
风吹走我的一切
我剩下的苍老，回家

（郑小琼《黄麻岭》）

我几乎是爬着到达车间，这昼夜不分的刑场
他们宣扬的青春与梦想，多么动听，多么嘹亮
让我打卡上班接近这人间天堂，旗帜招展的十八层
夜色中我打开体内的白炽灯，这咳嗽的霓虹
照亮机台黝黑的内脏……
……
在每个人类沉沉睡去的凌晨，我跟工友们都睁开青春的一对伤口
这黑色的眼睛啊，真的会给我们带来光明吗？

（许立志《夜班》）

同样惶恐于渺茫的未来（前者“只剩下苍老”，后者则以反问句式否定“给我们带来光明”，这首诗反讽性地与顾城的诗构成互文），他们的差别在于，前者以抽象的“我”（亦可以换成所有工友）目睹后记录，后者则以具体的、血肉的“我”（指示动作的“爬”“打开”“照亮”“睁开”以及对声色的描绘均是个人化的）体会后咏叹（贯穿全诗的是“我”与“夜班”之间的对话与质疑，架设起有意味的张力），将自我之思深入吞噬人的“机器”之后，在结尾处和盘托出未来的虚无与绝望，令人震撼。

如何以个人的观感，把经验载入语言之中，还可以从若干年前的“地震诗歌”中获得启示。这一曾激起了线上线下广泛争论，出版过名目繁多的诗

选集的诗潮，绝大部分确实如朵渔所言："无论就美学准则还是道德伦理来判断，'地震诗'都普遍很差。"（《为什么普遍写得这么差?》）个中的缘由，和写作者普遍轻信题材和立场的直接性有关，而忽略了将天灾人祸的痛感转化为个人精密的观感。值得注意的是，在这方面，有人清醒于语言的乏力，诚实地"后撤"并有距离地道说："而我失去了你——语言/你已被悲痛烧成了灰烬"（王家新《哀歌》），更有人磨砺语词的针尖，精准、决绝地将经验嵌入语言的篇什，成为"诗意的批判"："人盖了一座假房子，把孩子们骗进/门口钉着初二（5）班、小（3）班牌子的教室里/坐得整整齐齐，时间掐得很准，老师们/已各就各位，走上了讲台/但课程有了很大、无比大的调整。"（刘洁岷《灾难一课》）从具体情境切入，无辜的、按教材计划必修的课程成了被灾难、暴力强加的"课程"，成功地"揭示"了灾难的本义。

无论《春夏之交的民工》还是《夜班》，抑或更直接地考验着诗意和伦理的《灾难一课》，它们启迪人心的地方是，诗中或浮现或隐身的主体，具有重要的诗学上的自省自识意义。在卓有成效的诗人那里，主体既是调整诗思方向的能动一极，亦是将经验写入语言的终极见证者，尽管本质上，主体将一同消弭于语言的延宕与飘游之中（据说，自结构主义以来，主体若非声名狼藉亦已被迫"销声匿迹"），但从因应经验冲击的层面，主体的觉知能力"保管"着伦理判断和语言判断，进而为调校着的诗找到方向，构造肉身。

余论：一个辩驳，一种展望

已有近百年历程的新诗一方面始终积极进取，且成绩斐然，另一方面亦存在广泛分歧，其激烈处则有超出趣味分野的关乎新诗合法性的美学误识。在这里，必须适度检讨的是几乎贯穿了整个新诗史的诗的形体学问题。诚如已经看到的，"调整"作为2000年以来新诗拓展自身的关键词，体现为诗人与其个人写作传统的对话，且以恰切的主体的觉知和实践把经验写入语言，凝聚为不断变构的文本实践。不过，从更进一步的诗学归位来说，此种变构中的写作蕴含着尖锐的诗的形体学命题，充满挑衅更充满挑战。这是因为，它的外观（所谓诗的具体样式）更加驳杂、不羁，有时以看似偶然的形体学表象自身（譬如西川的杂糅与"混搭"、臧棣的分解与延宕），这有可能助长某种错觉，即诗的"身形"是容易且随意的，与此相对，它的抒情策略或言说方式（作为"里"，而与形体学的"表"相对应）远非一目了然，诸多错综性的修辞和编码方式的交织，使得习见所期待的主线分明脉络隐而不彰，这有可能带来某种掩蔽，即并无“可见”的诗意生成机制潜藏于诗的“身形”。

无论错觉还是忽略，在对现时代的诗的形体学问题展开清理时，必须作为互为牵连的待辨析的诗学命题。内中的源由是，关于诗的衡估，常常令人吃惊地拘限于表面的“形体学”中，难以跳脱制约进而围绕更重要的、攸关诗之实质的命题展开开掘，这势必让控辩双方（当然也包括对最新的尚未进入论争的写作，正盲目地追捧着的鼓吹者）难以劝阻地沦陷于诗学辨认的盲区。

与此相关，有两个看似孤立实为如出一辙的现象值得讨论，才能将要提出的展望进一步奠基。一个是业已平静的“梨花体”事件的争论，另一个则是最近出版的小说家蒋一谈的《截句》在微信圈等网络终端的热捧热议，围绕着它们的卫护、攻击或鼓呼，均无一例外地误用或误识了诗的形体学命题，而忽略或无知于何谓诗意生成机制的营构与体认。“梨花体”因著名公众人物韩寒使用“同一性”的逻辑，对它进行戏仿和嘲弄，几乎鼓励了普通公众的一个定见，所谓新诗只是某种任性的形体学的涂抹。强调“同一性”，实际是强调作为导火索的“梨花体”在实践上的误用，批评者在观念上的误识，均毫无例外地将某种等而下之的诗的形体学发展为或强化为诗的形而上学。

这事关已成新诗主潮的自由诗的美学方位。包括赵丽华、韩寒诸人所不能会心的是，自由诗除了表象的形体还有内质的诗意生成机制。不妨援引废名的《街头》为例：“行到街头乃有汽车驰过，/乃有邮筒寂寞。/邮筒 PO/乃记不起汽车的号码 X/乃有阿拉伯数字寂寞，/汽车寂寞，/大街寂寞，/人类寂寞。”这首诗除了自由的形体学标识，更重要的是，物象（汽车、邮筒、号码）、表征（驰过、寂寞、记不起）、衔接语（乃）等互涉互斥的语义和语流——让一段各自浅白的连缀超越了似是而非的描述表象（此诗因而实现由物到心的表现）。

与此相似，据说穷七年之功而成的《截句》，同样也满布形体学的误用和误识。按照作者自述，截句的写法与李小龙的截拳道有关，但是，倘若诗受这种拳术的启迪，它收获的形体学既是浅薄的亦是无用的。倘若截拳道以简洁、直接的攻击为手段，此中仍旧有某种本质上的拳术的形体学意味——无论多么短促，它依然占有与搏击者相始终的姿势和运动轨迹，并以击败（倒）对象为终极目的。在这里，截句本应以有所展开的形体学与对象（与诗对应的“思”即为对象）进行周旋，进而捕获它（而非像截拳道那样“击倒”），却只有不足以担当复杂性的过于随便的形体学，并常以说理性的（逻辑关联词几乎是核心）方式出具某种领悟（道理）。姑取三则为例：

其一：

我起了一个笔名
我的原名已经疲惫不堪

其二：

我感觉自己的灵魂
越来越像一个盆景

其三：

我在梦里吻过的白云
竟然是枕边的臭袜子

需要指摘的不是它的形体（自由诗），更不是它如俳句的短促，而在于它以警句的方式说出领悟。它不过比“梨花体”深刻些：“毫无疑问/我做的馅饼/是全天下/最好吃的”（《一个人来到田纳西》），但就修辞而论，也许还输于同样精于警句的席慕容和汪国真。

这是否属于某种可以和微时代眉目传情的微诗体？但若就诗而言，所谓的“微”能否捕获急剧变动着的世界的“杂”与“多”？要知道，目击道存的机制和存身条件几已被消耗（或曰被世界擦拭）殆尽，作者和某些评论家是否过于天真地相信这类诗的力量？

在我们看来，“梨花体”和截句实有的不过是遗弃了诗意生成机制的形体，它和自由诗内含的美学理想背道而驰：诗实际是通过拥有诗意生成机制来彰显它的形体学，而非相反，以本末倒置的方式用浅薄的形体学取代了建构诗意生成机制的任务。在此，不妨对2000年以来有启迪的写作作如下展望：调整中的新诗在可变性和动荡性的形体学标识之下，是诸多诗人为因应经验的复杂性、为呈现经验的曲折性的“迂回”，不仅重制流畅、谐调的诗形诗体不再可能（古典主义式的），而且捕获某种轻易的诗形诗体亦无可能，因为，变动的经验带来变动的语言，它只能在不无怀疑主义的氛围中，反复权衡被经验改写之后的语言所能组构的诗意生成机制，或曲折或驳杂，据此试探未定的诗之肉身。

呼唤新的学院批评

——"文学评论与20世纪中国文学史的生成"大会总结

杨匡汉

（中国社科院文学研究所）

这次会议由暨南大学中国文艺评论基地、暨南大学文学院、广东省文艺批评家协会、《羊城晚报》四家联合，强强联手，召开了"文学评论与20世纪中国文学史的生成"讨论会，名单上一共有62位代表，加上会务人员大概有70位，提交的论文有31篇，后来补充的像洪子诚、温儒敏、黄子平、许翼心先生的发言，加上未编入论文集的得有近40篇论文。这么短时间内收集这么多论文，已经很不容易了，所以首先要对主办单位为开好这次会议所做的工作表示感谢。

一般学术会议我的观点就是团结紧张，严肃活泼，我们这次会议是团结的，严肃的，紧张的，活泼差一点，争鸣、交锋、碰撞这一方面很少，讨论、交流、对话可能欠缺一点，时间确实很紧，但总的来说这次会议还是取得了圆满的成功。这次会议有问题意识，有学理思考，有信息的分享，大概有五方面值得肯定。

第一，用中国文化的精神来处理文学史上比较复杂的、多变的关系，比如说新和旧的关系，东和西的关系，南和北的关系，中心和边缘的关系，文和白的关系，以及主体民族和兄弟民族的关系等，这样一些问题这次会议都涉及了。中国文化精神非常复杂，传统的文学理论、文化观念有功利性的一面，但又有超越性的一面，我们的文化精神就像刚开始林岗先生说的，有容乃大。包容性在我们的会议上也体现出来了，中国文化当中有些精华的东西。比如说传统文论，我带博士生时要求他们首先读两篇文章：一是马克思的博士论文，马克思怎么写博士论文你就怎么写；二是《文心雕龙》最好能够从头到尾背下来。这次黄维樑先生用《文心雕龙》来解读当代作品和当代作家，也是蛮有意思的。文学史是一条长河，是一个长途的旅行，各种声音在中间发出来，所有的批评都有自己的历史语境，都有穿越灰暗和寻找光亮的这样一种驱动和努力，所以在这个过程当中，怎么找到一些持续性的元素加入，怎么找到在不变当中有变，在变中有不变这样一个基本的道理，是我们这次会议的第一个特点。

第二，用地方经验来解释文学的空间纬度，像刚才龙扬志提出的那个梅山文化，还有很多我们北方的、大西北的文化也可提出来。过去只讲湘西文化、龙山文化、邵阳文化等，突然蹦出一个梅山文化，但是经他这么一说，梅山文化还挺有意思，和岭南文化还有些不一样。还有就是闽派提出以后再来个粤派，且把谢有顺等那些人都收编到粤派了，洪子诚也不完全是粤派，现在他是“北大派”，等等。这种流派、学派问题是值得考量的问题，依我看，我们中国近五六十年以来创作没有流派，学术界没有学派。流派也好，学派也好，有三个基本条件：第一，城堡上有一面飘扬的旗帜，就是说你的理论主张、理论基础是什么，粤派批评的理论主张是什么，现在还不太清晰；第二，需要有一群作家、学者围绕在这个旗帜下面，人员基本固定，但也可以流动；第三，要有一批作品来证实你的理论主张。所以闽派也好，粤派也好，或者其他地方的学派也好，这个问题还需要继续沉静下来考虑。

第三，用个案剖析文学的研究方法和研究思路在这次会议上得到了体现，避免了那些一般、抽象、空洞的东西，在打开讨论的空间时把问题具体化。对洪子诚、刘再复、唐弢、陈思和、吴思敬、夏志清等先生的文学史研究有深入探讨，对于东荡子、《百合花》、蒙古族文学这些个案做了分析，提供了一些研究的方法和研究信息。

第四，我们用别开生面的路径来进行研究和讨论，当然有很活跃的一个插曲，古远清先生用说相声的办法来推广粤派批评，推广效果如何，咱们可另外讨论，就是说他这种方法，这种思路也可以考虑。我们还有“文学生活”的讨论，温儒敏教授带队的文学生活课题的展开，另外龙其林等人用图文、互文的形式进行文学研究，陈桥生、吴小攀等探讨了媒体在推动文学史生成过程当中的作用和价值，等等，这样一些问题使得我们有所创新，别开生面。

第五，我们用严谨的学理对已有的成果进行考量和进一步的细读，包括纠错。这次会议宋剑华先生没来，但他的论文我认真看了，对夏志清的《中国现代小说史》进行细致全面的纠错，有很多谬误指出了，这个也是非常具有学理意义的工作。还有人进行一些自我的反省和批评，包括在座的人，即便个人成就再大，我们也不可能掌握文学史研究真理的全部，我们只能占有小小的一个角落或者小小的一个空间，所以有的时候我们也不断地自我反省，包括我们年少时的一些小作，中年时的一些作品，我们也需要不断进行回顾，包括资料的收集、考证。严家炎有一次跟我说，现代文学研究恐怕还有三分之一的资料没有出土，还没有挖掘出来，我说，现代文学有三分之一，那当代文学更多，很多东西都没有出来，现在也不要太迷信那些名人传记，不要迷信家属回忆录。很多资料特别是作家、批评家的文化心理、心态，特定环境下面的纠结、痛苦、困惑等，很多东西都没有掌握，都没有提出来，有些在通信过程当中表述了，与他们写日记时的心理、心态不一样，文字的表述与真实是有距离的。所以，我们作为研究工作者，在考察文学史的方方面面时，在考察作家作品产生过程中的问题时，还需要进一步发扬那种严谨的、学理的精神，因为知识上的成熟和道义上的负责是一个批评家最重要的事情。

谈到当前的文学评论问题，我听了很多朋友的发言，我感觉当前的文学批评大致有四种形态：一是观念宣传型。某某作家一部作品发表，立刻有人马上跟进宣传。二是跟风时评型。某个风头来了就赶紧跟，某个作家出了新作赶紧叫好，匆匆忙忙讲这个马上成为经典。三是文本赏析型，既有客观的文本细读，也有主观的定向赏析。四是学院批评型。不久前我看了一条微信，就是王朔对学院派又发动了一场空袭，王朔确实是“无知者无畏”，我想是不是可以做一些调整，过去概念中的学院批评就是掉书袋，那么现在我们可不可以提倡或者呼吁一种新的学院批评？

根据我的理解，新的学院批评应该是有学问的、有思想的、有真性情的批评，它是以心态的自主性、批评的学理性、阐释的公益性、学术的规范性、思维的创造性、表述的灵动性为追求目标的新学院批评。它应该是汲古润今的，要汲取古代的智慧支撑我们今天的语言，也应该是汲洋润中的，要汲取西洋的精华滋润中国的文化，它应该是返璞归真的、简洁的、灵动的。

我们现在有一些批评，特别是一些核心刊物、重点刊物的评论，动辄一两万字，洋洋大观，仔细过滤一下，能不能再简洁一点？有一次我和曹文轩先生参加一位博士生论文答辩，论文有 40 多万字，后来曹文轩跟我说，那位博士生一开始就对我们这些所谓导师进行洗脑，做名词解释，从古到今兜了半天的圈子，对我们洗脑洗了 10 万多字，就不进入主题，不进入问题，所以说思想是文学评论的灵魂，简洁是文学批评家才能的检阅，这一点对新的学院批评来说更加重要。对现在大陆学界来说，近代的、现代的、当代的文学史，我是赞同将它们打通，但是现代文学史著作已经出了很多，有一百多部，当代文学史著作也有一百多部，多得不得了，现在还在不断地写。中国人长于史而弱于哲，一些著作看了以后，能感悟的东西太少，知识的灌输比较多，思想的发现比较少。我对新学院批评有一些基本表述，因为时间关系不能展开，新学院批评和旧学院批评要有新的元素加进去，要有新的突破，使得我们的文风、学风在一个大气候当中有新面貌呈现，我相信通过学术讨论和学术对话会不断取得进步的。总的来说我们要充分肯定这次会议的成就，有些欠缺的待以后改进。感谢四个主办单位，也感谢为大会的代表们辛勤服务的同学们，谢谢各位。

编后记

2016 年 5 月，暨南大学中国文艺评论基地、广东省文艺批评家协会、《羊城晚报》等单位联合举办“文学评论与 20 世纪中国文学史的生成”学术研讨会，除邀请广东各高校、科研机构的资深专家和学者代表出席之外，还特意邀请杨义、洪子诚、叶维廉、温儒敏、陈思和、陈平原、黄子平、黄维樑、古远清等粤籍学者参与学术对话，虽然部分学者因日程冲突最终未能出席，但是“粤派批评和文学史研究的广东力量”这一议题还是获得了充分探讨，与会专家围绕“粤派批评”的合法性、理论内涵、建构向度、现实意义等问题展开的争论，后来通过媒体传播引发社会热烈关注，随着大批省内外专家的积极介入，促成其成为一个指向学术价值和理论建构反思的重要课题。

毫无疑问，本次会议产生的社会影响超过了我们的预期，而从广东学术走到当下这样一个多点开花的阶段性局面来看，“粤派批评”的话题之所以在创作、研究、传媒、管理等领域引发强烈反响，或许又意味着这只是一次迟到的思想碰撞而已。从学理层面说，“粤派批评”体现出实践在先、命名在后的特征，可能面临作为学术概念接受和推广的质疑，但它肯定不是闭门造车的结果。正因如此，广东学界在未来还可以系统梳理自晚清以来的学术传统，再现地域空间对于文化视野与思辨能力的培育作用，这对于其他省份的学术源流考察同样具有启示意义。

有与会学者指出，“粤派批评”是一个建立在传统学脉基础之上并具有当代指向的包容性概念，这种包容性是由文学和研究本身的丰富性和对话性特征决定的。以文学评论与文学史书写关系为例，二者互相生成，文学史离不开文学评论的发现与遴选机制，而有关文学史的想象又会开创文学批评的空间。粤籍学者杨义、洪子诚、温儒敏、陈思和、黄子平、黄修己、陈平原等皆身兼文学史家和评论家角色。文学评论与文学史研究的广东力量所做出的独特贡献有目共睹，在学术话语中纳入主体的自觉与求真的意志，极具启蒙意味。此外如叶维廉、饶芃子、黄维樑等在比较文学领域展开的批评与研究，极大丰富了相关学科的学理建构。杨匡汉在研讨会闭幕总结时高度评价在粤学人扎实的研究态度，同时也倡导一种有学问、有思想、有真性情的新学院批评，通过心态的自主性、批评的学理性、阐释的公益性、学术的规范性、思维的创造性、表述的灵动性展示出批评文风、研究学风的新面貌，也是对救治当前文风学风的回应。

“粤派批评”理论话语的讨论初衷与旨归不是追求空洞的名头，其传统血脉建立在打破成见、锐意创新的基础之上，才形成了面向现实、面向当下的独特风格和风骨。如古远清认为“粤派批评”的形成得益于“地利”因素：“作为改革开放前沿的广东，时刻呼吸的是解放思想的新鲜空气，这使他们较早摆脱封闭性的线性结构，能从多维、多向的视角观照文艺问题。但并不是生活在这个历史阶段的文学评论家都必然是‘粤派批评’的成员。这里除历史的选择外，还有个人的志向，即个人是否自觉意识到岭南人的历史使命，并勇敢地承担。”如果说岭南地区曾经在沟通世界方面拥有得天独厚的优势，因此造就了视野宏阔、思维活跃、积极进取、敢为人先的历史优势，然而在信息技术高度发展的今天，优越的地理条件不仅不足以支撑先进文化、知识、思想的垄断性生产，甚至可能在消费主义时代造成新的障碍。当代粤派学者要接棒学术前行者在文艺领域开启的理论之旅，并且赓续其关注时代、关心现实的批评理念，在学术原创性、主体性、实践性层面探讨广东学术场域的建构，不但确保批评话语能为本土文艺发出及时、嘹亮的声音，而且在改革开放的前沿阵地积极探索，起到引领时代文艺理论前沿的作用。因此，能否进一步打开“粤派批评”丰富的学术空间与文化空间，通过拓展思想容量和内涵，将其转换为激活文学批评和文化创新的契机，也是建构粤派学术共同体的重要维度。

为展示本次会议讨论成果，暨南大学中国文艺评论基地决定编辑出版《文学批评与中国文学史的生成》，受篇幅限制，部分代表的文章和发言未收入本书，特此致歉。本次会议得到中国文艺评论中心、中国文学艺术基金会的经费资助，本书出版获得广东省“高水平大学建设经费”资助，感谢暨南大学文学院院长程国赋教授的大力支持。同时也感谢暨南大学出版社编辑杜小陆、陈绪泉，他们为本书的顺利出版做了大量具体细致的工作。

编　者

2017 年 10 月